KB268447

제3회 KAIST 과학 글쓰기 대회 수상 작품집

과학과 우리들의 행복한 만남 2011

【고등부 수상 작품집】

과학과 우리들의 행복한 만남

2011

제3회 KAIST 과학 글쓰기 대회 수상 작품집

김장호 / 김 활 / 박주성 / 서문수인 / 윤나영 / 강동원 / 강랍비 / 강혜원 / 고태원 / 김경민 /
김기쁨 / 김다운 / 김민정 / 김민지 / 김상준 / 김재성 / 김준영 / 김혁중 / 나애슬 / 문지완 /
박유정 / 박주현 / 박준형 / 박현지 / 범성희 / 성덕룡 / 심미소 / 윤　휘 / 윤소혜 / 이광훈 /
이연지 / 이현진 / 임은영 / 정수용 / 정재영 / 정준혁 / 최예나 / 최유진 / 한지수 / 허태인

우리 사회에서 과학과 글쓰기는 서로 어울리지 않는 조합이라는 편견이 강합니다. 일제강점기에 시작된 문과, 이과라는 비정상적인 학문 구분으로 과학자는 수식과 도표로 소통할 것이라는 선입견이 견고히 뿌리내린 까닭입니다. 수학과 과학에 재능을 보이는 학생은 이과로, 언어와 사회에 재능을 보이는 학생은 문과로 진로를 선택하는 것이 한국에서는 상식인 것이 사실입니다. 그러나 글쓰기는 인문사회 계열 전공자뿐만 아니라 이공계 전공자 또한 갖추어야 할 지식인으로서 보편적인 능력입니다.

사실 과학과 글쓰기가 그다지 동떨어진 영역은 아닙니다. 과학자가 갖추어야 할 가장 기본적인 소양은 창의성입니다. 자연 현상을 새로운 시각으로 관찰하고 끊임없이 새로운 질문을 던지는 것이 과학자의 임무입니다. 바로 그 창의성은 글쓰기에서 가장 필요로 하는 능력이기도 합니다. 세계를 새로운 시각으로 관찰하고 끊임없이 새로운 질문을 던진다는 점에서 과학과 글쓰기는 동일한 뿌리를 가지고 있는 셈입니다.

그러한 인식에서 KAIST 문화과학대학은 미래 한국과 인류의 과학기술을 선도해 나갈 과학도들에게 인문학적 소양과 글쓰기 능력을 길러주기 위해 지속적으로 노력해 왔습니다. KAIST 과학 글쓰기 대회도 그러한 노력 중 하나입니다. 제3회 과학 글쓰기 대회 고등부에는 총 138개 학교에서 491명의 학생들이 작품을 투고하였고, 우수상 5명, 장려상 35명이 수상하였습니다. 일반부에는 대상 1명, 우수상 4명, 심사위원 특별상 1명, 장려상 15명이 수상하였습니다.

　제3회 과학 글쓰기 대회 수상 작품집 『과학과 우리들의 행복한 만남 2011』에는 고등학생 작품 40편과 대학생 작품 21편 총 61편의 작품이 수록되어 있습니다. 한국과 인류의 미래를 짊어지고 나갈 과학도들은 무엇을 꿈꾸고, 무엇을 생각하고 있는지 독자 여러분들과 함께 나눌 수 있게 된 것을 기쁘게 생각합니다.

2011년 12월 30일
KAIST 인문사회과학연구소장 겸 문화과학대학장 김 동 원

차 례

우수상

김장호

김 활

박주성

서문수인

윤나영

장려상

강동원 강랍비 강혜원 고태원 김경민

김기쁨 김다운 김민정 김민지 김상준

김재성 김준영 김혁중 나애슬 문지완

박유정 박주현 박준형 박현지 범성희

성덕룡 심미소 윤소혜 윤 휘 이광훈

이연지 이현진 임은영 정수용 정재영

정준혁 최예나 최유진 한지수 허태인

과학_과 우리_{들의} 행복_{한 만남}

2011

침묵의 메아리

김장호 / 하나고등학교

| 침묵의 메아리 |

김장호 _ 하나고등학교 1학년

진공의 상태일지도 모른다고, 그런 생각이 머리를 스친다. 머릿속이 진공인 듯 정지 상태이었다. 모든 공기가 다 빠져나간 듯 그 속엔 낯선 감각만이 몇 조각 부유하고 있었다. 살결에 닿는 경직된 공기. 감은 눈꺼풀 위로 감도는 어색한 빛.

이곳은 내 곳이 아니다.

뻐근한 허리와 멍한 머리로써 오랜 시간이 지났음을 짐작했지만 몇 시간이, 혹은 며칠이 지났는지 몸의 기억만으론 그 이상의 것을 읽어낼 수 없었다. 눈꺼풀을 천천히 들어 올려 빛을 받아들였다. 인위적인 빛, 그 억지스러운 빛을 보며 깨어나는 나는 평소와 다른 눈부심을 느끼며 미간을 찌푸렸다. 여느 아침처럼 안경을 찾기 위해 서랍 위를 더듬거리던 나의 오른손은 맥없이 허공을 짚었다. 오른손이 힘없이 떨어짐과 동시에 정신이 든다. 이건 분명 어딘가 잘못되었다.

정신이 든 나는 무거운 내 몸을 일으켜 잃어버린 안경을 찾기 시작했다. 희미하게 보이는 방 안은 어제까지만 해도 연구하느라 앉아있었을 책상과 의자, 지금쯤 앉아 아침을 먹어야할 식탁과 의자, 그리고 미처 전원을 끄지 못해 반짝이는 컴퓨터로 채워져 있다. 다만 왼쪽에 놓여 당황케 하는 이 서랍은 무엇인가.

이곳은 확실히 내 곳이 아니다.

침대에서 일어서 걷기 전까지만 해도 그랬다. 그러나 이곳은 내 곳과 그리 다르지 않다. 나를 잡아당기는 무언가가 나를 서게 했고, 걷게 했고, 잘못 잡아 놓친 안경을 떨어지게 했다. 몸을 추슬러 식탁으로 다가가 늦은 아침을 준비했다. 눅눅해진 식빵과 미지근한 우유를 식탁에 내려놓고 한숨을 내몰아쉰다. 의자를 당겨 앉기 위해 몸을 움직이는데 무엇인가 걸려 의자를 움직일 수가 없다.

"뭐지?"

몸을 숙여 의자 밑을 확인하는데 바닥과 의자를 고정시켜 날 섬뜩하게 만드는 여러 개의 못. 당황스러운 마음에 식탁 밑을 확인해도 마찬가지. 서랍도, 침대도, 책상도…… 바닥과 고정되어 움직여질 것이라곤 아무것도 없는 이곳에서 오직 나만 움직이고 있다. 그러나 그런 나에게도 이상하게 어느 순간으로부터 기억이 멈춰있다는 것을 느꼈다.

'그동안 내가 바닥에 못을 박았다고?'

그럴 리가 없었다. 누구보다도 합리적인 행동을 하는 나를 잘 알고 있었다. 이건 분명 나의 짓이 아니다. 무언가 잘못되었고 끊어진 내 기억의 사슬만이 그 답을 말해줄 것만 같았다. 자연스레 서랍 속의 일기장을 찾아 가장 맨 뒷장을 펼쳤다.

(2017년 3월 17일)

어제 발표된 소행성 세레기아의 지구 충돌 예측이 사실로 밝혀졌다.

긴급하게 비상사태로 들어갔고 현재 연구 중이던 계획이 모두 중단된 채 대책위원회를 소집했다. 한시가 급하다.

 손발이 떨렸다. 이제야 기억하다니…… 그러나 발사한 기억이 없다면…… 이렇게 여유를 부리고 있을 때가 아니다. 급히 겉옷을 챙겨 입은 뒤, 밖으로 나가려는 순간 나는 몸을 움직일 수 없었다.
 '발사를 앞두고 대책위원인 내가 집에서 편하게 자고 있었다고?'
 걷잡을 수 없이 뒤틀려 심각해지는 상황에서야 비로소 희미한 기억이 머릿속을 맴돌아 작은 조각으로 남아 조금씩 선명해지기 시작한다. 분명 발사를 앞두고 나는 상황관리실에서 준비하고 있었다. 여기까지도 내 기억 속에 뚜렷했다. 발표 후에 연구원들의 표정하며 그 순간의 분위기하며.

 "어쩔 수 없었어."
 김박사의 말은 단호했지만 그의 눈동자는 어딘지 모르게 불안해보였다.
 "굳이 사람을 태웠어야…… 아니 그를 태웠어야 했나요?"
 "대책 회의에서 결정된 일이야. 어쩔 수 없었네. 시간이 부족했어. 다가오는 소행성의 크기는 자네도 잘 알지 않는가. 그 크기를 감당할 수 있는 폭탄의 양은 현재의 무인시스템으론 역부족이야. 소행성과 지구의 거리가 매순간 가까워지고 있는데 새로운 무인시스템의 개발은 사치지. 누군가의 희생이 필요한 일이었네."
 "그럼 여기서 말씀하실 건가요?"
 "자넨 조용히 있으면 돼. 일이 해결되면 세상은 조용해질 테고 우릴

찬양할 걸세. 그때 가서 그의 희생을 슬퍼해도 늦지는 않아. 그가 죽어도 세상은 변하지 않아. 아니지. 그의 희생이 우리를 살릴 거라고”

말을 마친 그는 문을 열고 기자회견장에 들어섰다. 박사의 등장과 동시에 여기저기서 카메라 플래시가 분주하게 터졌지만, 그건 여느 기자회견장과는 사뭇 다른 모습이었다. 넓은 강당에 꽉 들어찬 사람들은 웅성거림조차 없었다. 인류의 미래에 대해 희망을 갈구하는 수백 개의 눈빛들은 엄숙한 분위기마저 풍겼다.

“인류는 안전합니다.”

그의 첫마디에 인류는 안도의 한숨을 내쉬었다.

“어제 발사된 로켓 T-1 prx호는 인류를 구할 것입니다. 얼마 전 발표된 소행성 충돌 예측은 정확했습니다. 그러나 약 한 달간 긴급 대책위원회를 소집하고 조사한 결과, 파괴 가능한 충분한 폭탄을 실은 로켓의 발사로써 재앙을 막을 수 있다고 판단했으며 때마침 인공위성을 상공에 띄우는 것을 목적으로 발사 준비 중이던 발사체의 항로를 바꾸어 소행성으로 향할 것입니다. 그리고”

박사는 자신을 바라보는 군중의 눈빛을 둘러보며 말했다.

“소행성 세레기아는 인류에게서 단 한 방울의 피도 앗아가지 못할 것입니다.”

그는 몰아치는 기자들의 질문에 답하지 않은 채 조용히 입을 다물고 기자 회견장을 나왔다.

멈춰버린 기억은 아직도 자리를 유지한 채 나와 동떨어져 있었다. 가까이 가려할수록 점점 멀어지기만 하는 기억들. 나는 그 기억들을 잡기 위해 한 없이 발버둥을 쳐봐도 아무런 효과를 볼 수 없었다. 답답한 마음에 나는 밖으로 나가려고 외출 준비를 했다.

'우선 연구실로 가야겠다.'

그러나 문을 열고 나가려는 순간, 또 다시 이상한 일이 벌어졌다. 문이 잠겨있었던 것이다. 열리지 않는 문에 홀로 갇혀있는 나는 도대체 누굴까? 이 생각은 나로 하여금 다시 일기장을 펼쳐들게 만들었다.

'뭐 하나라도 써놓았을 거야.'

일기장을 다시 펼치자 작은 편지 봉투가 떨어졌다.

이 박사에게.

'나를 말하는 건가?'

조심히 떨어진 편지 봉투를 집어 들어 편지를 확인했다.

<이 박사에게>

아마 당신은 습관대로 일기장을 펼쳐들었을 테지.

갑자기 방안에서 편히 자고 있는 자신이 이상하게 느껴질 테고.

놀라지 말게나…… 당신은 당신이 계획한 로켓에 탑승하고 있네.

다른 방도가 없었어. 당신도 알지 않은가.

아무리 막대한 양의 폭탄이라 할지라도 거대 소행성을 폭파시키기에는 많은 양의 수소와 산소가 필요하다는 사실을.

그러나 폭파를 위한 무인 시스템을 장착하기에는 기술도, 시간도 부족하다는 것도

당신도 이해해줄 거라 믿네.

다시 한 번 말하지만 어쩔 수 없었던 일이었네. 대책 회의 결과를 따

를 수밖에.

당신이 타고 있는 로켓은 중력 가속도로 이동하고 있네.

중력 가속도로 이동하는 결과, 소행성과 로켓이 충돌하는 지점은

지구에 피해를 주지 않을 만큼 충분히 머네.

또한 로켓 내부에서도 지구와 다를 바 없이 편하게 지낼 수 있을 테니……

그리고 최대한 자네의 방을 그대로 옮겼네.

당신은 평소처럼 자신의 방에서 편히 있다가 임무를 수행하면 돼.

물론 자네 책상 위에 제작한 시계를 올려놨고, 그게 폭발의 시간을 알려줄 걸세.

천체 물리학을 전공했던 학자로서 자부심을 가지게.

자네의 어머니는 물론이고 전 인류가 당신을 존경할걸세.

당신의 희생이 전 인류를 살릴 거라는 것을 명심하게.

- 두려워 말며, 놀라지 말라. 네가 어디로 가든지 네 하나님이 너와 함께 하느니라.

편지를 다 읽은 후 먼저 든 생각은 대책위원회의 동료들에 대한 배신감보다도, 죽음에 대한 두려움보다도 이건 현실의 상황이 아닐 거라는 의심이었다. 이십년을 넘게 탐구했지만 결코 가보지는 못했던 그 공간에서, 지금 현재 내가 숨을 쉬고, 글을 읽고, 사고를 하고 있다는 사실은 한 장의 편지로 받아들일 수 있을 만한 것이 아니었다. 이곳이 내가 그토록 가기를 원했던 우주라는 것이다. 한때 내 인생을 바쳐 연구했던 곳, 실제 그곳에 와있다는 사실은 나로 하여금 침묵하게 만들었다.

아이는 책에 나와 있는 우주왕복선을 보며 신난 듯이 말했다.

"엄마, 나는 우주선을 타고 싶어. 우주선은 진짜 빠르지?"

호기심에 가득 찬 얼굴로 물어보는 아이의 물음에 아이의 엄마는 대답했다.

"그래 성진아, 우주선은 세상에서 제일 빠르게 날아간단다."

"그럼 어디로 날아가?"

"우주. 어둡지만 별들이 빛나서 신기한 곳이야."

"그럼 나도 가면 안 돼?"

"성진이는 나중에 공부 열심히 해서 어른이 되면 갈 수 있지."

"그럼 크면 보내줄 거야?

"당연하지."

아이는 무언가 결심한 듯 주먹을 꽉 쥐었다. 그때 아이는 다짐했다. 꼭 어른이 돼서 반드시 우주에 가겠다고

나는 실없이 미소를 지었다. 다 부질없는 것으로 느껴졌다. 그제야 이곳이 어디든지 간에 무언가 잘못되어 의도치 않은 임무를 떠맡았다는 사실이 내게 한꺼번에 밀려온다. 그리고 나의 희생이 필요하다는 사실까지도 몇 주 전 행성의 충돌 가능성이 확실시되던 순간, 숨이 막혀오던 그만큼의 무게로 절망이 나를 짓누르고 있었다.

우주라는 이름의 무덤은 삶의 반절을 우주에 걸었던 학자치고 나쁘지 않았다. 그러나 먼저 나는 학자보다는 죽음을 앞둔 인간으로서 생각하게 되었다. 재미있게도 죽음이라는 단어 앞에 인간은 완벽하게 이기적이었다. 어머니의 얼굴이나 가족과의 추억이 파노라마로 지나가는 영화 속의

장면과는 달랐다. 티끌하나 없이 빈 머릿속에 오로지 떠오르는 생각은 '살고 싶다', 네 글자뿐이다.

'명예로운 죽음. 한낮 작은 파리 한 마리의 목숨처럼 쉽게 사라지는 죽음과 뭐가 다른가. 어차피 둘 다 똑같이 죽는 거 아닌가.'

나는 다시 김 박사의 편지를 집어 들었다. 책상 위의 시계. 나는 시계를 찾기 위해 책상으로 향했다. 책상 위에는 평소에 없었던 빨간 시계가 올려져있었다. 제작한 시계치고는 평범한 시계였다. 다만 시계 뒤에 붙어있는 열쇠는 김 박사의 손을 거쳤다는 것을 짐작하게 했다. 시계에는 '13 : 02 : 19'라는 숫자를 잔인하게 표시하고 있었다. 더 잔인한 사실은 '19'라는 숫자가 '18', '17'로 계속 줄어들고 있다는 것이었다.

현실을 느낀 뒤에 다시 본 시계 뒤에 붙어있었던 열쇠가 내게 건 낸 궁금증은 매우 컸다. 또한 나는 박사의 의도가 굉장히 궁금했다. 나는 열쇠를 뽑아 들어 딱 들어맞을 구멍을 짐작해보려고 애썼다. 그 순간 한 눈에 들어왔던 것은 잠겨있었던 문이었다.

김 박사는 많은 대중 앞에 섰다. 여기저기에서 터지는 카메라 플래시와 군중의 함성소리는 최근 급상승한 그의 유명세를 증명했다. 이러한 것은 그의 평생을 모두 합쳐도 받아볼 수 없던 환호였음에도 김 박사는 얼굴에 태연함을 유지하려고 애썼다.

"여러분."

김 박사가 입을 떼자 좌중은 모두 침묵했다.

"지금으로부터 발사체가 소행성과 충돌하기에는 하루도 채 남지 않았습니다. 아시는 바와 같이 인공위성을 장착하기로 계획했었던 로켓 탄두에 장착된 막대한 양의 폭탄이 소행성과 직접적인 충돌을 할 것이며 폭발을 위한 무인 장치를 통해 적절한 순간에 산소를 공급해 동시에 폭탄을 터뜨릴 것입니다. 워낙 거대한 소행성이라 폭발 후에도 파편들로 인한 2차적인 피해가 있을 것이라 많이들 우려하시지만, 이미 저희 연구원들은 파편들이 생겨날 것을 고려해서 폭발 위치를 계산했으며 그 위치에 도달하기 위해 현재 일정한 가속도로 접근 중임이 밝혀지고 있습니다. 전혀 걱정하실 필요 없습니다. 다만, 이미 소행성이 태양계 내로 접근했기 때문에 타 행성에 소행성의 파괴로 인한 영향이 있을 가능성이 충분히 있다는 사실에 아쉬움을 드러내는 바입니다. 그러나 여전히 지구에 피해를 주지 않을 것을 확신합니다."

그의 말이 끝나자 여기저기서 참았던 숨을 터뜨리는 소리가 들려왔고, 이내 그 소리는 각자의 안도하는 언어들로 바뀌어갔다.

"You saved all of us!"

그때 한 외신기자가 감격에 겨워 소리쳤다. 곧이어 그 문장은 각국의 언어로 바뀌어 대강당을 가득 채웠다. 환희와 감동이 뒤섞인 기자 회견장이었다. 그리고 그 모든 것은 김 박사를 향한 것이었다. 개중에는 눈물을 훔치는 사람들도 간혹 있었으며 그들의 두 눈에는 한 구원자를 향한 존경과 감사가 듬뿍 배어있었다. 강단에 선 김 박사의 다리가 조금 떨렸다. 그는 온몸으로 전율을 느끼며 강단 아래로 발을 떼었다.

나는 열쇠를 들고 잠긴 문을 향해 걸어갔다. 문의 열쇠 구멍에 열쇠를 꽂는 순간 들은 전혀 어색하지 않은 느낌은 문 뒤에 무엇이 있을지 궁금하게 만들었고 나는 곧바로 열쇠를 돌려 문을 열었다.

“어…… 억……”

눈앞에 펼쳐진 것은 어마어마한 양의 폭탄들이었다. 전선들과 화학물질로 섬세하게 짜여 졌을 폭탄들은 다가가기도 꺼려질 만큼 위압적이었다. 거대한 위력을 가진 폭탄들이, 아무렇지도 않게 눈앞에 가지런한 모습에 나는 도리어 더 큰 공포를 느꼈다. 그리고 또 다시 눈에 들어온 것은 익숙한 필체의 종이 한 장이었다.

– 순서대로 수행하시게

1. 폭파 전 탄두를 비롯한 로켓 전체에 수소와 산소를 충분히 공급하기 위해 약 8분 동안 P-RXE 3 밸브를 열어두게. 당신도 알겠지만 자네 컴퓨터에 설치된 프로그램을 통해 공기 압력과 농도, 시간 등을 조절해야하네. 폭파 전에 질식할 수도 있을 테니……

2. 폭파 2분 전, 탄두에 설치된 폭탄을 장전하기 위해 문 앞에 설치된 버튼을 눌러주게.

다시 한 번 당부하지만 꼭 순서대로 수행해주게.

한 장의 편지로서 나 몰래 진행되었을 그들 논의의 결론이, 그 의도가 이해되었다. 그들은 나에게 단 두 가지의 행동을 요구하고 있었지만, 그건 오랜 시간을 우주에 바친 사람이 아니라면 할 수 없는 것들이었다. 과학자이기에, 자신의 행동이 어떠한 결과를 불러올지 누구보다 잘 알기 때문에 할 수밖에 없는 것들이었다. 1200억 원이 넘는 비용의 우주선을 쏘아 올리면서 실패의 위험을 안고 비전문가를 보내는 것은, 내가 그 자리에 있었어도 동의하지 않았을 일이었다. 지구의 그들은 우리가 배워왔으며 해왔던 방식대로 합리적인 선택을 한 것이었다.

누가 생각하면 그저 손가락 하나만 까딱하면 끝날 일이었다. 굉장히 단순한 일이다. 그러나 나는 알고 있었다. 이는 그 어떤 일 보다도 어려운 일이라는 것을. 김박사의 편지 어디에도 폭파 이후의 일에 대한 언급은 없었다. 그러니까, 나의 탈출이라던가, 나의 안전은 지구에 있는 그, 아니 그들의 관심 밖이라는 뜻이었다. 두려움과 배신감이 엉켜 마음이 복잡해져왔다. 이러한 결정을 내린 이들은 며칠 전까지만 해도 머리를 맞대었던 동료들이었으며, 소행성과의 충돌을 앞둔 지구의 운명공동체였다. 그들이 자신들을 지키기 위해서 나를 내몰았다는 사실은 받아들이기 힘든 배신으로 느껴졌다.

시간이 지났다는 사실은 여느 때처럼 창밖을 보고 알아낼 수는 없었다. 다만 그 사이 눈치 없이 줄어드는 책상 위 시계의 숫자들은 공포감을 불러일으킬 정도로 시간을 각인시키고 있었다.

'05 : 46 : 03'

시간이 흘러갈수록 곧 잊혀질, 혹은 이미 잊혀져버린 나의 존재가 벌써 무의미해졌다는 생각이 내 머릿속을 휘감았다. 내가 살릴 사람들 중 몇 명이나 나의 죽음을 알아줄까. 지구에서 보낸 지난 오십여 년이 아무런 의미도 없던 것처럼 느껴졌다. 그러나 사실, 죽어야한다는 사실은 변함이 없지만, 선택의 여지가 아주 없는 것도 아니었다. 두 가지의 선택이 내 앞에 있었다. 나를 죽음으로 몰아넣은 이들을 남기고 죽느냐, 그들과 함께 죽느냐. 하나, 동료들에 대한 배신감. 또 하나, 나 홀로 죽어야 한다는 것에 대한 억울함과 외로움. 그로 인해 김 박사가 내게 요구하지 않은 선택에 대한 욕망이 스멀스멀 피어오르기 시작했다. 시간이

지날수록 과학자로서의 사명감은 의식저편으로 밀려나고, 한 인간으로서의 분노만이 남는 것 같았다.

　많은 생각들이 떠돌아다닌다. 가만히 눈을 감고 나의 마지막이 될 공기 중 한 부분을 들이마셔 보았다. 지구의 것과 같았다. 젖먹이처럼 그의 공기를 수유 받으며 살아왔던 지난 오십년. 나의 지구, 그리고 아, 어머니. 여태껏 잊고 살았던 어머니의 모습이 눈앞에 어른거렸다. 어머니는 내가 사라진지도 모를 것이다. 한때의 잘못된 생각으로 어머니를 떠났던 날이 떠오르면서 후회와 미련이 남아 나를 괴롭히고 있었다. 정말 아무 것도 못해드렸다. 항상 나를 감싸주고 안아주었지만 나는 안겨있지도 못했고 계속 떠나려고만 했다. 그리고 지금 나는 이미 너무 멀리 떠나와 버렸다. 영원히. 죄책감이 들었다. 거창하게 인류가 멸망한다고 말했던 김 박사지만 나로서는 오직 어머니게 죄송스러웠다. 그렇기에 나는 그 모든 인류에게, 아니 어머니게 복수하고 싶지는 않았다. 복수심으로 불탔던 나의 마음도 잠시, 그저 한없이 고개를 숙일 수밖에 없었다. 다만, 과학자 이성진만이 고개를 떳떳하게 들고 서 있었다.

　언젠가 죽는다고 해도 이렇게 외롭고 깜깜한 죽음을 맞이할 것이라는 생각조차도 하지 못했다. 다만, 내 평생을 바친 과학 앞에서 내 인생의 끝이 부끄럽지만은 않았으면 하고 다짐해왔던 나다. 지금 이곳. 나는 전혀 부끄럽지 않다. 지난 과학자로서의 삶 동안에도 인류의 미래를 위해 젊은 날의 열정을 바쳤던 것을 항상 자부심으로 가지고 있었던 나였다. 그 젊은 날들을 인류와 우주에 바쳤듯, 나의 남은 날도 같은 곳에 바치지 못할 것은 없었다. 만약에, 만약에 김 박사가 나를 몰래 이곳에 보내지 않았더라면, 하고 부질없는 가정을 해본다. 그러나 그때도 나는 이

공간에 와 있을 것이라고 생각한다. 다만 김 박사는 지구에서의 삶을 정리하는데 내가 필요로 했을 시간을 단축해 준 것뿐이다. 그 시간은 곧 인류의 시간이었기에. 나의 1초는 60억의 1초다. 60억초다.

폭탄장전을 머릿속으로 그려본다. 손을 뻗어 P-RXE 3 밸브를 연다. 8분 동안이다. 컴퓨터의 프로그램으로 공기 압력과 농도, 시간 등을 조절한다. 마지막으로 폭파로부터 2분이 남은 시각에 문 앞에 설치된 버튼을 누른다. 세 단계를 머릿속으로 몇 번이고 그려본다. 나의 마지막 미션이다, 60억의 삶이 담겨진.

00 : 46 : 26

그리고 나에게 주어진 46분 26초. 일기장의 한쪽을 찢어 첫 줄에 조심히 적어보았다.

– 나를 제외한 모든 이들에게.

"이제 곧 일이 시작될 시간이네."

김 박사가 조용히 말했다.

"만약에, 혹시 만약에 이박사가 밸브를 잠가놓고 폭탄을 장전시키지 않는다면 어떻게 되는 거죠?"

조수가 의아해하며 물었다.

"없어. 그럴 일은 없어. 이박사도 엄연한 과학자야. 그가 함부로 그런 생각을 할 리가 없어. 오로지 과학만 보고 살아온 사람이니까. 어차피 자신이 죽는 걸 안 이상, 그는 꼭 합리적인생각을 할 거라고 믿네."

"옳은 선택을 해야 할 텐데……"

"얼마 남지 않았어. 1시간도 채 남지 않았으니. 충돌 소식이 들려오면 바로 소행성 파편의 이동 경로를 파악해야하니 준비해두라고."

"네, 박사님."

박사는 말을 마치고 다시 무대 위에 섰다.

"1시간도 채 남지 않았습니다."

그는 우매한 대중들에게 계속 똑같은 말들만 하고 있었다.

이제 10분. 나의 50여 년의 삶은 딱 10여 분이 남아있었다. 나는 옷장을 열어 아침에 출근하기 위해 입으려 했던 옷을 다시 꺼내 입었다. 슬프게도 마지막 출근이다.

"그래. 가자."

나는 여유롭게 살짝 미소를 지었다.

침묵.

그 침묵을 깨면서 시계가 '8'을 나타내며 울고 있고, 잔인하게 나를 울린다. 끝내 나는 떨리는 손을 붙잡고 P-RXE 3 밸브를 열어 숨을 들이마신다. 탁한 공기. 차가운 공기. 진한 공기. 나는 숨을 쉬기 어려움을 느끼고 침대로 다가가 시계가 '2'를 내뱉을 때까지 기다리고 있기로 마음먹는다. 방 전체가 온통 그 공기로 가득 찬다. 몸으로 직접 느끼는 죽음의 고통은 그 어느 것보다 고통스럽다. 눈앞이 희미해지면서 끊임없는 기침이 나온다. 난 모든 것을 토해내고 있다. 오래 동안 고여 있던 눈물도 여태껏 느껴왔던 모든 감정을 담아 진한 농도로 흘러내리고 있다. 그 순간 희미하게 시계소리가 들려오고 있다. 지구의 모든 이의 울음소리 같이 들린다. 간절하게 애원하는 목소리가 환청처럼 들려오기 시작한다.

나는 겨우 몸을 일으켜 문 앞으로 향해 버튼을 힘없이 누른다. 순간, 처음 듣는 기계음이 큰 소리를 내며 온 방을 감돈다. 그 소리를 들으며 얼마 남지 않은 순간을 인식한다. 나는 책상 위에 놓여 진 내 마지막 편지를 손에 쥔 채 눈을 지그시 감는다.

저는 기억되고자 글을 남기는 것이 아닙니다.
저는 살고 싶어서 글을 남기는 것도 아닙니다.
저는 죽음을 앞두고 두려워서 글을 남기는 것은 절대로 아닙니다.
다만 외롭습니다. 온몸에 온기가 없어져갑니다.
나는 지금 춥습니다.
믿기 싫지만 떨고 있습니다.
깜깜한 어둠과 영원한 고요함 속에서 맞이하는 죽은 침묵.
- 그토록 간절히 원했던 곳에서…… 이성진

진공의 상태일지도 모른다고, 그런 생각이 머리를 스쳤다. 머릿속이 진공인 듯 정지 상태였다. 모든 공기가 다 빠져나간 듯 그 속엔 낯선 감각만이 몇 조각 부유하고 있었다. 살결에 닿는 경직된 공기. 두 손으로 막은 귀 속으로 감도는 어색한 소리. 그리고 내 일기장의 마지막 장에 남긴 말.

"그러나 이곳은 나의 우주다."

누가 고흐를 죽였는가?

김 활 / 경기북과학고등학교 2학년

누가 고흐를 죽였는가?

김 활 _ 경기북과학고등학교 2학년

"고흐의 유서가 발견되었습니다. 빈센트 반 고흐, 아마도 이 화가를 모르시는 분은 없겠지요. '해바라기의 화가'라고 알려져 있는 고흐의 유서가 독일 베를린의 한 벼룩시장에서 발견되었다고 합니다. 하지만 반쪽이라고 전해지는데요, 자세한 소식을 베를린에 나가있는 리포터가 전하겠습니다."

아나운서가 들뜬 목소리로 뉴스를 전한다. 이어서 나오는 리포터는 무척 흥분한 목소리로 소식을 전한다.

"여기는 베를린의 6월 17일 거리에 위치한 벼룩시장입니다. 바로 이곳에서 어제, 12월 15일 미술고서를 살펴보던 하인츠만이라는 화가가 우연히 책갈피 사이에 끼여져 있는 색 바랜 종이를 발견하곤 감정을 의뢰한 결과 고흐의 유서임이 밝혀졌습니다. 아쉽게도 종이는 반쪽으로 나머지 반쪽은 찢겨져 나간 듯합니다. 하지만 남아있는 쪽지로 분명히 알 수 있는 것은 그가 사랑하는 누군가에게 이 편지를 보내며 그의 작품이 숨겨져 있는 곳을 알려주었다는 것입니다."

이어서 화면에는 색이 누렇게 변한 종이에 검은 펜글씨 역시 희끄무레하게 변색된 반쪽짜리 편지가 클로즈업되었다. 움베르또는 검은 뿔테의 커다란 안경을 바짝 당겨쓰며 화면가까이 얼굴을 내밀었다.

"아, 함께 보자구~. 무슨 소식?"

어느 틈엔가 나타난 움베르또의 생물학과 친구인 스티븐이 움베르또의 어깨를 툭 치며 곁에 섰다. 리포터는 흥분한 베를린 시민들을 취재하며 지금까지 알려진 고흐의 작품 외에 더 많은 작품을 볼 수 있다는 기대감에 들뜬 시민들의 분위기를 전했다.

"그런데 저 유서가 진짜인지 어떻게 알았지?"

스티븐이 들뜬 목소리로 말했다.

"아마 그 당시 생산되던 종이의 재질과 고흐의 고유한 필체가 단서가 되었겠지~"

움베르또 역시 얼굴이 상기되어 대답했다.

"그림이 진품인지를 가리는 것보다는 훨씬 쉽겠지만 글씨 위조를 알아내는 것도 어려울 거야. 그런데 고흐는 편지를 많이 쓴 화가로 유명하잖아. 아마 당시 고흐가 보낸 편지들을 비교해보면 의외로 쉽게 알 수 있지~"

평소에 고흐의 그림책을 끼고 다니는 움베르또는 매우 진지하게 말했다.

칠흑같이 깜깜한 밤. 산자락의 어둠속에 파묻힌 영국의 Oxford 대학 기숙사. 주말이라 실험으로 바쁜 대학생들만 기숙사를 지키고 있어 유난히 고요했다. 그런데 후다닥…… 쿵쾅…… 후다다다닥…… 누군가 기숙사 복도를 쏜살같이 내달려 위층계단을 한달음에 뛰어올라갔다. 복도의 센서불이 가로등처럼 켜지자 건물을 에워싸던 어둠이 주춤 밀려났다. 복도 끝에서부터 급하게 뛰어오는 소리에 침대에서 느긋하게 책을 읽던 움베르또는 귀를 쫑긋 세우며 아직 열리지 않은 문 쪽을 바라보았다. 슬며시 입가에 웃음이 맴 돌았다.

'분명 스티븐이 틀림없어. 이 밤에 저렇게 뛸 녀석은 그 놈밖에 없거든, 전에도 실험실에서 키우던 토끼가 없어졌다며 이렇게 뛰어왔지. 그런데 잠시 뜸을 들일거야. 호들갑스러운 모습을 내게 보이기 싫어하는 녀석이니까'

아니나 다를까, 잠시 문 앞에서 숨을 고르는가 싶더니 문이 벌컥 열렸다. 스티븐이다.

"움베르또! 빅…… 빅뉴스야. 빨리 정보검색대로 가자~"

애써 침착한 척 말을 또박또박 건넸다. 움베르또도 무슨 소식인지 궁금해 마음이 급해졌다.

"무슨 일이야? 이번엔 고양이가 도망갔어?"

움베르또가 농담을 던지며 침대를 내려섰다.

소식을 전하는 아나운서의 목소리가 무척 우렁차다.

"스위스에서 전해온 특보입니다. 오늘 정오에 스위스 은행이 <빈센트 반 고흐>라는 이름으로 맡겨진 금고가 있음을 밝혔습니다. 스위스 은행은 오래전 익명의 한 사람이 하나의 금고를 예약하며 '고흐의 유서가 어디선가 발견되면 이 금고를 공개하라'고 한 그의 말을 전했습니다. 그리고 이틀 전 베를린에서 유서가 발견된 이상 이 금고를 공개하는 것이 마땅하다고 판단한 스위스 은행은 전문위원을 참석시킨 가운데 금고를 열었다고 합니다. 그 안에는 또 다시 작은 금고와 함께 다음과 같이 적힌 쪽지가 있었다고 합니다. '이 작은 금고 안에 고흐의 찢겨진 반쪽짜리 유서가 들어 있다. 이미 발견된 유서와 이 유서를 맞추어보면 고흐의 마지막 작품들이 숨겨져 있는 장소가 적혀 있다. 이 금고를 열 수 있는 비밀번호는 '과연 누가 고흐를 죽였는가?'의 대답이다. 고흐를 진정으로 이해할 수 있는 자만이 정답을 알 수 있다.'고 적혀 있답니다. 이 금고를 열 수 있는 자물쇠는 그 정답을 입력할 수 있도록 알파벳으로 이루어져 있다고 스위스 은행은 밝혔습니다. 아울러 고흐의 직접적인 자살 원인이 그 정답이 될 것으로 말했습니다. 또한 이 자물쇠는 열 수 있는 세 번의 기회만 주어지며 마지막 기회가 실패하면 금고는 고온이 되어 안의 유서가 타버리므로 내용은 영원히 비밀에 묻혀 진다고 밝혔습니다. 이 사건은 전 세계에 알려지면서 미술애호가뿐만 아니라 모든 지구인들의 관심을 집중시키며 우리가 풀어야 할 인류사의 거대한 문제가 되었습니다."

스티븐이 잔뜩 상기된 채 한마디 거들었다.

"고흐의 조국 네덜란드에서는 '고흐 작품 발굴 위원회'까지 만들어졌대. 예술가, 화가, 고고학자, 미술비평가, 미술 감정가 등 전문가들이 모두 이 프로젝트에 참가했대. 그런데 누가 고흐를 죽였을까? 왜 고흐가 자살을 할 수 밖에 없었을까?"

"난 알지~. 고흐가 자살했으니 고흐가 고흐를 죽인거지. 그게 정답이야~"

움베르또가 웃으며 말했다.

"말도 안 돼~. 그렇게 쉬운 문제라면 왜 금고까지 만들고 비밀번호까지 만들었겠어? 누가 죽였는지 알려면 그가 죽기 전에 그를 가장 힘들게 했던 게 무언지 알아야 해."

"지금 우린 상황을 지켜보기만 해야겠군~~ 분명 정답은 고흐라구! 고흐! go go go흐흐흐흐흐~~, 아 피곤해, 가서 자야겠다."

움베르또가 기지개를 펴며 말했다. 이미 시계가 새벽 3시를 가리키고 있었다. 이웃 농가의 닭이 벌써 홰를 치며 새벽을 밀어내고 있었다.

일주일이 휙 지나갔다. 바쁜 가운데서도 움베르또는 이번 토요일 저녁 8시를 강박적으로 되뇌이고 있었다. 그 시간에 온 세계가 월드컵 구경하듯 TV 앞을 지킬 것이다. 비밀번호를 확정지은 위원회가 생중계로 금고의 문을 여는 장면을 보여준다고 했다. TV에서는 이를 계기로 고흐의 일생이 다시 한 번 자세히 소개되고 그의 불행했던 삶이 다큐멘터리로 만들어져 소개되었다.

[빈센트 반 고흐는 1853년 3월 30일 네덜란드 남부에서 태어났다. 그의 아버지는 교회의 목사였고 그의 다섯 형제들 중 세 명이 아트 딜러였다. 이렇듯 반 고흐의 집안은 미술과 종교 두 가지의 직업으로 대를 잇고 있었다. 고흐에겐 그보다 4살 어린 남동생 테오가 있었다. 어린 시절의 반 고흐는 진지하고 조용하고 생각이 깊었다. 1866년 그가 13살 때 콘스탄틴이라는 미술선생님으로부터 잠시 그림을 배웠다. 1869년에는 삼촌의 도움으로 아트 딜러 구필 앤 씨(Goupil & Cie)에서 일하기 시작하였으며 한때 경제적으로 부유한, 행복한 시간을 보내기도 하였다. 그러나 예술작품이 상품화되어 거래되는 것에 염증을 느껴 종교에 헌신하기 위해 신학공부를 하기로 결심하고 광산마을에 들어가 선교활동을 한

다. 동생 테오는 그곳에서 형이 그림을 그릴 수 있도록 경제적으로 지원해준다. 1881년 에텐에 사는 부모들 곁으로 돌아와 계속 그림을 그리면서 사촌인 키 보스 스트릭커(Kee Vos-Stricker)와 많은 이야기를 하면서 친해진다. 하지만 그녀는 8살 난 아들이 있는 과부였다. 고흐는 그녀에게 사랑을 고백했지만 그녀는 가난한 예술가의 사랑을 받아들이지 않았다. 그녀를 만나기 위해 편지를 쓰고, 그녀의 아버지를 만난 자리에서 고흐는 램프에 자신의 왼손을 갖다 대며 그녀를 만나게 해달라고 필사적으로 매달렸지만 모두 허사였다. 사촌에 대한 실연으로 상심이 컸던 고흐는 다음 해 5살 된 딸을 가진 창녀 시엔(Sien)을 만나게 된다……]

움베르또는 다큐멘터리를 보다가 위원회가 결정한 비밀번호가 무엇인지 궁금해 인터넷에서 그들의 토론내용을 검색해 보았다.

"고흐의 자살은 그의 불행한 심리상태 때문입니다."

"<누가>라고 했잖아요? 심리상태는 답이 될 수 없습니다."

"그래요. 심리상태가 아니라 그 불행한 심리상태의 원인을 제공한 사람이 답이지요."

"도대체 누구를 말하는 것입니까?"

"고흐의 일생을 보세요. 행복했던 고흐가 불행해지는 시점이 언제부터입니까? 사촌누이 Kee로부터 실연을 당한 이후부터잖아요."

"그러니까 고흐가 자살한 것은 Kee 때문이라는 것입니까?"

"그렇지요. 고흐의 불행한 심리상태는 Kee와의 실연이라는 사건이 벌어진 이후 그 아픔이 여러 가지 불행한 상황을 거치면서 점점 발전되어 결국 자살을 할 정도로 그 극한점에 이른 거니까요."

결국 토론자들은 고흐가 첫사랑에 실패한 이후 그 사랑을 잊으려고 창녀까지 만나고 그림 외에는 어떤 열정도 갖지 못한 불행한 삶을 살게 되었으며 결국 그 불행이 극도에 달해 자살을 하게 되었다는 것으로 의견을 모았다. 마침내 비밀번호는 사촌 누나의 이름인 Kee로 결정되었다.

'아, 말도 안 돼~. 아무리 실연의 상처가 컸다 해도 자살하기 10년 전 일을 죽음의 원인으로 하다니……'

움베르또는 고개를 갸우뚱했다.

'고흐의 모든 불행을 오래전 실연의 아픔에서 그 원인을 찾은 전문가들의 의견에 동의할 수 없었다. 삶이 주어진 하나의 방향으로 나아가는 것이라구?…… 도킨스의 [이기적 유전재에서 떠드는 진화론이잖아. 세계적인 전문가라는 사람들이 생물의 진화가 번식이라는 유전자의 이기적 목표라는 단 하나의 방향으로 발전하는 진보라고 떠드는 그 엉터리 진화론과 같은 생각을 하다니…… 물론 그 사랑이 이루어졌더라면 고흐의 삶이 달라졌을 수 있지만 그렇다고 그걸 10년 뒤에 일어난 자살사건의 원인으로 생각하는 건 지나친 생각의 오류가 아닐까?'

움베르또는 금고가 열리지 않을 것이라고 확신했다.

모두 컴퓨터 앞에 옹기종기 모여 있다. 실시간으로 중계되는 생방송에 모두 긴장한 채 서로 속삭이고 있었다. 움베르또만 뒤에 멀찌감치 물러나 팔짱을 끼고 관망하는 자세이다. 스티븐은 뒤에 서 있는 움베르또를 힐끔힐끔 쳐다보면서 생중계의 한 순간이라도 놓칠 수 없다는 듯 가까이 오라는 팔 신호만 열심히 하고 있었다. 드디어 은행 측이 위원들이 건네준 비밀번호의 첫 번째 알파벳 K를 눌렀다. 그러자 금고의 자물쇠는…… 삐이익…… 고음의 짧은 경고음만 냈을 뿐 아무런 일이 일어나지 않았다.

"아……" 하는 탄식이 약속이나 한 듯 터져 나왔다. 스티븐 역시 실망을 감추지 못하고 움베르또의 곁으로 다가왔다. 움베르또는 아무 표정의 변화가 없었다. 스위스 은행은 당혹감을 애써 감추고 아직 두 번의 기회가 남아있음을 강조했다. 하지만 처음 비밀번호를 잘 못 누른 순간부터 48시간 내에 열어야 한다는 조건이 있었다. 그렇지 않으면 금고는 끝내 열리지 않고 고흐의 그림은 제 발로 걸어 나오지 않는 이상 암흑 속에 묻혀있게 된다고.

"왜 안 열린 거야? 넌 알고 있었지?"

연구실로 향하는 움베르또를 뒤따라가며 스티븐이 열심히 말을 걸었다.

"왜 안 열렸지? 열렸으면 좋았을 걸……"

움베르또는 태연한 표정으로 웃으며 텅 빈 운동장을 둘러보곤 연구실 현관문을 밀고 들어섰다. 현관 구석에 누워있던 Nabi가 눈을 반짝이며 가늘고 긴 꼬리를 치켜들며 반갑다는 듯 다가왔다.

첫 번째 비밀번호가 실패했기 때문에 주어진 시간은 겨우 48시간. '고흐 작품 발굴 위원회'의 토론이 계속 전 세계로 생중계되고 있었다. 두 번째 비밀번호를 알아내기 위한 각계 전문가들의 그럴듯한 해석을 덧붙인 정답제안들, 세계 곳곳에서 보내오는 생전 고흐의 영상화면 등이 쉴 새 없이 내보내졌다. 하지만 어떤 제안도 위원들의 만장일치를 이끌어내지 못하였다. 움베르또는 연구실에서 일을 하며 계속 생중계의 진행상황을 지켜보고 있었다.

　그런데 갑자기 화면 가득, 얼굴이 새하얀 노파의 모습이 클로즈업되었다. 위원회를 진행하던 사회자가 할머니를 소개했다. 고흐의 화가친구였던 폴 고갱의 손녀라고 했다. 폴 고갱은 고흐가 1890년 자살하기 전 십여 년 동안 친구관계에 있었으며 심지어 자살하기 일 년 전에 고흐의 '노란 집'에서 함께 살며 그림을 그린 유명한 화가이다. 고흐가 고갱을 위해 그린 '해바라기' 그림들은 불후의 명작으로 이미 고흐의 상징이 되어버린 그림들이다.

　은색의 하얀 머리카락을 곱게 빗은 노파는 자신의 할아버지인 고갱의 일기장을 들고 나왔다. 고갱이 그녀에게 남긴 유품이었다. 곧 공개될 일기장의 내용이 위원회의 분위기를, 아니 온 세계를 긴장시켰다. 할머니는 특별히 보여주고 싶은 곳이 있다는 듯 두꺼운 일기장의 중간쯤을 펼쳐들었다. 100년이 훨씬 넘은 일기장은 글씨가 어지럽게 써져 있어 읽기가 힘들었지만 컴퓨터 판독기가 이를 쉽게 인지하고 사람의 목소리를 빌어 전 세계에 내보냈다.

　[오늘 아침 식탁에는 어제 먹던 갈색 빵이 바싹 말라 비틀어져 뒹굴고 있었다. 마치 어젯밤 고흐와 내가 심하게 말다툼을 하고 잔뜩 비틀어진 모습을 닮아 있어 씁쓸했다. 하지만 난로 위엔 벌써 묽은 커피가 끓고 있었다. 아마도 고흐가 먼저 일어나 사과의 뜻으로 준비한 것이리라. 하지만…… 난 아직 너의 사과를 받아들일 마음이 없어. 넌 어제 너무 미치광이처럼 날뛰었거든. 난 그저 너 그림에 대한 내 생각을 말한 것뿐인데…… 넌 마치 내가 너를 무시하고 비난하기라도 하는 것처럼 날뛰었어. 그런 걸로 말하면 너도 내 그림을 무시한건 마찬가지지. 실제 모습

과는 상관없이 상상으로만 색을 칠한다고…… 하지만 바로 그런 점에서
우린 서로 닮아있지. 너도 나도 자신의 인상이나 생각에 따라 표현하니
까…… 아무튼 난 이 지겹고 악취가 나는 곳을 떠날 거야. 떠나고 말겠
어……]

일기는 고흐가 자살하기 일 년 전쯤 고갱이 그와 다투고 난 뒤의 부
분이었다. 새하얗고 깡마른 손가락으로 또 한 장을 넘기며 새하얀 얼굴
의 노파는 역시 새하얗게 웃었다. 옆에 앉은 미술사학자의 얼굴에도 흐
르는 시간의 초조함이 역력했다. 빛바랜 누런 종이에 휘갈겨 쓴 고갱의
글씨에는 당시 그의 분노와 공포와 당혹감이 묻어나는 듯 알아보기 힘
들었다. 다음날의 일기가 계속 되고 있었다.

[복잡한 머리를 식힐 겸 카페에서 나와 거리를 따라 걸었다. 그런데
갑자기 뒤에서 누군가 내 목을 휘감아 조이고 내 목에 면도칼을 들이대
었다. 고흐였다. 다툰 일로 내가 떠난다면 같이 죽어버리자고 위협했다.
내가 떠나는 것이 고흐에겐 공포였다. 마치 연인에게서 버림받아 비장한
각오를 한 사람처럼 보였다. 떠나지 않겠다고 겨우 그를 달래었다. 우리
의 다툼은 서로의 발전을 위해 필요한 일이었음을 설명하고 겨우 그런
일로 내가 떠날 수는 없다고 설득했다. 그제야 고흐는 매서운 눈을 풀고
순한 어린애처럼 고분고분해졌다. 하지만 나는 말다툼이 아니라 고흐의
그런 집착이 무서웠다. 나에 대한 집착과 열정. 너무 외로워서인가 생각
해보았지만 이유야 어떻든 나는 고흐의 면도칼이 언제 또 나를 겨눌지
알 수 없는 불안감에 휩싸여 지낼 수는 없었다. 결국 나는 새벽에 '노란

집’을 몰래 빠져나와 기차에 몸을 싣고 파리로 돌아갔다.]

　일기를 함께 짚어가며 내려가던 할머니는 숨을 거칠게 몰아쉬었다. 아마도 이미 알고 있는 내용이었지만 여전히 읽을 때마다 힘든 내용이 있는 듯했다. 고갱의 글씨는 이제 놀라움과 공포 그 자체로 변해서 컴퓨터 판독이 아니면 읽기 힘들 정도로 휘갈겨 있었다.

　[고흐가 미쳤구나, 미쳤어 자기 귀를 자르다니…… 어떻게 제 정신으로 그런 짓을 할 수 있을까…… 아, 내가 그를 떠난 것이 잘한 것인가, 잘못한 것인가. 내가 떠나지 않았더라면 이런 일이 일어나지 않았을까? 나를 존경한다고?, 내 그림에 매료되었다고?, 나를 사랑한다고? 그래 나를 사랑한 거야. 그래서 그 집착을 보인 거고 내 방에 걸린 수많은 해바라기 그림도 그 열정을 가지고 있어서 가능했던 거야. 내가 계속 머물러 있으면 또 싸울 수도 있고 그렇게 되면, 분명 미쳐서 그 면도칼을 내게로 향했을 거야. 아아아…… 이런 일이 일어나다니……]

　할머니 안색이 파래졌다. 깡마른 손가락들이 몹시 떨렸다. 미술사학자는 사람들에게 할머니를 모셔가도록 했다. 스튜디오 안의 공기는 열기로 가득했다. 이제 답이 나온 듯 했다. 고흐는 자살하기 몇 달 전 열렬히 좋아했던 고갱과의 이별을 괴로워했고 이를 극복하려 했지만 결국 우울증과 정신병으로 이어져 자살했다는 결론이다. 결국 고갱이 고흐를 죽음으로 내몬 것이다. 고흐가 고갱에게 보였던 감정이 단순히 천재적인 동료에 대한 애정이었든, 아니면 그 이상의 것이었든 그 누구에게도 이 감정을 구분하는 것이 중요치 않은 듯 했다.

두 번째 비밀번호는 'Gaugain'으로 정해졌다. 아무도 이의를 제기하지 않았고 만장일치로 결정되었다.

"내 그럴 줄 알았어. Kee는 무슨…… 암, 당연히 Gaugain이지."

스티븐은 마치 자기가 이미 처음부터 알고 있었다는 것처럼 확신에 차서 말했다.

"Kee가 정답이 아님이 밝혀지는 순간 가장 실망한 사람이 누구더라?"

움베르또는 장난기 가득한 얼굴로 웃으며 말했다.

"그땐 그것이 정답인 줄 알았지. 하지만 가만히 생각해 보니까 그게 아닌 거야. 내가 좋아하는 굴드의 진화론에 따르면 Kee란 대답은 그야말로 천박한 진화론이 저지른 오류지."

"그건 또 무슨 소리야?"

"잘 들어봐. 굴드의 생물학이론에 따르면 생물의 진화는 주어진 하나의 방향을 향해 나아가는 진보가 아니야. 가령 생물이 복잡성의 증가라는 한 방향으로 진화한다고 생각하는 것은 눈에 띄는 하나의 법칙성이나 규칙성으로 모든 것을 일관되게 설명하려는 과학자들의 못된 습성 때문이지. 예를 들어 고흐의 경우, 고흐의 심리상태가 사촌누이와의 <실연의 아픔>이 점점 증가되는 한 방향으로 발전되어 결국 그 아픔이 극한점에 이르러 자살을 하게 되었다고 생각하는 것이야. 위원회가 사촌누이를 답으로 생각한 것은 그런 이유에서였다고 볼 수 있지. 하지만 생물의 진화는 그때그때의 환경에 따라 여러 방향으로 진행되어 다양성이 증가하는 것이야."

"그래서? 그게 Gaugain이 정답이라는 이유가 돼?"

"그럼. 생물의 행동은 미리 주어진 하나의 방향이 결정하는 것이 아니라 그때그때의 환경에 따라 달라지는 거야. 생물의 모든 행동은 그때그때의 환경에 다양한 방식으로 적응하는 것일 뿐이야. 고흐의 심리상태가 사촌누이와의 <실연의 아픔>이 점점 증가되는 한 방향으로 발전되어 결국 극한점에 이르러 자살을 하게 된 것이 아니라, 고흐의 심리상태가 그 당시의 고갱과의 불화 때문에 극도로 불안해져서 그 불안에 대한 적응행동으로 그 불안을 피하려는 자살이라는 행동으로 나타난 거지.”

“그래서 Gaugain이 정답이라는 것이군.”

“그렇지 사람들은 이 생물학적 근거도 모르고 단지 그 할머니가 가지고 온 낡은 일기장의 내용만 보고 Gaugain이 정답이라고 생각한 거야. 같은 대답에 도달하더라도 천재와 보통 사람은 이렇게 차원이 다른 거지.”

“그래 그럴 듯하네. 역시 천재는 다르군.”

움베르또가 칭찬을 하자 스티븐은 어깨를 으쓱하며 활짝 웃었다.

드디어 두 번째 시도가 진행되었다. 지난번처럼 스위스 은행의 금고로 세계의 관심이 집중되었다. 첫 번째 알파벳 G가 입력되었다. 알파벳 G에 파란빛이 켜졌다. 희망의 신호였다. 전 세계가 이제야 답을 찾았다고 흥분했다. 두 번째 알파벳 A를 눌렀다. 아, 그런데…… 이게 웬일인가, 금고의 자물쇠는 지난번처럼 고음의 짧은 경고음을 ‘삐익’ 내더니 굳게 입을 다물었다. 모두 할 말을 잃고 멍하니 서 있었다. 스티븐은 바닥에 털썩 주저앉아 머리를 감싸 쥐었다.

이제는 겨우 하루 밖에 시간이 남지 않았다. 하지만 첫 알파벳은 G인 것이 분명했다. 생중계는 밤낮으로 이어졌고 세계가 하나가 되어 각국의 전문가들이 속속 의견을 보내왔다. 권총 이라는 단순한 낱말에서부터 '신'만이 그를 이해한다고 설파하는 종교인, 그의 정신병명, 그의 조국 네덜란드…… 등등 하지만 G로 시작하는 단어여야 했다. 자살이니까 고흐가 고흐를 죽였다는 의견도 나왔다. 하지만 그 의견의 이유는 너무 간단해서 모든 세계인들을 설득해내지 못했다. 고흐의 작품이 모두 사라질 절체절명의 위기에 세계인들은 가슴을 조마조마했다.

움베르또도 생각에 빠졌다. 비밀번호를 알아내려던 두 번의 과정이 모두 우연의 일치인지 모르지만 자신이 계속 연구해오던 진화론의 얘기를 닮아 있었다. 한때 한창 독창적인 생각으로 여겨지던 굴드의 진화론에서 나온 결론인 비밀번호 '고갱'이 빗나가자 움베르또도 당황한건 사실이다. 움베르또는 금고를 맡긴 사람의 입장이 되어 다시 한 번 생각을 집중하기로 했다. 그는 분명 고흐를 누구보다 사랑하는 사람일 테고 그때문에 고흐의 유서를 가지고 있었을 것이다. 그는 금고를 맡길 때 이미 밝혔듯이 세상 사람들이 고흐를 고흐로서 인정하고 받아들이기를 바란 것이다. 그가 누구일까. '누구'인가가 정답과 무관하지 않을 것이라는 건 쉽게 짐작이 갔다. 다시 한 번 움베르또는 컴퓨터에서 읽다가 그친 고흐 일생에 관한 자료를 살펴보았다.

[…… 고흐는 시엔을 만나 짧지만 행복한 생활을 보내며 그녀와의 사이에 아들을 낳았다. 하지만 고흐집안의 결사적인 반대로 두 사람의 생활은 오래 지속되지 못하고 시엔은 결국 아들을 데리고 친척이 사는 베를린으로 떠났다. 고흐는 이후 계속 시엔에게 편지를 보내며 아들에 대

한 사랑과 그리움을 전했다. 이후 아들 윌렘은 자라면서 아빠와 편지를 주고받게 된다. 윌렘은 외로운 고흐의 유일한 사랑이자 희망이 되어준 셈이다……]

　이러한 내용은 이미 모두 알고 있는 내용이었다. 고흐가 살아 있을 때, 세상은 그의 가치를 알지 못하고 냉대했다. 가난한 화가는 사랑하는 연인과의 결혼도 할 수 없었고, 사람들이 좋아하는 그림을 그리지 않는 이상 전시회도, 그림을 파는 일도 쉽지 않아 여전히 가난할 수밖에 없었다. 외로움, 지독한 가난, 화단으로부터의 배척, 괴팍하긴 했지만 가난한 광산촌 사람들에 대한 사랑, 실패한 화가생활…… 더구나 고갱에 대한 동성애에 가까운 열렬한 사랑에 대해 사람들은 냉소적이었으며 그의 예술까지 폄하하였다. 고흐는 더욱 더 고립되어 갔다. 그런데 고흐는 생전에 그의 외로움과 예술에 대한 사랑, 고갱의 예술에 대한 찬사와 애정, 일상생활에 대한 모든 것을 누군가에게로 편지를 써 보냈다. 그 ‘누군가’가 아들이었음은 어렵지 않게 짐작할 수 있었다. 아들이 아버지를 자유로운 예술가의 정신을 가진 한 사람으로 받아들이고 이해할 수 있는 유일한 사람이었다. ‘그렇다면 마지막 기회는 고흐의 아들이란 말인가’ 움베르또는 다시 생각에 잠겼다.

　두 번째 비밀번호의 실패로 대학도 떠들썩했다. 움베르또는 스티븐에게 이 사건이 진화론과 관련이 있는 것 같다고 말했다.
　“혹시 마뚜라나 생물학이 이 사건을 해결할 실마리를 제공할 수 있지 않을까?”

움베르또의 생각을 자세히 듣자 스티븐은 만세를 불렀다.

"우리가 해결했어. 바로 그게 답이야. 빨리 늦기 전에 위원회에 전화하자."

스티븐의 부추김으로 움베르또는 위원회로 전화를 했다.

"고흐를 죽인 것은 고흐입니다."

"자살이니까 당연히 고흐가 고흐를 죽인 것이겠죠. 하지만 금고를 맡긴 사람은 고흐를 가장 잘 이해하는 사람만이 대답을 알 수 있다고 했어요. 그가 그런 단순한 대답을 대답으로 생각했을 리 없습니다."

"고흐를 가장 잘 이해하는 사람만이 대답을 알 수 있다고 했잖아요. 해결의 열쇠는 바로 거기에 있는 것이 아닐까요?"

"무슨 뜻이죠?"

"고흐를 가장 잘 이해하는 사람이 누굴까요? 당연히 고흐가 아닐까요?"

"뭔가 오해하신 것 같은데, 그 말은 그 대답에 해당되는 사람이 고흐를 가장 잘 이해하는 사람이라는 것이 아니라 그 대답을 아는 사람이 고흐를 가장 잘 이해하는 사람이라는 뜻입니다."

"바로 그것입니다. 열쇠는 그 두 가지가 결국 같은 것이라는 데 있죠. <자기 자신을 가장 잘 이해하는 사람이 자기 자신>이라는 사실을 아는 사람은 <고흐 자신을 가장 잘 이해하는 사람도 고흐 자신>이라는 사실을 가장 잘 이해할 테니까요."

"그렇기도 한 것 같네요. 하지만……"

"전 생물학도입니다. 왜 그런지 제가 생물학적으로 설명을 드리죠."

“생물학적으로요? 아니 그게 생물학과 무슨 관계가 있지요?”

“고흐를 가장 잘 이해하는 사람도 고흐도 모두 생물이 아닙니까?”

“그건 그렇죠. 하지만 그런 당연한 말씀을 왜 하십니까?”

“유명한 신경생물학자, 마뚜라나에 따르면, 생물은 자신의 구조로 끊임없이 자신을 생산하는 존재입니다. 그것은 생물이 자신의 몸뿐만 아니라 자신의 모든 행동도 자신의 구조로 생산해낸다는 뜻입니다.”

“그것이 자신이 자기 자신을 가장 잘 이해한다는 것과 무슨 관계가 있죠?”

“지금까지 위원회는 고흐 자살의 원인을 사촌누이와의 실연이라든가 고갱과의 불화라는 사건으로, 다시 말해 모두 외부환경 탓으로 돌렸습니다. 고흐의 자살이라는 행동을 결정한 것은 외부환경이라고 본 것이죠.”

“그랬죠. 그래서요?”

“생물이 자신의 모든 행동을 자신의 구조로 생산해낸다는 것은 외부환경이 생물의 행동을 결정하는 것이 아니라 단지 유발할 수 있을 뿐이며, 생물의 행동을 결정하는 것은 결국 생물 자신의 구조라는 뜻입니다.”

“그러니까 고흐의 자살이라는 행동을 생산한 것은 결국 고흐 자신의 구조라는 말이죠?”

“바로 그것입니다. 고흐는 자신의 모든 행동을 자신의 행동구조를 통해, 즉 자신의 행동방식을 통해 생산해냅니다. 행동만이 아니죠. 그 자신의 모든 생각도 그 자신의 사고구조를 통해, 즉 사고방식을 통해 생산해냅니다.”

“그러니까 누구든 자신의 사고방식대로 생각하고, 자신의 행동방식대로 행동한다는 뜻입니까?”

“네, 그렇습니다. 그러니까 고흐를 죽인 것은 고흐 자신의 행동방식인 셈이죠.”

“그러면 외부환경은 생물의 행동에 아무런 영향을 끼치지 못한다는 말입니까?”

“당연히 행동에 영향을 끼치죠. 하지만 어떤 특정한 행동을 결정하지는 않습니다. 예를 들어 볼까요. 빙하기라는 외부환경 때문에 생물들은 그 환경에 적응하는 행동을 할 수밖에 없었습니다. 외부환경이 생물의 행동에 영향을 미친 것이죠. 하지만 생물들마다 자신의 고유한 적응행동방식으로 적응했지요. 곰은 자신의 고유한 적응 행동방식을 통해 두꺼운 털을 생기게 하는 것으로 적응했지만 바다표범은 자신의 고유한 적응 행동방식을 통해 두꺼운 지방으로 된 피부를 생기게 하는 것으로 적응했어요. 사람은 자신의 고유한 적응 행동방식을 통해 곰의 두꺼운 털가죽을 옷으로 입거나 보다 따뜻한 곳으로 이주를 하는 것으로 적응했어요. 외부환경이 생물의 행동을 결정하는 원인이라고 생각하면 생물 개개의 고유한 행동을 결코 이해할 수 없습니다.”

“그러니까 고흐의 고유한 행동을 이해하려면 그 행동의 원인을 외부환경에서 찾으면 안 된다는 말이죠?”

“그렇게 되면 고흐의 고유한 행동 또한 결코 이해할 수 없죠. 고흐는 고흐인 것입니다. 고흐는 외부환경에 따라 살아가는 존재가 아니라 고흐 자신의 고유한 삶의 방식에 따라 생각하고 행동하며 그림을 그리며 살아가는 고유한 존재라는 것입니다. 고흐나 고흐의 그림을 이해하려면 우리가 고흐 자신의 입장이 되어 고흐 자신의 사고방식과 행동방식과 삶의 방식을 이해해야 한다는 것입니다. 고흐 자신의 입장이 되어 고흐의 기쁨과 슬픔과 고통을 체험할 수 있을 때 고흐나 고흐의 그림을 제대로 이해할 수 있다는 것이죠.”

“아하, 이제 이해가 되는군요. 금고를 맡긴 사람이 왜 고흐를 가장 잘 이해하는 사람만이 대답을 알 수 있다고 했는지. 그는 인류가 그 대답을 알 수 있을 때만, 그래서 고흐의 입장이 되어 고흐를 제대로 이해할 수 있을 때만 고흐의 작품을 볼 자격이 있다고 생각해서 그런 수수께끼를 낸 것이군요. 이제야 모든 것이 이해가 갑니다.”

“이번에는 마지막 기회이니까 전문가들뿐만 아니라 전 세계인들이 결정해야 할 것 같습니다. 지금 인터넷으로 온라인투표를 시작합니다. 고흐라는 대답에 찬성하는지 반대하는지 투표로 밝혀주십시오.”

각국의 대표단으로 구성된 십만여 명의 투표가 시작되었다. 결과는 순식간에 화면에 떴다.

‘찬성 100%반대 0% ’

이번의 만장일치는 전 세계인이 보내는 100% 지지였다. 아, 얼마나 감격스러운가. 이제야 고흐의 새로운 작품들이 빛을 보게 되는가. 스위스 은행의 금고는 여전히 비밀을 가득 담고 철통같은 보안 속에 보호되고 있었다. 이번엔 한 치의 실수도 있어선 안 된다는 긴장감이 팽배했다. 알파벳을 누르는 전문가는 ‘Gogh’라는 알파벳을 수십 번 확인한 뒤에야 조심스럽게 G를 눌렀다. 모두 숨죽이고 금고가 뚫어져라 쳐다볼 뿐이었다. G라는 알파벳에는 예전의 그 파란빛이 선명하게 켜졌다. 전문가는 떨리는 손으로 알파벳 O를 입력했다. 그러자, O에도 파란빛이 환하게 켜졌다. 이젠 세계가 축제분위기에 휩싸였다. 벌써 움베르또를 에워싼 동료들은 움베르또에게 축하의 포옹을 했다.

이어서 G가 눌러졌다. 파…란…불…이 켜…지…지 않았다. 전 세계인의 숨이 멈추어진 그 순간, 금고는 모두를 조롱하듯, 경고음 '삐익'을 남기곤 영원히 침묵의 시간으로 들어갔다. 세계가 침묵했다. 움베르또의 시간도 멈추었다. 아무런 소리도… 들리지 않았고… 느낌도… 평온했다. 동료들의 탄식도 생방송의 시끄러운 소리도 들리지 않았다.

"아, 뭐가 어디서부터 잘못됐지?"

스티븐이 고함을 질렀다.

"도대체…… 왜……"

"혹시 정답이 없는 건 아닐까?"

"누군가 전 세계를 상대로 거짓말을 한 걸지도 몰라"

시끄럽게 떠드는 동료들의 소리에 움베르또가 갑자기 깨어난 듯싶더니 위원회에 전화를 걸었다. 생방송으로 움베르또의 전화목소리가 울려퍼졌다.

"혹시 이 금고를 맡긴 사람의 쪽지를 화면으로 볼 수 있나요?"

스위스 은행 측은 쪽지를 펼쳤다. 화면 가득 클로즈업되어 글씨가 눈에 들어왔다.

'Vincent van **Goch**'

  * 덧붙임: 이 쪽지를 맡긴 사람은 독일의 베를린에서 자란 고흐의 아들 윌렘이었다. 아들은 어릴 때 아버지에게 편지를 보낼 때 네덜란드 표기법이 아니라 자신이 배운 독일식 발음표기법대로 Goch(고흐)로 썼다. 그는 몸에 배어 있는 자신의 행동방식에 따라 비밀번호를 저장시켰던 것이다. <모든 생물은 자신의 몸에 배어 있는 자신의 행동구조, 즉 행동방식에 따라 행동한다.>는 마뚜라나의 이론을 고흐에게까지는 제대로 적용하여 비밀번호를 알아냈지만 그 아들에게까지 적용하지 않았기 때문에 발생한 비극이었다. '말한 것은 모두 말한 이가 자신의 방식대로 말한 것이다. 즉 행동은 모두 행동한 자가 자신의 방식대로 행동한 것이다.'는 마뚜라나의 경구가 모든 이의 뇌리를 쳤으리라! 푸하하하……

얼룩진 교과서

박주성 / 경기북과학고등학교 1학년

| **얼룩진 교과서** |

박주성 _ 경기북과학고등학교 1학년

지난 5월, 학교에서 과천과학관의 성과물 전시회를 견학을 갔을 때, 정말 충격적인 장면을 보았다. 일명 '누드 쥐'라 불리는 유전자 변형 쥐는, 온몸의 면역을 0에 가깝게 하여 가죽이 없이 '벌거벗은' 모습을 하고 있다. 그 쥐의 한 걸음 한 걸음이 얼마나 안타깝던지 나는 그만 눈을 질끈 감고 말았다. 설명을 들어보니, 누드 쥐는 주로 무균실에서 사육하며, 바이러스 등을 주입하였을 때, 그 변화와 진행과정이 타 생물 보다 훨씬 관찰하기 쉽기 때문에 특별히 조작한 쥐라고 한다. 그렇다면 이러한 실험을 할 때, 평소에 느끼는 주변 피부조직이 망가져 생기는 아픔과 여전히 인간들의 수명을 연장시키기 위해 이용당하는 '실험용 생쥐'의 숙명이 더해져 괴로운 삶을 살아가는 이 쥐를 한 번이라도 인류의 동반자라고 여긴 적이 없는 것일까?

교과서에 자주 등장하는 파블로프의 개 실험은 조건반사에 대해 연구한 실험이다. 이 실험을 통해, 인간은 조건반사와 무조건반사에 대해 더욱 자세히 알게 되었다. 결국, 이 실험의 목적은 단지 인간의 지적호기심 해결이라는 결과밖에 가져오지 못하였다. 즉, 파블로프는 호기심 해결을 위해 개의 본능적인 욕구를 단순히 실험의 수단으로 여겼던 것이다. 동물은 인간의 장난감이 아니라 동반자이다. 동물이 없다면 당연히 인간은 존재할 수 없다. 인간은 동물의 한 종일 뿐이다. 나는 인간과 동물이 모두 평등한 "이상적인" 상황을 추구하는 것이 아니다. 이상적인 상황에는 그에 따른 모순점들이 발견된다. 나는 무언가의 노력으로 이루어 질 수 있는 가장 이상적인 상황과의 가까운 상황을 추구하는 것이다.

고려시대에 이규보가 쓴 수필 슬견설의 결론을 확장시키면 절대자의 입장에서 모든 생명은 평등하다는 것을 말하고 있다. 절대자라는 것은 누군가의 지배를 받지 않는다. 즉, 지배를 받은 적이 없다는 것이다. 인간은 절대자가 아니다. 선사시대에는 인간은 정신적인 것 외에 신체적으로는 동물에 비해 뒤떨어졌으므로 인간은 동물에게 지배당했다. 물론 지금과 같이 강압적으로 지배당하지는 않았다. 기본적으로 동물은 그들의 본능에 의해서 행동하기 때문에 지배 자체를 인간과 동일하게 적용해서는 안 된다. 어쨌든 인간은 지배를 받을 수 있는 생물이므로 절대자가 아니다. 즉, 슬견설을 확장시켜 인간과 개를 평가해도 절대자들은 둘 다 동일하다는 평가를 내릴 것이다.

과학 기술의 목적은 "인류를 좀 더 편안히 만드는 것"이라고 흔히 말한다. 물론, 이 목적이 인류에만 국한되어 있는 것이 아니라 모든 생명체에 적용되지만, 과학을 창조적으로 발전시키는 생물은 아직까지 인류밖에 발견되지 않았기 때문에 '인류'로 우선은 한정시킬 수 있다. 인간은 자연의 일부라는 것은 자명한 사실이지만, 그 가치를 제대로 파악하는 사람들은 소수에 불과하다. 그렇다면 만약 인류의 과학 발전이 자연을 과학발전의 수단으로만 생각하여 그것을 훼손하는 방향으로 진행된다면, 그 피해는 다시 인류에게 돌아온다는 것이다. 소훼란파라는 말이 있다. 삼국지에서 조조의 판단에 불평을 한 공융의 집에 조조군이 습격하였을 때, 그의 아들들은 "새 둥지가 모두 망가졌는데 알이 과연 성할 수 있느냐" 하는 말을 하면서 바둑을 두며 담담히 죽는다. 이 말과 같이 인류를 포함하고 있는 자연이 훼손되게 된다면, 인류에게도 피해는 오게 된다. 즉 과학기술의 목적과는 모순된 결과를 초래한다는 것이다. 이런 것은 과학의 목적을 벗어났으므로 과학이 아닌 살생일 뿐이다.

동물실험에 대해 찬성을 주장하는 사람들은 그 효과가 인간에게 항상 유익할 것이라고 생각한다. 하지만, 상식적으로 모든 동물은 각각 다른 신체구조를 갖고 있다. 실제로, 예전에 미국에서 임신한 쥐에 대해 실험을 하여서 개발한 임산부 입덧 방지용 약을 시판한 적이 있다. 하지만, 이 약으로 인해 만 명이 넘는 기형아가 발생하였다. 또한, 1994년 동물실험을 통해 안정성을 입증했다고 하는 약이 인간에게는 약물 거부 반응을 일으켜 미국에서만 10만 명이 죽었다. 즉, 동물실험을 해서 약품의 안정성을 확실히 보장할 수 있는 것이 아니라는 것이다. 그런 상황 속에서 속출하는 부작용을 무시한 채 계속해서 진행해 나가는 과학이 과연 옳다고 볼 수 있을지가 의문이다.

어렸을 때부터 몇십 번을 봐오던 "혹성탈출"이라는 영화가 있다. 이 영화는 인간과 원숭이의 지배관계가 뒤바뀌어서 발생하는 일들을 담은 이야기이다. 솔직히 거의 대부분의 사람들은 이 영화에서 나오는 인간을 깔보는 대다수의 원숭이들에게 분개심을 느낀 적이 있을 것이다. 누군가와의 교제에서 강조되는 역지사지의 관점으로 생각해본다면, 과연 우리는 동물을 피지배의 대상으로 판단할 수 있을까 하는 의문이 든다. 물론, 자연을 지배의 대상으로 생각하는 것이 고정관념으로 박힌 사람들은 사람과 사람사이에서 강조하는 역지사지를 애초에 동물에 적용하는 것 자체가 이해가 안 될 수도 있다. 하지만 근본적으로 사람은 동물에 속해있으므로 역지사지의 자세를 적용해도 되는 것이 자명하다.

몇몇 사람들은 인간이 먹이사슬의 최상위층이기 때문에 인간과 동물을 전혀 다른 존재로 착각하는 사람들이 있다, 그러나 애초에 먹이사슬로 판단한다는 것 자체가 어리석은 짓이다. 대부분의 사람들이 말하는 '이성'은 본능과는 다르다. 그렇기 때문에 본능적인 먹이사슬을 인간과 동물 사이를 구분하는 잣대로 삼는 것은 인간에게 이성을 부정하는 것이다. 게다가 우리가 믿어오던 이성 역시 단순히 동물이 갖게 된 강인한 체력 대신 주어진 무언가에 불과하다. 이러한 사실을 먼저 인식하고 인간 역시 동물과 별반 다르지 않다는 것을 알게 된 사람들은 신은 공평하다는 말을 이미 동물과도 적용시킬 준비가 된 사람들이다. 허나 이 사람들은 극소수에 불과하기에 자연을 훼손하는 방향으로 발전해 나가는 과학의 흐름을 틀기 위해서는 그 밖에 훨씬 더 많은 사람들이 자신들의 관점이 잘못되었다는 것을 시인하고 시정해야 한다.

그렇다면 사람들은 "왜 생물을 먹는 것은 정당한 것인가?"라고 물어볼 수 있다. 하지만, 자연을 훼손하는 과학발전과 생물을 섭취하는 것은 전혀 다른 문제이다. 메슬로우의 인간의 욕구 7단계를 보면, 생리적인 욕구는 독보적인 1위이지만, 자연을 훼손하는 과학발전은 이미 목적에서의 모순으로 인해 얻는 효과는 지적 호기심밖에 없기에, 이것이 속한 인지적 욕구는 하위권인 5위에 올라있다. 본능적인 욕구인 식욕과 달리 인지적 욕구인 지적호기심은 자제가 가능하다. 즉, 인간의 인지적 욕구를 위해 한 생명체의 생명자체를 위협하는 것은 잘못된 행위이다.

또한 이러한 방향의 과학발전을 찬성하는 사람들은 "소수의 희생을 통해 다수에게 이익이 되는 결과를 가져온다면 정당하지 않느냐"라는 주장을 한다. 일상생활 속에선 맞는 말이다. 일상생활에서 소수의 희생을 통해 다수에게 이익이 되는 결과를 가져온다면 정당할 수도 있다. 하지만, 생활 속에서 이것은 그 기준점과 이익이 되는 시기가 명확하다. 과학의 경우 그 기준점과 시기가 상당히 불확실하다. 과학의 발전을 통해 얼마나 많은 생명체의 수명이 연장되며, 생태계에 얼마나 안정을 가져오며, 이러한 효과는 언제 얻을 수 있는지에 대한 구체적인 사항을 알 수 없다. 즉, 결과 자체가 보장되지 않을 수도 있다는 것이다. 또한 애초에 희생이란 단어 자체가 잘못되었다. 희생은 희생자의 동의에 따라 이루어진다. 하지만, 인간들은 아무도 동물들에게 동의를 구하지는 않는다. 게다가 일상생활 속에서는 생명 자체가 희생양이 되는 상황은 굉장히 극단적이며 극소수이다. 하지만 과학에서는 그들의 생명을 강제적으로 희생 되게 만들기 때문에 더더욱 끔찍하다. 또한 찬성하는 사람들에게는 불행하게도 인간의 수명은 정해져 있다. 아무리 인간의 수명이 점점 늘어나고 있다고 해도 그 한계치는 분명히 존재한다. 무병이 장수의 조건이긴 해도, 무병이 불로장생의 조건일 수는 없다. 즉, 과학의 발전이 어느 정도 포화점에 이르면, 과학 발전을 통한 장수의 효과는 볼 수 없다는 것이다. 대부분의 사람들은 가장 중요한 것은 생명이라고 하는데, 장수의 효과가 이미 포화된 상태로 그것에 더 많은 동물의 생명을 바친다면 상당히 어리석은 행동이다.

내가 말하고자 하는 바는 과학의 발전을 정체시키자는 것이 아니다. 과학의 발전을 정체시키면 마치 흐르던 물이 고여 썩은 물이 되는 것처

럼 심각한 부작용을 초래한다. 나는 과학은 계속해서 나아가되, 그 가치
는 인간에 의해 변질되어서는 안 된다는 것을 말한다. 또한, 과학의 목
적을 확장시키면 "인류에게 영향을 주는 모든 것들을 좀 더 편안히 하는
것"이라고 볼 수 있다. 이렇게 확장해도 되는 이유는 인류의 편안은 인
류 외적의 영향에 의해서도 결정될 수 있기 때문이다. 어쨌든, 이러한
범위로 확장시켜 정의하여서 과학자들, 더 나아가 모든 사람들은 자연과
조화롭게 산다는 생각을 갖는 것이 중요하다고 말하는 것이다. 인간의
마음속에 이러한 생각이 변질되지 않고, 보존된다면 인간은 더 이상 자
연을 발전의 수단으로 보지는 않을 것이다.

교과서는 현재의 상황을 나타낸 사회 한 분야의 지침이다. 그들의 피
로 얼룩진 교과서, 과연 이 책이 우리들의 과학적 소양을 증진시키는데
도움이 되는지는 의문이긴 하다. 하지만 늘 그랬듯이 똑같은 마음으로
나는 이 책을 펼친다. 우리는 인류의 과학을 책임져야 하니까

폴더 속 에디슨

서문수인 / 고양예술고등학교 2학년

| 폴더 속 에디슨 |

서문수인 _ 고양예술고등학교 2학년

우리는 모두 비워야할 것이 있다.

엄마는 찢어진 스타킹과 펼쳐진 생리대가 들어있는 여고 화장실 쓰레기통을 비운다. 빨간색 고무장갑은 필수 착용이다. 쓰레기통엔 비닐봉투가 씌워져 있지 않아 쓰레기들을 일일이 버린 후 통을 물로 씻어낸다. 아무리 비워도 더러움은 완전히 사라지지 않는다. 쓰레기통이 가지고 태어난 것처럼 어딘가엔 꼭 남아있다. 바닥에 달라붙은 지 오래된 껌은 쓰레기통의 지워지지 않는 멍 자국이 된다.

나는 파일들로 가득 찬 노트북 휴지통을 비운다. 대부분 화를 참지 못하고 버린 문서 파일들이다. 그것들은 휴지 조각처럼 하얗게 질린 채 복구 혹은 영구 삭제를 기다리고 있다. 몇 번의 클릭으로 조금의 흔적도 남기지 않고 그것들을 지울 수 있다. 나는 마지막까지 파일들을 꼼꼼히 확인해가며 필요성을 따진다. 전체 비우기를 하기엔 나는 겁이 너무 많았다.

아빠는 작업실 책상 위를 어지럽히는 갖가지 부품들이 담긴 상자를 비운다. 그 옆에 말없이 쌓여가는 감정들도 함께 쓸어낸다. 아빠는 위대한 발명가를 꿈꾸는 공상가다. 한때 그 꿈에 근접한 적도 있다. 하지만 사람들은 쉽게 주목하고 또 쉽게 잊는다. 아빠는 잊혀지는 걸 두려워한 나머지 과거에 갇혀 버렸다.

한가한 주말이었다. 나는 엄마와 거실 바닥에 나란히 누워 뉴스를 보고 있었다. 무차별한 대학의 해고 통보에 분노해 시위 중인 청소부 아주머니들이 화면에 잡혔다. 엄마는 텔레비전 볼륨을 높이면서 남 일이 아니라고 걱정했다. 근처 고등학교의 아주머니들이 조직하고 있는 노조에 가입해야 할 지, 괜히 가입해서 피해만 보진 않을지, 엄마는 변화에 대한 두려움이 큰 듯 했다. 우울해지는 것이 싫어 다른 방송으로 돌리려는데, 누군가 쾅쾅 문을 두드렸다. 깜짝 놀라 리모컨 음소거 버튼을 눌렀다. 빚쟁이인가 싶을 정도로 거칠고 예의 없는 방문자였다. 걱정스러운 표정부터 짓는 엄마를 두고 몸을 일으켰다. 황급히 슬리퍼를 꿰어 신고 현관으로 나갔다. 작은 문구멍을 통해 밖을 보았다. 웬 아줌마가 아이와 함께 잔뜩 화가 난 얼굴로 서 있었다. 조심스럽게 문을 열었다.

"무슨 일이세요?"

"이 댁에 무슨 발명가라는 아저씨 살죠?!"

나를 위아래로 훑은 아줌마가 뾰족한 말투로 쏘아붙였다. 나는 그 입에서 나온 발명가라는 끔찍한 단어에 잠시 멍해졌다. 나의 일상생활에 마치 큰 파도가 찾아오는 것처럼 일렁이게 만드는 단어였다. 심장이 불안하게 떨리고 관자놀이가 지끈거렸다. 눈에 더 힘을 주고 나를 흘긴 아줌마는 헛기침을 두어 번 했다. 이내 기가 막힌 이야기가 쏟아졌다.

아니, 애들 노는 놀이터에 요즘 웬 아저씨가 온종일 죽치고 있다는 거예요. 아줌마들끼리 어떤 사람인가 걱정 돼서 봤더니 글쎄 이 집 산다는 아저씨더라구요? 얼굴 다 아는 동네 사람이 무슨 짓 하겠나 해서 내버려

뒀더니, 애가 요새 놀다만 오면 이상한 소리를 해요! 무슨 과학이 어쩌니 발명이 어쩌니 하면서 붕 떠있고, 또 장난감 헬기랑 자동차 같은 걸 가져오더니 그 아저씨가 줬다고 자랑하고, 어젠 같이 작업실까지 갔다 왔다지 뭐에요?! 내가 정말 깜짝 놀라서! 안 그래도 애가 칠칠치 못해서 걱정인데,

"아무튼! 그래서 이제 우리 애랑 만나는 일 없게 해달라고 찾아온 거예요."

요즘 세상이 얼마나 흉흉한데 참, 결론을 말하고도 또 한 소리를 늘여 놓으려는 아줌마를 붙잡았다. 정말 죄송하다고, 다신 그런 일 없을 거라고 어색하게 웃으면서 사과했다. 사실 웃는다고 웃었지만 내 입꼬리는 곧게 호선을 그리지 못하고 경직되었다. 손부채질을 하던 아줌마는 울상을 한 채 발끝만 내려다보고 있는 아이를 잡아끌었다. 헐렁한 반팔 소매 아래 드러난 아이의 팔이 유난히 하얗고 말랐다. 저 조그마한 아이에게 아빠는 무슨 짓을 한 걸까. 구토감이 몰려왔다.

다시 텔레비전 앞에 앉았다. 뉴스는 이미 끝나고 기상캐스터가 일기예보를 전하고 있었다. 엄마는 아무런 미동도 없이 화면에만 시선을 고정했다. 엄마는 캐스터의 화장이 이상하다고 했다. 무슨 일이 있었느냐는 듯 건네는 그 말에 나도 똑같이 아무렇지 않게 받아칠 수 없었다. 몸속 깊은 곳에 잠식되어 있던 덩어리가 목구멍을 타고 꾸역꾸역 넘어오는 기분이었다. 답답한 가슴을 작게 두드렸다. 오후에 비가 내릴 수 있으니 우산을 준비하라는 말과 함께 일기예보도 끝이 났다. 나는 아무 것도 기억에 남지 않았다. 스치듯 지나간 캐스터 언니의 옷차림을 떠올려 보려 애썼다.

"아무것도 아니야. 그냥 애들이랑 놀고 싶었던 거겠지."

건조한 엄마의 목소리가 천천히 귓속에 가라앉았다. 아무것도 아닌 건 아빠겠지. 나는 속으로 대답 했다. 엄마는 내 옆에 있는 리모컨을 향해 팔을 뻗었다. 리모컨을 잡고 들어 올리는 손이 눈에 들어왔다. 고무장갑 벗었는데도 진짜 손이 아닌 것처럼 거칠었다. 엄마는 할 수 있는 만큼의 노력을 다하고 있었다. 엄마는 무거운 현실을 앞에 두고 가벼워지기 위해 많은 것을 버려야 했다. 난 할 만큼 했어. 다 갈라지고 벗겨진 엄마의 손이 그렇게 말하고 있었다. 문득 아빠의 손이 궁금해졌다.

내가 어렸을 때부터 아빠는 항상 무언가를 만들고 있었다. 그것은 어디든지 쉽게 이동 가능한 가볍고 튼튼한 유모차가 되었다가, 오랜 시간 높은 하늘을 나는 장난감 비행기가 되었다가, 동물 캐릭터의 입에서 물이 분사되는 샤워기가 되었다. 엄마를 위한 것들도 많았다. 주방과 엄마의 방에 있는 편의제품의 대부분은 아빠가 직접 만든 것들이었다. 엄마는 사면되지 뭐 하러 만드느냐고 면박을 주면서도 그것들을 즐겁게 사용했다. 아마 거기에서 끝났으면 우리는 손재주 있는 아빠와 행복한 생활을 하고 있었을 것이다. 그렇지만 아빠에겐 더 큰 꿈이 있었다.

아빠는 언젠가 많은 사람들을 놀라게 할 발명품을 만들고 싶어 했다. 아빠의 일인 회사는 직접 만든 발명품들의 기술을 다른 기업에 팔거나 지원금을 받아 제작하는 형식이었다. 그런데 새로운 제품을 제작하던 중 아빠는 회사 일을 중단했다. 지금 제품의 발명에만 몰두하고 싶다는 거였다. 당장 사는 데는 지장이 없었지만 아빠의 고집이 언제까지 이어질지 몰라 엄마와 나는 속이 탔다. 우리는 아빠에게 화를 내기도 하고, 달래기도 했지만 아빠의 생각은 변함이 없었다. 그렇게 일 년 반의 시간이 지났다.

　믿지 못할 만큼 놀라운 일이 일어났다. 아빠는 해냈다. 엄마가 당장 내일의 끼니를 걱정하기 시작할 때쯤, 아빠의 발명품이 조명을 받으며 세상에 선보였다. 그 기특한 제품은 텔레비전과 컴퓨터를 연동시키는 단말기였다. 기존 단말기들의 연동방식과 다른 점은 제품들이 각각 다른 작동을 할 수 있는 점이었다. 컴퓨터로는 영화를 보고 있더라도 텔레비전으로는 게임을 할 수 있는 식이었다. 아빠가 연락한 기업들은 모두 상당한 돈을 주고 기술을 사려고 했다. 우리는 아빠의 목표 성취와 우리 가족의 미래를 자축했다. 아빠는 돈도 돈이지만 자신의 제품이 많은 사람들에게 알려지기를 원했다. 아빠는 특허권을 가지고 대기업을 찾아갔다. 대기업 측에서도 좋은 기술인 것 같다고 하며 제품의 상용화가 가능한지는 알아봐야겠다고 했다. 그리고는 쭉 무소식이었다.

　얼마 지나지 않아 기업은 아빠의 기술을 이용한 제품을 세상에 떡하니 내놓았다. 뒤늦게 기업에 연락을 했지만 그 제품에 쓰인 건 자기 회사의 기술이라고 했다. 아빠는 분노하며 대기업을 고소하고 특허 침해소송을 시작했다. 변호사 비용도 만만치 않게 들었고, 수많은 시간을 버려야 했다. 하지만 우리 같은 일반인은 상상할 수도 없는 대기업의 술수를 이길 수는 없었다. 결국 아빠는 좌절했다. 모든 걸 버리고 소송에 매진했지만 소용없는 짓이었다. 커다란 기업의 벽 앞에 아빠는 그저 약탈할 능력이 있는 개미일 뿐이었다. 개미의 집은 너무나 쉽게 무너졌다.

　그 후 이제 포기할 거라는 우리의 예상과 다르게 아빠는 더욱더 발명에 몰두했다. 하지만 지나간 시대의 발명품, 쓸모가 없는 발명품들만이 창고에 쌓여갔다. 우리를 둘러싼 세상은 너무나 컸고 아빠의 세상은 너무나 좁았다. 아빠는 시대의 흐름을 읽지 못했다. 그저 자신의 작업실에 틀어박혀 꾸준히 무언가 만들 뿐이었다.

"이것만 완성하면 진짜 대박이야."

아빠는 습관적으로 그 말을 뱉었다. 엄마는 아빠의 지난 실패를 잊지 못했다. 당신 또 헛수고하는 거라고. 그런 쓸데없는 걸 누가 사가냐고 소리치는 엄마의 말은 아빠의 귀에 들리지 않았다. 엄마와 나는 점점 그런 아빠에게 지쳐갔고 무관심을 배워갔다.

새벽 세시였다. 다음 날 아침이 걱정 돼서 침대에 눕지만 막상 잠들기엔 아쉬운 시간. 나는 그 새벽의 공기를 감당하지 못하고 노트북의 전원을 켰다. 노트북은 윙윙 냉장고가 돌아가는 소리를 내며 뜨거운 열기를 내뿜었다. 로딩이 끝나고 바탕화면이 모니터 가득 들어왔다. 이름을 따로 만드는 것도 부끄러워 처음 생성된 그대로 새폴더2란 이름으로 저장된 폴더를 열었다. 워드, 한글을 비롯한 문서 파일들이 몇 개 들어 있었다. 한글 창이 켜지고 활자들이 떠올랐다. 죽죽 앞부분을 읽어 내리고 마지막 문장 마침표 옆으로 커서를 가져갔다. 자판 위에 올려진 손이 천천히 움직였다. 타닥타닥 가벼운 두드림 소리가 방 안을 가득 채웠다. 한때는 내게 가장 안정감을 주었던 소리였다. 온전한 내가 될 수 있도록 도와주던, 그 소리를 만들며 성장할 나를 꿈꾸게 해주던 소리. 하지만 이젠 나의 가슴을 차갑게 만들 뿐이었다. 내 손가락들은 더 이상 의미 있는 무엇을 만들어 내기엔 굳어져 버린 지 오래였다.

아빠가 내게 준 유일한 가르침이 있었다. 사람은 이상이 아닌 현실을 추구해야 한다는 것. 사람은 하고 싶은 것만 하고 살아선 안 된다, 만일 하고 싶다면 재능이 있어야 한다. 허공에서 손짓하는 아빠를 보고 내가 스스로 깨달은 것이었다. 글을 쓴다는 것은 어쩌면 발명보다 더 꿈같은 꿈이었다. 나의 주인공들은 결국 허구 속에 존재하고, 내가 살아야 하는 곳은 현실이었다. 지금은 두 세계를 다 가질 수 있어도, 나중엔 누군가처럼 단지 내가 꿈꾸는 것을 위해 중요한 나머지를 포기해 버릴지도 몰랐다. 두려움은 날이 갈수록 커져갔다. 변해가는 아빠의 모습이 촉진제였다.

가끔 견딜 수 없을 때가 있었다. 내가 할 수 있는 건 아무것도 없고, 무엇을 하든 무의미하게 느껴질 때. 앞으로 더 많은 날들을 나의 꿈 없이 살아야 한다는 걸 생각하게 될 때가 그랬다. 좋아서 시작한 글이지만 단지 그 이유만으로 쥐고 있는 것이 아니었다. 갑자기 머리가 터질 듯이 아파왔다. 고민하게 하는 것들을 잊고 싶어 폴더 전체를 휴지통으로 가져갔다. 이 폴더를 휴지통에 버리시겠습니까? 예. 망설이지 않는 척 빠르게 답했다. 마치 커다란 시험이라도 본 것처럼 호흡이 가빠진 내가 우스웠다.

사실 나는 알고 있었다. 그것들이 완전히 사라지지 않았다는 것을. 휴지통은 버려지는 것들이 보관되는 곳이었다. 영구적인 삭제까지는 한 번의 기회가 남았다. 그리고 나는 그 기회에 다가만 갔다가 그만두기만 여러 번일 것이었다. 안심하는 내 자신이 미련하다고 생각하면서도 어쩔 수 없었다. 나는 원래 겁이 많은 아이였으니까. 그것들은 휴지통 속에서 간신히 숨이 붙은 채 살아가고 있다.

나는 새 학기마다 하는 가정환경 조사가 너무 싫었다. 중학교에 들어간 후로 부모님의 직업란을 떳떳이 채울 수가 없었다. 아빠는 점점 더 작업실에만 틀어박혔다. 집안이 어려워지고 엄마는 한 푼이라도 더 벌기 위해 청소 일을 시작했다. 그저 평범하게 회사원이라고 써내는 아이들이 부러웠다. 나는 최대한 흐리고 작게 글자를 써 넣었고, 누군가 볼까봐 항상 조마조마 했다.

한 번은 아빠의 직업을 바꿔 적어낸 적이 있었다. 중학교 3학년 때였다. 회사의 이름까지 적으라는 조사 종이에 대기업 회사를 적어 냈다. 이 사실은 선생님과 엄마의 상담 중에 쉽게 드러났다. 예상 외로 선생님은 신경 쓰지 않았다. 다음부터는 그러지 말라는 말로 나를 다독이기만 했다. 남은 두려움은 집에 가 엄마 아빠를 마주하는 것이었다. 가출을 할까 말까 수백 번도 더 고민하다 결국 무거운 문을 열고 들어갔다. 이상하게도 엄마와 아빠는 조금의 질책도 하지 않았다. 평소처럼 우리가 유일하게 함께하는 저녁 식사를 했다. 엄마와 나의 대화가 오가고, 아빠는 말없이 밥만 먹고 각자의 방으로 들어갔다. 다만 내가 잠이 들 무렵, 오랫동안 들리지 않았던 둘의 큰 목소리가 오갔다. 그리고 그날 이후로, 아빠는 작업실에서 나오지 않았다.

의미 없는 웃음을 주는 텔레비전을 보고, 단둘의 조촐한 밥상을 차려 먹고, 잠든 엄마를 대신해 청소를 하는 어느 때라도 아빠 생각이 머릿속을 떠나지 않았다. 그리고 그 속에서 아빠의 모습은 너무나 희미해 답답했다. 그저 책상 앞에 앉은 둥근 등밖에 보이지 않았다. 뚜렷한 형체를 보고 싶은 건 나의 작은 욕심이었다. 걱정의 마음 반, 떨리는 마음 반을 가지고 아빠의 작업실을 찾아갔다. 끼익 불쾌한 소리가 나는 문을 열었다. 아빠의 모습은 보이지 않았다. 아줌마가 말한 놀이터가 떠올랐다. 다시 집으로 돌아와 잠바를 걸쳐 입고 밖으로 나갔다.

어느새 비가 조금씩 내리고 있었다. 우산을 쓸 정도는 아닌 것 같았다. 물웅덩이가 만들어지기 시작하는 바닥을 조심스럽게 걸었다. 찬바람과 함께 빗방울이 얼굴을 때리는데 몸은 열이 나는 것처럼 뜨거웠다. 오랫동안 찾지 않았던 놀이터에 도착했다. 아빠는 정자에 앉아 맞은편의 커다란 아파트를 바라보고 있었다. 울컥하는 마음에 대뜸 소리가 나왔다.

"진짜 미쳤어? 도대체 무슨 짓을 하고 다니는 거야?!"

"수정아……"

내가 시야에 들어오자 당황했는지 아빠는 허둥지둥 일어났다. 축축하게 젖은 아빠의 면바지와 티를 보니 더 화가 치밀었다. 아빠를 찾으러 왔던 목적을 잊고 정신없이 빗물을 맞으며 말을 뱉었다. 꾹꾹 담아 눌러 왔던 원망이 터져 내렸다.

"혼자 그 고상한 작업실에 틀어박혀서, 좋아하는 발명이랑 사니까 좋아? 행복해? 우린 이렇게 불행한데!"

"……"

"그 애가 아빠처럼 말도 안 되는 꿈꾸면서 살면 어쩌려고 그랬어, 이제 우리 집도 모자라서 다른 집까지 파탄 내려고?!"

앞머리가 젖어 이마에 달라붙고 눈물인지 콧물인지 비인지 모를 물이 얼굴에 계속 흘러내렸다. 충격 받은 아빠를 예상했다. 막상 말을 다 뱉고 나니 무슨 소리를 한 건가 싶었다. 따갑게 하는 비 때문에 감고 있던 눈을 살짝 떴다. 그런데 아빠는 바보 같이 울면서 웃고 있었다. 도대체 무슨 생각인지 계속 수정아, 수정아 젖은 목소리로 내 이름을 부르며 눈을 감고 웃었다. 아빠가 원래 저렇게 뺨이 움푹 패였었나 싶었다. 몇 년간 제대로 보지 않은 아빠의 얼굴은 너무나 낯설었다.

갑자기 천둥이 크게 쳤다. 하늘을 보니 아까보다 한층 진해진 먹구름이 가득했다. 빗줄기도 더 거세졌다. 그제야 우산을 챙기라던 기상캐스터의 친절한 목소리가 떠올랐다. 일단 집에 들어가야겠다는 생각이 들었다. 잠바 소매로 얼굴을 대충 훔치고 뒤돌았다. 그대로 달리려 했지만 발이 땅에 붙었는지 움직일 생각을 안 하는 아빠가 눈에 밟혔다. 지금 데려가지 않으면 언제까지고 그 상태로 서 있을 것 같았다. 다시 돌아 아빠의 팔을 잡고 끌었다. 물에 젖어 더 무거워진 몸과 함께 달리려니 힘이 두 배로 들었다. 다시 한번 하늘이 번쩍했다. 천둥이 칠 것을 대비해 귀를 막으려는데 작게 중얼거리는 목소리가 들렸다.

"고마워, 수정아……"

빠르게 옮기던 걸음이 멈칫했다. 나는 도무지 아빠를 이해할 수 없었다. 왜 지금 고맙다는 말을 하는 걸까. 그렇지만 물에 잔뜩 젖은 것 같은 그 말에 이상하게 마음이 먹먹해졌다. 알 수 없는 것 투성이인 우리의 머리 위로 다시 세차게 천둥이 쳤다. 이번엔 귀를 막는 대신 아빠의 손을 더 세게 잡았다. 딱딱한 뼈가 느껴질 정도로 마른 손이었다.

그날 밤, 꿈을 꾸었다. 나는 어디선가 본 듯한 초록색이 가득한 초원 위에 있었다. 멀리 윈도우 시작음이 아득히 울리고 지나갔다. 잔디를 밟을 때마다 발밑에서 따닥 소리가 났다. 그 소리를 더 듣고 싶어 일부러 발을 바닥에 쿵쿵 굴렀다. 한참을 그렇게 걷자 신기한 광경이 눈에 들어왔다.

엄마가 아빠를 커다란 쓰레기통에 넣고 있었다. 나는 다가가지 않고 가만히 그 모습을 지켜봤다. 아빠는 들어가지 않으려고 발버둥을 쳤다. 엄마는 익숙한 솜씨로 그런 아빠를 제압하고 머리를 꾹꾹 눌러 넣었다.

아빠의 몸이 사라지자 뚜껑을 딱 닫았다. 엄마는 땀이 난 이마를 훑고 손을 탈탈 털었다. 쓰레기통 안에선 계속 쿵쿵 두드리는 소리가 났다. 엄마는 잠시 통을 바라보더니 멀뚱하게 서 있는 나를 불렀다.

"딸, 이거 좀 지워줄래?"

분명히 이상한 말을 들은 것 같은데 몸은 내 의지와 상관없이 움직였다. 단숨에 휴지통 앞으로 걸어간 나는 쓰레기통과 연결된 노트북을 들여다보았다. 바탕 화면 속 휴지통이 반짝거리며 빛을 내고 있었다. 자연스럽게 클릭했다. 폴더 속엔 단 하나의 파일이 들어 있었다. 축소된 얼굴 아이콘의 아빠.hum. 확장자는 human. 인간의 약자였고, 용량은 셀 수 없이 많은 숫자였다. 아이콘에 대고 마우스의 오른쪽 버튼을 눌렀다. 복원-잘라내기-삭제-속성. 나는 삭제 칸으로 커서를 옮겼다.

그때 희뿌연 연기와 함께 아빠의 환영이 나타났다. 아빠의 옆에는 어린 내가 있었다. 초등학교에 막 들어갔을 무렵이었다. 나는 호기심 가득한 얼굴로 아빠의 손끝을 바라보고 있었다. 아빠는 세상 누구보다 내게 커다랗고 자랑스러운 존재였다. 모두가 발명가라는 독특한 직업을 신기해했고, 아빠를 아는 선생님이나 애들이 아는 척을 해오면 어깨가 저절로 으쓱했다. 매일 아침, 잠이 덜 깬 눈으로도 놓치지 않았던 딩동댕 유치원의 뚝딱이 아저씨보다 최고인 아빠였다. 오늘은 또 그 손끝에서 무엇을 만들어 낼지 기대하는 것이 나의 일상이었다. 아빠가 들고 있던 선 두 개를 전구에 연결시켰다. 순간 한 번도 보지 못했던 빛이 반짝였다. 무지개라고 하기엔 훨씬 더 다양하고 밝은 색이었다. 점점이 번지는 빛 무리를 잡으려 손을 뻗었다. 잡힐 것 같던 그것들은 전구 밖으로 통통 튀어 나와 리듬을 맞추었다. 나는 입을 벌리고 그 빛을 바라보았다. 어디선가 센 바람이 불었다. 장면이 바뀌었다.

아빠의 작업실이었다. 불을 켜지 않아 어두컴컴했다. 아빠는 책상 위 작은 전구에 의지한 채 끊임없이 움직이고 있었다. 종이에 알아볼 수 없는 그림을 그렸다가, 도구들을 있을 대로 꺼내 조립을 했다가, 쓰레기들을 헤집어 냈다가, 온통 뒤죽박죽이었다. 아까 보았던 아빠보다 훨씬 아파 보였다. 아빠는 문을 열고 나가려고 했지만 굳게 닫힌 문은 열리지 않았다. 모든 것을 팽개치고 문을 두드리는 아빠는 절박해 보였다. 자세히 보니 연기 같은 나와 엄마의 형상이 밖에서 문을 내리누르고 있었다. 우리의 얼굴엔 아무런 표정도 담겨 있지 않았다. 믿을 수 없었다.

나는 항상 아빠가 미쳐 있다고 생각했다. 하지만 아빠를 그렇게 만든 건 우리였다. 아빠를 위해서 그러는 거야, 우린 희생자야. 수없이 그렇게 되뇌며 스스로들을 속이고 아빠를 작은 공간에 가두었다. 그 안에서 나오지 못한 아빠는 더 훌륭한 발명품을 만들어 인정받기 위해 미친 듯이 일에 몰두했다. 아빠는 나약한 겁쟁이가 아니었다. 단지 소중한 것들을 지키는 대신 깊은 어둠 속에서 자신을 잃어가던 에디슨이었다. 이제는 그 속에서 아빠를 꺼내야만 했다.

환상이 사라졌다. 눈을 깜박이며 노트북 화면을 확인했다. 삭제에 멈춰 있던 커서를 옮겼다. 화살표는 이제 복원을 가리켰다. 그대로 검지에 힘을 주어 클릭했다.

누구도 책임지지 않는 범죄, 기후 변화

윤나영 / 잠실여자고등학교 1학년

'베른하르트 퓌터'의 『기후변화의 먹이사슬 - 가해자와 피해자, 그리고 이득을 보는 사람들』을 읽고

윤나영 _ 잠실여자고등학교 1학년

계절이 바뀔 때마다 사람들은 곧잘 이렇게 말한다. '요즘 날씨가 왜 이래?' '우리나라 사계절이 뚜렷한 나라 맞아?' '여름은 길고 더운데 왜 겨울은 점점 짧아지지?' 기후변화나 환경문제에 관심이 있건 없건 상관없다. 예전과 다른 날씨를 두고 사람들은 모였다 하면 쑥덕쑥덕한다. 중부지방에서 국지성 폭우가 쏟아지던 지난날들을 생각하며 이 책을 읽던 나도 이번 장마는 왜 이럴까, 기후변화와 무슨 관계가 있는 걸까, 잠시 생각에 빠졌다. 예년 같으면 장맛비와 소강상태가 몇 번 반복되다 어느덧 장마가 끝났지만 올해는 1주일 내내 중부지방에 폭우가 쏟아졌다. 기후가 심상치 않은 건 비단 우리나라뿐만이 아니다. 세계 전체가 이상기후 때문에 몸살을 앓고 있다. 작년 유럽에서는 유례없는 폭염과 폭설로 사망자가 발생하기도 했고 홍수로 많은 피해를 입었다. 미국에서는 대형 허리케인이 몰아쳤다. 아프리카의 가뭄은 더 이상 새로운 뉴스가 아니다. 기후변화는 현실이고 전 세계를 강타하고 있다.

기후변화에 관해 학자들의 의견은 크게 두 가지로 나뉜다. 기후변화는 인간이 야기한 것으로 대기 중 온실가스 배출 증가가 지구온난화의 주

요 원인이라는 기후 과학자들의 의견과, 지구 역사상 기후변화는 일정한 주기대로 움직이는 자연스러운 현상이며 지구를 데울 만큼 인간의 활동은 그리 대단하지 않다는 기후회의론자들의 의견이다. 이 두 의견 중 과학적으로 어느 것이 옳고 그른지 문외한인 우리는 섣불리 판단하기 힘들다. 그러나 산업혁명 이후 기술의 발달로 자연을 개발해 좀 더 풍요롭게 살고자 하는 인간의 욕망이 지구 기후를 비롯한 자연환경에 직간접적으로 영향을 미쳤다는 사실에 이견을 다는 사람은 없을 것이다.

기후변화 문제를 다룬 기존의 책은 크게 두 종류로 나눌 수 있다. 하나는 기후변화 문제에 과학적으로 접근한 책이고, 다른 하나는 기후변화 문제에 대처할 것을 촉구하는 도덕적이며 계몽적인 성격의 책이다. 이 책은 엄밀히 말하면 위 두 가지 범주 그 어디에도 속한다고 말할 수 없다. 기존의 기후변화 책과 공통되는 점을 굳이 꼽으라면 기후변화는 우리가 생각했던 것보다 훨씬 심각한 상황에 처해 있으며 엄연히 인재라는 사실에서 출발한다는 것이다. 그러나 이 책은 인간이 야기한 지구온난화를 과학적으로 규명하기보다는 정치적으로 접근한다. 기존의 기후변화 책이 주로 자연과학적으로 원인을 밝히고 문제 해결을 위해 무엇을 할 수 있는지 논의하는 데 주력했다면, 저자는 그 책임 소재를 분명히 밝히는 게 중요하다고 생각한다. 이런 의미에서 이 책은 다분히 정치적 해법을 구하는 책이다. 제목에서 알 수 있듯이, 이 책의 가장 특이한 점은 기후 변화를 범죄로 보고 있다는 점, 따라서 범행을 저지른 가해자와 피해자가 있고 그 범죄로 어부지리를 얻은 사람들도 있으며 그들이 누구인지 낱낱이 밝히고 있다는 점, 기자가 그 범행 현장을 직접 찾아가 증인들을 만나 취재, 분석 했다는 점이다. 2년 동안 저자는 세계 곳곳을 누비며 전 지구적으로 발생하고 있는 기후변화가 지구 역사상 발생 면적과 영향력 면에서 가장 심각한 범죄라는 사실을 확인한다. 게다가 가해자와 피해자, 증인도 있는데 정작 어느 누구에게도 그 책임을 물을 수 없다는 점에서 기후변화는 완전범죄의 역사를 새로 쓰고 있다고 증언한다. 범죄자를 추적하듯 기후변화의 가해자와 피해자를 속속들이 파헤치며 책임소재를 분명히 가린다. 지금까지 기후변화 관련 책에서 흔히 보았던 상생, 화해 식의 도덕적 결론도 내리지 않는다. 더욱 특기할 만한 점은 기후변화의 가해자와 피해자, 이득을 보는 자와 손해 보는 자를 이분법적으로 나누지 않는다는 것이다. 기후변화의 가해자가 피해자이기도 하다. 예컨대 자동차 회사, 보험회사, 전력 회사 등 소위 말해 온실가스를 대거 방출해 지구온난화에 일조한 대기업들이 이제는 기후변화로 톡톡히 피해를 보고 있다는 점에서 이들 기업 역시 기후변화의 피해자가 된다. 에너지 가격은 상승하고 원료는 부족하며 법률은 점점 강화되기 때문에 기후변화를 직접 부채질하는 산업은 향후 몇 년 간 고통 받을 수밖에 없기 때문이다. 또한 생존을 위해 어쩔 수 없이 우림을 파괴해야 하는 아마존의 소작농들도 기후변화의 가해자가 된다. 반면 이산화탄소를 적게 배출한다는 이유로 다시 호황을 맞은 원자력 산업은 기후변화로 빛을 보고 있다. 그러나 프랑스 등 유럽의 주력 산업이던 원전 산업이 얼마 전 일본 대지진의 여파로 다시 도마 위에 올랐다. 늘 사고 위험을 안고 있으며 미래 세대의 건강까지 위협한다는 점에서 기후변화 못지않은 부작용을 안고 있기 때문이다. 자본주의와 환경문제를 교묘히 연결하는 기업 또한 기후변화로 이득을 보고 있다. 대기오염의 주범이던 기업들이 이제 거꾸로 기후를 보호한다는 명목으로 다시 돈을 끌어 모으는 것이다. 과학 분야에서도 기후변화로 이득을 보는 사람들이 있다. 예를 들어 극한의 기후에서도 살아남을 품종을 개발하는 생명공학은 새로운 전성기를 맞고 있다. 이처럼 자의든 타의든 기후변화 문제는 우리 삶에 깊숙이 침투해 있다.

이 책은 기후변화에 관해 막연히 알고 있던 상식과 통념을 깨부순다. 조림 산업은 무조건 이산화탄소를 흡수 하는 데 일조할 것이라는 생각은 그야말로 편견이었다는, 열대우림은 지구의 허파 역할을 하지만, 온대나 냉대 지역에 나무를 심는 것은 지구온난화에 도움은커녕 오히려 이산화탄소를 내뿜는다는 것. 스웨덴의 조림 산업처럼 기후변화로 혜택을 입는 나라, 지구 온난화의 영향으로 날씨가 따뜻해져 북유럽에서는 나무가 더 잘 자란다는 것을 도덕적으로 비판만 할 수 없다는 점이 바로 그런 것들이다. 기후변화는 옳고 그름에 대한 판단까지도 뒤흔들어 놓는다는 저자의 말이 지금까지도 계속 뇌리에 남는다.

내가 이 책을 고른 이유들 중에 하나는 제목 때문이다. 환경과학 분야의 책들은 내포하고 있는 내용이나 주제들이 어떻게 보면 한결같다. 지금 지구는 인간들로 인해 온난화현상이 가속화되고 있고 기후변화가 생겼으니 이러한 내용들로 해결하고 노력하자는, 정말 도덕적이고 당연한 내용이었다. 그래서 책들을 계속 훑어보고 고르던 중 이 책을 보게 되었는데 제목이 '기후변화와 먹이사슬'이었다. 처음에는 '기후변화로 동물들의 먹이사슬 피라미드에 혼란이 있다는 건가' 했는데 보면서 이 책은 단순히 기후변화에 대한 각성과 해결책이 담긴 내용이 아니라 저자가 직접 발로 뛰고 걸어 다니면서 그 지역들을 생생히 책에 담았고 기후 증인이라는 사람들의 취재 내용을 장이 끝날 때마다 실은 것을 보고 바로 이 책을 구입했다. 그림이나 사진이 없는데다 자칫하면 지루할 수 있는 소재를 다루었지만 이 책에 엄청 빠져서 읽었다. 처음에 읽을 때 별로 어려움이 없을 것이라고 생각했다. 기후변화에 대해서는 예전부터 부쩍 논의가 많이 되고 있고, 기존에 출판된 책도 많이 있어 참고자료도 많고, 상식선에서 맥락을 파악할 수 있을 것이라 여겼기 때문이다. 하지만 유전공학, 생물학, 기상학 같은 자연과학부터 경제학, 법학 등의 사회과학까지 새로운 주제가 나올 때마다 생소한 면이 없지 않아 있었다. 하지만 내용이 바뀔 때마다 취재 대상도 달라져 저자가 전 세계를 발로 누빌 때마다 나도 함께 이리저리 다니는 기분이라 더욱 깊이 빠져서 읽은 것 같다. 평소에 심각한 것은 인식하고 살지만 크게 와 닿지 않았던 온난화와 기후변화, 이 책을 읽으면서 평소에 생각하지도 못하고 살았던 부분을 많이 알게 되고 앞으로 이러한 현상을 인식하는 시선이 달라질 것 같다.

디먼(Deamon)

강동원 / 광주과학고등학교 1학년

| 디먼(Deamon) |

강동원 _ 광주과학고등학교 1학년

고대 그리스부터 지금까지 내가 이룬 업적은 책 한 권을 편찬해도 부족할 만큼 많다. 내 친구들 역시 오래 전부터 이러한 일들을 해왔고, 그들 역시 각 분야에서 숱한 성과를 내어왔다. 비록 나를 포함한 몇몇 친구들은 초반에 헛다리도 자주 짚고 잘못된 생각들도 해왔지만, 결국에는 올바른 길로 나아가고 있는 듯하다(적어도 내가 아는 바로는 그렇다.).

우선 내 동료들의 가장 대표적인 업적들을 소개하고자 한다. 피타고라스의 정리를 알아낸 친구도 있는가 하면, 보일의 법칙을 발견한 친구, 진화설을 발표한 친구, 케플러의 법칙을 찾아낸 친구 등등. 그렇다면 내 친구들이 피타고라스고, 보일이고, 다윈이고, 그리고 케플러일까? 답부터 말하자면 그러지는 않다. 그들은 각각 메넬라우스의 법칙, 헨리의 법칙, 유전법칙, 별의 등급을 매기는 방법 등을 알아내기도 했다. 나 역시 갈릴레이의 사고실험, 만유인력의 법칙 등 과학 역사의 핵심이 될 법한 것들을 생각해냈다.

이쯤 되면 모두가 우리의 정체를 궁금해 할 법 하다. 고대 그리스인들이 나와 내 친구들에 대해서 이렇게 말했던 것으로 나는 기억한다.

"우리는 창의성을 가지고 있지 않아요. 창의성은 우리 속에서 나오는 것이 아니란 말입니다. 그것은 저 멀리에 사는 정령들에게서부터 옵니다. 우리는 그들을 흔히 '디먼'이라고 부르죠."

나는 디먼, 그중에서도 물리학을 담당하는 디먼이다. 모든 물리학의 법칙들을 내가 발견한 것은 아니지만, 사람들이 잘 알고 있는 법칙들은 대개 내 도움을 통해서 얻었다고 할 수 있다. 이제부터 내가 하고자 하는 이야기를 시작하도록 하겠다. 내가 가장 흥미를 가졌고, 가장 열정을 가지며 일을 했었던 그때의 이야기이다.

고민거리를 끝내기까지의 9년은 힘들었지만 보람찼다.

1927년, 벨기에의 수도 브뤼셀에서 있었던 최초의 물리학 회의에서부터 내 고민은 시작되었다.

"아인슈타인, 신에게 명령하지 말게나."

보어의 그 한마디에 알베르트 아인슈타인의 표정이 굳어갔다. 대부분의 사람은 보어의 편에 서서 코펜하겐의 해석이 옳다고 주장했지만 아인슈타인은 그곳에서 홀로 맞서 싸워야 했다. 상황은 내가 생각했던 것과는 전혀 다른 방향으로 흘러갔다. 나는 그들의 주장에 대해 그에게 어떠한 것도 알려줄 수 없었다.

'디먼들은 인간의 선택에 어떠한 영향력도 행사할 수 없다.'

이것은 인간들에게 무수한 지혜를 알려준 디먼들이 지켜야 할 조항 중 하나였다. 결국 아인슈타인은 자신의 의견을 끝까지 내세운 채 솔베이 회의에서 수많은 물리학자들과 대면해야 했다.

내가 이런 일에 머리를 써왔던 것은 그 전 해부터의 일이었다. 1926년, 슈뢰딩거가 파동방정식과 연이어 하이젠베르크가 연구하던 행렬을 이용한 파동함수와 자신의 파동방정식이 같다는 것을 발표하였다. 비록 후자의 것은 내 도움이 없었지만, 파동방정식을 발표한 것은 나의 도움이 컸다. 몇 달간 나는 내가 살던 곳에서 파동방정식에 대한 것만 연구해왔다. 그런데 그 해, 막스 보른이 파동함수에 제곱을 한 수가 전자의 확률분포함수이며, 이를 통해서 원자 내의 전자가 있을 확률을 알아낼 수 있다는 것을 발표했다. 슈뢰딩거는 자신이 발견한 파동함수에 확률적인 해석을 한다는 의견을 받아들이지 않았고, 결국 이러한 해석은 이듬해 솔베이 회의의 주요한 토론거리가 되었다.

'잠깐만, 파동함수의 확률적인 해석도 은근히 신빙성이 있는데?'

나는 솔베이 회의장에서 29명의 학자들이 서로의 의견을 발표하고 있는 사이 문득 생각이 들었다. 꽤나 설득력 있는 주장이었다.

'이런 생각을 인간이 해내기는 쉽지 않지.'

물론 내가 인간의 능력을 하찮게 보는 것은 아니었지만, 이런 것들은 대개 인간 스스로 생각한 경우가 드물었다. 그러면 결국 보른이 확률적인 해석을 알게 된 원인은 하나.

'나 말고 다른 디먼이 있어.'

내가 아는 바로는 여태껏 디먼들 간의 마찰이 있었던 적이 한번 있었다. 철학과 화학간의 마찰. 고대 그리스에서 화학의 디먼이 엠페도클레스에게 이 세상의 모든 것은 물, 불, 흙, 공기로 이루어졌다는 '4원소설'을 알려준 일이 있었다. 이 물질관의 영향력은 엄청나서, 아리스토텔레스가 4원소설을 받아들일 뿐만 아니라 그가 네 원소가 변환할 수 있다는 4원소변환설을 주창하게 되자 모든 사람들이 그의 말을 믿게 되었다. 그 사이 철학의 디먼이 레우키포스에게 '입자설'에 대한 아이디어를 제공했지만 사람들의 의식 속에는 4원소설이 박혀 있어서 생각의 전환이 일어나지 않았다. 비록 데모크리토스가 입자설을 받아들여 그에 대해 역설을 했으나 결국 들어주는 이는 없었다. 그렇게 사람들은 4원소설을 받아들이고, 연금술을 개발하게 되었다. 화학의 디먼은 연금술이 언제나 옳다고 주장했다. 내가 갈릴레이의 사고실험에 대해서 한창 생각하고 있을 때, 그가 와서 한 질문이 기억난다.

"구리를 황금으로 만들려고 하는데 박쥐 날개를 넣을까, 말까?"

가관이었다. 결국 그는 돌턴이 스스로 생각해낸 원자설에 의해서 완전 무너지고 오랫동안 슬럼프에 빠졌다. 디먼이 슬럼프에 빠진다는 건 그야말로 웃기는 일이었다. 결국 그가 다시 제 활동을 한 것은 멘델레예프가 주기율표 제작을 할 때였다. 이렇게 디먼 간의 경쟁, 그리고 잘못된 지식의 전파는 인간에게 큰 영향을 미쳐왔다.

그런데 솔베이 회의장에서 디먼 간의 경쟁이 다시 한 번 일어날 듯했다. 나는 몸을 일으켜 주위를 두리번거렸다. 물론 나는 정령 같은 존재여서 주위사람들에게 보일 리가 없지만, 디먼들 간에는 서로를 볼 수 있기에 다른 디먼을 찾는 건 어렵지 않았다. 나는 회의장 저 끝에서 가부좌를 틀고 앉아 있는 한 디먼을 보았다. 그 모습은 마치……

"화학의 디먼이잖아?"

"오랜만이군."

나는 잔뜩 인상을 찌푸렸다.

'이런, 저번처럼 또 실수해서 어떻게 망신을 당해보려고 이런 중대한 일에 나선대.'

그와 더 이상 이야기하기도 싫은 나는 그냥 다시 바닥에 앉았다. 회의

장의 분위기는 점점 확률적인 해석이 옳다는 방향으로 가고 있었다. 약 2300년 전, 화학의 디먼과 철학의 디먼이 대면 할 때의 상황과 똑같이 이루어지고 있었다.

'실수하다가는 그때처럼 완전히 잘못될지도 몰라.'

물론 내 선택이 무조건 옳고, 무조건 진리인 것은 아니다. 지혜의 정령이라 해도 어디까지나 자신의 생각에서 나오는 것, 절대적인 지식은 그 어디에도 없다. 단지 이 세계를 만든 어떤 이(혹은 어떤 것) 뿐만 알고 있다.

회의가 끝나고, 스위스로 향하는 기차 안에서 나는 슈뢰딩거와 마주앉았다. 며칠간의 회의 때문에 머리가 아팠는지 그는 창밖의 경치를 바라보고 있었다. 나는 그의 앞에서 집중을 할 때 최고의 자세인 가부좌를 틀고 앉아 눈을 감고 골똘히 생각했다.

'어떻게 하면 코펜하겐 해석을 깨뜨릴 수 있지?'

당분간은 슈뢰딩거가 어떻게 할지 보다가 그가 결정을 내리면 나는 다시 내가 살던 곳으로 갈 생각이었다. 언제까지나 슈뢰딩거와 함께 할 수도 없었고, 나도 좀 바쁜 몸인지라 계속 이 일에만 매달릴 수는 없었다. 덜컹거리는 객차 안, 결국 나도 잠깐 쉬기로 했다. 등받이에 몸을 기대고는 한숨을 내쉬었다. 당최 그가 무슨 생각을 하는 건지 모르겠다.

슈뢰딩거는 취리히 대학의 교수였다. 솔베이 회의를 갔다 온 이후 역시 그 전과 다를 건 없었다. 강의준비하고, 강의하고, 연구하고, 언제나 이런 패턴. 단지 조금 다를 게 있다면 그가 하는 연구의 주제다.

'도저히 모르겠네.'

요 며칠간 그가 어떤 선택을 하는지 그가 연구할 때마다 옆에서 빠끔히 지켜보았는데 도저히 무슨 선택을 한지 모르겠다. 그날 역시 강의가 끝나고 나는 슈뢰딩거의 뒤를 졸졸 따라다녔다. 그의 연구실에 들어서서는 책상 위에 걸터앉아 그가 무얼 하는지 지켜보았다. 하얀 종이와 만년필을 책상 위에 놔두고는 골똘히 생각하는 슈뢰딩거. 한참 생각을 하더니 그는 종이에 뭔가를 써내려가기 시작했다.

'아인슈타인 교수에게. 안녕하십니까, 취리히 대학의 교수 슈뢰딩거입니다. 제가 교수님에게 이렇게 편지를 써내려 가는 이유는 다름이 아니라 저 역시 보어가 제시한 코펜하겐 해석을 받아들일 수 없기 때문입니다.……'

그가 써내려가는 편지를 읽으며 바로 눈치를 챘다.

'마음먹었군.'

나는 고개를 끄덕이며 책상에서 일어났다. 이제 중요한 것은 그가 어떻게 해서 자신의 의견을 논문으로 발표를 하는지 이다.

'가자, 집으로!'

나는 날갯죽지에서 날개를 펼쳐 창문 밖으로 날아갔다. 내가 살던 곳을 향해.

나는 하얀 신전에 도착했다. 이곳이 바로 내가 사는 곳, 이 세상 모든 디먼들이 사는 곳이었다. 지구의 하늘에 있는 구름 중 어디엔가 숨겨져 있는 이곳. 이 거대한 신전 중, 내 방으로 들어갔다. 신전 중에서 1층과 2층을 연결한 방이 몇 개 되지 않는다. 미술의 디먼의 경우 거대한 벽화를 놔두기 위해서, 지구과학의 디먼의 경우는 천체망원경을 놔두기 위해서였다. 나 역시 다르진 않다. 내 방에 걸려 있는 푸코진자 역시 규모는 크지만 방을 이어서 설치하는 데에 큰 문제가 되지는 않았다. 방 안을 들어가보니 오래된 종이 냄새들이 내 코를 자극했다. 커다란 벽 한편에는 압정으로 수많은 공식들과 그림들이 붙어있었다. 나는 수식이 적어진 종이들과 전기 회선들이 널브러진 책상을 보았다.

"그러고 보니 이 방을 나간지도 꽤 됐군."

나는 종이들과 구리선들을 치우고는 자리에 앉았다. 새로운 것(어떻게 보면 여태껏 해왔던 것)에 대해서 연구해야 할 시간이었다. 나는 우선 기초개념부터 다지기로 마음먹었다.

'물리학은 등호다!'

어떻게 보면 이것이 고전역학에서 가장 중요한 것일지도 모른다. 그렇다, 물리학의 모든 식들은 다 등호였다. 뉴턴역학을 기초로 한 고전역학에서는 모든 것이 등호, 즉 정해진 결과가 있다는 것이었다. 자신이 알고자 하는 것에 영향을 미칠 수 있는 모든 요소들의 값을 안다면 그 결과 역시 알 수 있다는 것이다. 모든 것에 원인과 결과가 있다, 인과율이 적용된다는 것이다.

그러나 이러한 개념은 하이젠베르크에 의해 무너지기 시작했다. 하이젠베르크가 발표한 불확정성의 원리, 위치와 운동량을 곱한 값은 일정한 값 이상이라는 원리이다. 여기서 '이상'이란 말이 나왔다. 부등호가 사용됐다는 것이다.

그뿐만이 아니었다. 슈뢰딩거가 발표했던 슈뢰딩거의 파동방정식에서 파동함수의 값이 여러 개로 나오면서, 그 자체로 이미 하나의 원인에서 여러 결과가 나온다는 것을 보여주고 있다. 막스 보른이 파동방정식의 파동함수를 확률파동으로 해석한 것에 대해 슈뢰딩거와 아인슈타인 등의 물리학자들은 그것에 대해 반대를 표했다.

그러나 보어를 중심으로 했던 코펜하겐 그룹은 빛의 이중성, 불확정성의 원리, 슈뢰딩거 방정식 등을 토대로 하여 코펜하겐 해석을 제시했다. 입자의 상태는 파동함수에 의해 결정되고, 입자가 발견될 확률밀도는 파동함수의 제곱수에 의해 결정된다는 것. 물리량이라는 것은 관측이 돼야만 의미가 부여된다는 것. 서로 연관성이 있는 값들은 불확정성의 원리에 의거하여 완벽한 측정이 불가능하다는 것. 양자 도약이 가능하다는 것. 그리고 입자들은 입자와 파동, 두 가지 성질을 가지고 있다는 것. 이것이 바로 코펜하겐 해석이다.

그러면 내가 해야 할 일은 이 코펜하겐 해석에 대해 어떻게 반론을 하느냐는 것이었다. 그때부터 여태껏 내가 겪지 못했던 골치 아픈 일들이 펼쳐질 것이라는 것을 느낄 수 있었다. 어떻게 생각해보면 내가 잘못된 길에 들어왔을지도 모른다는 생각이 들었다. 단지 지금 내가 할 일은 내가 선택한 길이 옳다는 것을 증명해 보이면 될 뿐이었다.

그렇게 지난 것이 8년 가까이 되었다. 슈뢰딩거와 아인슈타인은 그 오랜 기간 동안 편지를 주고받았다. 그동안 코펜하겐 해석에 대한 반발뿐만이 아닌 전체적으로 물리에 관한 것, 게다가 수학에 관한 것까지 연구하고 공부해야 했던 나는 지칠 대로 지친 상태였다. 이런 저런 것들을 생각해보았지만 결국엔 설명이 가능한 것들이 대부분이었다. 그러나 다행히도 난 코펜하겐 해석으로 설명할 수 없을 2가지 사고실험을 발견해냈다. 이런 엄청난 발견에도 불구하고 문제점이 있었다.

‘이걸 어떻게 알려줘야 하지?’

디먼들이 흔히 영감을 주는 데에는 세 가지 방법이 쓰인다. 문학의 디먼이나 철학의 디먼이 가장 많이 쓰는 방법인 직접 말해주는 방법. 어떠한 것들을 직접 말해줌으로서 영감을 얻는 방법이다. 물론 우리가 흔히 말하는 은유법이나 대유법 같은 것을 써서 알려줘야 한다. 하지만 사고 실험을 직접 말로 설명하기에는 적절치 않은 듯하다. 두 번째 방법은 어떤 물체를 이용해 대신 보여주는 방법. 디먼들이 직접 나타나서 어떤 물체를 놔두거나, 자신이 직접 실체화를 하여 영감을 주는 것이었다. 내가 뉴턴에게 만유인력의 법칙을 알게 했던 것도 결국 이 방법이었다. 그땐 사과가 되어 떨어지려는 생각도 했으나 혹시나 사과가 되었을 때 먹힐 가능성을 우려해서(먹혀봤자 죽진 않지만 남의 내장에 갇힌다는 건 정말 눅눅한 기분일 듯하다.) 내가 나무 위에서 살짝 사과 하나를 떨어뜨렸다. 이 방법을 이용하면 내가 생각한 사고 실험 중 하나는 어떻게 영감을 줄 수 있겠지만, 다른 하나는 알려줄 수 없을 듯 했다. 결국 남은 방법은 하나.

‘그들의 꿈에 침투한다.’

나는 웬만하면 일을 빨리 끝내는 것을 선호하기에, 이번에 하려는 것 역시 최대한 빨리 끝내려고 한다. 하루 만에 아인슈타인과 슈뢰딩거에게 내가 생각한 사고실험을 알려주는 것이었다. 우선은 영국에서 살고 있는 슈뢰딩거 먼저였다. 영국에 있는 한 마을에 도착한 나는 슈뢰딩거가 있는 방 안으로 들어갔다. 8년간 못 본 새 많이 늙어있었다.

‘슈뢰딩거도 이런데 아인슈타인은 오죽하겠어?’

나는 심호흡을 크게 내쉬고는 귀를 통해 그의 머릿속으로 들어갔다. 사람의 귀를 타고 들어가는 느낌은 좋지 않았다. 제일 기분 나쁜 곳은 달팽이관을 지날 때였다. 그래서인지 꿈을 이용해 영감을 전하는 방법은 디먼들이 가장 사용하지 않는 방법이다. 얼마 지나지 않아 슈뢰딩거의 머릿속으로 들어왔다. 우선은 슈뢰딩거가 빨리 꿈을 꾸기를 기다려야 했다. 사람은 꿈을 꿀 때와 꾸지 않을 때가 나누어져 있기 때문에 만약 그 사람이 꿈을 꾸고 있지 않다면 때가 올 때까지 기다려야 했다. 그 사이 나는 그에게 알려줄 사고실험을 설명할 준비를 했다. 나무상자와 나무판 자, 공을 준비해놓고 기다렸다. 얼마나 지났을까, 갑자기 환한 빛이 비추 었다.

"꿈이 시작되었군."

디먼들이 영감을 전달할 때 주의해야 할 건 두 가지.

'첫째, 자신이 디먼임을 알려주지 말아라. 둘째, 알려주려는 것을 직접 적으로 전하지 말아라.'

베를린의 길거리, 하켄크로이츠(卐)가 새겨진 깃발을 펄럭거리며 군인 들이 행진을 하고 있었다. 마치 지진이라도 일어나듯, 군인들의 발자국 소리가 베를린 전체에 울려 퍼졌다. 슈뢰딩거는 나치정권으로부터 도망 치는 꿈을 꾸는 듯 했다.

'영국으로 망명 온 이유라니. 악몽을 꾸고 있는 게 확실해. 악몽은 기 억에 남기 쉬우니 오히려 좋겠군.'

슈뢰딩거가 베를린 대학 교수직에서 나오기 직전의 상황, 나는 슈뢰딩 거의 조수 역을 맡았다. 물론 얼굴은 조수와 같지 않아도 될 듯하다. 누 가 꿈에서 얼굴까지 정확히 기억하랴. 나는 슈뢰딩거에게 다가가 이렇게 말했다.

"교수님, 이런 실험은 어때요?"

그러고는 나는 공을 상자 안에 넣고 흔들었다.

"상자 안에 공을 넣고 흔들고요. 그다음……."

상자를 멈춘 후 나는 판자를 이용해 상자의 가운데를 정확히 나누었다. 판자가 상자 내부를 반으로 갈랐다.

"……이렇게 하면 공이 상자 중에 어느 곳에 있는지 알 수 없잖습니까. 그러면……."

그때, 점점 배경이 흐려지고 있었다. 그가 꿈에서 깨려는 듯 했다. 만약, 꿈에서 깨면 내가 전달하려 했던 것을 다 전달할 수 없게 되고, 그러면 다음에 또 이 짓거리를 해야 한다는 것이다.

'이런! 또 달팽이관을 통해서 남의 머리로 들어가긴 싫어!'

어떻게 하면 이 내용을 기억나게 할 지 생각하느라 얼굴을 찌푸렸다.

'그렇다면 이 방법을 써먹는 것도 나쁘진 않겠군.'

나는 그의 꿈으로 들어오기 전, 집 앞의 길거리를 생각해내었다. 내가 한 기억을 실제로 만들어 내는 방법. 꿈에서나 가능한 일이었다. 그 후, 나는 빠르게 모습을 바꿔 고양이로 변했다. 그 상태로 슈뢰딩거의 눈을 빤히 바라보았다.

'이걸 기억해! 이걸 기억하라고!! 절대로…… 절대로 잊어먹지 마!'

결국 내가 생각해냈던 집 앞의 모습도 사라졌다. 그가 완전히 의식을 차리기 전, 다행히도 나는 그의 머릿속을 빠져나왔다. 슈뢰딩거는 침대에서 일어나 안경을 쓰며 이마에 맺힌 식은땀을 닦아냈다. 악몽을 꾼 것이 오히려 꿈을 꿀 시간을 줄였던 것이다. 나는 내가 알려주려 했던 모든 것, 아니면 적어도 집 앞 길거리의 모습과 고양이만은 기억하기를 바라며 아인슈타인이 있을 미국으로 날아가기 위해 날개를 펼쳤다.

"아인슈타인도 딱히 다를 게 없군."

슈뢰딩거처럼 얼굴에 주름이 가득했다. 통일장 이론에 대한 연구도 지금 하고 있다던데 고생이 이만저만 아닐 듯 했다. 나도 최근에 통일장 이론에 관심이 많아서 한번 손대보았다.

'그건 도저히 할 짓이 못됐지.'

아무튼 나는 방금 슈뢰딩거한테 한 방법처럼 그의 머릿속으로 들어가기 위해 숨을 크게 쉬고는 그의 머릿속으로 들어갔다.

'내가 두 번 다시 사람 꿈 속에 들어가나 보자.'

그런데 들어가자마자 밝은 빛이 뿜어져 나왔다.

"타이밍을 잘못 잡았군. 이미 꿈을 꾸고 있어!"

우선은 아인슈타인으로부터 피하는 것이 상책이었다. 나는 재빠르게 건물 위로 날아올라 아인슈타인이 있는 곳을 찾았다. 거리 느낌을 보니 미국인 것 같긴 한데 조금 왜곡되었다. 모든 꿈이 그렇듯, 장소도 왜곡되어 있었다. 저 멀리에서 아인슈타인이 평소 입는 정장 재킷과 바지를 입은 채 걸어오고 있었다. 그에게 알려줄 사고실험을 간단히 알려줄 방법을 생각해보니 건물 위로 올라온 것이 좋은 선택인 듯 했다. 이것이 옳은 방법일지 모르겠지만, 나는 반으로 쉽게 쪼개지도록 바위에 약간 손을 본 다음 그 바위를 아인슈타인 바로 앞에 떨어뜨리기로 했다.

'제발 아인슈타인이 중력가속도를 낮추는 어리석은 꿈을 꾸지 않도록!!'

바위를 건물 옥상에서 떨어뜨렸다. 다행히도 타이밍에 맞게 떨어진 바위. 아인슈타인은 길 가던 도중 자신의 바로 앞에 떨어진 바위를 보며 깜짝 놀랐다. 그리고 그 바위들은 거리의 작은 골목 두 군데로 날아가 숨었다. 운동량 보존의 법칙, 처음 떨어졌을 때 바위의 질량과 속도, 즉 운동량을 알고 깨진 두 조각 중 하나의 운동량을 안다면 나머지 하나의 운동량 역시 알아낼 수 있다. 나는 이것만으로 아인슈타인이 내가 생각해낸 사고실험을 알아챘으면 하는 바람과 함께 아인슈타인의 머릿속을 유유히 빠져나왔다.

아인슈타인의 방으로 나와 보니 여명의 태양빛이 점점 밝아오고 있었다. 나는 일이 거의 마무리 됐음을 확신하며 다시 내가 살던 곳, 하얀 신전을 향해 날아갔다.

몇 달 후, 결국 우려하던 일이 일어나고 말았다. 아인슈타인은 내가 생각했던 실험 그대로 실현하고 있었지만, 슈뢰딩거는 그러지 못했다. 나는 그때 이런 일이 일어날 줄 알고 짜놨던 장치가 생각났다. 신전에서 쉬어보려고 했지만 슈뢰딩거가 있는 마을로 다시 가야 했다.

마을에 도착한 나는 길가에 앉아 슈뢰딩거가 이 길을 지나가기만을 기다리고 있었다. 간혹 그가 머리가 복잡하거나 문제가 안 풀릴 때 이 길을 통해 산책을 한다는 것은 오랜 기간 동안의 관찰을 통해 알고 있었다. 하지만 왠지 오늘따라 그가 안 오는듯한 느낌이 들었다. 내가 이곳에 왔을 때 해가 중천에 떠있었으니, 대략 4시간 정도는 지난 것 같았다. 하지만 별 수 없었다. 기다릴 수밖에.

'제발 빨리 와라, 가서 좀 쉬고 싶다.'

얼마나 지났을까, 그의 집에서 문이 열리더니 안경을 쓴 한 중년이 기다란 코트를 걸치며 집 밖으로 나섰다. 나는 속으로 쾌재를 부르며 사람들이 안보는 골목으로 숨어 실체화를 시작했다. 몇 달 전이라 기억이 완벽하지는 않지만 나름 그때 꿈에서 했던 고양이의 모습과 비슷했던 것 같다. 골목에서 나온 나는 총총걸음으로 길을 걷다가 드디어 슈뢰딩거와 대면하는 순간을 가졌다. 나는 고개를 들어 슈뢰딩거와 눈이 마주쳤다.

'이 상황을 기억하고 있어…… 제발!!'

그때, 나는 슈뢰딩거의 눈빛을 읽을 수 있었다. 데자뷔 현상을 느낀 것이다. 내가 노린 것은 이런 것이다. 예전에 꿈에서 집 앞 거리의 고양이에 관한 정보를 꿈을 통하여 그에게 기억되게 한 다음 나중에 한번 그것을 더 보여줌으로써 언젠가 본 적이 있는 기억이라는 느낌과 함께 그전 내가 조수 역할로 나와 알려줬던 그 모든 정보를 기억나게 유도했다.

'오오, 이런 내가 생각해도 나는 너무 영리해.'

슈뢰딩거는 뜀박질하듯 집으로 들어갔고, 나는 여유 넘치는 걸음으로 골목으로 들어가 실체화를 풀었다. 아마 거울로 내 얼굴을 보았노라면 환희의 미소로 가득 찼을 것이다. 나는 유유히 하얀 신전으로 돌아갔다.

얼마 지나지 않아 아인슈타인과 슈뢰딩거는 내가 생각해낸 사고 실험 그대로를 세상에 알렸다. 아인슈타인은 포돌스키와 로젠과 함께 논문을 발표해 EPR 실험을 알렸고, 슈뢰딩거는 네이처 사이언스지에 사고실험에 대한 글을 실었다. EPR 실험은 양자물리학이 국소성의 원리, 즉 멀리 떨어진 두 물체는 서로에게 영향을 줄 때 공간을 매개로 하여 광속으로 정보를 전달할 수 있는 원리에 위배될 뿐만 아니라 스핀값을 통하여 불확정성의 원리 역시 깨질 수 있다는 것을 말했다. EPR 실험은 자전을 하지 않는 파이온이라는 입자가 붕괴하며 전자와 양전자로 분리가 되는데 이때 두 입자는 일정 축에 대해 자전하는 각운동량(스핀)의 방향이 서로 반대, 즉 합이 0일 수 밖에 없다. 이 때 두 입자가 얽힘 상태에 있다고 말하는데 만약 두 입자 중 한 입자의 스핀 방향을 알아낸다면 그 동시에 다른 입자의 정보까지도 알 수 있다. 그러나 이것은 국소성의 원리에 위배된다. 그뿐만이 아니다. 서로 다른 축의 스핀은 서로에게 영향을 미치지 않는다는 것을 이용해, 전자의 z축 스핀을 완벽하게 안 대신 x축 스핀에 대해서는 모르는 반면, 양전자의 z축 스핀을 모르는 대신 x축 스핀을 정확히 안다면 얽힘 상태에 있던 두 입자의 z축과 x축의 스핀을 완전히 알고 있다는 것이므로 이것은 불확정성의 원리에 위배가 된다.

슈뢰딩거의 사고실험 역시 대단했다. 1시간에 50%확률로 붕괴되는 방사성 원소가 방사선을 검출하는 기계 안에 있고, 방사선이 검출 될 경우 고양이를 죽음에 이르게 할 수 있는 시안화수소산이 들어있는 병을 깨뜨리게 된다. 한 시간 뒤, 고양이의 생사 여부는 살아있는 고양이와 죽어있는 고양이, 두 상태의 중첩이 일어나게 된다.

'정말 웃기는 사고실험이었지.'

결국 상자를 열어보기 전까지 고양이가 죽었는지 살았는지 알 수 없다는 점을 통해 이 사고실험은 코펜하겐 해석이 내놓은 애매한 관측의 의미를 정확히 꼬집어냈다. 흔히 슈뢰딩거의 고양이 실험이라고 말하는 이 사고실험은 어떻게 보면 철학적인 면으로 바라본 듯 했다.이 두 사고

실험은 그 당시 양자물리학에 큰 파장을 일으켰고 그에 대해 마땅한 대답을 해내지 못했다.

내가 하려던 이야기는 이게 전부이다. 그 이후의 이야기를 간단히 요약해보자면 최근 실험에 의해 결국 EPR 실험은 역설이 되었고, 슈뢰딩거의 고양이 실험 역시 다양한 설명들이 나타나게 되었다. 이게 뭔가, 결국 내 8년의 수고가 수포로 돌아간 것이다.

하얀 신전 내부의 넓은 광장.
"뭐? 안된다고?"
"어. 만들기에는 신전이 너무 좁대."
"그래도 그게 얼마나 중요한 장치인데, 그걸 설치 안 해줘?"
"그러면 네가 직접 가서 신전관리국에게 따져봐."
나는 신전관리국에서 내 의견을 받아들이지 않아 영 신통치 못한 표정을 지었다. 며칠 전에 신전관리국에 만들어 달라 부탁했던 입자가속기를 부지 문제로 만들지 못한다는 소식을 들었기 때문이다. 입자물리학을 실험적으로 밝혀내는 데 가장 중요한 실험 도구인 입자가속기. 그것이 없다는 건 지상에서 그 결과가 나올 때까지, 언제가 될 줄 모를 때까지 기다려야 한다는 것이다. LHC에서 언제 내가 원하는 결과, 힉스 입자에 대한 것을 발견할지 모를 일이다.

요즘 나는 통일장 이론에 초점을 맞추어 다시 내 위상을 찾아가고 있다. 나 역시 그때 이후로 맨하튼 계획, GSW 모형, 힉스 입자 등 수많은 사건과 이론에 도움을 주었다. 아인슈타인은 맨하튼 계획 때 여러 번 만났지만 슈뢰딩거는 그때 이후로 좀처럼 보지 못한 듯하다. 하지만 내 절친한 친구 중 한명인 생명과학의 디먼이 나한테 와서는 이렇게 말한 기억이 난다.

"슈뢰딩거 덕분에 DNA를 발견했지 뭐야. 정말 대단해. 물리도 잘하더니만 생물학에도 이런 기여를 해주다니."

나는 그 이야기를 듣고 왠지 흐뭇했다. 그와 함께 동고동락했던 10년 가까운 세월은 마치 그에게 친구 같은 느낌을 갖도록 했다. 아마 앞으로 물리학에 도움을 줄 때도 그때의 기억은 영원할 듯하다.

'자, 그러면 LHC로 내려가서 한번 어떤 결과가 나올지 봐 볼까?'

이제 새로운 문제의 시작이다. 여태껏 그래왔던 것처럼 나는 또 과학자들과 함께 머리를 싸매고, 이론을 찾아내고, 모순을 짚어내고, 결론을 도출해 낼 것이다. 이것이 나의 일이기에.

이것이 디먼의 일이기에.

할아버지!
우주이야기 해주세요!

강랍비 / 동백고등학교 3학년

할아버지! 우주이야기 해주세요!

강랍비 _ 동백고등학교 3학년

어렸을 때는 밤하늘을 보는 것을 좋아했다. 시골에 있는 할머니 집을 가면 가족과 함께 옥상에 돗자리를 펴고 함께 이야기를 하다 누워있으면 도시에서는 잘 보이지 않았던 수많은 별들이 펼쳐져 있었다. 내 입에서는 탄성이 절로 나왔다. 그런 나를 바라보던 엄마는 "내가 어렸을 땐 이것보다 하늘에 별이 더 많았어! 은하수 알아? 별들이 모여 있는 거 말이야. 그게 정말로 아름다웠어. 지금은 환경오염인가? 그것 때문에 별이 조금 밖에 보이지 않는 거야"라며 아쉬워하기도 하셨다. 엄마의 어린 시절을 함께한 은하수를 나도 보고 싶었다. 실제로 보는 은하수는 얼마나 멋질까? 아쉬운 마음을 뒤로 한 채 동생과 함께 맘에 드는 별을 고르기 시작했다. 예쁜 인형이나 장난감이 하나밖에 없을 때는 서로 가지려 싸웠는데 별은 많으니까 다툼이 일어나지 않았다. 가끔은 혼자서 별을 보려 밤마다 옥상을 올라갔다. 가만히 누워 밤하늘을 구경하다 보면 우주에 있는 기분이 들었다. 한 번도 가보지 않았지만 내가 상상한 우주는 알록달록한 별들이 가득 차있었고 반갑게 날 환영해주고 있었다. 별들과 친구를 하고 보름달에는 두 마리의 토끼가 방아질을 하니까 나중에 달에 가면 토끼들을 돕기로 마음을 먹었던 나였다. 아무것도 모르니까 할 수 있는 순수했던 상상이었다. 그런데 시간이 흐르다보니 어느새 열아홉이 되었고 달에는 토끼가 없다는 것을 자연스럽게 알았고 별을 별로만보게 된 나이가 되었다. 거기다 과학시간에 배우는 우주는 어렵게 다가왔고 그래서인지 지루하기만 했다. 그런 나에게 '할아버지가 들려주는 우주이야기'는 우주를 쉽게 가르쳐주었다. 이 책의 작가인 위베르 리브는 어렸을 때부터 별에 관심이 많았다고 하신다. 그런 점에서 어렸을 때 나 또한 별을 좋아했다는 것이 기억났다. 그동안 잊고 있었던 별에 대한 추억들이 떠오르기 시작했다. 제목처럼 할아버지가 손녀딸에게 우주에 대한 이야기를 하는데 내가 어렸을 때 잠자기 전마다 해주셨던 할머니의 옛날이야기가 떠올랐다. 그래서 손녀가 얼마나 호기심이 가득히 할아버지의 이야기에 집중했을지 상상이 갔다. 나는 마치 이 책의 손녀가 된 기분이 들기도 했었다. 이 책의 손녀 덕분에 어린 시절의 나를 회상해볼 수 있었다. 그동안 잊고 있었던 밤하늘 별들과의 추억이 새록새록 떠올랐다. 어른이 되면 로켓을 타고 우주로 날아가 엄마를 위해 은하수를 사진으로 남겨 선물로 드리려 했던 순수했던 어린 내가 그리워지기도 했다. 이 책의 표지에서 할아버지와 손녀가 손을 잡고 밤하늘을 보는 것이 내가 어렸을 때 별빛이 비추는 밤하늘 아래 같이 별을 보면 웃던 우리 가족과 많이 닮아있었다. 지금은 바쁘게 살다보면서 하늘을 쳐다볼 여유가 없어졌고 가끔씩 쳐다봐도 별을 보는 것이 정말로 하늘에서 별 따는 만큼 어려워지자 그래서 더 우주를 다가 갈수 없는 공간으로만 바라보았다. 이 책을 읽으니 오랜만에 할머니 집 옥상에서 가족과 함께 누워 밤하늘을 구경하고 싶어졌다.

이 책의 또 다른 좋은 점은 나처럼 우주를 어렵게 생각하는 사람들이 읽으면 우주에 대해 많이 알게 될 수 있다. 내가 알지 못하는 단어들이 나왔다면 분명히 이 책은 한 장 한 장이 돌덩어리처럼 느껴졌을 것이다. 우주를 소재로 한 이야기는 이 책에서만 본 것이 아닌데 같은 우주를 다루고 있지만 이 책은 우주에 대한 상식뿐만 아니라 우주와 인간의 삶이 비슷하다는 것을 말해주고 있다. '우주와 인간의 삶이 비슷하다'는 것은 조금 의문이 드는 것이 사실이다. 할아버지는 "내가 강조하고 싶은 것이 하나 있단다. 그건 바로 과거의 역사가 있는 우주에 우리가 살고 있다는 거야. 계속해서 새로운 일이 벌어지고, 그렇게 벌어진 일이 앞으로 있을 또 다른 일에 영향을 주는 그런 우주에 말이야! 한 가지 예를 들어볼까? 1987년 2월 24일이었지. 남반구 하늘에서 마젤란 성운에 있던 별 하나가 폭발하는 걸 육안으로도 볼 수 있었단다. 그 별이 평생을 가꿔온 새 원자들이 폭발을 통해 우주 속으로 날아갔지. 또 다른 예를 들어보자. 이건 14년 전의 일이야. 바로 네가 네 엄마의 배 속에 생겨난 것이란다. 그리고 지금 이렇게 나와 함께 밤하늘을 보며 수많은 질문을 던지고 있잖니…… 이렇듯 하늘과 땅에서 수많은 일이 벌어지고, 그 일들은 모두 내가 '모험 우주'라 부르는 이 우주 대역사의 각 순간을 장식한단다."라고 말하신다. 이 부분에서 우주에서 일어나는 일의 예를 누가 손녀의 이야기로 들 수 있을까. 그리고 인생에서도 수많은 일들이 일어나듯 우주에서도 수많은 일들이 일어나고 있다는 것을 이렇게 재치 있게 표현했다. 이 책의 작가는 참 대단했다. 우주가 인간의 삶과 비슷하다고 생각해내다니…… 우리가 보는 밤하늘은 항상 똑같아 보이는데 좀 더 올라가면 있는 우주에서는 지금도 수많은 일들이 일어나고 있다는 사실을 전혀 몰랐었다. 우리가 살면서 수많은 일들이 일어나는 것처럼 우주도

변한다는 것이 놀라웠다. 할아버지의 말처럼 우주는 인간의 삶과 비슷한 모습을 보이고 있었다. 이 책을 읽지 않았더라면 알지 못했을 것이다.

이 책이 만들어진 계기는 작가의 과학을 대중화하고 싶었기 때문이었다. 이 책을 읽으면서도 작가가 나처럼 과학을 지루하고 어렵게만 보는 사람들을 위해 썼다는 것을 눈치 챌 수 있었다. 할아버지가 손녀에게 이야기해주는 방식을 보더라도 작가의 의도를 알 수 있었다. 이 책의 작가의 인터뷰에서 뜻 깊은 말이 있었는데 "과학을 과학으로만 끝내지 않고 과학도 인간을 위한 학문인만큼 인간과 동떨어져서는 안 된다"라고 말하셨다. 작가의 좋은 뜻에서 만들어진 이 책을 발견한 것 같아 뿌듯했다.

이 책을 읽으면서 우주에 대해 많이 알았고 잠시 잊고 있었던 별을 좋아한 내 과거를 회상해 볼 수도 있었다. 또 우물 안 개구리처럼 있는 지금의 나를 반성할 수 있는 기회를 만들어주었고 앞으로 살아가야 할 세상을 어떻게 살아가야 할지 알려주는 선생님과도 같은 책이었다.

항상 하루의 마지막에 만나지만 무심코 지났던 밤하늘을 이제는 조금 색다르게 보이기 시작한다. 아니, 다시 어렸을 때의 호기심 가득한 마음으로 밤하늘의 별을 찾게 된다. 저 별이 어렸을 때 내가 찜했던 별이었을 지도 모른다. 지금도 은하수는 보이지 않는다. 어렸을 때 보고 싶어 했던 은하수를 사진으로 보기는 했지만 실제로 엄마 손을 잡고 우주로 가서 보고 싶어졌다. 정말로 이 책은 나에게 소중한 책이 될 것이다.

'할아버지가 들려주는 우주이야기'처럼 이제는 사람들이 과학자가 아니더라도 과학에 많은 관심을 가져주면 좋겠다. 그러기 위해서는 이 책처럼 과학을 상식뿐만 아니라 따뜻한 사람이야기가 담겨있고 전문적인 단어를 많이 쓰는 것보다 쉽게 가르쳐줄 수 있는 책이 많이 나와서 어렵

기만 한 과학을 가까운 친구처럼 친근하게 지낼 수 있는 계기를 마련해
줬으면 한다. 냉정하고 딱딱하기만 할 것 같은 과학책이 이렇게 따뜻한
면모를 가질 수 있다는 것을 보여준 '할아버지가 들려주는 우주이야기'
를 많은 사람들이 읽어보면 참 좋을 것이다. 그리고 나도 앞으로 과학에
무관심하지 않고 천천히 신기하고 재밌는 과학을 많이 배우고 위베르
리브처럼 나중에는 누군가에게 과학을 재밌게 알려 줄 수 있는 그런 사
람이 되고 싶다.

Time Slip

강혜원 / 숭덕고등학교 1학년

강혜원 _ 숭덕고등학교 1학년

「타임 슬립에 대한 연구보고서

작성자 : 윤기안

- Intro : 연구 배경과 동기 -

타임 슬립, 즉 시간을 건너 뛰어 과거나 미래로 가는 일은 물리학적으로 불가능하다고 여겨져 왔다. 타임 슬립이 가능하게 되었을 때 발생하는 수많은 역설은 제쳐두고서라도…(중략)…이 역설과도 같은 난제는 해결할 수 없다는 것이 현 물리학계의 일반적인 견해였던 것이다. 그러나 우리는 얼마 전 미국의 국가극비기관인 UTO가 비밀리에 타임 슬립을 성공했다는 정보를 입수하였다. 따라서 본국의 연구기관인 KTS는 미국이 성공한 타임 슬립의 원리를 밝혀내고, 그 정확성과 조작성을 높여 실용할 수 있도록 하고자 하였다.

연구 기간 : 2015. 1. 17 - 2018. 5. 28

참여자 : 작성자 외 로제 부부(페이만, 마리), 김성수, 앤드류 박

…(중략)…」

*

비가 내리고 있었다. 며칠 전과 같은 천둥 번개의 요란함은 없었지만 창문너머로 보이는 온통 잿빛의 하늘은 흐린 날을 병적으로 기피하는 기안에게 마찬가지로 무력감을 안겨주기에 충분했다. 아침에 눈을 뜨고 나서 늦은 오후인 지금까지 한 일이라곤 간단히 샤워를 하고 얼마 전에 사다 둔 빵과 인스턴트 커피로 끼니를 때우며 TV에 시선을 고정시키는 일 뿐이었다. 그러다가 가끔 벽에 걸린 시계를 흘끔 거리기도 했는데 16 번째로 시계를 확인 하던 순간, 현관의 벨이 TV의 잡음과 섞여 삭막한 공간에 울려 퍼졌다. 단 두 번 울리고 나서 조용해지자 소파에서 천천히 일어난 기안은 상대를 확인할 것도 없이 현관의 잠금쇠를 풀고 문을 열 어주었다.

"살아있네, 형님 왔다."

여느 때와 같이 실없는 소리를 하며 집안에 발을 들여놓는 현창에게 서 비 냄새가 풍겼다. 기안의 못마땅한 시선에도 아랑곳 않고 들고 온 검은 봉지를 식탁에 내려놓은 그는 연신 찝찝하다는 말만 되풀이 하며 의자에 걸려있던 수건으로 팔과 머리에 튄 빗물을 닦아냈다.

"뭔 놈의 비는 이렇게 많이 온데, 우산을 쓰고도 머리가 젖기는 처음 이다, 처음."
"그럼 오지 말던가."

"미운 소리만 골라서 해. 그건 그렇고 점심은 먹었냐?"

"뭐 대충……."

기안의 말이 끝나기도 전에 전기밥솥의 뚜껑을 열어본 현창은 차갑게 식어서 사용 하지 않은 티가 확연한 모습에 작게 한숨을 쉬며 도로 닫았다. 이러니 내가 안 올 수가 있나. 현창의 한숨소리를 듣고도 태연히 소파에 몸을 기댄 채 리모컨을 집어든 기안은 볼만한 것이 없나 열심히 채널을 돌렸고 현창은 마트에서 사온 찬거리와 간식거리를 꺼내들었다. 예상대로 텅텅 비어있던 찬장은 금방 먹을 것으로 가득 찼고 물과 캔 맥주 몇 병이 전부였던 냉장고도 금세 차기 시작했다. 물건을 열심히 넣던 현창은 내내 잔소리가 끊이질 않았지만 기안은 듣는 둥 마는 둥, 한 귀로 듣고 다른 귀로 흘려보내면서 재미도 없는 과학 다큐에 시선을 두었다.

"한두 살 먹은 애도 아니고, 끼니는 거르지 말고 제때제때 먹어야 되는 거 몰라? 그렇게 대충 때우면 너 나중에 어디 이상 생긴다니까? 가뜩이나 몸도 비리비리 한 게……."

"……."

걱정과 불만이 베인 말에 돌아오는 것은 없었지만 딱히 무언가를 바라고 말한 것은 아니었기에 마저 정리를 하던 현창은 마지막으로 참치 캔을 냉장고에 넣고 나서 발걸음을 소파로 돌렸다. 아빠다리를 하고 앉은 기안의 옆에 자리를 잡고 앉은 현창은 기안 쪽으로 고개를 틀었다. 그의 눈은 그저 TV 화면을 비추고 있을 뿐, 아무것도 담겨있지 않았다. 이토록 비 오는 날만 되면 무기력함에 시달리고 다른 사람으로 변해버리는 것은 현창이 기안과 처음 만났을 때부터 그랬던 것은 아니었다. 예전에는 비가 오면 아까 자신과 마찬가지로 옷이 젖는다며 투덜거리고 작게 짜증을 내는 것이 전부였는데, 그건 어디까지나 평범하기 그지없는, 일반적인 이유에서였다. 습기 때문에 집에 곰팡이가 슬면 툴툴댄 적이 있어도 얼마 뒤, 햇빛이 뜨거워지면 '차라리 비가 오는 게 나았다'라고 하는 공감할 수 있는 영역을 가진 사람이었다. 무엇보다 귀찮고 찝찝하다고 그렇게 잠적해 버리는 것은, 의외로 성실한 면이 있는 기안에게는 있을 수 없는 일이었다. 그런데도 그가 이렇게 우(雨)울증을 앓게 된 것은, 채 몇 개월이 되지 않았다. 날이 맑아졌을 때 이유를 물으면 자신은 그런 적이 아예 없다는 듯 시치미를 떼곤 했다. 언젠가, 비가 오는 날 회의가 잡혔었는데 그때 기안은 불참했었다. 동료들과 두루 친했던 기안을 걱정하는 사람은 많았고 그중 자신들의 1년 선배가 '기안이가 오질 않네.'라고 혼자 중얼거린 것이 화두가 되어 회의가 끝난 직후, 연구실에서는 하루 종일 기안이가 우울증을 앓는 이유에 대해 몇 명씩 머리를 맞대고 이야기하기 시작했다. 그러나 여러 가설만 등장 할 뿐, 본인이 아닌 이유로 정확한 원인은 찾을 수 없어 어영부영 마무리 되고 말았다. 그 시점을 계기로 하루 종일 비가 오고 기안의 모습이 보이지 않는 날이면 현창이 기안의 집에 가는 것은 당연한 일이 되었다. 같은 대학을 나오고 연구소의 입사 연도가 같은 둘은 가장 친했고, 다른 사람이면 몰라도 현창이 찾아오는 것만은 기안이 불쾌해 하지 않았기 때문에 지금까지 이 상태가 이어져 올 수 있었다. 언제 한번 이러는 이유에 대해 넌지시 물었지만 종일 모르쇠로 일관하던 기안 때문에 현창은 그 이후 단 한 번도 묻지 않았다. 언젠간 괜찮아지겠지 하는 막연한 생각을 품은 채로.

「······실험은 과거의 변화로 인한 현재, 현재의 변화로 인한 미래를 측정하기 위해 실시하였다. 우선 밀폐된 방안에 꽃병을 두고 대체가 불가능하게 하기 위해 참여자 각자의 사인을 하고 방을 봉인했다. 그 다음, 첫 번째 실험의 경우(과거-현재)는 방을 봉인하기 전의 과거로 돌아가 꽃병을 깬 뒤 다시 현재로 돌아와 꽃병의 상태를 확인하고 두 번째 실험의 경우(현재-미래)는 5분 후로 가서 만일 꽃병이 깨지지 않았을 경우 참여자는 꽃병을 깨고 다시 현재로 돌아와 5분을 기다린 후 상태를 확인하는 것이었다. 결과는 놀라웠다.

첫 번째 실험은 현재로 돌아와 확인한 결과 밀폐된 방 안의 꽃병은 과거의 깨뜨렸던 형태 그대로 남아있었고, 두 번째 실험에서도 미래에서 깨뜨렸던 꽃병은 정확히 5분 후 테이블에서 떨어지거나, 누군가의 실수로 똑같이 깨졌다. 즉, 현재를 바꾸어도 어떻게든 확인한 미래는 나타난다는 것이다.

다시 말해, 우리는 오직 하나의 과거와 하나의 미래를 갖는다.」

*

"어, 벌써 시간이 이렇게 됐나?"

빌려온 영화가 끝나자 DVD를 꺼낸 현창이 문득 시계를 보며 말했다. 그도 그럴 것이 시계는 벌써 새벽 2시를 향해 가고 있었고, 이는 곧 모든 교통수단이 끊겼음을 의미했다. DVD를 곽에 넣으며 곤란해 하는 현창을 물끄러미 보던 기안은 소파에서 몸을 일으켜 방으로 들어갔다. 그런 그의 움직임을 뒤쫓은 현창은 그가 사라져버린 방 쪽으로 시선을 돌렸다. 곧 한숨을 푹 내쉰 현창은 으샤, 몸을 일으켜 세우고 자신의 겉옷을 챙겨 들었다. 지하철이 없으면 택시라도 타야지, 야간 할증 비싼데……. 이만 가겠다는 말을 전하기 위해 기안의 침실로 들어간 현창은 침대 옆 바닥에 이불을 펴고 있는 기안을 보며 할 말을 잃은 듯 입만 뻐끔 거렸다. 그런 바보 같은 모습을 보며 어이없는 웃음을 흘린 기안은 마지막으로 베개를 놓아두고 침대 위로 올라앉았다.

"멍청히 서서 뭐해, 안 잘 거야?"
"……자고 가도 돼?"
"나 그렇게 야박한 놈으로 만들지 마. 가뜩이나 날씨도 안 좋은데 너 같으면 그냥 보내겠냐?"

그러면서 편한 티셔츠와 반바지를 건넨 기안은 현창이 옷을 갈아입기 위해 밖으로 나가는 걸 보고 나서 침대에 누워 눈을 감았다. 아침부터 일부러 걷지 않았던 커튼 너머로 어렴풋이, 빗소리가 들리는 것도 같았다. 몇 개월 전 부터 수십 번은 보고 체험한 영상이 영사기로 쏘아지듯 머릿속에 찬찬히 그려지기 시작했다.

*

「……위 실험을 통해 정해진 미래는 바꿀 수 없다는 결론을 얻은 후, 참여자들은 각자 미래와 과거의 체험을 했다. 별다른 변수를 예상하지 않았으므로 사용횟수는 제한을 두지 않았으나 피해는 생각보다 심각했다. 마리 로제는 실험 도중 지병으로 세상을 떠난 페이만 로제를 그리며 과거로 돌아가 그를 살리기 위해 애썼지만 지병을 치료하고 나서도 페이만 로제는 교통사고나 연쇄살인 등의 이유로 매번 같은 시기 죽음을 맞이했다 이 이유로 마리 로제는 정신병을 앓게 되고 말았다. 이 외에도 김성수는 불행했던 자신의 유년시기를, 앤드류 박은 미래에서 연구정보를 다른 기관에 빼돌렸다가 발각되어 연구직을 박탈당하고 평생을 술로 보내고 있는 자신의 모습을 보게 된 후 삶에 대한 의욕을 잃어버린 채 누군가는 괴로워하고, 또 누군가는 스스로를 자책하며 모두의 앞에서 자취를 감추고 말았다.」

*

"이현창."

"……."

"……자냐?"

씻고 오자마자 벌러덩 드러누운 현창은 대학교 다닐 때 이후 기안의 집에서 자는 건 오래간 만이라며 기분 좋게 혼자 떠들더니 얼마안가 곯아떨어지고 말았다. 연구소에서 일을 마치자마자 장을 보고 집으로 바로 왔다던 것이 어지간히도 고단했던 모양이었다. 옅은 베이지색이었던 커튼, 밤에도 거리의 불빛이 그대로 투과되어 방안에 들어오던 그것을 모조리 암막커튼으로 바꾸었다. 비가 오는 날 커튼에 비춰지는 빗줄기가 몇 개월 전의 악몽을 그대로 되살려 내는 것 같았기 때문이었다. 조그맣게 벌어진 커튼 틈새로 불빛이 새어들었다. 기안은 커튼 쪽으로 향했던 머리를 현창이 누워있는 방향으로 돌렸다. 깨어있을 때는 그렇게 요란하고 활발하지만 잠잘 때만큼은 얌전하고 온순하기 그지없는 얼굴이 되는 현창을 내려다보던 기안은 작게 웃으며 시선을 다시 정면을 돌렸다. 천장에 새겨진 무늬가 단조로웠다.

"……하루 종일 비가 오던 날이었어."

.

.

.

매일 출근하는 연구소에서 현창은 평소처럼 업무를 보고 회의를 가졌다. 그러다가 선배와 연구실장에게 자잘한 실수로 깨지기도 하는 것은 다른 사람들이 보기엔 별 다를 것 없는 평범하기 그지없는 날이었지만, 현창은 아니었다. 한번쯤 짜증내고 연구실장과 자잘한 것으로 붙을 타이밍에도 그는, 기안이 볼 때마다 웃고 있었다. 결국엔 궁금하다 못한 선배가 왜 이렇게 기분이 좋으냐고 물었지만 현창은 끝까지 씩 웃기만 하고 답은 하지 않았다. 사실 기안도 궁금했던 차였다. 수십 번을 봐도 그때마다 웃고 있던 현창은 도대체 무슨 생각을 하고 있었을까 하고. 그러나 이제 와서 안다고 해봤자 달라지는 것은 없었다. 기안과 현창이 근무하는 KTS에서 그 당시 추진 중이던 프로젝트는 현창이 정식 연구원이 되고 나서 처음으로 맡은 것이었다. 그래서인지 누구보다 최선을 다하고 필요할 때는 손수 발품도 팔아가면서 열심히 하는 그의 모습이 낯설기도 했지만, 나름 멋있었다. 그런데 그날따라 현창은 유독 다른 사람들에 비해 시간에 쫓기는 것처럼 보였다. 아마 그 전날 밤샘 작업을 했어야 할 업무를 일찍 퇴근 하는 바람에 처리하지 못한 탓이었을 것이다. 입으로는 정신없다, 바쁘다, 죽겠다 하면서도 현창의 표정은 한결같이 밝았다. 사람은 자신이 하고 싶은 일을 해야 한다는 것이 맞는 말이긴 한 모양이었다. 한참 서류 정리를 하고 난 뒤, 현창은 갑작스런 외근을 통보 받았다. 그 다음날 아침 실험 하는 데에 필요한 약품과 기구를 제약회사와 공기관으로부터 가져와야 했는데 마침 갈 사람이 없으니 프로젝트를 맡은 현창더러 빨리 다녀오라는 실장의 말이었다. 평소라면 피곤해 죽겠다며 찡찡거리고도 남았겠지만 그날따라 기분이 좋았던 현창이었기에 별다른 불평 없이 다녀오겠다며 차를 몰고 나갔다. 그리고 기안에게 보낸 문자 메시지 한 통.

'비 온다고 쳐져 있지 말고 밥은 챙겨먹어라. 있다가 DVD 빌려서 갈게'

그러나 그날 밤, 기안은 DVD를 볼 수 없었다. 추적추적 비가 쏟아지던 어스름한 저녁, 순환도로에서는 졸음운전을 한 화물트럭과 현창이 탄 차가 충돌하는 사고가 일어났다. 사상자는 2명, 사인은 과다출혈로 현창은 그 자리에서 사망했으며 차는 형태를 알아보기 힘들 정도로 망가져 폐기처분 되었다. 어두운 잿빛하늘 아래에서 비를 맞으며, 현창은 기안과 모두의 곁은 영원히 떠나갔다.

「……향후 연구를 통해 상기에 열거한 타임 슬립의 특징들을 확인하는 것은 물론, 그 특징들이 인류에 어떠한 영향을 줄 수 있을지 고찰해

보는 것도 잊어서는 안 될 것이다. 또한 그러한 연구가 선행되기 전까지 타임머신은 관계자 외 이용을 금할 것을 제안하는 바이다. …(중략)… 타임 슬립으로 인한 윤기안의 변화 중 가장 눈에 띄는 것은 특정 상황에서 발현되는 우울증일 것이다. 이는 타임 슬립으로 체험한 미래 중 충격적인 상황에 관련된 요소가 있었기 때문으로, 의식적 차원에서는 그 요소를 피하여 충격적 상황을 다시 연상하는 것을 방지, 무의식적 차원에서는 그 요소에 그 충격적 상황을 한정지어, 다른 환경에서도 연상되는 것을 막는다고 할 수 있다. 따라서 우울 증세가 아무리 심하더라도 우울증 자체는 오히려 윤기안의 존속에 큰 도움을 주고 있다고 보아야 한다.」

잠시 눈을 감았다가 천천히 눈꺼풀을 들어 올린 기안은 담담했다. 자신의 몇 없는 소중한 이의 죽음을 회상했던 사람이라고는 생각되지 않을 정도였다. 잠시 천장의 단조로운 무늬를 감상하든 바라보던 기안은 오른팔을 들어 두 눈을 가렸다. 작은 호선을 그리고 있던 그의 입술이 달싹거렸다.

"……잘 자, 이현창."

"……."

"내일은…… 비가 올 거야."

GAME OVER

고태원 / 강원과학고등학교 2학년

고태원 _ 강원과학고등학교 2학년

"후아아암~. 잘 잤다."

서기 2210년, 광활한 아시아 대륙의 조그만 반도 그 곳의 주인인 대한민국의 어느 조그마한 집에서 한 청년이 잠에서 깨어났다. 잠에서 깨어나 느긋하게 모닝하품을 한 부교는 기지개를 쭉 폈다. 이윽고 침대에서 일어나서 모든 옷을 벗어던지고 에어(Air) 샤워실로 들어갔다. 2000년대 60억에 이르던 인류는 유전자 조작 식품으로 인해 기아가 해결되자 100년 만에 두 배 이상 급등하기에 이르렀다. 그러니 한정된 자원인 물이 부족해지는 것은 당연한 사실. 샤워하던 물도 아끼기 위해 공기로 모든 노폐물과 먼지를 제거하는 에어샤워기가 급속도로 발달하기 시작했고 모든 나라가 물이 나오는 샤워기 사용을 금지하는 법령을 채택하여 현재는 에어샤워기만이 존재하게 되었다. 5분 후, 한결 상쾌해진 모습으로 밖으로 나온 부교는 다시 옷을 입고 식사 준비를 하기 시작했다. 자신이 집 안에서 직접 키운 쌀로 밥을 짓고 직접 키운 배추로 만든 김치를 꺼내고 김치찌개를 끓였다. 또 부교가 가장 좋아하는 β-삼겹살도 굽기 시작했다. 20세기 후반부터 시작된 유전자 조작 연구와 윤리 간의 논쟁은 결국 국제 재판소에서 유전자 조작 연구의 손을 들어주면서 엄청난 종류의 GMO 식품이 개발되었지만 그중 육류는 없었다. 유전자 조작을 하다가 자칫하여 뛰어난 지능을 얻게 된 동물이 생긴다면 인류의 멸망은 불 보듯이 뻔했기에 국제법원에서도 동물의 유전자 조작은 금지했던 것이다. 그래서 개발해낸 것이 바로 β-meat이다. 생명공학자들은 소, 돼지 등의 식용 동물의 세포와 빠르게 분열할 수 있는 대장균 등의 박테리아를 융합하여 결구 고기 맛이 나는 β-박테리아를 만들어냈다. 이 β-박테리아는 적정 온도의 영양배지에서 무한정으로 분열한다. 분열한 박테리아를 배지에서 긁어내 냉동 보관하면, 박테리아들이 생고기처럼 뭉치기 시작한다. 이 상태에서 요리하면 바로 고기가 되는 것이다. 또 냉동 보관한 것을 꺼내서 다시 적정온도의 영양배지에 약 1시간 동안 놔두면 다시 분열하기 시작한다. 즉 한 번 사두면 한 번에 다 먹지 않는 이상 영원히 먹을 수 있다는 것을 의미하기에 값은 상상을 초월할 정도지만 부교 같은 고기 마니아들은 β-삼겹살, β-목살, β-소갈비 등 종류별로 가지고 있기도 한다. 그렇게 기분 좋은 아침식사로 하루를 시작한 부교는 허공에 대고 외쳤다.

“은령!”

[말씀하십시오. 주인님]

“컴퓨터 좀 켜줘.”

[주인님의 말씀에 따라 컴퓨터를 켭니다.]

부교네 집을 총괄하는, 자아를 가지고 있는 유비쿼터스 프로그램인 은령이 부교의 말에 따라 컴퓨터를 켰다. 이윽고 거실 중앙의 탁자가 작동하더니 허공에 홀로그램 창을 생성해냈다.

“흐음. 메일 1건 도착이라. 정선이한테서 온 거네?”

{To. 부교

하하 오랜만이다. 부교야. 잘 지내니? 나 정선이야. 이렇게 연락한 것은 오랜만에 익스트림 게임을 하고 싶어서지롱~ 저번 아프리카 횡단에서 패배한 것을 설욕해 주겠다! 이번 경기는 에베레스트 등반. 승리자는 역시 먼저 정상에 등반한 사람이. 출발 시간은 너 오면 즉시. 기다리고 있을게. 아 참, 이번에는 연재도 참가한대. 오랜만에 연재 얼굴도 볼 겸 한 번 하자. 그럼 에베레스트에서 보자^ ^*

-너의 친구 정선이가}

잠시 후, 부교는 추위를 막을 수 있는 방한복과 아이젠 등 에베레스트를 등반할 수 있는 완벽한 무장을 하고 텐트가방과 장비배낭을 메고 에베레스트 산의 베이스 캠프에 도착하였다. 저 멀리 친구들인 정선이와 연재가 비슷한 장비들을 갖추고 그를 기다리고 있는 것이 보였다.

"여~ 부교! 여기야."

"잘들 지냈어? 바로 시작이야?"

"그럼! 자 출발해 볼까?"

세 친구들은 부지런히 걷기 시작했다. 곧바로 정선이가 지난 번 게임에서 패배한 것을 설욕하려는 듯 먼저 앞서나갔다. 이에 질세라 연재도 부교를 앞서나갔고 부교도 질 수 없다는 듯이 열심히 친구들을 따라가기 시작했다. 몇 시간이나 지났을까, 어느 덧 날씨가 어둑어둑해지자 눈보라가 몰아치기 시작했다. 베이스캠프에서 얼마 오지도 않은 것 같은데 눈보라가 거세지자 길을 잃을 것 같아진 부교는 내일 일찍 일어나 따라잡기로 하고 아쉬운 대로 텐트를 쳤다. 텐트 안에서 부교는 한 번 충전하면 1000시간 사용가능한 무선전기주전자로 따뜻한 차를 끓여 마시면서 눈보라가 멎길 고대하며 잠을 청했다.

다음날, 눈을 뜬 부교가 텐트 밖으로 기어 나오자 어느새 눈보라는 말끔히 그쳐있었다. 친구들을 뒤쫓을 마음에 부교는 텐트를 접고 자신이 좋아하는 아침밥도 마다한 채, 주머니에서 칼로리 캡슐을 하나 꺼내 삼켰다. 식생활 문제가 해결되고 살림이 나아지자 여가 시간을 이용해 레저 스포츠를 즐기는 사람들이 많아졌다. 그들을 위해 개발된 것이 바로 칼로리 캡슐. 그냥 삼키기만 해도 한 끼의 칼로리를 모두 얻을 수 있으며 음식 조리에 필요한 시간을 다른 활동에 사용할 수 있다. 단점이라면 포만감도 없고 맛도 없다는 것. 어쨌든 활력이 솟아오르는 것을 느낀 부교는 힘차게 발걸음을 내디뎠다. 씩씩하게 등반하던 부교 앞에 나타난 것은 거대한 빙벽이었다. 이미 정선이와 연재는 넘어갔는지 여기저기에 사다리를 걸친 흔적이 남아있었다. 높다란 빙벽을 멍하니 바라보던 부교는 배낭에서 L.A.S 사다리를 꺼냈다. 순금은 1g만으로도 엄청난 길이로 늘릴 수 있다고 한다. 여기에 착안한 재료공학자들은 전류를 가함으로써 길이를 조절할 수 있는 신소재를 개발해냈다. L.A.S(Long And Short)의 유치한 이름이지만 이 소재로 만들어진 사다리는 버튼 하나만으로도 30cm에서 15m까지 마음대로 길이조절을 할 수가 있고 가볍기도 해 에베레스트 등반의 필수 품목으로 꼽히고 있었다. 어쨌든 사다리를 이용하여 가뿐히 빙벽을 넘은 부교는 사다리의 위쪽에도 달려있는 버튼을 눌러 길이를 줄인 후, 배낭에 넣고 다시 발걸음을 재촉했다.

등반을 시작한지 4일째, 무전기를 통하여 연재가 포기했다는 이야기가 들려왔다. 공부만 하던 연재는 역시나 무리한 등반에 체력이 고갈된 것인지 안타깝게도 포기하였다는 것이다.

7일째, 이제 정상이 보이기 시작하였다. 무전기로 정선이의 연락이 아직 오지 않은 것을 보니 정선이 역시 정상에 오르지 못하였나 보다. 비록 저번 게임을 승리하긴 했지만 이번 게임 역시 정선이를 이기고 싶었던 부교는 아침 일찍 일어나 앞으로 나아가기 시작했다. 텐트를 정리하고 100 발자국쯤 걸었을까, 갑자기 지진이 난 듯한 소리와 함께 땅이 꺼지기 시작했다. 깜짝 놀란 부교는 도망치려 했지만 이미 몸은 눈 틈새로 떨어지기 시작했다. 급한 대로 부교는 팔을 휘저었고 그의 손에 튀어나온 얼음이 붙잡혔다. 구사일생으로 추락을 막은 부교는 가방에서 fric-glove를 꺼냈다. 실처럼 가느다랗게 만들 수 있는 silk-robber가 발명되면서 일반 노가다 목장갑보다 100배 이상의 마찰력을 가지고 있는 장갑을 만들었는데 이것이 바로 fric-glove이다. 부교는 이 fric-glove를 끼고 다시 위로 올라가려고 얼음을 붙잡고 있던 손을 놓았다. 하지만 부교가 놓친 것 2가지. 바로 마찰력=마찰계수×수직항력이라는 사실과 얼음은 압력이 가해지면 녹아 물이 된다는 사실이다. 수직에 가까운 크레바스의 벽은 부교가 가하는 압력이 작아 수직항력 역시 작으므로 마찰력이 0에 가깝고 얼음이기 때문에 압력이 가해진 부분은 물이 되어 마찰력이 더욱 작아지게 된다. 결국 부교는 심연의 어둠 속으로 떨어졌다. 이윽고 부교의 눈앞에 뜬 한마디.

[GAME OVER]

부교는 헤드셋을 벗었다. 그리고 슬픈 표정으로 창밖을 바라보았다.

붉게 물든 노을을 배경으로 살아 움직이는 동식물 하나 없는 황량한 벌판만이 펼쳐져 있었다. 그 벌판 한 가운데 우두커니 서 있는 벙커 안에 부교가 살고 있다. 발목까지 쌓여있는 새하얀 눈, 친구들인 정선이와 연재…… 모두 가상현실, 즉 게임 속에서만 존재하는 것이었다. 부교는 지나친 과학의 발달로 인한 핵전쟁과 환경오염에 의해 생명체가 살 수 없는 죽음의 행성이 되어버린 지구의 유일한 생존자이다.

글리제581g

김경민 / 대일고등학교 3학년

│ 글리제581g │

김경민 _ 대일고등학교 3학년

"안타까운 소식 하나를 전해야겠다. 태민이가 오늘 새벽에 자살했다."

조례시간. 담임은 이 말만 남기며 어두운 표정을 지은 채 교실 밖으로 나갔다. 문제를 풀던 내 손길이 멈췄다. 누가 망치로 내 뒷머리를 내리친 것 같았다. 아이들이 수군거렸다. 그 소리가 덩어리지며 점점 커져갔다. 이쪽을 바라보는 시선들도 느껴졌다. 나는 비어있는 옆 책상에 손을 올렸다. 이 자리가 텅 비어버린 게 언제부터였을까. 양손을 깍지 끼고 눈을 감았다. 태민이 자살했다. 그의 죽음이 실감나지 않았다. 꼭 북극의 빙하가 녹고 있다는 경고를 들은 것처럼. 하지만 내가 그를 죽인 셈이다. 적어도 그의 시선으로는.

태민을 처음 만난 건 고등학교 3학년 개학식 때였다. 개학식 날짜를 착각해 지각을 한 나는 교실 문 앞에서 얼쩡거렸다. 첫날부터 뭐야 이게. 쪽팔리게. 창문을 통해 안을 살펴보았다. 그런데 반 애들의 시선이 한 녀석에게 쏠려있었다. 그는 계란형 얼굴에 안경을 썼다. 군인처럼 짧고 깔끔한 머리에 키도 컸다. 여드름 하나 없는 피부도 하얗다. 처음엔 백인을 보는 것 같았다. 다들 가방도 놓고 몸만 떨렁떨렁 이끌고 온 교실에 혼자 큰 종이를 펼친 채 뭔가를 그리고 있었다. 다들 그쪽으로 시선을 주는 대도 꿈쩍도 하지 않았다. 나는 조용히 교실로 들어갔다. 아무도 나를 의식하지 않았다. 책상에 '자리는 출석번호 순'이라고 쓰여 있었다. 교탁 위에 있는 출석부를 통해 내 번호를 확인했다. 그리고 내 짝 이름도 찾았다. '김태민'. 나는 그 이름을 되새기며 내 자리를 찾아보았다. 교실을 한 바퀴 둘러본 나는 멈칫했다. 남는 자리가 아까 그림을 그리는 녀석의 옆자리밖에 없었다. 하는 수 없이 그 자리에 앉았다. 그를 바라보았다. 그는 연필, 자, 컴퍼스 등을 이용해 무슨 지도 같은 걸 그리고 있었다. 내가 옆에 앉은 것도 모르는 것 같았다. 정말 재수도 없지, 이런 녀석이랑 짝이 되다니. 생긴 건 멀쩡한데, 머리에 구멍이라도 뚫렸나? 나는 교실을 찬찬히 둘러보고 책상 위에 엎드렸다. 담임선생님이 오길 기다렸다. 눈을 감자 반 애들의 소곤거리는 소리가 들려왔다. 그런데 김태민은 꽤나 유명한 애인 것 같았다. 중학교 때 과학 올림피아드 전국 2등이었고, 고등학교에 올라와서도 성적이 줄곧 최상위권이었다는 것이다. 그 말을 들으니 태민의 똘끼가 이해된다. 공부 잘하는 애들은 어딘가 자기만의 세상을 갖곤 했으니까. 나는 캠퍼스로 원을 깔끔하게 그려낸 게 자랑스러운지 빙긋 웃는 그를 보며 한숨을 내쉬었다.

　며칠 지나지 않았지만 태민과 나 사이에 큰 벽 이 있다는 걸 느낄 수 있었다. 나는 공부를 잘하지도 못하고, 게다가 과학은 쥐뿔도 모른다. 세상 어느 곳이든 다 똑같겠지만 학교에서도 사람들은 기준을 정해서 등급을 만들고 자기 등급의 사람들하고만 소통하고 싶어 한다. 특히 공부 잘하게 생긴 범생이일수록. 아마 태민도 그럴 것이다. 게다가 역시 그는 자기만의 세상을 갖고 있었다. 한 예로 자기만의 언어를 만들어 공책에

다 끄적이곤 했다. '신파스'라고 불리는 그 문자는 그가 가끔씩 들쳐보는 문자표를 훔쳐보니 한글과 대조해 글자만 바꾼 괴상한 문자였다. 태민의 공책은 마야인이 남긴 고대 문서 같았다. 수업 내용까지 신파스로 적는 태민을 도저히 이해 할 수 없었다. 공통된 관심사를 찾기 힘들다는 걸 알아챈 나는 그를 없는 사람 취급했다. 수업시간에 태민이 먼저 말을 걸어오곤 했지만 쌀쌀맞게 대하거나 못들은 척 했다. 그저 일 년간 같은 반에 있어도 말 몇 마디 안 나누고 헤어지는 친구 중 하나라고만 생각했다.

체육시간. 10:10 농구를 했다. 홀수 번과 짝수 번으로 팀을 나눠 25점을 한 쿼터로 정해 총 4쿼터를 뛰어야 하는 경기였다. 지는 쪽은 수업이 끝나고 뒤처리를 해야 했다. 나는 일주일 전 축구하다가 발목을 삐끗했다. 체육 선생님이 운동장 구석에서 그림을 그리던 태민을 내 대타로 설정해 주었다. 나는 링과 연결된 골대에 등을 기대고 경기를 관람했다. 그는 귀찮아했지만 결코 못하지 않았다. 3쿼터가 끝나고 마지막 4쿼터가 시작되었다. 누군가 슛을 쏘고, 링에 맞아 튕겼다. 태민을 비롯한 몇 명이 뛰어올랐다. 그런데 저쪽 에이스가 갑자기 몸을 숙여 태민과 부딪쳤다. 그는 에이스의 고릴라 같은 덩치에 밀려 내 쪽으로 떨어졌다. 나는 그때 2학년들의 축구 경기를 보고 있었다. 떵하는 소리와 커다란 진동이 들렸다. 태민이 몸을 비틀어 골대 기둥과 머리를 부딪친 것이다. 그의 왼쪽 귀 근처에서 피가 주르륵 흘러나왔다. 나는 깜짝 놀라 뒤로 몇 걸음 물러났다. 그때 태민과 눈이 마주쳤다. 그는 정신이 없는지 눈을 게슴츠레 하게 뜨곤 농구공을 향해 손을 뻗다가 그대로 쓰러졌다. 태민은 병원으로 실려 갔다. 종례를 할 때까지 시간이 어떻게 흘렀는지도 모르겠다. 내 머릿속은 그에 대한 생각으로 가득 차 있었다. 그때 담임선생님이 내게 다가와 핸드폰 하나를 주었다.

"태민이 핸드폰이다. 네가 갖고 있다가 전해줘."

나는 얼떨결하게 고개를 끄덕였다.

학교가 끝나자마자 그가 있다는 병원을 찾아갔다. 선생님이 나한테 핸드폰만 주지 않았어도 가지 않을 텐데. 어차피 내일 학교에 오면 건네주면 되는데…… 하지만 나 때문에 다친 게 마음에 걸리긴 했다. 공 한번 맞았다고 병실에 누워버리다니. 그딴 저질체력으로 농구는 왜 한 건지. 병실 문을 슬며시 밀며 들어갔다. 태민은 누가 왔어도 종이에만 집중하며 무언가를 그리고 있었다. 머리에 붕대를 감고 있긴 했지만 전혀 아픈 기색이 없었다. 병실에서조차 범생이 티를 내는 녀석이다. 자세히 보니 종이의 정체는 도면이었다. 각각의 도면에 그려진 부분들이 도면을 겹치자 합쳐져 하나의 우주선을 이루었다. 나는 들고 온 음료수와 핸드폰을 탁자위에 턱 올려놓고 그에게 다가갔다.

"이제 좀 살 만한가 보지?"

"아무 짓도 안하는 것보단 나."

태민은 나를 한번 쓱 훑어보곤 다시 그림에 집중했다. 나는 쌓여있는 설계도면 하나를 슬쩍 가져왔다. 구 모양의 커다란 기계가 중앙에 있고 파이프들이 그것과 엮여 사방으로 뻗어나가고 있었다. 이게 뭐지? 로봇이나 함선 같은 건가? 그때 태민이 손이 채찍같이 날아왔다. 손을 가슴 쪽으로 잡아당기며 도면을 뺏기지 않았다. 그의 눈동자가 조금 사나워졌다. 나는 도면을 좌우로 흔들며 물었다.

"넌 근데 맨날 뭘 그리고 있는 거냐?"

"이건 내 꿈이야. 방해하지 마."

꿈이라는 말에 할 말이 없어졌다. 나는 도면을 건네줬고 태민은 그걸 낚아채 다른 도면들과 하나로 만들었다. 탁탁 부딪치는 소리가 꼭 내 이마를 치는 것 같았다.

종례가 끝난 후 태민의 장례식장으로 가기 위해 버스에 올랐다. 나는 의자에 앉았다. 버스가 출발하자 아이들은 분위기를 타며 묵묵히 표정을 굳혔다. 아무도 보고 싶지 않았다. 창밖을 바라보았다. 내 눈에는 반 애들의 표정이 모두 가식처럼 느껴졌다. 너희들에게 태민이란 존재는 그저 씹을 거리에 불과했잖아. 그렇게 놀려댔으면서 뭐가 미안하다고 얼굴을 굳혀? 다들 얼굴에다 한 방씩 꽂아주고 싶었다.

장례식장으로 가는 길은 멀었다. 버스는 가다 멈추다를 지루하게 반복했다. 해가 점점 서쪽으로 기울었다. 창밖을 보았다. 특별할 거 하나 없는 평범한 오후였다. 태민이 죽었어도 세상은 잘 돌아간다. 커다란 톱니바퀴 두 개가 맞물리는 것처럼. 나는 그 맞물림을 인정하고 싶지 않았다. 톱니 하나가 빠져 바퀴들이 헛돌고 있는 것 같았다. 한참 뒤에 거의 다 왔다는 담임선생님의 말이 들려왔다. 아이들이 좌우를 살피며 슬금슬금 목소리를 높였다. 그때 내 옆에 서있던 애가 말을 걸어왔다.

"지훈아, 힘내라. 네가 우리 반에서 태민이랑 가장 친했잖아."

나는 고개를 끄덕였다. 그리고 창밖에 시선을 고정시켰다.

태민은 퇴원하고 이틀 뒤 학교에 나왔다. 그의 얼굴은 생기가 없었고 양 볼 사이가 홀쭉했다. 반 아이들이 알은체를 했다. 나도 어색한 미소

를 지었다. 태민은 깡그리 무시했다. 병원에서 말까지 튼 사이인데. 녀석
은 자리에 앉자마자 도면에 시선을 고정시켰다. 나는 태민에게 질려버렸
다. 저렇게 분위기 파악 못하는 녀석은 처음이다. 그의 정신상태가 의심
스러웠다. 수업 시간에도 설계도면은 교과서 밑에 깔려 태민의 정성스런
스케치를 받았다. 병원에서 봤을 때와 도면의 모습이 많이 달라졌다. 미
완성이지만 부품 몇 개는 스케치가 끝났고, 숫자와 영어로 무슨 표시가
되어 있었다. 나는 거기까지 보고 시선을 돌렸다.

점심시간이었다. 나는 친구들과 점심을 먹고 반 애들 뒷담화를 까며
교실로 올라왔다. 아무도 없었다. 그때 친구 한 명이 말했다.

"지훈아, 니 짝 뭘 그렇게 열심히 그리는 거냐?"

나는 어깨를 으쓱했다.

"야, 우리 한번 찾아볼래?"

나는 태민의 책상 서랍을, 친구는 가방을 뒤졌다. 하지만 설계도면은
없었다. 우리는 그가 점심시간에도 그걸 끼고 밥을 먹고 있을 거라고 비
웃었다. 그때 갑자기 소변이 마려웠다. 나는 화장실로 갔다. 화장실은 조
용했다. 나는 좌변기가 있는 문을 벌컥 열었다. 열고 들어서는 순간, 나
는 깜짝 놀라 안에 있던 사람과 눈을 마주쳤다. 태민이었다. 순간 태민
의 눈은 당황하고 있었다. 나는 황급히 문을 닫았다. 문을 닫으면서, 그
의 가랑이 사이에 자연스레 시선이 갔다. 내 눈을 의심했다. 하지만 두
눈은 분명히 종이 기저귀를 보았다. 잠시 후 태민이 문을 박차고 나왔다.
그의 손이 주먹을 쥐고 내 얼굴로 날아왔다. 전혀 예상치 못했던 주먹이
라 직격으로 맞았다. 나는 손사래를 치며 말했다.

"야, 나도 급해서 그런 거야. 내가 일부러 그런 게 아니라고. 미안, 미

안."

　비틀거리며 거울을 등졌다. 거울을 등지면 내 움직임이 겹쳐져 주먹이 정확히 어디로 날아오는지 파악하는 게 어려워졌다. 더 이상 때린다면 맞고만 있을 수 없었다. 태민의 명치에 눈을 두고 전체를 훑었다. 녀석의 오른쪽 어깨가 움직였다. 나는 빠르게 치고 들어가 녀석의 왼 턱에 정확히 혹을 갈겼다. 그러곤 '개싸움'으로 밀고 들어갔다. 주먹이 끊임없이 서로를 향해 날아갔다. 결국 태민이 꼴사납게 자빠졌다. 쓰러진 그의 교복윗옷에서 도면이 몇 장 떨어졌다. 화가 나서 도면을 확 찢어버리려다가, 그만두었다. 꿈을 짓밟는 건 아무래도 꺼림칙했다. 나는 흩어진 도면들을 모아 그에게 주며 말했다.

　"기저귀가 뭐라고 주먹질이냐. 새꺄, 내가 그거 보고 반에 가서 소문이라도 퍼뜨릴 놈 같냐?"

　도면을 받아들고 양손으로 얼굴을 감싸던 태민이 날 바라보았다. 맞은 부분이 시뻘겋게 변해 있었다. 나는 그 앞에 쭈그려 앉았다. 우리는 잠시 눈을 마주친 채 한동안 말이 없었다. 내가 무거운 분위기를 깨려고 입을 열었다. 이 기저귄 언제부터 찼냐? 태민이 고개를 조금 숙였다. 다발성 경화증. 그가 조그맣게 대답했다. 처음 들어보는 병이었다. '다발성 경화증'이란 뇌의 신호를 보내는 '미엘린'의 소실로 인해 다양한 증상들이 나타나며, 정확한 원인과 치료법이 아직 밝혀지지 않은 희귀병이라고 했다. 태민은 이 병을 3년 전부터 앓았고, 지난겨울부터 기저귀만 찬다면 혼자서 등교가 가능할 정도로 회복됐었다는 데 근래에 와서 다시 발작이 일어난 것이다. 남부러울 것 없어 보였던 태민이 갑자기 안쓰러웠다. 기저귀를 차고 다녀야만 하는 그 희귀병이 태민을 내성적으로 만든 것 같았다. 나는 녀석의 어깨를 툭 치며 말했다.

"야, 너만 장애인인줄 아냐? 내 동생도 애자거든!"

태민이 고개를 들어 나를 바라보았다. 나는 그에게 손을 내밀었다. 태민이 조금 망설이더니 내 손을 붙잡고 일어났다. 우리는 함께 화장실에서 나왔다. 복도를 걷는데 아직도 좀 어색했다. 그때 갑자기 태민이 입을 열었다.

"때려서 미안해…… 근데 너…… 그 비밀 진짜 지켜줄 수 있어?"

나는 그의 얼굴을 바라보았다. 나는 녀석이 뭘 불안해하는 지 알 것 같았다.

"너 속고만 살았냐?"

태민을 보면서 여동생이 떠올랐다. 나영은 수면 장애가 있어 학교에 갈 수 없었다. 나르코렙시라는 병이었다. 발작적으로 수면에 빠지거나 갑자기 머리는 깨어있는데 몸이 일시적으로 마비되어 버리는 무서운 병이었다. 그녀는 학교에도 가지 못했고, 아버지는 여동생의 치료에도 깨나 많은 돈을 썼다. 하지만 병은 고쳐지지 않았다. 여동생은 밑 빠진 독처럼 그렇잖아도 시원찮은 우리 집 살림을 거덜 냈다. 차라리 그 돈으로 내 학원비나 대줬으면 내 성적이 바닥을 치진 않았을 텐데. 나는 동생이 안쓰러웠지만 때때로 우리 집에 왜 태어났냐고 불평할 때도 있었다. 그래서 집에 갈 때는 항상 마음이 편치 않았다.

5교시에 누군가 내일 발사될 나로호 이야기를 꺼냈다. 교실이 순식간에 나로호 2호 이야기로 가득 찼다. 그만큼 그 로켓은 애들의 이목을 집중시켰다. 이미 1호가 실패했기 때문에 기대감은 전보다 덜한 편이었지만, 성공한다고 믿는 애들도 많았다. 곳곳에서 나로호나 로켓에 대한 이야기가 나왔다. 하지만 태민만큼 눈에 불을 켜고 얘기하는 사람은 없었다.

"이게 러시아 최초의 위성 스푸트니크 1호고, 이건 미국 최초의 위성 익스플로젼 1호야."

나는 태민이 건네주는 흑백사진 두 개를 번갈아 보았다. 두 개 모두 거치대에 달려있는 미사일을 찍은 것이었다. 그가 사진의 한 곳을 가리키며 말했다.

"잘 봐. 차이점이 있어. 러시아 건 로켓이 하난데 미국 건 로켓이 4개지? 왜 그랬을까?"

나는 고개를 갸우뚱했다. 딱히 생각나는 이유가 없었다.

"미국 기술이 더 좋았겠지."

그러자 태민이 반색하며 입을 열었다.

"아냐. 미국의 미사일 발사대로 통하는 터널 폭이 좁아서 큰 미사일을 옮길 수 없었대. 그래서 4개로 나눈 거라고. 신기하지? 뭐든지 미국이 최고는 아냐."

태민은 언제 아팠냐는 듯이 말을 쏟아냈다. 그가 수첩에서 사진 한 장을 꺼냈다. 어떤 행성의 사진이었다.

"이건 뭐야?"

"이건 글리제581g이라는 행성이야. 봐 봐, 지구랑 정말 비슷하지? 대륙이 하나 밖에 없지만 이것도 나름 매력 아니겠어? 이 바다는 실제 생물이 살고 있을 가능성이 아주 높대. 지구 기준으로 생명이 살 수 있을 적당한 양의 햇빛이 들어오는 유일한 행성이야."

그가 말하는 것을 보면 얼마나 이 행성에 열정을 가지고 있는지 알 수 있게 해주었다. 태민의 모습은 마치 EBS인터넷 강사 같았다. 그가 자기 도면을 펼쳤다.

"이 우주선의 이름도 글리제581g이야. 아직 완성되지 않아서 알아보기 힘들 거야. 무게는 500톤이고 길이는 정확히 20킬로미터. 여기 중앙에 있는 가장 긴 부분 있지? 여기가 크게 5개 부분으로 구성되어 있어. 여기가 전방 동체부, 산화제 탱크부, 엔진을 포함한 연료탱크부, 공력핀을 포함한 후방동체부……"

신이 나서 떠드는 그의 목소리는 근래에 들어보지 못한 만큼 흥분되어있었다. 나는 그의 말을 잘랐다.

"정말 크네. 근데, 이게 무슨 일을 하는데?"

태민은 목이 마른지 생수 한 병을 들고 벌컥벌컥 들이켰다. 그가 입을 열었다.

"지금까지 인류는 10인 이상 타고 갈 우주선을 만들어내지 못했어. 우리나라는 인구에 비해 땅이 너무 좁고 주변에 강한 국가들이 많잖아? 다들 이 사실들에 불안감을 느끼고 변화를 꿈꾸지. 내 꿈은 사람들과 함께 우주선을 타고 그 행성으로 날아가는 거야. 한반도의 절반밖에 차지 못했던 한국인들에게 행성을 선물해주고 싶어!"

그의 열정이 눈빛을 통해 내게 전해져서 그랬을까? 태민의 말에 나도 모르게 심장이 두근거렸다. 남들은 고작 좋은 대학 가는 게 꿈인데 녀석은 엄청난 상상력을 가지고 있었다. 그가 내 손을 잡으며 말했다.

"내일 우리 동아리에 꼭 와. 함께 나로호를 배웅해주자."

버스가 과속방지턱을 넘었는지 몸이 앞쪽으로 쏠렸다. 멍하니 창밖을 바라보던 나는 하마터면 앞좌석에 얼굴을 박을 뻔 했다. 나는 인상을 쓰며 몸을 일으켰다. 고개를 들면서 앞을 바라보았다. 좌석마다 둘씩 짝을 지어 앉아있는 애들이 보였다. 그들은 이야기를 하거나, 이어폰을 한쪽씩 귀에 꽂고 음악을 듣거나, pmp로 영화를 보았다. 바로 앞자리에 앉은 애들의 목소리가 들렸다.

"아 지루해. 언제 도착하냐?"

"몰라. 곧 도착하겠지."

"야, 오늘 피시방 갈래? 이거 핑계로 늦었다고 하면 되잖아."

나는 몸을 앞으로 숙였다. 저런 말을 지껄이니 화가 치솟았다. 한 녀석은 떠들고, 옆에 앉은 놈은 psp로 게임을 하고 있었다. 그런데 우주선에 대해 말하던 태민이 떠올랐다. 동시에 그걸 무뚝뚝하게 듣고 있던 내 모습도 녀석도 저런 표정으로 내게 말하곤 했지. 우주선밖에 모르는 바보 같으니. 나는 왼쪽으로 고개를 돌렸다. 내 옆자리는 텅 비어있었다. 여기 앉아있어야 할 녀석은 지금쯤 수의를 입고 편안히 관속에 누워 있겠지. 나는 침대에 누워있던 그때의 태민을 생각했다. 나도 모르게 주먹을 쥐었다. 태민이 내 곁에 없다는 게 슬슬 실감나기 시작했다. 마치 알몸인 채 평원 위에 서있는 기분이었다. 머릿속에서 태민과 함께했던 시간들이 스쳐지나가기 시작했다. 나는 그제야 그 순간들의 값어치를 깨닫기 시작했다. 버스가 목적지에 도착했다.

나로호 발사 날이었다. 태민은 오늘 발사를 한다는 사실에 적잖이 흥분해 있었다. 점심을 먹을 동안 내내 그 이야기만 했다. 사실 나는 나로호에 별로 관심이 없었다. 그저 아픈 녀석 소원이나 들어준다치고 순순히 태민의 손에 이끌려 우주 동아리방으로 갔다. 동아리방은 쓰지 않는 체육 기자재실이었다. 우주 동아리의 이름은 '살류트'였다. 세계 최초의 우주정거장이며 러시아어로 '축포'라는 뜻이었다. 안에 있던 부원들이 우리에게 인사를 건넸다. 태민이 내가 온다고 미리 말을 한 모양이었다. 하나같이 범생이 타입이었다. 태민이 나를 그들에게 인사를 시켰다. 소개가 끝난 후 동아리방을 둘러보았다. 한쪽 벽을 채운 책장엔 여러 행성 사진과 로켓, 위성 모형으로 가득했다. 나는 그중 하나가 눈에 띄었다. 글리제581g이었다. 나는 모형을 만지작거리며 물었다.

"만약 그 행성에 생명이 하나도 없다면 뭘 먹고 살 거야?"

"우주선에 곡식 씨앗이나 가축을 싣고 가면 돼. 저 별의 토양도 지구와 비슷해서 충분히 농사가 가능하다고 해. 가축도 번식으로 수를 늘려나가고."

나는 고개를 끄덕였다. 회원들이 속속 동아리방으로 모였다. 텔레비전에서는 나로호가 연료를 주입 중이다는 자막과 함께 허연 연기를 뿜어내는 나로호를 비쳐주었다. 나는 태민의 옆자리에 앉았다. 녀석은 글리제 모형을 손에 들고 바라보고 있었다. 잔뜩 흥분하고 있을 줄 알았는데 그의 표정은 딱딱했다. 갑자기 태민이 입을 열었다.

"지훈아, 나 기분이 이상해. 왠지 저 나로호가 내 몸처럼 느껴져. 나로호가 성공하면 내 병도 이겨낼 수 있을 것 같아. 이상하게 들리겠지만, 지금 그런 느낌이 강하게 들어."

나는 녀석의 어깨를 두드리며 웃었다.

"야, 마지막 잎새 따라하냐 지금? 걱정하지 마. 분명 나로호도 성공하고, 너도 건강해질거야."

　태민은 양손을 깍지 껴 무릎에 올려놓고 눈을 감았다. 드디어 연료를 다 채우고 카운트다운에 들어갔다. 10, 9, 8, 7, 6,…… 회원들은 모두 숨을 죽였다. 동아리방이 텅 빈 것처럼 조용했다. 3, 2, 1, 발사! 나로호가 연기를 마구 뿜어내며 하늘로 솟구쳐 올라갔다. 그런데 발사대와 연결을 푸는 순간 미사일이 약간 왼쪽으로 흔들렸다. 회원들의 입에서 신음소리가 흘러나왔다. 하지만 나로호는 하늘로 계속 솟아올랐다. 결과가 어찌 될 지 아무도 예상할 수 없었다. 그렇게 4분이라는 시간이 흘러갔다. 나로호가 발사되는 장면만 반복되어 나왔지만 뭔가 불길했다. 긴장이 서서히 풀려가는 순간, 자막이 떴다. 나로호 위성 진입 실패. 회원들은 한숨을 내쉬며 하나 둘 동아리방을 떠나갔다. 하지만 나와 태민은 의자에서 일어나지 않았다.

　"실패했네."

　고개를 돌리자 태민의 풀죽은 모습이 보였다. 얼마간이라도 활기찼던 녀석이었는데…… 나는 안타까운 마음에 빠르게 말을 쏟아냈다.

　"야, 너 그 도면 그리는 거 있잖아. 그걸 만들어서 네가 쏘아 올리면 되잖아. 나로호 그거 미사일 부분은 러시아 거라며! 네가 과학자가 되서 우리 기술로 만들어 쏘아 올리면 되는 거잖아!"

　태민은 대답하지 않고 일어났다. 그는 인사도 하지 않고 동아리방을 나섰다. 불길한 예감이 들었다. 태민은 학교에서도 수업을 안 듣고 도면 그리기에 집중할 정도로 의지가 강한 녀석이다. 하지만 그 강한 의지가 무너지면서 생기는 마음의 상처가 얼마나 클까? 갑자기 '마지막 잎새'에 나오는 노인 화가가 생각났다. 그 사람이 너무나 부러웠다. 소설 속에선 주인공이 담벼락의 나뭇잎이라는, 노인이 할 수 있는 일을 원했지만 태민은 내가 할 수 없는 일을 원한다. 태민에게 나는 아무런 도움도 될 수 없었다. 그저 스스로 이겨내리라 지켜볼 수밖에 없었다.

　나로호가 실패한 다음날 태민은 여느 때와 같이 학교에 왔다. 그런데 문제가 발생했다. 태민이 핼쑥한 표정으로 학교로 들어왔을 때, 갑자기 교실이 웃음바다로 변해버렸다. 반 애들이 태민을 놀려대기 시작했다.
　"우리 반에 아직도 기적귀 안 땐 애가 있나 보더라? 엉덩이가 너무 커서 똥구멍에 손이 안 닿나 봐?"
　"오빠가 기저귀 갈아줘? 다리 벌려 봐, 닦아줄게!"
　태민은 아이들의 놀림에 당황한 듯 문 앞에서 멀뚱멀뚱 서 있었다. 나는 얼굴을 붉혔다. 이게 어떻게 된 일이야? 애들이 어떻게 알았지? 그 순간 태민과 눈이 마주쳤다. 그의 눈이 사나워지더니 교실을 뛰쳐나가버렸다. 나는 얼른 그 뒤를 쫓아갔다. 역시 병 때문인지 멀리 가지 못했다. 태민은 2층 아래 계단에 주저앉아 있었다. 나는 그에게 천천히 다가갔다. 태민의 얼굴이 벌겋게 익어 있었다. 그의 두 눈은 이미 눈물을 흘리고 있었다. 태민이 나를 보자 갑자기 내 멱살을 잡고 격앙되게 소리쳤다.
　"너지? 너가 소문냈지? 왜 그랬냐. 널 믿으라며? 어떻게 나한테 이럴 수 있어?"
　"아냐, 난 절대 아냐. 나도 모르는 일이야!"
　그 말을 듣자 태민이 잠깐 멈칫했다. 하지만 곧 악을 썼다.
　"그 비밀을 알던 건 너뿐이야! 거짓말 하지 마 이 더러운 배신자 새꺄 꺼져!"

태민은 날 밀쳐버리고 계단을 내려갔다. 나는 너무나 답답해서 미칠 지경이었다. 내 속을 어떻게 보여줘야 할지 몰랐다. 쫓아가려다가, 그냥 포기했다. 더 이상 내 진실을 알릴 방법이 없었다.

버스에서 내리고 나서 20분 정도 걸었다. 멍하니 걷다보니 넓은 주차장이 나왔다. 장례식장 입구 쪽엔 긴 리무진이 대기하고 있었다. 장례식장 입구에 들어서자 '고인의 명복을 빕니다', '고 김태민님' 등의 화분들이 놓여 있고, 조문객들이 드문드문 보였다. 한꺼번에 수십 명의 학생들이 들어서자 사람들의 이목이 집중되었다. 아무도 근엄한 분위기에 눌려 아무도 입을 열지 않았다. 그때였다.

"야…… 혹시 내가 그때 편의점에서 기저귀 사는 거 보는 거 말했다고 자살한 건 아니겠지?"

"헐, 만약 그렇다면 네가 죽인 거나 마찬가지네"

나는 고개를 획 돌렸다. 방금 말한 게 누구지? 목소리가 떨려서 누가 말한 건지 모르겠다. 애들이 전부 시선을 내리깔고 있어서 구분하기 힘들었다. 나는 목소리가 들린 쪽을 한참동안 노려보았다. 그런데 누군가 내 손을 붙잡았다.

"너…… 너…… 지훈이니?"

고개를 돌렸다. 태민의 어머니가 내 앞에 서있었다. 나는 얼른 고개를 주억거렸다. 시험 끝나고 집에 놀러갔을 땐 단정한 외모와는 달리 지금은 초췌해보였다. 저번에 한 번 만난 걸 기억하고 계신 걸까? 갑자기 어머니가 내 손을 붙잡으며 몸을 일으켰다. 나는 당황했지만 어머니가 날 데리고 화장실로 달려갔다. 영문도 모른 채 따라갈 수밖에 없었다. 화장실을 가린 벽 뒤로 돌아가자 어머니가 내 손을 놓았다. 그리고 품속에서 무언가를 꺼냈다. 나는 그걸 보고 뒷목이 쭈뼛했다. 태민이 그렸던 도면이었다. 도면을 받아드는 내 손이 부들부들 떨렸다. 도면은 완성작인지 지저분한 연필선이 다 제거되고 태민의 사인까지 있었다. 도면 위에는 정자로 글자가 적혀 있었다. '글리제581g'. 어머니의 얼굴이 벌겋게 달아올랐다. 그녀가 천천히 입을 열었다. 도면을 보자 마음이 또 벅차오르신 것 같았다.

"태민이가…… 이거 지훈이에게 전해달라고…… 꼭 전해달라고…… 어젯밤에……"

어머니는 내게 하얀 봉투 하나를 내밀었다. 나는 그걸 받아보았다. 봉투 겉면 구석에는 'to지훈'이라고 적혀 있었다. 편지? 나는 봉투 안에 종이를 꺼내서 읽어보았다.

지훈에게

오늘 학교에서 있었던 일은 미안했다. 사실 네 말을 듣는 순간 네가 한 짓이 아니라는 거 알아버렸어. 그런데 왜 내가 그때 화를 냈는지…… 항상 병을 숨기느라 긴장하며 살았는데, 전교생이 내 비밀을 알고 있다니까 앞이 깜깜해지고 힘이 쭉 빠져버리더라. 그리고 앞으로 계속 이렇게 살아가야 한다는 게 너무 두려워. 더 이상 버틸 수가 없어.

밤하늘을 바라본 적이 있니? 시골하늘과 달리 도시엔 별이 하나도 보이지 않아. 가끔 하늘에 반짝이는 건 위성이고 사람들은 그걸 보며 별이 사라졌다고 불평하지. 하지만 나는 그렇게 생각하지 않아. 별은 사람의 꿈이라는 말이 있잖아? 밤하늘에 별이 보이지 않는 이유는 그만큼 사람들이 자기 꿈을 이루었다는 증거야. 나나 너도 못 이룰 이유가 없다고. 그러니 지금부터라도 너만의 꿈을 찾아. 남들이 뭐라 해도 너는 네 갈 길을 걸어. 늦었다고 생각할 때 아직 늦지 않은 거야.

　이제 추진 로켓도 연료도 없지만 글리제581g를 향한 항해를 시작할거야. 치료만 받으며 평생을 사느니 차라리 마지막까지 발악해보겠어. 그래야 웃으며 죽을 수 있을 것 같아. 마지막으로 속마음을 털어낼 좋은 친구가 되어줘서 고맙다. 그리고 미안하다. 지훈아. 나 먼저 갈게.

　나는 편지를 구기며 고개를 숙였다. 어깨가 들썩거리는 걸 도저히 막을 수가 없었다. 퍼뜩 정신을 차린 나는 온몸에 힘을 꽉 줬다. 눈가를 흐르는 소매로 훔쳐내고 억지로 고개를 들어 올렸다. 하지만 내 얼굴은 이미 붉게 상기되어 있었다. 감정이 의지를 넘어섰다. 나는 결국 허물어지듯 말처럼 긴 울음을 토해냈다. 그저 떠나간 태민이 미치도록 미웠다.

　영정사진이 있는 단으로 갔다. 준비해 온 봉투를 조의금 함에 넣었다. 태민의 영정사진이 보였다. 영정속의 태민은 아무 일도 없었다는 듯이 웃고 있었다. 애들이 한 명 씩 향을 피우고 절을 두 번 한 뒤 백합을 단 위에 올려놓고 있었다. 나는 줄을 자꾸만 뒤로 미루었다. 저건 도저히 할 수 없었다. 내가 왜 태민에게 절을 해야 하지? 너는 결국 내가 그런 소문을 흘렸다고 생각하고 날 살인자로 몰아넣었잖아. 그런 네가 뭐가 좋다고 절을 해? 그 관 속에서 편히 누워있지 말고 일어나. 넌 다시 일어나서 진실을 알고 떠나야 해. 배신자는 너야 임마. 널 사랑하는 많은 사람들에게 상처를 내고 혼자 도망친 나쁜 자식아! 하지만 몸은 어느새 돗자리 위로 올라가 영정사진을 향해 절하고 있었다. 눈물이 멈추지 않고 계속 나왔다. 이런 내가 싫어 가슴을 쿵쿵 두드렸다.

　나는 우체국 안에서 한참을 망설였다. 유성매직을 쥐락펴락하며 노란 봉투에 밀봉된 도면을 멍하니 바라보았다. 나는 매직을 들고 수신자 이름에 '한국항공우주원'이라고 썼다. 그곳의 누군가가 태민의 도면을 봐 준다면 좋겠다는 생각을 했다. 그들의 눈에는 태민의 도면 그저 어린아이의 장난에 불과할지라도 나는 이 세상에 태민의 흔적을 꼭 남기고 싶다. 그리고 언젠가 찾을 내 꿈도 태민처럼 열정적으로 해내고 싶었다.

지구 탐사의 시작

김기쁨 / 대전과학고등학교 1학년

| 지구 탐사의 시작 |

김 기쁨 _ 대전과학고등학교 1학년

"……랙홀 군단의 감필라고 행성 침입으로 제 2왕자 꿈돌이가 실종 돼……"

별로 유쾌하지 않은 뉴스를 들으며 눈을 떴다. 인간을 잠에서 깨우기에 최적화된 빛이 머리 위에서 조금 강렬하게 내리 쬐고 있다. 한번 의식이 돌아오면 이놈의 침대는 자신의 온도를 다시 이불에 파고드는 생각을 하지도 못하게 낮춰버린다.

"자고로 미인은 '아침'잠을 많이 자야 되거늘."

윽, 나도 모르게 '아침'이란 단어를 써 버렸다. '아침'이라는 단어는 이제 전 우주에서도 거의 쓰지도 않을 뿐더러 이런 단어가 있는지도 모를 것이다. '아침'이란 단어는 먼 옛날 우리 인간의 선조가 지구에서 생활하던 때 만들어졌다고 한다. 지구는 어떤 항성의 행성이었는데 항성의 빛이 비춰지지 않는 부분에서 비춰지는 부분으로 바뀔 때를 '아침'이라고 부른다고 들었다. 그래서 지구인들은 '아침'을 보통 잠에서 깨는 시간이랑 같은 의미로 사용했다. 하지만 지금은 인간 거주지마다 각기 다른 시간체계를 가지고 있기도 하고 지구인처럼 '아침'에 대부분의 사람들이 잠에서 깨는 것이 아니라 각자에게 최적화된 수면패턴을 가지고 있기 때문에 '아침'이란 단어는 사어가 되었다. '아침'같은 고대 지구어를 자연스럽게 사용해 버리다니, 이건 다 그 녀석 때문이다.

그래 그 녀석, 나에게 '아침'을 알려준 그 녀석은 허구한 날 졸고 있었다. 보다 못해 깨우면 "벌써 아침이야?"라던가, "아침잠은 보통 잠의 5배 효과라고, 깨우지 마."라고 중얼거리고는 다시 잤었다. 이젠 잊은 줄 알았는데 왜 잊을 만하면 이런 간단한 일을 계기로 다시 생각나 버리는 걸까. 역시 그때 말렸어야 했다. 그때 말리면 분명히 가지 않았을 텐데. 왜 그때 나는……

"QW281206M 신체검사는 필수입니다. 신체검사를 해 주십시오. QW281206M 신체검사는 필수입니다. 신체검사를 해 주십시오. QW2812……
……"

들려오는 아무 감정도 없는 목소리에 깊은 생각에서 깨어났다. 아직 신체검사도 안 했었나? 이런, 이 상태로 3분정도 지나면 귀찮은 관리인들이 방에 강제 접속해 모니터의 화상 카메라로 내 방을 엿볼게 분명하다. 재빨리 침대 옆에 있는 칙칙한 회색의 원통에 들어갔다. 내 신체정보를 중앙에서 가지고 있다는 게 기분 나쁘지만 매일 공짜로 건강검진을 해주는데 나쁠 것도 없다. 항상 그랬듯이 붉은 빛이 내 몸을 훑기 시작한 지 3분 정도가 지나자 예의 무미건조한 목소리가 흘러나온다.

"W281206M 신체검사를 마쳤습니다. 몸에 이상은 없습니다."

재빨리 원통을 빠져나와 간단히 영양보충을 하고 몸을 씻었다. 차가운 물이 몸에 닿자 졸음이 가시는 게 느껴진다. 더불어 오늘의 간단한 일과까지 떠올랐다. 그래, 오늘은 정기화상회의가 있는 날이다. 보통 때 같으면 난 내 방에서 개인적인 연구를 수행하거나 가끔 기분전환삼아 방 밖을 돌아다닌다. 연구의 성과는 하루 단위로 보고하는데 굳이 사람을 통해서가 아니라 이 연구소의 메인 사이트에 자료를 제출하면 된다. 방 밖을 돌아다닐 때도 방 밖으로 나오는 사람은 거의 없기 때문에 인간의 얼굴이라도 볼 수 있을 때는 정기화상회의 정도밖에 없다.

다 씻고 나와서 모니터 앞에 앉아 있으니 어찌어찌 화상회의가 시작되었다. 난 '아침'부터 든 그 녀석 생각 때문에 대충 내 연구를 발표하고 다른 사람의 발표는 그냥저냥 흘려듣고 있었다. 회의 도중에도 그 녀석 생각이 계속 떠올랐다.

"······발견된 ······ 고대의 ······ 프로젝트······ PORTAL의 실패로······"

귀에 번쩍 들어오는 PORTAL이란 단어에 내 정신은 다시 화상회의에 관심을 가질 수 있게 되었다.

"실패한 PORTAL프로젝트는 우리 연구소에 3년여 간 계속 악영향을 주고 있으며······"

연구소의 예산을 관리하는 사람의 발표였다. PORTAL프로젝트는 단 한명의 프로젝트 설립자로 인해 시작되었으며 그 설립자를 양자로 바꾼 뒤에 취소되었다. 하, PORTAL이라니 정말 꿈같은 이야기다. 'PORTAL은 지구의 기술이다. 먼 옛날 지구인이 그들의 영역을 우주 대부분으로 확장하는데 쓰였던 핵심 기술로서 지금은 뒤틀림의 시대 때 유실되어 사라졌다.'라는 내용은 어린애도 다 안다. 하지만 테라포밍이 활발히 진행되어가는 지금도 PORTAL은 정말 꿈같은 이야기였다. 3년 전만 해도 말이다. 그 녀석은 유달리 지구에 관심이 많았더랬다. 연구자로서 뛰어난 창의력과 추진력, 열정을 갖춘 그 녀석은 모두가 꿈이라고, 할 수 없다고 생각했던 기술을 남아있던 지구에 대한 자료와 자신의 능력으로 복원시켰다. 아니, 복원시켰다고 3년 전까지만 해도 모두가 믿었다. 그 녀석은 PORTAL을 사용에 지구에 가보고 싶어 했다. 하지만 완성된 PORTAL이 제대로 작동한다는 보장이 없었다. 물체를 파동의 성질이 쉽게 나타날 정도의 크기의 양자로 분해시킨다. 그리고 PORTAL에 내장된 기억장치에 양자의 데이터가 저장되고 같은 양자를 우주의 어딘가에서 다시 생성해 낸다. 비슷한 연구를 하고 있던 나조차 이론상으론 가능하다는 것을 잘 알고 있었다. 하지만 PORTAL을 이용해 어딘가로 이동하는 일을 직접 하기엔 용기가 모자랐다. 나를 비롯해 다른 모든 연구원들 또한 마찬가지였다. 결국 PORTAL의 가동실험에 참가하는 사람은 프로젝트의 창시자인 그 녀석이 맡게 되었다. 잠에서 깨어날 때쯤 한 생각이 다시 들었다. 역시 그때 말렸다면, 그 녀석은 PORTAL을 사용하기 전 웃으면서 내게 말했다.

"네 생일날 돌아올게."

정말 말도 안 되는 소리였다. '생일'이라니 이 단어도 고대 지구어라는 점은 빼놓고 나서도 '생일'은 1년에 한 번씩 있는데 벌써 내 생일은 2번이나 지났다. 양자화 되어 사라지는 그 녀석의 모습. PORTAL을 사용한지 일정 시간이 지나기 시작했을 때, 아니 PORTAL을 사용했을 때부터 모두들 이게 성공할리 없다는 생각을 가졌을 것이다. 나도 그랬으니까. 그러니까 내가 '생일'이 뭔지 부터, 또 내 '생일'이 언제인지 계산해보는 일은 안했어도 되었다는 거다. 그 녀석의 생각은 여기서 접도록 하자. 점점 발표자의 목소리가 정확하게 들려온다.

"……우주 평의회가 우리에게 의뢰한 실험을 최우선적으로 성공적으로 처리하는 것이 우리 연구소의 부흥을 가져다주는 가장 확실하고 가장 빠른 방법이 될 것입니다. 이것으로 제 발표를 마. 으헉!"

내 시야에 갑자기 어두워졌다. 아무것도 보이지 않는다. 갑자기 정전이라니 이게 무슨 일이야!

순간 어두워진 방에 적응이 안 되어 혼란에 빠진 나는 또다시 급작스레 나타난 빛무리에 정신을 차릴 수 없었다.

"여기가 이러고도 그 유명한 연구소야! 정전이라니! 이건 고대 유물급인 시설에도 나타나지 않는 거라고! 그리고 복구를 시키려면 당연히 생활환경부터 복구를 시켜야지 왜 모니터부터……!"

화난 마음에 모니터를 돌아본다. 모니터엔

【생일 축…해. 린.

P……TAL 난 지구에서…… ……을 …… 미안………

7년이 흘렀…… 궁금…… 타키온 드라이브…………………………//】

1년 후 한 명의 인간이 다시 한 번 PORTAL을 사용했다.

새장 속의 새와 새장 밖의 새, 어느 것을 선택하시겠습니까?

김다운 / 울산과학고등학교 1학년

새장 속의 새와 새장 밖의 새, 어느 것을 선택하시겠습니까?

김다운 _ 울산과학고등학교 1학년

새장에 사는 새는 주인이 주는 먹이를 먹으며 좋은 환경에서 별다른 스트레스를 받지 않고 살아간다. 그 새들은 그 좁은 공간에 살면서 세상이 그것뿐인냥 행복하게 산다. 하지만 이들의 행복은 진정한 행복일까? 새장 밖 세상에 사는 다른 새들의 자유로움과 살아가는 방법을 터득하고 있는 방법은 새장 속 새는 알지 못한다. 세상을 살아가는 법조차 모르는 이 새들이 행복한 것일까? 중요한 것은 이 문제가 '새'에게만 있는 것이 아니라는 것이다. 이러한 문제는 '인간'에게도 있다. 그것도 우리 같은 '과학도'에게도 있는 문제이다.

현대기술이 발달됨에 따라 많은 연구소가 세워졌고 실제로 많은 연구가 진행되었고 계속 진행이 되며 21세기가 흘러가고 있다. 그런데 이렇게 과학이 발달하면서 과학자들은 연구실 안에서 본인이 찾고자 하는, 밝히고자 하는 경향이 커졌다. 그래서 필드(field)로 나가려는 과학자들이 줄고 있다. 우리에게 문제시 되는 것들은 필드에서 일어나고 그 수가 늘어나지만 나가려는 사람이 줄고 관심이 사라져 점점 수가 줄었고 그 결과 우리가 원하고 꿈꿔온 이상과 조금씩 멀어지고 있다. 이상과 멀어져간다는 것. 현대에 발달되어가는 기술이 있기에 이런 표현은 극단적이게 보일 수도 있지만 현재의 상황은 아직 어린 고등학생인 내가 절실히 느끼기 때문이다.

오래전부터 사람들은 '영원함'이라는 것을 원했다. 그래서 시작된 것이 박제술이다. 박제에 관하여 알아보자. 박제는 동물의 살과 내장을 발라내고 그 안에 솜이나 심을 넣어 꿰맨 다음에 방부제로 처리하여 살아 있는 때와 같은 모양으로 만드는 일이다. 박제에는 본박제와 가박제가 있는데 본박제는 일반적으로 전시용으로 이용되고, 가박제는 학술용으로 이용이 된다. 이런 박제는 가공피부와 여러 가지 보조 구조물을 이용해 만들기도 했다. 사냥으로 잡은 것을 수렵 기념물로 보존하던 고대의 관습에서 유래되어 계몽기에 이르러서 자연사에 대한 관심이 커지고 조류, 짐승류, 그 밖의 진기한 명품들을 개인 소장품으로 가지고 있거나 공공박물관에서 전시하게 되면서 박제술은 예술로까지 발전하게 되었다. 18세기에 이르러서는 화학적인 처리를 했고, 계속해서 피부가공방법이 급속히 개선되고 이것을 이용한 박제제작기술이 새롭게 발견되면서 실제 그대로의 모습을 재현하려는 경향이 나타나 오늘날의 박제로 이르렀다. 박제술이 발달하면서 우리는 여러 생물을 접할 수 있게 되었고 학술용으로 이용함으로써 연구에 도움이 되었다. 또 멸종한 생물 일지라도 박제를 통해 그 모양을 보전하고 있는 경우가 많다. 그래서 우리들의 생물역사를 알려주는 중요하고 소중한 하나의 '정보'가 된다. 하지만 이런 정보를 보전하는 기술인 박제술을 전문적으로 할 줄 아는 과학도가 줄고 있다.

여기에는 한 사례가 있다. 내가 재학 중인 울산 과학 고등학교에는 생물 실험 동아리가 있다. 나는 그곳의 동아리원인데 올해 큰 타이틀로 잡고 있었던 조류박제를 이번 여름 방학 때 하기로 했었다. 박제를 준비하는 처음에 생각하길 쉬울 줄 알았는데 실험하기 전 중요하고 꼼꼼히 되어야할 문헌조사조차 자세히 되지 않았다. 마땅한 자료도 없었고, 전문적 서적이 없었기 때문이다. 박제를 했던 것도 사람마다 노하우라든지 내용이 달라서 아무 지식이 없는 나는 어떤 자료를 선정 해야겠다는 판단도 할 수 없었다. 박제를 무작정 할 수 없어 담당교사선생님께서 알아 봐 주셨다. 그래서 우리는 교수님 한 분을 모실 수 있었다. 감사하게도 그 교수님께선 직접 우리 학교에 와주셨고 우리가 보관해둔 꿩을 가지고 박제 시범을 보여주셨다. 쉬는 시간에 교수님께서 "근데 내가 박제 할 줄 안다는 것을 어떻게 안 겁니까?"라고 물어보셨다. 그래서 조류연구소 통해서 알게 되었다고 말씀드리니 요즘 사람들이 다들 필드로 나가려하는 것 보다는 안으로 가려고 하는 가람이 많아져서 박제를 할 줄 아는 사람을 찾기 힘들다고 하셨다. 우리가 실험 사전준비를 했을 때 어려움을 겪었던 이유이다. 박제라는 내용이 전문적으로 나와 있는 것은 물론 우리나라에도 있지만 전문학과조차 없다고 하셨다. 일본에 있긴 한데 지금 그 활성도가 줄어서 없어질지도 모르겠다고 하셨다. 박제라는 것이 관심과 열정이 없으면 도전하기도 힘들고, 쉽게 접하지 못하는 이유도 있지만 밖에 나가서 동물을 수렵하고, 박제를 하는 과정을 하고자 하는 과학고들이 점점 줄어들기 때문이라고 하셨다. 이렇게 필드로 나가서 접하려는 수가 줄어들어 소중한 '기술'과 '정보'가 사라지고 있다. 마치 우리나라 장인들의 대가 하나둘씩 끊어져가고 있는 것처럼 말이다. 과연 이러한 소중한 기술과 정보를 관심 밖으로 두어 사라지게 그냥 놔두어야 할까? 우리에게 소중한 자산이 되고 정보가 되는 이러한 기술을 우리가 지켜야 하는 것이 아닐까?

　이번에는 현대사회에서 가지고 있는 문제점을 보자. 인류 문명이 발달함에 따라, 그래서 우리가 살아감에 따라 죽어가는 것이 있다. 바로 ‘생태계’이다. 지역의 발전 나아가 국가의 발전 더 나아가 세계의 발전을 위해 우리들은 생태계를 재물삼아 발전해나갔다. 그래서 우리의 생태계는 점점 파괴되었다. 따라서 파괴된 생태계를 복원하기위해서 생태계에 관한 연구가 중요하고 커졌지만 전문적으로 연구할 과학자가 사라져 가고 있다. 물론 지구과학자들이나 조금 더 세부적인 생태학자들이 있기는 하지만 우리가 생각하는 만큼 세분화 되어 있지도, 그리고 그 수가 많지도 않다. 중요한 점은 생태계는 환경에 따라 다르다. 나라에 따라서 지역에 따라서 다르다. 대륙에 따라서도 다르다. 물론 큰 특징들은 존재하고 있다. 하지만 자세히 살펴보면 환경이 다르기 때문에 자세한 특색은 매우 다양하다. 또한 우리가 알고 있는 특징들은 우리나라가 온대성기후를 띄어 변해가는 것처럼 현재 생태계와 지금 우리가 알고 있는 것과는 달라지고 있고, 다르다는 것이다. 지구환경이 변함에 따라 지금 생태계가 많이 변했고 앞으로도 변할 것이다. 그런데 문제점은 위에서 언급했듯 연구할 과학자가 없다는 것이다. 이론과 현재의 현실은 많이 다른 것임에도 불구하고 필드에 나오지 않고 앉아서 정의내리기를 하고 있다. 심지어 이론을 바탕으로 정의를 내려야 할 ‘생태학과’조차도 비인기학과가 되어 사라져 가고 있다. 실제로 지금 많은 대학교에서 생태학과는 사라지고 없다. 생태학이라는 학문을 전문적으로 가르쳐주고 실제로 적용하여 발전해 나가야 할 학과조차 없고 오래전 생태학을 전문적으로 공부하여 교수가 되어있는 많은 교수들 또한 생태학과가 사라짐에 따라

설 자리가 없어졌고, 우리의 기억 속에서 사라져 가고 있다. 물론 현대 문화, 현대 기술과는 수준차이가 있다고 하는 사람들이 있다. 하지만 이게 정말 가치 없는 활동일까? 우리가 살아가는 환경을 직접 연구하는 그저 이론적 공부만 하는 것이 아니라 현재의 실정에 맞추어 연구하는 것이 가치가 없는 것일까?

시대가 변하여 사람들은 멋진 연구소에서 하얀 가운(실험복)을 입고 연구를 하는 것은 '공부 잘하고 훌륭한 사람'이라고 생각을 하고 밖에 직접 나가서 연구를 하는 것은 '조금 떨어져서 나가서 하나 보다.', '왜 힘들 것을 자처해서 해?' 등의 좋지 않은 인식을 가지고 있다. 사회의 눈이 이렇게 변함에 따라 많은 과학자들이 필드로 나가기를 꺼려하게 된 것이다. 언제부터인지 모르겠지만 이러한 사회적 눈이 생긴 이유는 아마 우리가 점점 편한 것을 원하는 것에서 비롯된 것 같다. 여가 시간이든 자신이 살아가는 것이든 그리고 직업이든 편하게 하는 것을 추구하게 되었다. 그래서 몸 쓰는 것을 요구하거나 조금 힘들고 답이 없는 그런 활동은 사람들이 선호하지 않는 것이다. 필드로 나가는 것은 시간뿐만 아니라 많은 것이 소요되고 힘도 들다. 이것을 아는 사람들이 점점 나가는 것을 꺼려하고 그렇게 보는 것이다. 더 문제인 것은 이것에 관한 것이 당연한 것처럼 되어 사람들이 문제인지조차도 모른다는 것이다. 또한 돈이라는 것과 과학을 접목시키는 것은 인정하기는 싫지만 물질적으로 힘들어진 상황도 포함이 된다. 세계적으로 그리고 국가에서 필드에 나가서 연구하는 분야들을 활성화 시키고 많은 지원을 주어서 그쪽 분야의 연구가 활발하게 진행될 수 있는 좋은 환경이 된다면 비인기일지라도 흥미가 있는 사람들의 수요는 늘게 될 것이다. 슬프게도 안에서 연구하고 성취를 내는 것이 당연한 것처럼 그렇게 되었다. 인류뿐 아니라 이 세상을 증진시키고 더 좋은 환경을 만들고자 하는 과학자가 사회와 세상의 눈이라는 것을 따라 정말 꼭 필요한 우리에게 실질적으로 필요하고 연관 깊은 것들을 잊고, 알지 못한 채 살아가게 되었다. 마치 주인이 주는 먹이와 좋은 환경이 다인 것인 마냥 살아가는 새장 안의 새처럼. 앞으로 더 오랫동안 과학의 길을 걸어야 할 우리과학도들이 연구실에만 가려고 하고 편한 것만을 추구하여 더 많은 것을 알지 못하고 중요한 것들을 사라지게 하는 것이 더 이상 지속되게 나둬서 될까? 조금 더 관심 가지고 조금 더 궁금해 하는 것. 그리고 그 자세를 인정해주고 존중해주는 그런 사회가 되어야 하지 않을까?

새장 밖 세상을 궁금해 하고, 그것을 당연하게 생각하여 새장 밖 세상으로 날아가 참된 세상을 맛보는 것. 우리 과학도들이 가져야할 마음가짐이 아닐까? 나는 오늘도 더 넓은 새장 밖 세상을 맛보고 싶다.

Who are people?

김민정 / 구미여자고등학교 1학년

| **Who are people?** |

김민정 _ 구미여자고등학교 1학년

눈이 내리고 있었다.

그것은 참으로 오래간만의 폭설이었다.

1.

설마설마 했던 내 마음 졸임을 비롯한 여러 가지 격정들을 희롱이라
도 하듯, 문 밖으로 손을 내밀기가 무섭게 손바닥 위로 쏟아져 내리는
하얀 물체는 오직 차가운 냉기만을 남기고 금세 물이 되어 손바닥에 고
였다. 하지만 그래도 차마 지금 눈앞의 현실을 믿을 수가 없어 소복이
쌓인 하얀 벽돌 위에 슬그머니 오른발을 올려보자 벽돌이 소리 없이 부
서져버린다.

겹겹이 쌓여 빼곡하게 거리를 점령하던 벽돌 중 하나가 빠져버리자
주위 벽돌들이 우왕좌왕하며 내 발이 놓여진 그 빈 공간으로 와르르 쏟
아져 내리고 한참 후, 내 가죽 신발에 덕지덕지 붙어 있던 입자들이 그
안쪽으로 서서히 스며들기 시작했다. 금세 축축해진 양말에 차가운 한기

가 맴돌아 발가락이 절로 오므려졌지만, 그건 별다른 문제가 아니었다. 눈, 눈, 눈! 정말로 눈이 내리고 있는 것이었다, 이 한반도에. 그것도 내 무릎까지 잠식할 정도로 어마어마한 양의 눈이!

온대 계절풍 기후에서 아열대 기후로 바뀌어버리고, 또 다시 열대 기후로 변해 버린 지 어인 몇 십 년 만에 내린 눈인지 모르겠다. 더군다나 이 눈은, '절대'라는 모든 전문가들의 확신을 처참하게 박살내 버리는 존재나 마찬가지여서 더 반가웠는지도 모른다. 그래서 나는 반가운 감정의 크기만큼의 시간을 들여 눈을 만지거나 뺨을 꼬집으며 이것이 꿈인지 현실인지 몇 번이고 검토의 과정을 거쳤다.

그런 나와는 달리, 아이들은 그저 처음 보는 신기한 것에 환희에 찬 비명을 내지르며 눈 위를 뛰어다니거나 그 위를 뒹굴고 있었는데, 그것을 가만히 지켜보고 있노라니 왠지 내 검증 과정이 우스꽝스러워 보여 나는 괜히 헛기침을 하며 눈을 탈탈 털어냈다. 하기야, 과학자들이 가진 지식의 반도 가지지 못한데다가 이렇다 할 장비도 없는 내가 이게 눈인지 아닌지 과학적으로 어떻게 따진단 말인가? 하얀 고체가 하늘에서 내리고 있고, 만지니 차갑고 이건 꿈이 아니니까 정말로 한반도에서 눈이 내리고 있다!라는 얄팍한 도출밖에 하지 못 할 텐데 말이다.

웃기지도 않는 행동을 그만 두자, 직장도 잃은 내게 할 일이라고는 아무 것도 남아있지 않았다. 그렇다고 애들 사이에 섞여 눈 속을 뒹굴기에는 왠지 좀 창피하고 무엇보다 그림책에서 보거나 소설책에서 묘사된 것처럼 눈은 새하얀 색이 아닌, 어딘지 모르게 잿빛 같아 보여서 그 속에 뒹굴자니 굉장히 찝찝했다. 집 건물 바로 뒤에 폭격 맞은 것 마냥 처참한 상태인 도시의 광경이 떠오르자 그 찝찝함은 아예 불쾌감으로 바뀌어져 버렸다. 그래서 나는 품에서 손수건을 꺼내 눈을 만진 손을 깨끗이 닦고 느릿느릿하게 걸음을 옮겼다. 잿빛 눈이라도 눈은 눈이다. 그러니 내 하나 뿐인 친구에게 이 희소식을 알리긴 해야 되지 않겠는가? ― 하는 생각을 하면서.

……헌데.

도대체 누가 예상이나 했겠는가?

……정확히 5시간 후에 내가 지금 이 생각을 뼈저리게 후회하게 될 거라고,

어렸을 때부터 품어온 내 오랜 소원이나 로망인 눈이 설마 함정의 일부였을 거라고 말이다.

걸음을 뗀 내가 한 치의 망설임도 없이 향한 곳은 집에서 20분 정도 거리에 위치한 작은 바bar였다. 돈 많은 인간들은 중앙 통제 시스템이 파괴되어 지구가 인간이 10년은커녕 그 반만큼의 시간조차 살 수 없게 된 곳으로 변해버린 직후 죄다 새로운 지구를 향해 떠나거늘 돈에 대한 무슨 미련이 남아 바가 있으며 땡전 한 푼 없는 내가 왜 그 바에 가겠냐마는, 사실 말만 거창하지 내가 향하는 바는 제대로 된 바가 아니었다. 아니, 곧 죽을, 돈 없는 사람들만 남은 이 시점에 지구가 갈아엎어졌듯 바의 정의를 새로이 하면 말만 거창한 바라는 수식은 달지 않게 될지도 모른다. 어쨌든 그 바는 변변찮은 칵테일이라도 제공해주고 있었으니까. 물론 돈의 가치가 사실상 무용지물이 돼 버려 돈은 지불하지 않는다.

물건의 대가로 돈을 지불하지 않고 어떻게 서로 다투지 않고 살아가겠냐마는, 의외로 그게 가능하다. 암만 발악을 해봤자 길어봤자 10년 이내에 모두 죽을 거라는 '사실' 때문인지 아니면 원시시대의 본능이 수만

년이 지난 아직까지도 살아있는 건지 모르겠다만, 어쨌거나 별다른 분쟁 없이 돈이 없이도 사람들은 사회 속에서 살아가고 있었다. 땅이 척박해서 식물이 자랄 수 있는 확률이 0에 가까운데다가 뭔가가 있으면 아끼려는 인간 본연의 본성 때문인지 아무튼 지구에 남아있는 각종 먹을거리들을 아끼려는 분위기가 만연하고, 간혹 더 욕심내거나 군데군데 흩어진 창고를 독점하려는 사람들도 있긴 하지만 대중들은 그런 소수에게 딱히 관심을 기울이지는 않는다. 중앙 통제 시스템이 파괴됨과 동시에 눈앞에 펼쳐졌던 처참한 광경에 충격 받은 뇌가 손상을 입었거나 인간이 가진 최대의 장점이자 인간을 살아 숨 쉬게 하는 원동력인 '희망'이란 단어를 머릿속에서 지워가고 있는 탓이겠지.

어쨌든, 지금으로서는 돈은 그저 종잇조각이나 쓸모도 없는 쇳조각에 지나지 않는 덕택에 돈이 없는 나도 거리낌 없이 그곳에 갈 수 있었다. 바도 딱히 돈을 벌기 위해 세워진 곳은 아니다. 그저 냉동 시설도 제대로 작동하지 않는 터라 쉽게 맛이 가 버리는 술이나 이미 맛이 조금 가 버린 각종 술이 아까워서 존재하는 것뿐이지. 물론 그렇다고 해서 무한정 퍼 마실 수 있는 건 아니다. 그걸 허용해 줄 거라면 왜 술집이 아니라 바겠는가? 다른 지역은 어떤지 잘 모르겠지만 적어도 이 지역에서 맛이 가지 않은 술은 하루 석 잔밖에 마실 수 없다. 각 나라들이 각자가 지원해 줄 수 있는 한도 내로 중상층 이하의 계층들에게 우주선 승선 값을 많이 깎아 줬는데도 생각보다 많은 사람들이 지구에 남아 있는 탓이다. 하지만 개인당 하루 석 잔은 아이들의 인원수까지 생각해서 나온 계산인데, 아이들은 아무리 살 수 있는 시간이 조금 남았다고 해도 그나마도 더 단축시키는 술을 마시려고 하지 않기 때문에 사실 적어도 넉 잔은 더 마실 수 있다. 물론 할당된 석 잔 이외에 남은 술을 마시려면 자정까지 기다려야 하지만.

아무튼 간에, 중앙 통제 시스템이 순식간에 '지배층'의 손 밖으로 벗어남과 동시에 실직을 해 버리고 제 2의 지구로 떠나지도 못한 채 덩그러니 남겨진 내게 남은 친구라고는 이제 한 명 밖에 존재하지 않았는데, 그녀는 이 근방에 단 하나뿐인 바에서 일하는 여인이었다. 일을 한다고 해서 그것이 직업인 건 아니었다. 그녀는 단지 몸을 움직이지 않자 의욕이 점점 상실되는데다가, 혼자 있기에는 너무 심심해서 그나마 사람들이 모이는 바에 자발적으로 서빙을 하겠노라 나선 것이었으니까. 말하자면 봉사활동이란 거다.

배우 출신답게 아름다운 외모와 몸매, 그리고 끝내주는 기억력까지. 더군다나 그녀는 조금이라도 더 몸을 움직이려고 하는, 죽을 날을 기다리지 않는 몇 안 되는 사람 중 하나였다. 그녀가 그 일을 하겠노라고 하는데 막을 이유가 있는 것도 아니었고 – 어쩌면 단순히 상관하지 않는 것일지도 모르지만 – 해서, 그녀는 손쉽게 바의 풍경 속으로 녹아들 수 있었다. 그리고 내가 그런 그녀와 친구가 된 것은, 내가 그 바에 들락거리기 시작하고 나서 이틀이 지난 후였다.

"기쁘겠네요?"

내가 사는 곳이자 사람들이 밀집해 있는 주택가에서 20분 정도를 걸어야 도착하는 바의 문 앞에 서 있던 치글러가 가장 먼저 한 말이다.

좀처럼 바 밖으로 나오지 않고 그 안에 맴돌며 여러 사람들 사이를 전전하던 그녀가 왜 나와 있지, 하는 의문이 끝맺어지고 안녕이라는 인사말을 하기도 전에, 정말 생뚱맞게 물어 온 질문이라 나는 선뜻 대답을 하지 못하고 걸음을 멈추어 섰다. 그녀를 쳐다보고 있는 내 얼굴 전체에는 아마 물음표가 둥둥 떠다녔을 거다. 줄곧 앞만을 바라보고 있던 치글러도 내 쪽으로 고개를 돌린 직후 그 무수히 많은 물음표들을 발견했는지, 쿡쿡 하고 작게 웃음을 터트렸다. 그녀의 얼굴도 속된말로 자연산일 리는 없겠다만 그 작은 웃음을 짓는 얼굴은 정말 아름다웠다. 러시아 여성들은 아주 예전에도 바비 인형이라는 소리를 듣기도 했다던데, 자연산이라고 믿으면 안 되려나. 그런 무례한 생각을 하고 있는 걸 알 턱이 없는 치글러는, 고민을 하는 내 얼굴을 보고 무슨 생각을 했는지 천천히 오른손을 뻗었다. 그녀의 길게 뻗은, 희고 고운 손을 따라 눈동자가 움직였다. 탁한 빛의 눈이 그녀의 손등을 적시고 있었다.

"눈, 가온 씨의 오랜 로망이잖아요?"

말을 하며 다시 웃음보가 터진 건지, 그녀가 예쁜 목소리로 웃음소리를 냈다. 내가 약간 취한 상태로 '눈은 내 로망!!' 하고 외쳤던 것이 생각난 모양이었다. 새삼스러운 쪽팔림에 볼이 화끈거리는 느낌이었지만, 나는 애써 아무렇지 않은 척 했다.

"으응, 뭐. 그래서, 눈 때문에 이렇게 나와 있는 거야? 바에서 살다시피 하면서."

"네. 가온 씨의 말이 문득 떠올라서."

자연산이든 뭐든 간에 예쁜 미인이 나 때문에 기꺼이 무거운 발걸음을 옮겨줬다니 황송할 지경이다. 지구에 남은 사람 중 젊은 사람들이 손에 꼽힐 정도며, 죽을 날만 기다리고 있는 사람은 더 희귀해서 그녀의 제대로 된 말 상대가 되어 줄 수 있는 상대가 나밖에 없다는 사실에 새삼스럽게 감사하며 나는 그래? 하고 대꾸했다.

어렸을 적에는 인공적인 눈이 아니라 자연 상태의 눈을 본 적 있다고 어머님께 들었지만, 워낙 어렸을 때의 일이라. 제가 기억하는 한도에서, 이 눈은 첫 번째 자연 상태의 눈이기도 해요. 나의 짧은 대꾸에도 치글러는 여전히 사근사근한 목소리로 말을 덧붙였다. 어디까지나 개인적인 느낌에서 그녀의 이름은 그다지 사근사근한 어감이 아닌데, 말하는 거나 행동하는 걸 보면 조숙한 여성 그 자체라서 놀랍다. 이름의 뜻은 사근사근하다는 느낌을 내포하고 있는 걸까.

"그런데 가온 씨 앞에서 이런 말은 실례지만, 조금 실망스럽네요."

"아니, 아니. 나도 그 생각을 했으니까. 그보다, 얼른 안으로 들어가자. 그 고운 피부가 어떻게 될지 모르니까."

솔직하게 말한다고 말해버렸는데, 뭔가 좀 느끼한 말투가 돼 버렸다. 하지만 치글러는 그런 내 말투는 별로 신경 쓰이지 않았는지 기다렸다는 듯 고개를 끄덕이고 먼저 발걸음을 옮겼다. 그녀가 지하에 위치한 바로 이어지는 계단을 내려가자 좁은 통로 안에 구두 굽 소리가 쩌렁쩌렁하게 울려 퍼졌다.

"참, 기쁜 소식이 있어요. 오늘은 취할 때까지 마실 수 있을 걸요?"

"어, 정말?"

"네, 정말."

반사적으로 묻는 목소리가 생각보다 들떠있었던 탓인지 치글러가 또 다시 웃었다. 호곡선으로 부드럽게 휜 그 웃음을 보고 있노라니 왠지 어린애가 된 기분이 들었다. 내가 4살이나 연상인데, 치글러의 행동이 너무 사근사근해서 그런 것 같았다. 동시에 내 자신이 술독에 빠져들고 있는 것이 아닌가 하는 걱정도 조금 들었다. 젠장, 통제 시스템이 해킹당하기 전까지만 해도 술은 입에도 대지 않았던 나거늘 언제 이렇게 변해버린 거지. 확신하건데, 술을 마시는 것이 내가 할 수 있는 몇 안 되는 일이 된 직후부터일 거다. 죽을 날만 기다리며 골골대거나 실성해서 발악하는 사람들의 수발은 죽어도 들기 싫고, 치글러처럼 기억력이 좋은 것도 아닌 내가 할 수 있는 거라곤 이렇게 여기 와서 술을 마시며 소소한 애기를 나누거나 길거리를 방황하는 거였으니까. 하지만 길거리를 돌아다녀봤자, 앞에서 언급한 사람들이나 그나마 사람이 사는 구색을 갖춘 한정된 공간을 제외하고는 볼 것도 없고 - 가봤자 지구 멸망의 징조밖에 보이지 않는다 - 햇빛도 위험하고, 치글러는 다른 사람들도 조금씩 상대해 주기 때문에 결국 남은 건 술 마시는 것 밖에 없다.

내 처지가 문득 서글퍼졌다. 인내심이나 포용력이 조금만 더 있었더라면 나도 실성한 사람들과 이야기를 나눌 수 있을 텐데 말이지.

"그건 그렇고, 오늘은 어땠어요?"

비어진 잔에 칵테일을 따라주며 그녀가 우울한 지구 환경에 대한 화제에서 벗어나고 싶은지 갑작스럽게 화제 전환을 시도했다.

그녀는 가끔 이렇게 너무 생뚱맞은 질문을 하곤 했다. 하지만 이번에 그녀가 제시한 화제는 일상처럼 여겨지고 있던 화제였던지라, 나는 당황하지 않고 어깨를 가볍게 으쓱이며 곧바로 대답을 내놓았다.

"별로."

그녀는 자세하게 애기해보라는 듯 입을 다물고 나를 쳐다보았다.

"정말 별거 없었어, 오늘은. 아니, 요 며칠 간 악몽을 꾸지 않는 것 같은데."

"그래요? 다행이네요. 그런데 별 것 없었다함은, 그래도 꾸긴 꾼 모양이죠?”

“예리하네. 응, 꾸긴 꿨어. 잘 기억은 안 나지만.”

“그래도 얘기 해 줘요.”

벌써 몇 번이고 비슷한 내 악몽 애길 들어왔는데도 불구하고, 어지간히 심심했던 것인지 치글러는 눅눅한 과자 몇 개를 내밀었다. 눅눅하다고 해도 귀한 과자였기에, 나는 덥석 그것을 받아들었다. 거절하는 예의? 그딴 건 먼먼 옛날에 지어진 소설에나 나오는 내용이고. 거기다가 치글러는 외국인이 아닌가? 예의상 거절했다가 진짜 안 주면 어쩌려고 나는 과자를 앞에 두고 그런 실험 따위를 할 마음은 전혀 없었다.

“정말 별거 아닌데. 평소랑 똑같아. 잘 기억나지 않으니까 아마도, 라는 말을 붙여야겠지만. 여하튼 다른 점은 그냥 평소보다 꿈이 흐릿했다는 것뿐이야.”

“흐려요?”

“응”

하고 눅눅한 과자를 부지런히 씹으며 난 고개를 끄덕였다.

그녀와 나의 공통된 화제인 악몽은 중앙 통제 시스템이 파괴 되고, 실직 상태가 된 이래로 내가 줄곧 꾸고 있는 꿈에 대한 내용이었다. 악몽이라고 하기에는 무섭지도 않고 대다수의 꿈이 그렇듯 깨고 나면 잘 기억이 나지 않아 악몽이라고 하기엔 좀 어폐가 있지만, 몇 년 동안이나 꾸준히 날 괴롭혀오고 있는 점을 들어 나와 치글러는 내 꿈을 악몽이라도 부르고 있었다.

하지만 앞서 언급했다시피 악몽이라고 하기엔 정말로 시시한 꿈이었는데, 그녀는 이상하게 내 악몽 얘기를 좋아했으며 또 깊은 흥미와 관심을 보여 왔다. 바로 지금처럼 말이다.

"자세하게 말해 주세요, 가온 씨. 네? 어떻게 흐렸는데요?"

아마 치글러 본인이 일전에 말한 기괴한 호기심이 강해서기 때문이겠지만, 아무리 그렇다고 한들 시시하기 짝이 없는 일에 이렇게까지 눈을 빛내니 부담스럽기 짝이 없다. 그래서 나는 그냥 그쯤에서 아무것도, 라며 말을 무르려다가 그녀의 눈빛 공격에 결국 꼬리를 내리고 말았다.

"거 왜, 내가 잘은 기억나지 않지만 할아버지가 내 옆에 있고 어린 내가 예쁜 누나들과 잘생긴 형들에 둘러싸여 있었는데 갑자기 필름이 끊기듯 뚝! 하고 끊어지는 내용 같다고 했잖아? 그게, 평소에는 잠에서 깨서 정신을 차리면 몽롱하게 잘 기억이 안 났지만 잠이 깬 직후라 잠에 좀 취해 있을 때만큼은 선명하게 떠올리고 있었다는 감각이 있었거든. 근데 요번에는 그런 게 없었달까."

대신, 그녀의 호기심이 괜히 더 커졌다가 실망하는 일이 없도록 나는 숨도 쉬지 않고 속사포처럼 다다다다다 말을 내뱉었다. 그녀는 쉴 새 없이 몰아붙이는 내 말에 날 대단하다는 듯 쳐다보았지만, 말을 놓치지는 않았는지 고개를 가볍게 끄덕거렸다. 바의 희미한 조명을 받아 옅은 초록색을 띠게 된 찬란한 금발이 어깨 밑으로 주르륵 흘러내렸다.

"끈질기게 이어 온 악몽이 끝나갈 징조가 아닐까 싶어. 치글러도 그렇게 생각해?"

"뭐. 그보다, 악몽이 얼마나 오랫동안 지속됐죠? 반년 가까이 됐나요? 반년 가까이 지속 된 꿈이 끝나가니 기쁘겠네요?"

두 말 할 것도 없이 나는 냉큼 고개를 끄덕였다.

할아버지와 어린 시절의 나를 둘러싼 아름다운 외모를 가진 성인 여성들과 하나같이 멋진 남성들. 그들은 분명 안드로이드일 터였다. 할아버지는 안드로이드에 관련한 일에 있어서는 정점에 달하신 분이었고, 나를 끔찍이 아끼셔서 일반인에게는 공개가 금지된 안드로이드들이 보관된 방에 종종 나를 데려다 주곤 했으니까. 그래서 사실 안드로이들이 나를 쳐다보고 있거나 얘기를 나누며 떠들거나 하는 꿈은 종종 꾸는 꿈이었지만, 할아버지와 함께 있는데 갑자기 필름이 끊겨버리는 찝찝한 꿈이 근 반년 동안이나 드문드문 되풀이 되는 것은 굉장히 불쾌하고 찝찝한 일이었다.

　딱히 그런 말을 하지 않아도 다 이해한다는 듯 - 그녀는 나의 할아버지가 어떠한 사람인지 잘 알고 있다고 했다. 배우 일을 하다가 우연히 두 번 정도 만났다나? 또한 그녀는 내 할아버지를 무척이나 존경하고 있다고 했다. 아마 그렇기에 만난 지 얼마 안 된 내게 귀한 과자나 남은 술을 기꺼이 내주는 것이리라 - 치글러는 고개를 또 다시 주억거렸다. 할아버지 얘기가 나와서 그런지, 그녀의 표정은 평소와는 달리 약간 일그러져 있었다. 눈시울이 붉어진 것 같기도 했지만 바의 조명 자체가 전체적으로 약간 불그스름해서 확신할 수는 없었다. 그래서 나는 그저 그녀의 희고 고운 손이 내미는 술을 몇 번이나 연거푸 들이마실 뿐이었다. 남아 있는 술을 싹싹 긁어 온 거라 맛에 일관성이 없어 때로는 좋은 칵테일도 먼저 마신 술맛에 형편없이 느껴지기도 했지만, 어쨌든 취기는 변함없이 잘도 올라왔다.

　그래서 이번에도 변함없이, 가끔 치글러가 술을 많이 내주었을 때 마다 그랬듯이, 내 필름은 어느 샌가 끊어져 있었다. 흐릿하게 그녀에게 술주정을 부리며 쪽팔린 말만 주절주절 거린 것 같긴 한데, 잘 기억은 나지 않았다.

"……악몽이 흐려지는 것처럼, 현실도 흐려지면 좋을 텐데 말이야. 어쩌면 악몽이 현실이 되는 편이 더 좋을지도……."

풀려져가는 초점이 마지막에 잡아 낸, 의욕을 잃고 칵테일 몇 잔에 책상에 머리를 박고 취한 듯 꽥꽥 소리를 지르는 여인의 모습에 웅얼거리듯 중얼거리는 말을 제외하고는 말이다.

그리고 아마도 그 말을 마지막으로, 나의 의식은 안드로이드들이 종료명령을 이행하는 것 마냥 한 순간에 뚝-끊겨 버리고 말았다.

2.

내가 눈을 떴을 때, 내 시야를 지배하는 것은 하늘을 찍은 사진을 현상하여 그대로 천장에 갖다 붙인 듯 생생한 하늘의 정경을 품고 있는 천장의 벽지였다.

옛날 사진작가들이 USB 등에 저장해 놓은 파일을 복구시켜 출판한 모 책에 실린 한국의 높다란 가을 하늘을 닮은 색에 먹에 흠뻑 젖은 붓이 구불구불하게 스쳐지나간 화선지에 남은 둥근 선을 닮은 구름들이 얇게 찢어져 있는 벽지는, 그림 같다고 하기에는 정말로 생생했다. 구름의 생김새며 하늘의 색깔이며. 현실에는 저런 색의 하늘이 존재할 리가 없기 때문에, 그 생생함에 속은 나는 한참동안이나 그것이 그 책에 실린 사진 중 하나를 뽑아 크게 확대하여 인쇄해 뽑아놓은 것인 줄 알고 줄곧 쳐다보았다. 아마 천장에서 새파란 물감이 떨어져 내 뺨을 적시지 않았

더라면, 나는 그 하늘에 홀려 빠져나오지 못해 나를 부르는 목소리를 듣
지 못했으리라.

"어-이. 깼어?"

차가운 뭔가가 뺨을 타고 흐르는 느낌에 손을 가져다 댄 직후, 손에
묻은 새파란 물감에 그만 허탈해져버린 내 머리맡에서 듣기 좋은 미성
이 그렇게 속삭였다. 치글러처럼 사근사근하지만 어딘지 모르게 쾌활함
이 그대로 묻어나오는 목소리였다.

그 반가운 기색이 적나라하게 드러나는 목소리를 들은 이상 즉각 대
답을 해주어야겠다고 생각하며 나는 시야를 가린 손을 재빨리 치웠다.
허리를 굽혀 내 얼굴 위에 자신의 얼굴을 들이댄 남자의 웃는 얼굴이
보였다. 그러나 거리가 몇십 cm나 됐기 때문에 내가 기겁하는 추한 꼴
은 보이지 않아도 됐다. 술 냄새를 풍기는 평범한 외모의 20대 남자가
술과 잠에서 헤어 나오지 못한 채로 기겁을 하며 벌떡 일어나서 소리를
지르는 꼴은 정말로 못 봐줄 꼴이었을 거다.

"아……, 음, 누구세요?"

그래서 나는 갑작스럽게 들이밀어진 얼굴에 깜짝 놀라긴 했지만, 애써
쿵쿵 거칠게 뛰는 심장을 왼손으로 짓누르며 소심하게 물었다. 이 시대
의 대부분의 사람이 그렇듯 그 어떤 수식어를 갖다 붙여도 될 정도로 완
벽한 조각미남인 그는 눈꼬리를 휘며 부드럽게 웃었다. 몇백 년간 이어
내려온 미남 분류법을 기준으로 크게 분류하자면, 그는 부드럽고 자상한
오빠 같은 미남이었다. 거기다가 동양인인 듯 금발이 아닌 옅은 고동색
의 머리가 그의 분위기를 한층 더 부드럽게 만들어주었다. 쾌활함이 뚝
뚝 흘러나오던 목소리와는 갭이 너무 크다. 그래서 나는 질문을 하며 힐

끔 주위를 둘러보았다. 누워있는 상태라 발견하지 못한 건지 아니면 이 방에 있는 건 그와 나뿐인 건지 다른 사람은 보이지 않았다.

"라인하르트."

내 시선이 자신에게 머물러 있지 않음에도 불구하고 그는 사람 좋게 웃으며 짧게 대꾸했다. 예의 그 쾌활한 목소리에다가, 동양인이 아니라 서양인의 이름이다. 그에 관한 예상 두 가지가 모두 다 보기 좋게 빗나간 것에 나는 그 몰래 한숨을 내쉬었다. 하기야 이 시대에 옛날 기준으로 사람을 분류하는 것 자체가 우스운 일이었다. 무수히 많던 나라는 이백 년 전 즈음에 더 없이 단순하게 10개 안팎의 나라로 줄어들었고, 그나마도 인종들은 죄다 섞여버린 지 오래였으니까.

"아…… 네, 라인하르트 씨. 치글러의 친구세요? 제가 술에 취해 신세를 졌습니까?"

하지만 그건 별로 중요한 게 아니었다. 그래서 나는 빗나간 예상에 관한 생각들을 접어두고 느릿느릿하게 물었다. 동시에 내가 천천히 몸을 일으켰기 때문에, 허리를 굽혔던 그도 허리를 곧게 폈다. 친구? 하고 되물은 그는 몸을 일으킨 후에 뒤늦게 밀려들어오는 숙취로 인한 울렁거림에 괴로워하는 나를 보고 뭐가 그리 재밌는지 호탕한 웃음을 터트리더니 고개를 설레설레 저었다. 애인. 그리고 내가 그럼 누구냐고 물을 새도 없이 그는 말을 덧붙였다.

짧은 그 한 단어에, 솟아오르는 토사물을 억지로 목구멍 밑으로 삼키던 나는 깜짝 놀라 그를 쳐다보았다. 숙취로 인해 누렇게 뜬 얼굴에다가 눈까지 튀어나올 듯이 커진 모습이 아마 정말 볼만 했지 싶은데도, 그는 아까와 같은 웃음은 터트리지 않았다. 그저 생글생글하게 웃으며 침대 옆에 있던 탁상 위에 손을 뻗더니 유리잔을 하나 내게 건네 줄 뿐이었다.

"뭐에요?"

"꿀물. 너무 구시대적인 방식이라 싫은가?"

나는 치글러에게 단 한 번도 애인에 관한 말을, 아니 애인은 고사하고 이 근방에 옅은 고동색의 남자에 대해 한 번도 들어 본 적 없었다. 또, 내가 본 적도 없었다. 주택지는 몇 년 전까지만 해도 건재했던 각종 건물과 사람들의 생활 용품이었던 것들이 녹아 흘러내리고, 땅이 쩍쩍 벌어지고, 벌레와 시체가 들끓는 그런 것들로 둘러싸여 있어 다른 지역과 교류는 불가능에 가까운데도 말이다. 더군다나 주택지는 정말로 작았기 때문에, 바깥에 시선을 두거나 이따금씩 치글러를 보기 위해 집 밖을 돌아다니는 내가 그를 보지 못했을 리가 없었다. 비록 햇빛이 강렬하게 내리 쬐이는 한 낮에는 살이 녹을 우려가 있어 알약 없이는 집 밖으로 나오지 못한다고 해도, 인간인 이상 햇빛을 받기 위해 해가 저물어가는 저녁이나 동이 트기 시작하는 새벽녘에는 꼭 햇빛을 받으러 나와야 할 테니 한 번쯤은 봤을 텐데 말이다.

설마 이때까지 이 방 안에 틀어박혀 살았던 걸까? 하는 의문이 떠올랐으나 나는 바로 고개를 획획 내저었다. 설마, 그럴 리가 없다. 중앙 통제 시스템이 파괴된 지 올해로 5년 째. 남겨진 자들의 폭동이 가라앉고 어느 정도 살 만한 세상이 된 건 올해로 2년 째. 그 2년 동안, 나는 하루도 빠짐없이 새벽녘이나 황혼녘에 햇빛을 받으러 바깥으로 나왔다. 바에 가는 시간도 그 시간대였다. 그런 내가 단 한 번도 그를 본 적 없다는 건 좀 이상했지만, 나는 그가 바깥으로 한 번도 안 나왔던 것 보다는 그 쪽이 더 신빙성 있다고 생각했다. 햇빛을 받지 못하면, 일주일도 되지 않아 처참한 몰골로 죽어버리는 게 이 시대의 '인간'이니까. 게다가 우연히 스쳐 지나갔는데 흔한 얼굴이라 내가 기억하지 못하는 걸지도 모른다. ……이렇게 팔팔한 20대 남성을 잊었다는 게 좀 의심스럽긴 하지만, 혹시 치글러 덕분에 폐인에서 정상인으로 돌아왔는지 누가 알겠는가?

나름대로 그렇게 결론을 맺긴 했지만, 그래도 나는 눈앞의 남자의 정체에 대한 의구심을 떨칠 수 없었기 때문에 구시대 적인 방식이 싫어서가 아니라 그를 경계해서 고개를 끄덕였다. 그는 숙취 해소에 먹는 약은 없는데, 하고 곤란한 표정을 지으며 꿀물이 든 유리잔을 다시 탁상 위에 올려두었다.

"그보다, 치글러는 어디에 있습니까?"

어딘지 여유로움이 베어 나오는 그의 몸짓을 보다 유리잔이 챙- 하는 소리를 낼 무렵 나는 질문했다. 치글러? 하고 되묻던 그는 곧 키득키득 작게 소리 내어 웃더니 내게 경고했다. 이 봐, 가온.

"충고랄까 경고랄까. 아무튼 간에 이제부터는 치글러님이라고 부르는 게 좋을 거야. 너를 내 앞에 데려다 났다는 건, 그녀가 너에게 호의적이지 않다는 얘기거든."

"하?"

그런데 그 충고라는 것이 받아들이기 어려운 것이어서 나는 얼빠진 소리를 내고야 말았다.

하지만 그는 부연 설명 등은 전혀 해주지 않았다. 그저 자신을 뚫어져라 쳐다보는 나를 향해 어깨만 가볍게 으쓱 거릴 뿐이었다. 이 사람이 술에 취했나? 아님 뭐야, 뭐 하자는 거야? 그런 갖가지의 복잡한 생각이 주마등처럼 스친 후 내가 그에게 따지고 들 찰나, 문이 벌컥 열렸다. 그리고 벽에 부딪히는 소리가 퍽 요란하게도 울려 퍼졌고, 라인하르트라 소개한 그와 나의 시선이 동시에 문 쪽으로 돌아갔지만 소용없는 일이었다. 문이 열리기가 무섭게 한 사람이 라인하르트에게 뛰어 간 터라 새로운 등장인물의 얼굴을 문에 시선을 두면 확인할 수 없게 되는 일이 발생한 것이다.

"라인!"

어딘가 눈에 익은 곱슬곱슬하고 허리까지 오는 긴 금발을 허공에 흩트리며, 새 등장인물은 라인하르트의 애칭을 부르며 그의 품으로 달려들었다. 그러고 보니 머리 스타일만 눈에 익은 줄 알았는데, 라인하르트 못지않게 쾌활하고 활기찬 목소리까지 낯익다. 그런데 내가 언제 이렇게 쾌활한 목소리를 들어 본 적이 있었나? 아닌 것 같은데.

내가 그런 의문에 고개를 갸웃거리는 동안, 그녀와 라인은 내 앞에서 꿀이라도 발라 놓은 것 마냥 찰싹 달라붙어 애정공세를 펼치고 싶었다. 솔로 앞에서 뭐 하는 짓이냐, 네 녀석들. 그런 말이 목구멍까지 넘어 온 찰나 라인하르트가 그녀를 품에서 살짝 떨어트렸다. 남자의 품에 안겨 애교를 부리는 여석치고는 말투가 씩씩하기 짝이 없는 그녀가 나를 여기에 왜 데리고 왔냐는 남자의 말에 볼멘 목소리로 무어라 툴툴 거린다. 말을 들어 보아하니 내가 여기에 있는 이유는 저 묘하게 낯익은 여자 때문인 것 같은데, 저 가녀린 여자가 나를 들쳐 매고 왔을 린 없고. 그렇다면 그녀의 연인인 듯한 라인하르트가 날 들쳐 매고 왔든 했을 터인데, 그렇다고 보기에는 그의 말투가 묘하게 걸렸다. 내가 여기에 있다는 사실은 들었지만, 그도 나처럼 내가 왜 여기에 있는지 모른다는 눈치라고 나 할까.

하지만 그는 말로만 왜 나를 데리고 왔는지 물었을 뿐, 애초에 이유는 별로 궁금하지 않았는지 그렇지만 저 머저리가! 하고 당사자 앞에서 당당하게 당사자를 욕하는 여자의 머리를 쓰다듬어 줄 뿐이었다. 그의 손길에 가만히 머리를 기댄 여자는, 그가 쓰다듬는 것을 멈출 무렵 갑자기 내 쪽으로 고개를 확! 돌렸다. 거침없는 그녀의 돌발 행동에 나는 몸을 자동으로 움찔거리고 말았다. 놀란 심장이 겨우 진정 됐을 무렵에는……, 맙소사. 신이시여.

"이 머저리가, 잊으려고 하잖아!"

긴 금발머리를 거칠게 쓸어 올리며 나를 한껏 노려보더니, 이윽고 고운 얼굴과는 전혀 어울리지 않는 욕설을 지껄이는 그녀의 얼굴은—

——니콜라스 치글러의 그것과 꼭 닮아 있었다.

'니콜라스 치글러님이라고 불러, 이 병신아!'

생각치도 못했던 치글러의 화가 난 목소리가 읊는 거친 욕설이 Buzz … Buzz… 마치 벌이 윙윙 대는 것 마냥 귓속을 끊임없이 맴돌았다. 하지만 내게 중앙 통제 시스템이 붕괴된 것 보다 더했으면 더했지, 결코 덜하지 않은 엄청난 충격을 준 여인은 내가 무어라 말을 붙여보기도 전에 씩씩대며 방을 나가고 있었다. 어찌나 성이 났는지, 그녀의 발소리가 쿵쿵 바닥을 커다랗게 울리고 있었다. 그리고 내 바보 같은 표정을 본 라인하르트의 유쾌한 웃음소리가 그 뒤를 이었다. 제기랄, 망할 자식. 웃지 말라고! 나는 혹시…… 치글러? 이 한 마디밖에 한 게 없는데 왜 그런 차가운 눈길을 받아야 되냐고! 아니 그전에,

"……저게, 치글러라고?"

"그러게 내가 님 자를 붙이라고 했잖아, 가온."

내 얼빠진 목소리에 커다란 웃음소리를 죽이며 라인하르트가 말했다. 그녀가 내가 아는 니콜라스 치글러임을 부정하지는 않는다.

애초에 니콜라스 치글러의 얼굴이 상당히 아름답고 화려하긴 했지만, 사실 그녀의 얼굴이 특출 나게 예쁜 건 아니었다. 중앙 통제 시스템이 박살나기 전 거리를 돌아다니던 여인들에게서 조금씩 찾아 볼 수 있는 흔한 얼굴이랄까? 요즘에는 얼굴을 아름답게 고치는 것 따위는 수술 축에도 들지 않으니까. 어디선가 몇 대째에 이르러 계속된 성형수술로 요즘에 태어나는 아이들의 유전자가 미묘하게 기존의 것과 차이가 보인다는 기사도 본 것 같으니 말 다 한 거다.

아니, 사실 중앙 통제 시스템이 박살이 난 지금도 지구에 남아 있는 사람들의 얼굴은 하나같이 다 수려하다. 모두 다 예쁘다 보니까 이런 수식어를 갖다 붙이는 게 의미 없지만 – 애초에 예쁘다 하는 단어가 비교할 만할 대상을 요하는 단어인데 아름다운 정도가 거기서 다 거기니 아름답다 따위의 수식어는 실제로도 사전에서 하나 둘 사라지고 있었다 – 하여간 지구에 남은 하층민들도 이렇게 예쁜데 안드로이드 쪽의 분야에서 정점에 서 있던 할아버지를 둔 내 얼굴이 지구상에서 '예쁘다'라는 단어가 전멸되지 않게 만드는 몇 안 되는 것 중 하나라는 사실 이상한 거다.

"……. 그보다 이 건물은 꽤나 멀쩡하네요?"

어찌 됐든 중요한 건 그게 아니었다. 중요한 건 치글러가 왜 저러냐는 거였지만, 나는 도저히 사근사근하고 정숙하기 짝이 없는 치글러를 버릴 수가 없었기 때문에 은근슬쩍 화제를 넘겨 버렸다. 그걸 눈치 채고도 넘어가 줄 거면 그냥 곱게 좀 넘어가 줄 것이지, 라인하르트는 킥킥하고 작게 웃더니 순순히 내 의도대로 따라주었다.

"뭐. 4-5년에 한 번씩 보수 공사를 하고 있으니까. 기계들을 시켜서."

"……아직 기계들이 많이 남아 있습니까?"

"안드로이드를 대량으로 생산했던 곳이거든, 여기. 인격이 주어지기 전 상태의 안드로이드들의 뼈대가 많이 남아 있어."

치글러에서 다른 것으로 화제가 넘어간 건 좋은데, 조숙한 치글러가 품에 안겨 갖은 애교를 부리던 대상과 애기를 나누고 있자니 도저히 그녀가 잊혀 지지 않아서 -내가 느끼기에- 몇 십 분 동안이나 왈가닥 같은 목소리로 내게 갖은 성질을 내던 그녀의 목소리가 다시금 수면위로 떠오르기 시작했다. 아아아아아……. 그것에 나는 소리 없는 절규를 하며 라인하르트에게서 시선을 떼고 방 안을 둘러보았다. 방 안에는 나와 그가 앉아 있는, 성인 남자 셋은 거뜬히 누울 수 있을 것 같은 정도로 넓은 침대와 그 옆의 탁상밖에 없었다. 근데 방 안은 이만한 침대 4개를 더 넣어도 될 정도로 어마어마하게 넓다.

"근데 방이 되게 썰렁하네요? 설마, 홈-오토 시스템을 개인적으로 구축한 겁니까? 중앙 통제 시스템에서 준 것 대신?"

홈-오토 시스템이란 소위 집사 같은 역할을 하는 프로그램이다. 24시간 내내 전원이 켜져 있는 상태로 모든 집안일에 주인의 명령 하에 관여한다. 그리고 다른 안드로이드처럼 아니 어지간한 안드로이드 이상의 지능을 가지고 있어서 어떤 명령이든 수행하는 데 지장이 없다. 청소든, 주스를 꺼내오라는 것이든 과거에는 안드로이드들이 도맡아 했던 잔심부름도 집안의 프로그램과 접목이 된 홈-오토 시스템이 도맡아 한다. 이게 나온 이후로 가정부 역할을 하던 안드로이드들은 사라졌는데, 이 홈-오토 시스템의 최대 장점은 가구를 '생산'할 수 있다는 것이다. 최신식 건물에 한해서긴 하지만.

내 전공은 이쪽 계통이 아니라서 나도 그 원리는 자세하게 알지 못하지만, 언젠가 본 광고에서 본 얘기를 들려주자면 이렇다. 우선, 건물을 짓는다. 건물의 종류는 상관없다. 주택이든 상가든 빌딩이든. 중요한 건 그 건물에서 사용하는 과학 발명품과 관련된 모든 것들을 총괄하는 중앙 컴퓨터가 가상현실 게임에나 쓰이는 종류의 컴퓨터여야 한다는 것이다. 건물의 입구에는 가장 현실 게임에 접속할 때 뇌파를 스캔하는 기계가 사용하기 간편한 형태로 부착되어 있어야 한다. 그러면 건물에 들어오는 사람들은 이제 하나의 가상현실 공간이 된 건물에 들어오게 되는 것이다. 가상현실과 다른 점이 있다면, 사람들의 몸이 직접 그 공간 안에 들어오게 된다는 거랄까? 그리고 그 건물에 있는 홈-오토 시스템이 주인의 가구를 생산하라는 명령을 받으면 가상현실 게임에서 건물이 존재하는 것과 같은 원리로 가구를 만들어내고, 마찬가지로 가상현실 게임에서와 같은 원리로 자극당한 뇌가 사람이 가구를 진짜 사용하고 있다고 느끼는 것이다. 그게 단순한 착각에서 비롯된 발명인지 아니면 진짜 생산되는 것인지는 의견이 분분했고 이걸 만들어낸 회사 측도 당연하게 입을 다물고 있었지만 어찌됐든 그건 홈-오토 시스템밖에 하지 못하는 것이었다.

그렇게 사람이 컨트롤 할 수 없는 것도 해내는 홈-오토 시스템은 어지간한 가정마다 하나씩 깔려 있다. 중앙 통제 시스템에서 각 가정에 하나씩 내려주는 건데, 이런 각종 프로그램 계통의 사람들은 중앙 통제 시스템과 연관되지 않은 것들을 자체적으로 만들기도 한다. 아무리 사소한 일이고 아무도 홈-오토 프로그램과 관련된 정보를 보지 않으며 철저하게 보안을 지킨다고 해도, 홈-오토 시스템이 수행한 모든 명령이 바로 중앙 통제 시스템으로 전달되는 것이 꺼려지는 탓이었다.

하지만 만드는 데 드는 비용도 적지 않고, 그 번거로움이란 말도 못할 지경이라고 들었다. 만드는 데만 각종 지식이 필요한 게 아니기 때문이다. 중앙 통제 시스템과 이어지지 않는 이상 홈-오토 시스템이 고장 나도 시스템이 알아서 고칠 수도 없고, 홈-오토 시스템 자체가 기계적인 것인 이상 수행한 모든 것들의 기록이 남아 그걸 또 일일이 삭제해서 다시 데이터를 저장할 수 있는 공간을 만들어야 됐으니까. 그 탓에, 사실 홈-오토 시스템을 구축하는 것은 악명이 아주 높은 일이었다.

"……대단하다."

자세한 건 모르지만, 과거 내 주변에 홈-오토 시스템을 스스로 구축하려고 덤벼들었다가 혹은 구축한 친구들의 하소연을 적잖게 들어왔던 나기에 라인하르트가 고개를 끄덕이는 순간 저절로 탄성이 흘러나왔다. 그리고 나는 새삼스러운 눈으로 그를 응시했다. 존경과 감탄밖에 없는 눈빛이었을 텐데도, 라인하르트의 표정이 미묘하게 일그러졌다. 내 칭찬 따위를 받아봤자 기쁘지 않다는 걸까? 하기야 중앙 통제 시스템이 완전히 박살난 지금, '모든'이라고 말해도 좋을 정도로 사용할 수 있는 것은 없을 텐데도 홈-오토 프로그램을, 그것도 가구를 생산 할 수 있는 프로그램을 만들 정도의 실력자에게 문외한의 칭찬 따위는 별로 기쁘지 않은 것일 테지. 그래도 저렇게 대놓고 노골적인 표정을 지으니 내 심사가 뒤틀리지 않을 리가 없어서, 나는 소심하게 속으로만 중얼거렸다. 그래,

참 잘나셨어요. 그런데 내가 자길 욕하는 건 도대체 어떻게 알았는지 내
가 그를 한창 욕하고 있는데 그가 갑자기 벌떡 일어나더니 내 쪽으로 다
가왔다. 그리곤 내 앞에 쭈그려 앉아 나를 지그시 올려다보는 게 아닌
가? 그는 아무런 말도 하지 않았지만, 괜히 찔리는 마음에 나는 슬그머
니 시선을 돌렸다. 한참 후에, 그가 느릿느릿하게 질문을 던졌다.

"너…… 한 가온, 아닌가?"

"……맞는데요? 할아버지가 휴먼 9세대를 완성 시킨, 성함은……"

"됐어. 네 할아버지 이름 따위야 궁금하지 않으니까."

굳이 궁금해 할 필요가 없을 정도로 유명한 분이시니 어련 하시겠냐
마는, 그렇게 남의 존경스러운 할아버지를 깎아 내리는 발언을 하니까
절로 미간이 찌푸려진다. 그러나 라인하르트는 나에게 한 마디의 사과도
건네지 않았다. 대신 알 수 없는 말을 중얼거렸을 뿐이었다.

"……치글러가 역정 내며 너를 끌고 온 이유를 이제야 알겠군."

한숨과 분노가 뒤섞인 목소리였다. 그리고 그의 목소리라고 하기에는
지나치게 차분하게 가라앉아 있어서 나는 나도 모르게 주위를 둘러봤다.
하지만 인기척은 느껴지지 않았고, 라인하르트도 입을 굳게 다문 채 뗄
기미를 보이지 않았다. 침묵 속 에서 뭔가 무안하달까 아무튼 답답한 기
분이 들어서 나는 침묵을 깨고 입을 달싹였다. 그런데 말이죠. 라인하르
트가 힐끔 시선을 내게 던졌다. 지나치게 새까만 눈동자가 내 몸을 빨아
들이듯 나를 응시하기 시작한다.

"안드로이드를 만든 곳이라면, 엄청 튼튼해서 건물이 잘 녹지도 않을
테고 방도 이렇게 넓은데 왜 사람들을 수용하지 않는 건데요?"

"환장하겠군."

　답답한 공기를 환기시키고자 던진 내 질문에 그는 탄식을 하며 손바닥으로 이마를 짚었다. 눈까지 지그시 감고, 정말 미치겠다는 포스를 온몸으로 뿜어낸다. 그것에 나는 너무 황당하다는 기분을 숨기지 않고 그를 쳐다보았다. 내 시선을 느낀 건지 그가 이마에서 손을 떼며 나를 응시한다. 그러나 그것도 잠시였다. 라인하르트는 이내 검지로 관자놀이를 지그시 눌렀다. 어디서부터 잘못됐는지 모르겠다는, 아주 막막한 표정이었다. 검은 눈동자에는 얼핏 분노가 스쳐지나간 것 같기도 했지만 감정이 적나라하게 드러나기에는 그의 눈동자는 너무나도 새까맸다.

　"한가온."

　하지만 그가 내게 분노를 느끼고 있다는 것만큼은 분명했다. 그것도 이유를 짐작조차 할 수 없는 분노를 말이다. 나의 이름을 부르는 그의 목소리는 전과 달리 매우 차갑게 가라앉아 있었으니까. 그러나 나에게 분노를 표출한다고 달라질 건 없었다. 나는 오늘 라인하르트를 처음 만났으니까. 아니, 어쩌면 길가에서 스쳐지나갔을지도 모르겠지만 제대로 얘기를 나눈 적은 이번이 처음이었다. 적어도 내 기억 속에는 말이다. 그렇다면, 그에게는 내가 그에게 무례하게 군 기억이 있는 걸까? 저번에 그와 내가 얘기를 나눈 기억이 그에게는 존재하는 걸까? 상대방이 나에게 이토록 명백한 분노를 표출할 정도라면, 나 역시 그 사건을 기억하고 있었을 텐데. 하지만 나는 정말 아무것도 기억나지 않았다. 라인하르트라는 이름이 아예 낯설지 않은 건 아니었지만, 그 이름이 드문 건 아니어서 그를 언젠가 만났다고 단정 짓기에는 좀 그랬다. 사실 그의 얼굴역시 낯설지는 않았지만 언급했다 시피 널리고 널린 게 아름다운 남자다. 그런 환경에서 살아 온 내가 이름과 얼굴이 좀 낯익은, 그러나 친하게 지내지 않았던 사람과 만난 걸 일일이 어떻게 기억하느냔 말이다! 친구들 얼굴 기억하기도 힘들어 죽겠는데.

"중앙 통제 시스템이 파괴 된 이후로 몇 년의 시간이 흘렀다고 생각하는 거지? 니콜라스 치글러와 만난 지는 몇 년이 흘렀다고 생각하나."

그러니까 분노만 표출해내지 말고 힌트를 줘 봐! 그럼 내가 사과를 하든 어쩌든 할 테니까! 그런 표정으로 그를 한껏 노려보고 있노라니, 라인하르트가 생뚱맞은 질문을 해왔다. 나는 무슨 의도냐는 듯 팔짱을 끼고 쳐다보았지만, 그는 아무런 말도 하지 않았다. 그리고 이내 뭐가 그리 급한지 한 손으로 부드럽게 흘러내린 짧은 머리를 거칠게 헝클어트리더니, 내가 막 말을 시작한 걸 알면서도 무시하고 자신이 할 말을 툭하니 내뱉었다. 잘 들어, 한 가온. 그의 경고로 시작한 그의 말은,

"중앙 통제 시스템이 박살나고 지구가 모든 생명체들을 저버린 건,

──50년 전 부터야."

정말이지 너무나도 터무니없어서, 일순 내가 숨을 쉬어야 한다는 사실도 잊어버렸을 정도였다.

3.

기원전 7천 년 전에서 1만 년 전 사이에 발생한 신석기 혁명을 시작으로, 인류는 수 십 만년의 시간동안 4번의 커다란 혁명을 맞이한다. 그 중 가장 최근에 발생한 혁명은 100여 년 전 즈음에 발생한 오토 혁명. 원래는 로봇 혁명 따위로 불렸으나, 세계 최초의 인간형 로봇 안드로이

드의 발명 이후 급속도로 성장한 오토 로봇산업의 영향으로 동반 급성장을 하게 된 가상현실 게임 등의 출현으로 제 4혁명의 명칭은 조금씩 변하고 있었다. 그러다 제 4혁명의 이름이 오토 혁명으로 완전히 정착하게 된 것은, 중앙 통제 시스템 구축 직후부터였다.

21세기 중반부에 들어 지구에는 큰 변화가 일어난다. 아니, 사실은 수백 년 동안 꾸준히 진전되고 있던 변화였다. 다만, 눈에 직접 보이지 않거나 실질적인 타격을 입지 않는 이상은 좀처럼 경각심을 갖지 못하는 인간 본연의 습성 때문에 잊혀 졌을 뿐. 이쯤이면 쉽게 눈치 챘으리라, 그 큰 변화가 지구 종말이라는 사실을.

2037년이면 북극의 모든 얼음이 사라질 거라는 오랜 과거의 예상은, 결론부터 말하자면 딱 맞아 떨어지지는 않았다. 하지만 얼추 바르게 예상했다. 그로부터 채 10년도 지나지 않아 북극의 모든 얼음이 사라져 버렸으니까. 2037년을 코앞에 두던 2030년 대 초반 무렵부터 두드러지게 하나 둘 씩 발생하는 피해에 늦게나마 급하게 환경 파괴의 주범들을 생산해내는 모든 일의 규모를 축소하고, 2037년 무렵에는 중상층 미만의 계급들의 거센 반발에도 불구하고 그와 관련된 모든 산업들을 일시적으로 중단하기에 이르렀지만 소용없는 일이었다. 애초에 생태계 자체가 그렇게 급진적으로 변할 수 있는 것이 아니었으니까.

그렇게 2040년대 초중반 무렵에 북극의 얼음이 모조리 녹았지만 우려했던 것만큼 폭발적으로 늘어난 인구를 감당할 수 있을 정도로 만은 땅이 해수면에 잠기지는 않았다. 갖가지 첨단 과학 기술을 동원해 그것만큼은 어떻게든 막아냈으니까. 다만 오존의 파괴는 당시의 과학 기술 만으로는 어떻게 감당할 수가 없었다. 더군다나 생태계와 관련하여 직면한 문제는 비단 그것뿐만이 아니었다. 지진, 가뭄, 홍수, 화산 폭발 등의 극단적인 자연 재해와 몇 종의 동물들이 멸종됨으로써 발생한 먹이 사슬의 붕괴, 또 그로 인해 연거푸 멸종되어 가는 다양한 동식물들. 인류가 애써 무시해왔던, 결국 마지막까지 전문가들과 어떠한 동기를 갖게 되어 환경에 관심을 기울이게 된 소수의 사람들만의 지식이 되어 버린 생태계 붕괴 문제가 북극의 빙하가 녹음으로써 폭발적으로 한꺼번에 쏟아져 나왔던 것이다.

결국, 인류에게는 전에 없던 최악의 사태가 발생하게 된다. 수 십 만의 인구가 죽어나가고, 100살 안팎까지 치솟았던 수명이 반으로 떨어져 버린 것이다. 그것도 고작 몇년 만에. 그나마도 살기 위해서는, 자외선을 철저하게 피해 다녀야 했으며 자외선으로부터 피부와 장기를 보호해 줄 각종 약품을 사 먹거나 수술까지 해야 하는 경우도 허다했다. 물론, 고작 몇 십 년을 투자한 인간의 창조물이 인간에게 있어서 영겁에 가까운 시간 동안 만들어진 우주의 일부분인 자외선 빛을 제대로 상대하지 못했지만 말이다.

인공적인 오존층이 만들어지기 전까지는, 말이다.

북극의 얼음이 다 녹아가고 오존층이 티끌만큼 남았을 무렵부터 박차를 가했던 인공 오존층의 성과는 꽤나 빠른 시일 안에 나타났다. 그 혼란 속에서 아무리 정부가 전폭적인 지원을 해준다고 한들 연구비를 마련한다는 것은 아주 어려운 일이었겠지만, 전 세계 상위 2%들의 지원만으로도 연구비는 충분했는데, 어디 상위 2%만 인공 오존층 연구비를 지원했겠는가. 죽고 싶어 하는, 특히나 자외선을 시작으로 하여 각종 재앙에 시달리며 고통스럽게 죽고 싶어 하는 마음이 보통 사람들에게 있을 턱이 없었으니 상상을 초월할 정도의 연구비가 끊임없이 과학자들에게 지원됐고, 마침내 22세기 초반 인공 오존층이 만들어진다.

앞에서도 언급했지만, 한낱 인간의 창조물이 거대한 우주의 생태계에게 대항 할 수 있을 리 없었다. 인공적인 오존층이든 자외선과 관련된 각종 약이든 수술이든 그건 모조리 영원한 임시방편일 뿐이었지만, 그간 수많은 사람들의 희생을 요구한 갖가지 방법들이 조금씩 효과를 보이는 듯싶다가 오존층이 만들어진 이후로는 눈에 띄게 그 효과가 상승한 것만큼은 사실이었다. 비록 약 반 세기 동안 대다수의 동식물들이 멸종하고, 인류의 수도 엄청나게 줄어들고, 그나마 살아남은 인류의 평균 수명 역시 무슨 짓을 해도 50살에서 좀처럼 올라가지 않았다. 그러나 그 후 1-2세기의 시간이 흐른 이후부터, 적어도 인류의 삶은 조금씩 안정을 되찾아갔다.

오토 혁명은, 바로 그 무렵에 발생한 혁명이었다. 그리고 그 혁명의 중심에 있던 것이, 바로 중앙 통제 시스템이었다. 인간이 관리하기에 까다로운 오존층을 완벽하게 컨트롤하며 오토화(자동화)된 인류의 삶을 총괄하는—

"지금은 파괴된 시스템. 이란 건, 너도 잘 알 테지."

숨을 들이마셨으면 내쉬어야 하는, 그 간단한 호흡법조차 잊고 눈을 휘둥그레 떠서 자신을 쳐다보는 내 모습을 보고 도대체 뭘 생각한 건지 인류의 삶에 대해 장황한 설명을 하던 라인하르트가 그렇게 물어왔다. 하지만 나는 그의 말에 대꾸 하지 않았다. 정확하게는, 그럴 수 없었다.

50년? 중앙 통제 시스템이 파괴 된 지 50년이 흘렀다고? 말도 안 되는 일이었다. 중앙 통제 시스템이 박살나기 전까지만 해도 내 삶은 다른 모

든 사람들이 그랬듯 기계들이 소망을 충족 시켜주는 것에 너무 익숙해
져 있어서 달력이고 뭐고 간에 날짜를 알 수 있는 것은 아무것도 남아있
지 않았다. 하지만 매일 아침 눈 뜨자마자 하는 일이 바로 건물 벽에 흠
집을 내어 날짜를 계산하는 것이었다. 나는 정말 그 행동을 하루도 빠지
지 않고 반복했다. 설령 며칠 좀 빠졌다고 해도, 내가 45년이란 어마한
시간을 기록하지 못했을 이유가 도대체 어디에 있단 말인가! 이 인간은
미쳤다. 라인하르트라는 인간은 제정신인 척 하고 있는 정신병자가 분명
했다!

　그러나 그는 나의 시선을 뭐라고 생각했는지, 어깨를 가볍게 으쓱이더
니 다시 입을 뗐다. 흘러나오는 목소리는 분노가 없어진, 예의 그 쾌활
한 목소리였다.

　"이런 상식적인 것 마저 잊어버렸나 보군. 원래는 각 나라별로 두 세
대 씩 있는 슈퍼컴퓨터가 각 나라의 오토화된 국민들의 삶의 여러 기계
적 요구와 흔적 등을 담당했지. 그리고 최종적으로 그걸 총괄하는 건 결
국 사람이었어. 하지만 누군가 자신의 사생활을 침해한다는 꺼림칙한 기
분에 사람들은 나라에 항의를 했고, 결정적으로 인공 오존층의 관리가
가끔씩 제대로 되지 않는 일이 발생하자 결국 슈퍼컴퓨터를 통제하는
사람의 수는 하나 둘 줄어들어갔지. 그리……"

　"그리고 대재앙 이후 인구가 엄청나게 줄어 국가의 경계도 모호해졌
고, 여러 번거로움과 비용을 절약하기 위해 그 슈퍼컴퓨터들이 하나로
합쳐졌는데, 거기에 휴먼 3세대들에게나 주어진 지능이 접해진 것이 바
로 중앙 통제 시스템이지!"

　랩을 하듯 두두두두 내뱉는 나의 말이 끝나자, 말허리가 처참하게 잘

렸음에도 불구하고 라인하르트는 전혀 화를 내는 기색 없이 다만 감탄을 하며 박수를 쳤다. 어쩐지 어린애 취급당한 기분이 들었지만, 나는 그런 사소한 건 가볍게 무시하며 이해 할 수 없다는 듯이 물었다.

"50년? 50년이 지났다고? 그것이 파괴 된 이후로?"

"그래. 지구에 남아 있던 자들이 죽은 지는 한 40년쯤 됐나."

지구에 있는 인류의 멸망이 목전으로 다가왔는데도 불구하고 그의 목소리는 너무나도 심드렁했다.

"웃기지 마! 그럼 밖에 있는 사람들은 뭔데? 아직도 살아있는 저 사람들은!"

그것에 괜히 욱한 감정이 밀려와, 나는 스프링처럼 침대에 걸터앉아 있던 몸을 벌떡 일으켜 세우며 고래고래 소리를 내질렀다. 귀가 따가울 법도 하거늘 라인하르트는 그저 새끼손가락으로 귀를 가볍게 후빌 뿐이었다. 그거?

"살아남은 휴먼 9세대랑 이제는 안드로이드라고 불리는 휴면 5-6 세대들이야."

"……뭐?"

아까, 중앙 통제 시스템이 50년 전에 파괴됐다는 말도 안 되는 소리를 지껄였을 때도 그렇지만 라인하르트는 목소리가 쾌활하기 그지없는 주제에 엄청난 폭탄선언은 너무 시니컬하게 애기하는 경향이 있다. 더군다나 말투도 일상적인 안부를 주고받을 때 사용하는 그것과 비슷해서 뇌가 그 충격을 제대로 받아들이지 못할 정도였다. 그래서 결과적으로 나는 또 뒷북을 치고야 말았다.

"휴먼human 세대들. 모르나? 그럼 알려 줘……"

"알아, 안다고. 젠장! 아니까 그 입 잠깐만 다물어 봐!"

라인하르트의 외관은 사실 내가 존댓말을 쓸 정도로 나이 들어 보이는 외관이 아니었다. 처음에 몽롱한 상태어서 무의식적으로 존댓말을 썼는데, 그가 그것에 대해 아무런 말도 하지 않는데다가 나를 너무 어리게 취급해서 수술 때문에 젊어 보이는 거라고 자연스럽게 받아들이고 존댓말을 쓰긴 했는데, 나보다 연장자라면 보통 보여야 할 각종 부작용 따위가 보이지 않아서인지 뇌가 혼란스러워하자 그만 존댓말을 써야한다는 생각을 까먹어버렸다. 하지만 라인하르트는 그것에 딴지를 걸지 않았고, 나도 내가 그에게 존댓말을 쓰고 있다는 사실을 아직 깨닫지 못하고 있었다.

오토 혁명은 오존층이 만들어진 후 1-2세기가 흐른 뒤에야 발생했지만, 인류의 삶이 안정된 것은 오존층이 만들어진 직후였다. 인공 오존층이 인공 오존층을 만든 기술을 조금씩 변형시켜 물질적인 영향을 주는 극단적인 자연 재앙의 피해를 엄청나게 줄일 수 있는 방어막 따위를 만들어냈으니까. 또, 오토 혁명은 안정을 되찾은 인류가 반드시 일으켜야 할 혁명이었다. 우주 산업과 안드로이드 산업은 인류가 생존하기 위해서 반드시 필요한 산업들이었다. 인류는 지구를 떠나야 했으며, 지구를 찾는 프로젝트에 동원될 똑똑한 로봇이 필요할 때도 종종 있었으니까.

때문에 안드로이드 산업은 그 어떤 산업보다 빠르게 발전했다. 자세한 이유는 나도 눈이 핑핑 돌아 책을 읽던 도중 덮어버렸기에 잘 모르지만, 어쨌든 결과는 눈부셨다. 인류가 안드로이드와 우주 산업, 이 두 가지에 중점을 맞추고 미친 듯이 몰두한 지 채 반세기가 지나지 않아 첫 안드로이드가 발생했으며, 연달아 여러 세대가 발명되었다. 세대가 지날수록 단순 노동을 하던 기계들은 말 그대로 사람의 외관에 가까워져갔고, 안드로이드 발명에 묻혔지만 우주 산업도 엄청나게 발전하긴 했다. 또 안드로이드에게 지능을 프로그래밍 하는 방법을 찾는 과정에서 가상현실 게임을 총괄하는 일명 슈퍼컴퓨터가 발명되었는데, 그것을 필두로 안드로이드들은 조금씩 똑똑해져갔다.

시간이 흘러, 안드로이드들은 어느새 휴면 1세대, 2세대 이런 식으로 불리기 시작했다. 그때 당시에 휴면 세대로 불려 진 안드로이드들은, 안드로이드들이라고 부르기 미안할 정도로 인간에 가까웠으니까. 휴면 세대 중 정말 제대로 된 인간이라 부를 수 있을 만한 것은, 중앙 통제 시스템이 해킹 된 이후 가장 먼저 폐기처분 된 마지막 세대인 휴면 9세대 뿐이었지만.

어찌됐든 본론을 말하자면, 휴면 세대들이란 바로 인간에 보다 가까운, 인간이라도 해도 손색이 없는 안드로이드들을 말하는 것이었다.

"……내가 그 휴면 세대들이랑 살고 있었단 건가."

솔직히 그의 말이 옳다고 하면 내가 45년 치의 기억을 소실했다는 것이니 그저 어이없을 뿐이었고, 내 목소리도 분명 그러했을 터인데도 불구하고 라인하르트는 빙고. 하고 개구쟁이 아이 같은 웃음을 지었다.

"장난해? 그럼, 당신은 뭔데? 치글러는? 아무리 태양 빛에 숨겨져 있던 새로운 원소, 고체를 이루는 입자들을 분해시키는 원소에 의해 빌딩이 와해되는 걸 막는다고 해도 인간은 햇빛을 쬐어야 하기 때문에 자외선을 받았을 것 아냐! 받지 않으면 죽으니까! 하지만 50년 동안 자외선을 약도 먹지 않고 받으면 인간은 죽어! 죽는다고! 설마 두 사람이 불사신이라도 된다는 거야?!"

　그리고 그의 그 미소는, 내 반론이 펼쳐짐에 따라 더더욱 짙어졌다. 다른 묘한 감정도 뒤섞인 것 같긴 한데 확신할 순 없었다. 말했잖아. 아니, 여전히 쾌활하기 짝이 없는 목소리를 들어보니 다른 감정은 뒤섞이지 않은 듯 했다.

　"지구 위의 인간은 모두 다 40년 전에 죽었어, 한 가온. 네 녀석도 치글러가 아니었으면 진작 죽었어. 네 술에……, 치글러가 끊임없이 약을 타 주었으니까."

　차라리 다른 감정이 섞여 있는 편이 더 나을 뻔 했지만 말이다.

　정신을 차렸을 때 나는 멍하니 파란 하늘을 바라보고 있었다. 오존층은 대기의 일부에 불과하다더니, 인공 오존층마저 파괴된 지금에도 하늘은 여전히 파랗기 짝이 없었다. 여전히 눈이 시릴 정도로 새파래서 눈물이 다 나올 정도로 말이다. 하지만 내 가녀린 감수성은 얼마 가지 못해 산산조각 나고야 말았다.

　"야, 병신."

　천장이 투명한 재질의 것으로 지어진 곳에서 쭈그려 앉아 멍하니 하늘의 모습을 보고 있는 내 모습이 심히 마음에 들지 않았던 것인지, 심사가 잔뜩 비틀린 표정의 치글러가 내 곁으로 다가 온 것이었다. 아니, 이제는 니콜라스 치글러님이라고 불러야지.

　내 45년 치의 기억이 깡그리 없어진 것이 사실이어서 중앙 통제 시스템이 50년 전에 박살이 나서 내가 지구에 있는 마지막 인간이라는 엄청난 발언을 들었는데 까짓것, 중앙 통제 시스템이 박살나기 전부터 배우로 일했다는 치글러의 본 모습을 받아들이지 못하겠냐는 듯 나는 허허 웃으며 그녀를 쳐다보았다. 모든 것을 초탈한 사람 같았을 내 미소가 또 그녀의 어떤 심보를 건드린 건지, 그녀는 옛날 만화책에 등장하는 여군이나 신을 법한, 종아리까지 감싸는 긴 구두를 신은 발로 내 옆구리를 쿡쿡 찔렀다. 뭐 하냐? 터프하다 못해 꼭 어디 마실 나온 양아치들 같은 말투라고 생각하며 나는 느긋하게 입을 뗐다. 시선은 여전히 하늘에 고정된 상태였다.

"그냥 뭐……. 제 2의 지구를 찾는 프로젝트도, 만드는 프로젝트도 사실 완성된 건 아니었잖습니까. 완성에 가까웠을 뿐이지. 그런데 사람들은 지구를 떠나갔고. 잘 살고 있으려나 싶어서요."

"잘 살든 말든, 어차피 십 년도 전에 통신이 끊긴 인간들인데. 우릴 버린 자들이기도 하고."

나의 공손한 말투와 조심스러운 목소리가 아주 당연한 것인 냥, 치글거리는 그에 대해 아무런 말도 하지 않고 내 옆자리에 털썩 소리 나게 주저앉았다. 힐끔 그녀의 얼굴을 바라보고 있노라니, 여기에 한동안 죽치고 있을 기색이 보여 절로 한숨이 나왔지만 나는 속으로만 크게 한숨을 내쉬고 겉으로는 티를 내지 않았다. 라인하르트가 살살 꼬여 겨우 진정한 그녀다. 또 그녀에게 멱살이 잡히고 뒤흔드는 충격적인 경험은 다시 하고 싶지 않았다. 하지만 멱살을 잡히지 않는다면 분명 내가 믿을 수 없는 이야기에 시달리게 되겠지. 젠장, 솔로 앞에서 염장을 지르는, 때려잡아도 시원찮을 커플이 돌아가서 뭐 하는 짓이냔 말이다.

"왜, 돌아가고 싶냐?"

두말할 것도 없이 나는 고개를 끄덕였다. 꼴에, 살고 싶으면 좀 더 제대로 발악을 해보던가. 내 대답에 그런 살벌한 소리나 심드렁하게 내뱉은 후에 그녀는 바닥에 대자로 뻗어 누웠다. 하여간에 누가 연인 아니랄

까봐, 심각한 발언이나 폭탄 발언을 아무 일도 아닌 일인 냥 말하는 데
는 뭐가 있었다.

"저기, 니콜라스 치글러…님."

잠시 멍하니 그녀와 함께 파란 하늘을 말없이 바라보다가, 나는 조심
스럽게 치글러를 불렀다. 누군가에게 '님'이라는 호칭을 붙인 적이 없다
보니 입에서 내뱉어지는 그 이름과 호칭이 굉장히 낯설게 느껴졌다. 치
글러는 내게 자연스럽게 '님'자를 붙이라고 짧게 꾸지람을 주었지만, 특
별히 아까처럼 길길이 날뛰거나 하지는 않았다.

"라인하르트 씨한테서 두 사람이 왜 여기에 남아있는지에 대해서는
못 들었는데……, 혹시 물어봐도 됩니까? 두 사람이 휴먼 9세대여서 일
부로 지구에 남은 겁니까?"

그녀가 혹시나 휴먼 9세대란 칭호를 싫어할지도 모른다는 생각이 들
었기에 그리 질문하는 내 목소리는 그 어느 때 보다도 긴장되어 있었다.
하지만 그녀는 어깨만 가볍게 으쓱거릴 뿐, 그 칭호에 대한 언급은 일절
하지 않았다. 그것도 맞는 말이긴 한데. 말을 이으며 그녀는 자신의 고
운 금발을 오른손으로 만지작거렸다.

"사실 나랑 라인은 이제 인류가 새로 정착한 곳으로 가도 안 죽어. 약
속했거든, 정부가."

"예? 그렇지만, 휴먼 9세대는 중앙 통제 시스템을 멋대로 해킹한 후
그걸 빌미로 협박을 하다못해 결국에는 완전히 파괴해버려 모조리 폐기
처분 하라는 명령이 떨어졌잖습니까?"

"나랑 라인은 제외야. 살아남은 라인이 이 건물의 시스템에 접속하기
가 무섭게 어딘가의 별에서 그들이 먼저 연락을 해왔어. 50년간 지구의

상황을 빠짐없이 기록하여 보내주면 우리 둘이 휴먼 9세대로 등록되어 있는 데이터를 삭제시켜주겠다고.”

“에……. 설마, 새로운 별에서도 오토적인 삶을 지낼 수 있게 된 겁니까? 그 빠른 시간 안에?”

당혹스러움이 고스란히 묻어나는 내 질문에 치글러는 고개를 설레설레 흔들었다. 아니라는 부정의 의사를 표현 것이라기보다는, 모르겠다는 뜻인 것 같았다.

“내가 알 바는 아니지. 중요한 건 나와 라인은 우리 둘이 서로 긴급중지버튼을 눌러주지 않는 이상, ‘약’이 남아 있는 이상 아주 오랜 시간 동안 우리 둘은 죽지 않는다는 거고, 나와 라인이 살아있는 동안 혹시 인류가 다시 지구에 돌아온다 해도 우리는 더 이상 숨지 않아도 된다는 거야.”

분명, 새 별로 떠난 정부에게서 받아 낸 약속은 그들이 인간이라는 것을 증명하는 데이터를 만들어 저장해 놓는다는 것이었을 터였다. 하지만 치글러의 표정은 들떠있거나 하지 않았다. 그녀는 처음부터 끝까지 줄곧 그래왔던 것처럼 담담하기 짝이 없었다. 휴먼 9세대들의 최종 목표가 인간이 되는 것일 텐데도 불구하고 말이다.

궁금하긴 했지만, 나는 딱히 그녀에게 그것에 관련된 질문은 하지 않았다. 그러나 내 얼굴에 질문이 써져 있기라도 했는지 아니면 그냥 그녀가 그런 말을 하고 싶었던 것일지도 모르겠다만 어찌됐던 그녀는 잠깐의 침묵 후에 한숨 섞인 말을 토해냈다. 인간으로 취급 받는 건 포기해서, 사실 약속을 제대로 지켜 줄 거라고 기대하지는 않아. 치글러의 그 말에 나는 다시 고개를 내리고 그녀를 바라보았다. 그녀의 눈이 체념으로 일렁이고 있었다.

　이유를 물어야 할까, 그럼 그녀는 대답을 해 줄까. 그러한 고민이 머리를 스쳐지나갔지만 그것은 아주 잠시뿐이었다. 왜…… 라고 서서히 입을 뗐던 나는, 치글러가 내 목소리에 반응하여 시선을 내 쪽으로 던지려고 할 무렵에 갑자기 화제를 바꾸었다. 중앙 통제 시스템이 파괴되기 직전, 전 세계를 떠들썩하게 만들었던 뉴스가 떠올랐기 때문이었다. 전자화된 시대, 인간 주위를 둘러싸고 있던 전자기계들 속에서 수십, 혹은 몇 세기 만에 등장했던 얇디얇은 종이. 그 종이에 적힌 내용은, 휴먼 9세대가 중앙 통제 시스템을 해킹했다는 그야말로 기가 막힌 것이었다.

　"그러고 보니, 50년이나 지났다고 했는데. 왜 나도 그렇고 두 분 다 멀쩡하게 살아있는 겁니까?"

　인간이라고 밖에 할 수 없는 휴먼 9세대를 두고 분분했던 의견이 한쪽으로 쏠린 것은 아주 당연한 일이었다. 아니, 그들은 인간이 아니라는 주장에 무게가 싣다 못해 그들을 적이라고 일컫는 주장까지 등장하게 되었다. 수 세기 전 사람들이 공상 영화의 소재로 많이 쓰였던 기계들의 반란이 현실이 됐다며, 그들을 발명한 나의 할아버지를 질타한 목소리도 드높아졌다. 세계의 주축이 된 중앙 통제 시스템이 해킹당한 직후부터, 인간은 모든 활동을 박탈당했기 때문이었다. 그들을 위해하는 것은 아무것도 없었다. 휴먼 9세대 역시 인간의 살갗을 가지고 있어 오존층을 파괴할 엄두를 내지 못했으니까. 중앙 통제 시스템을 해킹한 휴먼 9세대는 그들을 위협하지도, 구속하려 하지도 않았다. 그저 중앙 통제 시스템을 해킹했을 뿐이었고, 그 과정에서 중앙 통제 시스템에 오류가 생겨 오존층을 제외한 모든 시스템이 작동하지 않았을 뿐이었다. 하지만 그들은 정말로 모든 활동을 박탈당했다. 결국, 얼마 가지 못해 휴먼 9세대는 사냥 당했다.

니콜라스 치글러가 저리 체념어린 얼굴로 중얼거린 것도 아마 그 탓이리라. 살아남은 인간들은 이 엄청난 재앙을 맞이한 자들의 후손이다. 몇 세기의 시간이 흘러 어느 정도 휴먼 9세대를 받아들이는 주장이 나올지도 모르겠으나, 아무리 시간이 흘러도 지도층은 지도층이었다. 그 어떠한 것도 중앙 통제 시스템의 어마한 데이터 량을 받아들이고 그것을 건드릴 수 없다고, 중앙 통제 시스템은 비록 연속적인 우연의 산물이라 또 다시 이처럼 완벽한 걸 만들어내기는 불가능에 가까울지언정 정말로 완벽하다고 호언장담했던 전문가들의 확신을 한 순간에 깨트려버린 휴먼 9세대들에게, 그들이 전과 같이 인간과 가까운 취급을 해줄 리 없었다. 과학 기술이 고도로 발달하면 발달할수록, 전문가들에 대한 의존도는 겉잡을수 없이 드높아져 사람들은 그들이 하나같이 입을 모아 말하는 어떠한 확신을 깨트리는 것을 극도로 두려워했으니까.

"그걸 몰라서 묻냐?"

내 질문에 치글러는 자그맣게 실소를 터트렸다. 천하의 바보를 보는 듯한 표정이었다. 그걸로도 모자라 그녀는 나를 가엾게 쳐다보며 혀를 끌끌 차며 진심으로 동정어린 시선을 보내왔다. 그런 머리를 도대체 어디다 써먹을 거냐는 듯이.

"당연히 '약'이지. 아무리 휴먼 9세대라도, 아니, 휴먼 9세대이기에 인간이 살기 위해 필수적으로 섭취해야 하는 약은 우리에게도 필요해. 다행히 아직 이곳에는 휴먼 9세대 이상의 안드로이드가 발명되면 그 안드로이드들의 피부에 사용하기 위해 비축해놓은 약이 많이 남아있고"

왈가닥 같은 그녀의 성격답지 않게 의외로 친절한 설명이다 싶었더니만, 그녀는 기어이 '그것도 생각 못 해내냐, 이 병신아' 라는 말을 덧붙이고야 말았다.

"그 약이 떨어질 때까지 살 수 있는 겁니까?"

그녀는 말없이 고개를 끄덕였다.

표정의 변화는 그다지 드러나지 않았지만, 어째서인지 나는 치글러가 그 사실에 대한 얘기는 별로 하고 싶지 않아 한다는 느낌을 받았다. 휴면 9세대를 만들어내면서 가히 독보적인 위치에 올랐던 할아버지가 한 순간에 나락으로 곤두박질치며 자살하시기 전, '아직 휴면 9세대에게는 휴면이라는 이름이 걸맞지 않다. 대표적으로 피부가 말이야.'라고 말씀해 주신 게 생각나서인지도 몰랐다. 직후 선명하게 떠오르는 할아버지의 기억 때문에 나 역시 치글러를 따라 입을 다물고 침묵해야 했다.

과학에 대한, 특히 기계에 대한 열망이 지나칠 정도로 드높으셨던 할아버지. 나는 정말이지, 명성이 곤두박질치고 사람들의 질타 때문에 할아버지께서 자살하실 거라곤 꿈에도 상상하지 못했다. 아마 그러한 것들보다는 그러한 것들 때문에 예전만큼 과학과 기계에 몰두 할 수 없게 됐기 때문이었겠지. 그런 것들이 당신을 괴롭혔으리라.

할머님에게도 무심했지만 유독 나만큼은 지나칠 정도로 예뻐해 주신 분이어서, 씁쓸한 미소가 떠올랐다.

치글러가 아무 말 없는 내 쪽으로 시선을 돌리고 그 미소를 보기 직전에, 나는 재빨리 그 미소를 지우고 치글러에게 말했다. 니콜라스 치글러 님, 정말 죄송하지만 전 아직도 제 45년 치의 기억이 소실 됐다는 게 믿기지 않습니다. 아무것도 기억이 나지 않거든요. 예상과는 달리, 치글러는 이번에도 별달리 격한 반응을 보여주지 않았다. 그게 당연하다는 분위기였다.

"그 방대한 양을, 아무리 너라고 해도 쉽게 이겨 낼 수 있었을 린 없을 테니까."

"예?"

"뭐야, 그것도 기억하지 못하는 건가? ……하긴, 모든 걸 기억함에도 불구하고 그렇게 살고 있었을 린 없지. 아무리 네가 잘 까먹는 습관을 갖고 있다고 해도 말이야."

'그렇게 살고 있다'니? 치글러의 말에 의문을 서슴없이 드러내며 나는 고개를 갸웃거렸다. 치글러와 내가 바에서 만나고 얘기하며 살던 삶을 말하는 걸까? 하지만 그 얘기가 여기서 왜 언급됐는지 짐작조차 가지 않았다. 그러나 치글러는 내 의문에 대한 답을 내려 줄 생각은 없는 듯 했다. 불공평해. 그녀는 그저 이를 빠득빠득 갈며 그렇게 말했을 뿐이었다.

짧게 말하는 그 기세가 얼마나 심상찮던지. 나는 그대로 치글러가 던진 무언가에 맞아 하직하는 줄만 알았다. 그래서 그녀가 팔을 높게 치켜뜬 순간, 나는 반사적으로 양 팔을 머리 위로 들어 올렸다. 하지만 치글러는 또 다시 내 예상을 뒤엎었다. 아무런 일도 일어나지 않은 것이다.

무슨 일이 일어나기는커녕, 오랜 정적에 지친 내가 슬그머니 눈을 떴을 때 그녀의 표정은 사납게 일그러진 것이 아니라 금방이라도 울음을 터트릴 듯 일그러진 것이었다.

순간, 그녀가 배우라고 말하던 라인하르트의 말이 머릿속을 스쳐지나가서 혼란스러웠다. 치글러가 왜 내게 이러는지, 그녀의 말을 반도 이해하지 못한 내게 그 사실을 추측하기란 불가능한 것이어서 도무지 알 수

가 없었다. 연기인 걸까? 내 기억의 공백인 45년 동안 그녀와 라인하르
트, 그리고 나 사이에 무슨 일이 있었던 걸까? 그렇다면 도대체 어느 순
간의 치글러의 말이, 표정이, 행동이 연기인 걸까. 머리가 혼란스러웠다.

할아버지, 당신은 이런 엄청난 인간을 인간이라고 부르려 하지 않으셨
던 겁니까. 도대체 어째서?

"저기, 니콜라스 치글……"

"정말로, 불공평해."

혼란스러움을 뒤로 하고 치글러를 위로하기 위해 그녀를 불렀지만, 그
녀는 내 말 허리를 잔혹하게 잘라먹었다. 그리고 그 이후로도 그녀의 혼
잣말은 계속되었다. 아니, 사실 혼잣말이라고 형용할 것은 아니었다. 치
글러는 다소 붉어진 눈시울을 매만지며 줄곧 나를 보고 얘기하고 있었
으니까. 목소리도 또박또박 했고 말이다. 그러나 그녀가 도대체 무슨 말
을 하는지 감조차 잡지 못하는 나에게, 그녀의 말은 혼잣말이나 다를 게
없었다.

그래서 나는 그녀의 그 어떤 말에도 반응해주지 않고, 그저 침묵했다.
울듯이 일그러졌던 그녀의 목소리는 그 사이 차츰 안정을 되찾아가고
있었고 그 무렵에는 화제도 내가 이해할 수 있는 것으로 바뀌어져 있었
다.

"왜 우리는 인간이 될 수 없는 건데?"

나를 째려보며 물어오는 질문에, 내가 맞장구 쳐줄 수 있는 질문에도
불구하고 나는 아무런 대답도 해줄 수 없었다.

답은 아주도 당연했으니까.

아무리 인간을 닮았다고 해도 그들은 안드로이드, 그러니까 어디까지

나 인간을 닮은 로봇일 뿐이었다. 인간의 편의를 위해 개발되어왔으며, 더 나은 편의를 위해 지능이 주어졌으며, 가능할까 하는 호기심과 명성을 노린 과학자들에 의해 감정 비슷한 게 프로그래밍 된 로봇, 말이다.

심지어는 그 행동거지와 생각하는 것이 아무리 사람의 그것과 비슷하다고 해도 그것들은 모두 만들어진 것이며, 그것은 그들의 뼈대를 감싼 인공적인 근육과 피부 등도 마찬가지였다.

나야, 그들이 로봇이라고 생각되는 점을 한 번도 본 적도 없고 그냥 적어도 겉으로 봐서는 너무 인간 같으니까 그들을 인간이라도 받아들이지만 그렇지 않은 사람이 더 많은 걸로 안다.

어쩌면 당연한 걸지도 모른다. 그들의 로봇적인 면모를 본 사람과 그래도 아직까지는 금지된 복제인간 등에 반대하는 사람들에게는 휴먼 세대는 끔찍하기 짝이 없는 괴물로밖에 보이지 않을 터이고, 그렇지 않은 사람들 중에서는 겉으로는 완벽한 인간의 근육이나 뼈와 똑같이 생겼지만 구성요소 자체가 다르다는 것이 괴물로 보였으니까. 게다가 휴먼 세대들의 인격은 철저하게 프로그래밍 되어 조작되는 것이 아닌가. 이따금씩 바이러스를 일으켜 생각지도 못한 방향으로 성격이 조성된다고 해도 말이다.

"우리도 똑같이 생각하고 느끼는데, 왜 우린 인간이 될 수 없는 건데?"

휴먼 세대들을 반대하는 사람들에게는, 희고 고운 빰을 타고 흘러내리는 저 투명한 눈물조차 거짓된 것으로 밖에 보이지 않겠지. 그런 족속이니까, 인간은.

나는 여전히 침묵을 지켰지만, 아까와는 달리 어떠한 행동은 보였다.

흘러내리는 치글러의 눈물을 닦아주려 손을 뻗은 것이었다. 하지만 내 손은 허공에서 한 번 멈추어야 했다. 갑작스럽게 뒤에서 라인하르트의 목소리가 들린 탓이었다. '니콜라스' 아마도 자신이 울고 있다는 사실조차 자각하지 못하고 있을 그녀를 달래려는 아주 부드러운 목소리였다.

역시 우는 여자를 달래는 건 달갑지 않은 상대방보다 사랑하는 남자친구가 제격이겠지. 그런 마음으로 나는 손을 거두고 옆으로 물러섰다. 그러나 뜻밖에도 라인하르트는 더 이상 다가오지 않았다. 그가 걷는 소리는 들리지 않았고, 내 눈앞에서 라인하르트가 있는 곳을 응시하고 있는 것 같은 치글러도 그에게 달려들지 않았다. 그저 왜 안 돼는 건데! 하고 고함을 한 차례 질렀을 뿐이었다.

라인하르트는 치글러가 울든 소리 지르든 상관을 쓰지 않겠다는 것마냥 여전히 내 뒤에 서 있었다. 약간의 거리를 둔 채 말이다. 그렇게 안 봤는데 참 몹쓸 남자친구라며 혀를 쯧쯧 차고 나는 방관자가 되는 것을 포기했다. 막 치글러에게 다시 다가가려는 찰나, 라인하르트의 이 상황에서도 여전히 쾌활한 목소리가 썰렁한 방 안에 울려 퍼졌다.

권위주의의 법칙.

듣도 보도 못한 법칙이 그의 입속에서 흘러나오고 있었다.

"상대방이 의사라는 이유 하나만으로, 그것이 치사량이라는 사실을 알면서도 그 약을 거리낌 없이 환자에게 처방하는 게 인간이지. 휴먼 세대가 등장할 정도로 인간에 가까운 안드로이드들을 만들어 낼 줄 몰랐던 전문가들이 안드로이드라고 수 십 년간 지껄여왔는데, 단번에 그 인식을 뒤집을 수야 있겠나, 니콜라스. 더군다나 종교라면 몰라, 피부 색 가지고도 엄청난 콤플렉스에 시달리는 것이 인간이야."

언뜻 보면 그의 답은 참으로 명쾌한 듯 보였지만, 치글러는 그것만가지고는 납득이 되지 않는 모양 이였다. 휴먼 9세대가 그 전의 휴먼 세대를 비웃었듯이 말이지! 하고 그녀는 또 다시 휴먼 세대와 인간의 공통점을 찾아내며 언성을 높였다. 말을 하다 보니 갑작스럽게 감정이 격양된 듯 했다.

"하지만 그걸로는 부족해. 휴먼 1세대가 만들어 진 게 바로 몇 년 전인데? 지금은 우리가 인간에 가깝다는 수식어를 받고 있지만, 그 땐 1세대가 그 수식어를 가지고 있었어! 더군다나 인간과 흡사한 피부조직에 근육조직까지 갖춘 건 7세대부터잖아! 그 기간이 몇 십 년인데!"

"물론, 어느 순간부터 우리를 인간으로 받아들이고자 호칭을 휴먼 세대가 아닌, 휴먼이라고만 칭하며 인간으로 받아들이고자 하는 노력은 행해져왔었어, 치글러."

미리 대화를 짜놓은 콩트처럼 물 흐르듯 자연스러운 대화였다. 거기다가 이제와 이런 얘기를 하기에는 새삼스러운 점도 없잖아 있어서, 나는 힐끔 라인하르트를 쳐다보았다. 그는 치글러가 그럼 왜! 하고 꽥꽥 소리를 내지르는 틈을 타서, 입모양으로 그녀가 가끔씩 발작처럼 이런 질문을 되풀이 해 묻곤 한다는 사실을 알려주었다.

어깨를 가볍게 으쓱이며 나를 보는 그의 표정은, 강한 스트레스를 받았을 때 인간이 흔히 겪는 현상이라고 말하는 것 같았지만 내게는 강한 스트레스로 뇌의 역할을 하는 부분이 고장난 것처럼 보였다. 프로그램이 과열되었다 던지 해서.

"——비록, 가온이 태어난 이후로는 그 모든 운동들이 하나 둘 중단되기 시작하면 얼마 지나지 않아 다시 우리들의 호칭이 휴먼 세대로 바뀌어졌지만 말이야."

그런 생각을 하고 있는 와중에 난데없이 던져진 말에 나는 눈을 휘둥 그렇게 뜨고 라인하르트를 쳐다보았다. 그는 여전히 예의 쾌활함을 만면에 띤 웃음으로 표현한 채로 치글러만을 똑바로 응시하고 있을 뿐이었다.

"니콜라스, '전문가'들은 필사적일 정도로 우리를 인간이 아닌 존재로 다시 사람들의 인식을 바꾸려고 애썼어. 그들이 우리를 보고, 듣고, 생각할 때면 항상 우리들이 로봇이라는 걸 새삼스럽게 깨닫게 하려고 말이야. 휴먼 세대들이 프로그래밍 된 것이라고 한들, 인격을 가지고 있다는 점에서 몸 속 깊은 곳에 장치해 두었던 강제 종료 버튼도 목덜미 표피 바로 밑으로 끌어올렸고 그래서 우리는 수월하게 사냥 당했지. 즉, 결국 모든 건 계획된 거라는 거야, 니콜라스. 아무리 발버둥 쳐도, 우리는 결코 인간으로 받아들여 질 수 없어."

라인하르트의 말이 끝나는 순간, 무더기로 쏟아지는 이해하기 어려운 말에 멍하니 넋을 놓고 있던 내게로 치글러의 시선이 날카롭게 꽂히기 시작했다. 절로 몸이 움츠려질 정도의 강렬한 시선에, 나는 그만 몸을 움찔 떨어버리고야 말았다. 너무 살벌했다.

"맞아. 그러니까, 너무 불공평해, 가온. 이 썩을 놈아."

욕설을 덧붙이며 치글러는 내게 또 다시 불공평하다고 말했다.

라인하르트가 나와 치글러 쪽으로 다가오는 발걸음소리를 들으며 나는 뒤로 한 발자국 물러났다. 내가 모든 일의 중심인 것 마냥 뱉어서 저 살벌한 눈초리를 받게 한 라인하르트에게 달려들어 멱살을 잡고 짤짤 흔들고 싶은 마음과 치글러를 설득해야한다는 마음이 동일한 크기로 부딪힌 결과로 나온 행동이었다.

"다른 휴먼 8, 9세대는, 나랑, 라인하르트는, 그렇게나 고생을 했는데."

도대체 뭐 부터 시작해야 할지 감히 잡히지 않는다. 그래서 골치를 썩고 있을 무렵, 내 등이 어딘가에 부딪혔다. 슬쩍 고개를 돌려보니 라인하르트가 내 등 뒤에 서 있었다. 그의 배와 내 등이 정면으로 부딪힌 모양이었다.

"너는 어쩜 그렇게 멀쩡하게 살고 있는 거지? 아니, 왜 잊으려고 하는 거야? 너잖아. 너만 태어나지 않았다면, 너만, 너만."

사과를 하려고 했지만, 속사포처럼 쏟아지는 치글러의 말에 도저히 그럴 틈이 나지 않았다. 대충 손동작으로 사과를 하고 나는 치글러에게 라인하르트의 말은 터무니없는 거라고 말해주기 위해 앞으로 한 발짝 발걸음을 내딛었다. 그런데 그 순간, 내 어깨를 잡는다 싶던 라인하르트가 내 어깨와 왼팔을 단단히 잡고 그대로 뒤로 빙글 돌려버렸다. 동시에 발을 걸어 나를 바닥에 넘어트려버린다. 쿵~! 하고 듣기만 해도 아픈 소리가 방 안을 부수어버릴 듯 아주 커다랗게 울려 퍼졌다. 청각적인 그 효과에 의해 비명조차 나오지 않을 정도로 엄청난 고통이 더 가중되는 것만 같았다.

그 어마어마한 고통에 정신을 차리지 못하는 내 귀로 라인하르트의 중얼거림과 치글러의 '너만'이라는 목소리가 한데 뒤엉켜 들어오기 시작했다.

"물론, 강제 종료 버튼은 비단 휴먼 9이하의 세대들에게만 적용 된 것은 아니지만. 박사도 모르는 버튼이 휴먼 10세대에게도 주어졌지."

평소와 달리 쾌활한 라인하르트의 목소리였지만, 어쩌면 그렇지 않을 수도 있었다. 내 머리는 고통과 치글러의 목소리와 라인하르트의 중얼거림, 이 세 가지로 범벅이 돼 있었으니까. 그리고 그중에서도 가장 큰 것은 전신에서 느껴지는 고통뿐이어서 사실 다른 소리들은 그저 한 귀로 들어왔다 곧바로 다른 귀로 빠져나갈 뿐이었다. 그래서, 나의 뇌는 아무것도 인식하지도 받아들이지도 못하고 있었다.

　푸욱

하는 소름 끼치는 소리도, 꾸역꾸역 느껴지는 뜨거운 온도도

　그리고 마침내, 마비되었던 나의 뇌가 어렴풋이 모든 감각을 되찾⋯

을―⋯

　--------------스캔 완료. 정보 확인 완료.

안드로이드 회사 산하의 곧 폐기처분 할 휴먼 세대이므로,

생산 일자 등록되지 않았음.

바코드 등록되지 않았음.

No.93485호.

휴먼 9세대⋯⋯ 삐익.삐익.

비밀번호 확인. 재 스캔 시작. 기밀문서 접속. 정보 확인 완료.

No.1호.

휴먼 10세대.

코드 네임 가온.

정보가 맞는지 확인 중입니다⋯⋯

확인이 끝났습니다.

중앙 통제 시스템에 등록된 절차를 무사히 마쳤습니다.

강제 종료를 시작합니다.-----------------

4.

녹아내린 콘크리트에 파묻혀 아무렇게나 널브러진 시체들과도 뒤섞인, 과거에는 하늘에 닿을 듯 높기만 했던 건물 뒤로 새하얀 피가 쏟아져 내리고 있었다. 갖가지 다채로운 붉음이 뒤섞여 내린 그런 피가.

마치 눈물처럼 서서히 위에서부터 흘러내리며 바로 밑의 건물을 적시던 눈물은 터져버린 봇물마냥 삽시간에 도시를 덮치기 시작했고, 눈을 몇 차례 깜빡였을 즈음에는 온 세상이 붉게 잠식되어 있었다.

황혼이 찾아 온 것이었다.

지구가 멸망하기 직전에도 변함없이 찾아왔던 붉은 황혼이, 무참히 짓밟혀버린 동지들의 피 묻은 살점을 그대로 빼다 닮은 구름이 엉켜있는 그 붉은 하늘이.

라인하르트는 바깥세상을 촬영하고 있는 카메라와 연결 된 화면을 보다가 서서히 고개를 떨어트렸다. 그 화면을 외면하고 있거늘 여전히 자신의 몸 위에도 붉은 노을빛이 쏟아져 내리는 기분이 들었다.

이다지도 붉은 붉음을 새하얗게 느낀 건 아마도 수 천 년 동안 햇빛을 눈부신 빛이라고 묘사해온 탓이겠지. 그렇지 않으면, 미래상황에 대한 내 감상이거나.

느릿느릿하게 말을 내뱉은 후, 그는 천천히 양 손을 깍지 끼고 쭈욱

기지개를 켰다. 고양이를 연상케 할 정도로 유연하게 말이다.

그리고 다음차례, 라인하르트는 책상에 턱을 괴고 왼 발 끝을 가볍게 움직였다. 그가 발을 움직일 때 마다 툭툭, 하고 검은 물체가 신발 끝에 닿아왔다. 당연히, 그 검은 것은 한 가온의 머리카락이었다. 곱슬머리가 심하고 푸석푸석해서 제멋대로 엉켜있는, 그런.

정말 말 그대로 머리카락 관리 상태는 엉망이었다. 한 눈에 봐도 알 수 있을 정도로 순간 제대로 관리할 수 있게 도와줄 용품이 없어서 그 랬나, 하는 생각이 들었지만 가만 생각해보니 가온의 머리카락은 그가 태어날 때부터 저랬던 것 같았다. 흐릿하게 일부러 눈에 띄는 결점을 만 들기 위해 저랬다는 '아버지'의 말도 얼핏 떠오르는 것 같기도 했다. 그 게 더 인간답다나 뭐라나. 정말이지 지금 생각해 봐도 웃기지도 않는 소 리였다. 휴먼 세대들은 모두 다 완벽한 '인간'인데.

"그래. 인간처럼 생각하고 인간처럼 감정을 느끼는, 완벽한 인간이지. 아버지, 당신이 친히 손주 삼았던 저 녀석만 인간인 게 아니란 말이야."

나지막하게 중얼거리며, 라인하르트는 느릿느릿하게 자리에서 일어나 강제종료 된 그 상태 그대로 바닥에 아무렇게나 널브러져 있는 가온에 게로 다가갔다. 그가 강제종료 된 후에도 좀처럼 진정되지 못했던 니콜 라스 덕택에 그의 몸은 말 그대로 엉망진창이었다. 흐트러진 옷 사이로 드문드문 맞은 흔적이 흔하게 보였다.

이것이야말로 진정한 배우의 이중성이 아닐까, 하고 중얼거리며 그는 무릎을 굽히고 쭈그려 앉았다. 손을 뻗자 푸석푸석한 머리카락의 감촉이 느껴졌다. 원래부터 별달리 관리하지 않아도 좋기만 했던 자신과 니콜라 스의 머리카락과는 정말로 대조적이었다. 마치 인간은 가온, 그 하나뿐이라고 말하는 느낌이 들 정도로.

그에 괜히 기분이 나빠져서 라인하르트는 그만 거기서 손을 다시 거두어 들였다. 하긴, 그에게 괜한 열등감을 가질 필요는 없었다. 중앙 통제 시스템 해킹 전부터 만연했던 휴먼 세대들에 대한 차별도 더 이상 존재하지 않을 뿐더러, 가온만큼은 완벽한 인간으로 받아들이게 만들기 위해 무던히도 노력했던 아버지도 더 이상 존재하지 않으니까. 그 누구도 — 인간처럼 '감정을 배우고' '생각하는 법도 배우는' 휴먼 세대들에게 프로그래밍 된 대로 살아가기만 할 뿐이라고, 인간 역시 그러한 방법을 배우지만 근본부터가 다르다고 말할 수 없을 테니까. 설령 인간이 다시 지구에 돌아온다고 해도 말이다. —왜냐하면,

"우리가 새 인류가 될 테니까."

웃음 섞인 목소리로 누군가에게 선언하듯이, 약속하듯이, 라인하르트는 말했다. 그리고 그는 힘없이 늘어져있는 가온의 머리채를 잡아 올렸다. 고개가 꺾일 듯이 젖혀졌지만, 강제 종료 된 가온의 눈에는 초점조차 보이지 않았다.

"중앙 통제 시스템이 우리 손에 들어 왔으니, 무리가 될 건 없지."

이것 참 참으로 우습지 아니한가? 호쾌한 웃음 속에 라인하르트는 느릿느릿하게 말을 흘려보냈다. 짙은 흥미가 그의 고동빛 눈동자 속에서 다채로운 빛을 냈다.

사실, 중앙 통제 시스템 해킹 사건 이후부터 휴먼 세대들은 인간 취급을 받지 못했다. 더러는 그들을 인간 취급 해주긴 했지만, 그건 아주 극소수에 불과했다. 그러니까, 식민지 시절 백인들이 흑인들을 노예로밖에 보지 않았던 것과 같은 원리였다. 다만 다른 점이 있다면, 휴먼 세대들

은 절대로 그 편견을 깨트릴 수 없다는 것일까.

물론 휴먼 세대들의 탄생은 인류 역사에 아주 획기적인 선을 긋고도 남을 정도였다. 인간이 새로운 인간을 창조해내는 것과 비슷한 일이 발생했으니까. 허나 인간은 수 세기 동안 휴먼 세대들 같은 로봇이 인간을 배신하고 그들을 살육 하는 공상 과학 소설이나 영화나 드라마를 봐왔다. 그것도 너무 오랫동안이나. 하물며 그들은 이미 정말 같은 인간임에도 불구하고 인종이 다르다는 그 이유 하나 만으로 서로를 죽이고 노예로 부렸으며 그것을 아주 당연시 여겼던 전과가 있던 사람들이다. 좀 망가져도 마음만 먹으면 얼마든지 완벽하게 복원이 가능하고 아무리 인간과 비슷하게 만들어졌다고 해도 '만들어졌다'라는 표현이 쓰이는 휴먼 세대들을 인간으로 받아들일 수 있을 리가 없었다.

아주 조금도.

그게 인간의 이해 못할 심리상태였다.

역사는 후에 그것을 어떻게 평가할지 모르겠지만, 휴먼 세대들에게 인간의 그러한 본성이 역사적으로 평가 받을 일은 없는 것처럼 보였다. 그들은 선조들의 상상력에 의해 정말로 아주 오랜 시간동안 스스로도 모르게 세뇌 당해왔으니까. 식민시절과는 일이 발생한 배경 자체가 격이 다른 것이었다. 그리고 그러한 사실은 새로운 세대가 등장할 때 마다 폐기처분 당해왔던, 겉으로만 스포트라이트를 받아왔던 휴먼세대들에게 아주 커다란 절망을 안겨다주었다. 하다못해 아버지라도 그들을 거둬들여 주었다면 좋았겠지만, 아버지는 오로지 새로운 세대의 발명에만 관심을 가졌다.

그리고 그것이 바로 지금의 사태를 만들어낸 것이었다.

"어찌 보면 행운이지. 가온이 태어난 것은."

말을 하고 나니 아버지가 어느 날 갑자기 유독 예뻐해 하는 아이를 데려와 폐기처분 될까봐 가슴을 졸였던 몇 년 전이 생각나 그는 실소를 터트렸다. 다행히 폐기처분 되지는 않았지만, 폐기처분 당할 리가 없다는 확신이 설 때까지 그 반 년 간 도대체 얼마나 마음을 졸였던가. 아버지의 애정을 받는 다는 건 곧 새로운 세대 혹은 기능이 훨씬 더 좋은 휴먼이 태어났다는 것을 의미했기에, 아버지의 사무실에 남아있는 휴먼들은 모두 다 아버지에게 다른 휴먼들과는 달리 아버지의 관심을 받아 본 적이 있음에도 불구하고 그러한 존재가 등장할 때 마다 몹시도 마음을 졸여야했다. 아니, 어쩌면 관심을 받아 봤기에 더 마음을 졸였던 것일지도 몰랐다. 애초부터 아무런 관심도 기대도 받지 못하고 그저 방치되었더라면, 언젠가는 한 번 더 돌아봐 주실 거라는 헛된 희망은 조금도 품지 않았을 테니까.

"하하. 정말이지 손수 손자로 거둬들이시고, 사람들에게 가온만큼은 처음부터 인간으로 인식시켜 그가 완벽해져서 휴먼 10세대라는 걸 밝힌 후에도 인간이 될 수 있게끔 애를 쓰시는 걸 보면서 얼마나 마음을 졸였던지. 늙으신 몸으로 휴먼 10세대를 상용화시킬 리 없다는 걸 알면서도 늘 당신을 피해 다녔고 그런데 도대체 누가 알았겠어? 비록 아기가 성인이 될 정도로 크는 건 아니지만, 그래도 어느 정도 키도 자라고 성장도 하는 휴먼 10세대에게 결함이 있을 줄은."

마치 아버지에게 복수라도 하듯, 라인하르트는 고개까지 뒤로 젖히고 아주 호탕하게도 웃어댔다. 처음에는 중앙 통제 시스템이 해킹되던 당시의 정황을 꿈에서 봤다며 자세히 설명했다던 가온이 이내 휴먼 세대들 사이에 둘러싸여 있다가 필름이 뚝! 끊기는 것 밖에 기억하지 못할 정도로 기억력을 잃고 있다는 치글러의 말이 문득 머리를 스치자 웃음이 끊길 기미를 보이지 않았다. 물론, 라인하르트 역시 웃는 걸 멈출 생각은 조금도 갖고 있지 않았다.

"그것도 기억력을 잃는 결함을 말이지!"

게다가 그 결함이 인간 전성시대의 종지부를 찍을 것이고 말이야!

희열에 가득 찬 목소리로 외치며 라인하르트는 살아있는 중앙 통제 시스템이 되어 버린 가온을 쳐다보았다.

치글러와 라인하르트는 사실 오래 전에 가온을 만난 적이 있었다. 그리고 둘은 가온의 정체를 아는 몇 안 되는 사람 중 하나였는데, 특히 라인하르트는 가온 다음으로 아버지의 총애가 가장 오래갔던 휴먼이었던지라 가온을 도맡아 돌보기도 했다. 인간이 아니라는 이유로 얼마 가지 못해 가온을 빼앗겨버리긴 했지만, 아무튼 가온의 몸이 되는 껍데기를 휴먼 중에서 가장 먼저 발견한 그는 아버지보다도 더 빨리 가온과 얘기를 나누기도 했다. - 비록 그때는 가온의 몸과 프로그램이 따로 분리되어 있던 상태였던지라 라인하르트가 그때 그 휴먼이 가온이라는 걸 깨닫게 되는 데에는 아주 오랜 시간이 걸렸지만-.

그래서 덕분에, 라인하르트는 어떤 휴먼보다도 더 빨리 가온의 존재를 어렴풋이 눈치 채기 시작했으며 우연찮은 기회에 가온이 그 어떤 휴먼 세대들도 가진 적이 없는 결함을 가지고 있다는 사실도 알게 되었다.

그 결함이란 바로, 가온에게 중요하지 않다고 한 번 인지된 것은 망설임 없이 삭제되는 것이었다.

인간이 별로 중요하지 않거나 장기기억 박스에 옮기지 못했던 기억들이 수면 밑으로 가라앉아 있는 것이 아니라, 가온은 정말 말 그대로 정보와 기억을 '삭제'했다. 그가 중요하지 않다고 느끼는 것들이나 싫다고 느끼는 모든 것들은 그의 머릿속에서 완전히 삭제되었으며, 때로는 어느 정도 그에게 강렬한 인상을 준 것마저도 말끔히 사라져버렸다.

가온이 소년의 모습에서 청년의 모습으로 어느 정도 성장할 수 있는 능력을 갖춘 휴먼이라는 것을 감안하면 사실 그 문제는 그다지 큰 것은 아니었다. 성장하는 휴먼이라는 타이틀에 쉽게 묻힐 수 있을 정도였으니까. 하지만 그들의 아버지는 이번에도 어김없이 완벽한 것을 원했다. 그러나 좀처럼 갖은 수를 써 봐도 가온의 결점이 사라질 기미를 보이지 않자, 결국 아버지는 다른 모든 휴먼 세대들을 깎아내리기로 결심했다. 바로 그들에게도 똑같은 결점을 줘버린 것이다. 물론, 그 책임은 전적으로 다른 사람에게 떠맡겨졌고.

문제는 누가 그 책임을 억울하게 떠맡았나 하는 게 아니었다. 문제는 그로 인해 휴먼 세대들의 입지가 더욱 더 좁아졌다는 것이었다.

아무리 인간다워도 일단 기본 베이스가 컴퓨터 따위의 기계다보니 휴먼 세대들은 일반적으로 높은 기억력을 가지고 있었다. 특히 그들의 최대 장점은 다른 사람들이 전자 기기에 메모해 놓거나 저장해 놓은 모든 것들을 그들의 몸에 저장하고, 누가 빼내려고 하면 알아서 방어를 해주는 것에 있었다. 물론 명령이 내려지면 절대 발설하지 않고

스스로가 인간이라고 생각하는 휴먼 세대들에게는 이러한 능력이 별로 달갑지만은 않았지만, 있던 것이 사라져버리니 일명 악마 효과가 발생해 인간들에게 더 밉보이게 되어버린 것이다. 그렇잖아도 하등한 로봇에 불과한 것들이 로봇으로써의 기능마저 잃어버린 것으로, 대부분의 사

람들의 눈에 비춰진 탓이었다.

물론 라인하르트와 치글러 역시 억지로 프로그램을 업그레이드해야
했다. 그것은 휴먼 세대가 등장한 이후 그들에게 첫 번째로 가해진, 그
들을 완벽하게 로봇으로 인지하게끔 만들어버린 '절망'이었다.

그리고 그 절망이, 휴먼 세대들도 하여금 중앙 통제 시스템을 해킹하
게 만들었다.

SF에서나 등장했지, 현실에서는 절대 일어나지 않을 법했던- 휴먼들의
반란이 불같이 일어난 것이었다.

하지만 그 불은 그 어느 불보다도 더 잠잠하게 퍼져 나갔다.

의외라면 의외겠지만, 라인하르트는 그 반란에 가담하지 않았다. 완전
히 가담하지 않은 건 아니지만 그렇다고 깊게 관여한 것도 아니었다. 반
란에 '인간 전문가'가 가담했다는 것이 좀 꺼림칙해서 그런 것도 그런
거지만 -실제로도 9세대 사냥에서 겨우 살아남은 후 라인하르트는 이 모
든 것이 중앙 통제 시스템을 관할 하에 두려는 인간들이 아버지 몰래 수
년 간 준비해 온, 그들에 의해 주도된 반란이라는 사실을 깨닫게 되지만
그건 여기서는 중요한 것이 아니었다- 사실은 그보다 더 중요한 이유가
있었다. 그것은 바로 중앙 통제 시스템에 관련 된 일이었다.

반란을 꿈꾼 휴먼들은 인간 전문가들의 조언에 따라 중앙 통제 시스
템을 10세대에게 옮겨버린 후 휴먼 10세대에게 동화시켜 자신들을 인간
으로 승격시키려고 했다. 하지만 아무리 생각해봐도 라인하르트에게 그
것은 정말이지 턱도 없는 소리였다. 왜냐하면 중앙 통제 시스템은,

'우연'의 산물이니까.

"가온 녀석의 탄생처럼."

조소를 흘려보내듯 속삭이며 라인하르트는 무릎을 펴고 바로 섰다. 자신의 발 크기의 두 배 정도 되는 크기의 얼굴이 한 눈에 들어왔다. 동시에 자신의 발 사이즈가 그다지 작지 않음에도 불구하고 그의 얼굴이 유독 작게 느껴졌다.

"아버지는, 가온 녀석의 탄생이 우연임을 인정하려 하지 않으셨지만 가온이 고작 조금밖에 성장하지 못했고 당신이 그렇게나 연구에 매달렸음에도 불구하고 전혀 진전이 없었다는 건, 그의 탄생이 우연인 걸 입증하는 단편적인 요소지. 그렇지 않나요, 아버지."

그만 가온의 새까만 머리카락에서 눈을 떼고, 라인하르트는 저벅저벅 의자를 지나쳐 앞으로 걸어갔다. 그 곳에는 바깥을 촬영하고 있는 카메라와 연결 된 것뿐만이 아니라 잡다하고 선이 복잡하게 얽혀 있는 여러 가지 물건들이 뒤엉켜 있었다. 한 과학자의 우연으로 인해 프로그램이 감염됐지만, 전화위복으로 바이러스들의 충돌이 방대한 양의 정보에도 불구하고 서버가 다운되지 않고 유지할 수 있게 만들어준 인류 최대의 발명품, 중앙 통제 시스템의 메인 프로그램을 담고 있는 컴퓨터가 존재하던 곳이었다. 컴퓨터가 있는 곳은, 텅 비어 있었지만.

"하지만 더 이상 가온이 완벽한 인간이 될 수 없었다는 것에 대해, 그리고 그의 탄생이 우연이라는 것에 대해 콤플렉스를 가질 필요는 없게 되었어요, 아버지. 축하드립니다."

「중앙 통제 시스템에 등록된 절차를 무사히 마쳤습니다.」

고운 미성과 함께 자신의 눈빛에 떠올랐을 경악성을 떠올리며 그는 입 꼬리를 비틀어 올렸다.

내면적인 것이야 어떻게 됐든 간에 적어도 표면적으로는 인간 취급을 받는 모든 휴먼 세대들은 공통적으로 딱 두 번, 로봇임을 절실하게 깨달아야 한다. 첫 번째는 태어난 직후로, 중앙 통제 시스템에 정보를 입력당할 때며 두 번째는 강제 종료 당할 때로, 중앙 통제 시스템에 의해 강제로 모든 데이터가 지워지는 때다. 하지만 중앙 통제 시스템이 사라진 이상, 휴먼 세대들은 강제 종료 버튼이 눌러지면 중앙 통제 시스템과 연결되지 못하기 때문에 내장 되어 있는 프로그램으로 스스로를 삭제 시킨다. 50년 동안 죽어간, 혹은 자살한, 혹은 서로를 죽여줌으로써 세상을 떠난 휴먼들은 모두 다 그런 식으로 죽었다. 강제종료 시스템이 눌러졌을 때 죽지 않은 휴먼은 아무도 없었다.

—가온을 제외하고는, 말이다.

"불필요한 것은 완전히 잊어버리는 습관이 있다고 해도, 만들어진 원리조차 알 수 없는 아주 방대한 중앙 통제 시스템을 휴먼 세대에게 집어넣어 버리다니. 인간임을 포기했다는 건 둘째 치고, 인공 오존층이 사라진 그날 계획이 완전히 수포로 돌아가 중앙 통제 시스템이 삭제되었다고 생각했는데 말입니다."

그런데 나지막이 들려오는 중앙 통제 시스템이라는 단어와 강제 종료를 한다는 말 이후 느릿느릿하게 이어진, '강제 종료 취소'와 '수면 모드 돌입'이란 단어라니. 이는 분명 중앙 통제 시스템이 가온의 안에 내장되어 있으며, 그와 완벽하게 동화되었다는 것을 뜻하는 것이리라.

"그런데 아버지, 제가 틀렸습니다. 치글러, 그녀가 옳았어요. 처음에는 단지 아무것도 모르는 가온을 보고 태평하게 살아온 그가 모든 걸 잊어가기에 분노한 치글러가 그를 죽이려고 데려 온 줄 알았는데, 저와 사귀기 전까지 반란에 깊게 몸을 담구고 있었던 그녀는 알고 있었나 봅니다.

이 사실을요. 아니, 어쩌면 그녀는 이 사실을 알고 있었다기보다는 그저 강렬하게 믿고 있었던 것일지도 모르겠지만, 상관은 없는 일이지요.”

느긋하게 기계 위에 손을 얹어 놓는가 싶더니, 무서운 속도로 손을 움직여 기계를 조작하기 시작하다 그는 문득 비릿한 웃음을 지었다.

“중요한 건, 당신의 손주가 새 인류의 탄생에 기꺼이 희생을 할 거라는 것이니까요. 이제 지구의 지배자가 바뀌는 겁니다, 아버지.”

이윽고 수 년 동안 전원이 꺼져있던 기계들에 서서히 빛이 감돌기 시작했다. 동시에 라인하르트의 눈앞에 새로운 별로 이주해 살고 있던 지구인들의 엄청난 메시지가 펼쳐지기 시작했다.

다 읽기는커녕, 단 한 개의 메시지도 읽으려고 하지 않은 채 라인하르트는 느긋한 손놀림으로 그들에게 편지를 쓰기 시작했다. 「중앙 통제 시스템을 복구 시켰다. 인공 오존층도 이틀 안에 복원 될 예정이니, 빠른 시일 내에 지구로 복귀 바람. 약속을 지킬 것도 잊지 말 것.」이라는 내용을 담은 글이 망설임 없이 화면 위에 써내려지고 있었다.

“당신들의 예언이 적중한 겁니다. 하하, 보세요, 아버지. 우리 역시 당신들처럼 누군가에 의해 태어났으며, 가정환경에 따라 이미 어느 정도의 기초적인 성격 형성이 정해져있듯 우리 역시 기초적인 성격을 받고 태어납니다. 또한, 당신들이 사회에서 여러 가지 지식을 배우듯 우리 역시 지식을 전수받습니다. 다만 가끔은 프로그래밍 된다는 점에서 ‘방법’이 조금 다를 뿐이지요. 무엇보다도 당신들이 이럴 때는 울어야 하고 웃어야 한다는 걸 배워서 감정 표현을 하는 것처럼, 우리 역시 그러합니다. 어떤 상황에는 어떤 반응을 해야 할 지를 배우는 거죠. 당신들처럼 말입니다.”

　차이는 아주 약간 다른 '방법'과 그로 인해 달라진 배우는 '시기' 뿐입니다.

　방법이란 단어에 악센트를 붙여 한 차례 강조를 하고는, 라인하르트는 길게 써진 메시지를 전송했다. 그리고 이내 그는 팔을 위로 쭉 뻗어 가볍게 기지개를 켰다. 이제 곧 정신을 차린 치글러가 이쪽으로 올 것이었다. 그녀가 내려온다면, 자신과 그녀가 살기 위해 비축해 놓았던 약을 기꺼이 다른 휴먼들에게도 나눠주리라. 그들에게도 이 기쁜 소식을, 이 위대한 계획을 숨김없이 들려주리라.

　"만약을 위해 풍부하게 남아 있는 약을 비축하고, 온갖 절망적인 감정에 지치다 못해 드디어 인간에게 반항심을 갖지 못하게 하는 세뇌를 풀어버리고 복수의 칼날을 듭니다. 과학자들이 태양에 숨겨져 있던 특수한 물질을 발견하지 못한 것처럼, 막상 닥쳐온 상황에는 상상치도 못했던 기질을 발휘하는 것처럼 말입니다."

　생각만으로도 행복해 죽을 지경이었다. 하지만 휴먼들에게 약을 나눠주기 이전에, 자신의 확신이 현실인지 확인해 볼 필요가 있었다. 그래서 라인하르트는 미리 준비해 놓은 장치 위에 가온을 올려놓고, 강제 종료 버튼을 다시 한 번 꾸욱 눌렀다. 이 버튼으로 인해 죽어야 할 사람이 단지 수면 상태에 빠져들었으니 한 번 더 누르면 수면 모드에서 깨어날 것이었다. 그것 말고는 다른 방법은 없으니까.

　"아아, 아버지."

　강제 종료 버튼을 한 번 더 눌려진 가온을 장치 위에 올려두고 잠시 그가 수면 모드에서 깨어나길 기다리며, 라인하르트는 나지막하게 탄식했다.

그리고 이내,

그는 등을 아주 크게 젖히고 호탕하게 웃어대기 시작했다. '하하하하 하하하하-!' 하는 웃음소리가 비명처럼 시끄럽게 여기저기 부딪히며 더욱 더 가중 되었고,

—아버지, 나의 아버지여.

정말이지.

그런 라인하르트의 앞에는 새하얀 가온의 눈동자 속에서 쉴 새 없이 몸을 움직이며 서로 부딪히고, 튕겨나가고, 다시 부딪히고 튕기기를 반복하는 작은 검은 그림자가 떠오르기 시작했다.

—정말이지 이 얼마나 인간답단 말입니까!

------이윽고

그 미친 듯한 광소 속에서 아주 나지막하고 조용하게-

가온의 목소리가 서서히 바닥으로 가라앉았다.

"삐… 삐… 수면모드 해제 완료.

[중앙 통제 시스템] 모드를 해제합니다.

[No.1 휴먼 10세대 가온] 모드를 작동합니다.

[중앙 통제 시스템과 관련된 모든 정보의 유출을 동결합니다…… 동결완료.

[인간] 모드를 작동합니다.."

사과는 사고다

김민지 / 경안고등학교 1학년

김민지 _ 경안고등학교 1학년

사과 하나 아삭 씹어보면
사고 하나 와삭 씹힌다

사과는 사건.
사고로 출발한 사건,
사고가 낳은 눈부신 사과

너어 그거 아니
인류 사회의 사(四)사과

도덕의 사과
아삭
이브

예술의 사과
와삭

세잔느

과학의 사과
와사삭
뉴턴

사과 참 맛있고 달다
아삭,
이브 세잔느 뉴턴,
아사삭
아, 마지막 네 번째 사과는?

사각
스티븐 잡스

사가각
문명의 탑을 쌓는 소리

사각
유비쿼터스,
아이티(IT)기술로
우리를 간지럼 태우는

Apple,
사과

사과는 떼놓을 수 없다
사과는 사고다
사과는 과학이다

사과, 과학
사과과학
사과학
사각.

속고 있는 우리들 — 생수

김상준 / 청구고등학교 1학년

| 속고 있는 우리들 – 생수 |

김상준 _ 청구고등학교 1학년

우리가 목이 마를 때 자연스럽게 사 마시는 생수, 21세기 우리에게 없어서는 안 될 필수품이 돼 버린 생수. 우리는 왜 수도꼭지만 열면 쏟아져 나오는 물을 따로 사서 마시는 것일까? 20세기만 해도 우리는 물을 사서 마시지 않았다. 수돗물이나 우물물을 끓이거나 그냥 마셨으며, 그것을 자연스럽게 여겼다. 그러던 우리가 언제부터 물을 사서 마시기 시작했을까? 때는 1988년 서울올림픽 무렵에서 시작됐다. 당시 외국인 선수들을 위해 생수판매를 일시적으로 허용했던 것이 우리가 물을 사 마시던 것의 시초이다. 올림픽이 끝난 후 물을 파는 것을 금지시켰지만, 생수판매업자들이 이는 소비자들이 깨끗한 물을 마실 권리를 침해한다고 헌법 소원을 내 이겨, 1995년 먹는 물 관리법을 제정해 생수판매를 공식적으로 허용했다.

물을 판다고 해도 사는 사람이 없으면 아무 소용이 없는 법이다. 사람들은 왜 생수를 사 먹을까? 유럽, 특히 독일에 사는 사람들은 물에 석회질이 섞여 있어서 어쩔 수 없이 물을 사서 먹는다고 한다. 하지만 물을 굳이 사먹어야 할 필요가 없는 우리는 왜 물을 사먹을까?

우선 우리는 생수가 살아있는 물이라고 믿는다. 그래서 생수는 그냥

물보다 더 몸에 좋다고 믿는다. 물론 생수에는 여러 가지 무기물과 미네랄, 게르마늄 등이 있다. 그래서 생수가 우리 몸에 더 좋다고 생각 할지도 모른다. 하지만 이는 틀렸다. 생수와 수돗물의 미네랄 함량에는 큰 차이가 없을 뿐더러 미네랄 등이 우리 몸에 좋다는 과학적인 근거는 아직 없다. 게다가 생수 그 자체뿐만이 아니라 생수가 담겨있는 플라스틱 병이 남성호르몬을 교란시킨다는 연구결과와 생수에서 암을 일으키는 물질이 나왔다는 기사를 보면 생수가 우리 몸에 좋다는 사실은 별로 설득적이지 못하다.

그리고 우리는 생수가 수돗물 등보다 깨끗하다고 믿는다. 생수가 수돗물 보다 훨씬 비싸고 얼핏 보아서는 엄격한 수질관리 시스템아래 생수가 만들어지는 것 같아 깨끗하다고 생각될지도 모르지만 유감스럽게도 이도 틀린 생각이다. 수돗물에서는 여러 가지 약품들로 소독되기 때문에 세균 등 일반 미생물들을 잘 찾아볼 수 없다. 하지만 생수에서는 화학약품으로 소독하지 않는데다가 물이 운송되는 과정 등이 위생적이지 못하기 때문에 여러 가지 미생물들이 검출되며 이 중에서는 총대장균군 등이 나타다기도 한다. 수돗물의 정화 처리과정은 국가의 엄격한 규제를 당하지만 생수 정화과정에 대한 법규는 각 부처마다 다르고 각 생수 회사들이 이 법들의 맹점을 잘 알고 있고 잘 피하고 있기 때문일 것이다. 상식적으로 생각해봐도 며칠 몇 달 동안 고여 있는 물에 세균이 자라지 않을 이유가 없다. 수돗물의 화학약품의 농도가 높아서 건강에 해로울까봐 못 마시겠다는 사람도 있다. 하지만 이도 끓여서 식히면 화학약품이 날아가 해결되는 문제이다.

아마 이것 두 가지 비슷한 이유가 사람들이 물을 사먹는 거의 대부분의 이유일 것이다. 하지만 사람들은 생수가 정확히 몸에 어떻게 좋은지도 모르고, 깨끗한지도 모르면서 그저 생수 판매업자들의 광고에 속아 오늘도 물을 사서 마신다. 사람들이 물을 사서 마시는 것은 자유지만, 나는 그렇게 물을 사먹는 사람들에게 사먹는 것을 한 번 더 생각해보고 그 대신 수돗물을 끓여먹기를 권유한다. 물론 아까까지 말했던 사람들의 착각도 큰 이유가 될 것이다. 하지만 내가 이렇게 말하는 이유는 그것뿐만이 아니다.

생수는 환경오염의 주범이다. 지금 마트를 가보면 생수를 쉽게 찾을 수 있을 것이다. 그중에는 분명히 수천km를 날아온 생수들도 있을 것이다. 우리는 아무 생각 없이 이 생수들을 꺼내서 마신다. 하지만 그것을 아는가? 지금 이 물을 꺼내서 마시는 것이 환경오염에 엄청나게 큰 영향을 준 것이라는 것을? 생수를 만들 때는 엄청난 양의 이산화탄소가 직, 간접적으로 만들어진다. 우선 이 생수가 바다건너 육지에 내려져 또 운반되는 동안에 엄청난 양의 이산화탄소가 생성된다. 예를 들어 프랑스에서 1L의 물을 생산하는데 약 0.3g의 이산화탄소가 생긴다고 한다. 하지만 이 프랑스의 물을 영국으로 가져가는데 무려 172g의 이산화탄소가 발생된다고 한다. 바로 옆의 나라에 물을 가져가는데도 이정도인데 지구 반대편으로 가져간다고 생각해보면 그때의 이산화탄소의 발생량은 적어도 수십 배는 증가할 것이다.

생수가 환경오염의 주범이 되는 이유는 그것뿐만이 아니다. 마구 버려지는 플라스틱 생수 병으로 인한 환경파괴 또한 상상할 수 없는 수준이라고 한다. 지난 10년간 버려진 플라스틱 쓰레기의 양이 무려 2배가 증가했는데, 문제는 플라스틱쓰레기의 상당량을 바로 음료수 병이 차지하고 있으며, 또 그중 상당수가 바로 생수병이라고 한다. 물론 플라스틱이라는 특성상 재활용이 가능하며, 또 실제로 재활용을 하기도 하지만 버려진 플라스틱의 단지 4분의 1만이 재활용 될 뿐이다. 나머지는 소각장으로 가서 소각되며 이산화탄소를 내뿜거나, 매립장으로 가 묻혀 몇 천년의 긴 세월에 걸쳐 분해된다. 이뿐만이 아니라 여러 가지 운송과정에서 수많은 플라스틱 입자들이 생기는데, 작은 동물들이 이를 먹고 죽음에 이르는 일이 최근에 들어서 자주 생겨 이 또한 문제가 된다고 한다.

게다가 생수가 만들어지는 공장 주위는 수질오염과 사막화가 진행되고 있다. 실제로 피지워터라는 생수를 만들어내는 피지라는 섬의 주민들은 깨끗한 물을 마실 수 있었음에도 공장이 들어서 물을 오염시켜 오염된 물을 마시고 있다고 한다. 이 얼마나 비윤리적인 행태인가?

그에 비해 수돗물은 어떨까? 수돗물은 우리의 생각보다 많이 안전하고 깨끗하다. 우리나라 수돗물 수질기준은 현재 45개 항목으로 미생물에 관한 기준 2가지와 건강상 유해한 유기 또는 무기 물질에 관한 기준 27가지, 심미적 기준 16가지로 매우 엄격하며 이 기준도 앞으로 늘어날 계획이다. 게다가 정부가 수돗물을 담당하기 때문에 저렴한 공급이 가능하다. 수돗물 공급을 주민들을 위한 복지 중 하나로 생각하여 공기업이 수돗물을 공급하기 때문에 매우 값싼 가격에 물을 마실 수 있다. 썼던 물을 계속 재활용해서 쓰고, 페트병과 같은 쓰레기를 만들지 않기 때문에 생수보다 환경오염을 덜 시킨다.

그래서 나는 생수보다 수돗물을 마시기를 주장한다. 이를 위해서는 우선 정부가 수돗물에 대한 불신을 앞장서 없애도록 노력해야할 것이다. 여러 가지 방법이 있겠지만 우선 서울의 아리수와 같이 생수처럼 수돗물을 보급시킨다면 수돗물의 이미지 변신을 시키는데 커다란 영향을 줄 것이며, 수돗물은 다른 원수에서 만들어 지지만 모두 같은 이름으로 불리면서 다른 지방의 오염이 우리 지방의 물에도 영향을 줄 것이라는 오해도 예방할 수 있을 것이다. 혹은 80년대 수도꼭지를 틀면 녹물이 나왔던 물의 이미지를 없애기 위해대중 매체의 홍보나 학교에서의 교육을 통해 수돗물은 깨끗하다는 인식을 시민들에게 인식시켜 수돗물을 많이 마시도록 장려시키는 것도 좋은 방법이 될 것이다. 물론 처음은 어려울 것이나 수돗물의 안정성을 체험할 경로와 기회를 늘리고, 교사와 같은 공무원들이 모범이 되어 수돗물을 마시기 시작한다면 인식은 분명 개선될 것이다.

하지만 개인의 감정을 바꾸기는 아무래도 힘들 것이다. 결정적으로 물을 마시는 자는 우리들이기 때문에 우리들이 능동적으로 물에 대한 인식을 바꿔야 한다. 우리들 개인이 직접 수돗물을 마시며 주위로 전파해 나가면 우리의 물에 대한 생각이 많이 바뀔 것이다. 우리는 치열한 약장수 마케팅을 하는 생수 판매업자들의 위협에 길들여져 생겨버린 수돗물에 대한 불신을 그리고 생수에 대한 환상을 버리고 생수와 수돗물에 대한 인식을 바꿔야 한다. 바쁠 때 마다 종종 생수를 사먹는 일은 있을지도 모른다. 하지만 단지 생수의 깨끗함 등을 믿고 생수를 사용하는 우를 범하지 말아야 한다. 생수는 수돗물보다 더 깨끗하지도 않고, 몸에 더 좋지도 않다. 수돗물이 생수에 밀릴 것은 아무것도 없다. 더 이상 우리는 생수 판매업자들의 세 치 혀에 속아서는 안 된다. 우리는 진실을 보는 눈을 길러 남에게 휘둘리며 살지 말고 스스로 무엇이 옳고 그른지 알아내야 할 것이다. 또한 환경오염만 더 촉진시킬 뿐인 생수를 미래의 후손들에게 좋은 환경을 선물해주고 싶다면 줄여나가야 할 것이다.

파동과 삶

김재성 / 창원과학고등학교 1학년

김재성 _ 창원과학고등학교 1학년

파동은
우리들의 모습을 닮았다
인간의 모습을 닮았다

호이겐스의 원리
파동이 전파될 때 파면 위의 모든 점에서
각각의 점을 새로운 파원으로 하는 이차적인
구면파가 나타나며
이와 같이 생긴 수많은
구면파에 공통으로 접하는 면이 다음 순간의
새로운 파면을 만든다

한 시대의
어떤 사람에 의해
여러 사람이 영향을 받고
그 여러 사람에 의해

새로운 세대가 이끌어 진다

파동의 독립성
서로 반대 방향으로 마주 보고 진행하던
두 파동이 만나는 경우
서로 겹칠 때에는 파형이 서로 지나치고 나면
만나기 전의 모양을 그대로 유지하면서
독자적으로 진행한다

사람들은 만난다
그리고 떠난다
모두 한 곳에 뭉쳐있다가도
떠날 때가 되면
결국엔 온 대로 떠나게 된다

파동의 공명
물질들은 모두 저마다의
고유진동수를 가지고 있다
물질들은 모두 저마다의
고유진동수로 진동하고 있다
외부에서 그 물체의 고유진동수와 같은 진동수의 파동이 들어오면
물체의 파동이 증폭된다

한 사람의 선행으로
여러 사람들이 감명 받아
아름다운 사회로 바뀌게 된다

파동의 간섭
주어진 영역 내에서
두 개 혹은 그 이상의 파동이 중첩되는 것을 말한다

사람들은
만나 교류하면서
서로의 부족한 부분을 채워주고
뛰어난 부분은 더 키워준다

이렇듯
파동은 인간의 삶과 닮았다

시간

김준영 / 창원과학고등학교 1학년

│ 시간 │

김준영 _ 창원과학고등학교 1학년

'아아. 끄응…….' 지금은 밤 9시경. 센타우로스α 제 2행성에서 나는 일어났다. 햇빛이 커튼을 뚫고 들어온다. 왜냐고? 이 센타우로스α에 위치한 행성들은 모두 공전 속도와 자전속도가 빠르기 때문에 하루에도 몇 번씩 해가 뜨기 때문이지. 아……. 이러면 밤이라고 한 것 자체에 모순이 생기는 건가? 아! 내 소개부터 하겠다. 내 이름은 최 단영. 앞에서도 말했듯이 나는 센타우로스α 제 2행성에 거주하고 있으며 현재 14학년이다. 취미로는 미로 찾기, 미로탐험하기를 갖고 있으며 꿈은 센타우로스α 제 2행성의 최고의 천체물리학자가 되는 것이다. 후아아암……. 잠 온다. 나는 침대에 다시 고개를 처박고 잠이 들뻔 했으나 오늘이 이 시간이 어떤 시간인지 생각을 해내고 침대에서 튕겨 나가듯이 일어나 샤워를 시작 했다.오늘은 알버트 아인슈타인의 가상 프로그램과 대화를 나누는 날이다. 이 가상 프로그램은 아인슈타인의 뇌를 분석하여 현대의 최신기술로 가상의 아인슈타인을 만든 것이다.

샤워를 끝낸 뒤 가장 좋아하는 옷을 입고 가상의 아인슈타인을 만나는 곳 스펜덤 홀로 가는 제 1스트로를 탔다. 스트로는 행성에서 반사하는 열 즉 행성복사 에너지를 이용하여 이동하는 교통수단이다. '우와 …

…. 드디어 오늘이다……. 만날 수 있겠지?' 나는 부푼 기대를 안고 스펜덤 홀로 향했다. 와글와글……. 스펜덤 홀에 도착하니 많은 인파들이 몰려 있었다. 이 사람들도 나와 같이 가상의 아인슈타인을 만날 수 있다는 기대감에 부푼 사람들이리라. 나는 미리 예약해 놓은 티켓을 내고 다른 사람들보다 빨리 스펜덤 홀에 들어갈 수 있었다. 스펜덤 홀에 들어간 나는 깜짝 놀랐다. 길이 하나가 아니라 여러 가지였던 것 이었다! 마치 미로처럼 되어 있었다. '허……. 나, 진짜 어이가 없네.' 내가 가만히 서 있자 안내하는 분이 오셨다. "여기서 부터는 스스로 길을 찾아 방에 들어가셔야 합니다. 방은 여러 개가 있으며 각 방에서 아인슈타인을 만나실 수 있습니다."

　'하하하, 역시 난 운이 안 좋군.' 하지만 이렇게 말하는 나는 미로 찾기를 좋아하고 미로를 탈출하는 것이 취미이므로 그 말을 듣고 바로 길을 나섰다. 아 잠깐만요! 이 스위치를 들고 가세요. 길을 잃었을 때 누르시면 저희 직원들이 출구까지 안내해 드릴게요." "네! 고맙습니다!" 다시 나는 미로를 향해 나아갔다. '이런 미로에는 반드시 출구로 나올 수 있는 방법이 있지!' 그것은 벽에 손을 짚고 나아가는 방법이다. 그렇게 벽을 짚고 2시간 뒤 나는 바닥에 주저앉고 말았다. '휴우……. 보통의 미로라면 벽을 짚고 나가도 2시간 정도면 나갈 수 있을 텐데……. 하기야 스펜덤 홀이 워낙에 넓으니깐.' 미로가 설치된 스펜덤 홀은 제 2행성에서도 다섯 손가락 안에 드는 거대한 건물이었던 것이었다. '어찌 됐든 빨리 방에 도착해야 하는데……. 아인슈타인을 못 만난다면 정말 큰일인데.' 벽에 기대어 앉아 휴식을 취하는 동안 방송이 울렸다. "안내 말씀 드립니다. 곧 아인슈타인과의 만남이 끝납니다. 손님 여러분께서는 빨리 미로를 탈출하여 입실하시기 바랍니다.” 단영은 짜증이 났다. “ 악!! 내가 이날을 위해 온갖 노력을 다했는데 아, 진짜.” 그리고는 자신도 모르지만 스위치를 눌렀다. 삐. 삐. 삐. 삐. 삐. ‘응?’ 갑자기 들리는 소리에 단영은 고개를 들고 주위를 살펴보았다. ‘아무도 없는데……? 아 스위치에서 나는 소리구나, 실수로 눌렀나 보다. 뭐 탈출자체를 못할 수도 있었으니깐. 와서 구조 되는 게 훨씬 낫겠지.’그렇게 자리에 주저앉아 몇 시간이고 기다렸지만 구조대는 오지 않았다.

대신 어떤 노인을 만났을 뿐이었다.

“허허허……. 나같이 나가지 못한 사람이 또 있었네.”

인자하게 생긴 그는 미소를 지으며 말했다.

“안녕하세요. 할아버지도 아인슈타인을 만나고 싶어서 오셨어요?”

“아니, 나야 사람들이 몰려 있기에 한번 와봤지 허허허”

“그러신가요?”

“그렇지 허허, 학생은 여기서 뭐하고 있는감?”

“저는 출구를 찾아서 아인슈타인을 만나기 위해서 왔어요.”

“그래? 그럼 빨리 나가지 않고 뭐하고 있나?”

“아무래도 탈출을 못하겠어서 구조요청을 하고 기다리고 있는 중이에요.”

“그런다고 앉아있기만 하면 쓰나. 어서 일어나서 같이 탈출해보세.”

“그것도 그러네요. 같이 탈출해 봐요 할아버지.”

단영은 노인과 함께 미로를 걸어 다녔다.

“학생 왜 아인슈타인을 만나고 싶어 하는가? 그는 학창시절에 선생님께 안 좋은 인상을 주기로 소문난 아이였는데.”

"그렇지만 그는 후대에 길이 남을 물리학적 업적을 만들었잖아요. 그분과 대화를 하면 여러 가지 많은 것을 알 수 있지 않을까 하고 생각했어요."

"그런감? 그런 못난이한테 배울 것이 있단 말이지?"

"네 저는 그렇다고 생각해요."

'하아……. 뭐지 이 시시콜콜한 잡담은. 내가 여기 와서 원한 건 이게 아니었는데!!' 하지만 단영은 아무도 없이 혼자 탈출하는 것 보단 재미있다고 생각을 했다. 노인이 물어왔다. "학생은 아인슈타인의 일화들을 얼마나 알고 있는 감?"

"전 하나도 몰라요. 그저 학창시절에는 공부를 못했다는 것밖엔."

"그런감? 그럼 내가 아인슈타인에 대해 재미있는 몇 가지 알려주도록 허지."

노인은 위를 보며 말했다.

"지구의 달력으로 1933년이었던가? 그가 미국으로 망명을 하고 회담을 가졌는데 그때 어떤 기자 한명이 그에게 질문을 했네. '박사님은 연애를 어떻게 설명하실 수 있겠습니까? 물리학으로 설명이 됩니까?' 그의 대답에 아인슈타인은 잠시 멈칫하였지만 웃으며 그 기자에게 답을 했네. '물리학적 설명이 있고말고요. 제가 공식을 써 드릴 테니 한번 풀어보시죠. 웬만한 분들은 어렵지 않게 풀 수 있습니다.'라고……."

"연애를 물리학으로 설명을 할 수 있다고요? 말도 안돼요. 저 놀리시는 거예요?"

"아니지 아니야 학생. 그는 종이에 공식을 써주었다네."

노인은 바닥에 주저앉아 손가락으로 공식을 쓰기 시작했다.

연애 $= 2(\triangle + \cdot + \square + \cup + 2 \ll)$

"이게 공식이라고요?"

단영은 황당했다. 이러한 낙서가 연애의 공식이라니!

"그렇다네. 허허. 기자들도 학생과 마찬가지로 어이가 없어했지."

노인은 다시 바닥에 연결해서 쓰기 시작했다.

연애 $= 2\triangle + 2 \cdot + 2\square + 2\cup + 4 \ll$

"맞지?"

"예."

단영은 이제 노인을 미친 사람 취급하는 눈으로 보고 있었다.

"이것을 풀어쓴다면 이렇게 되겠지?"

연애 $= \triangle\triangle + \cdot\cdot + \square\square + \cup\cup + \ll\ll\ll$

"그렇죠."

단영은 정말 노인이 무엇을 하는지 알지 못했다.

"그리고 이걸 이렇게도 쓸 수 있겠지?"

연애 $= \triangle \cdot \square \cup \ll < + \triangle \cdot \square \cup \ll <$

"이것처럼 질량은 불변하지?"

"예? 예"

단영은 멍 때리면서 그것을 보고 있었다.

'뭘 하시는 거지?'

연애 ≒ [그림] + [그림]

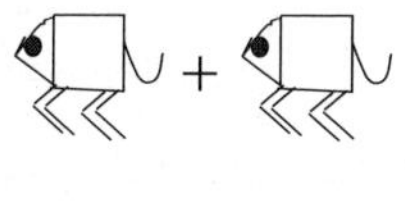

"이렇게 나타내지지?"

단영은 일순간 숨을 들이켰다. 아무 의미가 없어보이던 수식들이 이렇게 변하다니!

"이게 연애의 공식인가요??"

"학생은 성질이 급하고만 허허허. 아직 아니라네. 이건 짝사랑이지, 진짜 연애는 이렇게 나타내어진다네."

연애 ≒

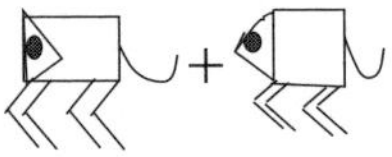

"와아!! 처음에는 수식만 있어서 무슨 건지 몰랐는데! 이렇게 나타내어지네요! 이걸 짧은 시간동안 생각해서 바로 말했다니 정말 천재네요!"

터벅, 터벅, 허벅.

"허허……. 그런가? 그렇다고 생각 할 수도 있겠군. 허허허. 학생은 이것이 어떻게 생각되나?"

" 전 이렇게 짧은 수식들 안에 질량보존의 법칙이 들어있으며 저렇게 나타내어지는 것이 신기해요!"

"그것도 그렇지. 그렇게 형식적인 것 말고 마음에 와 닿은 것은 없는감?"

"으음, 그저 신기하기만 해요."

"허허. 나도 그렇다네."

둘은 그렇게 계속 걸어갔다.

"또 하나의 일화가 있다네. 어떤 한 소녀가 산수 문제를 풀다가 너무 어려워서 자신이 살고 있는 마을의 가장 똑똑한 노인에게 찾아갔지. 그 노인은 친절하고 너무나 잘 가르쳐 줬지. 소녀가 그 일은 어머니에게 말했고, 그 소녀의 어머니는 노인이 아인슈타인임을 알고 뒤늦게 가서 사과를 했지. 하지만 아인슈타인은 이렇게 말했어. '제가 아이에게서 배운 것이 더 많습니다, 허허허. 나 같으면 당연하다고 할 테지만 자신이 배운 것이 더 많다고 하였네. 허허허. 그가 배운 것에는 무엇이 있을까?"

"전 잘 모르겠어요."

"그런가, 학생? 나는 그가 아이에게서 끊임없는 질문을 받으면서 생각하는 능력이 한 단계 발전했다고 생각 허네."

"아 그런 것 같아요!"

"이건 내 추측일 뿐이야. 너무 믿지 마라. 허허."

"할아버지는 아인슈타인에 대해서 관심이 없으신 것 같았는데 많이 알고 계시네요!"

"아니라네. 허허. 학생 물리학에 관심이 많은 것 같던데 상대성이론에 대해서 알고 있는감?"

"네? 상대성이론은 요즘 7학년도 모두 알잖아요. 너무 무시하는 것 아닌가요?"

"허허허. 역시 알고 있구먼. 그렇다면 상대성이론을 나에게 설명해보게나."

"상대성이론은 일반 상대성이론과 특수상대성이론을 통틀어 말한 것이고요. 상대성이론은 자연법칙이 관성계에 대해 불변하고, 시간과 공간이 관측자에 따라 상대적이라는 이론이에요. 특수상대성이론은 좌표계의 변환을 등속운동이라는 특수한 상황에 한정하고, 일반상대성이론은 좌표계의 변환을 가속도 운동을 포함한 일반운동까지 일반화하여 설명한 것이에요." "허허허……. 난 정의를 물어본 것이 아냐. 학생이 느끼는

상대성이론이 무엇인지를 묻고 그것을 비유적으로 표현해달라는 것이
야.”

“그럼……. 제가 생각하는 상대성 이론은 ‘공간과 시간은 그것을 체험
하는 자에 따라 다르다.’라고 생각해요.”

“허허허……. 나도 그렇게 생각하네. 그럼 학생은 아인슈타인은 어떻
게 생각했는지 아는감?”

“아인슈타인도 이런 생각을 했나요? 저와 비슷한 생각? 헤헤.”

“비슷한 생각을 그도 했었지. 그는 상대성이론을 이렇게 설명했다네.
‘한 남자가 매우 아름다운 여성과 같이 한 시간 동안 앉아 있으면 그는
한 시간이 1분처럼 느껴지겠지. 그리고 따뜻한 난로 옆에 1분 동안 앉아
있다면 그 1분은 한 시간처럼 느껴질 것이요. 이것이 상대성이론이요.’
라고 말했지.”

“헤헤 제 생각엔 아인슈타인은 여자를 밝히는 것 같아요. 아까부터 여
자를 비유해서 설명하니까요. 헤헤헤.”

“허허허 학생 아인슈타인이 들으면 울고 가겠네. 허허허.”

우리는 이런 얘기들을 하며 길의 모퉁이를 돌았다.

그곳에는 문이 있었다.

“할아버지 저기 문이 있어요! 우리도 이제 나갈 수 있어요!”

나는 기뻐서 이리 뛰고, 저리 뛰었다. 이제 아인슈타인을 만날 수 있
는 것이다. ^A^ 완전 행복해. 나는 할아버지를 보며 말했다.

“할아버지 이제 아인슈타인을 만날 수 있어요.”

“그렇구나. 허허허. 하지만 한 번에 한 사람씩밖에 들어갈 수 없다네.
그러니 자네부터 가게나.”

“아……. 정말 제가 먼저 가도 돼요? 할아버지가 먼저 가시는 게 좋지 않을까요? 연세도 있으시잖아요.”

“내 걱정을 해주는감? 허허허 살다보니 이런 일도 다 있구면. 내 걱정은 말고 어여 가.” “아. 정말 고맙습니다. 할아버지 나중에 또 봬요.”

나는 문을 향해 달렸다. 할아버지는 그 자리에 서서 나에게 손을 흔들어 주었다.

“또 보지 학생 허허허.”

이 할아버지는 웃는 것 밖에 못하시나. >ㅁ< 나는 문손잡이를 비틀고 문 안으로 들어갔다.

“미로 탐험은 재미있으셨습니까?”

“어……. 어라?!” 이게 웬 날벼락이야! 아악! 짜증나. 기껏 미로를 통과하고 보니 원래 위치로 돌아와 있었다.

“아인슈타인은 만나 보셨나요?”

“아. 아뇨……. 못 만나봤어요.”

“그럴 리가 없으실 텐데요.”

“예?”

“아녜요. 그럼 스위치 주시고 나가시면 됩니다.”

“아! 여기 있어요.”

스위치는 불이 꺼져있었다.

‘어? 왜 꺼져있지?’

“저기요. 원래 스위치는 미로를 탈출하면 꺼지게 되어있나요?”

“아니요. 저희 구조대가 가서 스위치를 누른 사람을 찾을 때만 꺼지게 되어있어요.”

"혹시 구조대가 할아버지 아니었나요?"

"아니요. 할아버지는 구조대에 못 넣죠. 연세가 있으신데요. 혹시 물어보신 할아버지의 모습이 머리카락이 하얀색이고 코는 무지 크고 잘 웃는 할아버지 아니에요?"

"예. 그 할아버지랑 같이 나왔어요."

안내원은 미소를 머금으며 말했다.

"그렇군요. 운이 좋으셨네요! 안녕히 가세요!"

에? 일방적으로 이러기야?

"얼른 나가주세요. 개장시간이 하루나 지났어요."

"네?! 제가 측정한 시계로는 5시간밖에 안 지났는데요."

"후훗. 이것을 바로 상대성이론이라고 하죠."

"뭐라는 거야? 아우 짜증나. 그럼 안녕히 계세요."

"네. 다음에 또 들려주세요. 후훗, 운도 좋으셔라."

나는 집을 향하는 제3스트로를 타고 집으로 가고 있는 동안 오늘 있었던 일들을 생각해보았다. 특히 안내원이 마지막에 한 말이 걸렸다. '운이 좋다고? 아인슈타인도 못 만났는데 염장 지르고 있어. 하아. 뭐 됐어 미로 찾기 재미있었고, 할아버지랑 얘기 하는 것도 재미있었으니까. 근데 상대성이론이라니 말도 안 되잖아. 내가 뭐 엄청 빠르게 걷던 것도 아니고 헤헤 내가 좀 빠른가보네. 근데 운이 좋다고? 그리고 보니 할아버지 아인슈타인에 대해 많은걸 알고 있던데.' 제 3스트로 사이로 센타우로스α의 빛이 새어 들어온다. 주황색의 빛이다. 문득 안내원이 한 말이 이해가 갈 것도 같다. '설마 그 할아버지가?'

좌절, 그 속에서
꽃 핀 희망

김혁중 / 세종과학고등학교 1학년

| 좌절, 그 속에서 꽃 핀 희망 |

김혁중 _ 세종과학고등학교 1학년

오늘도 광야 같은 운동장에 해 그림자가 길게 늘어선다. 잠시 하던 공부를 멈추고 운동장을 바라본다. 아직 다 자라지 못한 나무들이 초록잎을 빛내며 아직은 연약하지만 자랑스러운 모습으로 운동장을 지키고 서있다. 마치 우리들의 모습처럼⋯⋯

에너지 넘치는 몇몇 친구들이 축구공 하나를 사이에 두고 이리 뛰고 저리 뛰는 경쾌한 몸놀림에 나도 모르게 웃음이 났다. 불과 몇 달 전까지만 해도 잃어버렸던 웃음이었다. 그 사이 내가 참 많이 편안해졌나보다.

생각해보면 지난 일 년 간 참 많은 일들이 있었다. 화학이 재미있다는 이유 하나로 겁 없이 도전했던 과학고에 합격해서 세상을 얻은 것처럼 기뻤던 일, 많은 축하와 찬사 속에 받았던 중학교 졸업장, 그리고 꿈에 그리던 과학고에서의 첫날, 똑똑하고 개성이 넘치는 친구들과의 만남⋯⋯ 그런데 나는 이렇게 가슴 설레는 환경 속에서 즐거움을 누릴 사이도 없이 절망부터 맛보았다.

나는 자상하신 아버지와 열정 많으신 어머니께서 가꿔 가시는 평범한 가정에서 다양한 교육의 혜택을 누리며 자라났다. 초등학교 저학년 때 아빠의 사업이 망하면서 맞벌이를 하시는 부모님 때문에 어린 시절 대부분을 혼자서 지낼 때가 많았다. 그때 처음으로 빠져든 것이 책이었다. 많은 책들을 가리지 않고 지금까지 꾸준히 읽고 있는데 그것이 학원 도움을 받지 않고 상위권을 유지하는 비결이었다. 그런데 과학고에 입학하고 보니 공부를 재미있고 쉽게만 해 왔던 내게 선행 학습으로 무장된 친구들의 실력은 도저히 넘기 힘든 산처럼 느껴졌다.

합격의 기쁨도 잠시, 나는 곧 좌절과 절망에 부딪혀야했다. 겨울 방학에 치르게 된 진단평가에서 점수와 등수에 나는 충격을 받았다. 나는 걱정되기 시작했다.

'과연 내가 이 학교에서 살아남을 수 있을까?'

나의 이런 불안감은 현실로 나타나기 시작했다. 어려운 수업 내용을 따라가기가 너무나 벅찼고 군대처럼 규칙적인 생활도 내겐 곤욕이었다. 무엇보다도 나를 더 수렁으로 몰아넣는 것은 유명 학원에 다니고 집안도 여유로워 보이는 친구들에 대한 열등감이었다.

처음 치른 중간고사에서 물리 시험까지 망친 날, 나는 기숙사에 들어와 평평 울고 말았다.

나의 희망과 자존심과 막연히 꿈꾸던 모든 것들이 한꺼번에 무너져 내리는 순간이었다. 때맞춰 전화를 해주신 어머니의 위로는 내 마음 속에 새로운 울림을 일으켰다.

"아들아, 그동안 쉽게 공부하며 교만 했던 너 자신을 살펴봐라. 바닥을 경험해 봐야 네가 진짜 무엇을 원하는 지 알 수 있단다. 실패의 원인을 찾는 것을 두려워 말아라. 너의 인생은 아주 많이 남아있단다. 조금 천천히 가도 같은 꿈을 꾸는 사람은 한 곳에서 만나게 되어 있단다."

어머니의 위로는 내 마음의 큰 울림이 되어 내 생각에 생기를 불어

넣어 주셨다.

'최선을 다한 후에 다시 고민해 보자……'

이후로 나의 상태는 조금 나아지는 듯 했지만 여전히 절망감이 나를 따라 다녔고 최고의 학교에서 최상의 교육을 받는 즐거움을 누리지 못했다. 학교 수업은 여전히 어려웠고 기말고사 성적 또한 기대만큼 오르지 못했다.

하지만 그 후에 겪은 몇 가지 작은 일들이 나의 생각을 변화시키기 시작했다.

첫 번째 사건은 '과학자'에 대한 나의 가치관을 바꿔 놓은 영화 한편이었다. '옥토버 스카이'라는 영화였다. 탄광촌에 사는 가난한 소년이 로켓에 관심을 가져 끊임없이 연구한 결과 전국 과학전람회에 나가 우승하는 내용을 담은 영화였다. 영화가 끝난 후로도 한참동안 나는 그 자리를 쉽게 떠날 수 없었다. 그동안 나를 괴롭혀 온 것들은 선행이 안 된 나의 실력이나 가정 형편이 아니라 나의 가슴을 뛰게 하는 것이 무엇인지 찾지 못했기 때문이었다.

나는 조심스럽게 내 꿈에 대해 생각해보았다. 우연히 화학에 재미를 알게 되었고 여름날 미친 듯이 화학을 파고들었고 그 결과 상까지 받아 과학고를 꿈꾸게 했던 화학!! 나에게는 화학자가 되어 인류에 도움이 되는 연구를 하겠다는 꿈이 있었다. 점수 때문에 받아야 하는 스트레스와 친구들 사이에서 느꼈던 열등감은 점점 나의 과학자에 대한 생각을 변질시키고 있었다. 주변에서 뭐라 하건, 어떤 실패와 좌절이 있건 간에 끊임없이 자신의 가슴을 뛰게 하는 일을 하는 것이 진정한 과학자가 가져야할 태도라는 생각이 들었다.

두 번째 사건은 정재승 선생님 지난날의 이야기였다. 나는 재미있는 글을 쓰는 정재승 선생님 같은 과학자가 되고 싶었다. 그런 그분의 과거가 나와 비슷했다는 사실이 내게 큰 도전을 심어 주었다. 정교수님도 나처럼 선행 안하고 과고 가서 고생한 경험이 있으셨고 많은 독서를 통해 오늘 같이 되셨다는 기사가 나에게 큰 소망을 주었다.

셋 번째는 라이너스 폴링의 평전이었다. 화학자라는 꿈을 갖고 열정적으로 공부하고 자신의 신념을 향해 포기하지 않았던 폴링의 삶은 나에게 깊은 감동을 주었다. 학창시절의 화학자로서의 삶과 반핵 반전 운동을 펼쳤던 사회 운동가로서의 삶과 동료의 배신을 이겨내고 위대한과학자로 남은 폴링의 삶에서 나의 꿈에 대한 밑그림을 그려 보았다.그러자 다시 희망이 생겼다.

이제 나는 나의 현 상태를 정확히 인정하고 받아들이기로 했다. 또 절망이 찾아올 거지만 포기하지 않을 힘도 얻었다. 지난 반년 동안 나를 절망 속에서 헤매게 했던 교실과 운동장이 이젠 친숙함으로 내게 다가온다.

잡스의 말처럼 지금 나는 나의 실패를 통해 미래의 과학자라는 꿈을 향해 connecting the dots를 하는 중이다.

UFO

나애슬 / 살레시오여자고등학교 3학년

| UFO |

나애슬 _ 살레시오여자고등학교 3학년

현대아파트 108동 1014호엔
불시착한 외계인이 살았다
지구인 아들은 두었던 외계인
노인은 밤마다 지지직거리는 TV화면 속에 앉아
고향과의 수신을 기다렸다
노인은 어눌한 외계어를 뱉어댔고
그럴수록 가족들은
어둠을 틀어막았다
거실 밖, 머리를 곱게 감아올린 노인은
가족사진 속에서만 웃었다
솜이불이 두껍게 펴진 노인의 방문을 열면
오줌 지린내가 났고
아이들은 그곳을 금기의 방으로 여겼다
가끔 노인은 까치발을 딛고
눈앞의 궤도를 내려다보는 연습을 했는데
어지러워 이내 주저앉기를 수백 번

방에는 함박눈이 내린 듯 기저귀들만
더욱 쌓여갔다
노인의 기억이 고향을 향해 이륙하자
뒤쫓아 노인도 야간비행을 떠났다

그날 밤,
하늘엔 별이 보이지 않았다

선배 과학자와
자네의 선택이 어떠한가

문지완 / 오성고등학교 1학년

| 선배 과학자와 자네의 선택이 어떠한가 |

문지완 _ 오성고등학교 1학년

고민하고 있는 모 군에게

여보게, 나는 매일 아침 거울을 본다네. 자네와 같은 사춘기 소년일 때부터 외모에 부쩍 신경을 많이 쓰게 되었지. 얼굴에 뭐 난 게 있나, 머리가 헝클어지지는 않았나, 혹은 입 주변에 아침에 먹은 밥풀이 묻어있진 않나 꼼꼼히 살핀 다음에야 연구소로 출근을 한다네. 거울에 비친 내 모습이 다른 사람의 눈에 비친 내 모습이고, 거울 속의 내가 지금 거울 앞에 서 있는 내가 아니겠나? 그렇다고 나만 거울을 보고 있는 것이냐, 그것은 또 아니라네. 내 눈으로 확인할 수는 없지만 내 주변에 있던 분자들도 함께 거울을 보고 있을 것이라네. 그러나 몇몇 분자들은 자신에게 없는 모습들을 거울 속에서 발견할 것이라네. 이내 그들은 거울 속 모습이 자신들과 닮았지만 사실은 '다른' 것들이라는 것을 알게 될 것이네. 맞네. 이들이 바로 내가 현재 신약개발을 위해 연구하고 있는 '거울 상이성질체'이네. 자신은 단맛을 내지만 거울 속의 자아는 쓴맛을 내기도 하고, 거울 속으로 들어가면 약효가 줄어들기도 하는 자연의 신비를 내가 자네에게 설명해 준적이 있지 않았나? 자네는 가뜩이나 심란한 나에게 왜 이런 글을 쓰느냐 하고 의아해 할 수도 있지만, 내가 이와 관련하여 얻은 깨달음이 자네의 고민을 해결하는데 조금이나마 도움이 되었으면 하는 뜻에서 펜을 들게 되었네.

전에 말해준 거울에 비친 듯 닮아있는 물질들이 존재한다는 것을 사람들이 안 것은 19세기가 되어서였다고 하네. 게다가 루이 파스퇴르가 포도주의 쓴맛을 내는 성분을 조사하다가 '거울상이성질체'를 발견했음에도 일반 사람들뿐만 아니라 화학자들의 뇌리에서도 잊혀져갔지. 그러다 저 유명한 '탈리도마이드'가 한바탕 난리를 치고 나서야 관심의 대상이 되었다네. 입덧 완화제로 쓰이던 약을 복용했던 임산부들이 팔다리가 없는 기형아를 출산하면서 그 이유를 찾던 과정에서 누군가 기억해 냈을 것이네. 찾아내었을 것이라네. '아, 이거 혹시 파스퇴르가 발견 했던 거울상이성질체가 아닐까?'라고 말일세. 지금에서야 탈리도마이드가 한쪽 손잡이에만 약효가 있고 다른 쪽은 심각한 부작용을 유발하는 양면을 가진 물질이라는 것을 많은 사람들이 알게 되었지만, 그 당시에는 그런 사실이 널리 알려지지 않았기에 원인을 규명하는데 많은 어려움이 따랐을 것이라네. 이후에 이에 대한 연구가 진행되면서 치료 효과가 좋은 한쪽만을 선택적으로 합성하는 방법이 개발되었다네. 자네는 분명 이에 대해 '소 잃고 외양간 고친다.'라는 말을 떠올리겠지만, 이것은 그런 경우가 아니라네. 이번에 '외양간'을 고치지 않으면 이후에 또 다른, 더 많은 '소'를 잃게 될 수도 있기 때문이지. 21세기의 첫 노벨화학상을 장식한 '놀스, 노요리, 그리고 샤플리스 박사'는 이러한 비대칭 합성 분야에 뛰어난 업적을 남겼고, 그에 못지않게 나에게 세상을 살아가는 데 있어서 적지 않은 교훈을 남겨주었다네. 이들이 남겨준 교훈이 바로 내가 자네에게 해 주고 싶은 말이라네.

수상자 중 한 명인 놀스 박사는 평면 구조를 가진 분자의 탄소 2원자 사이에 수소 2원자를 끼워 넣어 분자물질을 한쪽 방향으로 회전시킴으로써 원하는 거울상이성질체 한쪽만을 만드는 방법을 개발해내었다네. 사실 이 당시에는 이런 방법이 있을 것이라는 가능성조차 가늠하기 어려웠다네. 나는 탈리도마이드의 비극적인 참사를 겪으면서 누군가는 반드시 해야 하지만, 하기 힘든 일을 처음으로 성공적으로 해냈다는 사실이 그의 가장 중요한 업적이라고 생각한다네. 시작이 반이라고, 그가 출발점을 찍어주었기에 다른 과학자들이 출발선에 설 수 있었다는 것이지. 콜럼버스의 달걀처럼, 무엇이든 누군가 하고 난 뒤에는 쉽게 되지 않겠는가? 그런 의미에서, 놀스 박사는 이전까지 알려지지 않았던 미지의 세계를 연 '개척자'라고 할 수 있겠지. 자네는 지금 무슨 일을 하는 것이 더 안정적일까, 적어도 더 잃지는 않을까 고민하고 있네. 그러나 놀스 박사가 현상유지적인 연구를 했다면 지금의 명성을 얻을 수 있었을까 생각해보게. 분명히 몇몇 사람들은 '불 속의 밤을 주우려하지 마라.'면서 그를 뜯어 말렸을 것이네. 그러나 그는 그러한 말을 귀담아 듣지 않고 오히려 다른 사람은 위험하다고 말하는, 혁신적인 실험들을 진행하였기에 그에게 충고했을 사람들보다 더 좋은 결과를 얻지 않았겠는가. 하지만 이와 달리 자네는 나를 포함한 안목 있는 주변 사람들이 자네에게 그 길로 나갈 수 있는 재능이 있다고 추천함에도 '안정성'이라는 잣대 하나만으로 스스로의 머리 위에 선을 그어버렸네. 자네의 소극적인 태도와 놀스 박사의 태도를 비교하면 어느 쪽이 더 낫다고 생각하는가? 수십 년 전의 인물에게 부끄럽지는 않은가? 그러면 또 자네는 위험부담이 큰 것보다는 크게 벌지는 못하지만 잃을 것도 없는 그런 일이 더 좋다고 말하겠지. 물론, 남들이 가지 않은 길을 가기에는 어려움도 따르고, 바로 성공을 얻기 힘든 것은 사실이라네. 놀스가 개발한 당시의 방법도 경제성이 낮고 쓰레기 부산물이 생기는 단점 때문에 관련 산업에서 바로 활용하기가 어려웠다네. 어떻게 보면 실패라고도 볼 수 있겠지. 실생활에 적용되지 못하고 이론적으로만 가능하다면 무슨 의미가 있겠나. 하지만 이후에 일본 나고야대의 노요리 박사가 이러한 비대칭 환원반응을 더욱 개량해 항생제 등의 합성에 응용할 수 있게 해주었다네. 뭔가 느낀 것이 있는가? 자네가 지금 그 길을 꺼려하는 것은 첫째는 자네 말대로 실패할 가능성이 있음이고, 둘째는 앞의 선배들이 이루어 놓은 것보다는 자네가 이루어내야 할 것이 더 많기 때문이지. 그러나 자네 세대의 연구자들은 혼자서 어려움을 헤쳐 나갈 필요가 없네. 자네가 해내갈 연구에는 분명 노요리 박사와 같은 동료가 있을 것이라네. 놀스와 노요리 박사는 전인미답의 비대칭합성 분야에 대해 성공을 이루어내었는데, 자네는 선배 과학자들이 이미 어느 정도 연구해 놓은 분야임에도 망설이는 것을 보고 마음이 아플 뿐이라네.

결과적으로 보면 놀스 박사의 조력자가 된 노요리 박사는 완벽한 데이터와 실험 결과를 요구하는 엄격한 연구 자세도 정평이 나있다고 하네. 이러한 평소의 준비가 있었기에 노벨상을 받는 영광을 안을 수 있었던 것은 아니겠는가? 자네도 이렇게 실패에 대한 걱정보다는 평소에 철저한 준비를 한다면 좋은 결과를 얻을 수 있었을 것이네. 그는 "과학은 아름답고 흥미진진한 것이다. 더욱 훌륭한 것은 인류에게 도움을 준다는 점이다."라고 했는데, 나는 좀 더 많은 과학자들이 노요리 박사처럼 엄격한 자세로, 사람들에게 도움이 되는 연구를 진행한다면 인류가 좀 더 편안한 삶을 영위할 수 있지 않을까 생각한다네. 그리고 그 과학자 중 한명이 자네가 되기를 바라네.

또 한 명의 노벨화학상 수상자인 미국 스크립스 연구소의 샤플리스 박사는 놀스와 노요리 박사와는 달리 광학활성 촉매를 이용해 '산화반응'이라는 비대칭 합성기법을 개발한 공로를 인정받았다네. 어떤가, 다른 길로 가서 어떻게 같은 고지에 올랐는지 궁금하지 않은가? 수소화 반응과 달리 산화반응은 기능성이 뛰어나서 일단 하나의 이성질체를 만든 뒤 이 물질을 매개로 계속 다른 새로운 이성질체를 다양하게 합성할 수 있다는 장점이 있다네. 이 방법은 그전까지 거의 불가능한 것으로 여겨졌던 비대칭 합성이 통상적으로 가능하게 되었다는 점에서 중요하다네. 실제로 비대칭 합성연구의 기반이 샤플리스 박사가 개발한 비대칭 산화반응으로부터 마련되었다는 점에서 대다수 과학자들은 그의 발견을 지난 수십 년의 합성 분야에서 가장 중요한 발견으로 꼽고 있다네. 같은 목표를 가진 과학자들과 사뭇 다른 길을 택해서 오히려 더 높은 고지에 오르지 않았는가? 자네도 이제 다른 사람들과 다른 길을 걷는 다고 두려워하지 말게. 누가 옳았을 지는 현재는 모르는 일이라네. 또, 세 과학자들의 예만 보더라도 다들 스스로 만족할만한 성과를 거두지 않았는가.

그래도 망설여진다면 이 말을 한 번 들어보게. 샤플리스는 업적도 업적이지만 이런 말을 했네. 내가 후배 과학자들에게 자주 들려주곤 하는데, "항상 네 자신이 분자인 것처럼 생각하라. 그리고 분자는 입체적이라는 사실을 잊지 말아라."라는 것이라네. 이 말이 자네에게는 이러한 의미가 될 수 있네. 자네에게 다양한 모습이 있지만 자네는 가장 돋보이는 한쪽을 감추려고만 하고 있네. 내가 연구하고 있는 진통제 중 하나는 한쪽의 약효가 다른 쪽보다 확연하게 떨어진다네. 자네는 그 떨어지는 쪽을 오히려 드러내려고 하고 있는 것 같아 안타까울 뿐이네.

2001년 노벨화학상 수상자인 놀스, 노요리, 그리고 샤플리스 박사의 비대칭합성에 대한 성공적인 연구는 그들로 시작했지만 후학들의 후속 연구를 통해 좀 더 다양한 분야에서 활용될 수 있게 되었고, 더 많은 사람들이 혜택을 볼 수 있게 되었다는 사실은 이제 잘 알 것이네. 남들이 쉽게 선택하지 않는 길을 가게 되더라도 외롭다고 생각하지 말게. 자네는 위기에 처하더라도 다른 사람과의 협력을 통해 더 좋은 결과를 이루어낼 수 있는 능력이 충분하다네. 내가 누누이 말하지만, 세 수상자들은 그 당시로서는 가능성도 인정받지 못한 길에 도전하기에는 많은 어려움이 따랐을 것이라네. 그러나 그들은 그러한 어려움을 극복하고 화학뿐만 아니라, 생물, 의학 등 사람들의 생명에 밀접한 관련이 있는 분야를 발전시켰다네. 그들의 연구는 현재도 많은 사람들의 생명을 구하는 데 도움이 되고 있지만, 신약 개발 등 많은 분야에서 두고두고 활용될 것이라는 점에서 더욱 의미가 있다네. 물론, 그들이 개발해 낸 수소화 반응이나 산화 반응 이외에 새롭고 더 효율적인 방법들이 개발될 수도 있겠지. 하지만, 이들이 비대칭합성을 통해 한쪽방향의 물질만을 생산하는 것이 가능하다는 가능성을 보여주었기 때문에 후대의 과학자들이 확신을 가지고 도전할 수 있을 것이네. 뉴턴이 선대의 거인들의 어깨 위에서 남들보다 더 멀리 볼 수 있던 것처럼, 후대의 과학자들이 세 수상자의 연구를 바탕으로 더 큰 발전을 이룰 수 있을 것이라네. 따라서 이들의 연구는 갈수록 빛을 발하겠지. 나는 자네도 선대의 과학자들 못지않은 또 다른 거인이 될 수 있다고 믿는다네.

언젠가 내가 자네에게 말한 적이 있던가. 사실, 이들의 연구는 나에게
도 직접적인 영향을 끼쳤다네. 나는 어릴 적에 신약 개발자가 꿈이었지
만, 이미 선대의 과학자들이 많은 부분을 밝혀 놓았는데 이제 와서 그
전망이 어두운 길을 왜 가야 하냐는 생각을 했었네. 그러다가 어느 날
비대칭 합성 등의 방법을 이용하여 한쪽의 화합물만을 사용하더라도 인
체 내에서 종종 쌍을 이루는 거울상이성질체로 변하는 경우가 있다는
사실을 알게 되었네. 나는 이런 경우에도 부작용을 유발하지 않을 수 있
는 방법을 추가적으로 연구해보고 싶다는 생각을 하게 되었다네. 이를
위해 비대칭 합성에 대해 찾아보다가 내가 자네에게 말해준 놀스, 노요
리, 그리고 샤플리스 박사의 교훈들을 접하고 나의 진로를 확실히 정하
게 되었지. 그들은 내가 가려는 길을 한발 먼저 비춰준 등대 같은 존재
였다네. 그들이 있었기에 내가 좀 더 앞선 위치에서 연구를 시작할 수
있게 되었지. 나는 그들의 어깨위에서 더 멀리보고, 더 뛰어난 연구를
진행해서 인류에게 큰 공헌을 하는 과학자가 되도록 노력하고 있네.

자네가 진로에 대해 많은 고민을 하는 것 같아 도움이 되어보려고 몇
자 적어 보았네. 어떤가? 물론 절대 실패할 일이 없는 안정적인 일도 자
네는 잘해낼 것이지만, 그보다 더 잘할 수 있는 분야를 제쳐두고 차선책
을 선택해서는 안 된다고 보네. 나중에 후회하지 않겠나. 자네는 신약개
발이 임상시험이 까다로운데다가 천문학적 비용과 긴 시간을 들여야 하
는 반면에 경제적 이익을 가져다 줄 약품의 개발이 점점 어려워지는 추
세에 들어섰다는 이유로 이 분야에 발을 들여놓기를 꺼려하는 것 같네.
그러나 우리나라는 현재 줄기세포치료제와 천연물을 이용한 신약개발에
서 다른 나라에 비해 경쟁력을 지니고 있네. 자네가 안정성과 전망을 고

려한다면 그 분야에 능력을 집중시켜보는 것이 어떻겠나? 또한 국내 제약회사들이 부설 연구소를 운영하고 있고, 점차 R&D 투자가 증가하는 동시에 연구 인력의 확충도 이루어지면서 제약 산업의 미래가 결코 어둡지 않네. 게다가 신약개발 분야는 앞으로 두고두고 중요한 분야가 될 것이라네. 나도 자네가 내 후학이 되어 뒤에서 따라 와 준다면 더 없는 기쁨으로 여기겠네. 잘 생각해 보고 다시 연락 주게.

자네의 선배 모 교수가

뉴턴,
차원이 다른 천재!

박유정 / 신현고등학교 2학년

뉴턴, 차원이 다른 천재!

박유정 _ 신현고등학교 2학년

나는 인천 신현고의 자랑스러운 이과생이다. 그래서인지 과학 선생님들은 수업시간에 자주 과학자들에 관한 말씀을 들려주셨다. 내가 들은 이야기 중 가장 인상 깊게 들었던 과학자는 '뉴턴'. 나는 이번 글짓기 소재를 뉴턴으로 해보자고 결정하였다. 나는 글짓기를 하기 위해 '뉴턴의 생애와 영향'에 대해 알아보았다. 그의 이름을 검색해보았다. 놀랄 만큼 뉴턴의 생애와 관련된 책들이 있었다. 나는 우리 학교 도서관에 있는 책들을 뒤적이며 뉴턴에 대해 알아보았다.

차원이 다른 천재!

과학 공부를 하며 '도대체 과학자들은 왜 이런 공식들을 만들어 우리를 이렇게 힘들게 하는가?' 하는 생각을 했는데 그런 과학자들 중 최고의 주범이 뉴턴이었다. 뭐랄까, 오사마 빈 라덴을 발견한 미국의 오바마 대통령의 심정과 같았다. 나로호를 쏘아 올리는 물리 법칙과 수학 좀 한다하는 학생들을 좌절하게 만드는 미적분학의 창시자. 뉴턴이 미적분학을 1년 만에 만들었다는 이야기는 우리나라 고등학생들의 정신 건강을 위해 교과서에 실리지 않는다고 한다.

뉴턴(Isaac Newton)은 1642년 영국에서 태어났다. 그의 아버지는 그가 태어나기도 전에 죽었고 어머니는 다른 남자에게 다시 시집을 갔다. 뉴턴은 할머니가 키웠고 뉴턴이 9살이 되던 해에 뉴턴 어머니의 재혼한 남편이 죽어 뉴턴에게 돌아왔다. 이런 복잡한 어린 시절은 뉴턴의 성격에 큰 영향을 끼쳤을 것으로 보인다. 뉴턴은 극단적으로 꼼꼼했으며 자신의 이론에 대해 극단적으로 집착했다. 뉴턴은 논문을 발표하거나 다른 학자들과 논쟁을 할 때면 지나치게 격렬한 반응을 보이곤 했다. 뉴턴은 세상이 인정하는 천재답게 성격이 나빴다.

뉴턴이 스무 살이 될 때 유럽에서는 흑사병이 퍼졌다. 수많은 사람들이 죽었고 대학도 잠시 문을 닫았다. 당시 캠브리지 대학의 대학생이던 뉴턴은 고향집에서 시간을 보내게 되었다. 고향에 돌아온 뉴턴은 빛에 대한 실험을 하기 위해 고향집 창고를 개조 했다. 창고를 빛이 하나도 들어오지 않도록 한 후 바늘구멍 한 개만을 뚫어 보았다. 그리고 그곳에서 들어오는 빛을 볼록렌즈, 오목렌즈, 프리즘 등 다양한 유리 기구를 이용해 실험해 보았다. 그런 창고에서 먹고 자며 몇 달이 지난 후 지금 우리가 알고 있는 광학 이론이 나왔다. 당시의 사람들은 흰 빛은 완전한 것, 푸른빛이나 붉은 빛은 불완전한 것 그 정도의 생각을 갖고 있었다. 그러나 뉴턴은 빨주노초파남보의 무지개 색은 흰 빛의 합성이며 빛은 종류에 따라 굴절과 반사하는 정도가 다르다는 이론을 만들어 내었다.

그렇게 2년간 고향에 있으면서 미적분학, 빛에 관한 이론, 만유인력의 기본 체계 등을 만들어 관한 그의 이론을 받아들일 수밖에 없었다. 그렇게 뉴턴은 27살에 교수가 되었다.

뉴턴이 살던 당시는 지구상의 물체의 운동과 하늘의 운동은 여전히 별개의 것으로 생각되었다. 달의 움직임과 책상 위의 지우개의 움직임을 함께 설명하는 이론은 없었다. 뉴턴은 만유인력 법칙을 이용해 천체의 움직임과 지상의 모든 물체의 움직임을 설명해 하늘나라는 완벽한 것이라는 중세 시대의 틀을 깨고 과학적 이론으로 세상을 바라볼 수 있게 해주었다. 이런 결과들을 일컬어 천상과 지상을 합친 뉴턴의 종합이라고도 부른다.

흑사병으로 죽은 사람들에게는 미안한 말이지만 뉴턴이 이러한 업적을 만들 수 있는 기간을 일컬어 '기적의 해'라고도 표현한다. 흑사병이 가라앉고 뉴턴은 대학으로 돌아왔다. 대학에 다시 들어간 뉴턴은 논문도 잘 썼으며, 뉴턴의 논문 덕분에 당시 과학자들이 그의 논문을 읽고 실험을 따라해 보며 새로운 업적을 남기게 되었다. '프린키피아'라는 이름의 책은 당시의 과학을 집대성 했다. 책은 매우 어려웠지만 당시의 과학자들은 열광했다. 프린키피아는 당시의 과학자들에게 세상을 보는 새로운 눈을 뜨게 해주었다. 프린키피아에서는 중력, 관성, 가속도, 작용 반작용 등을 다루었는데 이는 어떤 '힘'을 통해 현상을 설명할 수 있다는 것이었다. 뉴턴은 물체의 운동을 '힘'으로 설명했고 현재의 운동 상태로 미래의 결과를 예상할 수 있다고 했다. 그렇다면 만약 '내일 비가 올까?' 이런 질문이 있다면 경험 많은 사람이 말하고 우리는 그것을 믿는 것이 아니다. 현재의 습도, 바람, 온도, 기압 등을 안다면 예측할 수 있다는 것이었다. 우리가 할 일은 습도, 바람, 온도, 기압을 정밀하고 측정하고 수학으로 계산하는 것이다. 이것이 뉴턴 과학이고 지금의 기상청이 하고 있는 일이다.

뉴턴의 이론과 그의 생각은 18세기에 널리 유행했고 '뉴턴 과학', '뉴턴주의'를 만들어내었다. 과학자들은 뉴턴을 따라서 극단적으로 정밀한 수학적 방법과 실험을 했으며, 조용히 사색에 잠기며 눈에 보이지 않는 힘을 상상했다.

뉴턴주의는 과학자를 벗어나 일반 이론가들에게 확산되었다. 일반 철학자, 사회학자들에게 뉴턴주의는 미신, 무지, 독단 등을 벗어나 합리적이고, 경험적이고, 실험적인 방법을 사용해야 한다는 것이었다. 이러한 생각은 유럽의 계몽주의에 영향을 주었다. 당시 유럽은 상류층은 독단과 편견, 하류층은 미신과 무지에 빠져 있었다. 뉴턴 과학은 이러한 시대적 상황에서 실험, 이론, 이성의 본보기가 되었다.

뉴턴에 대한 글짓기를 하다 나는 책상 앞에 있는 지우개를 소심하게 던져 보았다.

그리고 나에게도 작은 깨달음의 순간이 찾아왔다. 뉴턴은 사과나무 아래에서 사과가 떨어지는 것을 보고 만유인력의 법칙을 깨달았다는데 나는 지우개가 떨어지는 것을 보고 깨달음이 오고 있다. 뉴턴은 사과나무, 부처는 보리수나무 아래에서 깨달음을 얻었다는데 내 책상 앞에도 작은 허브 화초 하나가 말라가고 있으니 깨달음을 얻을 조건을 갖추긴 한가 보다.

뉴턴은 말했다. '모든 물체는 서로를 끌어당기는 힘을 갖고 있어. 물체가 땅으로 떨어지는 것은 땅과 물체가 서로를 잡아당기는 힘을 갖고 있기 때문에 땅으로 떨어지는 것이야. 하늘의 태양과 달도 결국은 서로를 끌어당기고 있어. 원운동을 하기 때문에 떨어지지 않는 것이지 원운동을 멈춘다면 결국 부딪치고 말 것이야. 하늘의 별도, 달도, 내가 던진 지우개도 결국 모든 물체는 서로를 당기는 힘을 갖고 있다.'

지우개가 책상위로 떨어진 순간 나도 알 것 같았다.

‘그렇구나. 내가 이렇게 가만히 앉아 있는 것은 지구와 나의 인력 때문이었어. 세상의 모든 것은 보이지 않지만 서로를 당기는 힘이 있던 것이야. 마치 자석처럼 세상의 모든 물체는 서로를 당기고 있구나. 진정한 깨달음은 눈에 보이는 것이 아니라 보이지 않는 것을 보는 것이라던데 나 역시 그 세상을 엿볼 수 있게 된 것 같아. 세상 모든 곳에 거미줄처럼 꽉 채워진 서로를 당기는 힘…… 이러한 만유인력의 규칙 속에서 우리는 걷고 뛰며 살아가는 것이었어.’

내 책상 위에 있는 지우개는 여전히 그대로이지만 어느덧 내가 바라보는 지우개의 모습은 달라져있었다.

과학 in 하루

박주현 / 창원과학고등학교 1학년

박주현 _ 창원과학고등학교 1학년

아침에 알람이 울린다. 일어나기 싫지만 일어난다. 머리를 감는다. 아침 등산을 한다. 밥을 먹는다. 학교에 간다. 수업을 듣는다. 식사를 한다. 빨래를 한다. 자율학습을 한다. 간식을 먹는다. 샤워를 한다. 잠을 잔다.

이것이 나의 하루 일상이다. 누구에게서나 볼 수 있는 아주 평범한 일상에 불과하지. 하지만 이 일상을 다른 시각에서 바라본다면 특별해 질수 있다. 바로 과학의 시각에서 보는 것이다. 우리가 인식하지 못하고 있지만 우리의 하루는 과학으로 이루어져 있다고 봐도 무관하다. 심지어는 내가 이렇게 글을 쓰고 있는 순간에도 수많은 과학이 나를 이끌고 있달까. 그렇다면 나의 하루에서 찾을 수 있는 과학에는 어떤 것들이 있을까? 그리고 우리가 이렇게 생활하는 동안 아무렇지 않게 지나치고 있는 문제에는 무엇이 있을까?

정확히 5시 50분, 나의 알람이 울린다. 비록 휴대폰 알람이지만 그 소리를 듣고 나는 잠이 깬다. 내가 듣고 깨는 알람소리는 파동이다. 공기를 매질로 하는 음파가 물체의 진동에 의해서 생기면 우리의 귀청을 울리면서 들을 수 있게 되는 것이 바로 소리인 것이다. 소리는 우리의 일상에 있어서 아주 중요한 역할을 한다. 지금 이 순간에도 많은 소리가 우리의 귀를 자극하고 있다.

6시가 되면 머리를 감는다. 샴푸를 이용해서 머리를 감는다. 하지만 샴푸만 이용하면 머리카락이 뻣뻣해짐을 느낄 때가 있다. 이유는 샴푸가 주로 약알칼리를 띠기 때문이다. 하지만 우리는 그렇게 뻣뻣해진 머리카락을 부드럽게 만들기 위해서 린스를 쓰기도 한다. 왜냐하면 린스는 약산성을 띠기 때문에 샴푸와 함께 쓰면 중화가 일어난다고 한다. 그 때문에 린스를 대신해 식초를 몇 방울 떨어뜨려 쓰기도 한다.

식사를 하는 동안 우리의 입은 쉴 새 없이 움직인다. 우리가 먹은 음식들을 섭취할 수 있는 상태로 분해하는 것을 소화라고 한다. 인간이 음식을 먹고 소화하지 못하면 살아갈 수 없을 것이다. 식사를 함으로 인해 우리의 몸은 탄수화물, 단백질 등의 영양소들을 섭취하게 된다.

수업을 듣는 동안 우리가 쓰는 데 이용하는 샤프. 그리고 샤프를 이용할 수 있는 이유는 당연히 샤프심이 있기 때문이다. 샤프심은 흑연을 이용해 만들었다. 흑연은 우리가 정말 잘 알고 있지만 탄소로 이루어져 있다. 그래서 늘 흑연과 다이아몬드를 비교하고는 한다. 둘은 똑같이 탄소로 이루어져 있지만 그들의 특징은 너무나 다르기 때문이다. 흑연은 층구조로 이루어져 부드럽게 잘 쓸 수 있다. 또 샤프심은 전기가 통하는 도체라고 하니 너무나 신기하지 않은가.

요즘은 여름이라 빨래를 자주 한다. 실제로 저녁 식사 후에 빨래를 하기 위해 기숙사 지하로 간다. 세탁물을 넣고 세제를 넣고 세탁기가 빨래를 하는 모습을 살펴보라. 물이 나오고 세탁물이 든 통은 돌아간다. 우리가 아무리 자세히 쳐다봐도 분자상태의 물은 볼 수가 없다. 그렇게 작은 물 분자도 세탁을 할 수 있을 정도의 양이 모이기 위해서는 어마어마한 양의 분자가 필요하겠지. 이렇게 생각하면 물의 존재가 너무나 감사하다. 인간이 살아가기 위해서 필요한 물의 양은 얼마나 될까. 쉽게 들을 수 있는 이야기로 인간의 몸은 70%가 물이라고 하니 인간이 평생 살아가기 위해서 필요한 물의 양도 어마어마하리라. 여하튼 빨래를 하는 동안 세제가 필요하다 하지만 실제로는 세제보다 물이 더 필요한 존재라는 사실을 우리는 알아야 할 것 같다.

자율학습이 끝나고 나면 잠을 자기 위해 기숙사로 간다. 오. 이런. 여름이라고 우리를 배려해서 에어컨을 틀어주신다. 처음엔 시원하고 좋았으나, 계속 있으니 춥다. 미래의 과학도가 되기 위해 모였다는 학생들로 구성된 이 학교가 이렇게 에어컨을 막 틀어놓고 있어도 되는지 모르겠다. 나만 이렇게 생각하지 않기를 바랄 뿐이다. 왜냐하면 지금 이 시대에 있어 가장 문제가 되고 있는 것 중 하나가 바로 환경문제이기 때문이다. 그리고 우리는 앞으로 몇 십 년은 더 살아가야 하기 때문에 환경문제에 더 민감해야 할 학생들이다. 에어컨 온도를 낮게 설정하지 않아도 충분히 시원해질 수 있는 방법은 많고, 실제로 많이 알려져 있다. 예를 들면 에어컨과 선풍기를 함께 틀면 더 효과가 있다고 한다. 대신 온도를 낮게 설정하지 않고 금방 끈다는 가정하이다. 그렇게 해도 에어컨만 틀 때보다 빨리 시원해진다고 한다. 하지만 아쉽게도 우리 학교의 각 교실에는 선풍기가 없다. 선풍기가 없다면 에어컨을 켤 때 창문을 모두 닫고 햇빛을 피하는 것이 더 시원해진다고 하는데, 무려 학교 4층의 수학실은 블라인드나 커튼이 없다. 이 모든 점이 조금 더 보완된다면 충분히 에어컨을 켜 놓고도 춥지 않게 적당히 시원하게 잘 이용할 수 있을 것이다. 과학을 공부하고 과학으로 사회에 환원해야 할 우리부터 환경을 보호하기 위해 힘쓴다면 앞으로 좋은 세상이 되는데 보탬이 될 수 있지 않을까.

이렇게 간략하게 살펴 본 하루 일상과 그 일상에 숨겨진 과학을 찾아 보았다. 신기하지 않은가. 내가 살펴 본 것은 전체의 일부에 불과하다. 그것도 아주 적은 일부. 이렇게 많은 사람들이 어렵다고 생각하는 과학, 그것들은 우리의 일상에 너무나 가까이 다가와 있고 너무나 쉽게 찾을 수 있다.

처음에도 이야기 했지만 지금 이 순간에도 주변을 둘러보면 우리를 둘러싸고 있는 모든 것들이 과학이다. 과학이 없는 세상을 상상해 보았는가. 아무것도 존재할 수 없을 것이다. 인간이 존재하기 때문에 과학이 존재하는지, 아니면 과학이 존재하기 때문에 인간이 존재하는지는 알 수 없으나 인간과 과학이 공존하면서 이루어 가야할 사회가 현재인 것은 분명하다.

오늘 하루도 지나가고 또 내일이 오고 또 다음날이 와도 늘 비슷한 일상이 진행된다. 그렇게 흘러가는 동안 점점 더 환경파괴로 인한 문제가 부각될 것이다. 환경파괴의 주범으로 과학이 지목되기도 하는데 이것은 착각이다. 우리가 공부하는 것은 자연과학이다. 내 생각에 자연과학은 앞으로도 많은 발전이 이루어져야 한다. 환경파괴를 일으킨다고 지목받는 것은 자연과학이 이용되는 개발이나 기술의 발전이다. 그것이 자연과학과 아무 관련이 없다고 할 수는 없겠지만 자연과학을 환경파괴의 원인이라고 하는 것은 모순이 있다는 이야기이다. 그렇기 때문에 과학 속에서 누구보다 과학을 뼈저리게 느끼며 살아가는 우리이기에 기술의 발전은 한 걸음 멈칫 생각해 보고 자연과학은 발전시킬 수 있도록 노력해야겠다.

강연 : 과학에 대해서

박준형 / 경기북과학고등학교 1학년

박준형 _ 경기북과학고등학교 1학년

자료 출처/

정의란 무엇인가? 저자: 마이클 센델

E=mc2 저자: 데이비드 보더니스

이 글에 나온 인물들과 상황은 모두 꾸며진 것이며 픽션임을 알려드립니다. 등장인물들의 이름을 자세히 살펴보면 각각의 이름의 가운데 글자를 순서대로 읽어보면 '과학은 미래이다'가 됩니다.

제1 주제 : 과학의 정체와 과학이 발전하면서 인간이 얻은 것은 무엇인가?

교수: 과학이란 인간이 만들어낸 하나의 학문에 불과합니다. 하지만 우리는 과학기술의 발전 현황이 현대사회에서 국가경쟁력을 좌우하는 사회에 살고 있습니다. 자. 첫 번째 질문입니다. 그렇다면 왜 이런 현상이 나타나게 될까요? 누가 한번 말해볼래요? 저기 손 든 학생.

학생 1(이과진): 지금 이 시대에 과학이라는 학문은 단순히 하나의 학문으로 그칠 것이 아니라 하나의 사회 통합적인 개념으로 인정받고 있기 때문입니다. 그 이유는 과학이 발전하면서 인류는 많은 것을 얻었고, 그로 인해 인류는 편안함과 편리함이라는 과학의 혜택을 받아 살아가기 때문에 과학을 지지하게 되고 따라서 국가, 그리고 세계적으로 인정을 받을 수 있게 되었다고 생각합니다.

교수: 인류가 과학을 통해 편리함을 얻었다? 이에 대해 반론할 사람 있나요? 과학이 과연 편리함만을 주는 걸까요? 음, 거기 학생.

학생 2(김학주): 이유가 적절치 않아요. 그렇다면 사람들은 과학을 단순히 편리함의 도구로써 사용한다는 것인가요? 물론 과학이 사람들을 편리하게 할 수는 있겠지만, 오로지 편리함을 준다고 해서 현대 사회에서 과학이 중요한 학문으로 받아들여지고 있는 것은 아닐 거예요.

교수: 네 좋아요. 학생이름이 뭐죠?

학생 2: 김학주입니다.

교수: 그렇다면 김학주 학생은 편리함만이 과학의 정체가 아니라고 생각하는군요. 그렇다면 다른 이유를 말해보세요

학생 2(김학주): 우선 과학은 편리함뿐이 아니라 물질의 풍요로움을 주는 동시에 과학이 발전되기 전의 사람들의 좁은 활동영역을 크게 증

대시켜 현대사회에 사는 사람들은 살아생전 다 해볼 수 없을 정도로 많은 사회활동이나 여과활동 같은 활동들을 선택하여 경험을 하게 만들어 주어, 인류의 전반적인 삶의 질을 향상시켰다고 생각합니다.

교수: 잘 말했어요. 김학주 학생. 자. 이 논쟁에서 주목할 것이 있습니다. 우리는 이렇듯 항상 과학의 이면을 생각하지 않고 우리가 보고 싶은 것만을 보고 말하게 됩니다. 그럼 약간 방향을 바꾸어서 과학은 인류에게 어떠한 피해를 주는지 그리고 왜 우리는 과학의 이면을 보지 않는지에 대해 의견을 알아봅시다. 음. 학생.

학생 3(박은지): 예를 들어보겠습니다. 저와 같이 이 수업을 듣는 여러분뿐만 아니라 우리나라의 대다수의 국민들이 과학의 혜택을 받을지언정 피해를 보고 있을까요? 저는 그렇게 생각하지 않습니다. 제가 말하고자 하는 것은 과학이 주는 이익은 우리가 시선을 돌렸을 때 직접적으로 보이는 것들입니다. 바로 이 자리에서 제가 쓰고 있는 노트북, 휴대폰 등 그리고 쾌적한 환경 등이 과학을 대신 말해주고 있습니다. 마치 과학이 자신만을 바라보아 주길 바라는 것처럼 말이죠. 반면에 과학발전으로 인한 환경문제나 다른 피해들은 뉴스에 종종 나오기는 하지만 그것들은 사람들의 피부에 직접적으로 다가오지 않습니다. 그렇기에 이러한 현상이 자연스럽게 받아들여지고 있다고 생각합니다.

교수: 어려운 질문이었는데 잘 말했어요. 이제 정리를 한번 해봅시다. 과학이라는 단지 한 단어에서 엄청난 힘이 나온다는 것을 여러분은 알

고 있을 겁니다. 또한 우리는 이런 말을 자주 듣거나 해왔을 것입니다. '이게 말이 됩니까? 과학적으로 설명이 안 되지 않습니까?' 또는 '과학적으로 밝혀지지 않은 것은 참이 아니야'. 과학적으로. 과학적. 그럼 도대체 과학적이 무엇이기에 어떤 현상을 정당화 시키고 때로는 거부하는 건가를 생각해봐야합니다. 학생들은 앞에 논쟁에서 과학에 대해 말할 때, 과학의 겉모습을 말했습니다. 과학이 주는 편리함과 장점, 그리고 단점 등을 말이죠. 하지만 과학의 정체는 '기준'입니다. 우리는 방금 전에 말한 것과 같이 과학적이라는 단어를 사용합니다. 이것은 우리가 어떤 것을 판단할 때의 과학의 진리성을 이용하는 것입니다. 다시 말해 사람들의 개개인의 주관적인 판단이 아니라 언제 어디서든 과학적 실재를 이용한 객관적 판단에 기준이 되는 것이죠. 이것이 바로 현대사회에서 과학이 인정받는 이유이고 과학의 정체이기도 합니다.

자, 이제 다음 주제로 넘어가보도록 하죠.

제 2 주제 : 과학을 어떻게 발전시켜야 하는가?

교수: 우리가 알고 있는 인간이 만든 가장 빠른 속도를 지닌 것은 무엇일까요? 시속 300km가 넘는 스포츠카, 마하 1.8까지 비행하는 f-22전투기, 초속 17km까지 가속된 보이저 호가 가장 빠른 속도를 가지고 있을까요? 나는 그렇게 생각하지 않습니다. 이런 무시무시한 속도를 가지는 것들을 실체화해서 우리에게 보여주는 무언가가 있다고 생각합니다. 그것이 바로 과학입니다. 그러면 엄청난 속도로 발전하고 있는 과학을 우리는 어떤 방향으로 올바르게 발전시켜야 할까요? 의견을 들어보겠습

니다.

학생 4(김미정): 과학의 발전이 빠르게 이루어진다면 현재의 삶보다 더 편리한, 그리고 삶의 질이 높은 사회에서 행복을 느끼며 살게 될 것입니다. 이것은 모든 이의 바람 아니겠어요?

교수: 그럼 저 답변에 반론해볼사람?

학생 5(조래성): 꼭 그렇지만은 아닙니다. 지금 세계적으로 논란이 되고 있는 지구 온난화나, 각종 환경 문제 등은 이미 간과할 수 없을 만큼 심각한 상태입니다. 그것을 막기 위해 국제적인 환경보호단체도 이미 설립되어 있는 상태이고요. 과학이 빠르게 발전하려면 더 많은 환경의 희생이 있어야만 합니다. 그렇다면 우리를 포함하고 있고 지켜주고 있는 자연환경을 더욱 악화시키고 훼손시키면서까지 과학을 빠르게 발전시켜야 할 그만큼의 가치가 있을까요? 이것은 우리가 우리 스스로를 다치게 하는 것과 마찬가지, 아니 그 이상입니다.

학생 4(김미정): 환경 파괴를 말씀하셨는데, 이미 파괴된 환경을 복구하고 앞으로의 환경 파괴를 막는 방법은 과학자들이 연구를 해서 산출해낸 과학적으로 가장 효율적인 것을 사용합니다. 만약 과학이 느리게 발전된다면, 환경을 살리는 노력은 효율성이 떨어질 것입니다. 그에 비해 과학이 빠르게 발전된다면, 환경을 보호하기 위해 더 많은 연구가 이루어 질 것이고, 그로 인해 환경이 나빠지는 속도보다 더 빠른 속도로 효율적이게 환경보존 정책을 도울 수 있을 것입니다. 이러한 이유에서도 과학은 빠르게 발전되어 사람들에게 도움을 주어야 합니다. 자연환경을 보존하면서도 과학이 발전할 수 있는 것 입니다.

교수: 두 학생의 의견을 알아보았습니다. 여기 있는 학생들도 비슷한 생각일 것입니다. 과학을 빠르게 발전시켜야 한다는 학생?

학생 4(김미정): 네.

교수: 학생은 자연환경을 과학기술로 복구시키고 지킬 수 있다고 했는데, 만약 아마존의 생태계가 모두 소멸했다고 가정합시다. 그 뒤 발전된 과학기술로 아마존을 원상 복구 시키는데 얼마의 시간이 필요하다고 생각합니까?

학생 4(김미정): 그건 과학기술의 발전 정도가 수치로 확인 할 수 있을 때의 이야기인데, 실재로는 발전 정도는 수치로 확인 할 수 없기 때문에 확답을 할 수 없습니다.

교수: 네. 맞습니다. 만약 과학기술이 엄청난 발전을 통해 황량한 땅에 씨 하나를 심으면 바로 성숙된 나무가 되지 않는 한, 그 아마존을 다시 활발한 생태의 현장으로 만들기 위해서는 어마어마한 시간이 필요할 것입니다. 이렇듯 과학의 발전은 인류에게 큰 변수로 작용합니다. 그리고 그 영향력은 모든 물체에게 영향을 끼칠 정도로 방대합니다. 그러나 현

대사회에서는 과학이 올바른 방향으로 발전이 이루어지지 않고 무조건 빠르게 발전시켜 자신과 국가의 이익 추구만을 과학기술의 발달을 최우선 조건으로 내밀고 있는 상황에 처해 있습니다. 이런 식으로 과학이 발전한다면 과학의 발달은 단지 자신과 다른 존재와의 경쟁을 위한 매개체일 뿐이고 과학의 진정한 의미를 잃어버린 체 자연이라는 광활한 틀 안에 있는 모든 생명체들에게 피해를 줄 것입니다. 이렇게 저는 반대의 의견을 가지고 있지만 이 질문의 답은 정해져 있지 않습니다. 찬성하는 사람들도 분명이 존재할 것이고 그들의 의견의 타당한 근거도 있을 것입니다. 그렇지만 중요한 것은 과학의 발전에 대한 충분한 검토를 무시하고 지나치게 빠른 과학의 발전은 인류, 더 나아가 지구라는 행성 전체의 직접적인 문제로까지 이어질 수 있다는 것을 각인하고 알맞고 올바른 방향으로 발전이 이루어져야 한다는 것입니다.

제 3 주제 : 과학자가 된 나의 과학에 대한 신념

교수: 마지막 주제로 넘어가죠. 뜬금없지만 한번 질문해 보겠습니다. 신념이란 무엇일까요?

학생 6(박이영): 저는 신념이란 약속 보다 조금 더 적극적인 의지가 담긴 의무라고 생각합니다. 약속도 물론 중요하고 어기면 안 되겠지만 약속을 어긴다고 해서 크게 위해를 받지는 않을 것입니다. 하지만 신념은 자기 자신과 하는 다짐이기 때문에 이것을 어긴다면 큰 실망감과 패배감을 느껴 자포자기 상태가 될 수도 있습니다. 따라서 신념은 적극적인 의지가 담긴 의무라고도 할 수 있을 것입니다.

교수: 학생 말대로 신념이 그렇다면, 신념을 한번 세우면 다시는 바꾸지 못하고 무조건 거기에 따라야 한다는 말이 되는군요. 그렇지 않나요? 저는 이렇게 생각합니다. 과학을 하는 사람으로서 신념이란, 앞에서 끌어주기도 하고 뒤에서 밀어주기도 하는 마음의 지지대와 같은, 더 나아가 내가 나로서 존재할 수 있게 해 주는 하나의 무형의 매개체라고 생각합니다. 분명 신념 자체는 내가 세우지만, 결국 의지하게 되는 존재가 되어버리죠.

그리고 여기 있는 학생들 중 과학자가 되고 싶은 사람이 있을 것입니다. 그렇지 않더라도 이런 생각을 한번 해보죠. 만약 여러분이 과학자가 되었다고 가정하고 그때의 과학에 대한 자신의 신념에 대해 이야기하는 시간을 가져보도록 하겠습니다. 가장 어려운 질문일 수도 있겠군요

학생 7(김다올): 만약 제가 과학자가 되어서 이 질문에 답을 한다면, 제 자신의 선택을 후회하지 않고 꿋꿋이 포기하지 않고 나아갈 것입니다. 이유는 잘 설명하지 못하겠지만, 제 자신의 연구를 항상 자랑스럽게 여기고 계속해 나아가다 보면 좋은 결과가 나오지 않더라도 후회는 하지 않을 것 같기 때문입니다.

교수: 그것과 비슷한 신념을 가진 사람이 있었죠. 누굴까요?

학생들: 음……?

교수: 학생과 비슷한 신념을 가진 대표적인 사람이 우리가 상대성이론으로 잘 알고 있는 아인슈타인입니다. 아인슈타인은 정적인 우주모형을 지지해서 자신의 방정식에 우주상수라는 상수 값을 끼어 맞추었죠. 그러나 허블에 의해 번복된 후 그는 우주상수의 도입을 일생일대의 실수라고 했습니다. 여기서 차이점이 들어납니다. 아인슈타인은 고집스러운 면도 있지만, 자신의 의견을 굽히지 않으면서도 타인의 근거가 확실히 정확하다면 인정하는 태도를 가졌다는 것입니다. 오늘날 아인슈타인이 도입했던 우주상수가 존재하지 않는 값이 아니라 다른 값을 가질 수 있다는 연구가 나왔고, 그 값들이 해결되지 않았던 이론들과 관계를 가지고 있다고 해서 큰 이슈가 되고 있다고 합니다.

여러분도 아인슈타인처럼 여러분 만에 신념을 하나씩 세워 그 신념을 굳게 다져가며 인정할 때는 인정 하더라도 함부로 포기하지 말고 자신이 하고자하는 연구를 계속하는 떳떳한 과학자로서의 삶을 살아갈 수 있다면 좋겠습니다.

교수: 이 수업의 목적은 과학이라는 학문을 배우고자 하는 것이 아닙니다. 지식을 얻고자 하는 것도 아닙니다. 학생들이 이러한 문제에 직면했을 때, 가볍게 넘기지 않고 깊이 고민하는 사람 되게 하는 것이 수업의 목적입니다. 마지막으로 아인슈타인의 격언으로 마치겠습니다.

'단 한 번도 실수하지 않는 사람은 결코 새로운 일을 시도하지 않는다. 하나의 목적에 자신의 온 힘과 정신을 다해 몰두하는 사람만이 진정탁월한 사람이다. 이런 까닭에 탁월해지는 데에 그 사람의 모든 것이 요구된다.'

이 말을 가슴속에 새겨, 과학이 아니더라도 모든 일에 있어서 실패를 거듭해서 항상 안 된다는 마음을 가지게 되더라도 포기하지 말고, 열정을 가지고 모든 일에 임하였으면 합니다.

이상으로 강연을 마치겠습니다.

하얀 가운의 양극화

박현지 / 창원과학고등학교 1학년

| 하얀 가운의 양극화 |

박현지 _ 창원과학고등학교 1학년

"중국의 천재들은 로켓을 만들고 있는데 한국의 천재들은 한의원에서 진맥을 짚고 있다."

2010 한 해가 거의 지나갈 무렵 우연히 읽게 된 권오철 하이닉스반도체 사장의 인터뷰 내용에서 가장 인상 깊었던 구절이다. 우리나라의 이공계 의대 몰림 현상을 적나라하게 꼬집어 주는듯한 말에 고개를 끄덕일 수밖에 없었다. 나 또한 의대 진학을 고려해본 적이 있었고 이공계 학생들이 모인 인터넷 카페에서는 이미 이공계 기피 현상, 올림피아드 수상자 50% 의대 진학, 과학고와 의대 등에 관한 글이 흔했기 때문이었다. 3월 초에 과학고에 입학하게 되어서 그 구절을 다시 한 번 생각하게 되었다. 놀랍게도 과학고에서도 의대 진학을 목표로 하는 아이들이 많았다. 얼마 뒤 이공계 학생들의 인식에 대한 설문 조사지를 받게 되었고 순수 과학, 공학 분야와 의학 분야에 대한 학생들의 생각을 물어보는 문항을 읽게 되었다. 직설적으로 어느 곳으로 갈 것이냐 묻는 문항과 그 못지않게 노골적으로 의대 지향적인 아이들의 답변을 보고 심각한 현실이 가슴에 와 닿았다. 그 아이들에게 의대에 가고 싶으면 지금이라도 자퇴해서 일반 고등학교에서 공부하는 나을 것이라고 충고해주고 싶었다.

이유라면 충분히 많았다.

일단 과학 고등학교의 설립 취지는 이공계 인재 육성이다. 의대 진학을 생각하고 과고에 진학한 것 자체가 목표를 잘못 잡은 것이다. 이공계 장학금이나 대통령 장학금, 과학고에게 주어지는 많은 예산 등 그들에게 주어지는 수많은 혜택들은 과학고의 설립 취지를 다하기 위한 것이지 그들의 목표를 위한 것이 아니다. 의대 진학을 목표로 하는 아이 하나가 과학고에 입학하는 순간 훌륭한 과학자를 꿈꾸는 한 아이의 자리가 사라지고 그 아이에게 주어져야 할 혜택도 목적을 잃게 된다. 이렇게 작은 손실이 하나 둘 늘어나면 이름뿐인 이공계 인재 양성 정책만이 남을 뿐이다.

또한 그 아이들이 과학고라는 타이틀만 보고 들어온 것은 아닌지 의심이 갈 정도로 과학고는 의대 입시에 열악하다. 필수 요소인 훌륭한 내신을 받을 수 있는 학생 수는 한정되어 있으며 인재들을 모아놓은 과학고의 특성상 내신 경쟁은 피 튀긴다. 오히려 일반 고등학교에서 의대로 진학하는 것이 더 현명한 선택이라고 할 정도이다.

의학의 발달도 무척 중요하다. 하지만 순수 과학이 의학은 물론 수많은 분야의 바탕이 된다. 다른 고등학교 학생들 보다 연구, 분석 등 이공계 인재 육성에 특화된 교육을 받아온 과학고 학생들마저 의대로 몰리게 된다면 순수 과학의 발전을 누구 손에 맡겨야 하는 것일까? 이미 여러 번 매스컴에서 지적받은 대로 우리나라의 순수 과학 분야는 매우 빈약하다. 덕분에 외국에 엄청난 로열티를 주고 있는 실정이다. 이것은 순수 과학 중심이 아닌 기술적인 과학 중심의 발전에 집착해온 과거로 인한 문제점이다. 자원도 없고 땅도 좁은 우리나라가 발전하기 위해서는 기술의 연구도 중요하지만 그의 바탕이 되는 순수 과학 연구가 더 중요함을 잊지 말아야 한다.

하지만 의대를 목표로 하는 아이들을 무조건 비난할 수는 없었다. 객관적으로 보았을 때 과학자보다는 의사가 되는 것이 사회적으로 성공할 확률이 높기 때문이다. 우리나라에서 과학자의 대우 수준은 매우 낮다. 대학, 대학원까지 나와 석사, 박사 학위를 따고 연구소에 취직을 해 최선을 다해 연구해도 그에 알맞은 금전적인 보상을 받기 힘들다. 또한 대부분의 이공계 학생들의 미래가 될 연구직은 IMF 이후 언제 회사에서 해고당할지 모르는 위태로운 직업이 되었다. 특히 우리나라에서는 전통적인 유교사상 때문에 기술직에 가까운 과학자들을 경시하는 분위기가 심하고 대학 교수가 되지 않는 한 원하는 연구를 할 수도 없다. 그런 이유로 수학, 과학에 대한 열정 없이는 견뎌내기 힘든 직업이 바로 과학자이다. 과학고에 들어오기까지 엄청난 노력과 돈을 아끼지 않았을 아이들에게 무조건 열악한 환경의 직업을 가지라 강제할 수도 없는 노릇이다.

그러므로 우수한 인재가 의대로 빠져나가는 현상을 근본적으로 없애기 위해서 과학고 졸업에서부터 길을 막아버려서는 안 된다고 생각한다. 평생 원하지 않는 직업을 가지고 사는 것은 고등학교 선택에서 길을 잃은 대가치고는 너무 가혹하다. 대신 과학고 입학에서부터, 아이들의 장래희망 선택에서부터 달라지도록 해야 한다.

먼저 과학고 입학에서부터 아이들을 자신의 진로와 방향이 같은 고등학교에 진학하도록 해야 한다. 과학고의 특성과 목적에 알맞은 학생이 과학고에 입학해야 혈세의 낭비 없이 효율적인 영재교육 정책이 이루어질 것이다.

입학사정관들은 무조건 학생의 능력과 잠재력을 보기보다는 학생의 목표가 뚜렷한지, 자신의 하고자 하는 일에 진정한 열정이 있는지 주의 깊게 살펴보아야한다. 입학 원서에 적혀있는 장래 희망 란에 있는 그대로 의사라고 적는 아이는 없다. 그 아이의 진짜 장래 희망은 깊은 상담과 같은 것을 통해서 알아낼 수밖에 없다.

또한 과학고는 입학설명회에서 학교 자랑만 하지 않고 의대를 목표로 진학하려는 학생들을 위해서 충고 정도는 해주어야 한다. 학교가 의대가기에 얼마나 열악한 환경인지, 학교의 목적이 무엇이며 의대를 가려하는 목적과는 얼마나 다른지 알려주어야 한다. 나는 입시 커뮤니티의 진학 게시판이나 중학교 후배와의 상담에서 의외로 그 사실을 모르는 아이들이 매우 많다는 것을 깨달을 수 있었다. 충고 한 마디 정도면 과학고에서 좋은 대학으로 많이 진학하니 의대로 진학하는 사람도 많을 것이라 오해하던 아이들은 금방 납득하고 자신의 올바른 길을 찾을 것이다.

의대 쏠림 현상을 막는 또 다른 방법으로 애초부터 과학자를 선호하는 직업으로 바꿔 놓는 방법도 있다. 이 방법을 실현하기 위해선 정부와 사회의 도움이 절실하다.

일단 정부에서 이공계 지원금을 장학금의 형태만이 아닌 연구직의 처우 개선이나 이공계 일자리 창출에 쓰는 방법이 있다. 대학원을 나와도 일자리가 없어 고생하는 학생들이 많으며 대학원 연구실의 매우 적은 지원금도 문제이다.

무엇보다 사회적 분위기를 바꿔가는 것도 중요하다. 우리나라가 발전하기 위해서는 기술 발전이 이루어져야하고 기술 발전을 위해서 과학 발전이 필요하다는 사실은 자명하다. 그런데도 낡은 유교적 관념에서 벗어나지 못하고 소위 '사'자 붙은 직업을 선호하는 사회적 분위기는 발전을 저해할 뿐이다. 사회 구성원 모두 과학 발전의 중요성을 알고 그들의 사회 기여도에 알맞게 과학자들을 대우해주어야 한다.

사회적 분위기를 바꾸려면 일단 지속적인 홍보가 필요하다. 매스컴에 과학자들의 현실을 알리고 이공계 기피 현상과 의대 쏠림 현상이 몰고 올 문제점들을 제시하며 관심과 처우 개선을 유도해야 한다. 학교나 공공기관에서 과학의 중요성과 사회 인식 변화의 필요성 등에 대한 강연을 여는 방법도 있다.

의사하면 모두 새하얀 가운을 입은 모습을 떠올린다. 과학자하면 또다시 새하얀 가운을 입고 연구에 매진하는 사람을 떠올린다. 같은 하얀 가운을 입고 인류의 행복을 위해 노력하는 직업인데도 하나는 모두가 원하는 귀한 직업이고 하나는 대부분 선호하지 않는 힘든 직업으로 여겨진다. 객관적으로 보았을 때 현재 우리나라에서는 후자가 사회적으로, 경제적으로 더 귀중한 것임을 아는 사람은 많지 않다. 마땅히 후자를 선호해야 할 과학고 학생들마저 전자를 쫓는다. 이러한 양극화가 심화되면 우리나라의 과학은 더 이상 발전하지 못하고 빠르게 돌아가는 국제 사회에서 결국 도태될 것이며 첨단 기술을 바탕으로 발전해온 우리나라의 산업과 경제 또한 마찬가지 일 것이다. 그러므로 지금부터라도 적절하고 합리적인 방안을 찾아 근본적인 문제부터 풀어가야 할 것이다.

2011년 여름, 대한민국의 중학생, 고등학생들이 입학원서와 전쟁을 벌일 시기가 또 다시 돌아왔다. 내가 당부하고 싶은 말은 단 한 가지이다.

한국의 천재들이여, 이제라도 메스를 드는 대신 로켓을 쏘자.

상처 연구소

범성희 / 설월여자고등학교 2학년

| 상처 연구소 |

범 성희 _ 설월여자고등학교 2학년

회색 갱지를 구겨놓은 듯한 벽지가 만져졌다. 낡고 축축했다. 곰팡이로 얼룩진 벽지를 바라보다 손톱으로 곰팡이를 긁었다. 당연한 것이겠지만, 곰팡이는 벗겨지지 않았다. 오빠는 그런 내 행동을 곁눈질하며 한심하단 눈빛을 보냈다. 곰팡이를 한 번에 쏙 빨아들이는 기계를 만들면 어떨까. 내가 손톱으로 곰팡이를 긁어내며 중얼거렸다. '그런 건 이미 나온 것 같은데.' 오빠는 TV를 분해하며 건조한 목소리를 내뱉었다. 아니, 세척제 같은 것 말고 곰팡이를 쏙, 빨아들이는 거 말야. 흔적도 남지 않게.

"흉터제거……. 뭐 그런 거?"

"그런 거랑 비슷할 거야. 보기 싫은 흔적 같은 건 깨끗이 지울 수 있는 것 말이야."

등 언저리가 따가워지는 것을 느끼며 나는 벽지를 조금씩 뜯어냈다. 벽지는 손쉽게 벗겨졌다. 벽지가 벗겨진 벽은 오랜만에 빛을 보는 살결처럼 희었다. 거기에 드문드문 피어오른 곰팡이가 상당히 이질적으로 느껴졌다. 애써 감춰온 상처가 너무 쉽게 노출된 것 같은 느낌이었다. 오빠는 작게 눈살을 찌푸렸다. '손톱 좀 깎아라.' 오빠가 내뱉은 말이라곤, 그런 것이었다. 상처라……. 오빠가 기피하고픈 주제였다.

오빠는 '분해'를 즐겼다. '조립'은 더 즐겼다. 뚜껑이 열린 TV 속을 들여다봤다. 전기선이 즐비한 곳의 끝에는 노란 금속이 자리잡고 있었다. 네모난 조각 같은 그것들은 만지기만 해도 전기가 통할 것만 같았다. 오빠가 아무렇게나 펼쳐둔 부품들이 발에 밟혔다. 채널이 잘 돌아가지 않는 리모컨을 고쳐보겠다고 드라이버를 손에 쥐더니 한참이나 땀을 흘리며 낑낑댔다. 그러곤 하는 말이 '문제는 TV에 있어.'라는 것이었다. 오빠를 말리고 싶었다. TV까지 분해하진 마, 라는 말이 목구멍까지 올라왔다. 목울대가 울렁거렸다. 하지만 결국 말리지는 못했고, 오빠는 예상대로 TV를 분해해버렸다. 오빠는 그냥 모든 것이 문제라고 말하고 싶은 건지도 몰랐다.

그만 자라는 내 말이 들리지 않는 건지, 들리지 않는 척을 하고 있는 것인지 가늠할 수가 없었다. 오빠는 나를 등진 채 손을 분주하게 움직이며 TV를 만졌다. 꽉 끼는 파란색 티셔츠를 입은 오빠의 등이 유난히 작게 느껴졌다. '오빠는 왜 발명을 하지 않아? 오빠도 어쨌든 과학자잖아.' 나는 오빠의 굽은 등을 보며 중얼거렸다. 바스락거리는 종이의 감촉이 느껴졌다. 광고지였다. 몇 달 전부터 구독하기 시작한 '사이언스' 잡지의 갈피 속에 끼워져 있던 것 같았다. '지금 필요한 건, 스피드-'라는 문구가 크게 프린트된 포스터였다. 나는 그 문구를 눈에 담다가 혼잣말로 '스피드는 질렸어.'라고 읊조렸다.

"안 하는 게 아니라 못 하는 거야."

　오빠는 드라이버를 신경질적으로 내려놓았다. 만사가 귀찮다는 듯이 드라이버를 던져버리는 그의 행동을 못마땅한 시선으로 바라보았다. 오빠의 눈이 시야에 들어찼다. 흰자는 벌겋게 충혈 되어 핏줄이 불거져 있었다. 검고 탁한 눈은 지친 기색이 역력했다. 오빠는 한숨이 뒤섞인 어조로 내게 쏘아붙였다.

　"우리가 살아가면서 필요로 할 건, 이미 다른 사람들이 전부 발명해 버렸어."
　"그래?"

　난 오빠의 말을 신경질적으로 받아쳤다. 오빠는 별다른 반응을 보이지 않고 피곤하다며 이불 속으로 파고들어 갔다. 나는 아가리를 벌리고 있는 TV 뚜껑으로부터 고개를 돌렸다. 아가리 속은 깨나 복잡했다. 저걸 신경 쓰기 시작하면, 나는 잠을 자지 못할 테고 잠을 자지 못하면 내일 나가는 데 지장이 생긴다. 오빠가 알아서 하겠지, 나는 스스로를 위안했다. 오빠가 생각보다 뒤처리에 미숙하다는 것을 알면서도 애써 외면했다. 부품들을 상자에 넣어두곤 오빠 옆에 몸을 뉘었다.
　연구소에서 보조연구원으로 일하는 오빠는 말이 좋아 과학자고 보조 연구원이지, 편의점 알바가 받는 최저임금에도 못 미치는 급여를 받고 사는 초라하기 이를 데 없는 직업을 가진 사람이었다. 그런 오빠가 딱히 하는 일도 없이 수업료만 받아내는 여동생을 두고 무슨 생각을 할까? 거머리 같은 인간이라고 생각하지는 않을까. 지울 수도 버릴 수도 없는 업보는 아닐까.

불을 끄자 어둠이 집안을 채웠다. 창밖으로 아직까지도 빛을 비추고 있는 몇몇 가구들이 보였다. 깜깜하던 시야가 어둠에 익숙해졌는지, 사물이 보이기 시작했다. 천장이 보였다. 야광별이 천장에 틈틈이 박혀 빛나고 있었다. 붙여둔 지 1년이 넘은 것이라서 빛이 환하지는 않았다. 어렸을 적에는 오빠가 무엇을 하든, 내게는 전부 대단해 보였다. '나는 과학자가 되서 인류를 구할 약도 만들 거고, 달에서 살 수 있는 방법도 찾아낼 거야. 그리고 무엇보다 별을 집안에 들일 수 있는 방법을 연구해야지.' 쉴 새 없이 쫑알거리던 그 모습에서 어린아이의 순수함과 함께 남자로서의 야망 또한 느꼈다면 내가 이상한 것일까. 등 언저리가 아파온다. 환상통인가. 줄 끊어진 마리오네트 인형처럼 내 몸은 축 늘어졌다. 오빠가 몸을 뒤척였다. 나는 슬며시 오빠의 몸을 흔들었다. 자?

아니, 라는 말이 뒤따랐다. 곧이어 '자고 싶어' 라는 말도 이어졌다. 나는 알고 있다. 오빠가 왜 잠을 이루지 못하는지. 기억해? 내가 조용히 물었다. 오빠는 흐음- 거리며 깊은 숨을 내쉬었다.

"그…… 초등학교 6학년 때였나, 오빠가 과학경시대회 같은 거 나간다고. 전기콘센트 가져와서 장난쳤잖아."

오빠는 고개를 주억거렸다. 그러곤 '장난 같은 거 아니었어.' 라며 작게 말했다. 눈을 감고 이불 속에 고개를 파묻으려는 오빠의 행동에서 그가 지금 상당히 민망해 하고 있다는 것을 알 수 있었다. 그러다가 잘못해서 화상입고 그랬었지. 오빠는 이제 일일이 반응하기도 멋쩍은 모양이었다. 솔직히 그때는 똑같이 복수라도 하고 싶었어. 나는 장난스럽게 말했다. 내 목소리도 오빠 못지않게 잠겨 푹 가라앉은 느낌을 주었다. '오빠가 미안해할 필요는 없어.' 나는 등 돌린 오빠를 향해 말했다. 상처는 치료되었다. 조그마한 흉터는 남았지만.

나는 '에디슨'이 되고 싶었다. 이 말은 차마 오빠에게 하지는 못했지만 나는 전설적인 과학자가 되고 싶었다. 에디슨이 하지 못한 일을 하고 싶었다. 돈 벌어오는 기계를 만들고 싶었고 그래, 집안을 좀 더 넓힐 수 있는 기계도 만들고 싶었다. 아주 미세한 흉터라도 말끔히 없애버리는 물건을 발명하고 싶었다. 무엇이든. 진물이 흘러나오는 상처든, 화상이든, 기억이든. 발명을 하는 것과 내 소망을 이루는 것은 훨씬 다른 문제라는 것을 인식하기까지, 나는 그렇게 생각해 왔다.

나는 잠에 들려 하는 오빠를 좀 더 거칠게 흔들었다. 오빠는 짜증스러운 목소리로 웅얼거렸다. 베개에 얼굴을 파묻어서인지 오빠가 내뱉은 문장은 옹알이로 들릴 뿐이었다. 오빠가 손을 느리게 휘저었다. 그만 자라는 말을 하고픈 모양이었다.

"오빠가 만들어봐. 곰팡이 제거기. 우리 집 곰팡이 좀 없애자."

반응이 없었다. 분명 오빠라면 '세척제 사.' 같은 말이나 해댈 것이 분명했다. 천장을 향해 손을 뻗었다. 정확히는 천장에 붙어있는 야광별을 향해. 팔이 뻐근해질 때까지 나는 손을 내리지 않았다. 무심코 고개를 돌렸다. 아까 전까지만 해도 내가 뜯고 있던 벽지가 보였다. 벽지는 어둠에서도 흉한 몰골을 보였다. 뜯긴 벽지의 찌꺼기들이 다닥다닥 붙어있었다. 곰팡이는 보이지 않았다. 나는 곰팡이를 좀 더 자세히 보기 미간을 좁혔다. 눈이 피로해졌다. 나도 오빠와 같이 베개에 얼굴을 묻었다. 껄끄러운 천이 얼굴을 감쌌다.

"오빠, 오빠가 만들어봐. 그…… 지워지는 것 말고 쏙, 빨아들여야 돼. 깨끗하게. 오빠?"

돌아오는 답은 없었다. 귀찮다는 제스처도 쓸데없는 소리 말라는 핀잔도 고개를 들어 구석에 놓인 TV가 바라보았다. 오빠에게 말하듯 중얼거렸다. 그냥, 다 말썽이네. 리모컨도, TV도 곰팡이도, 나도

마셜 리넨버그, 로버트 홀리, 고빈드 코라나가 알아낸 유전암호해석으로 인한 과학기술의 발전

성덕룡 / 인천남동고등학교 1학년

마셜 리넨버그, 로버트 홀리, 고빈드 코라나가 알아낸 유전암호해석으로 인한 과학기술의 발전

성덕룡 _ 인천남동고등학교 1학년

난 과학 중에서 생물에 흥미를 느낀다. 그중에서도 유전자파트에 많은 흥미가 있다. 유전자는 지금 과학에서 매우 중요한 부분으로 자리 잡았다. 중요한 부분에 자리 잡은 것 중 하나가 유전암호해석이다. 이는 마셜 니렌버그, 로버트 홀리, 고빈드 코라나가 연구한 내용이다. 이 과학자들이 인정을 받고 노벨상을 받은 이유는 유전자로부터 정보를 얻을 수 있다는 것을 생물학뿐만 아니라 다양한 분야에 발전 가능성을 열어준 것이기 때문이다. 생물학의 전유물이라 생각했던 유전자 정보의 활용이 다양한 분야에서 가능하다는 사실은 나의 생각의 폭에도 많은 변화를 주었다.

엄마와 마트만 가도 신기한 식물들이 많다. 황금 수박이나, 자색 고구마는 본래 그 식물이 갖는 색소를 다른 색소로 바꾼 것 들이다. 이는 색에 관련된 유전자를 선택적으로 주입해서 원하는 상품으로 만들 수 있는 것이다. 내가 가장 손쉽게 볼 수 있는 유전자조작 식품으로는 옥수수가 있다. 과거에는 지금의 유전자조작 식품처럼 우수한 형질을 획득하기가 확률적으로 매우 낮았다. 우수한 형질이 발현되는 종자를 수확하여 다시 심고 기다린다. 그러한 육종방법은 상당한 시간과 실패를 요구한다. 이제는 유전암호해독이 가능하여 맹목적인 기다림은 쓸모없게 되었다. 이는 식품에만 사용하는 것이 아닌 포괄적인 생물체에 적용 할 수 있게 되었다. 유전자조작이 처음으로 가능해졌을 때는 유전자조작식품이라는 GMO의 용어가 있었지만 점차 기술의 발전을 통해 식품뿐만 아니라 생명체에도 적용하여 모두 포함하는 LMO라는 용어가 만들어 진 것이다.

유전암호해독으로 인해 의학에도 큰 발전이 있다. 파킨슨병이 그 예이다. 파킨슨병은 퇴행성 뇌질환으로 65세 이상 노인 100명당 1명이 걸린다. 이 병에 걸리면 신경세포와 근육에 이상이 생겨 손발을 떨며, 의사소통이 불편해진다. 평균수명이 연장되며 파킨슨병 환자가 급격히 늘어나고 있지만 아직까지 진단 시약이나 치료제는 개발 되지 않고 있다. 카이스트 생명과학과 정종경 교수는 유전암호해독으로 문제가 되는 유전자를 찾아냈다. 이것을 실험하기 위해 초파리를 사용 하였다. 초파리는 질병유전자의 70%가 사람과 같고 1세대가 2주정도로 짧아 유전병을 연구하는 실험대상으로 적합하다. 핑크1이라는 유전자가 망가질 경우 근육세포와 도파민 뇌신경세포의 미토콘드리아가 모양이 변하거나 파괴되어 파킨슨병에 걸린다는 것이다. 카이스트 연구팀은 뇌 속에 있는 도파민 뇌 신경세포를 조사 했다. 그 결과 신경세포안의 미토콘드리아도 대부분 크기와 모양이 변해 에너지를 공급하지 못한다는 사실을 알아냈다. 에너지를 공급 받지 못한 세포는 기능을 상실하거나 파괴된다. 핑크1이 없는 초파리는 정상초파리와 비교했을 때 도파민 뇌 신경세포 수가 파킨슨병 환자처럼 줄어드는 현상이 관찰됐다. 연구팀은 핑크1 유전자가 없는 초

파리가 또 다른 파킨슨병 유전자인 파킨이 없는 초파리와 놀라울 정도
로 유사한 행동양식을 보인다는 사실을 발견했다. 파킨슨병을 일으킨다
고 알려진 유전자는 핑크1과 파킨을 포함해 약 10개정도 일반적으로 원
인 유전자가 다르면 병의 증상이나 행동양식도 조금씩 다르다. 두 유전
자의 상관관계를 조사한 결과 두 유전자가 동일한 신호체계에 있으며
핑크1이 파킨의 상위에서 미토콘드리아의 작용을 조절한다는 사실을 알
아냈다. 핑크1이 없는 초파리에 인위적으로 파킨 유전자를 대량 발현시
켰더니 정상 초파리처럼 파킨슨병증상이 완화됐다. 이 연구는 지지부진
했던 파킨슨병 치료제를 개발하는데 한걸음 다가서게 되었다.

유전암호해독은 과거에 있었던 상황을 알아볼 수 있다. 미이라가 발견
되면 미이라의 DNA나, 물건에서 추출되는 DNA의 암호해독을 하여 남
자인지 여자인지 그때 당시 기후조건이나 유행한 질병등과 같은 과거의
역사적 사실들을 판별해 내는 도구가 된다. 우리나라는 미이라에 관한
과학발전이 늦다. 그 이유는 동방예의지국 때문이다. 조상에 대한 존중
과 예의를 표하는 것이 후손의 도리라 생각하여 훼손하는 것을 원하는
후손은 아무도 없다. 유전암호해석 기술로는 상태를 최대한 보존하며 연
구할 수 있다. 과거의 아미노산들로 과거의 기후나 질병이나 유전병 미
이라의 성별 등 단순한 추측이 아닌 정확한 정보를 얻을 수 있는 것은
이들이 유전자암호해독이 가능케 하였기에 과거의 정보를 얻을 수 있는
것이다.

과학기술은 이와 같이 인간에게 필요한 정보를 준다. 하지만 생물에
관련해서만 정보를 주는 것은 아니다. DNA바코드에도 도움을 준다. 비
록 생물은 아니지만 유전자에 관한 정보를 이용한 기술이다. 논란이 있

었던 박수근 이중섭 화백의 그림을 조사한 결과 대부분 가짜라는 수사 결과를 발표했다. 검찰은 일부 그림에서 나온 반짝이는 성분이 든 물감은 두 화백이 숨진 뒤 개발됐다는 점을 가짜로 의심하는 근거로 들었다, 그림을 소장했던 김용수는 검찰의 수사결과를 믿을 수 없다며 반발했다. 양쪽의 이견은 아직도 팽팽하다. 국내 미술시장의 전체규모가 이미 5500억 원을 넘어섰다. 미술품에 대한 투자열풍이 점파 거세지면서 미술품에 대한 위작 논란도 끊이지 않고 있다. 진짜 명화를 구별하는 기술이 필요한 이유이다. DNA바코드를 사용한다면 이러한 논란은 없었을 것이다. 자신이 암호화한 고유 DNA바코드를 제품에 뿌려 놓으면 작품이 불법으로 복제되거나 위조되는 일은 없을 것이다. DNA바코드는 눈에 안 보일 뿐만 아니라 제품 표면에 뿌리는 형태이기 때문에 극소량만 있어도 제품 표면에서 바코드를 감지할 수 있다. 위조나 변조를 할 수 없다는 것이다.

유전암호해석에 관한기술은 다방면으로 사용할 수 있다. 그러기에 이것을 알아낸 마셜 니렌버그, 로버트 홀리, 고빈드 코라나가 대단하다고 할 수 있다. 세 사람은 남다른 가치관과 노력이 있었고 이것은 과학기술에 혁명이 되었기에 본받고 싶다. 과학에서 정보란 큰 의미를 갖는다. 꿀벌의 행동에서도 정보를 얻어 꿀벌의 특성을 알 수 있으며 난 인터넷을 검색하여 많은 정보를 얻어 원하는 진로를 선택할 수 있다. 이 처럼 정보라는 것은 세상의 모든 이치에 많은 영향을 준다. 그것은 세상의 모든 이치에 많은 영향을 준다. 그중 가장 크고 가장 다양한 분야의 발전을 가져온 유전자암호해독은 감동적이다. 유전암호라는 과학과 마셜 니렌버그, 로버트 홀리, 고빈드 코라나라는 과학자 둘 다 대단하고 멋지다.

나의 소망은 유전암호해석이 더 발전했으면 좋겠고 마셜 니렌버그, 로버트 홀리, 고빈드 코라나와 같은 과학자가 더 현재에 있었으면 좋겠다. 난 이 과학자들을 아이슈타인 보다 위대하다고 생각한다. 과학을 이론으로 설명하고 연구만 하는 과학자가 아닌 응용하여 삶에 도움을 주고 실험을 하는 과학자가 위대하다고 생각한다. 과거에 과학자들은 대부분 순수연구를 많이 해왔지만 지금은 응용과학이 필요한 때이다. 빨리 과학을 사용해 인간이 보다 편하고 좋은 환경에서 살았으면 좋겠다. 이러한 것을 학문적으로 이루기 위해 나도 처음 생물을 공부하기 시작한 때를 생각하며 내가 하고 싶은 걸 진심으로 즐기며 하고 싶다. 마셜 니렌버그, 로버트 홀리, 고빈드 코라나는 노력이 대단했다. 나 역시도 지금 학생신분으로 최선을 다하고 내가 가지고 있는 호기심과 나의 과학적 지식 그리고 탐구정신을 한데 모아서 훗날 이 세계에 크게 이바지하고 싶다. 가장 필요 했던 순간 탐구정신을 기반으로 기회를 낚아채 현재 유전과학이 나아갈 길을 열어준 세 사람의 연구는 많은 과학자들의 등불이 되고 있다. 앞으로 생명체는 어떻게 될 것인가라는 의문뿐만 아니라 탐구정신의 원동력은 지적 호기심을 채워가는 즐거움이다. 그 즐거움의 본질을 올바르게 이해하고 이용하는 순간에 이 세계는 한걸음 더 앞으로 나아갈 것이다.

갈릴레이 /
레오나르도 다빈치

심미소 / 풍암고등학교 3학년

심미소 _ 풍암고등학교 3학년

갈릴레이

태양의 흑점이 하늘을 갉아먹고

어둠이 그의 두 눈을 가릴 때

그래도 그는 제자리에 맴돌고 있을까

공존하는 별세계를 가슴에 품으며

벗어나고 싶어, 그는

이탈지를 걸어 들어가며

찾아갈 묘비가 없어 헤맸을 거야

그래도 지구는 돌아가므로

금지된 글자들은 하늘에서만 빛났었고

기울어진 피사의 탑은

갈릴레이처럼 똑바로 세상을 바라보지 못했지

둥근 달은 그의 눈에서만

산맥과 계곡을 두르고

렌즈 속 하느님은 그를 보고 반대로 걸어 갔어

쇠공과 나무공이 그의 손끝에서 떨어지고
땅에 도달하는 동시에
그는 진동과 함께 떨려했을까
암흑 속에서 그는 우주를 그려보았을까
바람이 책장처럼 밤을 넘기고 있어
그가 먼저 그려놓은 은하수, 별들의 모임
달빛이 눈부셔서 무게 없이 쌓이고 있어

레오나르도 다빈치

그의 해부학은 거울을 비춰보아야 했다
머리카락처럼 뻗은 똘배나무의 뿌리가
기둥처럼 단단해지고
새들의 날개짓에는 이유가 없다는 원리였다
만찬에 놓인 아이들의 창백한 피부는
손바닥의 지문처럼 시퍼렇다
달걀노른자 깨진 불빛처럼 달빛이 차오르고
세일러!, 그는 신비에 대해 일찍 눈떴으므로
세상을 보는 눈을
그는 외우고 다녔으므로
세일러!, 수첩의 가격은 레오나르도 다빈치
무엇 때문에 호기심을 채우려 했을까
대기 중의 작은 입자들이 하늘에 걸리고
그의 연필 끝은
글라이더의 날갯죽지를 펼치며 허공에 날려 보냈다
액자 속의 오묘한 여인은 말이 없고
도시를 둘러싼 바람이 흐름을 바꾸며
다른 길로 유유히 흐른다
남겨진 모든 것들에게서
그는 세상에 궁금증을 던진다

북극곰의 눈물을
멈추는 빙정핵

윤 휘 / 서울국제고등학교 1학년

윤 휘 _ 서울국제고등학교 1학년

북극곰의 눈물을 멈추는 빙정핵

서기 2011년 3월 1일 일기.

지구상에서 북극곰을 볼 수 있는 장소는 딱 세 군데라고 한다. 캐나다, 극지방, 그리고 동물원. 오늘 학교에서 본 다큐멘터리에서는 북극곰이 녹아가는 얼음 위로 불안하게 발을 내딛고 있었다. 언제부터 북극곰의 터전이 이렇게 많이 줄어든 것일까? 확실히 지구가 더워지고 있나 보다. 어떤 사람들은 지구온난화가 지구가 간빙기에 들어섰기 때문에 나타나는 자연스러운 현상이라며 인간에게 책임을 지워서는 안 된다고 말한다. 하지만 이유야 어찌되었든 간에 중요한 것은 현재 지구가 더워지고 있다는 사실 자체이다.

서기 2027년 2월 1일 일기.

10년 전만 해도 지금이 한창 추울 때였다고 하던데 상상도 가지 않는다. 정부에서 우리나라의 사계절을 여름과 겨울 두 가지로 줄인 지 불과 5년밖에 지나지 않았는데 다시 여름 하나로 줄여야 할 판이다. 평균 기온 22도인 겨울은 아무 의미가 없다. 눈보라 치는 극지방의 제왕으로 이름을 날리던 북극곰은 피서 온 사람들이 던져주는 먹이로 간신히 목숨

을 연명하는 처지가 되어버렸다. 이러다가 후손들은 북극곰이라는 생물
이 어땠는지도 잊어버리는 게 아닌지 모르겠다.

서기 2045년 5월 1일 일기.

북극곰이 익사하는 사례가 자꾸만 뉴스에 보도된다. 사람들의 지나친
피서로 극지방이 오염되자 국제기구에서 극지방 방문을 통제하기 시작
했는데, 먹을 것을 사람들에게 의존하던 북극곰에게 큰 타격이 되었나
보다. 북극곰이 먹이를 구하기 위해 그나마 남아있는 불안한 살얼음판
위로 뛰어들자마자 얼음이 깨졌고, 짚고 올라설 만한 다른 얼음이 없어
그대로 익사하는 것이라고 전문가들은 분석하고 있다.

서기 2080년 4월 1일 일기.

오늘은 동물원에 있는 북극곰을 보았다. 북극곰은 얼음이 담긴 거대
한 수조 안에서 헤엄치고 있었다. 아깝게 가뜩이나 비싼 얼음을 북극곰
에게 주는 건 불만이지만 천연기념물이니 어쩔 수 없다. 그래도 헤엄 하
나는 정말 잘 치는 동물이다. 물고기처럼 매끄러운 유선형의 몸체 때문
일까? 거대한 몸을 이끌고 유연하게 물을 가르는 모습은 언제 봐도 우아
하다.

그런데 왜 북극곰에 '곰'이라는 이름이 붙는지 모르겠다. 지금의 곰은
육지에서 생활하는 덩치 큰 멸종위기의 생물인데 말이다. 그렇게나 다른
점이 많은 곰과 북극곰의 조상이 설마 같았던 건 아니겠지?

서기 2080년 4월 2일 일기.

어제의 궁금증이 풀렸다. 선생님께서 북극곰이 옛날에는 육지 생물이었다고 알려주셨다. 물론 헤엄도 치긴 했지만, 보통은 얼음 위에서 물고기나 해표를 잡아먹었다고 한다. 장기간 헤엄을 치는 것은 무리여서, 지금처럼 열대 기후로 접어드는 과도기에는 헤엄치는 도중에 익사하는 북극곰도 있었다고 한다. 고래와 더불어 바다의 1인자로 불리는 북극곰이 헤엄을 못 친다는 것은 물고기가 익사한다는 것만큼이나 이상한 일이다.

어쩌면 인류의 일기장은 이렇게 변화할지도 모른다. 몇 세대에 걸쳐 지속적으로 환경에 대한 관심이 높아지고, 관련 분야의 책들이 화제에 오르는 것은 역으로 보면 환경 문제가 얼마나 심각해졌는지를 방증한다. 책들은 암울한 잿빛 미래를 말한다. 이대로 가면 인류는 100년 안에 흔적도 없이 사라질 것이고, 몇 백 년 안에 지구 전체가 멸망의 국면에 들어설 것이라고.

하지만 대부분의 책들이 '과학 기술이 현재의 상태에서 유지될 경우'를 그 전제로 하고 있다. 즉 1년 뒤를 예측할 수 없는 과학 기술 진보의 속도를 간과하고 있는 것이다.

지구 온난화를 막기 위한 기술 개발은 계속되어 왔다. 탄소를 일정한 용기에 담아 심해나 땅 속 깊은 곳에 저장하는 기술인 CCS를 비롯하여 나무를 살리는 재생 용지 기술, 생명체를 이용한 바이오 연료 기술은 대표적인 사례라고 할 수 있다. 하지만 실생활에 영향을 미치는 수많은 변수들을 모두 고려하지 못하여 과학기술의 실질적인 도입은 아직 먼 미래의 일로 남아 있다. 본문에서는 이에 대해 바이오 연료를 만들기 위해 남아메리카의 팜파스를 옥수수 밭으로 바꾸었다가 생태계가 파괴되는 일이 초래된 사례를 들고 있다.

과학 기술 발전이 드리우는 그림자가 짙어지자 아예 기술의 개발을 금지하자는 주장도 대두되고 있다. 그러나 지금까지 과학 기술이 거쳐 왔던 실패의 많은 부분은 근본적으로 기술 자체에 문제가 있다기보다는 기술이 적용될 여건이 제대로 마련되지 않거나 가능한 상황을 모두 고려할 수 없다는 데 있었다. 앞서 나온 남아메리카의 사례를 분석해본다면 옥수수를 바이오 연료로 변환하는 기술에 대한 문제가 있다기보다는, 정부와 전문가 사이의 소통 부재, 단일 경작 정책 추진과 같은 사회 구조적 문제에서 근본적 원인이 있다고 보는 것이 타당하다.

과학 기술이 넘어야 할 난관은 기술의 이용에 따르는 사회적 체계만 있는 것은 아니다. 환경 보전을 위한 과학 기술이 선진국에만 중점적으로 개발되고 있다는 사안 역시 기술의 활용에 있어 매우 중요한 난제이다. 정작 환경오염의 심각성이 문제가 되고 있는 개발도상국에서는 기술이 부족하거나 경제적 여건이 마련되지 않아 자연 에너지 활용과 같은 단편적인 부분에만 과학의 혜택이 적용되고 있기 때문이다. 선진국이 제공해준 태양열 에너지 기술에 에너지 공급을 의지하고 있는 본문의 투발루가 그러한 예 중 하나이다.

이러한 문제를 해결하기 위해서는 환경오염의 주범이 되어왔던 선진국들이 개발도상국과 협력 체제를 구축해야 한다. 범세계적 재앙을 불러오면서까지 경제적 풍요를 누린 선진국들은 기술 남용의 부작용을 부당하게 치르고 있는 개발도상국에게 그 대가를 치를 필요가 있다. 다만 여기서 대가는 단순한 자금 지원뿐만 아니라 지속 가능한 개발을 위한 기술 지원을 포함해야 한다. 돈은 현재를 보장하지만 기술은 미래를 보장하기 때문이다.

물론 지금까지 수많은 국제기구들이 존재해 왔음에도 불구하고, 환경 문제 자체가 자국의 이익과 밀접하게 연관된 사안인 연유로 기구 설립의 효용성은 낮은 것으로 판명되었다. 하지만 국제기구 내에서 개발도상국끼리 연합체를 이루고 의무를 이행하지 않는 선진국에게 경제적 제재를 가한다면 효과적인 기술의 공유가 가능해질 것이다. 개발도상국 하나하나의 힘은 선진국보다 약할지 몰라도, 그들의 연합체는 국제 사회에 영향력을 행사하기 충분하기 때문이다.

북극곰은 분명 수중생물이 아니라 육지생물이다. 그러나 계속되는 지구온난화의 가속화는 언젠가 우리나라를 파파야가 자라는 나라로 만들고, 매끈한 꼬리를 가진 수중 북극곰을 탄생시킬 수도 있다.

하지만 과학 기술에 대한 투자가 계속되고 이를 뒷받침하는 사회적 제도가 마련된다면 인류가 북극곰이 원래 무슨 동물이었는지도 기억하지 못하는 사태는 발생하지 않을 것이다. 얼음이 시시각각 녹아내리고 있는 지금, 과학 기술은 어쩌면 문명의 힘으로 문명의 잘못을 해결하려는 일시적인 미봉책이 될지도 모른다. 그렇지만 과학 기술이 북극곰이 가는 길에 빙판을 깔아줄 수는 없어도, 그 빙판을 만드는 빙정핵은 되어 줄 수 있으리라 믿는다.

현대인에게 알맞은
식사방식의 조건

윤소혜 / 하나고등학교 1학년

현대인에게 알맞은 식사방식의 조건

- '잡식동물 분투기'를 읽고 -

윤소혜 _ 하나고등학교 1학년

지난 20세기에 급속한 산업발전을 이루고 나자 21세기 현대인들은 자신이 사는 환경, 즉 웰빙(well-being)에 관심을 돌리기 시작했다. 이에 따라 건강을 위한 여가와 스포츠, 건강한 정신과 신체를 위한 각종 클리닉과 관리센터, 그리고 무수히 많은 웰빙 이름을 단 상품들이 쏟아져 나오기 시작했다. 하지만 그중에서도 단연 최고의 관심을 받는 것을 꼽으라면 음식이라고 할 수 있다. 현대인들은 '배를 채울 수 있는' 음식을 넘어서 건강과 환경을 생각하는 음식을 추구하게 되었다.

<잡식동물 분투기>도 아마 이러한 흐름에 맞추어 써진 여러 출판물 중 하나일 것이다. 작가는 '어떤 것이 알맞은 식사방식인가'로 요약 될 수 있는 잡식동물의 딜레마를 가지고 여러 음식 생산 사슬을 체험하고 각각의 방식에 따르는 식사를 한 경험을 바탕으로 책을 서술하고 있다. 작가가 분류한 식사는 총 네 가지이다. 첫째, 산업적 식사, 둘째, 산업적 유기농 식사, 셋째, 지속 가능한 지역 음식사슬의 식사, 넷째, 스스로 마련하는 식사이다. 작가는 이 네 가지 식사를 모두 경험하고, 그 경험을 토대로 가장 알맞다고 생각하는 식사로 지속 가능한 지역 음식사슬의

식사를 꼽는다.

하지만 나는 작가가 적합한 방식의 식사를 주장하는 데에 있어 가장 중요한 단어를 빠뜨렸다고 생각한다. 우리가 지금 알아야 하는 것은 '어떤 것이 알맞은 식사방식인가'가 아닌 '어떤 것이 현대인에게 알맞은 식사방식인가'이기 때문이다. 작가가 꼽은 지속 가능한 지역 음식사슬의 식사는 소수를 위한 하나의 웰빙 방식이라고 할 수는 있어도 현대인들을 위한 보편적인 식사는 될 수 없다.

나는 이러한 이유로 다음과 같은 '현대인을 위한 식사'에 대한 기준을 정해 보았다. 첫째, 현대인을 위한 식사는 음식을 만드는 것과 먹는 것 모두 보편화가 가능해야 한다. 지속 가능한 지역 음식사슬의 식사는 우선 이 기준부터 충족되지 않는다. 지속 가능한 지역 음식사슬의 식사는 많은 사람들의 수요를 충족할 수 없는 소량의 생산을 하고 있다. 지속 가능한 지역 음식을 생산하고 있는 한 농가의 주인이 책에서 말했듯이, 이러한 농장은 일정한 생산량을 초과하면 본래의 유기적인 생산에 대한 목적을 흐리게 되므로 많은 상품을 만들어낼 수가 없다. 또한 식사에 대한 비용도 네 가지 방식 중 가장 비싸기 때문에 대다수의 사람들이 매일매일 식사로 하기에는 너무 부담이 크다.

둘째, '현대인을 위한 식사'는 발전된 과학 기술을 적절하게 이용하여 현대인들의 건강과 생산의 효율, 자연에의 기여에 긍정적인 영향을 미칠 수 있어야 한다고 생각한다. 개발된 과학기술을 충분히 이용하지 않은 채, 과거의 방식에 기대어 음식을 생산한다는 것은 보수주의적이며 비효율적이고, 발전가능성이 없다. 닭의 내장을 창고에서 썩도록 내버려 두었다가 퇴비로 사용하는 것과 같은 지속 가능한 지역 음식 사슬의 식사는 충분히 친환경적일지는 몰라도 발전가능성이 없고 과학기술을 활용하지 못한 비효율적인 방식이다. 점점 더 과학적으로 발전해가는 현대인의 생활방식과는 반대로 음식 생산 방식만이 퇴보한다면 결국 이러한 음식 생산방식은 현대의 생활양식에 적응하지 못하고 소수의 사람들만이 이용하는 방식이 될 것이다.

셋째, 현대인을 위한 식사의 생산방식은 개개인이 자신의 역할에 더 잘 집중할 수 있도록, 소비자들이 적은 비용과 시간을 투자하고도 건강에 좋은 식사를 할 수 있게 되어야 한다. 이러한 점에서 지속 가능한 지역음식 사슬의 식사는 우선 직접 농장 또는 농장과 협력하고 있는 소비단체까지 찾아가서 음식을 사와야 하는 불편함이 있다. 또, 도축하는 날이 정해져 있기 때문에 음식을 살 수 있는 기간에도 한계가 있다. 현대인들을 위한 식사 생산 방식이란, 현대인들에게 음식의 중요성과 소중함을 깨우치면서도 쉽고 간편하게 식사를 할 수 있게 해야 한다.

위와 같은 근거로 지속 가능한 지역 음식사슬의 식사는 현대인을 위한 음식 생산 방식으로 적합하지 않다. 따라서 나는 지속 가능한 지역 음식사슬의 식사의 장점을 어느 정도 가지고 있으면서도 위에서 제시한 현대인들을 위한 음식 생산 방식의 기준에 부합하는 산업적 유기농 식사가 현대인에게 가장 적합한 음식 생산 방식이라고 생각한다. 물론, 작가가 말하는 것처럼 일부 산업적 유기농 식사는 비위생적이고 비 자연 친화적인 방식으로 음식을 생산하고 있다. 하지만 일부 이러한 방식들 때문에 산업적 유기농 식사 생산방식 자체를 믿을 수 없다는 것은 억지이다. 하나의 좋은 예로, 어스바운드 농장은 살충제를 거의 사용하지 않고 다량의 상추를 생산한다. 또한 레이저를 이용하여 흙 단을 수평하게 만들고 맞춤형 수확기를 이용하여 빠르고 간단하게 수확을 한다. 또, 신선도를 유지하는 저온 유통방식을 사용하여 먼 거리에서도 신선한 상추를 소비할 수 있도록 한다. 이와 같이 몸에 좋으면서도 충분히 효율적인 방식으로 적절한 가격의 유기농 음식들을 만들어 낼 수 있다.

뿐만 아니라 요즈음에는, 작가가 비판하는 비위생적인 사육시설이 아닌 첨단 사육시설을 통해 축산물을 생산하는 산업적 유기농 식사 생산 방식이 늘고 있다. 첨단 사육시설은 첨단 기계를 이용하여 사료를 위생적으로 공급하고 배설물의 문제를 해결하며 축산물이 살기에 적합한 환경을 제공한다. 작가가 소 534번을 통해 이야기한 것처럼 식사용 축산물들은 애완동물이 아니다. 따라서 위생적이고 안전하며 살기에 좋은 환경을 제공하는 첨단 사육시설이 축산물들을 야생에서와 거의 비슷한 방식으로 살도록 돕는 것보다 나은 방법이 될 수 있다.

산업적 유기농 식사를 생산하는 방식이 여기에서 머무르지 않고 더 과학적이며 건강과 환경에 이로운 방식으로 발전하게 된다면 현대인에게 알맞은 식사를 제공할 수 있는 제일의 방식이 될 것이다. 실제로, 작가가 책을 처음 낸 2010년 8월 30일 이후에도 끊임없이 산업적 유기농 식사는 더 나은 방식으로 생산되도록 변화하고 있다. 정말로 질 좋은 식품들만 취급하는 유기농 마켓들도 곳곳에 생겨나고 있다. 이러한 마켓들은 지속 가능한 음식사슬의 식사를 생산하는 농장, 혹은 이를 취급하는 소비자 단체와는 다르게, 언제 어디에서나 빠르고 쉽게, 적절한 가격의 몸에 좋은 음식들을 구입할 수 있게 한다.

따라서 나는 현대인을 위한 가장 알맞은 식사는 과학기술과 자연친화적인 생산기술을 충분히 잘 활용하고, 발전가능성도 높은 산업적 유기농 식사라고 생각한다. 정부의 적절한 유기농 규정과 소비자들의 끊임없는 관심이 있다면 산업적 유기농 식사 생산방식은 앞으로도 우리에게 쉽고 간편하게 구매할 수 있는 다양하고 품질 좋은 음식들을 제공할 것이다.

코스모스를 읽고 나서

이광훈 / 문화고등학교 2학년

이광훈 _ 문화고등학교 2학년

과학은 인간의 문명과 함께 해왔으며 이 세계에 대한 호기심을 자극하고 진리에 점점 더 다가가게 해 왔다. 이러한 과학의 역사는 연속적인 발견과 근본적인 호기심에서부터 시작 돼 왔고 역사속의 과학은 인간과 생명의 진화, 우주에 대한 탐구와 호기심 그리고 탄생과 죽음, 외계 생명에 대한 탐색 등 자연 속의 근본적인 물음과 그 속의 자신들의 의미와 관계된 질문들에 대한 해답을 갈구 하고 탐구해 왔고 계속하여 본질을 탐구해 왔다. 이러한 일련의 탐구의 흐름속의 발견의 과정과 그 의미, 그 속의 과학적 법칙 등을 명쾌한 문장으로 쓴 책이 바로 칼 세이건이 쓴 코스모스이다.

역사 속에서부터 현대에 이르기까지의 여러 과학자들이 닦아 놓고 쌓아 놓은 여러 발견들을 천천히 그다지 난해하지 않게 설명하며, 무엇 보다 나를 사로잡은 시적이고 우아한 문장 과 비유는 탐구를 통한 사실의 관찰이 인간이 오랜 역사 동안 다양하게 만들어진 자연의 아름다움에 대한 경외감과 인류 자기 자신에 대한 근원에 관한 어떤 신화나 전설보다도 아름답고 신비하게 느끼게 하였으며, 단순한 느낌의 차원에서 멈추지 않고 책속에 담긴 다양한 이야기 들을 과학적인 지식에 대해서 추상적이고 단편적인 수준의 지식을 가진 나에게 우주라는 존재가 얼마나 신비한지 마치 그림을 그려 생생히 보여주는 것 같았다. 또한 책속에 있는 인간의 문명사적, 과학의 발달은 대단히 관심이 있었는데. 인류가 태어나고 석기를 쓰기 시작하며 자연에 대한 경외감과 신화가 만들어지던 시대에서 처음으로부터 과학적 방법론이 등장한 그리스지역을 지나 혁명적인 발견이 시작된 근대를 마지막으로 초대형 입자 가속기와 전파망원경,우주선 등을 통해 우주를 이해하고 있는 현대에 이르기까지 여정은 사실의 탐구가 얼마나 많은 사람들의 손을 통해 나왔는지, 얼마나 수많은 노력이 서려있는지 알게 해주며 그들의 노력과 생각, 의지는 나에게 깊은 인상을 주었다. 하지만 이 책이 그 이상의 감동을 나에게 준 우주와 인류학, 생물학 등 다양하고 방대하면서도 결코 무겁게 써지지 않은 글들은 내가 우주와 인간의 문명이라는 다소 어렵고 막연하게만 생각해 왔던 주제에 대해 조금 더 깊고, 풍부한 생각을 접해 볼 수 있게 하였다. 그 뿐만이 아니라 작가의 과학에 대한 열정, 그리고 내가 앞서서 말 했듯이 현대의 최첨단 과학의 여러 이론과 공학적 응용 등이 선대 과학자들이 지금까지 발견해온 여러 사실들을 기본으로 하여 그것을 다듬고 조금씩 쌓아 온 것과 과학의 근본적 모습이 그다지 달라지지 않은 모습을 보며 고대의 과학자들이 시작하고 다듬어 온 업적들이 얼마나 위대한 것인지 알게 되었으며. 이 사실을 통해 나는 그들이 쌓아온 업적들과 탐구활동의 바탕에 깔려 있는 생각이 단순한 역사속의 사실이 아닌 현대 과학의 근본이란 사실은 이 책의 내용 속에 있는 숨겨진 중요한 사실이라고 생각한다. 과학이란 과거의 발견으로부터 이어지는 끈임 없는 발견의 연속인 것이다. 한마디로 과학이 인류의 끈임 없는 노력과 연구 속에서 만들어져 왔다는 것을 별다른 직접적인 설명 없이 내용을 통해 스스로 생각해 보고 그 속에 담긴 열정을 간접적이나마 느낄 수 있게 해주었다. 이러한 발견의 과정 뿐 아니라 책을 채우는 방대한 지식은 우리의 세계가 얼마나 신비로운지 설명해 주고 있다. 작가가 보이저호의 탐사자료를 바탕으로 하여 말해주는 소행성대 너머 멀리 떨어진 태양계 행성들-금속 수소로 이루어진 거대한 바다와 대기를 가지고 있는 목성과 아름다운 고리를 가진 토성-과 그 위성들-대기를 가진 토성의 위성 타이탄, 물과 얼음의 세계인 유로파, 화산에서 나오는 기체가 대기권 너머로 분출시키는 태양계에서 가장 붉은 천체 이오-이 간직하고 있는, 인간이 이제껏 상상해보지 못한 세계에 대한 모습은 우주라는 광막한 세계가 인간이 머릿속에서 창조해온 어떤 세계보다 더 풍부한 모습과 현상을 가지고 있는지 알게 해준다.

또한 코스모스는 여기 이 태양계에서 멈추지 않고 훨씬 더 거대한 우주의 모습과 지구상의 생명이 가진 장대한 역사를 알기 쉽게 그리고 경외심을 담아서 설명한다. 단순한 고분자 화합물 스프에서 생명의 근원이 되는 핵산의 탄생과정에서부터 시작하는 진화는 이 복잡하고 정교한 존재가 가진 신비로움 가장 알기 쉽게 보여주며 이러한 생명의 탄생과 변형을 통한 소멸과 재 창조는 책이 보여주는 생명의 탄생과 진화, 별의 탄생과 죽음이 만들어 내는 새로운 천체와 원소의 탄생 그리고 우주의 기원을 떠올리게 만들며 나는 이를 통해서 우주만물의 탄생과 파괴의 순환과정이 얼마나 신비하고 아름답게 짜여져 있는지, 우주 속의 여러 존재들이 어떻게 서로 연관되어 있는지 조금이나마 할 수 있었다. 이렇게 책의 내용이 보여주는 우주의 모습은 단지 만들어진 법칙에 의해 한

없이, 그리고 지루하게 돌아가는 시계태엽이 아니라 하나의 근원적인 것에서 시작하여 수많은 물리적 존재와 에너지가 탄생하고 소멸하지 않고 순환하며 새로운 존재를 창조해 나가는 역동적이면서도 정교한 법칙에 따라 움직이는 내가 알지 못하는 경이로운 세계이며 결코 인간의 상상 속에 존재해 왔던 초월적인 존재가 만들어 낸 어떠한 세계와 그러한 생각보다 더 아름답고 질서 정연한 동시에 무궁무진한 일들이 일어나는 세계였다. 책의 제목인 코스모스는 단순한 질서라는 뜻을 가진 단어가 아닌 신비로운 하나의 질서를 통하여 움직이는 우주, 정돈된 하나의 정교한 질서 그 자체를 의미하는 것이다.

마지막으로 책이 보여주는 인간과 우주에 대한 놀라운 이야기들은 단순히 책 속에 녹아있는 과학적 사실만이 아니라, 합리적인 이성을 통한 인간사회의 변화를 추구하는 작가의 목소리는 책에 담긴 다양하고 풍부한 내용과 함께 이 책의 내용을 더욱더 풍부하게 해주며 인류가 나아가야할 미래에 대해 조금씩 비전을 제시해 주고 있다. 과학과 이성의 눈으로 본 고대에서부터 현대 인류가 가지고 있는 여러 가지 문제를 짧지만 결코 부정 할 수 없는 말이 책 속의 작가의 이야기 속에서 그대로 들어나며 이를 통하여 느껴지는 작가의 인류의 미래에 대한 걱정을 조금씩 알 수 있었다. 그러나 몇 만 년 동안 긴 역사를 지나면서 조금도 달라지지 않은 인간의 본성의 어두운 면을 조금씩 부드럽게 해주는 과학, 이성과 관련된 사건으로 조금씩 변해가는 인류의 모습을 보며, 이러한 부정적이고 갈 길이 먼 인류의 모습을 지구상에서 유일하게 고도의 지성적 활동이 가능한 인간의 대뇌. 즉 상대에 대한 이해와 공감, 정교한 논리적 사고 등을 통해 해결할 수 있을 것이라는 희망을 가지고 인간의 미래를 낙관적으로 보고 있다. 이러한 모습은 내가 이 책을 읽으면서 가장 깊은 감명을 느낀 부분 중 하나이다. 단순한 회의론적인 접근이 아닌 비판적이면서도 다정하고 그윽하게 인간이란 존재를 바라보는 작가의 모습은 내가 봐온 어떠한 책속의 지식과 사상도 이러한 모습을 나에게 보여주지 않았으며. 이러한 전망을 통하여 현대 사회에서 과학이 할 수 있는 역할이 단순한 진리의 탐구 그 이상의 것이라는 것과 사회적인 측면에서 과학이 가야할 방향을 명확히 집어낸 것이라 할 수 있다. 이것이 인간이 가진 최고의 생존도구 이자 꿈꾸는 이상 사회에 조금 더 가까이 갈 수 있게 하는 열쇠라는 것을 작가는 자신의 개인적인 견해를 통하여 강력하지 않으면서 부드럽게 우리에게 보여주고 있다. 인간이 기본적으로 내제하고 있는 사회적인 본능과 의식들을 여러 가지 다양한 지식을 통해 설명함으로써 우리들이 생각해 보고 알 수 있도록 하고 있다.

이를 통해 나는 과학적 사고와 합리적인 이성은 자연의 신비를 밝혀만 가는 것이 아니라, 진정으로 인간의 모습을 한 발짝 더 진전시키는 원동력이며, 칼 세이건의 열정과 희망을 통해 과학자의 역할이란 단순이 탐구에만 머무르는 것이 아닌 인류가 꿈꾸는 사회의 비전을 생각하고 그러한 변화를 대중에게 알리는 역할 역시 중요 하다는 것을 깨달았다.

이처럼 나는 이 책을 읽으면서 전에는 느끼지 못했던 감동과 경의를 느낄 수 있었으며, 행복함을 느꼈다. 코스모스는 단순한 과학교양서적이 아닌 다양하고 경이로운 사실을 통하여 인간이 지금껏 사색해온 우주와 인간의 관계를 조금이나마 우리가 편하게 알 수 있고, 생각해 볼 수해주고, 이러한 진리를 위하여 해왔던 인류의 노력이 얼마나 대단한지, 그러한 노력, 열정, 과학 그리고 과학이 나아가야 할 길을 집대성한 노력의 결과물인 것이다.

과학, 자연과 함께 걷다

이연지 / 제주과학고등학교 1학년

| 과학, 자연과 함께 걷다 |

이연지 _ 제주과학고등학교 1학년

우리 집에는 가을이면 수많은 반딧불이가 밤하늘을 아름답게 비춘다. 나는 반딧불이가 날아다닐 때면 창가에 앉아 하늘을 바라보고는 한다. 지금은 멸종위기에 처해있어 잘 볼 수 없는 반딧불이. 반딧불이를 볼 때면 생태계파괴로 살 곳을 잃은 많은 동식물들이 생각나 우리가 처한 현실에 대해 생각하게 된다.

아직도 많은 사람들이 자연은 인간의 것이라는 생각을 갖고 있어, 이익을 위해서라면 무분별하게 생태계를 파괴한다. 특히 과거에는 이러한 생각을 갖은 사람들이 더 많았다. 무분별한 파괴인 만큼 생태계의 상호작용을 생각하지 않고 무조건 하고보자는 현상이 벌어졌다. 이를 많은 대중에게 알리고 그 심각성을 대중에게 알린 사람이 있다. 그 사람이 바로 레이첼 카슨이다.

레이첼 카슨은 타임지가 뽑은 20세기를 변화시킨 100인 중 한 사람이다. 문학을 공부하다 생물학을 전공으로 공부하면서 생물학자로 활동하였다. 그 후 많은 저술활동으로 세계적으로 그녀를 인정해주었다. 그녀가 쓴 많은 책을 통해서 사람들에게 자연을 보호해야 함을 깨우쳐주었다.

그중 살충제 등의 무분별한 사용이 미치는 영향을 많은 대중에게 알린 책이 '침묵의 봄'이다. 나는 침묵의 봄이라는 책을 읽으면서 내가 과학을, 특히 생물을 배우는 입장에서 보았을 때 살충제의 사용이 환경, 동식물 그리고 인간에게 미치는 영향에 대해 다시 생각해보게 되었다. 아빠께서는 작은 귤과수원을 운영하신다. 그리고 내가 일손을 도우러 갔을 때 종종 과수원에 살충제를 뿌릴 예정이라고 말씀하신다. 이 책을 접하기 전까지는 살충제의 사용이 정확하게 어떤 영향을 모르고 있어서 살충제의 사용을 당연하게 여겼다. 그래서인지 특히 살충제를 비롯한 강력한 화학물질이 토양과 지하수에 미치는 영향은 나에게 큰 충격일 수밖에 없었다.

눈에는 잘 보이지 않지만 많은 생물들이 살아가고 있는 토양에서는 살충제는 악영향을 준다. 토양에는 수많은 미생물들이 살아간다. 이 미생물들은 생태계에서 질소 고정처럼 중요한 역할을 맡고 있다. 살충제의 사용은 토양속의 특정 유기체를 폭발적으로 증가하게 만든다. 토양이 이렇게 변하면 생산성을 떨어뜨린다. 또한 살충제는 토양에서 오랫동안 남아있게 되고 변형되어 다른 물질로 바뀌기도 한다. 우리가 생산성을 높이기 위해 사용하던 살충제가 오히려 역효과를 가져온다는 것이다. 눈앞에 당장 보이는 이익을 위해서 사용하던 살충제. 과연 그 사용은 이익을 제대로 가져다준다고 할 수 있을까?

토양의 오염은 물을 오염시키기도 한다. 물은 우리의 삶의 없어서는 안 될 존재이다. 특히 식수로 사용되는 물은 우리에게 매우 소중하다. 생태계에 생명을 불어넣는 물이 지금 오염되어가고 있다. 농사를 지을 때 사용되는 살충제를 비롯한 화학물질 등은 특히 땅 속을 흐르는 지하수를 오염시키고 있다. 이 문제는 특히 제주도와 밀접한 관련이 있다. 제주도는 세계자연유산에 등재되었을 만큼 세계적으로 그 가치를 인정받은 곳이다. 아름다운 자연환경과 그 속에서 많은 동식물들이 서식한다. 화산폭발로 생긴 제주도는 주로 급격하게 용암이 식어서 만들어진 현무암으로 이루어져있다. 그 현무암의 특성으로 제주도는 강이나 호수가 없다. 대신 맑고 깨끗한 지하수가 제주도의 땅 속 깊은 곳을 많은 동식물들에게 생명을 불어넣으며 흐르고 있다. 제주도는 주로 지하수를 이용하여 식수, 농업용수 등으로 사용한다. 그렇기에 지하수는 생태계에 생명을 불어넣는 중요한 존재라고 할 수 있다.

제주도의 관광산업이 발달하면서 지하수는 점점 오염되어가고 있다. 제주도는 현재 농업보다도 관광산업이 더 큰 비중을 차지한다. 곳곳에서 많은 개발이 진행됨에 따라 수많은 골프장이 생겼다. 골프장은 제주의 생태계를 오염시키고 파괴하는 주요 원인인데, 특히 지하수를 오염시킨다. 골프장에서는 농업에 사용되는 것보다 많은 양의 살충제를 사용한다. 그리고 그 살충제는 서서히 땅속으로 침투되어 지하수가 흐르는 곳까지 가게 된다. 이처럼 살충제의 사용은 생태계를 파괴한다. 골프장이 다른 것에 비해 지하수를 더 심하게 오염시키는 원인은 넓은 면적에 있다. 또한 이 넓은 면적에 사용되는 살충제는 농사에 쓰이는 살충제보다 그 양이 많을뿐더러 독성도 강하다고 한다. 이 살충제는 토양을 오염시키고 토양에 있는 수많은 미생물들과 작은 곤충 등을 죽인다. 골프장에 뿌려지는 살충제는 동식물뿐만 아니라 사람에게도 피해를 준다. 살충제의 사용으로 마을의 식수로 쓰던 지하수가 오염되는 사례는 많다.

현재는 과거보다는 좀 더 인체에는 안전한 물질을 사용하지만 종류는 다양해졌다. 이 다양한 화학물질들이 지하수에서 모여 어떤 반응을 일으켜 어떤 영향을 미칠지 모르기에 지하수의 오염은 더 위험하다. 사람들이 자신의 건강을 위해 골프를 치는 행동이 생태계와 타인의 건강을 망치고 있는 모순된 상황이 벌어진 것이다.

아직까지도 많은 사람들은 개발을 위해서 자연환경을 이용하는 것을 당연하게 여길지도 모른다. 이런 생각을 갖고 있는 사람들에게 자연환경을 파괴하지 않아도 얼마든지 우리가 원하는 해충의 수 조절 등을 할 수 있다는 것을 알리고 싶다. 생태계에서 한 생물 종을 없앤다는 것은 그렇게 쉬운 일이 아니다. 우리가 살충제를 뿌려 없애버렸다고 생각하던 생물 종이 오히려 내성을 가져 더 나쁜 사태를 불러 오기도 한다. 처음에 '곤충처럼 작은 생물이 어떻게 그렇게 빨리 적응 하겠어'라는 생각을 마음속으로는 하고 있었다. 하지만 실제로 이러한 사례는 매우 많다고 한다. 오히려 살충제 살포처럼 강력하고 빠른 방법보다는 생태계를 망치지 않으면서도 다른 생물을 이용하는 방법을 사용하는 것이 더 효과적이다. 우리가 없애려는 그들 모두 소중한 생명이라고 부르는 존재이고, 생태계를 구성하는 일원이다. 사람들은 이제까지 눈앞의 이익과 결과를 위해 달려왔다. 그 과정에서 사람들은 모든 분야에서 인간의 승리를 경험했지만, 지금은 오히려 자연의 천천한 반격에 숨을 가빠하고 있다. 자연과 더불어 살아가는, 그런 사람이야 말로 이 생태계를 구성하는 하나의 일원이라고 할 수 있지 않을까?

인류에게 무한한 가능성을 주었던 살충제. 녹색혁명을 일으켜 제 3국가의 발전에 기여를 하기도 하였지만 지금은 환경을 오염시키고 생태계를 파괴하는 하나의 원인이 되었다. 이제는 많은 국가들이 살충제 없이 생활 할 만큼의 발전을 이룩하였다고 본다. 이제는 레이첼 카슨의 생각과 현대의 과학기술이 손을 잡고 같이 길을 걸어가야 할 때이다. 무분별한 개발이 얼마나 나쁜 영향을 주는지 대중에게 알리고 인식을 바꾸어야 한다. 또한 과학으로 이미 오염되어버린 환경을 되돌리는 방법, 그리고 앞으로 나아가야 할 방향을 모색해야 할 것이다. 이제는 조금은 느릴지는 모르지만 그래도 모두가 함께 생활할 수 있는 환경을 가꾸어 나가는 것, 그것이 과학의 길이 아닐까?

니콜라우스 코페르니쿠스

이현진 / 고양예술고등학교 2학년

| 니콜라우스 코페르니쿠스* |

이현진 _ 고양예술고등학교 2학년

나의 시선 너머엔
언제나 세계가 존재했다
중심을 노래하는
사람들로 가득한 세계

머릿속의 필라멘트들이
끊임없이 깜박였고
팽창하는 은하의 중심에 서 있는 건
내가 아니었다

사람들은 모두 그들이 서있는
푸른 별을 감싸고
태양이 돌아가고
별들이 돌아가는

---

* 지동설을 주장한 근대의 자연과학자.

중심을 노래했다

지구의 자전은
나에게만 어지러웠던 걸까
우주의 중심이 된 지구
그 속의 불균형은 나뿐이었을까

모두 세상이 돌아간다고 믿었지만
번갈아 찾아오는
밤낮을 맞이하기 위해
우리는 모두 돌아가는 중이었다.

태양을 감싼 채
쉴 새 없이

지구는 돌아가고,
우리도 끊임없이
돌아가는 중이랍니다

몇 번이고 말해 봐도
모두들 그저 중심만 노래할 뿐

누구의 귓바퀴에도 고이지 않을

나의 노래 속에는
언제나 세계가 존재했다

거대한 태양을 감싼 채
쉼 없이 돌아가는 푸른 별의 세계가

살아있는 갯벌 이야기

임은영 / 오천고등학교 2학년

| 살아있는 갯벌 이야기 |

임은영 _ 오천고등학교 2학년

영역 싸움하는 칠 게도
주변을 경계하는 갈 게도
죽은 게 아닙니다!

고운빛깔 비단 입은 비단 고둥도
헐벗은 민챙이도
죽은 게 아닙니다!

숭어가 좋아하는 갯지렁이도
갯벌 위를 자유로이 다니는 댕가리도
죽은 게 아닙니다!

모두 살아있는 갯벌 속 생물입니다!

우리의 욕심으로 이들을 세상 끝으로 몰아내기엔
너무도 아까운 존재입니다!

초파일의 밤

정수용 / 금호고등학교 1학년

정수용 _ 금호고등학교 1학년

2012년 1월 3일

경기도 광주에 위치한 어느 6층 건물 지하실.

백열등 하나가 모든 어둠을 지배하고, 정중앙에 놓인 철제 실험대 위에는 각종 공구들이 널려있다. 그 실험대 앞에 한 남자가 서있다. 그는 노트북크기의 무언가를 이리저리 살펴보고, 전동드라이버를 돌려대고, 망치를 두들기더니, 희미한 미소를 지으며 실험대 위에 올려두었다. 그는 한쪽 구석에 있는 금고를 향해 다가갔다. 그는 실험복 안쪽 주머니에서 종이뭉치를 꺼내들었다.

금고를 열었다.

2012년 3월 14일

뉴스 속보를 전해드립니다. 오늘 낮 1시경 서울 광화문광장에서 차량 폭탄테러가 일어났습니다. 이 사고로 시민 25명이 사망하고 31명이 다쳤으며, 차량 10대가 폭발하는 등 많은 피해가 발생했습니다. 폭탄테러를 감행한 테러범 정씨(27)는 폭탄테러 후 도주하다 사건 신고를 받고 출동한 경찰에 곧바로 붙잡혀, 현재 조사를 받고 있습니다.

이번 테러의 범인은 대한민국 방위산업의 기대주, 정씨였던 것으로 밝혀져 파문이 일고 있습니다. 정씨는 정석가 보건복지부 장관의 첫째아들로, XX대학교 기계공학과를 수석졸업하고, 국방과학연구소에서 여러 가지 연구 성과를 내며, 대한민국 방위산업의 기대주로 주목받고 있었습니다. 그러나 최근 계속된 연구·개발 실패로 국방과학연구소 연구원직을 그만 두고, 경기도 광주에 거주하고 있었던 것으로 알려졌습니다. 그가 어떤 의도에서 이러한 테러를 일으켰는지는 조사 후 밝혀 질 것으로 보입니다만, 여론은 그가 그동안 심혈을 기울여 왔던 연구·개발 실패를 비관해 사건을 일으킨 것이 아니냐는 주장에 무게를 두고 있습니다.

이번 사건에 대해 정석가 보건복지부 장관은 유감을 표명했습니다. 자신의 아들 때문에 나라가 슬픔과 공포에 빠졌다며, 그에 대한 죗값은 자신도 같이 치르겠다고 기자회견에서 밝혔습니다. 정 장관의 사임 건을 두고 정치계가 소용돌이에 휘말리게 될 것으로 보입니다.

2012년 3월 25일

지난 14일 있었던 광화문 테러사건에 대한 검·경 합동조사 결과가 발표되었습니다. 합동조사단측은 피의자 정씨가 신무기 연구차질로 국가로부터 연구비 지원이 중단되고, 결국 자신의 연구가실패로 돌아간 것에 비관하여 테러를 일으켰다고 기자회견을 통해 발표했습니다. 정씨는 국방과학연구소 퇴소 당시 은밀히 빼돌린 각종 폭탄 제조 물질들을 이용해, 광주의 한 건물 지하실에서 차량폭탄용 고폭탄을 제조하여 테러에 이용했다고 합니다. 사건 일주일 전부터 각종 렌터카 업체에서 차들을

빌려 광화문 곳곳에 세워두고, 폭탄을 설치, 폭발시킨 것으로 모두 사전
에 치밀한 계획 속에서 이루어진 범죄라고 밝혔습니다. 정씨가 모든 진
술을 끝냈고, 얼마 뒤 공소제기를 통해 재판에 회부할 예정이라고 덧붙
였습니다.

2012년 3월 28일

이번 사건을 전담 이고은 검사가 서울지방법원에 공소 제기해 법원에
서는 1심 공판 날짜를 4월 2일로 결정하였습니다. 법원은 이번 재판은
전 국민의 관심을 받고 있는 만큼 대국민 공개재판으로 진행될 예정이
라고 밝혔습니다. 대국민 공개재판은 4월 2일 각종 텔레비전 채널을 통
해 생방송으로 전국에 방송될 예정입니다.

2012년 4월 2일 1심 공판 당일

"이에 따라…… 본 법원은 피고 정에게 사형을 선고한다."

땅! 땅! 땅!

세 번의 망치소리로 모든 재판은 끝이었다. 더 이상의 재판은 없었다.
공개 재판에서 정이 보인 무심한 태도는 국민들을 분노하게 만들기에
충분했다. 전국 각지에서 정의 사형 판결을 지지하는 집회가 열리었고,
이미 죄가 충분한 상태에서, 정이 항소를 하더라도, 받아들여줄 필요는
없으며, 즉시 형을 집행해야 한다는 주장도 나오기 시작했다. 법원 측은
피고의 항소 여부 결정에 따라야 한다며 정의 결정을 기다리기로 했다.
하지만 아이러니하게도, 피고, 테러범 정도 어떤 까닭에서였는지 자신은
항소할 생각이 없다고 법원에 알렸다. 법원 측은 최종 판결문을 공개하

고, 2개월 후 정의 사형을 집행하기로 결정했다. 정은 곧바로 교도소로 후송되었다. 정이 항소를 하지 않겠다고 했다는 사실이 전파를 통해 전국으로 퍼져나갔고, 이는 국민들의 호기심을 자극하기에 충분했다. 하지만, 그 사실에 대해 진심으로 알고 싶어 하는 사람들은 없었다. 어쩌면 모두 재미를 위한 쇼를 보고 있다고 생각는 것이나 다름없었을지도

차가운 공기만이 가득 찬 텅 빈 복도. 하늘색 죄수복에 '39105' 빨간색 번호표를 단 사형수가 간수 둘을 대동한 채 가로질러 404호의 커다란 철문 앞에 섰다. 정이었다. 그는 404호라고 인쇄되어진 팻말을 한참 동안 응시하고, 인상을 찡그리더니, 간수들의 억센 힘에 이끌려 404호 안으로 들어섰다. 간수들은 곧 철문을 닫고 나갔다. 정은 덩그러니 철문 앞에 남겨졌다.

낯선 장소에 대한 인간의 당연한 반응이었을까, 그는 깊은 생각에 잠긴 표정으로 5평 남짓 되는 그 곳을 훑어보았다. 차가워 보이는 그의 안경이 천장의 백열등을 비추었다. 다른 4명의 수감자들 역시 그를 위 아래로 훑어보고 있었다. 그가 가장 구석진 자리로 가자, 누군가가 말을 꺼냈다.

"혁명가님 납시었군!"

정은 눈살을 찌푸리긴 했지만, 아무 말도 하지 않고 말을 꺼낸 그자를 쳐다보았다. 실제 나이는 30대 중반쯤으로 생각되나 보기에는 그 이상 늙어 보이는 자였다.

"위대하신 혁명가님께서 우리 같은 사람이랑 함께 계시어도 될지 모르겠군 그래."

꽥꽥거리며 빈정대는 말투로 말을 마쳤다. 그는 피부가 거북이 등껍질

처럼 거칠어 보였고, 힘없이 구부러진 허리는 정으로 하여금 그가 살아온 인생을 예상하게끔 해주었다. 하지만 정을 바라보는 그의 두 눈은 초롱초롱 강하게 일렁이며 무언가를 말하려는 듯 했다. 그의 옆에서 키는 크고 통통한 아니, 뚱뚱한 사내도 헛기침을 하더니 슬금슬금 말을 하기 시작했다. 그의 피부에선 윤기가 흘렀다.

"어…… 이 녀석 말투는 신경 쓰지 말아. 말투가 항상 삐딱하고 부정적인 놈이지. 방금 말한 이 녀석은 김신록이라하고, 나는 최철진. 잘 지내보자고. 뭐, 자네가 나랑 맞을지는 모르겠지만. 어쨌든 간에!"

최철진은 자신과 방금 그 김신록이라는 자만 소개하고, 정에게는 이름조차 물어보지 않았다. 그는 누군가를 불렀다.

"어이 도하야! 와서 새 친구와 인사 좀 나눠라. 너랑 터울도 별로 안 나보이는구나."

얼굴이 시커멓고 키가 매우 작은 사내가 구석에서 일어났다.

"반갑습니더. 구도하라고 합니더."

하며 구도하는 정에게 악수를 청해왔다. 가까이서 본 구도하의 얼굴은 상당히 앳된 얼굴이었다. 구도하는 손을 상하로 힘차게 흔들어댔다. 정은 손을 뿌리치려 했으나, 강하게 쥐어오는 구도하의 손길은 뿌리 칠 수가 없었다. 그런 정과 구도하의 모습을 본 최철진이 웃음을 터뜨렸다.

"야! 오늘 처음 본 녀석인데 어색하지도 않니? 아무한테나 악수를 해대다니."

구도하는 갑자기 깊이 생각하는 듯싶더니,

"장행님은 인사 안 하십니꺼? 또 와 그라고 구석에 고개 푹 숙이고, 처박혀 있는대예?"

하고 퉁명스럽게 말을 뱉었다.

"됐다. 인사해서 뭐할 건데? 아…… 어차피 당신도 곧 죽을 목숨인데 저승길 외롭지 않게 길동무라도 만들어두라 이거냐?"

살기가 느껴지는 차가운 목소리가 404호실을 날카롭게 파고들었다. 그의 죄수복에도 빨간색 번호표가 아슬아슬하게, 달려있었다.

"아이 그게 아이고……."

구는 당황한 듯했다. 그리곤 갑자기 미소를 지으며 자리로 돌아가 앉았다. 덩달아 일어나있던 최도 구석에 자리했다. 갑자기 고요함이 일더니 다들 눈을 감았다. 정도 자신의 구석진 자리에서 밖을 향해 나있는 작은 창틀 사이의 미세한 빛줄기를 응시하다 눈을 감았다.

시간이 얼마나 흘렀을까, 정이 다시 눈을 떴을 때는 이미 어둠이 교도소 안과 밖을 완전히 지배해버린 뒤였다. 정은 벽을 기대고 누웠다. 그때 김신록의 잠꼬대 소리가 들려왔다.

"꽃 같네요. 꽃밭 같네요. 물기어린 눈에는 이승 같질 않네요……."

정은 무심히 김신록을 바라보다가 다시 잠을 청하려고 했지만 지독히도 잠이 오지 않았다. 김신록은 계속해서 똑같은 말을 반복할 뿐 이었다.

정은 결국 뜬눈으로 밤을 지새웠다. 긴장한 탓이었는지 온몸은 뻐근했고, 이리저리 쑤셨다. 이윽고, 교도소 전체에 귀가 찢어질 듯한 사이렌이 울리기 시작했다. 김신록이 제일 먼저 자리에서 일어났다.

"저놈의 사이렌 소리 질리지도 않나? 혁명가 동지 잘 잤나? 부지런하군! 바로 일어나다니."

어제와는 전혀 다른 말투였다. 오히려 정감이 느껴졌다.

정은 고개를 끄덕였다. 어차피 그가 잘 잤는지 못 잤는지 김신록은 알

턱이 없을 테니까. 김신록도 고개를 끄덕이더니 백열등을 켜고 나서 기지개를 쭉 폈다. 그리곤 발로 툭툭 최철진을 찼다.

"어이 철진, 일어나 어서, 사이렌이 울렸다고."

"끼이이이잉이이잉익, 끼이이이이이이이익"

최가 미친 듯이 굴러대며 미친 듯 한 소리를 냈다.

"뭐하는 거야? 장난치지 말고 어서 일어나라니까."

"키키킥 자식아. 니가 제일 싫어하는 소리 내본 거다. 재밌지 않나?"

"글쎄, 과연 이걸 재밌다고 느끼게 될 날이 언제쯤 올지 모르겠네."

김신록이 최철진을 챙겨 깨워 갈 때 쯤, 정은 입을 꾹 다물고 천장을 바라보고 있었다. 그러자 김신록은 정을 다시 쳐다보더니,

"참, 혁명가 동지, 성명이 어떻게 되는가? 어제는 내 머릿속에 여러 가지 생각이 많아서 좀 툴툴거렸지. 뭐 철진이 말대로 항상 툴툴거린다고는 하지만 말이야."

정이 조심스럽게 갈라진 목소리를 내었다.

"정……."

"자네, 여기 와서 방금 첫마디 한 거 아닌가? 정이라니? 이름도 제대로 안 알려주는 건가? 성만 알려주겠다고? 자네 참 웃긴 사람이로구만? 이름을 알려주기 싫다는 거지? 그래, 자네도 정신이 없을 테지. 그런 힘겨운 일을 하고나서 바로 이런 곳으로 왔으니 말이야. 조금씩 말문을 열어보게나. 어차피 여기엔 다들 비슷한 사람들이 모여 있는 거나 다름없으니 서로에게 적대감은 갖지 말고."

김신록이 한 말은 사실 정이 김신록에게 했어도 전혀 이상한 말 같지는 않았을 것이다. 적대감을 가진 건 오히려 김신록 쪽 같았으니 말이다.

어제까지만 해도 분명 그러지 않았었는가? 그러나 정은 그에 대해서 말을 잇지 않았다.

하루를 알리는 사이렌 소리가 다시 한 번 울렸다. 김신록이 철문에 대고 소리쳤다.

"시팔 이제 어지간히 울려댔으면 하는데."

"아직 안 일어난 사람 저어기 있는데. 저기 둘도 아직 제대로 안 일어났네! 뭘."

김신록은 최철진이 가리킨 손가락 끝을 바라보았다. 정이 벽을 기댄 채로 잠들어있었다. 긴장이 풀린 탓에 잠든 것이 분명했다. 구도하와 장은 아직 비몽사몽한지, 눈을 게슴츠레 뜨고 멍하니 있었다. 그건 깨어있으나 깨어있는 게 아니었다.

"뭐? 방금까지 깨어있었는데? 피곤하긴 했을 테지. 아침 점호 할 때까진 자게 내버려 두자고. 짠하게 됐군. 그렇게 많은 사람들을 희생시켰는데, 이제 죄책감이 밀려들겠지. 그 죄책감은 영원히 저 아이를 괴롭힐 거다. 그걸 이겨내서도 안 되고, 그걸 무시해서도 안 되지. 영원히 떠안고 가야하는거야. 그날이 오기 전까지는 우리도 그 아이의 죄책감을 함께 지게 될지도 모르겠다."

김신록이 입술을 지그시 깨물고, 천장의 백열등을 쳐다보았다.

"무슨 소리야? 저 아이의 죄책감을 우리가 함께 지게 될지도 모른다니? 그건 또 무슨 헛소리를 하는 건데? 너는 알다가도 모를 놈이라니까. 네가 항상 그런 식이지. 알아들을 수도 없는 개소리를 아무 때나 지껄이니, 참나."

최는 어깨를 으쓱이더니, 김신록의 이마를 두드리고는 몸을 흐느적거리며 벽을 향해 발차기를 하기 시작했다. 체구와는 다르게 의외로 날렵했다. 돌려차기를 두어 번 더 하다가 바닥에 미끄러지는 바람에 자고 있던 정의 손등을 꾹 하고 밟아버렸다.

"으어어, 어떡하냐 이거?"

최철진이 당황해서 김신록과 피해자를 번갈아 쳐다보았다. 김신록은 최철진의 눈빛은 무시하고, 정을 향해 다가갔다.

"어이, 좀 일어나봐 괜찮아?"

김신록이 정을 조심스레 흔들었다. 아무런 반응이 없었다.

"으아아, 애 왜이래? 너무 아파서 기절한 건가? 진짜 아프면 아무 소리도 안낸다는데, 방금 밟힐 때 아무 소리도 안냈잖아. 어떻게 된 거지? 애, 좀 일어나봐!"

김신록이 정의 손등을 살펴보았다. 시퍼렇게 멍이 들어있었다.

"이봐, 일어나 봐. 괜찮은 거야?"

정은 여전히 일어나지 않고 있었다. 그때 정에게서 골골대는 소리가 났다.

"어찌된 게, 손등이 이 꼴이 됐는데도 코까지 골며 잘 수가 있는 거지? 고통을 못 느낀 건가? 차라리 잘됐네. 영원히 모르고 사는 거지 뭐."

최철진이 소란을 떠는 바람에 구도하와 장은 비로소 잠에서 완전히 깨어났다. 구도하는 자신이 자고 있던 자리에서 슬슬 기어왔다.

"무슨 일 났습니꺼? 아까 사이렌 소리는 들었는데, 또 무슨 소란입니꺼?"

장은 멀리서 지켜보며 말했다.

"또 지랄하다가 뭔 일 났겠지. 최철진, 당신 또 그 짓거리하다가 그렇게 된 건가? 언젠간 그리 될 줄 알았다니까."

그의 말투는 여전히 차가웠다.

2주후

어김없이, 오후 12시 반이 되자 교도소내의 모든 죄수들은 급식소로
향했다. 404호 죄수들도 허둥지둥 급식소로 갔다. 이 어두침침한 교도소
내에서 유일하게 사람이 모여 있는 곳임을 알게 해주는 단 한 곳이 급식
소였다. 모두가 사람냄새, 밥 냄새 집 냄새를 맡을 수 있었다. 정과 구도
하 그리고 최철진이 희망에 찬 표정으로 식판을 받아들고, 지나가자 주
변이 술렁거렸다.

"저 놈이 그 놈인가?"

"그래, 저기 옆에 안경 쓴 놈 보이지? 그놈이라니까."

"무슨 장관 아들이라던데?"

"뭐? 그렇게 귀하신 댁 자제분께서 이런 데엔 왜 들어 왔대?"

"그 소식 못 들었나? 며칠 전에 서울에서 큰 테러가 있었는데, 저 자
가 벌인 짓이라나?"

"어떤 장관 아들인데?"

"보건복지부 장관이던가? 왜 있잖나, 몇 달 전에 기초 생활 수급자 정
책을 잘 펼쳤다고, 언론에서 극찬을 했었는데, 그 뒤에 밑에 것들이 자
금 빼돌리다가 걸려서, 곤혹 좀 치렀다잖아. 그리곤 저 놈 테러 때문에
결국 물러났다지. 자네들은 이런 데에 있더라도, 뉴스는 보고 살게나. 세
상 돌아가는 판국은 알아야지, 대화가 안 되는군 그래! 저 자가 여기 들
어온 지 2주나 지났는데, 무슨 뒷북을 이제야 치고 있는가? 제기랄, 정말

한심 하네 한심해!"

"그런 정신없는 세상이 싫어서 내가 여기 온 거 아니겠어? 뉴스 따위 안 봐도 사는데 지장 없더구만."

"말은 그렇게 하면서 궁금해 하기는, 있을 만큼 있고, 원하는 것 다 누릴만한 사람이 왜 그랬는지, 참 알 수가 없네. 알 수가 없어."

정은 티격태격하는 다른 죄수들의 대화를 묵묵히 지나쳤고 최철진은 그의 어깨를 식판으로 툭툭 치며 빨리 지나가버리자고 이야기했다. 하지만 구도하의 표정은 급식소를 들어올 때와의 표정과는 딴판이었다. 깊이 고심하며 무엇인가에 화가 난 표정이었다. 그는 곧바로 식판을 잔반통에 던져버리고, 간수 한명과 함께 404호로 되돌아갔다. 최철진이 깜짝 놀라 벌떡 일어나며 말했다.

"쟤가 갑자기 왜 저러는 거지? 밥이라면 자다가도 벌떡 일어나는 놈이."

정이 아직까지 멍들어있는 손등을 바라보며 음침하게 받아쳤다.

"글쎄요……."

"젠장, 또 저 녀석 다중이 병이 도진 건가?"

정은 더 이상 대꾸하지 않았다. 최철진은 말을 하면 할수록 오버를 할 뿐더러, 말도 안 되는 소리를 계속해서 하기 때문에 제때 끊어주지 않으면 도를 지나친다는 것을 알아가고 있었기 때문이다. 지금껏 지켜본 결과 그랬다. 그 사이에 김신록이 옆으로 와 앉았고, 저 멀리서 장이 혼자 앉아 밥을 먹고 있었다. 장의 주변엔 아무도 없었다. 최철진이 오라고 손짓을 했지만 가볍게 무시했다. 최철진이 말했다.

"도대체 이게 어떻게 된 건지. 저 자는 갑자기 저렇게 되어버린 걸까."

식사가 끝나고, 죄수들은 다시 돌아가야 했다. 간수들이 철문을 열어 주자, 정과, 김신록, 최철진 그리고 장은 터덜터덜 안으로 들어갔다. 이미 들어와 있던 구도하가 천장 가까이 있는 창문을 쳐다보고있었다. 최철진이 구도하에게 말을 걸었다.

"아까는 왜 그냥 들어간 거야?"

"……."

"왜?"

"……."

"응? 왜 그런 거냐고?"

"……."

지켜보고 있던 정이 말했다.

"그냥 두세요. 생각하고 싶은 일이 있나보죠."

구도하가 드디어 입을 열었다. 항상 듣던 사투리가 아니었다.

"쳇, 역시 장본인께서 잘 알고 계시는군."

정적이 흐르고, 구도하가 정에게 다가왔다.

"바로 당신 때문에 내가 이러고 있는 거라고."

구도하가 웅얼거리듯이 이야기했다.

"무슨 소릴 하는 거지?"

"당신의 잘나신 아버지, 그러니까 보건복지부 장관……."

"아버지라니? 무슨 소릴 하는 거냐니까?"

"당신 아버지가 나를 이렇게 만들었어. 젠장, 나는 그 새끼가 당신 아버지일 줄은 꿈에도 몰랐지."

"……."

정은 말을 잇지 못했다. 구도하는 말을 계속했다.

"쳇, 방송에 나오는 것 보면, 당신 아버지. 나나 우리가족 같이 없이 사는 사람들을 위해서 봉사하고 희생하며 사는 것처럼 나오더라. 착한 새끼로 나오더라 이거야. 그런데 실제론 어떤 새끼인지 당신, 모르지? 당신 역시 항상 아버지의 좋은 모습, 한 나라의 강력한 힘을 가진 정치인으로서의 모습만 보아왔을 테니까."

"……"

"내가 김해에서 19년을 없이 살다가, 어떻게든 살아보려고 대학도 안 가고 공무원 시험 준비해서 합격을 해서 간 곳이 서울시청 복지과였어. 기초 생활 수급자들 지원금내역을 관리하는 역할을 하고 있었지. 어느 날은 시청 앞에 검은 차가 세워져있고, 사람들이 득실득실 하데. 장관이 왔다는 거야. 그래서 다들 잘 보이려고, 인사들 하러 나가더라고. 나는 업무가 바빠서 나가 보지 못했어. 보건복지부 장관이라더라. 그래 당신 아버지였어. 자신이 이곳 시청에서 처음 일을 시작했다면서 일장 연설을 해. 그리곤 시장을 부르고는 시장실로 들어가더군."

구도하가 잠시 말을 멈추고, 코를 훌쩍이더니 다시 말을 이어나갔다.

"잠시 뒤에 구청장에게 호출이 왔어. 그래서 나는 구청장한테로 갔지. 구청장이 장관에게 나를 소개했어. 장관이 구청장에게 나가보라고 한 뒤, 나에게 그 일에 대해 이야기를 했어. 그 일에 대해서 이야기를 했다고! 그리고 나는 알겠다고 한 뒤, 장관이 하란 대로 일을 했어. 나는 그 새끼가 하라는 대로 했을 뿐이라고!"

구도하가 정의 멱살을 잡았다.

"며칠 뒤에 국정감사원에서 감사를 나왔고, 그 길로 나는 바로 이 더

럽고 무서운 곳에 오게 됐다고, 내 인생을 망친 당신 아버지, 그 새끼를 대신해서 널 죽여 버릴 거야. 분명히 그 기초 생활 수급자들 지원금을 20억만 빼돌리면 승진도 시켜주고, 김해에 있는 가족들 사는데 어려움 있지 않게 해준다고 했다고. 그런데, 막상 감사원들이 들이 닥치니까, 자기는 나 몰라라 하고 내가 그 돈을 빼돌리려 한 것처럼 해서 나를 이곳으로 보냈다고!!! 그 개 같은 새끼가!!!"

구도하는 정의 멱살을 더 강하게 붙잡으며 벽 쪽으로 몰고 갔다.

"죽여 버릴 거야! 죽여 버릴 거라고……."

구도하는 울부짖었다. 손이 파르르 떨렸다. 정은 말없이 멱살이 잡힌 채로 바닥을 내려다보았다. 구도하의 손이 그의 멱살을 더 강하게 옥죄이는 것이 느껴졌다. 아니, 정확히는 더 파르르 떨리고 있었다.

"흐…… 흐흑 젠장, 죽여야 하는데, 죽여야 하는데 다 밝혀내야 한단 말이야."

구도하는 차마 정을 어떻게 할 수는 없었는지 붙잡은 정의 멱살을 서서히 놓아주었다. 정의 눈동자에 눈물범벅이 된 구도하의 모습이 비쳤다. 정은 그대로 바닥에 주저앉아버렸다. 그때, 잠자코 있던 김신록이 갑자기 구도하를 잡아끌어 자리에 앉혔다. 최철진이 구도하에게로 가서 등을 토닥였다. 구도하는 고개를 푹 숙였다. 바닥이 젖어가기 시작했다. 김신록은 계속해서 정에게로 가서 정을 벽으로 이끌었다. 벽에 등을 기대어 앉은 정은 알 수 없는 표정을 지었다. 김신록이 입을 열었다.

"우리가 서로에 대해 이야기를 해본 적이 있었던가?"

최철진이 당황해하며 김신록을 돌아봤다. 구도하도 눈물로 얼룩진 고개를 살짝 들었다.

"잠깐, 무슨 소릴 하는 거야? 서로에 대한 이야기라니? 너…… 설마?"

김신록은 최철진을 잠깐 동안 쳐다보더니, 다시 말을 이어갔다.

"그래, 이제 우린 서로에 대해 알아가야 한다고 생각한다. 모두가 각자의 죄를 등에 지고 이곳에 왔겠지. 그리고 그 죄는 영원히 우리를 따라다닐 거고, 우린 여기에서나마 서로의 죄를 조금씩 들어주는 거라고 각자 자신의 이야기를 하면서, 서로의 죄가 뭔지 알아가야 할 필요가 있다고 본다는 거지."

"야, 너 갑자기 왜 그러는 거야? 갑자기 그 이야기를 왜 하려고 하는 건데?"

최는 안절부절못하며, 방금까지 토닥여주고 있던 구의 등을 홱 밀고, 김신록에게 다가왔다.

"처음 철진이를 만났을 때의 이야기를 하려고 한다. 우리는 같은 반이었다. 나는 반에서 맨 앞자리에 앉는 안경 낀 머저리 같은 아이었고, 철진이는 맨 뒷자리에 앉는 소위 말하는 인기 많은 아이었지."

김신록은 진지한 표정이었다. 최철진이 거만하게 웃어댔다.

"으하하, 고작 그 이야기하려고? 옛날이야기가 다 무슨 소용이야? 어차피 지금이나 그때나 달라진 건 없는걸. 너는 항상 덜 떨어진 아이 같았지. 내가 말을 안 해서 그렇지 지금도 충분히 그러는 거 같고 네가 먼저 시작했으니, 나도 한번 이야기 해볼까?"

김신록이 고통스러운 듯이 기침을 했다. 최철진이 더 거만한 말투로 계속해서 지껄여댔다.

"김신록, 저 녀석 항상 앞자리에 혼자 앉아 칠판만 쳐다보고, 쉬는 시간엔 책상에 앉아 시 쓰고, 점심시간엔 어디론가 사라졌다가, 수업이 시작되면 온몸에 풀과 나뭇잎을 덕지덕지 붙인 채로 돌아오곤 했었지. 주변에 그다지 친구도 없어 보였어.”

정이 고개를 들었다. 그가 입을 벌렸지만 소리는 나지 않았다.

“반면, 나는 아까 신록이가 말한 것처럼 인기 많은 아이었지. 내 입으로 이러기는 그렇긴 하지만, 정말 그랬지. 그때는 몸도 이 모양이 아니었다고. 나는 매번 점심시간에 그러고 들어오는 신록이에게 호기심이 생겨서, 말을 걸기 시작했고, 내가 먼저 말을 걸어준 덕에 신록이도 곧 마음을 열었지.”

그의 말투는 점점 더 기고만장해졌다.

“그렇게 우린 고등학교 시절을 나름대로 잘 보냈지. 나와 함께 놀던 친구들도 신록이를 받아들였고 말이야. 신록이가 저렇게 다른 사람들 앞에서 이야기를 할 수 있게 된 것도 어쩌면 나 덕분일지도 몰라. 그 전엔 다른 사람들 앞에서 서있지도 못했었지 뭐. 하긴, 신록이도 여러모로 나에게 도움을 주긴 했으니까. 그에 대한 보답이었다고 해도 되겠군. 그래도, 신록이는 항상 말투가 비딱했었고, 만날 뭐 ‘갈 수 있을까요 어쩌고 저쩌고’ 하면서 알 수 없는 소릴 계속 했지. 그것도 내가 고쳐주려고 한참 노력을 해봤는데, 안 되는 건 안 되겠더라고. ‘역시 사람은 쉽게 바뀌는 게 아니구나!’ 했지. 삶의 희망도 전혀 없어 보이고, 아니 희망이라기보다는 삶에 재미가 없어보였고, 목표도 없어보여서 내가 많이 도와줬지. 나보다 성적은 더 잘 나오는 애였지만, 인생에 있어서는 내가 더 잘 알았다니까. 인생에 대해서 잘 알았던 나는 식물학자가 되었지. 나의 인생뿐 아니라 식물들의 삶까지 알아가고 있었던 거다. 타고난 거였는지 나는 식약청에 들어가게 되었고, 그곳에서 상당한 연구 진척을 보였지.

약초에 관련한 연구였다. 신약개발에 이용되는 여러 가지 약초들을 연구하면서 많은 돈도 벌었고 말이야.”

“그래, 어쩌면 다 네 덕일지도 모르겠다. 시인이 된 것도 그렇고 네 덕에 나도 무엇인가 해야겠다는 마음을 먹게 된 거니까. 그렇게 나는 시도 쓰고 여러 가지 글들을 써가면서 살아갔지. 역시, 철진이 덕분이었다. 그리고 내가 예상했던 대로 철진이는 큰 성공을 했다는 소식을 전해왔지. 그러다가 언제부턴가 연락을 자주 하지 못하면서 만나는 일도 적어졌어. 그러던 어느 날, 철진이가 나를 갑자기 불렀다. 집으로 오라는 거였어. 한 1년 동안 내가 절에 들어가 있었기 때문에. 우린 정말 오랜만에 만나는 것인지라, 나는 기대하며, 철진이를 찾아갔지. 그런데 철진이의 집에서 만난 철진이는 더 이상 내가 알던 철진이가 아니었다.”

“뭐? 네가 알던 내가 아니었다고? 젠장, 결국 그 말을 하려는 셈이냐? 그때 네가 신고만 안했어도, 이런 일은 없었을 거 아냐! 여기 와서 그 전에 있었던 일 좀 눈감아주고 하려 했더니 안 되겠구나?”

정이 드디어 입을 열었다.

“……무슨 일이 있었던 거죠?”

“철진이는 그 곳에서, 그 곳에서…….”

“그냥 말해 새끼야. 그때 신고 했던 거처럼! 그래! 식약청에서 일할 때 마약 좀 빼돌려서 내가 좀 쓰고, 팔기도 했다! 네 자식이 말만 안 했어도, 여기 오는 일은 없는 건데. 젠장할.”

최철진의 말투가 싹 바뀌었다.

“잠깐……. 김신록 씨가 최철진 씨를 신고하신 겁니까? 그렇담 김신록 씨는 왜 여기 있는 건가요?”

"야, 시팔 너 궁금한 게 너무 많다? 왜 궁금해 하고 지랄이야? 닥치고 잘 들어라. 어? 뻔 한 거 아니야? 저도 나를 혼자 교도소에 처넣는 게 미안했는지. 따라 들어온 거라고, 자기도 같이 대마초를 재배하고, 투여하고, 팔았다고 하면서 말이지. 참나, 그럴 거면 신고는 왜 했나 몰라. 그래도 의리는 있어가지고 같이 들어와 주기는, 그거는 참 맘에 들더라.

"……"

김신록은 아무 말도 하지 않고 뒤로 돌아섰다.

"쳇, 비겁한 게 무슨 자랑이라고. 저 지랄인지"

구도하가 구석에서 조용히 말했다. 조용한 말투였지만 등 돌린 채 누워있던 장도 깨어났고, 최철진은 버럭 화를 내면서 말했다.

"이 새끼가 미쳤나? 너 방금 뭐라고 그랬나? 뭐? 비겁하다고? 너 같은 중범죄자들이 그게 할 소리냐? 나랏돈 빨아먹은 주제에……"

구도하가 울컥해서 소리 질렀다.

"뭐라고? 방금 뭐라고 그랬어? 나랏돈을 빨아먹어? 내가 그러고 싶어서 그런 줄 알아? 듣자하니, 당신도 부족한 거 없이 살아와서 없이 사는 사람들 마음을 모르나 본데, 방금 못 들었어? 어쩔 수 없는 거라니까! 당신같이 살만큼 사는데도 그런 식으로 사는 게 비겁한 게 아니면 뭔데!"

"어린 것이 어디다가 소리를 질러? 그동안 예뻐 해주고, 챙겨주니까 아주 기어오르지? 내가 했던 건 너 따위가 저지른 거랑은 완전 다른 거라니까? 아직도 모르겠어? 너하고 나의 차이를. 그리고 너는 가난한 게 무슨 벼슬이라도 된다고 만날 '없이 살았네…… 없이 살았네.' 질리지도 않아? 그동안 네 처지 생각해주느라고, 아무 말도 안했는데 이젠 징그럽다. 징그러워. 김신록 저자식도 말이야. 괜히 따라 들어와서 재수 없게

굴기는. 생각할수록 짜증나네. 대체 왜 따라 들어온 거야? 아우 저 개새
끼. 옛날부터 다른 사람한테 착해 보이는 짓만 골라서 하더니, 이번에도
그런 게 뻔할 테지.”

그때 뒤돌아 있던 김신록이 최철진을 향해 주먹을 뻗었다. 최철진이
쓰러졌다. 구도하는 움찔했다.

“자, 아직도 모르겠어? 내가 너를 따라 들어온 이유를?”

“시팔, 김신록. 이 새끼야, 네가 감히 나한테 주먹을 날려?”

“너는 끝까지 모르고 살아가겠구나.”

“무슨 개소릴 계속 지껄이는 거야?”

최철진이 입에서 피를 뱉으며, 김신록을 노려봤다. 하지만 김신록은
벽을 향해 돌아서 앉아버렸다. 그리곤 입을 굳게 다물었다.

“말을 말자 말을 말아. 너희 같은 새끼들이랑 무슨 말을 더 하겠어.
내 입이 아깝지. 들어주는 것도 말하는 것도 다 내가 고생이지.”

최철진을 마지막으로 404호의 그 누구도 말을 하지 않았다. 다만 장
이 길게 한숨을 내쉬었을 뿐이었다. 어느덧 달이 404호의 조그만 창가를
비추고 있었다. 장은 잠을 이루지 못하고 뒤척이다 가까스로 눈을 감을
수 있었다.

장은 그렇게 꿈을 꾸었다.

≪온통 하얀 천이 덮여있는 곳이었다. 저 멀리서 안개 속에서, 수술대
하나가 보였다. 장은 그 곳으로 다가갔다. 수술대 위에는 하얀색 천에
무언가가 덮여있었고, 장은 수술대 옆에서 메스를 발견했고, 익숙하다는
듯이 메스를 집어 들었다. 침을 꿀꺽 삼킨 뒤 하얀색 천을 걷어내었다.
차가움. 그 표현이 정확할 듯싶다. 싸늘하게 식어버린, 차가움으로 가득

차버린 누군가의 육체가 수술대 위에 있었다. 장은 습관처럼 육체의 배를 갈랐다. 그리고 그 안에서 이것저것을 하나하나 끄집어내었다. 그때 갑자기 그 육체가 부르르 떨더니 흐느끼기 시작했다. 장은 당황하여 주위를 둘러보았다. 앞에서 여러 개의 수술대가 끼익 소리를 내며 장을 향해 다가오고 있었다. 하얀 천 아래로 차가움을 지닌 채로…….≫

"으어어억!"

장은 소리를 지르며 깨어났다. 그는 그의 눈에서 눈물이 흐르고 있다는 사실을 깨달았다. 그는 자리를 털고 일어났지만, 계속해서 꿈 생각이 났다. 그는 눈물이 멈추지 않는다는 걸 알았지만, 눈물을 멈출 생각은 하지 않았다. 내버려 둘뿐이었다. 다음 날도, 그 다음 날도, 시간이 점점 다가올수록 그의 꿈은 그를 끊임없이 괴롭혀왔다. 한 달이 지났다. 그는 점점 야위어져갔다. 그러던 어느 날, 그날 역시 404호는 하루 종일 침묵으로 가득 찼고, 어김없이 밤이 찾아왔다. 장은 똑같은 꿈을 꾸었다. 그가 하얀 천위에 서있고, 수술대 앞에 서고 천을 걷은 순간, 모든 것이 자신에게로 다가오는 꿈. 그는 소리를 지르며 깨어났다.

"계속해서 같은 꿈을 꾸십니까?"

갈라진 목소리가 어둠 저편에서 들려왔다.

"계속해서 같은 꿈을 꾸든 말든 무슨 상관이지? 당신 일은 아니지 않나?"

목소리의 주인공이 장을 향해 저벅저벅 다가왔다. 발소리가 온 벽을 울렸다. 정이었다.

"몇 주 전부터 계속해서 이 시간에 갑자기 깨어나시는 걸 보았습니다. 무슨 일입니까? 아, 언짢으시다면 말하지 않으셔도 됩니다."

"흐흠, 자네에게 남을 챙기는 면이 있는 줄은 몰랐군 그래. 얼마 안남은 사람 이야기를 들어서 뭐하겠나?"

"그 이야기를 나누는 것도 나쁘지 않을 것 같습니다."

장이 잠시 움찔하더니, 씩 웃으며 질문했다.

"자네는, 테러범이지? 살아있는 사람을 죽였던? 나는 죽은 사람을 한 번 더 죽인 사람이네."

정은 기분 나쁜 미소를 짓더니 한숨을 쉬고 나서 물었다.

"네? 그게 무슨?"

장은 잠시 시간을 끌더니 그간 그 누구에게도 알지 못 하는 자신만의 이야기를 시작했다. 정이 처음 왔을 때부터 지금까지 줄곧 정과는 상종하지 않으리라 다짐했으나, 왠지 이야기를 해야만 할 것 같았고, 또 하고 싶었다.

"나는 의사였지. 죽은 자들을 관리하는, 그 전엔 흉부외과 의사였었지만, 의료사고를 낸 뒤론 산 사람들을 대하는 의사는 되지 못했지. 그렇게 나는 병원에서 사망한 사람 뒤처리를 하는 의사로 전락했네. 그때부터 그 일을 하기 시작했지. 어느 회사로부터 시신에서 장기 일부를 떼어내 자신들에게 몰래 파라는 제안을 받았어. 사실 흉부외과 의사를 했을 때는 남부럽지 않게 잘 벌고 살아왔고, 나 역시 의사라는 평생 꿈을 이뤄냈다는 자부심에 휘감겨 살아왔었는데, 의료사고로 한 환자의 목숨을 잃게 한 뒤로는 세상이 어두웠고, 그동안 벌어왔던 돈들은 의료 소송하는데 온통 날려버렸어. 그렇게 나는 가난한 의사가 되어버렸지. 그래서 그들의 제안을 받아들일 수밖에 없었던 거야. 나는 그렇다 치더라도 가족들을 외면할 수는 없었으니까. 제안을 승낙하고 나서 많은 고민을 했지만 나는 역시 그 선택을 할 수밖엔 없었다. 정말 어쩔 수없는 선택이었다고. 젠장, 나는 계속해서 죽은 지 얼마 안 된 자들의 육체에 칼을 댔지. 그들 중 대부분이 신원 확인이 되지 않은 노숙인들 이었기에, 들키지 않을 수 있었어. 그들의 장기를 떼어 내어 그 회사에 넘기면, 그 회사에선 다시 그 장기를 장기이식이 필요한 사람들에게 비싼 값에 파는 형식이었지. 나는 많은 돈을 벌어들일 수 있었고, 그 일이 나쁜 일이라는 사실도 점차 잊어가고 있었지. 그러다가 그 회사가 수사를 받게 되자, 나 역시 잡히고 만 거야. 그 회사는 돈으로 변호사들을 사서 자신들의 무죄를 만들어냈지만, 나는 그러지 못했어. 그동안 번 돈들로는 턱도 없는 비용이 드는 것이었거든. 나는 결국 사형 판결을 받고 이곳으로 오게 되었지. 정말 얼마 안 남았는데, 이제야 죄책감이 밀려오기 시작하는 거 있지. 그 일을 할 때는 몰랐는데, 내가 얼마나 많은걸 잊고 그딴 짓을 했는지. 이제야 후회가 되는 거야. 하지만 어쩌겠어, 이젠 돌아올 수 없는 길인걸. 딱 2주 남았어. 이쯤 되니 얼마 남지 않았다는 생각보단 너무 많이 남은 게 아닌가 하는 생각이 드는군."

장은 결국 눈물을 흘렸다. 죄책감의 눈물이었고 참회의 눈물이었다. 그에게서 차가움은 더 이상 느낄 수 없었다. 이야기를 듣던 정은 눈물을 흘리지는 않았지만, 많은 생각이 들었다. 장에게서 연민을 느꼈고, 정을 느꼈다. 장이 그토록 짠해 보였다. 그러다 문득, 그 역시 시간이 얼마 남지 않았다는 생각이 들었다.

"저는 아직 뭐가 뭔지 모르겠습니다. 제가 진짜 미친놈이라서 그런 걸까요? 아직 아무 감정이 들지 않습니다. 저는 죄책감에 대해 모르고 후회의 감정조차 느끼질 못한 것 같습니다. 저에게도 얼마 시간이 남지 않았는데, 저는 이대로 죽어야 하는 걸까요?”

“아니, 그에 대한 대답은 하지 않겠네. 자기 자신이 더 잘 알고 있을 테니까. 자네에게 이렇게 털어 놓으니, 마음이 많이 괜찮아 졌네. 이제 편하게 갈 수 있을 거 같아. 자네는 절대 나 같은 마지막을 보내지는 말아야 하네. 이건 확실히 자네에게 말해 줄 수 있을 것 같군. 누군가에게 털어놓고 마음의 안정과 함께 모든 것에 대해 참회를 하고 용서를 빌 시간이 남았다는 걸 기억해야해. 그럼 잘 자게.”

장은 정에게 미소를 보냈다, 그리곤 자신의 자리에 다시 누웠다. 정은 무슨 말을 해야 할지 더 이상 몰랐다. 그래서 그냥 벽에 머리를 기대고 잠을 청했다. 새벽의 달이 404호를 가득 채웠다. 갑자기 달빛을 무언가가 잠시 가렸다가 툭 하고 떨어졌다. 그리고 다시 달빛이 아른거리며 404호를 가득 채웠다. 조용히 누군가가 읊조렸다.

“갈 수 있을까요. 언젠가는 저기 저 꽃밭. 살아 못 간다면 살아 못 간다면……”

그 소리는 그 누구도 듣지 못했다.

“씨팔!”

그 소리에 정은 잠에서 깨어났다. 눈을 뜨니, 최철진이 소리를 지르고 있었고, 구도하와 김신록은 당황한 표정이었다. 정은 그들 셋이 바라보고 있는 곳을 쳐다보았다. 장이 그의 죄수복을 밧줄삼아 천장의 철장에 목을 매고 죽어있었다. 정은 고개를 떨어뜨렸다. 최철진이 계속해서 소리를 질렀다.

“이봐, 간수! 간수! 여기 어떤 씨팔 새끼가 지 목을 맸어, 빨리 오라고 이 씨팔, 빌어먹을 새끼들아. 구역질이 나려고 하네.”

최철진이 한쪽 구석에서 구역질을 해댔다. 정은 고개를 들고 장의 얼굴을 쳐다보았다. 죽은 장의 얼굴은 그를 향하고 있었다. 새벽의 그 미소를 지닌 채로. 갑자기 정은 화가 났다. 새벽에 그를 향해서 살아있는 미소를 보내던 그가, 그렇게 죽어서 죽은 미소를 보내다니. 최철진이 계속해서 구역질을 해대는 모습을 보자, 정은 화가 났다. 그는 최철진에게 달려들었고, 최철진을 마구 때려대기 시작했다. 최철진은 죽는 소리를 했다.

"에고고, 이 미친놈이 또 왜 이러냐. 갑자기 왜 때리고 지랄이야. 어구구, 나 죽네."

정은 계속해서 아무 말도 없이 최철진을 두들겼다.

복도를 울리는 거친 발소리가 들려왔다. 간수 셋이 소란을 듣고 온 것이었다.

"무슨 일인가?"

"저…… 저기"

철문에서 가장 가까이 서있던 구가 대답을 하려고 했지만, 더듬거리자. 김신록이 나섰다.

"장씨가, 죽었습니다. 그리고 저기 두 사람 일도 있고"

"젠장할, 빨리 교도소장님께 수습 들어가야 한다고 연락드려."

간수 한명은 재빨리 돌아가고, 남은 간수들은 곤봉을 꺼내들고, 404호의 철문을 열었다. 곧바로 문을 닫으며 들어온 그들은 장이 매달려있는 것을 보더니, 얼굴을 찡그렸다.

"에라이, 아침부터 이게 뭔 짓 이야. 일단 그대로 두고, 저 두 새끼부터 처리하자."

그때까지 정과 최철진은 한 몸으로 뒹굴고 있었다. 최철진이 소리 질 렀다.

"이봐, 나 좀 살려줘. 이 미친 테러범 자식이 나도 죽이려고 하네."

간수들은 곤봉으로 정과 최철진을 함께 두들겼다.

"이 새끼들아. 저기 저 매달려 있는 놈도 모자라서, 너희까지 말썽이 냐? 이런 개새끼들 아주 일을 만들어요."

"아니, 나는 아무 잘못이 없다니까. 나는 맞기만 했을 뿐이라고. 씨팔 왜 나까지 때리고 지랄이야."

간수들은 정과 최를 제압하고, 그대로 끌고 나갔다. 김신록과 구도하 도 따라 나오게 했다. 404호에는 장만이 남아있었다. 그의 얼굴에는 미 소가 가득했다.

간단한 조사가 있은 후 그들은 다시 404호 돌아왔다. 아, 최철진은 돌 아오지 않았다. 그는 교도소 측에 자신을 다른 곳으로 옮겨줄 것을 요구 했고, 그는 103호로 옮겨졌다. 철문을 지나 들어오던 남은 세 사람은 한 숨을 쉬었다. 구도하가 말을 꺼냈다.

"죽은 그분, 성함이 어떻게 된답니꺼? 성이 장 씨라는 말 말고는 다른 말은 안하시지 않았잖습니꺼. 이름 석 자도 제대로 모르고 그분을 보내 다니. 많은 걸 숨기고 계셨고, 차갑긴 했지만, 그래도 그동안 함께 지내 오면서 정이든 것 같기도 한데 말입니더."

"……장……시헌"

정이 힘겹게 말했다.

"뭐예? 어떻게 알았답니꺼?"

정은 말없이 벽을 가리켰다. 손톱으로 긁은 듯 한 자국이 나있었다. '장시헌' 세 글자였다. 김신록은 기침을 가볍게 하고, 말했다. 말을 하는 그의 자글자글한 피부가 새파랗게 질려있었다.

"사실, 오늘 새벽 둘이 이야기하고 있는 것을 보았다. 그리고 장시헌, 그 사람이 저 세글자를 남기는 것도, 목숨을 끊는 모습도……."

"왜 말리지 않았죠?"

"그가 원치 않았을 거야."

"아, 어쩌면 어제 그분이 했던 말이……."

"그랬던 걸지도, 죄책감 그 이상의 것을 느꼈던 것일까."

정은 방금까지 장이, 그러니까 장시헌이 죄수복을 목에 감고 매달려있었던 창문을 쳐다보았다. 눈에서 뜨거운 것이 흐르는 것이 느껴졌다. 정은 다소 놀란 듯 했다. 자신의 눈에서 이런 것이 나올 줄은 몰랐다는 것처럼. 김신록이 다가와 토닥이며 정의 귓가에 속삭였다.

"……용서를 빌 시간이 남았다는 걸 명심하도록."

정이 고개를 끄덕였다. 구도하가 그들을 빤히 쳐다보고 있었다. 장시헌과 최철진이 404호를 떠난 뒤로 404호에는 부쩍, 눈물이 많아졌다. 구도하는 매일 밤같이 울어댔고, 김신록은 새벽에 남 몰래 조용히 시를 읊으며 촉촉한 눈을 감았다.

꽃 같네요
꽃밭 같네요
물기어린 눈에는 이승 같질 않네요

갈 수 있을까요
언젠가는 저기 저 꽃밭
살아 못 간다면 살아 못 간다면
황천길에만은 꽃구경 할 수 있을까요

삼도천을 건너면 저기에 이를까요
벽 돌담 너머는 사월 초파일
인왕산 밤 연등, 연등, 연등
오색 영롱한 꽃밭을 두고
돌아섭니다

쇠창살 등에 지고
침침한 감방 향해 돌아섭니다
굳은 시멘트 벽 속에
저벅거리는 교도관의 발자국 울림 속에
캄캄한 내 가슴의 옥죄임 속에도
부처님은 오실까
연등은 켜질까요

고개 가로저어
더 깊숙이 감방 속으로 발을 옮기며
두 눈 질끈 감으면
더욱 영롱히 떠오르는 사월 초파일

인왕산 밤 연등, 연등, 연등

아아 참말 꽃 같네요

참말 꽃 같네요

아직 눈물이라는 게 어색했던 정은 남은 두 사람이 우는 걸 볼 때마다, 눈물을 같이 흘리지는 않았지만, 마음이 아련해져 오는 것을 자주 느꼈다.

며칠 뒤 최철진이 다시 404호로 돌아왔다. 최철진의 재등장은 요란했다.

"김신록! 내가 다시 왔다. 내가 왔다고! 어서 와서 안 반겨?"

최철진은 그때 일은 까맣게 잊어버린 것처럼 행동했다. 더욱 이상한 건 김신록은 그런 최철진을 반갑게 맞이했다는 것이었다.

"어때? 다른 데 있다오니까? 역시 여기가 더 좋지?"

"아니, 여기로 돌아오고 싶어서 돌아온 건 아니야. 여긴 그렇게 맘에 드는 곳은 아니라고, 교도소에서 맘에 든다, 안 든다 하는 건 좀 그렇지만."

최철진이 정에게로 다가갔다.

"어이, 테러범씨? 잘 지냈어? 너랑 떨어져 있는 동안 이곳저곳이 얼마나 쑤셔댔는지 알아?"

"……"

정은 할 말을 잊어버렸다. 최철진의 모든 행동에 그는 화가 났지만 참기로 했다.

"……아, 그럭저럭 잘 지내긴 했습니다만."

"그럼…… 우리의 구도하 군은 잘 있었는가? 이 착한 행님이 보고 싶지는 않더냐?"

"전혀"

구도하가 차갑게 대답했다. 최철진은 대꾸하지 않았다. 두어 번 위아래로 구도하를 훑어보더니, 한쪽에 자리를 잡고 드러누웠다. 드러누워서 404호를 이곳저곳 두리번거리며 살펴보기 시작했다. 그의 시선이 한 곳에서 멈췄다. 장…시헌…에서, 그리곤 벌떡 일어났다.

"이건 뭔가, 누가 쓴 거야? 장시헌? 처음 듣는 이름이로군. 이름 한번 이상하다."

구도하가 다시 한번 차갑게 말했다.

"그럴 테지. 당신은 그 사람의 이름을 몰랐을 테니까. 장… 아직도 모르겠나? 우리가 모두가 아는 장은 그 사람 하나뿐일 텐데."

"설마, 그때 그 목매고 뒤진 그 자식 말하는 거?"

정이 콧김을 내뿜더니

"아니, 뒤진 자식이 아니라, 스스로 목숨을 거둔 분이라고 하는 게 좋을 겁니다."

"쳇, 언제부터 그렇게 각별한 사이였다고? 알게 뭐야, 이미 그 사람은 여길 떠났는걸. 나는 다시 돌아왔고, 말이지. 크아악"

최철진이 바닥에 가래를 뱉고 나서 슬리퍼로 쓱쓱 문지르다, 김신록과 눈이 마주쳤다. 김신록은 최철진과 인사한 뒤부터 최철진의 행동을 하나하나 지켜보고 있었다. 최철진은 대수롭지 않다는 듯, 다시 김신록에게로 가서,

"앞으로는 안 좋은 일 없을 거야. 걱정하지 말라니까. 하하하."

했다. 김신록이 정색을 했다.

"과연, 그럴 수 있을까?"

"이 자식이 또 무슨 소리라니. 아휴, 아니다. 하여간에 너랑은 이런 면에선 참 대화가 안 된다니까."

"정말 모르고 하는 소리라면, 그건 정말, 넌"

"진짜! 그만 좀 하라니까! 니가 뭔데 계속 날 가르치려 드는 거야? 이런 게 싫어서 나간 거고 다시 돌아오지 않으려고 한거라고! 혹시나 하고 돌아왔는데, 역시나!"

김신록이 계속 뭔가를 말하려고 하자, 정이 김신록을 막았다.

"아니, 이제 그만 하세요. 충분히 하셨습니다. 더 이상 변화시키려고 노력할 필요도 없을 거 같습니다. 전하려는 뜻이 무엇인지 저는 알겠지만, 저 자는 끝까지 모르겠군요."

최철진이 길길이 날뛰었다.

"젠장할, 이젠 너마저 그러는 거냐? 차라리 날 한 대 더 치는게 낫겠군. 더럽게 시리, 나를 가르치려 하는 놈이 셋이나 된다니, 참나……"

"평생 그렇게 사십시오. 떠날 때도 그렇게 떠나시구요."

"좀 닥치지? 정말 듣기 싫으니까."

최철진이 벽을 마주보고 드러누우며 말했다. 정은 더 이상 말 하려 하지 않고, 김신록을 쳐다보았다. 김신록은 눈물을 흘리며 고개를 끄덕였다.

"이제, 정말 끝이구나…… 이제 이 눈물이 마지막이 될 거야."

최철진이 돌아오자 어느 날부턴가 밤에 들려오던 훌쩍거리는 소리는 사라지고, 천장을 째는 기침소리가 점점 커졌다. 기침소리 끝에 헉헉거리는 쇳소리도 날이 갈수록 그 소리를 높였다.

기침소리와 쇳소리가 극에 달한 날 비로소 불만이 터져 나왔다. 최철진이었다.

"에잇! 빌어먹을 저 소리. 대체 누구야? 날이 갈수록 시끄러워지네. 도저히 못 들어 주겠다. 약이라도 처먹으라고!"

"쿨럭쿨럭"

김신록이 기침으로 답했다.

"쿨럭쿨럭."

"아오, 이 새끼가, 아프면 간수들한테 말을 하라고. 그러면 약을 줄 거 아니야."

"아니, 됐어 그 정도는 아니야."

그렇게 말하는 김신록의 눈빛은 탁했다.

"젠장, 그 정도가 아니면 소리를 적게 내든지, 어떻게든 해보라고. 미쳐버릴 거 같으니까."

"아니, 그게 아픈 사람에게 할 소리입니꺼?"

구도하가 눈을 흘겼다.

"알게 뭐야, 내가 아픈 것도 아니고"

"친구 아입니꺼……"

"옛 친구지. 이젠 아니야. 어제부로 친구였던 사이일 뿐. 친구는 아니라고"

"그런 게 어딨습니꺼? 한번 친구는……"

"영원한 친구라고? 같은 길을 같이 걸어야 친구지. 저 자식이 걷는 길은 나랑 상관없는 거니까. 참, 너 왜 나한테 갑자기 말 걸고 그러는 거지? 어제 한말 잊었냐? 듣기 싫다고 그랬지!"

"……."

구도하는 고개를 돌려버렸다. 그러다 정과 눈이 마주쳤지만, 구도하는 정을 못 본체했다. 정은 구도하를 계속해서 바라보았다. 그러나 구도하는 애써 외면했다. 정은 말을 걸어보려 손을 뻗었다.

"저… 저기"

구도하는 갑자기 창문을 바라보는 척 하며 정을 계속해서 무시했다. 정이 무안했는지, 손톱을 물어뜯기 시작했다. 정은 포기하고, 김신록에게 다가갔다. 김신록은 기침이 조금씩 멎어가고 있는 듯했다.

"좀, 괜찮으세요? 아까보다는 기침을 덜 하시는데, 진짜 아프시면 꼭 말하셔야 해요."

그의 말투가 퍽 친절했다. 구도하는 놀란 듯이, 정을 돌아보았다. 정이 언제부터 저랬는지, 구도하는 매우 당황스러웠다. 정 역시 자신의 말투에 놀라 눈을 동그랗게 떴다.

"아직은, 잘 모르겠군."

김신록은 목을 잡은 채로 구도하와 정을 웃으면서 바라보았다. 무언가를 드디어 얻었다는 표정이었다. 그리곤 김신록은 최철진 쪽을 한번 보더니 기침을 다시 해대기 시작했다. 최철진이 얼굴을 찡그렸다.

"정말, 끝을 모르는 새끼네."

김신록이 입을 틀어막고 다시 한 번 강하게 기침을 하더니 헉헉거렸다. 손에서 입을 떼자마자, 피비린내가 훅 올라왔다. 김신록은 자신의 손에 흥건한 피를 바라보았다. 그리곤 아무런 표정도 없이 죄수복에 피를 쓱 닦아버렸다. 그런 김신록을 보고 있던 정은 당황했다. 분명 아픈 게 분명하지만, 모른 체하려는 건지, 모든 것을 받아들인 건지 전혀 알 수가 없는 김신록의 표정 때문이었다. 정은 김신록에게로 다가가서 말없이 어깨에 손을 얹었다. 김신록이 나지막이 속삭였다.

"다 괜찮아 질 거다."

"……?"

"다 괜찮아 질 테니, 힘 내거라. 그리고 반드시 장시헌, 그 자가 했던 이야기는 잊어선 안 된다."

김신록은 자신 앞에 다가온 무언가를 받아들일 준비가 되어있는 것 같았다. 정은 김신록의 얼굴에서 그러한 표정을 읽을 수 있었다.

"네."

"남은 기간 동안, 도하에게 잘 해줘야한다. 정말로."

"네."

"그래, 너를 믿는다."

김신록은 확신에 찬 목소리로 정의 손목을 꼬옥 붙잡으며, 말했다. 김신록의 눈에선 따사로이 눈물이 흘렀다.

며칠 뒤, 하늘에선 봄비가 내렸고, 404호 안에도 비 냄새가 가득했다. 김신록은 한쪽 벽에 기대어 앉아, 그 비 냄새를 즐기고 있었다. 우울하지만, 왠지 모르게 포근한 느낌, 김신록은 그런 느낌을 매우 좋아했다. 그는 마지막 비 냄새를 즐겼다. 한편, 최철진은 비가 오는 날씨에 툴툴거리고 있었다.

"젠장할, 왜 또 비는 오고 지랄인지."

그 말에 답이라도 하듯 봄비가 추적추적 내리는 소리가 점점 커져갔다. 다시 기침소리가 들리기 시작했다.

"쿨럭쿨럭, 쿨럭쿨럭"

최철진이 소리를 질렀다.

"아아! 하늘은 어째서 저 모양이고 도대체 저 소리는 언제쯤 영원히 멈추려는 건지!"

김신록이 입을 뗐다.

"이제…… 곧."

"아, 또 무슨 빌어먹을 개소리를 하는 거야. 미친…… 더 이상 여긴 못 있겠다."

최철진은 봄비 내리는 날, 다시 다른 곳으로 옮겨가버렸다. 간수들이 더 이상은 안 된다고 했지만, 최철진이 우겨대는 바람에 결국 최철진을 보내줄 수밖에 없었다.

"잘 있어라, 개새끼들. 더 이상 가르칠 사람이 없어서 어떻게 살래? 어우, 여길 다시 오질 말았어야 했는데, 내가 미쳤었지."

뒤도 돌아보지 않은 채 그 말을 남기고서 최철진은 떠나갔고, 다시 정적이 찾아왔다. 아니, 이제 더 이상 정적은 존재하지 않을지도 모른다. 창가에선 봄비소리가 들려오고, 김신록의 기침소리는 멈출 기미가 보이지 않았으니까.

이번엔, 구도하도 퉁명스럽게 말을 던졌다.

"어디 많이 아프신 거 아니예? 그대로 지내셔도 되겠습니꺼?"

김신록이 괜찮다고 하려고 했지만, 이번엔 확실히 달랐다. 그 전과는……. 김신록은 다시피를 토했다. 이번엔 계속해서. 김신록은 피를 쥐수복에 닦았다. 하늘색 죄수복이 점점 붉게 물들어갔다. 김신록이 일어나 봄비가 튀기는 창가 쪽으로 갔다. 비틀 비틀거리는 김신록의 걸음걸이는 위태로웠다. 보다 못한 정이 일어나 붙잡으려했으나, 김신록은 맥없이 무너졌다. 동시에 구도하가 김신록을 가까스로 붙잡아서 뉘였다. 김신록이 중얼거렸다.

"고개 가로저어, 더 깊숙이 감방 속으로 발을 옮기며 두 눈 질끈 감으면……."

"아무 말도 마세요. 지금은 정말 심각하단 말입니다."

구도하가 사투리를 다시 잊은 채 심각하게 말했다.

"저기, 어서 간수들을 부르세요."

구도하가 정을 향해 어색하게 말했다. 정이 철문 쪽으로 다가가려 하자. 김신록이 손을 부르르 떨며 정의 발목을 잡았다.

"아니, 가지 않아도 돼. 이제 정말 마지막인 것 같으니……"

"무슨 소립니까? 충분히 나으실 수 있다고요. 이제 5개월만 더 참고 견디시면…"

구도하가 짜증에 가까운 목소리로 말했다.

"5개월……. 나에게는 너무 많은 시간이구나. 오늘 하루면 충분할 듯 싶구나."

"도대체!! 안 됩니다. 간수를 부르겠어요."

구도하가 큰 소리로 간수를 부르기 시작했다. 봄비소리에 맞춰 그 소리는 퍼져나갔다. 정이 구도하에게 달려들어 구도하의 입을 막았다.

"이게 무슨 짓이죠? 왜 말리는 겁니까?"

"아직도 모르겠나? 보내드릴 때가 된 거야."

구도하가 정과 김신록을 번갈아 바라보고는, 간수를 부르는 것을 멈췄다. 잠시 동안, 빗소리가 그 안을 가득 채웠다.

"자, 내 손을 좀 잡아주겠니? 자, 어서."

구도하와 정은 각각 김신록의 손을 꼬옥 잡았다. 김신록의 억센 손아귀가 느껴졌다. 김신록은 기침을 했다. 피를 토해냈다. 몸 속 깊숙한 곳에서 나오는 선지피였다. 하지만, 그 누구도 그 피를 신경 쓰진 않았고, 김신록의 눈을 바라보았다. 김신록은 마지막 미소를 지었고, 정이 처음 이곳에 오던 날, 정을 바라보던, 강하게 일렁이던 김신록의 눈동자는 허공을 바라보며 꺼졌다. 정은 눈동자가 꺼지는 것을 바라보며 중얼거렸다.

"아아 참말 꽃 같네요. 참말 꽃 같네요."

구도하가 눈물을 흘렸다. 어느새 봄비는 그치고, 하늘엔 강한 햇살이 허공을 갈랐다. 곧이어, 간수들이 복도를 지나치다, 미소를 지으며 누워 있는 김신록을 발견하고, 그를 영원히 데려가 버렸다. 정과 구도하는 멍하니 햇살만을 바라보고 있었다. 그들이 있는 교도소 404호에선 보이지 않았지만, 봄비가 내리고 난 하늘에는 무지개가 떴다. 이 세상 모든 사람들이 그 무지개를 바라봤을 것이다. 그날 밤, 정은 벽에다 끊임없이 자신의 이름 세글자를 쓰는 꿈을 꿨다. 흰색 분필로 회색 벽을 가득 채워나가는 꿈이었다. 잠결에 그는 자신의 이름을 계속해서 중얼거렸다. 구도하는 그 모습을 보다가, 정을 흔들어 깨웠다. 정은 어리둥절해 하며 깨어나 정신이 없어보였지만, 이내, 정과 구도하는 자연스럽게 대화를 시작했다.

"이렇게 모두가 떠나가는 것인가 보군요."

"그리고, 이제 나도 곧."

"앞으로 얼마나……?"

"…….."

"네?"

"언제인지 아무 생각이 안나. 그동안 너무 많은 걸 겪었고, 마음의 정리도 거의 다 되어가고 있어. 딱 하나가 남았을 뿐이지."

"뭐 좀 물어봐도 되나요?"

"그럴 대로. 아니, 궁금한 게 뭔지 알거 같아. 질문을 굳이 듣지 않아도 될 거 같군. 나의 이야길 듣고 싶은 게지? 그러니까, 내가 살아왔던……."

"잘 알고 계시군요. 늘 궁금했지만, 마음속의 증오 때문에 쉽게 물어볼 수가 없었습니다."

"그럼, 내 인생의 마지막 숙제를 풀어나가야겠어."

"마지막 숙제……. 하나 남았다는 게?"

정은 그에 대한 대답은 하지 않고 이야기를 시작했다.

"모든 것을 이야기 해야겠지. 아버지에 관한 이야기, 이곳으로 오기 전의 삶, 여기에 오게 된 이유에 대한 진실까지……."

정은 잠시 생각을 하더니 이어갔다.

"우리 아버지, 그러니까 당신, 구도하를 꼭두각시처럼 조종했던 그 사람. 전에 당신은 내게 우리 아버지가 나에겐 좋은 아버지였을 거라 이야기했었지. 그때부터 줄곧 생각해왔었다. 정말 그랬던 적이 있었는지, 앞으로도 있을지에 대해서 생각하며 나 스스로에게 질문 했었다. 그 질문에 대한 대답은 항상 '아니, 절대로.'였다. 아버지는 나에게 거는 기대가 항상 크셨다. 따뜻하게 대해주셨지. 어렸을 때, 어머니가 의문의 사고를 당하셔서 돌아가신 후 아버지는 나를 항상 짠해하셨고, 나에게 정말 따스한 분이 되어주셨다. 내가 고등학교에 들어갈 때까지는 말이지. 아버지는 내가 아버지처럼 대한민국을 휘어잡는 정치인이 되길 바라셨다. 하지만 나는 내가 원하는 걸 하고 싶었어. 그래서 아버지의 기대를 저버릴 수밖에 없었지. 그때부터 아버지는 변하셨다. 아버지는 나에게 차가워지셨다. 아버지는 나를 포기하신 것 같았다. 하지만, 나는 그때 알아차리지 못했다. 아버지가 나를 버리신 게 아니라고 생각했지. 내가 하고 싶은 것을 해서, 성공해서, 아버지 앞에 나타나면 아버지께서 다시 받아주실 거라고 생각했었다. 하지만 아니었다. 무기 공학자가 국방과학연구소의 연구원이 되었을 때에도 아버지는 눈길조차 주지 않으셨고, 나는 비로소 깨달았던 것이다.”

그렇게 말하는 정의 눈시울이 붉어지기 시작했다. 누구에게도 하지 않았던, 아니, 하지 못했던 이야기였다. 그 이야기를 하려고 하니, 정은 눈이 뜨거워지고, 가슴이 두근거리기 시작했다.

“아버지는 이미 변하신지 오래였다. 겉만 차가워지신 게 아니었고, 어렸을 때 보았던 아버지의 모습은 이미 변질되어있었지. 조용하면서도, 강한 정치인, 누구보다 깨끗한 정치인이셨던 아버지는 가장 더러운 정치인이 되어계셨다. 그런 아버지의 모습을 보면서, 생각했다. 내가 고등학생 때, 아버지의 기대에 맞춰 살았더라면, 이런 일이 있었을까 하고, 어쩌면 다 내 탓일지도 모르지. 정말 모두에게 미안할 뿐이다. 그리고 당신에게도 정말 미안하다, 정말 미안해 흐흑.”

정은 결국 눈물을 터뜨렸다. 구도하도 따라 울었다.

"아닙니다. 그게 왜 당신 탓이겠습니까? 자신에게 가장 맞는 선택을 하는 것이 가장 옳은 것이라고 생각합니다. 당신이 잘못한 게 아니지 않습니까. 당신 아버지의 잘못을 당신에게 분풀이하려했던 제가 오히려 죄송합니다."

정이 말을 계속했다.

"변해버리신 아버지를 뒤로 하고, 나는 내 갈 길을 갈 수밖에 없었다. 아버지를 잃은 거나 다름없었고, 남은 건 아버지의 기대를 저버릴 정도로 내가 원했던 무기 공학자의 길이었으니. 모든 것을 걸어서 열심히 했다. 대학교를 졸업하고, 석사까지 순식간에 마쳤다. 시간이 물 흐르듯 지나갔고, 나는 아버지를 서서히 잊어갔지. 그래, 사실 잊고 싶어 했다. 이제는 더 이상 내게 필요하지 않은 존재라고, 그렇게 믿고 싶었던 거지. 그런데, 아버지라는 존재가 어디 쉽게 잊혀 졌겠니? 무시하고 싶었지만, TV에 아버지의 모습이 나올 때마다 뚫어져라 보고 있는 나의 모습을 발견했고, 아버지 관련 기사라면 죄다 보았었지. 그러다가, 아버지께서 보건복지부 장관이 되셨다는 소식을 들었을 때, 사실, 걱정도 많이 되고, 기대도 되었었다. 이번에는 다시 예전 모습의 아버지를 다시 볼 수 있을 거라 생각했거든. 하지만, 결국 아니었지. 언론에 비춰지는 모습의 아버지는 매우 훌륭해보였지만, 아버지가 얼마나 많은 예산을 빼돌리고, 비자금을 조성했는지 다 알게 되었다. 하지만 언론과 사회는 죄다 무시하고 외면했지. 그러한 더럽고도 뻔한 사실을 두고도 외면하는 사회의 현실을 두고 볼 수만은 없었다. 하지만, 어찌 해야 할지 몰랐지. 그러다가, 사회를 바꾸고자 하는 사람들의 모임을 접하게 되었지. 그곳에는 여러 부류의 사회적 피해자들이 있었다. 곳곳에서 쫓겨난 노숙자들, 당신처럼 고위 공무원들의 조종을 당한 사람들, 성폭행을 당하고도, 법원의 부당한 판결로 가해자가 무죄판결을 받고, 보상도 받지 못한, 정신적 피해를 안고 살아가는 억울한 피해자들 등……. 그 사람들은 진정으로 깨끗하고, 약자들이 대우 받는 사회를 바라고 있었다. 그들은 그런 사회를 위한 무언가를 준비하고 있었지. 그리고 나는 함께하고 싶다는 마음을 그들에게 전했다."

구도하는 그 말을 듣고 실로 엄청나게 놀랐다. 정이 테러를 저지른 이유가 그런 것이었다는 말인가? 이런 사실을 장시헌과 김신록은 알고 있었을까? 하고.

"음…… 하지만, 당신은 사회적으로 어느 정도 인정을 받으며 살아가고 있지 않았습니까? 충분히 다른 방법도 있었을 텐데요? 굳이 그런 방법뿐이었습니까?"

"뭐라고? 내가 진심으로 사회적으로 인정을 받으며 살아가고 있었을 거라고 생각하는 건가? 사실 그렇지 않았지. 내가 방위산업의 기대주라고 불렸던 게 과연 나를 위한 것이었을까? 그것 역시 고위직에 있는 사람들의 업적으로 돌리기 위한 수단에 불과한 것이었지. 실제의 나는 그냥 연구소에 처박혀 이것저것 만들어내는 기계나 다름없었다. 사람을 죽이는 이것저것을 만들어내는 기계. 내가 지향하던 무기 공학자로서의 삶과는 완전히 달랐지. 사람을 지키는 무기를 만드는 것이 아니라 사람을 죽이기만 하는 무기를 만드는 것이었다. 신물이 날 정도로 지쳐버렸고, 결국 연구소를 나와 버렸다. 그리고 그때 그 모임의 구성원들에게 연락이 온 거지. 폭탄 제조를 의뢰하더구나. 광화문 앞에서 폭탄테러를 감행하겠다고 했지. 자신들을 희생하겠다고 한 것이었지. 폭탄 제조만 해주면 된다고 했다. 하지만 나는 그것을 거절했다. 내가 교도소로 잡혀 들어가는 조건까지 걸어야만 받아들이겠다고 했다. 그들은 잠시 머뭇거렸지만, 결국 그렇게 하자고 했지. 나는 폭탄을 제조했고, 3월 14일 광화문 앞에서 그들 모두를 폭탄으로 날려버렸다. 나도 이곳으로 들어와 죽음을 맞이하게 되기를 기다리게 되었지.

　"하지만, 그래도 그게 과연 옳은 일이었을까요?"

　"꼭, 그런 것만은 아니었지. 몇 사람이 희생되어야만 사회가 변하게 될 거라고 생각한 것 자체가 문제였다. 나는 비로소 사회는 어쩌면 더 많은 사람들이 희생되어도 절대로 변화하지 못할지도 모른다고 생각하게 되었다. 그리고 사회가 얼마나 빠르게 무언가를 잊어버린다는 사실도 말이다. 분명 사회는 벌써 그 사건을 잊어버렸을지도 모르지…… 어느새 3개월이 다 되가니까. 내가 사형당하고 나서야. 다시 그 사건을 떠올릴 거다. 그런 사회는 절대로 바뀔 수 없어. 너도 보았지? 최철진이라는 사람. 장형과 김형이 죽고 나서도 바뀌는 게 없었잖아. 이 세상에 그런 사람들이 너무 많아. 그렇지 않았던 사람들마저 그렇게 변해가지. 과학자들은 자신들이 해야 하는 일, 해야만 하는 일들을 잊어가고, 정치인들도 그렇고, 이러다가 앞으로도 이런 사회는 계속될 것 같다. 세상은 진정한 누군가를 필요로 할 거다. 내 생각엔 그건 구도하가 될 것 같아."

　어느새 정의 말투와 태도는 친근해졌다. 구도하는 어리둥절한 표정이었다.

　"네? 죄송하지만, 뭐라고 하시는 거죠?"

　"세상이 너 같은 사람을 필요해 할지도 모른다고. 세상에게 버림받은 적이 있었지만, 그걸 이겨낸 사람. 바로 너, 구도하를 말이다. 너는 세상에서 이곳으로 버려졌지만, 이곳에서 모든 것을 이겨낼 수 있을 것이다. 그리고 세상을 바꾸는 힘을 이끌어 나가게 될게다. 장형과 김형은 나를 믿어 주었고, 나는 또 너를 믿는다.”

구도하는 뜨거운 눈물을 흘렸다. 정이 다가와 구도하를 힘껏 안아주었다.

“으흐흑, 제가, 그럴만한 사람이 될 수 있을까요.”

“물론, 무엇보다 우리가 너를 믿으니 너는 반드시 그리될 수 있을 거야. 우리가 세상에 외치지 못한 것들, 너는 반드시 외칠 수 있을 거라고 믿는다.”

정이 구도하를 향해 미소를 지었다. 구도하는 잠시 정의 모습에서 장시헌과 김신록의 모습을 보았다. 장시헌이 목이 매어 죽은 채 짓고 있던 평화로운 미소, 김신록의 마지막의 미소까지⋯⋯.

“이렇게 모든 것을 털어놓고, 갈 수 있어서, 마지막 한 가지 남은 일을 해결하고 갈 수 있어서 마음이 놓이는 구나. 사실 완전히 해결한 것은 아니지만, 나의 뜻, 모두의 뜻을 네가 잘 이어준다면, 그것이 해결을 향한 길 아니겠니? 사실 이제 결과는 중요치 않다. 완전하게 변화한 사회를 바라지는 않아. 우리와 뜻을 함께하는 사람들이 조금이라도 많아지게 되는 날을 바랄 뿐이다.”

정은 그 말을 끝으로 장시헌이 자주 앉곤 했던 자리에 가서 앉았다. 차가운 바닥에서 온기를 느끼고 싶었는지 바닥을 손으로 문질렀다. 한숨을 내쉬고, 이번엔 김신록이 자주 앉던 자리로 가 앉아 같은 행동을 했다. 마지막으로 자신의 자리에서까지. 그걸 지켜보고 있던 구도하는 웃음을 지었다. 이제는 정을 이해할 수 있게 된 것 같았다. 그의 무심한 표정부터 이해 할 수 없는 행동까지.

　며칠 뒤, 아침부터 교도소는 분주했다. 구도하는 정에게 물었다.

　"오늘은 아침부터 간수들이 이리저리 뛰어 댕기네. 뭔 일이 있는 건
지……"

　정은 침묵했다.

　교도소의 분주함과 소란의 끝은 404호 앞이었다. 서너 명의 간수들이
문을 열고 안으로 들어왔다. 그리곤, 정에게 수갑을 채웠다. 구도하는 금
세 사투리를 잊고 말했다.

　"어째서……? 설마……? 그날이 다가온 겁니까?"

　"그런 것 같군. 이봐, 간수들 오늘이 그날이었으면 며칠 전부터 눈치
를 주던지 했어야지. 왜 갑자기 들이닥쳐서 설레게 하는 건데?"

　죽음을 앞둔 사람치곤, 너무나 여유로운 말투와 표정이었다. 구도하는
처음에 약간 당황했지만, 곧 정의 표정을 읽고 웃음을 지었다. 그들은
마지막 인사를 나눴다.

　"가보도록 하지. 젠장 할, 마지막 순간이 와도 떨리지 않을 거 같았는
데, 막상 이리 되니 떨리는군."

　"무슨 말을 해야 할지 모르겠군요. 다른 분들이 떠나실 때도 아무 말
도 하지 못했는데, 당신에게 만큼은 뭔가 말을 해야 할 것 같았는데…
…."

　"말 하지 않아도 알거 같구나. 잘 지내거라. 우리의 뜻을 끝까지 함께
해줄 거라 믿는다."

　"네…… 그럼, 안녕히……"

구는 등을 돌렸다. 정은 간수들에게 이끌려 404호의 철문을 향했다. 그때, 갑자기 구도하가 소리를 질렀다.

"정도원 형님! 형님들의 뜻은 제가 잘 지켜나가겠습니다!"

"뭐? 형님이라고? 그리고, 짜아식, 내 이름은 또 어떻게 알았데."

"이야기를 해주시던 날 밤에 주무시면서 이름을 중얼거리시는 걸 들었습니다."

"크아아, 역시! 대단하구나, 잠자다가 방심했군! 그래, 잘 부탁한다. 내게 형님이라는 사람을 보는 게 얼마만인지……. 가슴이 너무 두근거리는 통에 더 이상은 못 있겠다. 이젠 정말 안녕이다! 간수들, 어서 가지."

정도원은 구도하에게 힘차게 손을 흔들었다. 둘은 거의 동시에 뒤를 돌았다. 그리고 둘 다 뜨겁게 흐르는 마지막 눈물을 닦았다. 구도하가 중얼거렸다.

"고개 가로저어 더 깊숙이 감방 속으로 발을 옮기며 두 눈 질끈 감으면 더욱 영롱히 떠오르는 사월 초파일.

차가운 공기만이 가득 찬 텅 빈 복도 하늘색 죄수복에 '39105' 빨간색 번호표를 단 사형수가 간수 둘을 대동한 채 가로질러 지나갔다. 그들이 지나친 곳에서 희미한 불빛이 반짝였다. 사형수는 눈물자국이 남은 채로 웃음을 흘렸다. 복도 끝에는 사형 집행장이 차가운 입김을 내뿜고 있었지만, 그는 더 뜨거운 입김을 내뿜었다. 마침내, 사형 집행 전 마지막 말을 묻는 순간이 다가왔다.

"마지막으로 할 말은?"

사형 집행관이 그에게 물었고, 사형수가 눈을 동그랗게 뜨고 답했다.

“참말 꽃 같네요? 하하하.”

사형수는 입가에 미소를 가득 담은 채 ‘덜커덩’ 소리와 함께 모두와 노래했던 꽃밭을 향해 내려앉았다.

백열등 하나가 모든 어둠을 지배하고.

금고가 닫혔다.

사라지는 방법

정재영 / 현대청운고등학교 1학년

| 사라지는 방법 |

정재영 _ 현대청운고등학교 1학년

1

사람들은 높은 건물에서 신발과 양말을 차례로 벗어 가지런히 놓고 몇 번의 심호흡 뒤에 다이빙하는 것이 흔적도 없이 사라질 수 있는 가장 손쉬운 방법이라 말한다. 하긴 요즘 같은 세상에서 남들 몰래 사라지기란 쉬운 것도 아니다. 내가 지금 그것에 대해 고민하고 있기 때문에 그렇게 느끼는 것인지도 모른다.

나도 사라지고 싶었다. 절대로 자살 같은 시시하고 무모한 것이 아니라 말 그대로 '사라지는' 방법을 찾고 있었다. 그 누구도, 가족도 친구도 아무도 모르게 흔적 없이 '싹!' 하고 사라져 버리고 싶었다. 이유는 간단하다. 나의 반복되는 일상에 진절머리가 난 것도 그렇고, 사람들의 나에 대한 기대감도 더 이상 견딜 수 없을 것 같았다. 만약 내가 이 말을 친지들에게 한다면, 상당수가 이제 겨우 11살인데 왜 그런 생각을 하는지 물을 것이다. 하지만 '이제 겨우' 11살이 고급 수학과 일반 물리학 책을 들고 다니며 공부하는 건? 초등학교, 중학교 졸업장도 없이 바로 과학고에 들어와서는 키가 두 배나 되는 형들 사이에서 수업을 듣는 건? 이건 아무래도 아니지 싶었다. 나 혼자 남고 싶었다. 하지만 적당한 방법이 떠오르지 않았다. 이 주일 동안이나 고민에 고민을 거듭했지만, 그렇다 할 답이 나오지 않았다. 어차피 나는 어려운 과학 수업 따윈 열심히 안 들어도 되니까 시간은 많다. 계속 생각해보기로 했다.

그러던 어느 날, 나는 그 약을 만들어냈다. 혼자서 만든 건 아니지만.

2

내가 석근이를 처음 본 건 작년 봄 입학식 때였다. 다른 입학생들보다 유달리 키가 작아서 나는 처음엔 그 애가 입학생 형을 따라온 동생인 줄 알았다. 그런데 그게 아니었다. 석근이는 우리나라에서 다섯 손가락 안에 꼽히는 꼬마 천재였다. 7살 때 중학교 수학, 고등학교 수학을 마스터하고 초등학교에 입학하고 나서부터 전국의 모든 수학, 과학 경시대회를 휩쓸고 다녔다던 석근이의 스펙은 그야말로 신이 내린 것이라 해도 과언이 아닐 정도였다. 최근에는 전 세계의 물리 천재들이 모이는 국제물리올림피아드를 준비하고 있다고 한다.

"야, 재는 무슨 화성에서 왔냐? 어떻게 말도 제대로 못하는 7살 때 고등학교 수학까지 다 떼?"

같이 입학하게 된 동창 성현이가 호들갑을 떨었다.

"한글은 3살 때 다 뗐겠지."

"싱겁기는……"

성현이는 11살짜리 아이와 같이 공부한다는 것을 창피해하는 것 같았다.

"그럼 재랑 우리랑 같은 교실에서 같은 내용 공부하는 거야? 아무리 그래도 초등학교 4학년이랑 같이 공부하는 건 좀 아닌데……"

"7살 때 고등학교 수학 끝냈으면 너도 저러고 있을 거다."

"누가 저러고 싶댔냐? 난 7살 때 구구단 외우고 있었다고."

"자랑이다. 11살짜리 애 앞에 두고……"

"아이씨, 저런 애들은 학교에서 좀 막지……"

아무튼 학기 초부터 입학생들의 부러움과 질투를 한꺼번에 받으면서 석근이는 우리 과학고의 역대 최연소로 입학증서를 받았다.

석근이는 11살임에도 불구하고 사람을 사귀는 데에 타고난 능력이 있는 듯했다. 그 녀석 특유의 친근한 말과 행동에 이끌려 형님 아우님 할 만큼 친해진 아이들도 더러 있었다. 그중 제일 처음이 나였다.

"철이 형!"

교내 화단에 심어져 있는 여러 그루의 나무에서 벚꽃이 활짝 핀 것을 보고 어느덧 봄의 중순이라고 느낄 때쯤에, 석근이가 나에게 보여줄 것이 있다며 헐레벌떡 뛰어왔다.

"제가 엄청나게 획기적인 발명을 했어요. 세계 어디에서도 볼 수 없는, 아니, 앞으로도 못 볼 그런 발명이라구요!"

석근이가 뛰어오면서 큰 소리로 외쳤다.

어느덧 석근이와 나는 같이 여러 가지 과학 실험을 하며 의견을 나누고, 서로가 발명한 물건들에 대해서 평가해 줄 정도로 친한 사이가 되었다. 그런데 수학, 과학 분야에서는 거의 만능이라 할 수 있는 석근이도 발명 쪽으로는 그 소질이 미미한 것 같았다. 물론 모든 천재들이 그렇듯이 아이디어는 참신했다. 하지만 매번 현실적이지 못하거나 실제로 만들어지기가 거의 불가능한 것들이었다. 석근이는 그런 것들이 비록 만들어질 수 없는 것일지라도 어떻게 하면 더 참신한 발명 아이디어를 낼 수 있을지에 매달렸다.

실제로 나와 석근이는 그런 비현실적인 발명품들을 직접 만들기 위해 여러 차례 시도를 해 보았다. 우리 학교는 명색이 과학고이니만큼 규모도 일반 고등학교에 비해 훨씬 크고 넓었다. 재정적으로 입김이 센 재단이 학교를 지원해주고 있다는 소리를 들었던 것 같은데, 그 때문인지 아닌지는 모르겠지만 과학 실험에 필요한 모든 기구와 약품, 시설 등이 특히 잘 갖추어져 있었다. 정문에 들어서면 책을 읽는 아인슈타인 동상을 중심으로 길이 세 갈래로 나뉘는데, 제일 오른쪽의 길로 가면 기숙사와 도서관이 나오고, 중앙으로 가면 학교 구관과 신관, 체육관이 나오는데, 우리들은 주로 신관에서 수업을 듣는다. 왼쪽 길로 가면 소위 '과학촌'이라고 불리는 곳이 나오는데, 이곳에는 말 그대로 과학과 관련된 모든 시설들이 갖추어진 곳이다. 물리학관, 화학관, 생화학관, 지구과학관, 과학사 박물관, 심지어 임시 로켓 발사대까지(제대로 쓸 수 있을지는 학생들 사이에서 아직까지 확인된 바가 없다.), 그야말로 '없는 게 없는' 곳이다. 나와 석근이는 주로 화학관에 있는 제3 화학실험실에서 실험을 했다. 그 방에 희귀한 화학 약품들이 많았기 때문이다.

석근이가 생각해낸 터무니없는 발명품 만들기도 그 곳에서 시도되었지만, 번번이 실패로 끝났다. 입으면 마음대로 날아다닐 수 있는 '에어재킷'은, 재킷 옷감 안쪽에 설치된 모터의 무게가 추진력의 크기에 비해 많이 나가서, 내가 입고 날아보려고 3층에서 뛰어내리다 정강이뼈가 박살이 나며 끝났다. 총을 쏘면 총알 대신 물컹물컹한 사탕이 튀어나가는 '캔디 건'은, 석근이가 성현이한테 쏘다가 성현이의 목에 누룽지맛 사탕이 걸리면서 보류하고 있다. 다행히 성현이는 무사하지만 그때의 충격이 컸는지 지금도 사탕은 잘 안 먹으려 한다. 특히 누룽지는 더 싫어한다.

"너는 그런 건 좀 그만 만들면 안 되냐? 왜 저런 애 도와서 네 아까운 시간만 낭비하냐고?"

성현이는 사탕 사건 이후로 확실히 석근이에 대한 불편한 감정이 악화된 듯했다. 사실 나도 학기 중순이 된 만큼 내신이나 다른 특별한 시험들에 신경을 좀 써야 했다. 석근이처럼 여유롭게 실험을 할 때가 아닌 듯싶었다. 하지만 그런 실험들을 통해서 석근이한테 배우는 것도 많았고, 생활기록부에 올릴 만한 것도 여러 가지 생겼다.

"내가 좋아서 하는 거니까 신경 안 써도 돼. 내가 손해 보는 건 별로 없어."

성현이는 그런 나를 안타까운 눈초리로 쳐다보았다. 도대체 왜 그렇게 못마땅해 하는지 이해가 가지 않았다.

이번엔 석근이가 어떤 '획기적인' 발명을 했을지 생각하고 있는데, 뛰어오는 석근이의 얼굴이 평소보다 밝았다. 마치 10년 넘게 풀리지 않던 난제를 푼 사람마냥 좋아서, 입이 반쯤 찢어질 정도의 함박웃음을 머금은 채 내게 다가와 소곤소곤 귓속말을 했다.

그런데 이번에 석근이의 발명은 비현실적이지 않았다. 터무니없는 공상가의 말처럼 들리지도 않았다. 석근이의 진심이 담긴 발명 아이디어였다. 그런데 이 아이디어는 위험했다. 석근이 본인에게 특히.

3

형은 분명 아주 놀랐을 것이다. 나는 의기양양하게 제3 화학실험실을 향해 앞서 걸어갔다. 뒤에서 형의 타박거리는 발소리가 들렸다. 간간이 한숨소리도 들렸다. 뭐야. 형은 그렇게 놀란 눈치가 아니다. 또 내가 형의 입장에서 만족스럽지 못한 발명을 했단 말인가.

"석근아."

뒤에서 아무런 말없이 나를 따라오던 형이 나지막이 나를 불렀다.

"네, 형?"

"이번 거는 어떻게 생각해낸 거야?"

"아, 그냥요. 사람들은 누구나 한번쯤 투명인간이 되고 싶어 하잖아요."

"정말 투명인간이 되고 싶어서 만든 거야?"

나는 약간 당황스러웠지만 아무렇게나 둘러댔다.

"물론 그것도 그렇지만 정확히 말하자면 발명품 하나를 만들어낸 거죠. 저번과는 다른 진짜 발명품을. 제가 직접 만들어 냈다니까요! 항상 만들어도 실패로만 끝났잖아요? 이번 거는 성공할 거라 확신한다고요."

형의 눈에서 불안을 읽을 수 있었다. 형이 내 속마음을 알아버린 걸까?

제3화학실험실에 들어서자 뿌연 연기가 아직 조금 남아있었고, 아까 그곳에서 나갈 때의 텁텁한 향이 연기에 그대로 스며들어 있었다.

"저……거니?"

"네"

나는 아주 자랑스럽게 대답했다. 책상 위에는 코르크 마개로 덮여진 조그마한 유리통이 놓여있었고, 그 유리통 안에는 파란빛을 띤 알약이 한 개 담겨있었다. 나는 그것을 조심스럽게 꺼내어 형에게 흔들어보였다.

"보세요. 진짜죠?"

"그걸 먹으려고?"

"아뇨. 똑같은 것 몇 개는 더 만들어놔야죠."

나는 씩 웃으며 대답했다. 형이 혼란스러운 표정을 짓고 있었다. 아, 그렇다. 형은 나의 발명을 부러워하고 있는 것이다. 형에게 한 마디 말도 없이 혼자 약을 만든 것에 대해 미안함도 느꼈지만, 왠지 모르게 나 스스로 뿌듯해졌다.

"형도 필요하시면 몇 알 드릴 수 있어요."

"아니, 아니, 아니……"

형은 고개를 절레절레 흔들며 내게 말했다.

"석근아. 너 설마 그때 선생님 말씀 때문에 이러는 거니?"

아차, 형이 내가 이 약을 만든 이유를 알아차린 것 같았다. 나는 대충 얼버무렸다.

"네? 무슨 말이요?"

"그때 화학 선생님이……"

"형. 이거 어떻게 만든 건지 아세요?"

나는 곧바로 화제를 돌렸다. 형이 나의 속마음을 알면 분명 이 약을 쓰는 것을 막으려 들 테니까.

"우리 몸에 존재하는 전자의 음성을 양성으로 바꾸는 물질을 제가 발견했어요. 그걸 이용한 거예요. 이 약을 먹으면 우리 몸 주위에 존재하는 기체 분자가 아주 빠른 속도로 우리 몸을 빙글빙글 돌도록 하는 거죠. 아주 빠른 속도, 무한으로 말이죠. 그러면 빛이 우리 몸을 돌던 분자에 의해 차단이 되어서 사람들 눈에 안 보이는 거죠. 차단된 빛은 몸을 도는 분자의 색깔을 사람들에게 대신 보여줘요. 한마디로 거의 투명이나 다름없죠."

"그럼, 그때 네가 빌려달라고 하던 그게……"

"……네. 이것 때문이에요."

사실 영양제가 이 약을 만들기 위해 필요한 건 아니었다. 나를 위해 쓴 건 맞지만, 약을 위한 것은 아니었다. 학기 중순에 나와 형이 같이 만든 '캔디 건'이 보류가 되면서, 나는 실의에 빠졌다. 그 시기에 화학 선생님의 말이 나를 더욱 주눅 들게 만들었다. 모든 것이 귀찮았고, 이 학교가 싫어졌다. 나 자신이 미웠다. 그러던 중 이 약을 생각해낸 것이고, 마침 화단에서 고심하고 있던 중 형이 그 약을 쓰는 과정에서 부수적으로 필요한 것을 들고 있었다. 다름 아닌 영양제였다.

"영양제는 왜 필요했던 거야?"

"……비밀이에요."

그런데 그때였다. 형이 아무 말도 없이 갑자기 화학실험실 문을 열고 나가버렸다. 형에게 배신감을 느낀 건 그때가 처음이었다. 사실 이 약을 만든 후에 아무에게도 말하지 않고 먹으려 했지만, 내가 갑자기 사라지면 철이 형이 걱정할까봐 미리 알려준 것이다. 형이 나간 이유는 둘 중 하나다. 내가 이 약을 만든 사실에 질투가 나서 그것을 참지 못하고 나가버렸거나, 선생님께 이르기 위해 나갔을 것이다. 어떡하지? 형에게서 느낀 배신감도 잠시, 나는 고민에 빠졌다. 어찌되었건 간에 형이 이 화학실험실을 나감으로써 내가 이 약을 만들었다는 사실이 들통이 날 것이고 나의 '투명인간 계획'은 무산될지도 모른다. 지금 먹을까? 아직 효과가 있는 지도 모르는데. 어차피 실험 기록은 다 작성해 놓았으니 똑같은 약을 만드는 데는 그리 오래 걸리지 않을 것이다. 일정 시간이 지나면 다시 원래 상태로 돌아올 것이다. 그리고 돌아오고 나면 나를 대하는 사람들의 태도도 달라지겠지. 하지만 사람들이 나를 보는 것도 그때가 마지막이 될 것이다.

나는 알약을 집어 들었다.

4

나는 석근이가 무슨 생각으로 저 약을 만들었는지 알 것 같았다. 저번에 화학 선생님이 석근이에게 해서는 안 될 말을 하고 말았다. 나는 그때 선생님을 말렸어야 했다. 석근이가 아무리 머리가 좋은 천재라 하더라도 사람의 말에 쉽게 상처를 받는 어린 아이일 뿐이다.

'석근이는 화학 선생님의 말씀 때문에 자괴감에 사로잡혔던 거야. 그것 때문에 사라지고 싶었던 거야. 무슨 수를 써서든지. 하지만 이제 그 수를 찾았으니 바로 투명 인간이 되고 싶었겠지. 투명 인간이 되어서 자신을 무시하는 사람들에게 뭔가를 보여주고, 자신에게 지나친 기대를 거는 사람들에게 자신을 진심으로 걱정하는 마음을 심어주고 싶었던 거야. 그게 죽는 것보단 나으니까. 당장 막아야 해. 만약에 그 약이 진짜 효과가 있어서 석근이 같은 11살짜리 애가 투명 인간이 된다면, 석근이는 더 큰 외로움과 상실감에 빠질 게 뻔해. 순간적인 판단 때문에 큰 실수를 한 셈이군. 석근이나, 나나.'

머릿속에서 오만가지 생각이 지나쳐갔다. 일단 석근이를 설득해서 막는 것이 급선무였다. 내가 그 자리에서 직접 막는 방법도 있었지만, 석근이의 성격상 그랬다면 그 약을 바로 집어 삼켰을 것이다. 가장 먼저 떠오른 방법이 화학 선생님을 모시고 와서 석근이에게 사과를 시키는 것이다.

"선생님."

나는 교무실에서 최대한 당혹스러움을 감추고 화학 선생님을 뵈었다.

"어, 철이구나. 저번에 네가 쓴 실험 리포트는 받았어. 지금 생활기록부에 기록 중이야. 왜 그래?"

나는 곧바로 선생님께 알약 얘기를 꺼내려다 멈칫했다. 내가 생각이 짧았다. 지금 선생님께 말씀드린다면 석근이는 선생님이 보시는 자리에서 약을 먹을지도 모르는 일이고, 설사 약을 먹지 않고 순순히 나와 선생님의 말을 듣는다 하더라도 그 알약 이야기가 학교 전체에 퍼질 것이고, 석근이는 더 큰 혼란 속에 빠질 것이다. 최악의 경우는 석근이가 내가 화학실험실에서 나오는 것을 보고 알약을 먹는 것이다. 석근이가 그렇게 확신을 가지고 말한 건 처음이었다. 그 약이 효과가 있을 가능성은 매우 높다. 나는 화학실험실을 나오지 말았어야 했다.

"철아, 왜 멍 때리고 있니? 사람 불러놓고"

선생님이 나를 다그치셨다. 아무 핑계나 대야 한다.

"저…… 제 리포트 생활기록부에 올리셨는지 확인하려고 와봤어요."

“걱정 안 해도 돼. 거의 다 올렸으니까. 그런데 철이 너……”

황급히 교무실을 나가려는 나를 선생님께서 불러 세우셨다.

“네?”

“요즘도 석근이랑 같이 실험하니?”

“네.”

“철아.”

선생님께서 안경을 고쳐 쓰시면서 말씀하셨다.

“이제 공부도 좀 해야 하지 않겠니? 선생님이 보기에 너 학기 초부터 석근이랑 실험하는 것에 너무 몰두하는 것 같더라.”

“저도 내신 관리 열심히 하고 있어요.”

“네가 석근이처럼 수업을 안 들어도 되는 건 아니잖니? 지금이라도 석근이랑 실험하는 것에 손을 놓았으면 좋겠어.”

선생님도 성현이처럼 석근이와의 실험을 부정적으로 바라보고 있었다. 나는 선생님께 가볍게 목례를 하고 서둘러 교무실을 빠져나와 곧장 화학관을 향해 달렸다.

제3화학실험실까지 어떻게 왔는지도 모르겠다. 문을 열며 소리쳤다.

“석근아!!”

석근이는 보이지 않았다. 나는 석근이가 다른 곳으로 간 줄 알았다. 그런데 화학실험실 한쪽에 석근이가 입고 있던 교복과 신발, 안경이 뭉쳐져 있었고, 알약을 담고 있던 유리통은 비어 있었다.

5

투명 인간이 된 건 내가 아마 세계 최초일 것이다. 나는 현대 과학사의 한 획을 그을 아주 위대한 발명을 하였고, 지금 그 발명품을 시험하고 있다. 처음 알약을 먹은 직후에 온몸에서 전기가 흐르는 것처럼 찌릿했지만 곧 내가 투명해졌다는 걸 알았다. 몸이 약간 쏠리는 기분이 들 뿐 신체상으로 별 문제는 없었다. 거울을 보니 내 옷과 안경이 둥둥 떠다니고 있었다. 나는 옷과 안경, 그리고 신발을 벗어서 한쪽 구석에 던져놓고 화학실험실을 나왔다.

갑자기 최근에 보았던 유명한 소설 H. G. 웰즈의 '투명 인간'이 떠올랐다. 마치 내가 거기서 나오는 박사가 된 기분이 들었다. 그 책을 볼 때는 투명 인간이 진짜 가능하기는 할지 궁금했는데. 이 상태로 계속 있다 보면 가족들과 친구들이 나를 걱정할 것이다. 나의 학업 능력 하락, 나의 장래 희망 불확실 등으로 걱정하는 것이 아닌, 나의 안전에 대해 걱정할 것이다. 나는 이대로가 좋다. 사람들이 나의 존재를 잊은 것이 좋다. 이 실험이 끝나면 조금 더 오래가는 알약을 만들어서 이 학교를 떠날 것이다. 이 나라를 떠나 전 세계 방방곡곡을 마음대로 다닐 것이다. 투명 인간이지만 물체와의 접촉은 가능하기 때문에 조심해서 다녀야겠다. 절대로 소설에 나오는 박사처럼 나쁜 짓은 하지 않을 것이다. 나는 오락이나 유희를 목적으로 투명 인간이 된 것이 아니기 때문이다.

나는 영양제통을 주머니에서 꺼냈다. 자, 이제 '영양제'를 먹어야겠다. 그때, 동급생 형 2명이 앞쪽에서 걸어오는 것이 보였다. 나는 얼른 영양제통을 숨겼다.

"……그래, 그 11살짜리……"

형들은 나에 대한 얘기를 하고 있었다. 나는 뒤에서 형들의 얘기를 몰래 엿들었다.

"걔가 여기 들어왔다는 게 애초부터 말이 되냐?"

오른쪽에 있던 형이 말했다.

"어쩐지…… 그럼, 원래 걔는 여기 있으면 안 되는 거네?"

왼쪽에 있던 형이 말했다.

"당연하지. 하여간 요즘 세상은 백만 있으면 뭐든지 다 된다니까."

"그러니까, 걔네 엄마가 이 학교 재단 설립자의 손녀딸인데, 재단에서 이 학교를 계속 밀어주니까 어쩔 수 없이 뽑은 거네? 엄마는 아들 안 뽑아주면 지원을 끊겠다고 협박을 한 거고? 그거 헛소문 아냐?"

"야, 전교생들이 다 아는 건데, 그게 거짓말이면 누가 도대체 그런 소문을 내겠냐? 우리 학교에 그런 간 큰 애들이 있으면 모르지만."

"야, 그럼 그 화려한 수상 경력도 다 가짜네? 학교에선 이 사실 모르나?"

"당연히 알지! 아는데도 말 안 하는 거야. 감사원이나 교육청 같은 데 걸리면 골치 아파지니까."

6

나는 석근이의 옷가지만 덩그러니 남겨진 화학실험실에 멍하니 서 있었다. 왜 석근이를 바로 막지 못했을까? 내가 없는 사이 그 약을 먹고 도망간 것이 틀림없다. 어쩌면 지금 이 방 안에 있을 수도 있다. 나는 있는 힘껏 소리를 질렀다.

"장석근!! 빨리 나와라!!!"

하지만 아무 소리도 들리지 않았다. 결국 방법은 한 가지, 투명해져 보이지 않는 석근이를 온 학교를 뒤져서 찾는 것뿐이었다.

화학관을 나와서 먼저 물리학관으로 가 보았다. 나는 거기서 공부하고 있는 아이들에게 석근이를 보았는지, 아니면 갑자기 물건이 저절로 움직이는 것 같은 이상한 현상이 일어나는 걸 보았는지 일일이 물어보았다. 그렇게 과학촌 전체는 물론 구관, 신관, 체육관까지 모조리 뒤져보았지만 석근이의 흔적은 찾을 수 없었다.

이제 남은 곳은 기숙사뿐이었다. 석근이가 그곳에 있을 확률이 높다. 귀사 시간 전에 기숙사에 가려면 수위의 허가가 필요한데, 수위의 허가가 있으려면 담임선생님이나 기타 선생님들의 귀사 허가증이 필요하다. 그럼, 누구에게 가야 하는가? 지금 이 시간에 기숙사에 가는 것은 아주 특별한 경우가 아니면 거의 불가능하다. 가장 순진한 선생님을 택해야 했다. 내 말에 가장 잘 넘어갈 사람. 너그럽게 귀사 허가증에 서명을 해 줄 선생님이……

다른 융통성 많은 젊은 여자 선생님들도 많다. 하지만 일요일이라 학교에 남은 선생님은 별로 없었다. 그 남은 선생님들 중 가장 사람 좋아 보이는 선생님이 바로 이 분이셨다.

"왜, 네 담임선생한테 받으면 안 되니?"

"지금 안 계세요. 일요일이라서……"

"그런데 왜 그걸 지금 나한테 그걸 부탁해야 하지?"

애초에 체육 선생님이 융통성이 많을 것이라는 나의 추측은 무모한 것이었다. 어떻게 체육 선생님한테서 귀사 허가증을 받을 수 있단 말인가? 다시 생각해보니 정말 바보 같은 생각이었다. 게다가 체육 선생님은 단호하게 거절하지도 않고 계속 쓸데없는 질문만 내게 퍼부어댔다.

"원래 학교 규정대로라면 지금 이 시간에 널 기숙사로 보낼 수는 없어. 하지만……"

나는 체육 선생님이 마침내 허가증을 내주실 거라 생각하고 마음속으로 감사의 말을 찾고 있었다. 그런데 체육선생님이 뜻밖의 말을 꺼냈다.

"네가 석근이를 그렇게 열심히 찾고 있으니까 이번 한번만 봐주지."

선생님은 허가증에 서명을 하며 나에게 이렇게 말했다.

"서, 서, 선생님…… 어, 어떻……게……"

나는 너무 놀라서 말도 제대로 하지 못했다.

"짜샤, 뭘 그리 놀라. 얼마 전에 석근이가 나한테 왔었다. 고민 상담 좀 해달라고……"

선생님은 석근이와의 고민 상담 내용을 말해주기 시작했다.

그날 석근이는 상담 내내 울먹였단다. 이 학교를 더 이상 다니기 싫다고, 자기 자신이 너무 싫다고. 선생님은 조기 입학생들이 흔히 겪는 입학 초기의 콤플렉스이니 너무 신경 쓰지 말고 스스로 학교생활을 즐기라고 했는데, 석근이는 그 말을 받아들이지 않았다고 했다.

"선생님, 전 도저히 그럴 수 없을 것 같아요. 제 가족들, 친구들, 이 학교 형들 중에서 저를 진짜 어린 아이로, 11살짜리로 생각해주는 사람은 한 명도 없어요. 다 저를 천재라 부르면서 쓸데없는 기대만 걸 뿐인 걸요. 그래도 저는 이 학교에 오면 그게 나아질 줄 알았어요. 저와 수준이 맞는 사람들이 모인 곳이니까요. 초등학교, 중학교도 졸업하지 않고 제가 여기 들어올 때까지, 저를 진정한 친구로 대해준 아이는 없었어요. 모두가 저를 꼭 외국에서 온, 아니 외계에서 온 사람처럼 대했어요. 제가 여기 있으면 안 된다고 하는 아이도 있었죠. 저는 그게 너무 싫었어요. 마치 해서는 안 될 짓을 저지른 죄인이 된 기분까지 들더라고요. 그나마 정신적으로 도움을 받을 수 있을 거라 생각했던 가족으로부터도 버림받고 말았어요. 제가 그 고민을 엄마한테 한번 털어놓은 적이 있었어요. 당연히 제게 힘을 줄 멋진 말을 해 주실 줄 알았죠. 그런데 엄마가 뭐라고 하신 줄 아세요? '그런 고민할 시간 있으면 수학 문제나 하나 더 풀어! 조금 있으면 고등학생 형들이랑 공부할건데 그래가지고 되겠어?' 그때 제 기분이 어땠는지 아세요?

그런데 그때 느꼈던 비참함이 이 학교를 다니면서 되살아났어요. 과학, 수학이라면 날고 긴다는 형들도 저에 대한 부러움, 질투심, 두려움을 느꼈고, 저는 그것을 참을 수 없었어요. 얼마 전에 화학 선생님께서도 ……."

그러다 석근이는 갑자기 하던 말을 끊고 서럽게 울기 시작했다는 것이다. 체육 선생님은 석근이를 한참 달랜 뒤에 학교로 돌려보냈다고 하셨다. 그때가 나와 석근이가 만든 '캔디 건'이 실패작으로 끝나고 난 뒤였다.

그러던 어느 날, 석근이가 그 알약을 만들기 전날에 석근이가 다시 체육 선생님을 찾아왔단다. 그때 석근이는 이전과는 다른 기쁨이 가득한 표정으로 귀사 허가증을 요청했고, 체육 선생님은 그날 이후로 석근이가

마음을 다잡았나보다 생각하고 아무런 의심 없이 귀사 허가증을 내주었
다고 했다.

"그럼…… 선생님께선 석근이가 없어진 걸 어떻게 아셨어요?"

나는 눈을 크게 뜨고 선생님께 물었다.

"귀사 허가증을 오늘 날짜로 만들어 달랬거든. 아마 지금 기숙사에 있
을 거다. 그동안 쌓인 스트레스를 풀고 있겠지. 잠을 잔다거나 게임을
하는 걸로. 그래서 나는 석근이를 따로 막지 않았다. 게다가 넌 석근이
랑 항상 붙어 다니잖아? 분명 그 녀석이 너에게 아무 말도 안 하고 갔을
거라 생각했는데, 마침 네가 헐레벌떡 뛰어 들어오니까 네가 석근이를
찾고 있는 걸 알았지."

"아, 그럼 석근이는 지금 자기 방에 있겠네……요?"

선생님은 그 알약에 대해 모르시는 것 같았다. 나는 마음속으로 안도
의 한숨을 내쉬며 체육 선생님께 인사를 하고 곧장 기숙사로 향했다.

'그런데 왜 석근이는 투명 인간이 된 채로 기숙사를 가려 했을까? 석
근이 같은 애가 투명인간 상태에서 나쁜 짓을 하진 않을 거고…… 진짜
체육 선생님 말씀처럼 스트레스 풀려고 기숙사에 간 거야? 투명 인간이
된 게 단지 석근이 스스로 자괴감의 늪에서 빠져나오기 위한 탈출구였
던 거야? 만약 그렇다면 석근이가 그렇게 심각한 상황에 있는 건 아닐
텐데……'

서둘러 기숙사 수위에게 허가증을 내고 석근이의 방인 702호로 올라
갔다. 하필 이럴 때에 승강기가 고장이 나서는…… 7층이 이렇게 높이
있다는 것을 오늘 처음 알았다.

'석근이가 무사해야 할 텐데……'

드디어 702호 문 앞으로 왔다. 우리 학교 기숙사 방문은 모두 비밀번호 주입식이기 때문에 비밀번호를 쳐야 문을 열 수 있었다. 당연히 나는 석근이 방의 비밀번호를 알고 있었다.

방문을 열었다. 아무도 없었다.

"석근아, 여기 있니?"

대답이 없다. 나는 방 한가운데에 뭔가가 떨어져 있는 것을 발견했다. 플라스틱 용기였는데, 그 안에는 내가 석근이에게 얼마 전 빌려준 영양제가 들어 있었다.

'어, 이게 왜 여기에……'

나는 설마하며 플라스틱 용기의 겉면을 훑어보았다. 그것은 수면제였다. 표지에는 이렇게 쓰여 있었다.

'12세 미만 아동은 섭취 금지'

7

바람이 시원했다. 이렇게 높은 곳에 혼자서 올라오긴 처음이었다. 땅에 있을 때는 몰랐는데, 높은 곳에서 아래를 내려다보니 기분이 묘했다. 도시의 전경이 아름다웠고 너무 높은 곳이라 그런지 속이 메스꺼웠다. 아무래도 상관없다. 이렇게 투명 인간 상태로 있을 시간도 얼마 남지 않았다.

수면제는, 투명 인간인 채로 가만히 있으면 지겨우니까 며칠 자고 난 뒤 일어나서 투명 인간 상태로 나다니다가 원래대로 돌아오는 것에 쓰려고 했는데 이제 필요 없게 되었다. 나는 지금 사라지는 방법 중 가장 손쉬운 방법을 택하려 한다.

이제 사람들은 나를, 나뿐만이 아니라 나의 가족 모두를 사회에서 소위 '쓰레기'라 불리는 것으로 만들려 한다. 나 때문이다. 나 하나 때문에 우리 가족이 비난을 받을 순 없다. 결국은 나의 지식이 나를 외계인으로 취급받게 만들었고, 이곳에 와서 비참함을 느끼게 만들었고, 내가 투명 인간이 되게 했다. 투명 인간이 되면 나에 대한 모든 안 좋았던 것이 다 날아갈 거라는 나의 생각은 얼마나 어리석었던가. 내 머릿속의 지식이 나를 천재로 만듦과 동시에 나를 사라지게 만들었다고 생각하니 웃음 밖에 나오지 않았다. 갑자기 화학 선생님께서 내게 하신 말씀이 생각났다.

그날 철이 형과 함께 '캔디 건'을 만든 후 점심시간에 체육관에서 실험을 해보기로 했다. 막상 실험을 하려 하자 방아쇠가 잘 당겨지지 않았다. 사탕들이 끈적끈적해서 그런지 잘 쏴지지가 않았다. 형과 내가 동시에 힘껏 방아쇠를 당겼다. 노란색 사탕 하나가 체육관 중앙을 가르면서 튕겨 나갔다. 그러고는 체육관으로 막 들어오려던 화학 선생님의 얼굴에 정면으로 맞았다. 특수 제작된 사탕이라 사람 입 안의 아밀라아제 성분이 아닌 외부 물체에 부딪히면 자동으로 밀가루 반죽처럼 널따랗게 퍼지는 사탕이었다. 화학 선생님의 얼굴이 누런 젤리로 뒤덮였다.

"장석근!!! 박철!!!"

선생님께서 체육관이 떠나가라 고함을 질렀다. 형과 나는 한참동안 체육관에서 선생님의 훈계를 들어야 했다. 그때 나는 선생님으로부터 그 끔찍한 말을 듣고 말았다.

"장석근, 너는 없느니만 못한 놈이야. 너의 그 좋은 머리는 아무 짝에
도 쓸모가 없어. 그냥 사라져버려!!"

나는 신발과 양말을 벗기 위해 일어섰다. 아, 맞다. 나 지금 옷 안 입
고 있지. 어쩐지 여름 치고는 조금 춥다는 느낌이 들었다. 투명 인간 약
제조법이 적힌 노트는 누군가가 발견하겠지. 그리고 언젠가는 개발되겠
지. 하지만 만약에 내가 발명했다고 하면 사람들은 나를 믿지 않을 거야.
이제야 사람들이 왜 높은 건물에서 떨어지는 것이 사라지는 방법 중 가
장 쉬운 것이라고 하는지 알 것 같았다. 적어도 투명 인간이 되는 것보
단 훨씬 쉬웠다.
나는 크게 심호흡을 했다.

8

나는 석근이가 지금쯤이면 죽었을지도 모를 거란 생각이 들었다. 화학
선생님도, 체육 선생님도, 석근이 같은 천재의 말을 들어주기엔 그 능력
이 부족했다. 내가 석근이의 말을 들어주었어야 했다. 나는 무작정 뛰었
다. 분명 수면제를 먹고 죽으려 할 거야. 남들 몰래 죽으려고 투명 인간
이 되었던 거야. 과학촌으로 뛰는 동안 나도 모르게 눈물이 흘렀다. 이
제 석근이가 어디에 있는지 알 것 같았다. 평소에도 석근이는 접근이 금
지된 임시 로켓 발사대를 한번 들어가 보고 싶어 했다. 석근이는 분명
그 안 어딘가에 있을 것이다. 그런데 어떻게 로켓 발사대 안으로 들어가

지?

　로켓 발사대 입구에 다다랐을 즈음 갑자기 허공에서 공기를 가르는 소리가 쐐액 하고 들렸다. 뭔가 아주 무거운 것이 떨어지는 것 같았다. 촤악! 발사대 입구 주변에 있던 덤불에서 튄 이파리들이 나의 뺨을 때렸다. 나는 조심스럽게 덤불을 헤치고 살펴보았다. 거기엔 아무것도 없었다. 내가 석근이에게 빌려준 영양제통 밖에.

　'이게…… 왜 여기 있지?'

　분명 위쪽에서 떨어졌다. 왜 영양제통이 위쪽에서 떨어졌지? 설마 석근이가 발사대 꼭대기에 있는 걸까? 그런데 영양제통이 떨어진 것치고는 덤불 이파리들이 너무도 많이 튀었다. 나는 아주 끔찍한 결론에 도달하고 있었다. 그 덤불 속을 손으로 더듬어보았다. 뭔가가 잡혔다. 그러나 아무것도 보이지 않았다. 나는 계속해서 덤불 속을 더듬었다. 어떤 물체가 끊임없이 내 손에 닿았지만 나는 잡을 수가 없었다. 어느덧 내 눈에선 죄책감의, 후회의, 원망의 눈물이 걷잡을 수 없이 흘러내리고 있었다.

NEW

정준혁 / 전남과학고등학교 2학년

| NEW |

정준혁 _ 전남과학고등학교 2학년

1

보라 이 아름다운 세상을, 아름다운 풀, 꽃, 나무, 숲, 산, 산맥, 자연을. 그리고 보아라! 아름답지 못한 우리의 모습을 이 아름다운 광경을 부단히 무너뜨려가는 우리의 아름답지 못한 모습을. 난, 고치고 싶었다. 매우 강렬히 말이다. 어릴 때부터, 인간이 자연을 지배하고 파괴해 가는 만큼 내 혁명에 대한 열정도 커져만 갔다. 나는 생각했다. 이 아름답지 못한 우리의 광경을 멈출 수 있는 것은 나 혼자 앞장서서 혁명을 선도하는 것은 아니었다. 그것은 매우 비효율적이라고 생각되었다. 혁명을 일으키는 사람 중에서도 심지어 혁명에 반하는 행동을 하는 정신 나간 사람들은 꼭 존재할 수밖에 없는 것이다. 특히 이런 것 환경에 관한 것은 최소한 그런 것이라고, 내 지나간 세월이 아주 어릴 때부터 나를 그렇게 가르쳐왔다. 그러니까 내가 해야 하는 일은, 사람들의 행동을 변화시키는 행위가 아니라 조금 더 본질적인 것, 그들이 행동을 변화시키지 않아도 세상을 바꿀 수 있는 것 그것은 바로, 기술 개발이었다. 무엇이든 꼭 세상을 구원할 수 있는 방법을 내 손으로 마련하는 것 그것은 내 세상의 최대의 목표이며, 없으면 살아갈 수 없는 공기와도 같은 존재였다. 하루하루 아침마다 잠자리에서 일어날 때마다 하는 이 생각이 나를 압박하지만, 그것으로 인해 내 삶이 지속되어 왔고, 앞으로도 그럴 것이다.

2

“자네들은 목표가 무언가?”

강의를 진행하던 도중 내가 물었다. 잠시 학생들이 머뭇거리다가 입을 열기 시작했다.

“국가 발전에 기여해서 후대에 길이 남는 인물이 되고 싶습니다!”

“모두에게 존경받는 과학자가 되고 싶어요!”

“아, 그런가? 다른 사람?”

뻔하고 뻔한 답에 실망한 나는 다른 대답을 갈구했다. 그래도 조금 더 큰 꿈을 가진 아이들, 그들을 찾아내고 싶었다.

“입에 풀칠하고 살면 그걸로 된 거지요……”

“푸하하하하하!!”

누군가가 작게 말하는 것이 이상하게도 모두에게 들렸다. 풀칠이라니 내가 생각해도 어이가 없다. 정말로 내가 바라는 사람은 없는 것일까?

“노벨상 수상이요!”

누군가 크게 소리쳤다. 강의실 가장 뒤쪽에서도 가장 구석진 곳에 앉아있던, 평소에도 눈에 띄지 않았던 학생이었다. 물론 그래서인지 이름도 가물가물하다.

"오~~~."

아이들은 야유인지 존경인지 모를 탄성을 내질렀다. 모든 시선이 잠시 간 그 학생에게 집중되었다. 물론 큰 이상이지만, 내가 바라는 것은 아니었다.

"흠… 너희들에게 약간 실망했다. 오늘의 과제는 오늘 배운 내용이 아니라, 과학이란 왜 존재하고 자신의 꿈은 무엇인지에 대해 에세이를 작성해 오는 것이다. 기한은 길게 줄 것이니 깊이 생각하고 제출하길 바란다. 모두 해산"

여기저기서 웅성웅성 거렸다. 하지만 내 표정이 너무 무거웠기 때문에 입 밖으로 크게 질문을 하거나 하지는 못했다. 그대로 강의실을 나와 버렸다. 갑자기 격해져 오는 감정을 참을 수가 없다. 학생들의 표정도 볼 겨를이 없었다. 왠지 모를 이 허탈감에 내가 지금 무엇을 하고 있는가에 대한 의문 때문에 그 분노감에 해서는 안 될 짓을 해버렸다. 차갑고 긴 복도를 걸었다.

'이 아름답지 않은 세상을 내 손으로 고치고 싶다.'

이 목표가 내 머릿속에 계속 떠돈다. 이 목표 하나로 이 자리까지 올라왔다. 피눈물 나는 사투 끝에 내 꿈을 이루기 위해 더 가능성 있는 곳으로 계속 올라왔다.

'국가 과학자…….'

한국에서 가장 전망 있는 연구를 진행하는 과학자들에게 수여되는 자리, 난 국가과학자다.

3

조금이라도 더 아름다운 세상이 보고 싶다. 스트레스를 받아 지친 몸을 이끌고 내가 관리하는 정원으로 이동했다. 차가운 복도 끝 넓지는 않지만, 내가 생각하기에 가장 아름답게 꾸며둔 그곳으로.

'후'

잘 가꾸어진 식물들을 보며, 한숨을 내쉬었다. 많은 생각이 내 머릿속을 스쳐간다. 대부분이 이 세상을 증오하는 것뿐.

아름답지 못한 세상은 자신을 오히려 더 아름답지 못하게 만들어가고, 자라나는 순수한 생명마저 타락시켜간다. 우리, 내 순수한 생명들. 그들에게 미래가 있는데, 내가 이루지 못할 경우 그들이 내 뜻을 이어가야 하건만, 너무 많은 것을 바라고 있다는 생각이 든다.

고개를 내리깔았다.

'어?'

'살려 주세요……'

식물들이 노랗게 변해가고 있다. 분명 가장 모범적인 방법으로 가꾸고 돌봐왔는데? 이게 무슨 일이지? 내려 본 하나뿐만이 아니다. 자세히 보니 거의 모든 식물이 노란부분을 감추고 있었다. 온도가 잘못된 것일까? 온도계를 살펴보았다. 온도계는 어제보다 0.5도 올라간 눈금을 가르치고 있었다. 그렇게 큰 타격도 아닐 텐데.

'대체 무슨 일일까?'

'쥐이이이이잉'

허탈해 있어 하고 있던 찰나 내 주머니 속에서 무언가 진동했다. 무언가 좋지 않은 예감이 스쳤다. 재빨리 주머니에서 핸드폰을 꺼냈다. 휴대폰에는 안내메세지가 떴다. 주위에 아무도 없는 곳으로 이동해 주세요. 준비가 되면 Ready 버튼을 눌러주시기 바랍니다.

'이…… 이 메시지는!'

틀림없다. 이 메시지가 매우 중대할 것이라는 것은 직감적으로 알 수 있었다. Ready 위에 존재하는 청와대 마크가 그것을 증명했다. 급히 정원을 뛰쳐나와 빈 강의실에 들어간 다음 문을 잠갔다. Ready 버튼을 눌렀다. Ready버튼을 누르자 5명의 얼굴이 나타났다. 입체적인 홀로그램 얼굴들이 원형으로 나란히 나타났다. 급히 얼굴을 확인했다. 그들은, 나를 제외한 국가 과학자 4명 각각 장준혁, 김태현, 나해인, 강동신과 그리고

"안녕하십니까? 대통령 각하 무슨 일로 저희들을 소집하신 겁니까?"

대통령 정희망이었다.

"무슨 큰일이라도 난겁니까?"

나해인이 물음을 던졌다.

"이제부터 여러분들은 지금까지 겪어온 것 중 가장 큰 임무를 맡게 될 것이오. 곧 어리석은 언론인들이 어제 비밀리에 발표된 중대 사항을 방송할 것이라고 예상되니 오늘 당신 5명에게 통보하는 바요. 그 사실은 바로 지구 온난화가 가속되어 6개월 정도면 지구가 완전히 익어버린다는 사실이 최근 국가들 사이에 은밀히 발표되었소 어떤 머저리가 그 사실을 외부로 돌려버려서 말이지요……"

"네???"

나를 포함한 5명의 과학자는 어안이 벙벙한 듯 서로의 얼굴만 빤히

쳐다보고 있었다.

'응 뭐라고?'

"그러니까, 여러분의 이번 임무는 국민들의 혼란을 피해 5명의 당신 국가과학자들은 이것을 해결할 수 있는 방법을 마련하는 것입니다. 현 상황에서 믿을 것은 당신 국가과학자들과 여러 연구소의 과학기술 밖에 없소. 지원은 바라는 대로 해 줄 테니 이 상황을 어떻게든 타개할 방법을 꼭 찾아 주었으면 하오. 다시 한 번 말씀드리지만은, 믿을 것은 당신들과 같은 과학자들뿐이요. 진심으로 건투를 빌겠소이다. 그럼"

연결은 덧없이 끊어졌다.

"으 으잉?"

중대한 임무가 주어진 중압감이나 긴장감 보다는 무언가 뒤통수를 강하게 맞아 어이없다는 느낌이 앞섰다. 여기까지 내가 좋아하는 자연을 살려보겠다고 전진한 자리, 이젠 그것을 이루더라도 소용이 없게 되었다.

결국 내가 한발 늦어 버린 건가?

4

빈 강의실을 빠져나왔다. 이제야 임무의 중압감이 나를 누른다. 아주 꾹꾹 누르고 있어 숨도 제대로 쉴 수가 없다. 마치 누가 목을 조르고 있는 듯 기도는 좁아지고 있다.

"켁……. 캑……."

너무 화가 난다. 동시에 두렵다. 내가 만들어 왔던 것이 필히 무너질 수밖에 없다. 내가 바라 왔던 것을 더 이상 할 수 없다.

"내 식물들도 다 그것 때문인가?"

노랗게 죽어버린 내 식물들을 떠올리며, 조금씩 올라가는 실외온도를 떠올리며, 나는 조금씩 방금 전들은 말을 실감하는 듯한 느낌을 받았다. 내 감정이 이렇게 확실치 못한 적은 처음이다. 엄습해 오는 불안감이 내 정신과 나를 점점 멀리 떨어뜨리고 있는 느낌이다. 서둘러 가까운 화장실로 향했다. 걸음을 재촉하는 내 발걸음에는 힘이 들어가지 않는다. 힘겹게 문을 열고 세면대 앞에 섰다. 우중충 해진 내 얼굴과 마주한다. 물을 틀고 급히 세수를 두어 번 했다. 마음이 약간 진정되는 듯한 느낌이 든다. 덕분에 멀어졌던 불안감이 확실히 나의 감정으로 느껴진다. 세숫물인지 눈물인지 모를 물방울이 눈 옆을 따라 주르르 흘러내린다.

'이러고 있을 때가 아니다!'

깨달았다. 내가 이렇게 절망하고 있어봐야 이루어지는 것은 아무것도 없다. 어떻게든 6개월 안에 사람들을 더 나아가 아름다운 우리 자연을 구해주어야 한다. 아니면, 그들에게 최소한 미래라도 주어지게 해주어야 하지 않을까? 모든 것을 다시 시작하기 위해서 나는 대학을 빠져나와 연구소로 향했다. 수많은 인파가 자신들의 미래를 모른 채 바쁜 표정으로 이리저리 거리를 맴돌고 있다.

"……"

바쁜 길임에도 나는 갑자기 그들을 관찰할 기세로 그 자리에 서 버렸다. 거리를 걸어 다니며 끊임없이 그들로부터 떨어지는 쓰레기, 도로 위를 내딛는 승용차들의 꽁무니에서 피어오르는 검은 연기가 사방을 가득 메우고 있다. 웃음이 난다.

‘대체 왜 내가 이딴 사람들에게 구세주가 되어야 하는 것이지……? 난
단지……. 세상을 아름답게 하고 싶다. 너희들 말고…….’

나지막하게 속으로 중얼거렸다. 그 찰나 도시의 중심 대형 TV에서 긴
급 속보가 거리를 활보하던 주위 사람들의 이목을 끌었다.

“국민 여러분 안타까운 소식을 전해드려야 할 것 같습니다. 급속한 지
구온난화로 6개월 후면 지구가 멸망한다고 합니다. 자세한 정보를…….”

그 한 문장은 도시 전체의 이목을 끌기에는 적당하다 못해 넘치는 듯
했다. 심지어 거리를 내달리는 차들마저 몇 대는 멈춰 섰으니 말이다.
자세한 정보가 계속 흘러나오자, 사람들의 표정은 어두워져갔고, 점점
주변은 혼란스러워 졌으며, 이곳저곳에서는 비명이 쏟아져 나왔고, 이곳
저곳으로 사람들은 흩어지기 시작했으며, 몇몇은 그 자리에 그대로 앉아
버렸다.

‘시작된 건가?’

5

떠나려하네 저 강물 따라서
돌아가고파 순수했던 시절
끝나지 않는 더러운 내 삶의
보이는 것은 얼룩진 추억속의 나

어쩌다 이렇게 되어 버린 걸까? 내 연구소로 걸음을 옮기며 명상에 잠

기었다. 처음부터 인간이 이렇게 이기적이지는 않았으련만, 적어도 우리가 태어났을 당시에는 순수했던 것처럼 태초에는 분명 순수했었을 것이다. 자연은 순수함 그 자체, 인간은 순수한 자연에 동화되어 순수한 그들의 삶을 이어 나갔을 것이다. 인간이 불을 발견하고 자연을 개척할 대상으로 생각해 나갈 때부터가 자신들의 순수함을 버리고 끝나지 않고 있는 더러운 우리들의 삶을 이어온 거겠지.

잠시간의 명상 중에, 내 연구소 입구로 도착했다. 미래를 내 손으로 개척하기 위하여 나는 무거운 발걸음을 옮겼다. 엘리베이터를 타고 이층으로 올라갔다. 연구를 진행하고 있던 조수들이 나를 반갑게 반겨주었다.

"안녕하십니까? 오늘은 일찍 오셨군요? 커피 한잔 타드릴까요."

"지금 당장 회의를 할 필요가 있다. 각 연구 섹터 장들만 5분 내로 세미나실로 모인다. 늦은 애들은 각오해라."

"네…… 네? 알겠습니다. 야, 모두 집합!"

말을 전한 조수는 여기저기 뛰어다니며 내 말을 전했다. 난 곧바로 세미나실로 향했다. 자 이제 이 난관을 어떻게 해결해 나갈 것인가 깊이 생각해 보았지만 답은 쉽게 나오지 않는다. 문득 의구심이 들었다. 인간은 이렇게 해서라도 살아남을 권리가 있을까라는 강한 의구심. 결국 자신들이 한 일에 대해 응당한 벌을 받는 것이 아닌가. 인과응보라 하였다. 왠지 현대에 살고 있는 인간들에 대해 구원을 해준다는 것이 매우 꺼림칙하게만 느껴진다. 그들에게 이 아름다운 자연을 해치고 미래를 바란다는 것 그 자체가 부당하게만 느껴진다. 내가 구원하고 싶은 것은 자연 그 자체다. 그들을 같이 살려 두었다간 내가 죽은 후 그들이 자연에게 계속 이런 피해를 가할 것이 자명하다. 그들은 한 번의 자연의 복수 뒤에도 어김없이 그들이 잃은 것을 되찾기 위해 문명을 재건할 것이고, 오히려 지금보다 더 망쳐놓을 지도 모르는 일이다.

"대체……. 어떻게 해야 하는 걸까 나는?"

세미나실에 혼자 앉아 나지막하게 내는 목소리가 공허이 방을 울렸다. 곧이어 2분 뒤 연구원들이 들어왔다.

6

"무슨 일로 저희들을 소집하신 건가요?"

제일 먼저 말문을 연 사람은 가장 선망 받고 있는 연구원 정준우였다. 잡다한 애기로 분위기를 띄우고 있는 그에게 나는 조용하라는 손짓을 보냈다.

"우리가 이곳에 모인 것은,"

모두 나를 주목하고 한 순간도 눈길을 다른 곳에 주지 않는다. 그들에게 이 사실을 전해야 한다.

"6개월 후에 있을 세계멸망을 막기 위해서다."

마침내 이 말을 뱉고 말았다.

"네……?"

이구동성으로 나를 보며 그들은 마치 우리를 놀리냐는듯, 웃음 반, 충격반의 얼굴로 나를 쳐다보았다.

"지금 무슨 말씀을……."

그 다음 입을 연 김사랑이 입을 떼는 순간

"큰일 났어요! 여러분 밖에 큰일 났다고요!"

연구실 쪽이 소란스러워 졌다. 필시 연구소에 들어오기 전 보았던 광경과 그 이유 때문이리라. 내 눈앞의 6명의 연구원들은 곧 어안이 벙벙해 지고 말았다. 앞에서 교수는 알 수 없는 소리를 하고 있고, 밖은 갑자기 아수라장이 되어 도무지 현 상황의 갈피를 못 잡는 듯한 얼굴 표정들이다. 난 세미나실 정면의 56인치 TV를 켜고 MBC를 틀었다. 한 여자 앵커가 뉴스를 진행했다.

"앞으로 6개월 정도의 시간이 남았다고 합니다. 이미 모두가 혼란에 빠져 도시의 모습이 이리저리 말이 아닌데요. 전 세계는 이에 대한 대안책 마련에 발 벗고 나섰으며, 각종 환경단체는 그들의 활동을 강화하고 있는 중입니다. 대대적인 에너지 절약 운동도 벌어지고 있는데요, 이에 따라……."

평소 앵커의 낭랑한 목소리와는 달리 근심에 가득치 있는 그녀의 어조가 이 일의 심각성을 전해준다. 오히려 그녀의 말투는 듣는 이들을 절망에 빠뜨리고 있다는 느낌을 주는 정도이다. 왜냐하면 그 말을 들은 내 앞의 6명중 4명이 엎어져 절망을 금치 못했으니 말이다. 그 모습을 보고 나도 망연자실 했다. 내가 버티고 있던 힘마저 흔들리고 있는 듯 했다.

"자 그럼 이제 교수님이 왜 우리를 소집했는지 이유가 명확해졌군요?"

"그렇지."

"아 난감하네요, 지금까지 한 것들은 물거품이 될 수밖에 없군요……."

김사랑이 웃으며 탄식했다. 저 낙천적인 모습이 지금까지 나를 상당히 지탱해 주어 왔다. 저 웃음이 언제까지 갈지는 모르지만, 적어도 조금만 더 유지되면 좋겠다.

"이제 우리는 이 상황을 어떻게 해결해 나갈 것인가 함께 고민해야 한다. 최대한 빠르게."

"그 전에 교수님과 이야기 하고 싶은 것이 있습니다."

정준우가 정중히 말했다.

"그게 뭐지?"

"우리가 꼭 살아남아야 하는가에 대한 논제에 관해서 생각해 볼 필요가 있다고 생각합니다."

절망하던 4명의 연구원은 갑자기 일어나더니 무슨 소리 하냐며, 열변을 토해 내었다. 어떤 상황에서라도 살기위해 몸부림 쳐야 하는 것이 생명이 아니라면서 자신들의 생존욕구를 역설했다. 그 모습은 마치 파리가 쓰레기 하나를 두고 손으로 계속 휘젓자 계속해 날아드는 그런 추잡한 모습처럼 보였다. 나와 정준우, 김사랑은 눈살을 찌푸릴 수밖에 없었다.

"난 이 논의가 꼭 필요하다고 생각하네, 적어도 이 일을 벌인 건 다른 것들이 아니라 바로 우리이기 때문이지. 마침 나도 그 얘기를 꺼낼 참이었네."

너무 시끄러운 나머지 내가 말을 끊었다.

"그래도 저는 모범적으로 살아 왔다고요!"

이 말을 기점으로 4명은 또 자신들의 생존을 갈구했다. 나는 밖에 있는 사람들을 불러 그들을 끌어내게 하였다.

"이제 남은 2명은 나와 뜻이 통할 것이라고 생각한다."

"저는 지금까지 교수님과 연구를 진행하면서 느꼈습니다. 추상적으로뿐만 아니라 이성적으로 말입니다. 우리 인간이 얼마나 아찔한 행동들을 하고 있었는지 말이지요. 이렇게까지 상황이 와버린 이상, 인간이 더 이상 살아 나가야 할 핑계거리조차 저는 찾을 수 없습니다."

정준우가 심각한 표정으로 말했다. 그러자 김사랑이 근심한 표정으로 말을 이었다.

"하지만, 그래도 지금까지 바르게 살아온 사람들은 너무 불쌍하잖아? 최소한 그 사람정도는 살아야할 네가 말하고 있는 핑계라도 있는 거 아니야?"

"우리는 인류를 한 부분이 아니라 전체적으로 보아야해 사랑아. 결국 많은 이기적인 사람 때문에 소수의 바른 사람까지 연대책임을 받는 거야."

"아…… 어쩔 수 없나."

김사랑은 고개를 숙였다. 그녀의 행동이 안타깝게 느껴진다. 그녀가 볼 때 살리고 싶은 사람이 많았을 텐데.

"그렇다면 정준우, 넌 이번 임무를 어떻게 수행해 나갈 것이지?"

"으…… 으음. 아직 생각은 못했습니다."

"저도 생각 해 낼 수 없네요."

"그래, 그렇다면 내가 하나 제안하기로 하지, 남은 6개월 동안, 절대적인 DNA를 만들어 보세. 이번 세상이 멸망한 뒤, 세상을 재건할 수 있는 DNA 말이지."

나머지 둘이 그 말을 듣더니 흠칫했다.

"아니, 그게 가능하리라 보십니까?"

정준우가 나를 쏘아 붙였다.

"안 될 건 없다. 그리고 가장 바람직한 연구라고 생각한다. 가장 순수한 연구라고도 말할 수 있겠군. 남은 질문은 내일 받겠다. 내일까지 이 연구를 할 것인지 안 할 것인지 결정해서 내일 이 자리에서 아침 9시에 말해 주도록.”

정준우와 김사랑은 그 자리에 얼어버린 채 가만히 있었고, 나는 세미나실을 천천히 빠져나왔다.

‘DNA라…….’

내가 생각해도 어처구니없는 생각이다. 하지만, 그와 동시에 왠지 모를 홀가분한 기분이 들었다.

7

피로가 누적되어 피곤했던 나는 연구실 내의 휴게실에서 잠을 청했었다. 시간은 빠르게 흘러 어느새 다음날이 되었다. 화장실에서 적당히 세수를 하고, 머리를 정리한 뒤 세미나실에 앉았다.

아직 8시 40분, 한명도 도착하지 않았다. 잠자코 기다리기로 했다. 오히려 시간이 얼마 안 남으니, 마음이 더 느긋해 지는 것을 느꼈다. 밖에서 나를 비추는 햇살을 보며 오히려 즐거움을 얻기도 하였으니 말이다. 잠시 햇빛을 감상하고 있을 무렵, 8시 50분에 김사랑과 정준우가 들어왔다. 그들은 묵묵히 자리에 앉았다. 나는 그들을 주목시킨 뒤, 세미나실 정면 보드에, ‘9시까지 한마디도 하지 말 것’이라 적었다. 잠시간 침묵상태로 있고 싶어서였다. 그들에게도 약간 더 생각할 시간을 주고 싶기도 하였다. 둘은 고개를 끄덕인 뒤 의자에 앉아 턱을 괴었다. 내가 팔을 풀고 자리에 앉자 시각이 55분을 가리켰다.

"후"

한숨을 내쉬었다. 다른 연구원들은 오지 않는 건가?

"덜컹"

문이 열렸다. 반사적으로 그쪽을 돌아보았다. 어제 내보낸 4명중 2명의 연구원이다. 한명은 키가 크고 마른 체형의 여자, 한명은 키가 작고 통통한 체형을 가진 남자였다. 핵심적인 인물의 이름만 기억하는 터라, 그 두 사람의 이름은 기억나지 않는다. 약간 아쉽다. 난 칠판을 가리켰다. 그들은 입을 열려다 잠자코 자리에 가서 앉았다. 56분이 되었고, 4분간 정적이 흘렀다.

8

9:00

내가 먼저 입을 열었다.

"먼저 이 연구를 진행할 마음이 '있는가?' '없는가?'부터 물어 보겠네. 모두 각자의 폰을 가지고, 지금 메시지를 전송할 테니, 수락 혹은 거절을 눌러주게."

잠시 후 그들 휴대폰에 차례로 메시지가 전달되었다. 30초도 안 되는 시간, 그들은 모두 결심했다는 듯이 결정을 내렸다.

"알겠네, 그럼 모두 찬성하는 것으로 알겠네."

다행일까? 아닐까는 모르겠지만, 4명 모두 연구를 수락했다.

"여생이 얼마 되지도 않는데, 할 게 없으면 심심하지 않습니까?"

후에 들어온 2명중 남자 연구원이 웃으며 말했다. 뭐 괜찮다. 이유야 뭐라도, 나의, 우리의 소망을 이룰 수만 있다면.

"마지막으로 하나만 묻겠네."

"네."

입을 모아 대답하는 그들에게 내가 물었다.

"이 연구가 성공하리라 믿는가?"

"……."

그들은 쉽게 말을 꺼내지 못했다. 확실히 불가능해 보이는 게 사실이니까 말이다. 대답을 할까 말까 초조해 하는 모습이 역력했다. 속으로는 무언가 치밀어 올랐지만, 강하게 누르고 그들에게 미소 지으며 말했다.

"안될 것 같은 일이라도, 될 거라 믿게. 아주 간절히 말이지 그럴 때 자네들은 기적을 볼 수 있다네."

그들에게 약간의 미소가 전염됐다. 마음이 풀린다. 이대로 6개월 후까지 이 표정이 지속 되었으면 한다. 모두 평온한 마음으로 한 점 후회, 부끄러움 없이 죽음 앞에 서있을 수 있기를…….

"이번 연구는 아마, 이론보다는 실험적으로 모든 것을 진행해야 될 것이야, 6개월 후 지구를 시뮬레이션 해가면서 말이지. 앞으로 1주일의 시간을 각자 가지자고, 그 이후 서로의 연구결과를 발표해보는 시간을 가질 것이네. 모두…… 잘 해주길 바라네."

목이 멘다. 무언가 가미카제 병사들에게 보내는 마지막 전령을 내가 전달하는 듯한 느낌을 받았다. 아니, 실제로 그런 것일지도 모른다. 모두의 삶을 위해 자신이 희생한다. 무언가 다르지만, 맥은 같게 느껴진다.

그들에게 마지막으로 미소를 한번 지어 주었다.

"네, 교수님!"

그들의 우렁찬 대답이 나의 마음을 더 굳건히 만들었다.

9

연구 1일째

뭐 연구 시작 겸 좀 놀자는 걸 뒤로하고 웃으며 난 내 연구실로 왔다. 아직도 그렇게 실감이 나지 않는다. 밖은 아직 화창…… 하지는 않군. 덥긴 해도 그저 한여름의 폭염이다 생각할 수 있는 날씨인데, 곧 뭐가 어찌 된다니, 말이 되는 소리는 아니게 들린다. 거리를 걷는 사람들도, 실감한 다기 보다는 그저 멍하니 이게 무슨 일이지 하는 표정이다. 시간이 지나도 그들의 표정은 일관적이었다. 앞으로 남은 기간은 6개월, 웬만한 프로젝트 하나 끝내기도 힘든 날짜다. 그것을 순간 깨달은 나는 다시 자리에 앉았다. 나의 연구실 컴퓨터를 켜고, 시뮬레이션 프로그램을 열었다. 전의 다른 연구 차원에서 지구 시뮬레이션 프로그램을 사들인 적이 있었다. 그게 지금 도움이 되다니, 나의 선견지명에 잠깐 웃었다. 크게 한숨을 들이쉬고, 오존층의 두께를 지금의 절반으로 줄이고는, 이산화탄소 농도를 2배 높였다. 그러고는 눈을 잠시 감았다. 감았다가 뜬 컴퓨터 화면은 참혹했다. 전 지구 평균 기온은 40도를 웃돌았고, 모든 빙하는 녹아내려, 전체 육지의 절반이 물에 잠겼다. 지금의 절반으로 줄였을 뿐인데, 지구의 환경은 인정하기 싫을 만큼 망가졌다. 하지만, 이것으로는 충분치가 않다. 한번 올라가기 시작한 온도는 양성 피드백 효과를 일으켜 전 바다에 녹아있는 이산화탄소는 대기 중으로 나와 온실효과를 가속시킬 것이며, 고온에 의해 식물들은 모두 말라죽어, 대기 중 이산화탄소를 제거할 생물도 사라질 것이다.

"후……."

이번에는 아예 오존층을 없애고, 이산화탄소 농도를 최대치로 높였다.

"아……."

이번 것은 묘사하기도 어렵다. 전 세계는 물에 잠긴 다음, 지구의 매우 높아진 기온에 의해 일부만 남기고 모두 증발했다. 육지의 모양새는 현재 지구와 비슷했으나, 평균 기온 450도에, 물은 끊임없이 순환하고, 지상에는 아무것도 남지 않았다.

"푸하하."

믿을 수 없는 이 미래는 평소에는 웃으며 넘길 수 있었을 것이나, 이 상황에 닥치고 나니, 현실감이 느껴져 버리는 바람에 도저히 두려움이 안 생기고는 배길 수가 없었다. 의자를 뒤로 젖혔다.

'어떻게 해야 할까, 이 온도에서 살아남을 만한 DNA를 만들려면…….'

한 가지 생각이 머리를 파고든다. 어차피 새로운 생명체들을 탄생시켜도 결국에는 지능을 가진 생명체가 다시 지구를 차지할 테고, 다시 이 참극이 반복되는 것이 아닐까?

혼란스럽다. 그 생각 때문에 내가 시작하려는 연구가 옳은 건지도 모르겠다. 졸음이 몰려온다. 그간 쌓였던 스트레스는, 내 생각을 방해하고, 나에게 쉼을 강요했다. 그에 대항하는 것을 포기하고, 난 눈을 감았다.

'어떻게 해야 하는 걸까?'

'하지만 꼭 해낼 것이다. 내 꿈은 그리 호락호락하지 않다!'

10

연구 3일째

진척이 거의 없던 중에, 정준우가 획기적인 생각을 해냈다. 어차피 높은 온도의 지구니까, 현재의 유기물은 모두 분해될 것이고, 이에 버틸만할 분자 간 결합은 금속결합이 가장 적당할 것이라 예상하고, 여러 무기 촉매와, 그때 지구의 온도, 기압 등을 대입해 보았을 때, 현재 지구에 존재하는 DNA와 유사하게 분자 간 결합이 끊어지고, 다시 결합되는 원소들을 많이 발견해낸 것이었다. 정준우의 획기적 발견으로, 연구실은 잠시간 미소를 지을 수 있었다.

"정말 잘했네, 자네는 정말 유능해! 내가 전부터 생각해온 그대로네!"

내가 환한 미소를 지으며 말했다.

"무슨 말씀을요, 모두 교수님 덕분입니다."

겸손을 떠는 정준우였다.

"정말 대단한데? 다시 봤어?"

한껏 신기하다는 눈길이 담긴 김사랑의 말.

다른 연구원들도 모두 한마디씩을 했다. 모두가 희희낙락 웃고 있을 때 내게 메일이 한건 도착했다. 청와대 마크가 눈에 띄었다.

TO. 김희망 교수

　친애하는 김희망 교수, 국가과학자로써 당신의 위상은 지금껏 높았습니다.

　모두가 당신의 연구에 감탄하고, 그런 연구는 세계일류의 과학발달에 큰 영향을 끼쳐, 국가는 그 일을 높게 사 당신에게 지금껏 투자를 지속해 왔습니다.

　하지만, 지금 당신이 하고 있는 연구는 현생인류에게 아무런 득이 되지 못합니다.

　다른 국가과학자들을 보십시오,

　먼저 나해인 박사는 장준혁 박사와 손을 잡고, 각각 열을 전기로 바꾸는 물질의 효율을 최대화 하는 연구와, 지하공간을 효율적으로 시추하고, 그 안에 도시를 짓는 기술을 연구하고 있고, 강동신 박사는 현재 나와 있는 모든 냉각기술을 앞지르는 냉각기술을 개발하고 있으며, 김태현 박사는 그동안 계속 해 왔던, 인공적인 광합성 기구 개발에 박차를 가하고 있습니다. 이들은 모두 지구온난화의 끝인 6개월 후에 인류를 살아남게 할 수 있는 연구로써, 우리를 살아가게 할 희망들인 연구입니다.

　당신이 하고 있는 연구는 현생인류에게 전혀 도움이 될 수 없습니다. 저희는 당신에게 인류에게 도움이 되는 연구를 할 때, 자금을 지급합니다. 부디 연구주제를 바꾸어, 당신에게 계속하여 투자를 진행할 수 있도록 해주십시오. 당신의 능력을 믿습니다.

FROM. 대통령 정희망

눈살이 찌푸려졌다. 우리는 우리가 초래한 일에 대해서 이렇게 인정하려 하지 않고, 자신의 살 방법만 찾아가고 있다. 아무리 생각해도, 우리는 살아가봐야, 주변을 파괴시키고, 결과적으로 우리들을 파괴시킬 동물이다. 그들은 아직 그것을 깨닫지 못하고 있다. 인간이란 동물은 어떻게든 그렇게 될 수밖에 없다. 난 대통령의 말을 따르지 않기로 했다. 다른 연구원들에게는 비밀로 하고, 나는 서둘러 통장의 잔금을 모두 내 통장과, 다른 연구원들 계좌로 이동시켰다. 현재같이 인터넷이 발달한 곳에서 이 정도쯤은 쉬웠다. 웃고 떠드는 연구원들을 지켜보다가, 천천히 창문 쪽으로 향했다.

"응……?"

밖은 대체 이해할 수가 없는 일로 가득했다. 그간 우리 연구원들은 내 연구소 안에서 지급되는 음식과, 숙소에서 생활하고 있던 터라, 바깥 상황을 전혀 알지 못했다. 더군다나 도시의 소음과, 혼란 따위를 피하기 위해 도시 변두리에 지었던 이 연구소는 이 세미나실의 창문이 아니면, 도시 쪽을 전혀 볼 수 없었다. TV시청도 이 세미나실에서만 할 수 있었고, 각자 연구를 열심히 한 탓에, 삼일동안 바깥의 정보를 거의 받지 못했었다. 즉 오랜만에 바깥세상을 관찰 했던 것이다. 내가 본 바깥에는, 온통 다 말라죽어버린 식물들과, 온통 살색뿐인 배경색이 눈앞을 가득 채웠다. 내가 질려있는 표정을 보고, 다른 연구원들도 하나하나 창문 쪽으로 모여들었다. 그들은 모두 하얗게 질려버렸다. 다급히 TV를 틀었다. 뉴스 한 구절이 흘러나왔다.

"현재 지구온난화의 가속에도, 대처를 제대로 하지 못한 미국과, 중국 등 여러 국가들이 방출하는 이산화탄소가 원인이 되어 지구온난화는 급격히 가속되었습니다. 앞으로 6개월 후의 미래는 3주 정도 뒤에 있는 으로 급격히 앞당겨질 것이라고 전망되어……."

3주 밖에 남지 않은 시간들은 사람들을 정말로 미치게 한 것이 틀림없었다. 잇달아 나오는 뉴스는 나를 더 놀라게 만들었다.

"정부의 국민안정 정책에도 불구하고 국민들은 그것에 만족하지 못하며, 여러 폭동들을 일삼고 있습니다. 강기원 특파원이 취재했습니다."

"여기는 지금 경찰서 앞입니다. 지금 서울주변 거의 모든 경찰서가 이렇게 폭동에 희생되었으며, 국가 중요기관인 국회, 청와대나 각종 행정 시설들만, 경찰과 군인들의 경호아래 안정을 유지하고 있습니다. 워낙 급작스럽게 일어난 일이라, 대처하지 못했다고, 경찰 관계자는 말하고 있습니다. 또한……."

다음 뉴스도 만만치 않았다.

"최근 치안이 매우 약해짐에 따라, 여러 가지 성범죄와, 살인 등이 무차별적으로 일어나고 있는데요, 불확실한 미래등과 높아진 불쾌지수 등의 복합적인 작용으로, 거리는 온통, 강간당해 쓰러진 여성과, 살해당한 사람들로 가득 채워져 있습니다다다…… 아아악!"

생방송을 진행하던 기자가 비명과 함께 쓰러졌다. 도무지 이 상황을 전혀 이해할 수 없다. 어안이 벙벙하다는 것이 딱 맞는 표현이다. 저 폭동은 틀림없이 이곳까지 전파될 것이라고 생각되었다. 빠르게 행동해야겠다.

"애들아 서둘러 이곳을 완전히 폐쇄해야겠다. 모두 짐과, 연구 자료를 챙겨서 이쪽으로 와주길 바란다."

"네, 네네!"

바깥과 뉴스를 같이 본 연구원들을 현실을 직시하고 빨리빨리 움직였다. 우리는 5주 분의 식량과, 연구자료, 침구등과 여러 가지를 챙겨 다시 모였다. 재빠르게 움직여준 탓에 준비는 5분 안으로 끝낼 수 있었다.

"모두 모였지?"

"네 남아있는 직원들까지 모두 데리고 왔습니다."

난 고개를 끄덕이고 버튼하나를 눌렀다. 갑자기 세미나실이 흔들리더니, 그대로 아래로 추락했다.

"엄마야!"

누군가의 비명이 울려 퍼졌다.

잠시 후 우리는 지하 연구소로 도착했다.

"이런 것도 있었군요?"

사랑이가 물었다.

"그래 비상시를 위해 만들어 논 곳이지 입구는 있지만, 출구는 만들어서 나가야 한다네, 저기 문 보이지? 옆에 탈출용 아크도 있고, 하지만 뭐 이제 나가서 살 곳도 없겠지만."

이곳은 비상시를 대비 했음에도, 최신식 기기들로 가득 채워 둔 곳이다. 또 위의 이층을 모두 합해둔 것과 넓이가 비슷했다. 나도 설계 후 한 번도 와본 적이 없는 곳이다.

"자 상황 급박한 것을 알았을 것이니, 모두 다시 일 계속하자, 각자 원하는 방 하나씩 잡고, 연구를 계속해 알겠지?"

"네……. 네!"

모두가 혼란스러워 보였지만, 남은 시간이 얼마 남지 않은 것을 알았기에, 빨리빨리 움직였다. 다시 자리에 앉았다. 웃음이 나왔다. 방금 전에 보았던, 메일을 다시 켜서 답장을 눌렀다.

TO 대통령 정희망 각하

친애하는 대통령 각하님, 보내신 메일의 뜻은 잘 알겠습니다.
하지만 먼저 밖을 보시고 말씀하시지요?

FROM 김희망 올림

짧은 메일 속, 매우 건방지게 격식도 안 차린 메일은 대통령을 화나게
하겠지만 뭐 어떠랴, 이젠 별로 아쉬울 것도 없는데. 날 잡을 수 있는 것
도 아니고 말이다.
있지도 않았던 여유 끝에 나는 다시 연구를 지휘해 나갔다.

11

연구 10일째

그동안 생각보다 많은 일이 있었다. 꼭 일주일 만인데, 그동안 지상에
있었던 연구는 모두 파괴되었고, 우리는 아래에 계속 박혀있었다. 7일째
되던 날 우리는 안테나를 지상에 안보일 정도로 설치해, 바깥상황을 전
파를 통해서 겨우겨우 체크해 나갔다. 긴 안테나를 연구소 상층의 구멍
으로 쭉 위로 올려 보내는 방법을 썼다. 전파를 통해 체크한 지구의 기
온은 점점 더 상승해가고 있고, 전 세계 인구의 절반 정도가 식량이 부

족해 사망했다고 한다. 주로 아프리카나, 여러 선진국의 빈민들이 죽어 나갔다. 한국도, 전체인구의 20퍼센트가 사망했다고 밝혔다. 또 벌써 평균기온은 40도가 되었다. 지구는 점점 살기 힘든 곳으로 변해가고 있었다. 내가 사랑했던 자연은 더 이상 볼 수 없을 것만 같다. 어제부터는 방송국도 점령당했는지, 방송도 수신할 없다. 공중에 떠도는 wi-fi만 가지고 바깥과 소통하고 있다. 아쉽게도 연구는 진척이 없다. 손에 잡힐 듯 말듯 잡히지 않는 방법들의 생성만 계속될 뿐이었다.

"흠, 어떻게 안 될까요?"

정준우가 물었다. 분명 이 아이의 아이디가 우리의 연구의 스타트를 끊어주었으나, 아쉽게도 그 이상은 이루어 내지 못하고 있다.

"꼭 방법이 있을 거야, 포기하지 말자. 알겠지?"

따뜻한 말로 정준우를 안심시키고 서둘러 그 방을 나왔다. 다시 연구를 시작하는 것이 보였다.

"흐흐흐…… 흑"

복도로 작게 우는 소리가 울렸다. 복도를 돌아다니며 근원지를 확인했다. 사랑이의 방이었다. 위로해 주겠다는 생각으로 문을 노크하고 방에 들어갔다. 눈물을 훔치던 사랑이는 나를 힐끗 보더니 그대로 나가버렸다. 워낙 순식간이라 놀라서 제대로 불러 보지도 못했다. 화장실로 향하는 그녀를 보며, 많은 생각이 떠오른다. 그녀에게는 너무 힘든 일임에 틀림없다. 낙천적이었던 그 모습도 사라진 듯하다. 그녀의 혼란스러운 생각 속에 무엇이 들어있을까?

그간 쌓인 피곤이 버틸 수 없이 쌓여있다. 발걸음을 나의 방으로 옮겼다. 변화 없는 나의 방. 나는 인터넷을 열었다. 네이버도, 임시 페이지만 남아 겨우겨우, 활동을 유지하고 있다. 메인페이지를 수놓던 뉴스와 정보들도 이미 사라진지 오래, 거의 검색기능만 존재하던 터에, 오랜만의 뉴스가 한 조각 올라왔다. 세상의 정세에 관한 내용이었다.

'한국 양분되다.'

'응?'

사람들의 행동이 크게 두 가지로 갈렸다고 한다. 한쪽은 둠이라고 일컬어지는 멸망론자들, 어차피 희망이 없는데, 즐길 거 다 즐기자는 사람들이다. 혼란 초반부에 인터넷을 떠돈 루머의 영향이 컸다. 정부가 전기를 모두 끊을 것이라니 공장을 모두 닫을 거라니, 그래서 어떻게 된다느니 하는 각종 패담들이 사람들을 선동하여 모인 그들, 패를 이루어, 폭행과 강간을 일삼던 그룹이 점점 대형화되어 거의 전 국민의 삼분의 일 정도를 차지하게 되었다. 그들이 주로 정부기관을 파괴하고, 약탈을 일삼았다. 대체 무슨 힘이 나서 그런지 모르겠다. 평소에 정부가 신임을 얻지 못한 죄도 있겠으나, 무슨 생각으로 그러는 지도 모르겠다. 이들의 습격으로, 강동신 박사와 김태현 박사가 사망했다는 말도 쓰여 있다. 한숨이 나온다. 나머지 기사들은 스킵하고 다른 부류는 무언가 보았다. 다른 쪽은 호프라 불리고 희망론자며, 미래를 위한 연구를 하는 과학자들을 지키며 아직 희망은 있다고 생각하는 사람들이 모인 집단이라고 했다. 하지만, 멸망론자들에 비해 수적으로 밀리는 터라, 그들의 수가 꾸준히 줄어들고 있고, 남은 과학자들도 겨우겨우 지켜가는 정도라고 한다. 우습다. 이런 인류를 위해서 연구하라니…….

왠지 지금 둠이란 집단은 하늘을 보며 허무함을 느끼고 있을 것이란 생각이 든다. 다시는 못 돌아갈 과거를 생각하며, 그래도 조금이라도 더 즐기기 위해 몸을 움직이겠지.

고통의 시간만 보낸 뒤에는
텅 빈 하늘만이 아름다웠네
그 하늘마저 희미해지고
내 갈 곳은 다시 못 올 그곳뿐이야

12

연구 14일째

앞으로 일주일이 남았다.

"빨리 방법을 찾아야 하는데······"

그래도 처음엔 아주 막막했던 연구가 서서히 갈피를 잡아가고 있다. 축을 이룰만한 원소들도 각 연구원들마다 약간 씩은 다르지만 거의 비슷하게 찾아내었고, 현생 생명체를 이루고 있는 원소들을 모두 금속 혹은 대체할만한 원소로 바꾸는 데까지는 성공하였다. 하지만, 이것은 어디까지나 DNA가 생긴 이후 생긴 단백질 역할을 할 분자들이나 세포 등을 만들어 본 것이었기 때문에 무엇보다도 연구의 핵심인 DNA를 잘 암호화된 분자로 이끌어 내는 것이 현 상황에서 꼭 필요하다. 그것만 이루어 내면, 완전한 개체를 만드는 것도 가능하다. 하지만, 그때의 상황에서 우리가 구상하는 니켈이나 팔라듐 합성 촉매가 어떻게 작용할지 아직 실험을 해보지 않았고, DNA 구상도 아직 끝나지 않았기 때문에 획기적인 아이디어가 필요했다.

고뇌하며 주위를 둘러본다. 온통 흰색과 회색으로 둘러싸여있는 배경이 너무 갑갑하다. 그래도 대학교에 강의하러 나가면 내가 가꾸는 정원이라도 볼 수 있어서 좋았는데, 내가 사랑하는 것들을 볼 수 없다는 것은 비극적인 일이다. 바람도 쐴 겸 내 연구실을 나왔다. 이리저리 둘러보다가 그간 표정이 좋지 않았던 사랑이를 다독여 주기 위해 그녀의 방에 들어가 보기로 했다.

"똑똑"

살짝 노크하고 문을 열었다.

"끼이이익"

사랑이는 표정이 그다지 좋지 않았다. 뭔가를 굉장히 갈구하는 듯한 표정이었다.

"교수님……"

"응? 왜?"

사랑이가 갑자기 나를 부르는 바람에 들어온 이유도 말하지 못하고 대답 해버렸다.

"아… 아니에요……."

"왜 그러는데? 무슨 할 말이라도 있어?"

"아닙니다. 무슨 일로?"

처량했던 표정이 약간의 미소를 띤 얼굴로 바뀌었다.

"연구 진행상황을 좀 보려고 돌아다니는 중이네 잘 되고는 있는가?"

"그저 그래요. 그래도 약간 해놓은 것은 있는데 보여 드릴게요."

"그래그래."

사랑이는 연구한 파일 하나하나를 내게 보여주었다. 대부분은 말도 안 되는 것이었지만, 대충 멋있어 보이는 것도 여러 개 존재했다.

"어?"

그중 한 개의 파일이 내 머리를 강하게 자극했다.

"바로 이것이네! 참 잘했어!"

"네?"

사랑이의 머리를 쓰다듬어 주고는 곧바로 그 방을 나와 내 사무실로 들어왔다. 바로 이것이다. 무작위로 여러 개 만들어 본 그녀의 작품 속에서 내가 그동안 생각하던 특성에 딱 맞는 구성이 있었다. 철, 아연, 코발트, 규소로, 대충의 형태를 잡고, 구리, 아연, 주석, 납으로 나머지 염기들을 만든다. 그 동안의 연구한 데이터들을 종합해 보았을 때 그녀가 이 원소들로 고안한 절묘한 구조는 현재의 DNA를 무기 촉매와 함께 대신하기에 충분했다.

"아! 드디어!"

탄성에 가득 찬 나의 목소리가 사무실에 작게 울려 퍼졌다.

'그런데 거기에 왜 들어갔었지?'

잠시간 원래의 목적을 생각해 보았다. 사랑이를 다독여 주러 간 것이었는데, 괜히 흥분해서 나와 버렸다. 다음에 다시 가기로 마음먹었다.

13

연구 15일째

다음 날, 대충의 형태를 잡아보고 아이들과 세미나를 가졌다. 모든 아이들은 놀라며, 바로 시뮬레이션 작업을 시작하자고 했다. 특히 정준우가 큰 관심을 보였다.

"아 드디어 이 프로젝트도 끝이 보이는 군요, 나머지 필요한 것들은 빠른 시일 내에 끝내버리도록 하겠습니다아~!"

얼마나 신났으면 평소에 하지도 않는 말까지 섞었다. 모두가 환희에 차 있는 사이 누군가 세미나실을 빠져나갔다. 누군지 잘 보이지 않았기에, 화장실을 간 것이라 생각하고 무시하기로 했다.

"이제 남은 과제는 얼마 되지 않는다. 모두 최선을 다해 나머지 일을 마치자!"

환희에 가득 찼다. 생각해보면, 나는 지금과는 약간 다르겠지만, 다음 세상의 자연을 만들어갈 조물주가 된 셈이다. 그간은 죽어가는 것을 지키는 것이 목적이었지만, 그것은 없어진 것을 새로 만드는 것으로 확대되었다. 이 작업을 끝내가는 나는 지금 너무 행복하다. 하고 싶은 것을 정말 간절히 바란다면, 못해낼 것은 세상에 없다.

14

연구 19일째

오후 10시 거의 모든 연구가 끝났다. 무언가 성취 되었다는 기쁨에 그동안 앞만 보고 연구를 진행해왔다. 시뮬레이션 작업도 모두 끝났다. 모든 효소들의 작용과 메커니즘은 우리의 예측대로 정확하게 들어맞았고, 이제 할 일은 남은 날 동안 이 생명체를 어떻게 더 발전시킬까에 대한

것이었다. 대충의 교육 프로그램이라든지, 이런 저런 것들은 이미 구상
해 놓았다.

"이제 거의 끝이네요. 하하……"

정준우와 연구원들이 내 방에 맥주를 들고 오며 말했다. 약속한 일은
아니었지만, 왠지 기분이 좋아 청하는 맥주를 받았다.

"그렇지. 하하, 자네들 후회는 없는가?"

"네? 무엇 말인가요?"

그들이 물었다.

"3주라는 남은 기간 동안 원하는 것을 즐기지 못하고 연구를 하고 있
던 자네들의 모습에 대해 후회는 없느냐고."

"아닙니다. 제 평생 꿈은 바로 이런 연구를 하는 것이었습니다. 즉 지
난 3주 동안 제 원하는 모든 것을 즐기고 살았다고 해도 과언이 아니겠
네요. 하하하하"

한 연구원의 말에 이곳은 웃음바다가 되었다. 이제 얼마 남지 않았다.

15

연구 19일째

갑자기 방송의 멜로디가 들려왔다.

"앗!"

내 기억 상 방송 멜로디가 들리는 것은,

"연구소 R4측 외벽과 내벽이 개방되었습니다."

술을 마셔 몽롱해졌던 정신이 바로 들었다. R4는 세미나실이 하강할 때 맞은편에 있던 방으로써 유일하게 나갈 수 있는 문이 있는 곳이다. 물론 그냥 나갈 수는 없다. 도구를 이용해 흙을 파고 나가야 한다.

"지금 이럴 때가 아니야! 모두 R4쪽으로 가야돼!"

다른 연구원들도 정신이 들었는지, 모두 나를 따라 세미나실로 향했다.

"이미 늦었군."

R4에는 커다랗게 뚫린 구멍만이 존재했다. 아크가 낸 구멍이다. 허탈해 주저앉았다. 주위를 둘러 연구원들을 살폈다. 김사랑이 없었다.

"사랑이……!"

"제가 가서 데려 오겠습니다!"

정준우의 말과 동시에 그는 뛰쳐나갔다.

"안 돼 그건 미친 짓이야 밖은 매우 뜨겁다고!"

내 말에도 불구하고 정준우를 비롯해 연구원과 직원 대부분이 같이 딸려 나갔다. 남은 사람은 나와 여자 연구원 두 명뿐이었다.

"눈물 나는 동료애군."

문득 안 좋은 예감이 스쳤다. 서둘러 내 사무실로 돌아갔다. 문을 박차고 들어간 순간 화면이 파랗게 변한 내 컴퓨터의 모니터가 내 시야에 들어왔다.

"제기랄"

파란 바탕에는 하얀 글씨가 떠 있었다.

'죄송합니다. 박사님. 저는 이곳에 들어오고 며칠 후부터 둠의 편에 있었습니다. 아무래도 전 인생을 즐기는 게 제 목표에 더 가까웠던 것 같아요. 제가 하고 싶었던 일들, 못해본 일들을 너무 하고 싶었습니다.

때마침 둠에게서 온 스팸 메일이 저를 흔들어 놓았습니다. 제가 그동안 이 연구소에 느꼈던 애착 때문에, 이곳의 위치를 알리지 않고 지금까지 버텼지만, 그들이 내놓는 조건은, 너무 달콤해서, 이제 이곳을 더 이상 버틸 수 없을 것 같습니다. 죄송합니다. 나가려면 서 생각해보니, 저희 인간을 대신해 이곳을 살아갈 그 생명체들이 너무 원망스러웠습니다. 또 이것이 제가 들어가서 죽지 않을 수 있는 조건이었습니다. 죄송합니다. 하지만 이미 해 버린 일, 전 후회하지 않습니다. 이제 제 행복을 찾을 수 있을 것 같아요. 안녕히 계세요.'

"대체 무엇을 해버렸다는 것이지?"

난 남은 두 사람을 시켜 모든 컴퓨터를 확인하게 했다. 물론 내 컴퓨터도 확인했다. 안에 있던 모든 데이터는 온데간데없이 사라졌고, 실험 기기의 컴퓨터의 프로세서마저 망가져 사용할 수 없게 되었다.

"이게 다 무언가……"

눈물이 난다. 모든 게 무너져 내리는 기분이다. 눈앞이 캄캄해짐과 동시에 두 뺨이 따뜻해짐을 느꼈다. 뺨 밑으로 두 방울의 눈물이 떨어졌다. 그와 함께 나는 이성의 끈을 놓았다. 다른 것은 중요하지 않았다. 그녀를 잡아야 한다. 눈물을 감추고 나도 그들을 따라 연구소를 뛰쳐나갔다. 떠나는 나를 애타게 부르고 있는 두 연구원을 뒤로한 채.

16

연구 20일째

뛰쳐나오고 주변을 보니 온 세상이 어둡다. 그리고 너무 덥다. 찜질방을 옮겨 놓은 듯한 무더위다. 손목에 달린 시계를 보니 이미 자정이 넘었다. 버려진 아크가 눈에 띄었다. 아직 꺼지지 않은 아크의 전조등이 그들이 남긴 발자국을 보여주었다. 오늘따라 밝은 달빛도 그 발자국을 따라가는데 한 몫 했다. 완전히 말라죽어버린 나무 사이를 따라 걸었다. 그것을 보니 멈췄던 눈물이 아이마냥 다시 흐르기 시작했다.

‘참혹하군, 불쌍한 녀석들.’

발자국은 약 50미터쯤 걸어가자 끊겼다. 아니 끊겼다기보다는 무슨 몸싸움을 한 듯이 땅이 무질서하게 끌려있었다. 무언가 잘못된 것이 분명하다. 말라죽은 나무에 몸을 숨기며 천천히 걸었다.

“꺄르르르를르르, 하하하하”

조금 더 걷자 멀리서 수상한 소리가 들렸다. 주위를 살피며 계속 걸었다. 저 멀리 건장한 남자들이 최소한의 부위만 가린 채 주변을 지키고 있는 것이 보였다.

‘둠들인가?’

그 가운데 반쯤 옷이 벗겨진 채로 묶여있던 우리 연구원들과 같은 차림새로 묶여있지 않은 김사랑이 웃으며 있는 것이 보였다. 그들을 희롱하는 듯 쳐다보는 그녀는 계속해서 더러운 짓을 지속했다. 그러한 그녀를 보자, 매우 격렬한 감정이 들끓었다.

“개자식.”

작게 속삭였다. 사람은 이렇게 변해서는 안 된다. 이게 그녀의 꿈이었던가? 고작 저렇게 추한 모습을 보이는 것이? 최소한 다른 사람에게 도움이 될 만한 목표를 가져야 하지 않겠는가? 내일 죽더라도 그것을 이루려고 노력하는 모습이 멋있지 않겠는가? 고뇌를 멈추었다. 저들에게 들켰다간 나도 같은 꼴이 될 것이 분명하다. 서둘러 그 지역을 빠져나올 필요를 느꼈다. 다시 그 주변을 빙 돌아 나왔다. 하지만 연구소 쪽으로는 가기가 싫었다. 나는 도시 쪽으로 갔다. 높아진 기온 탓에 온몸이 땀으로 흠뻑 젖었다. 폐허가 된 도시는 정말로 남아있는 것이라곤 아무것도 없었다. 저들은 아마도 김사랑을 찾으러 다녔던 수색꾼쯤으로 예상된다. 아무것도 남지 않은 이곳에서 살아 나간다는 게 말이 안 되니까 말이다. 예전에 잠시 보았던 나체의 시체들은 모두 썩어 없어졌다. 고온 탓에 부패도 매우 빨랐던 것이다. 이리저리 서있던 마트들의 진열대도 깨끗이 비어있었다. 겨우 3주일 거의 지나가는데 이 주변은 너무 많이 바뀌어 버렸다. 온통 어두운 이곳을 더 이상 밝혀주는 것이라고는 꺼질락 말락 하는 네온사인 등 한 개가 전부였으며, 그것이 낸 빛으로 하얀 백골들이 빛을 반사해 주변이 어림짐작으로 보이는 것이었다. 달빛이라도 없었으면, 아예 앞을 못 봤을지도 모른다. 계속 걸으며, 주변을 돌아봤다. 옷 가게에 옷도 모두 사라졌고, 신발가게 신발도 남아있지 않고, 덜 가져간 식기나 들고 가기에 힘든 가구 등을 빼놓고는 모두 사라졌다. 무의식 적으로 평소에 자주 다니던 호프집으로 향했다. 너무 더워서 내가 어디로 가는지도 모르겠다. 헉헉거리며 2층에 있는 호프집에 올랐다. 문을 열고 들어갔다.

"엇?"

그곳에는 속옷만 입고 한손에는 양주병을 든 젊은 웨이트리스만 남아있었다.

"하아~? 오랜만이네요?? 교수님 왜 안 오셨어요오오……?"

완전히 취했는지 말에 힘이 없다. 몸에도 힘이 다 빠졌는지, 의자에 기댄 그녀의 온몸은 축 처져있었다.

"자네, 왜 여기 남아있는거지?"

"네?"

대답을 하던 도중 그녀는 '꺄르르' 하며 웃었다.

"가봐야 사는 것도 아니잖아요? 그렇지 않아요? 어차피 죽을 거면 여기서 술이나 마시면서 기분 좋게 죽는 게 낫지요? 힝힝힝~"

"다른 사람들은?"

"다 갔어요 저 멀리 간지 한참 됐는데, 헤헤헤"

이 아이도 다를 바가 없다는 느낌이 강하게 들었다. 어쩌면 꿈이 처음부터 없었는지도 모르겠다.

"이리 와 봐요. 헤헤."

하지만 내게는 더 이상 걸을 힘도 없다. 너무 더운 이곳은 적응하기가 너무 힘들었다. 난 가만히 자리에 서있었고, 그녀는 벌떡 일어서더니 나를 덮쳤다.

"뭐……!"

더는 말을 못하고 현기증이 나서 쓰러졌다.

17

연구 21일째

일어나보니 웨이트리스는 알몸으로 쓰려져 있었고, 나는 웃통만 벗은 채 쓰려져 있었다. 전혀 움직이지 않는 그녀를 보자 깜짝 놀란 나는 서둘러 목의 맥 짚었다. 맥이 뛰지 않는다.

"……"

밝아진 빛으로 시야가 확보된 라운지 바를 둘러보았다. 독해서 잘 팔리지도 않았던 모든 술병이 빈 채로 나뒹굴고 있다. 대략 봐도 20여개가 넘는다. 아마 저것이 사인일 것이라고 추정했다. 쓰러진 시체를 잠시 동안 보고 있었다. 어찌 생각해보면 정말 행복하게 죽었을 것 같기도 하다. 완전히 쾌락에 도취된 채로 고통도 느끼지 못한 채 정신을 잃었을 테니까 말이다. 왠지 나도 저렇게 죽고 싶다는 생각이 든다. 무의식적으로 그녀 입에 물려있던 술병을 들었다. 마시려고 들어 올린 술병 근처에서 아몬드 냄새가 진동했다.

"윽?"

당장에 술병을 던져버렸다. 틀림없는 청산가리 냄새였다. 다시 한 번 라운지 바를 둘러보니, 흰 가루가 약포지에 오른 채 가지런히 놓여있는 것이 보였다. 정신이 번뜩 들었다.

'그래. 이렇게 죽는 것은 어떻게는 옳지 않은 것이었어! 남은 시간 안에 모든 것을 끝내고 말겠다. 내 꿈, 그토록 이루어 왔던 것을 내 손으로 잡겠어. 이 추한 세상을 바꾸어 버릴 나의 성취물을 내 손으로 완성시키고 말 것이다.'

생각이 끝남과 동시에 라운지 바 맞은편에 있는 건물들의 배치가 눈에 들어왔다. 무언가 강렬한 느낌이 내 뇌를 자극했다.

'음?'

18

연구 22일째

지쳐서 위낙 늦게 깨어난 탓에, 그리고 어제 너무 멀리 와버린 탓에, 연구소로 돌아가니 다시 자정이 되어 있었다. 젠장, 바깥이 하도 고온이라 전신에 3도 화상 바로 전 단계의 피부트러블이 생겼다. 다행이도 오는 길에 사람은 없었다. 이 온도에서 돌아다니는 것 자체가 어리석은 짓이라고 생각된다. 외벽과 내벽의 신분인식장치를 풀고 들어와 보니 다행이도 남은 두 연구원이 날 반겨주었다.

"교수님 보고 싶었어요! 그동안 저희가 무엇을 해 놓았는지 보세요!"

"그래 꼭 보고 싶구나."

'사실 너희들이 더 보고 싶었다.'

둘이서 해 놓은 것은 마지막 실험에 쓰일 예정이었던 실제로 DNA와 다른 것들을 만드는데 쓰일 기계를 고쳐 놓은 것이었다.

"제가 이쪽이 전공분야라서요, 하지만 다른 컴퓨터들은 시간이 없어서 복구하지 못 했습니다. 지금부터라도 어떻게든 해 볼게요."

한 연구원이 말했다. 난 웃으며 대답했다.

"정말 고맙다. 너희들이 남아서 이렇게 해준 것만 해도 말이야. 정말 고마워. 남은 시간 얼마 남지는 않았지만, 모두 아름다운 삶을 위해 목표를 꼭 이루자 알겠지?"

"당연하죠! 저희를 뭐로 보시고."

이구동성으로 대답한 그녀들은 웃으며 컴퓨터들로 쪼르르 달려갔다. 난 기계 앞에 섰다. 연구 데이터를 전송할 수 없으니 처음부터 차곡차곡 기억에 있는 대로 데이터베이스를 만들어 가야한다. 필사적으로 DNA의 구조를 떠올렸다. 다행히도 DNA 구조는 내가 설계한 것이라 금방 기억이 되살아났다. 하지만 중요한 그 서열이 떠오르지 않았다. 어쩔 수 없이 컴퓨터가 되살아 날 때까지 기다려야만 할 것 같다.

"언제쯤 될 것 같아?"

"한 3시간 걸릴 것 같아요. 심각하게 손상돼서 말이에요."

그래도 웃음이 나왔다. 시간이 얼마 남지는 않았지만, 조금만 기다리면 일을 끝낼 수 있다. 나는 서둘러 기억나는 분자들을 입력하기 시작했다. 일은 차근차근 그리고 신속하게 진행되었다.

19

연구 23일째

정확히 3시간이 지나고 정확히 내가 기억하던 분자들을 모두 입력했다.

"교수님 끝났어요! 자료 전송 할게요!"

"알겠다. DNA 서열만 보내면 되 알겠지?"

긍정의 대답과 함께 DNA 서열이 도착했다. 지상의 열기가 점점 아래로 내려와 내 숨을 조인다. 실내온도는 95도를 넘어서고 있다. 어제처럼 정신이 혼미하지만 이번엔 다르다. 지금껏 존재하지 않던 정신력으로 어떻게든 서있다. 이것만 끝내면 된다.

10…

30…

48…

69…

93…

100%

“하……”

전송이 끝났다. 모니터를 통해 DNA가 만들어 지고 효소들이 복제를 해 나가는 것이 눈에 들어온다. 그것은 너무 정상적이었다.

‘털썩’

환희의 눈물과 함께 쓰러졌다. 이제 세상이 어떻게 될지는 모르겠다. 저 멀리 실내온도가 120도가 넘어가는 것이 보인다. 이제 내 몸으로는 버틸 수 없다. 여자 연구원들도 동시에 쓰러졌다.

“끝까지 함께 할 수 있어서 기뻐요 교수님.”

힘들게 입을 열어 한 아이가 말했다.

“나도 그렇단……다…… 너희가 정말 자랑……스럽구나……”

눈을 감았다. 온몸이 후끈 거려서 버틸 수 없다. 그대로 온몸에 힘을 풀었다. 컵에 담긴 물들은 표면부터 부글부글 끓어올랐다.

‘난 올바르게 살아 온 것이겠지?’

20

에필로그

약 500년이 지났다. 나해인 박사와 장준혁 박사의 연구는 성공해서 희망론자들과 여러 과학자들은 지하세계에 터널을 뚫고 그 안에 도시를 건설하는 것에 성공했다. 다른 여러 나라들도 마찬가지였다. 몇몇은 우주로 떠나서 우주기지를 건설했고, 바다 속으로 들어가서 해양도시를 건설하거나 방금 전에 소개한 것처럼 지하도시를 건설하기도 했다.

지상에는 그전과는 다른 모습이 눈에 띄었다. 식물이라 하기는 좀 뭐하지만, 자외선으로 광합성을 하는 생명체와 이족 보행을 하고 다니는 생명체가 생겼다. 그들의 피부는 광택이 났으며, 암석보다도 단단했다. 처음으로는 한국에 그러한 생명체들이 퍼져 나갔다. 그들은 빠른 돌연변이와 함께 진화를 거듭했다.

약 5000년이 지났다. 지하와 해양에 사는 인간들은, 기술력과 자원의 부족으로 밖으로 나가지 못하다가, 이 시기 쯤 되어 다시 지상으로 갈만한 자원이 생겼다. 세상의 거의 모든 생존자들이 이 시기쯤 다시 지상으로 올라가 볼 수 있었다.

올라간 지상은 아직 매우 뜨거웠다. 표면온도는 450도에 달했다. 지상을 본 그들은 경악을 금치 못했다. 온통 은빛인 지상은 아름답다고 말할 수 있었다. 색과 성분은 달라졌지만, 예전의 아름다운 자태를 뽐내는 여러 식물들이 시야를 가득 메웠다. 그리고 그들을 만났다. 한 군인이 그 큰 몸집에 놀라 순간 가지고 있는 무기를 사용했다.

"탕"

상당한 수준의 총기였지만, 그들은 표면에 작은 화상 같은 상처만 입었을 뿐, 전혀 큰 부상을 입지 않았다. 그들은 올라온 인간들을 주목했다. 섬뜩한 표정이었다. 그들은 서로 말을 몇 마디 주고받는듯하더니 인간들을 향해 서서히 손을 들어올렸다. 은빛의 손은 곧 서서히 모양이 변하여 긴 원통형이 되었다. 인간들은 신기하게 쳐다보고 있었다. 모양이 모두 변하자, 빈 원통 안에서 불길이 치솟더니 폭발음과 함께 올라온 인간 중 반 틈이 그대로 사라졌다. 인간들은 도망치기 시작했으나, 역부족이었고, 곧 전멸하고 말았다. 그 생명체들은 인간들이 어디에서 올라왔는지, 주변을 샅샅이 뒤지더니, 곧 유유히 사라졌다. 이 사건 이후 1년간 쫓고 쫓기는 인간과 이 종족들 사이의 전쟁이 시작되었다. 명약관화라고 했던가, 인간들은 추풍낙엽마냥 쓸어졌고, 곧 지구에서 자취를 감추었다. 그렇게 그들은 이 행성의 새 주인이 되었다.

기억, 과연 스마트해질까?

최예나 / 고양예술고등학교 2학년

기억, 과연 스마트해질까?

최예나 _ 고양예술고등학교 2학년

"수민이, 너 성적이 이게 뭐야?"

담임선생님의 손에 학생부가 들려 있다. 담임이 학생부로 내 머리를 탁 내려친다. 기말 고사 성적이 왜 이렇게 떨어졌어. 너 이래서는 좋은 대학 못 가. 계속되는 잔소리에 나는 입술을 꾹 깨문다. '치이, 누가 공부하기 싫어서 성적이 떨어지나.' 나는 속으로 구시렁거리며 가방을 들고 학교를 나섰다.

성적이 몇 계단 곤두박질쳤다. 중간고사에 비해 평균 1.5등급 정도가 낮아졌다. 국어에서 2등급, 영어에서 1등급이 떨어졌다. 오른 것은 수학 등급 밖에 없다. 그마저도 1등급 올렸다. '휴아', 넥타이를 느슨하게 한다. 날씨도 더워지고 공부에도 집중이 안 됐다. 특히나 예고로 전학을 온 후로 더욱 집중이 되지 않는다.

이곳에 오기 전, 원래는 평범한 인문계고교에서 학교를 다녔다. 하지만 나는 글을 쓰고 싶었다. 수업 시간마다 몰래몰래 소설을 썼지만 인문계는 글을 쉽게 쓸 수 있는 환경이 아니었다. 야자 때문에 밤늦게 들어와 글을 쓸 시간이 별로 없었다. 학과공부까지 따라가려면 시간이 더욱 없었다. 그러다 우연히 예고를 알게 됐고 부모님을 졸라 전학을 선택했다.

글을 마음껏 쓸 수 있으리란 설렘과 달리 전학을 오자마자 벽에 부딪혔다. 아이들은 배타적이었다. 나에게 먼저 다가오는 아이들은 별로 없었다. 친절하게 대해주는 듯해도 일정 선을 긋고 대했다. 호기심에 다가오는 아이들도 하루가 지나면 다가오지 않았다. 시식코너에서 맛만 보고 정작 물건은 사지 않는 사람들처럼. 그저 나는 반이라는 전시장에서 하나의 책상을 채우는 존재였다. 한 번도 생각해보지 않았던 친구문제까지 겹치자 학교 공부에 신경 쓸 틈이 별로 없었다.

떡볶이 먹는 아이들 곁을 지나쳐 집으로 향했다. 나에게 퍽 친절하게 대해주는 아이 하나가 같이 먹고 가자며 손을 흔들었다.

"괜찮아. 먼저 갈게."

터덜터덜 집으로 걸었다. 성적표를 어떻게 숨길 수 있을까. 엄마는 이미 문자를 받고 집에서 성적표를 기다리고 있을 것이다. '성적표가 발부되었습니다. 어머님의 많은 관심 부탁드립니다.' 왜 학교는 이런 문자를 보내는 걸까. 엄마가 성적을 보면 뭐라고 하실까. 다시 전학을 가라고 난리를 칠 게 분명하다. 집까지 버스를 타야 하는데, 생각을 하다 보니 집까지 걸어왔다.

집으로 가는 골목길로 들어섰다. 골목 입구 벤치에 한 사람이 앉아 있었다. 베레모를 쓰고 양복을 빼입은 할아버지였다. 수염도 관리를 잘 했는지 잘 정돈이 되어 있었고, 주름이 많지 않았다. 이 동네에서 한 번도 본 적이 없는 노인이었다. 할아버지는 벤치에 앉아 꾸벅 졸았다. 할아버지의 고개가 오른쪽으로 한껏 기울어져 있었다. 집을 나온 할아버지일까? 불현듯 할아버지가 불쌍한 생각이 들었다. 점심에 먹지 않고 가방에 넣어 둔 우유를 살며시 할아버지 옆에 놓아두었다. 그때 할아버지가 고개를 바로하고 나를 불렀다.

"무슨 고민이라도 있니?"

갑자기 할아버지의 인자한 목소리를 듣자 나는 눈물이 핑 돌았다. 옛날 나한테 늘 잘 해주시던 할아버지 생각이 났다. 할아버지는 내가 어렸을 적 젊은 날 술을 너무 많이 마셔 결국 간암으로 세상을 떠났다.

"아무것도 아니에요."

고개를 저었다. 할아버지가 내 손을 잡았다. 그러지 말고 말해보렴. 큰 고민이 있는 것 같은데. 이 할애비가 다 해결해 주마. 나는 할아버지의 눈을 보고 고민을 털어놓았다.

"사실 성적이 많이 떨어졌어요. 엄마한테 1등 하겠다고 약속했는데."

"1등? 1등을 해서 무엇 하게?"

"공부해서 좋은 대학 가야 하는 것은 당연한 일이잖아요."

"허허, 좋은 대학이라……"

할아버지는 내 대답에 웃음을 보이더니 콧수염을 쓰다듬었다. 몇 분 후 할아버지는 모자를 벗으며 말했다.

"내가 소원을 들어주지."

나는 깜짝 놀랐다. 대체 어떻게 들어준다는 것일까. 의심의 눈초리를 보내자 할아버지가 주머니에서 알약 하나를 꺼냈다.

"대신에 너도 하나만 약속하자. 내가 소원을 들어줄 테니 소원을 이루고 나서 내 부탁을 들어주어야 한다."

"어떤 소원이요?"

"너의 소원이 이루어지면 너와 나의 기억을 바꾸는 거다. 보다시피 나는 늙은이라 너처럼 젊고 건강한 아이의 기억이 필요하지. 소원이 이루어진 날, 이곳에 와서 나와 기억을 바꾸면 된다.”

기억을 바꾸다니? 걱정이 되긴 했지만 성적을 올리는 게 급했다. 그리고 기억을 바꾸는 게 무슨 대수로운 일인가. 알았다고 끄덕이자 할아버지가 알약을 건넸다.

“이 약이 뭔가요?”

“이건 기억력을 향상시키는 일종의 스마트약이다. 이걸 먹으면 한번 읽거나 들은 건 반드시 기억하지.”

잘됐다. 수업 시간에 듣는 건 다 기억할 수 있을 것이다. 이것만 먹으면 모든 내용을 굳이 열 번, 스무 번 반복할 필요가 없는 것이다. 이제 더 이상 반복을 하지 않아도 된다고 생각하니 신이 났다. 처음 보는 할아버지였지만 알약을 먹는다고 해서 특별히 손해날 것도 없었다.

“근데 할아버지는 누구세요?”

“난 젊었을 때 과학자였단다. 그런데 학문을 연구하지 않고 돈을 좇아 대기업에 취업했다가 양심을 팔았지. 부작용이 심한 심장병 약을 개발했던 거야. 처음엔 효과가 좋았지만 사람들이 후유증으로 죽어갔어. 하지만 난 돈의 노예가 되어 계속 내 자신을 속이며 약을 개발했어. 흐흐, 그 이후 난 지금까지 악의 유혹을 벗어나지 못했다. 내가 개발한 약들은 사람을 끝내는 파멸시키지. 내 말 명심해라.”

알약을 요리조리 살펴보다 정신을 차리니 할아버지는 감쪽같이 사라지고 없었다. 뺨을 살짝 때렸다. 아프다. 꿈을 꾼 건 아닌데 꼭 꿈을 꾼 것 같았다.

나는 집으로 돌아와 문을 걸어 잠그고 알약을 삼켰다.

"그래, 이제 내가 1등이 될 거야."

알약을 먹고 영어 단어를 외웠다. 몇 시간 전에 암기했던 단어를 써보자 그대로 기억이 났다. 아침에 외운 수학공식도 써보았다. 다 기억이 났다. 신기하다. 노인의 말이 사실이었다. 이제 되었다. 밥 먹고 엄마에게 성적표를 내민다. 엄마는 불 같이 화를 냈다. 하지만 엄마의 말을 듣고도 기운이 빠지지 않았다. 실실 웃음이 났다. 나는 엄마에게 새끼손가락을 내밀었다. 약속. 엄마, 내가 다음엔 모두 1등급을 맞고 전교 1등을 할 테야. 엄마는 의심스러운 듯 했지만 내 웃음에 마지막이라고 말하며 내 말을 믿어주었다.

다음날부터 나는 열심히 공부했다. 아니 기억했다. 수업시간에 모두 들은 것을 저녁때까지 모두 기억할 수 있었다. 공부할 필요가 없었다. 그저 수업만 열심히 들으면 되었다. 설레는 마음으로 중간고사를 기다렸다. 중간고사를 기다려 본 적은 처음이었다. 옆 짝꿍이 시험기간인데도 공부 안 하냐 물었다. 나는 어깨를 으쓱했다. 나는 이제 공부 할 필요 없어.

중간고사가 다가왔다. 시험지마다 환하게 전구가 켜졌다. 나는 세상에서 가장 행복한 고등학생이 되었다. 전 과목 올 100점. 전교 1등이었다. 담임이 어떻게 된 일이냐고 물었다. 나는 실실 웃기만 했다. 나는 신이 나서 성적표를 들고 집으로 달려갔다.

아뿔싸! 골목에 들어서는데, 벤치에 노인이 앉아 있었다.

"오랜만이지. 어때? 소원은 이루었니?"

할아버지가 의미심장하게 웃으며 나를 불렀다.

"네."

쭈뼛거리며 다가갔다. 분명 미친 노인네 일거야. 걱정하지 말자.

"자, 약속대로 기억을 바꾸어야지."

"그게 뭐예요?"

"뭐긴, 너랑 나랑 기억을 바꾸는 거지. 나는 젊었을 때 저지른 죄 때문에 늘 힘들었단다. 그 기억을 잊고 싶어."

노인이 나를 옆에 앉혀놓고 다시 알약을 내밀었다.

"이걸 먹으렴. 그럼 너는 지금보다 몇 배는 더 천재가 될 수 있다."

나는 망설이며 알약을 받아먹었다. 천재가 될 수 있다. 천재가. 어지럽고 머릿속이 하얗게 변했다. 알 수 없는 장면들이 눈앞에서 스쳐지나간다. 증명되지 않은 신약을 만들어내는 돈의 노예 과학자의 모습이 그려졌다. 아, 이건 내 기억이 아니야. 내 기억을 돌려줘. 그때 노인의 목소리가 동굴의 울림처럼 귀에 맴돌았다.

"네가 무엇을 잘못했는지 생각해라. 열심히 공부를 해서 기억력을 높여야지. 약 따위로 성적을 올리겠다고? 천벌을 받은 거다. 하하하."

노인의 음산한 목소리가 들렸다.

안 돼. 내 기억을 돌려 줘. 나는 소리를 질렀다.

아얏! 엉덩이가 따가웠다.

"야, 학교 안 가고 웬 헛소리야. 지금 몇 신줄 알아. 어서 일어나!"

엄마가 나를 깨운다. 헉,

"꿈이었구나."

한숨을 내쉬었다. 배를 긁으며 식탁으로 향하는데 엄마가 말했다.

"너 성적이 그게 뭐냐. 그래 가지고 대학 가겠냐. 정신 차리고 공부 좀 해라.”

젓가락을 들고만 있는, 멍한 상태에서 방금 꾼 꿈을 생각했다. 그러고 보니 어제 밤, 잠들기 전, 엄마에게 성적 때문에 혼났던 기억이 났다.

나는 혼나고 나서 차라리 공부를 잘 하게 해주는 스마트약이라도 있었으면, 하고 생각했는데 그게 꿈으로 나타난 것이다. 얼굴이 화끈거렸다. 잠시나마 얄팍한 꼼수에 기대려 한 내가 부끄러웠다. 나는 밥을 먹으며 곰곰이 생각해 보았다.

아마 미래에는 별의별 약이 다 개발될 것이다. 지식을 뇌파에 심기도 하고 꿈에서처럼 기억력 향상 약도 개발될 것이다. 대부분 기계화, 자동화가 될 것이다. 인간이 하기 힘든 것은 기계로 해줄 것이다. 미래보다 과학이 발전되지 않은 내가 이렇게 얄팍한 꼼수를 부리려는데 모든 게 자동화, 기계화가 된 미래에 나는 과연 어떻게 행동할 것인가?

나는 미래에 과학이 주는 편리함에 빠져 굳이 노력하지 않으려 할 것이다. 모든 걸 기계가 다 해주는데 내가 굳이 움직일 필요가 없는 것이다. 그러면 나는 이러한 꼼수에 더욱 눈길이 갈 것이다. 내가 하겠다는 마음가짐이 달라지고, 체력도 지금보다 허약해진 미래의 나는 편하게 가는 길만 생각할 것이다. 지금도 핸드폰에 번호가 저장되는 기능으로 가장 친한 친구 번호도 모르는데 미래의 나는 어떠할까? 아마 걷기도 싫을 것이다. SF영화에서 본 것처럼 내 몸은 비대해지고 허공에 둥둥 떠다니는 기계를 타며 걷지 않을 것이다. 오로지 손가락으로 어디로 갈지 조종만 할 뿐.

요즘 3D라고 불리는 업종에는 기계가 많이 투입되었다. 2D, 3D를 말하는 게 아니다. Difficult, Duty, Dangerous. 어려운, 더러운, 위험한. 이

세 가지를 가리키는 말이다. 옛날 우리나라 인부들이 독일로 가 광산에서 일하는 장면은 오늘날은 보기 어렵다. 기계가 다 해주니까. 단지 인간은 그러한 기계를 조종하면 되는 것이다. 인간이 하기 싫어하기에 기계가 만들어지기는 했지만, 이제는 그러한 기계 때문에 우리는 임금 문제로 싸우게 되었다.

미래에는 과학이 더 발전할 것이다. 사람처럼 생긴 로봇이 관절을 움직이며 3D 업종뿐만이 아니라 전 분야에서 다양하게 활동할 것이다. 그러면 우리는 발전된 과학에 의해 서서히 뒷자리로 밀려나게 될 것이다. 인간이 필요가 없어지는 것이다. 과학에만 기대면 인류는 오히려 퇴보할 것이다. 적당히 운동을 해야 몸이 유지되는 것처럼 과학 기술과 인간은 서로 조화를 이룰 때 진정으로 과학이 인간의 삶에 기여할 것이다.

우리는 무조건 과학에만 의지하면 안 된다. 과학과 인간은 공존해야 한다.

과학은 발전하고 우리의 삶은 안락해진다. 하지만 안락해지는 것이 아니라 편함만 추구하면 스스로 숨통을 조이게 될 것이다. 이러한 일이 벌어지지 않도록 우리는 과학과의 조화를 꾀해야 한다. 과학의 분야가 점점 세세해지고 전문화가 되는 만큼 우리는 기초 과학에 대해 더욱 알 필요가 있다. 지금은 너무 세분화되어 정말 세세한 분야에 몰두하는 과학자들이 많이 생겼다. 우리는 과학은 어렵다며 기피하지만 우리의 생활을 윤택하게 해주는 것은 과학이다. 인간이 과학과 조화롭게 사는 것의 첫걸음, 그것은 과학에 대해 관심을 갖고 기초 과학을 배우는 것이다. 우리는 이렇게 과학에 대한 전반적인 지식을 알고 과학에 관심을 가지게 된다면, 우리는 분명 과학과 조화를 이룰 수 있을 것이다.

코스모스(Cosmos)

최유진 / 청심국제고등학교 1학년

| **코스모스(Cosmos)** |

최유진 _ 청심국제고등학교 1학년

"엄청난 인구와 영토를 바탕으로 고속 성장을 꾸준히 기록하여 일본과 어깨를 나란히 하는 정도의 국력을 갖춘 중국이 드디어 2078년 9월 23일, 3조 5천억 달러 규모의 외환 보유고를 터뜨렸습니다."

"미국은 한동안 군사적, 정치적으로 중국을 압박하며 외환 보유고 방출을 막아왔지만, 이제 두려울 것이 없어진 중국은 그간 꾸준히 외화 보유를 늘려오다가 드디어 보유고를 터뜨린 것으로 보입니다."

"미국 달러가 급락하여 미국은 심각한 국가 금융 비상사태를 맞이하게 되었습니다. 러시아와 일본은 꾸준히 달러로 미국을 협박해온 중국을 의식하고 달러 시장의 불안정성을 사전에 판단하여 이미 현명하게 처신해 둔 상황입니다. 그러나 국제적인 금융 위기는 불가피해 보입니다. 미국의 유연한 대책이 시급합니다."

전 세계 외신들은 중국의 외환보유고 방출에 대해서 속보를 쏟아냈다.

이 광경을 백악관 집무실 의자에 반쯤 기대어 앉아서 리모컨을 돌리며 지켜보고 있던 윌리엄스 대통령은 극도로 절망적인 표정이었다. 텅 비어버린 머릿속에 남은 단 한 가지 생각은 '이 사태를 어떻게 수습하는가'였다. 임기가 3년 반이나 남은 상황에서 버티고 있다가 차기 대통령에게 책임을 떠넘길 수도 없는 일이거니와, 당장 이 사태를 수습할 만한 묘책도 떠오르지 않았다. 37세, 역사상 가장 젊은 대통령이라는 타이틀을 가진 그는 젊은 만큼 추진력 있고 열정적이었으나, 그만큼 경험도 많지 않았다. 이런 그에게 이와 같은 '초비상사태'는 일종의 시험이었다. 그러나 그의 능력과 경험이 얼마나 되든지 간에, 이 사태를 해결해야 하는 책임은 그의 두 어깨에 지워져 있었다. 그의 말 한 마디가 전 세계 금융 시장을 좌지우지 하게 될 것이고, 그의 서명 한 번이 세계 경제의 흥망을 결정하게 될 것이다.

그는 수면제와 함께 책상에 놓여있던 물을 한 모금 들이켜고 의자에 기대어 눈을 감았다.

'한숨 자고 나면 무언가 아이디어가 떠오르겠지.'

복잡한 머릿속에 쉽게 잠이 오지 않았지만, 그는 열심히 잠을 청했다. 막 잠이 들려던 참에, 텔레비전 뉴스에서 새로운 속보가 흘러나왔다.

"항상 과학기술 분야 1위를 노려왔던 러시아와 일본은, 중국이 터뜨린 사태로 큰 타격을 입을 미국에게 우주과학 분야에 대해 공격을 가하기 위해 '제 2의 지구' 프로젝트 수행 계획을 발표하였습니다. '제2의 지구' 프로젝트는……"

윌리엄스 대통령은 마치 뜨거운 것에 덴 것처럼 갑자기 몸을 일으켰다. 그리고는 다시 한창 '제2의 지구' 프로젝트에 대한 소식을 전해주고 있는 텔레비전을 주시했다. 그러나 조금 전까지의 절망적인 표정이 아니었다. 그의 눈빛은 거의 분노에 차있다시피 했다. 한없이 차갑고 차분하게만 보이는 그의 바다 빛깔 눈동자에도 핏발이 섰고, 하얀 대리석을 깎아 놓은 듯한 얼굴이 붉어졌다.

'쾅!'

그의 주먹이 책상을 내리쳤다. 책상 위에 놓여 있던 물 컵의 물이 쏟아져서 책상 위에 있던 온갖 서류 위로 흘러서는 책상 아래로 똑똑 떨어져 흘렀다. 물이 흐른 자리에 붉은색 잉크와 검정색 잉크가 스르르 번졌다. 자신의 주먹이 책상을 내려친 소리에 놀란 윌리엄스 대통령의 붉어진 두 눈동자에서도 바다 빛깔이 스르르 번졌다. 바다 빛깔로 가득한 그의 눈동자가 한없이 깊어 보였다.

다음 날, 윌리엄스 대통령은 백악관에서 기자 회견을 열었다.

"중국이 경제 및 금융에서 복병이 된 것처럼 러시아와 일본도 과학기술 면에서 우리를 압박하고 있습니다. 1950년대 우리는 우주 개발 선제권을 러시아에 빼앗겼던 역사만으로도 실패는 충분합니다. 비록 지금이 국가 위기 사태이기는 하지만, 우리 미국은 어떠한 분야에서도 '세계 최고'라는 타이틀을 놓아줄 수 없습니다. 특히, 과학 기술 분야에서는 더더욱 그러합니다. 따라서 미국 정부는 NASA를 중심으로 하여 인간 화성 탐사 프로젝트를 러시아와 일본이 '제2의 지구' 프로젝트를 성공시키기 전에 성공시킬 것입니다. 우리 미합중국은 아직 이빨 빠진 호랑이가 아닙니다. 미합중국은 명실공히 세계 최강대국으로 건재하고 있습니다."

그의 날카로운 눈빛과 논리적인 연설은 사람들을 사로잡기 충분했다. 그러나 현재의 상황은 그렇게 따라주지 않았다. 현재는 국가 금융위기 비상사태였고, 국민들은 우주 개발에 대해서는 전혀 관심을 갖지 않고 있었다. 그들에게는 월 스트리트의 전광판의 빠르게 돌아가는 숫자 한 자리 바뀌는 것이 어떤 것보다도 중요했고, 그들은 당장 직장을 구해서 먹고 살아야 할 사람들이었다. 대통령의 지지율은 급락했고, 온갖 외신들은 그의 '어리석어 보이는' 발표를 맹렬히 비판했다.

　집무실로 돌아온 윌리엄스 대통령은 가장 아끼는 짙은 마호가니 색의 파이프를 꺼내 불을 붙였다. 그리고 그 자리에서 파이프를 피우면서 한동안 우두커니 서 있었다. 그때, 비서 알프레드가 가볍게 노크를 하고 들어왔다.

　"오늘 수고하셨습니다. 그런데 발표 사항이 매우 논란을 불러일으킬 만한 것이더군요. 국가 비상사태에 우주 개발이라니, 사람들은 쉽사리 이해하지 못할 것입니다."

　"그럼 자네는 이해한다는 소리인가?"

　"……"

　윌리엄스 대통령은 짙은 담배 연기와 함께 깊은 숨을 내쉬었다. 알프레드는 다시 방을 나갔다. 방 안 가득히 퍼진 담배 연기가 그의 과거에 대한 아픈 기억을 자극했다. 그는 그 자리에 선 채로 눈을 감고 기억을 따라갔다.

　길버트 윌리엄스 2세. 의회를 주름잡던 유명한 상원 의원이었던 길버트 윌리엄스 1세와 뉴욕 주지사였던 베아트리스 테일러 사이에서 태어난 금발머리에 푸른 눈동자의 흠잡을 데 없이 사랑스러운 아들이었다. 그가 태어났을 때, 모든 사람들은 길버트의 탄생을 축복해 주었다. 그러나 딱 두 사람은 그러지 않았다. 바로 길버트 윌리엄스 1세와 베아트리스 테일러였다.

　길버트는 어머니의 품에 안겨 본 기억이 없었다. 그는 매부리코에 날카로운 눈매의, 홀로된 외할머니 집에서 어린 시절의 대부분을 보냈다.

외할머니는 길버트가 두 살도 채 되지 않았을 때 젖병의 우유를 조금이라도 흘리거나, 조금만 소리 내서 울어도 그에게 소리를 질렀다. 그에게 '자상한 할머니'라는 존재는 동화책 속의 상상의 인물이었을 뿐이었다. 길버트는 외할머니가 바라는 대로, 같이 있어도 존재감을 전혀 느끼지 못할 정도로 조용한 아이로 자랐다.

길버트의 부모님은 필요할 때만 길버트를 찾으러 왔다. 만찬이나 모임이 있을 때마다 부모님은 길버트를 목욕시키고 머리를 빗기고 좋은 옷을 입혀서 데리고 나갔다. 그리고 마치 길버트를 매우 사랑하는 양 행동했다. 어린 길버트는 대통령 선거에 출마할 준비를 하고 있는 길버트 윌리엄스 1세를 가족적이고 부드러운 이미지로 만들기 위한 수단으로 늘 사용되었다. 길버트도 어머니 옆에서 흘리지 않고 얌전히 음식을 먹었고, 배운 대로 처음 보는 어른들에게 공손히 인사를 했다. 모든 사람들은 화목해 보이는 윌리엄스 가족을 부러워했다. 그러나 모임이 끝나면 다시 길버트는 외할머니 집으로 갔고, 다음에 일이 있을 때까지 부모님은 길버트를 한 번도 찾아오지 않았다.

걸을 수 있게 되자 길버트는 매일 밤 외할머니의 무서운 호통을 피해서 옥상에 올라가 별을 보았다. 길버트가 밤에 없어지든지 말든지 외할머니는 전혀 상관하지 않았다. 그래서 길버트는 원하는 만큼 별을 볼 수 있었고, 그것을 매우 좋아했다. 별자리를 찾기도 했고, 별들이 시간이 지남에 따라 위치가 변하는 것을 보기도 했다. 동네 도서관에서 별에 관한 책을 열심히 읽기도 했다. 그는 케플러와 같이 위대한 천문학자가 되고 싶어 했다. 항상 길버트의 머릿속은 별들로 가득했다. 자신에게 전혀 신경 써 주지 않는 부모님이나, 언제나 혼내기만 하는 외할머니보다 자신과 언제나 깜빡깜빡 눈을 맞춰주고, 따스한 빛으로 자신을 내려다 봐주는 별들을 더 사랑했다.

길버트는 중학교에 갈 나이가 되자, 한 명문 기숙학교로 보내졌다. 그에게 시끄럽다고 소리 지르는 사람도 없었고, 숫기 없는 그에게 모두가 호의적으로 대해 주었다. 길버트는 예전처럼 옥상에 올라가 자유롭게 별을 볼 수는 없었지만, 책이 매우 많은 도서관에서 마음껏 천문학을 공부할 수 있었다. 그리고 학교 천문대에 성능 좋은 망원경이 있어서 이따금 망원경으로 별을 더 잘 볼 수도 있었다. 친구들과 선생님들은 길버트의 열정과 실력을 인정해 주었다. 진학 상담 선생님들은 모두 길버트에게 훌륭한 천문학도가 되라고 해 주었다. 길버트는 끝없는 우주에 대한 동경과 총명한 지성을 지닌, 아름다운 푸른빛을 발산하는 갓 태어난 별을 닮은 미래의 천문학도로 아름답게 성장해 나가고 있었다.

천문학에 폭 빠져서 어느덧 고등학교 졸업반이 되었는데, 중고등학교 내내 한 번도 보지 못했던 아버지가 갑자기 길버트를 찾아왔다. 6년 만에 본 아버지는 낯선 백인 남자와 함께 있었다.

"길버트, 인사해라. 예일대 입학담당자 마이클 데이비스 박사이시다."

길버트는 꾸벅 인사를 했다. 셋은 자리에 앉았다.

"우리 길버트가 오래 전부터 자네 학교를 가고 싶어했다네. 절친한 친구 사이로서 우리 길버트의 입학을 주선해 줄 수 있겠나? 기부금 정도는 물론 양껏 내 주겠네."

"기부 입학이 안 될 건 없지. 그래, 윌리엄스 군, 우리 대학에서 무슨 공부를 하고 싶은가?"

"아, 저는 천문……"

길버트가 주섬주섬 천문학 얘기를 꺼내려 하자, 윌리엄스 의원이 급히 말을 막았다.

"우리 길버트는 내 뒤를 이어 훌륭한 정치인이 될 것이네. 비즈니스 스쿨이나 로스쿨 쪽을 준비하려고 하는데."

길버트는 당황했다. 정치인이 되어야 한다니! 길버트는 자신의 아버지 같이 닳고 닳은 사람이 되고 싶지 않았다. 길버트는 오직 별에 대한 순수한 열정으로 살아가는 학자가 되고 싶었다. 길버트는 자신의 천문학에 대한 열정을 아버지에게 말하고 싶었다. 그러나 윌리엄스 의원은 길버트를 겉으로는 부드러워 보이지만 속에 날카로운 가시를 숨긴 듯한 눈빛으로 바라보고 있었다. 어린 시절에 보았던 언제나 위선적이었던 아버지의 모습이 떠올랐다. 입을 뗄 용기가 나지 않았다. 길버트는 고개를 떨구었다. 천문학자의 꿈을 포기해야 하는 것인가…… 윌리엄스 의원과 데이비스 박사의 대화가 전혀 귀에 들어오지 않았다.

윌리엄스 의원과 데이비스 박사의 대화가 끝나자, 데이비스 씨가 길버트에게 악수를 청했다.

"윌리엄스 군, 꼭 훌륭한 정치인이 되어 훗날 우리 학교의 이름을 빛내주기를 바라오. 우리 학교 입학은 내가 주선해 보리다."

길버트는 갑자기 잠에서 깨어난 듯이 몸을 일으켜서 악수에 응했다. 그러나 그의 표정은 여전히 충격에서 벗어나지 못한 듯이 보였다.

며칠 후, 예일대 입학원서 한 통이 도착했다. 데이비스 박사가 보낸 것이었다. 길버트는 책상 앞에 앉아서 원서를 찬찬히 읽어보고 하나하나 적어 넣었다.

적다 보니 지망 학과를 적는 부분이 있었다. 길버트는 한참을 고민하다가 그 칸을 뛰어넘고 다른 것들을 적어 넣었다. 지망 학과를 제외하고 모든 것을 다 적어 넣은 후에는 책상 한 구석에 원서를 던져 놓았다. 그리고 며칠 동안 원서에 대해서 까마득히 잊어버렸다.

어느 날 아침, 길버트는 책상 앞에 앉았다. 그리고는 책상에 놓인 달력을 보다가 원서 접수 마감이 이틀 후라는 것을 발견했다. 길버트는 구석에 던져두었던 원서를 다시 펼쳤다. 그리고 펜을 들었다. 그는 물을 한 모금 들이키고는 원서에 빈 칸으로 남겨두었던 부분에 글씨를 써 넣었다.

'Astrophysics'

그리고는 곧장 원서를 부쳐 버렸다.

한 달 뒤, 합격 통지가 날아왔다. 그러나 학과가 천체물리학이 아니었다. 정치학이었다. 깜짝 놀란 길버트는 입학 담당 사무실로 전화를 걸었다. 그러나 담당자는 자신의 원서에 천체물리학이 아니라 정치학으로 쓰여 있다고 했다. 길버트는 전화를 끊었다.

'그 데이비스 박사라는 사람의 짓이야.'

그 자리에서 합격 통지서를 찢어버렸다. 그러나 그가 지원한 대학은 이곳 밖에 없었기 때문에, 그는 입학을 포기할 수도 없었다. 대학 진학을 포기한다 해도 어차피 천문학자는 될 수 없게 될 것이다. 만일 그런다면 윌리엄스 의원은 그를 죽일 것이다.

다음 해, 그는 예일대 정치학과에 입학했다.

그리고 4년 후, 졸업했다.

그리고 그는 윌리엄스 의원의 강력한 개입으로 정계에 입문하게 되었다.

그리고 미국 역사상 최연소 대통령으로 선출되었다.

그러나 그는 행복하지 않았다.

그는 아직도 마음속에 별을 품고 있었다.

담배가 다 탔다. 그는 눈을 떴다.

그는 정말로 자신의 오랜 꿈을 이루고 싶었다. 그리고 이참에 거의 무시당하다시피 하였던 NASA도 살리고 싶었다.

대통령의 발표가 있은 후, NASA에서는 회의가 열렸다.

"우리에게는 이번이 기회입니다. 나라에서 거의 무시당하다시피 하였던 NASA의 존재가 이번 계기로 인해 대폭 개선될 것이라고 생각합니다."

"그렇습니다. 우리는 언제나 '예산만 잡아먹는 쓸데없는 정부 기관'으로 낙인찍혀 왔었죠. 물론, 우리는 우주 개척에 많은 공을 세우고 있었지만 말입니다. 우주에 대해서는 일자무식인 국민들이 알아줄 리가 없지요."

"좋습니다. 이번 계기로 국민들과 국가의 우리에 대한 지지도도 높이고 나라에 좋은 일도 할 겸, 이번 유인 화성 탐사 프로젝트에 모든 투자를 하도록 합시다. 모든 두뇌를 총동원 하도록 하십시오."

"이 프로젝트가 성공한다면 우리의 지지도가 올라가는 것뿐만 아니라 우리 스스로 과학계의 breakthrough를 마련하는 겁니다. 생각해보세요, 화성에 사람을 보낸다니. 우리가 그 일을 해낸다니, 정말 생각만 해도 가슴이 설렙니다."

“그렇다면, 일단 뛰어난 두뇌를 모집하는 것이 매우 중요하다고 생각합니다. 어떤 사람이 좋을 까요? 요즘 각광받는 젊은 과학자가 어디 없을 까요?”

“이번에 박사학위 논문으로 발사 후 로켓 분리가 필요하지 않는 로켓을 개발한 에일린 그린 박사가 어떨까요? 박사 학위를 취득한지 얼마 되지도 않았고, 경험도 거의 없지만, 충분히 재능 있고 각광받는 과학자입니다.”

“좋습니다. 다른 의견 없습니까?”

“NASA의 최고 베테랑 카를로스 디킨슨 박사도 좋겠다고 생각합니다.”

“그렇습니다. 에일린 그린 박사와 카를로스 디킨슨 박사에게 이번 프로젝트를 맡기는 것은 어떨까요?”

“IIT에서 교수로 활동하고 있는 사지타 무스타파 교수를 새로 고용하는 것은 어떨까요?”

회의는 길게 계속되었다. 모두들 흥분한 동시에 약간 긴장된 분위기가 팽배했다. 모두들 이번 기회를 놓치고 싶지 않은 눈치였다. 그들은 과학자였고, 그들에게는 과학과 조국이 그들의 인생의 전부였다.

NASA가 모든 것을 투자하여 유인 화성 탐사 프로젝트를 진행하는 동안, 매사추세츠 주 상원의원으로, 대통령보다도 더 높은 인기를 자랑하는 제레미 블룸 의원은 미국 의회 활동 기간이 다가오는 것에 맞추어 열심히 반 NASA적 발언을 하고 다녔다. 그는 ‘The space is merely a space.’를 외치며 대공황에 허덕이는 국민들의 심리를 이용하여 NASA를

'예산만 잡아먹는 무용지물'로 만들고 있었다. 그 대신 그는 '경제가 돌아가려면 소비가 시작되어야 한다.'라는 것을 내세우고생산단가가 내려가면 공급자는 공급을 늘리게 되고, 공급을 늘리면 물가가 하락하며, 물가가 하락하면 소비자들은 소비를 늘리게 된다.'라는 기본적인 경제 원리를 내세워, 생산단가를 하락시키기 위해서는 석유 단가를 낮춰야 하므로, 석유 단가를 조금이라도 낮추기 위해서는 '그들만의 탐구욕을 충족시키는' NASA가 아니라 '전 세계를 돌아가게 만드는' 석유 회사들에게 더 투자를 해야 한다고 떠들고 다녔다. 당장 먹고 사는 문제가 시급한 국민들은 자연히 '단순히 공간인' 우주 보다는 제레미 블룸의 말에 넘어갔고, 제레미 블룸의 의원의 지지율은 하늘을 찔렀다.

지지율이 끝없이 상승하는 것을 흐뭇하게 지켜보고 있던 블룸 의원은 사택에서 긴밀한 모임을 가졌다. 모임의 참석자들은 미국에서 가장 영향력 있는 석유회사의 소유주들이었다.

"그래, 블룸 의원, 자네의 전략이 생각보다 잘 먹혀들었던데. 이대로 가다가는 상, 하원 만장일치 표결 통과도 어렵지 않겠어."

"표결은 당연히 통과되겠지요. 설사 통과되지 않더라고 해도, 절대로 국민들이 그냥 있지 않을 것입니다."

"좋아. 그렇지만, NASA 측은 어떻게 나오는 것인가?"

"현재 매우 열심히 유인 화성 탐사 프로젝트를 진행하고 있더군요. 이번 프로젝트에 성공하면 NASA에 대한 지원이 늘어날 것으로 생각하고 있는 것 같습니다. 그래서 어떤 수를 써서든지 이번 프로젝트를 성공시켜서 제 콧대를 눌러주려는 작전인 것 같은데, 제가 절대로 넘어갈 리가 없지요. 최대한 빨리 NASA 예산을 삭감시켜서 유인 화성 탐사 프로젝트가 빠른 시일 내에 진행되지 못하도록 할 것입니다. 아무리 그린 박사가 프로젝트를 맡은 들, 화성 탐사 프로젝트가 어디 몇 개월 만에 되는 프로젝트 입니까? 그리고 전 국민들은 이번 프로젝트에 극구 반대하고 있습니다. NASA를 무너뜨리는 것은 어렵지 않습니다. 우리는 그들이 프로젝트를 성공시키기 전에 NASA를 먼저 무너뜨릴 겁니다."

"좋아. 수고했네. 그러면 모든 NASA예산은 우리 지원금으로 들어가는 것인가?"

"일단은 모든 NASA 예산을 차지하는 것은 잠시 보류하는 것이 좋겠습니다. 갑자기 석유회사에 전폭적인 지원이 들어가면, 국민들에게서 의심을 사지 않겠습니까? 그러니까, 일단 무료 급식소 같은 곳에 많은 지원을 한 후에, 조금씩 예산을 석유회사 쪽으로 돌리도록 하는 것이 좋겠군요. 그래도 여전히 많은 예산이 석유 쪽에 갈 것이니까, 기대해도 좋을 것 같습니다."

"아주 좋아. 바라던 대로 일이 착착 진행되고 있군. 지금 여기저기 광고도 하고 투자도 하느라고 회사 자금이 많이 들어서 많이 가져오지는 못했지만, 일단 이것만이라도 받아두게. 나중에 우리의 계획이 성공하면, 꼭 더 크게 사례하겠네."

한 뚱뚱한 남자가 큼지막한 서류가방을 건넸다. 블룸 의원은 서류 가방을 살짝 열어 내용물을 확인한 후, 소파 밑으로 서류 가방을 밀어 넣었다. 그의 얼굴에는 묘한 미소가 떠올랐다.

"고맙습니다. 있는 힘껏 다해 보도록 하겠습니다."

다음 날, 블룸 의원은 의회에서 NASA 예산에 관한 회의 중 발언권을 얻었다.

"여러분, 정부가 NASA에 유인화성탐사 프로젝트를 지시한지 3개월이 넘어갑니다. 그렇지만, NASA에서 3개월이라는 시간 동안 과연 무엇을 이루었는지는 상당히 모호합니다. 우주선이 개발되기를 하였습니까, 우주인을 훈련시키기라도 하고 있습니까? 물론, 우리 모두는 우주 프로젝트가 하루아침에 이루어질 수 없는 프로젝트라는 것은 알고 있습니다. 더군다나 사람을 화성에 보내는 것인데, 더 하겠지요. 그렇지만, 지금까지 있어 왔던 프로젝트와는 달리, 이번 프로젝트는 미국 내에 최고 두뇌들을 모두 동원하여 진행되고 있습니다. 갓 박사학위를 취득한 에일린 그린 박사까지 동원된 것을 보고도 잘 알 수 있습니다. 그리고 NASA는 이 프로젝트를 이유로 정부에 예산을 요구했고, 정부는 예산을 지급해 주었습니다. 지금 나라가 대공황에 허덕이고 있는 시기임에도 불구하고 말입니다. 이 뿐만이 아니라, 우리가 이 프로젝트를 진행하는 이유는 딱 하나입니다. 바로 러시아와 일본이 '제 2의 지구' 프로젝트를 마치기 전에 화성에 사람을 보내서 기선을 제압하자는 것입니다. 그런데 목적은 순전히 윌리엄스 대통령의 개인적인 자존심 때문인 겁니다. 더군다나, 지금 러시아와 일본은 매우 순조롭게 프로젝트를 진행해 나가고 있는데, 이래서는 NASA가 예산만 잡아먹고 결국 목적 달성도 하지 못하는 지경에 이를 것이 불 보듯 분명합니다. 과연 이 판국에서 NASA에 예산을 더 지원해야 할까요? 그렇지 않습니다. 중요한 프로젝트를 수행하는 중이니까 예산을 완전히 없앨 수는 없지만, 예산을 삭감해야 합니다."

점점 상승하는 블룸 의원의 지지율과 천부적인 달변으로, 블룸 의원은 의회의 거의 모든 의원들의 고개를 끄덕이게 만들었다. 과학도 출신 의원들 중에서 일부는 약간 반대하는 입장을 취하려고 하였으나, 블룸 의원의 막강한 권력을 잘 알고 있기에, 들고 일어나서 반대하지도 못했다. 결국 NASA의 예산 삭감안은 통과되었다.

이즈음, NASA는 눈코 뜰 새 없이 바쁘게 우주선 개발에 열중하고 있었다. 순수한 학문적 열정과 NASA의 안위, 그리고 열렬한 애국심으로 무장한 과학자들은 오로지 NASA의 미래를 지키고 과학기술 분야에 선두를 달리는 국가로써 미국의 자존심을 지켜주기 위해서 프로젝트를 진행했다. 우주선 개발 실험이 거의 절정에 달해가던 무렵, NASA는 급작스럽게 의회의 NASA 예산 삭감안 통과라는 소식을 듣게 되었고, 프로젝트 관계자들은 회의를 열었다.

"우리는 지난 3개월 동안 이 프로젝트에 모든 것을 쏟아 부었어요. 그래서 이제 우주선 개발 실험이 한창 이루어지고 있는데, 예산을 삭감한다니 정말 어처구니가 없군요."

"맞아요. 우리는 국가를 위해서 열심히 연구하는데, 국가가 우리에게 이런 대접을 해 준다니 정말 믿을 수가 없어요. 대책을 세워야 합니다. 그래도 그렇다고 해서 프로젝트를 완전히 중단시키는 것은 여러모로 좋지 않은 계획이에요. 다른 방법을 찾아봅시다."

"우리는 지구를 넘어 우주까지 개척하는 과학자들이면서 이 나라 안의 문제조차 해결할 수 없다니 정말 답답하군요."

방 안에는 잠시 정적이 흘렀다. 프로젝트의 책임자 디킨슨 박사도 깊은 고민에 빠졌다.

‘윌리엄스 대통령이 이런 일을 저질렀을 리는 없어. 분명 블룸 의원의 소행일거야.’

잠시 후, 디킨슨 박사가 말문을 열었다.

“제가 NASA에서 연구하면서 정부와 NASA와의 관계는 누구보다도 잘 파악하고 있습니다. 한동안은 나쁘지 않았지만, 제레미 블룸이라는 인기만 좋고 말만 그럴 듯하게 하는 작자가 정계에 들어오고 나서부터 갑자기 정부가 NASA 박해를 시작했어요. 이번 일도 우주탐구라면 목숨을 거는 윌리엄스 대통령의 소행일 리가 없습니다. 분명히 그 ‘제레미’라는 작자의 소행일 거예요. 그는 운 좋게도 대공황 물결을 잘 타고 교묘하게 NASA를 억누르고 있어요. 우리가 프로젝트를 열심히 하는 것을 보고 어떻게 해서든지 우리가 프로젝트를 성공하지 못하도록 만들어서 NASA를 없애려고 할 것입니다.”

디킨슨 박사는 주먹을 꽉 쥐었다.

“여기에 대항하여 우리가 할 수 있는 것은 딱 하나 밖에 없어요. ‘제레미’라는 작자가 더 큰 일을 벌이기 전에 빨리 프로젝트를 성공시키는 겁니다. 멍청한 국민들도 ‘제레미’라는 작자의 그럴듯한 화술에 넘어가 있기 때문에 어떤 방법을 쓰더라도 NASA를 지지해 줄 가능성은 없을 겁니다. 우주선 개발이 곧 이루어질 기세이니까 우주인 훈련을 준비가 되는 대로 당장 시작하도록 하죠.”

옆에서 가만히 듣고 있던 NASA 국장이 답했다.

“좋습니다. 이 일이 진짜로 ‘제레미’라는 작자의 소행이든지 아니든지 이 프로젝트를 빨리 진행하는 것이 우리에게는 이득이 될 것입니다.”

“모두들 프로젝트 진행을 더욱 가속시켜 주세요. 우리는 모두 한 배를 탄 사람들이고, 이번 프로젝트에 우리의 모든 것을 건 사람들입니다.”

회의는 좀 더 진행되었고, 그린 박사와 디킨슨 박사가 우주선에 탑승할 우주인으로 최종 선정되었다.

그날 저녁, 그린 박사와 디킨슨 박사는 함께 저녁식사를 했다.

“이제 됐네요. 우리가 성공하면 ‘제레미’라는 사람도 아무 말 못할 겁니다. 그러면 우리의 승리가 되지 않을 까요?”

“에일린, 우리가 이 프로젝트에 성공하게 되더라도 ‘제레미’라는 작자는 NASA가 다시 일어서도록 놔두지는 않을 거예요. ‘제레미’라는 작자가 바보가 아닌 이상, 그 후에 계획을 또 세워놓았을 겁니다. 우리는 최선을 다하는 수밖에 없어요. 그 괴물은 어떠한 수를 써서라도 NASA를 무너뜨릴 겁니다. 우리가 그 인간을 무너뜨리기 위해서는 일단 마지막 순간까지 기다려야 해요.”

다음 날부터 디킨슨 박사와 그린 박사는 우주선 개발과 동시에 화성에 대한 사전 연구를 시작했다. 두 박사는 화성에 탐사 로봇 ‘Destiny’를 쏘아 올린 후, Destiny가 보내 준 사진 자료와 데이터를 통해서 화성에 대한 연구를 했다. 다른 훈련이나 연구와 병행하여 갓 쏘아 올려진 사진 자료를 찬찬히 분석하고 데이터와 결합시켜서 화성의 환경에 대해 알아보는 과정을 계속했다. 그렇게 몇 개월 후, Destiny가 또 다른 사진자료 파일을 보내왔고, 그린 박사는 하나하나 넘겨보고 있었다.

“카를, 여기 이 사진을 좀 봐요. 검은 구멍이 7개나 있는데요. 색이 유난히 검은 것으로 봐서는 그냥 색이 조금 검은 바위나 크레이터는 아닌 것 같아요. 크기도 상당히 큰데요.”

“아, 이것은 2007년에 ‘오딧세이’가 찍어서 보낸 사진에서도 본 거에요. 전혀 새로운 것은 아니죠. 물론, 아무도 그 속에 들어가 본 적은 없지만요.”

“그럼, 우리가 화성에 가면 그 동굴들부터 탐사해 보죠.”

2007년에 발견된 것이라는 말에 그린 박사도 별로 대수롭지 않게 사진을 넘겼다. 잠시 후, 다시 컴퓨터에서 삑삑 소리가 나더니, Destiny가 보내준 화성의 대기 분석 자료가 도착해 있었다. 디킨슨 박사가 자료를 받았다.

“그다지 놀라운 자료는 아닌데요. 대기압 약 0.8kPa, 지구보다 밀도가 낮다, 이산화탄소, 자기장의 희박하다, 메탄이 여름에 많이 방출된다…… 다 이미 밝혀진 자료인…… 어?”

“왜요?”

“메탄이 나오고 있어요. 지속적으로. 특히 여름에.

“메탄이 발생될 수 있는 이유는 크게 두 가지가 있어요. 첫째는 생물학적 요인이고 둘째는, 지질학적 요인이에요. 지구상의 메탄의 90%는 생물학적 요인에 의해서 발생하고요. 그런데, 이 메탄이 화성에서도 나와요. 그리고 화성은 지질학적 변동이 멈춘 것으로 알려져 있죠. 물론 화성의 대기에 메탄이 있다는 것을 알게 된 지 꽤 오래 전 일이에요. 그리고 여름에 북반구에서 많이 나온다는 것도 알게 된 지 오래 됐어요. 그것에 대해서는 전혀 놀랍지 않습니다. 여름에 메탄이 많이 나오는 것은 특히 더 당연한 일이에요. 땅에서 메탄이 생성되었다면 얼어있던 땅을 뚫고 나와야 대기에 방출되는데, 그 땅을 뚫을 수 있는 때가 여름 밖에 없잖아요.

“그리고 메탄이 북반구에서 분출된다고 했죠. 이것도 2007년부터 이미 밝혀졌던 사실이에요. 그런데, 한 가지 매우 이상한 점은, 메탄이 특히 많이 나오는 지점이 지하 동굴 같은 것이 존재하는 부분이 아니라, 그냥 평평한 땅이라는 점이에요. 아무것도 살지 않는 죽은 사막이요. 그리고 참고로 지하 동굴이 발견된 아르시아 몬스 화산은 남반구에 있어요.”

“그런데 이렇게 많은 양의 메탄이 한꺼번에 분출되려면 매우 심각한 지질학적 변동이 일어나거나, 메탄을 뿜어내는 생명체가 살고 있어야 해요. 따라서 이 지점에 대한 미스터리는 두 가지가 있어요. 생명체 혹은 연구 가치가 엄청난 지질학적 변동.”

“그중 첫 번째 경우였으면 좋겠네요. 첫 우주 생명체 발견이라…… 꽤 재미있겠는데요?”

“두 번째의 경우여도 상관은 없습니다. 지질학적 변동이 멈췄다고 알려진 화성에 숨겨진 지질학적 변동이 일어나고 있다는 증거가 될 수도 있으니까요.”

그린 박사와 디킨슨 박사는 그 비밀스러운 메탄 분출에 대해서 매우 흥분된 상태로 다시 얼마간의 시간이 흘렀다. 우주인 훈련 과정도 거의 다 마쳐가고 있었고, 화성에 관한 연구도 마무리 단계에 이르렀다. 이제 우주인들은 얼마 뒤면 준비가 끝날 것이다. 문제는 우주선이었다.

그린 박사와 디킨슨 박사가 화성의 환경에 관해서 보내 준 자료를 바탕으로 우주선 연구 팀은 화성의 모든 극한 조건과 변수를 따져가면서 수천 번의 실험을 했다. 디킨슨 박사와 그린 박사가 우주인 연구를 시행하는 동안, 우주선 연구 팀을 이끌게 된 한스 박사는 갑자기 디킨슨 박사를 찾아와서 들뜬 목소리로 말했다.

"드디어 우주선 개발의 끝이 보입니다. 오늘이 마지막 베타 테스팅 실험이에요. 지금 우주선 가상 모델이 실험 공간에 들어갔어요. 이것만 성공하면 이제 출발하는 것은 시간문제 입니다. 이번 실험이 성공하지 못한다면 그건 거짓말일 겁니다. 저희는 신조차 상상하지 못했을 법한 모든 조건을 다 고려했습니다. 그리고 에일린 박사의 발사 후 분리가 필요 없는 로켓으로 설계해서 돌아올 때도 같은 로켓으로 올 수 있도록 하였습니다. 우리는 엄청난 실패를 거듭했지만, 이번에는 분명히 성공……"

한스 박사가 말을 늘어놓는 동안, 멀리서 포성 비슷한 폭발음이 들렸다. 그리고는 다시 조용해졌다. 아래턱을 늘어뜨린 채로 창문 밖 실험동을 보고 있는 한스 박사에게 그린 박사가 물었다.

"성공인가요?"

한스 박사는 아무 말도 하지 못하고 그 자리에 주저앉아 버렸다.

"이런, 내 그럴 줄 알았지. 그 소재가 아니었는데……"

그런데 갑자기 폭발음이 났던 같은 장소에서 희미하게 웅 하고 기계 돌아가는 소리가 나는 듯 했다. 팔 사이에 얼굴을 파묻고 있던 한스 박사의 눈빛이 빛났다. 그러고는 벌떡 일어나서 디킨슨 박사의 손을 잡았다.

"성공이에요, 성공! 폭발음이 우주선 모델이 폭발한 게 아니라 연료 장치에 불이 붙는 소리였는데, 잘못 들었나 봐요."

"제가 고안한 우주선의 단점이 연료 장치에 스파크가 일어날 때 큰 폭발음이 생긴다는 것인데, 모르셨나 보네요. 물론, 소리가 성능에 영향을 미치지는 않지만요." 그린 박사가 입꼬리에 웃음을 머금고 말했다.

어리둥절하게 서 있는 디킨슨 박사와 발갛게 상기된 얼굴로 방 안을 뛰어다니는 한스 박사, 그리고 그 옆에 살짝 웃고 있는 그린 박사- 그렇게 해서 우주선 연구가 완성되었다. NASA는 오랜만의 승리를 열렬히 축하하는 분위기였다.

정부에 NASA가 우주인을 화성으로 보낼 준비가 되었다는 소식이 전달되자, 정부의 사람들은 모두 '예산이 그나마 헛되지 않았다'고 하면서 좋아했지만, 겉으로는 좋아하는 척 하면서도 속으로는 부글부글 끓어오르는 것을 애써 참고 있는 단 한 사람이 있었는데, 바로 블룸 의원이었다. 사택에 돌아와서 서재의 의자에 털썩 앉은 그는, 머리를 싸매고 심각한 고민에 빠졌다.
'NASA가 예상보다 잘 나가고 있어. 이러면 안 되는데……'

드디어 프로젝트가 시작 된지 1년 반 만에 NASA는 우주선 조립에 착수했다. 전례 없이 빠른 프로젝트 진행이었다. 프로젝트에 관련된 모든 사람들이 서로 만날 때마다 웃으면서 거수경례를 붙일 정도로 생동감 있는 분위기였다. 거대한 기계가 윙윙 돌아가는 소리가 모두에게 즐거운 음악처럼 들렸다.
마지막 연료장치가 우주선 몸체에 장착되는 순간, 프로젝트에 관련된 사람들은 모두 좋아서 날뛰었다.
"축하드립니다. 세계 최초로 화성에 착륙하는 인류가 탄생하는 순간이네요. 암스트롱이 '한 인간에게는 작은 발걸음이지만 인류에게는 큰 도약'이라고 말했다면, 디킨슨 박사는 '한 인간에게는 작은 발걸음이지만 NASA에게는 생명줄'이라고 말해야겠어요."

"그보다는 '한 인간에게는 작은 발걸음이지만 NASA에게는 블룸이란 작자를 뭉개버린 발자국'이 더 어울리겠네요. 아, 이제야 한숨 돌렸네요. 앞으로 그 작자가 어떤 방식으로 밀고 나오든지 우리가 이 프로젝트를 성공시킨다면 뭐라고 할 말은 생기잖아요," 디킨슨 박사가 맞받아쳤다.

"모두들 우리가 예산 삭감이라는 장애를 감당하면서까지 성공했다는 것은 모를 거예요. 정말 자랑스럽습니다."

"그럼 뭐 우주선 적응 훈련 좀 하고 점검 좀 하고 세 달 이내에 출발할 수 있겠는데요." 그린 박사도 말했다.

NASA는 그날 저녁 기자 회견을 열었다. 화성으로 사람을 쏘아 보낼 준비가 되었다는 것이었다. 이 소식을 들은 미국인들은 두 갈래로 의견이 갈렸다. 한쪽은 '우주 개발에는 이렇게 힘쓰는 동안 경제에 대해서는 뭘 했냐'와 다른 한쪽은 '역시 미국은 몰락하지 않았다'였다. 그러나 후자 쪽으로 많이 기울었다. 윌리엄스 대통령은 NASA에게 우주 프로젝트를 맡겨두고, 경제 문제에 대해 국내 최고 베테랑 경제 전문가 팀을 꾸려서 열심히 대처하고 있었기 때문이다. 경제는 점차 회복기로 접어들고 있었다. 아직은 상황이 아주 좋지는 않지만, 회복의 기미는 점차 분명해지고 있었다.

NASA의 기자 회견을 텔레비전으로 시청한 윌리엄스 대통령은 신께 감사의 기도를 올렸다.

'하나님, 제 어릴 적 꿈을 들어주셔서 감사합니다. 우리의 앞날을 지켜주소서. 아멘.'

약 세 달간의 시간이 지나고, 드디어 NASA에서는 화성으로 우주선을
쏘아 보낼 날아 돌아왔다. 지금까지의 축제 분위기와는 달리, 모두 들떠
있으면서도 묘한 긴장감이 팽팽한 상태였다. 특히, 우주인으로 탑승하게
될 디킨슨 박사와 그린 박사는 완전히 긴장하고 있는 눈치였다. 모두들
하나하나 꼼꼼히 점검했고, 프로젝트의 수뇌부에서부터 청소부들까지
모두 행동 하나하나에 세심하게 신경을 쓰는 듯 했다.

드디어 디킨슨 박사와 그린 박사가 우주선에 탑승하고, 모든 준비를
마쳤다.

"발사 6분 15초 전, 자동프로그램 작동 시작."

"자동프로그램 정상 가동."

"발사 2분 30초 전, 추진 로켓 가압 시작."

"추진 로켓 가압 정상. 압력 정상."

"발사 10초 전, 엔진 터보 가동."

"엔진 터보 정상. 속도 정상."

"5, 4, 3, 2, 1, 발사!"

우주선은 폭발음에 가까운 괴성을 지르면서 하늘 위로 솟구쳐 올랐다.
'Mission'라는 푸른 글자가 선명하게 몸체에 새겨진 Mission호는 NASA의
미래와 미국인들의 희망, NASA 과학자들의 우주를 향한 열정, 그리고
윌리엄스 대통령의 오랜 꿈을 걸고 한 마리의 승천하는 용처럼 아름답
게 날아올랐다.

"카를, 설마 실패하지는 않겠지요?"

"그런 생각은 하지도 말아요. 그럴 일은 없을 겁니다. 이제 우리의 운
명은 신의 손에 달려 있어요."

잠시 후, Mission호는 지구의 대기권을 빠져나갔다. 대기권이 마치 부드러운 담요처럼 안전하게 보호해주는 지구와는 달리, 어둡고 끝없는 우주는 너무도 위험한 곳이었지만, 그 위험함 속에는 알 것 같기도 하고 모를 것 같기도 한 아름다움을 감추고 있었다. 떠나온 지구의 푸른 빛깔은 눈이 시리도록 아름다웠지만, 저 어둠 너머에 숨겨져 있을 미지의 세계는 지구라는 작은 행성에서 막 떠나온 작고 연약한 인간이라는 생명체에게 더욱 경외감을 느끼게 하는 것이었다.

저 끝없는 우주에 비한다면 화성은 지극히 가까이에 있는 것이었다. 7천 500만 킬로미터. 시속 70km로 달리는 자동차로는 1071428시간, 시속 4km로 걷는 인간에게는 18750000시간, 아폴로 11호의 속력으로는 780일: 가까운 거리이다.

Mission호는 전례 없이 빠른 엔진 장치와 승무원들에게는 치명적인 영향을 끼치지 않도록 특수 설계된 충격완화장치를 이용하여 아폴로 11호보다 약 30배 정도 빠른 속도로 매끄럽게 붉은 사막 공을 향해 나아갔다. 청아한 푸른색과 부드러운 흰색이 섞여서 조화를 이루고 있는 지구와는 달리 둔탁한 붉은 사막의 색의 발산하는 화성은 지구에 비하면 매우 밋밋하고 탁해 보였다.

디킨슨 박사와 그린 박사도 같은 생각이었다. 그러나 며칠 뒤 화성에 도착하기 전에는 화성이 그 메마른 사막의 껍질 속에 숨겨 놓은 신비로움이란 아무도 예측하지 못한 것이었다.

Mission호의 발사 장면이 전 세계 속보를 통해 방송되자, 이를 가만히 지켜보던 블룸 의원은 전쟁에서 총 한 발 쏘아보지 못하고 무너져 버린 패잔병 같은 기분이었다.

이제 블룸 의원이 할 수 있는 것은 아무것도 없었다. 최후의 순간에 신이 자신을 돕기만을 기대할 수밖에 없었다. Mission호가 갑자기 실종되지 않는 한, 그에게 희망은 없었다.

총 비행시간 26일 4시간 27분. Mission호는 드디어 화성의 북반구에 착륙했다.

"화성 착륙. 이상 무."라는 디킨슨 박사의 가늘게 떨리는 목소리가 들려오자, NASA 통제 센터에서는 승리의 환호성이 터져 나왔다. 모두들 터져 나오려고 하는 뜨거운 눈물을 애써 참은 채, 모두 서로를 축하해 주었다.

디킨슨 박사와 그린 박사는 약 10시간에 걸쳐 준비를 끝내고 드디어 화성의 표면에 인류 최초로 첫 발자국을 내딛게 되었다. NASA 마크를 가슴에, 성조기를 등에 매단 채 우주선에서 내려온 그들은 한동안 우두커니 서 있었다.

"우리가…… 화성에…… 발을 디뎠다."

그들은 암스트롱과 같이 멋진 말을 남기지도 않았고, 그럴 필요도 없었다. 아무리 멋진 시구 일지라도 그 단 한 마디보다도 가슴 깊숙이 올라오는 감정을 더 잘 표현할 수 있는 말은 없었다. 그리고 이는 저 멀리 NASA에 있는 사람들에게도 감동을 주기에는 매우 충분했다.

NASA는 이 사실을 정부에 즉각 보고했고, 윌리엄스 대통령은 즉시 디킨슨 박사와 그린 박사의 화성 착륙 동영상을 전 세계 적으로 속보로 보도되도록 했다. 미국의 모든 프로그램에서 속보로 화성 착륙 소식이 보도되었다.

"NASA의 유인 화성 프로젝트가 드디어 성공하였습니다. 오늘 EST 16시 28분경, Mission호는 화성의 적도 부근에 성공적으로 착륙하였으며, 그로부터 약 20분 후, 탑승하고 있던 카를로스 디킨슨 박사와 에일린 그린 박사는 화성 표면에 발을 디뎠습니다. 이번 화성 탐사 프로젝트의 성공은 우리 미국이 국가 금융 위기에 유연하게 처신하는 동시에 이루어 낸 위대한 일로써, 미국이 명실 공히 세계 최강대국으로서 건재하고 있다는 것을 보여주었습니다."

집무실에서 이 뉴스를 듣고 있던 윌리엄스 대통령의 두 눈에서 뜨거운 눈물이 내렸다. 그의 머릿속에 별을 보던 자신의 어릴 적 모습과 화성에 착륙한 두 우주인의 이미지가 겹쳤다.

'제2의 지구' 프로젝트의 성공을 눈앞에 두고 있던 일본과 러시아 정부는 난리가 났다. 일본과 러시아에서 음모론이 빗발쳤지만, 발사 1시간 전부터 Mission호의 화성 착륙 과정 동영상을 전부 가지고 있는 NASA는 이러한 음모론에 대해 강경하게 맞설 수 있었다.

곧, 국민들의 NASA에 대한 지지율은 급상승했다. '달에 이어 화성'이라는 자부심은 진정 미국인이라면 누구나 자랑스러워 할 만한 것이었다.

블룸 의원은 계획이 수습할 수 없이 틀어지자, 패닉에 빠졌다. 이제 NASA를 무너뜨리려는 계획은 다시는 성공할 수 없는 계획이 되어버렸다. 이제 의회에서 NASA 비판을 해 보았자 스스로 비판당할 것이 뻔하다. 국가 위기의 상황에서 화성에 사람을 보낸 NASA의 업적은 그 얼마나 감동적인가.

　그는 서재의 책상 앞에 조용히 앉았다. 그리고 깨끗한 종이를 펴놓고, 제일 아끼는 만년필을 들고 글을 쓰기 시작했다.

　'나는 미국인도 아니다. 나는 나의 욕심을 위해서 나라를 버렸다. 나는 나의 능력을 너무 많이 믿었고, 나는 어떤 수를 써서라도 모든 것을 다 이룰 것이라고 생각했다. 그러나 그러한 생각은 나의 착각이었고, 나는 나의 실수를 지금에서야 깨우쳤다.'

　그날 밤, 비가 부슬부슬 내렸다. 다음 날, 블룸 의원을 의회에서 볼 수 없었다.

　곧 마음을 추스른 디킨슨 박사와 그린 박사는 천천히 화성의 이곳저곳을 둘러보기 시작했다. 물론 화성의 모든 곳을 다 둘러볼 수는 없었다. 5천만 제곱킬로미터가 넘는 면적을 10일이라는 제한된 시간 내에 모두 가보기는 사실상 불가능한 일이었다.

　우주선에 함께 싣고 온 화성 탐사 자동차를 타고 우선 미스터리의 7개의 지하 동굴부터 탐사하고, 그 후에 다른 지형을 더 탐사해보기로 했다. 특히, 메탄이 대량 방출되고 있는 지역을 집중적으로 살펴보도록 했다.

　우주선에서 필요한 것을 몇 가지 챙긴 후, 그린 박사와 디킨슨 박사는 화성 탐사 자동차를 타고 아르시아 몬스 화산 부근으로 쭉 내려갔다. 매끄럽지 못한 화성 표면 위에서 빠른 속도로 이동해서인지 자동차는 많이 덜컹거렸지만, 바퀴 부분의 두꺼운 스프링 장치 덕분인지, 꽤 안정적으로 충격을 흡수하면서 나아갔다. 장시간의 주행 끝에, 아르시아 몬스 화산 부근의 3km 이상 고지대 부분으로 올라갔다. 고지대의 중심부에는 고도 10km 이상의 아르시아 몬스 화산이 우뚝 서 있었다.

"에일린, 여기 아르시아 몬스 화산 주변에 7개의 지하 동굴 입구가 있을 거예요. 여기 지도랑 사진이 있으니까, 비교해 가면서 정확하게 찾아가도록 하세요. 여기 7개 중에서 데나, 클로이, 웬디 동굴들을 맡도록 하세요. 애니, 애비, 니키, 잔느는 제가 맡도록 할게요. 정확히 145시간 뒤에 여기서 봅시다. 행운을 빌어요."

디킨슨 박사는 그린 박사와 간단히 거수경례를 해서 작별 인사를 한 뒤에 화성 탐사 자동차를 2대의 소형 자동차로 분리해서 각각의 길을 떠났다.

자동차를 타고 약 30분 정도 달려서 디킨슨 박사는 애니 동굴에 도착했다. 동굴 입구는 생각보다 크기가 컸다. 그린 박사는 손전등으로 동굴 안쪽을 비춰서 조금 살펴본 후에, 꽤 단단한 땅에다가 말뚝을 박고 로프를 매달아서 로프를 타고 밑으로 내려갔다. 벽면은 상당히 매끈한 검은 암석으로 되어 있었다. 그렇지만 암석의 벽면은 바싹 말라있었다.

지하 동굴은 입구가 약간 넓고 밑으로 내려갈수록 조금 좁아졌다. 약 200미터쯤 내려가니 지하 동굴의 바닥이 보였다. 바닥에는 갈라진 틈새가 있었는데, 갈라진 틈새 사이로 붉은 용암이 보였고, 지열이 틈을 통해 올라오고 있었다. 우주복도 감당하기가 힘들 정도로 뜨거워서 표본 채취 튜브에다가 용암을 소량 담고 지하 동굴 안 사진을 찍은 다음에 다시 줄을 타고 데나 동굴을 얼른 빠져 나왔다.

다시 자동차를 이용하여 도착한 잔느 동굴은 더더욱 단순했다. 잔느 동굴은 마치 두더지 구멍처럼 생겼는데, 윗부분에 구멍이 뚫려있고 안쪽에는 둥그런 공간이 비어 있었다. 동굴 내부의 암석은 지표면과 거의 비슷했다.

'그냥 매우 커다란 암석이 부딪혀서 크레이터가 생성되었는데, 윗부분이 약간 덮인 건가 보다.'

디킨슨 박사가 메마른 지하 동굴들을 둘러보고 있는 동안, 그린 박사는 꽤 오래 자동차를 달려서 클로이 동굴에 도착했다.

'클로이? 19년 전에 죽은 내 여동생 이름이잖아?'

그린 박사는 19년 전 2번째 생일 하루 전 다운증후군이 동반한 심장 기형으로 죽은 동생을 떠올렸다.

'겉모습은 남과 많이 달라도 속에는 자기만의 가치를 가지고 있던 예쁜 아이였는데……'

그래서 그런지 클로이 동굴의 겉모습은 상당히 메말라 보였다. 동굴 주위에는 돌멩이들이 흩어져 있었고 사막에 캄캄한 구멍만 하나 뚫려 있었을 뿐이다. 그린 박사는 하늘에 있는 동생에게 기도를 잠시 올린 뒤, 단단한 땅에 말뚝을 박고 밧줄을 매단 뒤 동굴 안으로 내려갔다.

동굴 안은 수직 원통형이었다. 동굴 벽의 암석은 지표에서 볼 수 있는 다른 암석과 거의 비슷했는데, 반짝이는 예쁜 돌들이 많이 박혀있었다. 그중에서도 꼭 누가 조각한 것처럼 동그랗고, 얼음같이 차갑지만 어떻게 보면 부드러운 신비로운 하늘색 빛을 발하는 아름다운 돌이 벽에서 떨어질 듯 말 듯 박혀 있었다. 그린 박사는 그 돌이 클로이를 닮았다고 생각했다.

한참 예쁜 돌을 구경하면서 내려갔는데, 동굴의 바닥이 나타났다. 동굴 바닥에 조심스럽게 착륙하는데, 가만히 살펴보니까 암석이 아니라 정교하게 조합된 금속판이었다.

'누가 왔다 갔나? 우리가 화성에 최초로 착륙한 인류가 아닌가?'

금속판의 중심에는 작은 문이 하나 있었다. 그린 박사는 허리에 매단 줄을 다시 확인하고 문을 조심스럽게 열었다. 문을 열자, 빛이 쏟아져 나왔다. 꼭 백열등 불빛 같은 빛이었다. 조심스럽게 문 안으로 들어가려고 하는데, 갑자기 불빛이 빨갛게 변하면서 경보가 울렸다.

"침입자다! 침입자다! 침입자다!"

그린 박사의 얼굴은 종이만큼이나 하얘졌다. 곧 눈앞이 깜깜해졌고, 팔에 힘이 빠지면서 문 밑으로 뚝 떨어졌다.

애비 동굴과 니키 동굴까지 둘러보았지만, 동굴 바닥에 가득히 깔려 있는 암석 밖에 발견하지 못한 디킨슨 박사는 그린 박사에게 무전을 쳤다.

"동굴 4개 탐사를 끝냈는데, 별 거 없어요. 다 암석뿐이에요. 물도 없고, 생명체의 흔적도 없고."

무전을 쳤지만, 통신기 반대편에서는 아무런 목소리도 들려오지 않았다.

"에일린? 에일린?"

"……"

"에일린!"

"……"

디킨슨 박사는 곧 겁이 나기 시작했다. 곧장 자동차를 몰아서 에일린 박사가 탐사하기로 되어있던 동굴 쪽으로 갔다.

그린 박사가 영역에 침범한 직후, 병원에 일단 그린 박사를 뉘여 놓고, 화성인들 사이에서는 회의가 열렸다. 회의의 주제는 '이 생명체를 어떻게 해야 하나' 였다.

흑인 생김새를 한 여자가 말했다.

"우리 사람들의 안보를 책임지는 경찰로써, 우리 영역에 예고 없이 침범한 다른 행성 사람을 가만히 둘 수는 없습니다. 죽이든지, 잡아서 일을 시키면서 죽을 때까지 부려먹어야 합니다."

"옳습니다. 침입자는 처벌해야 합니다."

의견이 그린 박사를 죽이거나 노예로 삼아야 한다는 쪽으로 모아지고 있을 때, 갑자기 화성인 의사가 벌떡 일어섰다.

"그녀를 죽여서는 안 됩니다."

모두의 시선이 의사에게로 쏠렸다.

"근거를 들어서 의견을 말해주세요, 클로이 박사."

"저도 잘 모르겠습니다. 그렇지만, 왠지 저 생물체는 살려줘야 할 것 같습니다. 저 사람의 얼굴을 처음 보았을 때, 무언가를 느꼈습니다."

"클로이 박사, 이것은 매우 중요한 사안입니다. 진지하게 토의에 임해주시기 바랍니다."

"하다못해 저 사람을 관찰하면서 다른 행성의 생명체에 대해 연구해볼 수도 있을 것 같습니다."

그린 박사는 잠시 후 따뜻하고 깨끗한 흰색 방의 폭신한 침대 위에서 깨어났다. 방은 아주 밝았는데, 천장이 약 10m 정도로 매우 높았고, 꼭 지구에 있는 병실처럼 안락하게 꾸며져 있었다. 곁에는 자그마한 컴퓨터가 그린 박사의 상태를 나타내고 있었다. 그린 박사가 깨어나자, 컴퓨터 화면에는 'consciousness regained'라는 글자가 떴고, 잠시 후 흰색 가운을 입은 한 사람이 달려왔다. 의사처럼 복장을 한 그는 금발이었고, 눈 색은 깊은 헤이즐넛 색이었다. 코가 거의 없다는 것 빼고는 전반적으로 백인의 얼굴을 하고 있었다. 마른 체형이었지만, 키가 6~7m는 족히 되어 보이는 거구였다. 그래도 그는 분명히…… 사람이었다.

그녀가 물었다.

"그 괴상한 옷 좀 벗으면 안 되겠소?"

"그렇지만 저는 이 옷이 없으면 숨을 쉴 수 없어요. 저는 지구에서 왔는데, 지구에 사는 사람들은 산소를 가지고 숨을 쉬어요. 이 옷이 산소를 공급해 줘요. 그런데, 옷 속에 산소가 얼마 안 남았을 때가 되었어요. 혹시 제가 가지고 온 가방이 어디 있나요?"

그녀는 말없이 방 한 구석을 가리켰다. 그린 박사가 일어나려고 하자, 그녀는 성큼성큼 가서 가방을 가져다주었고, 그린 박사가 산소통을 교체하는 것을 말없이 보고 있었다. 그리고 말을 이었다.

"우리는 화성인이오. 여기는 우리가 사는 마을이고 아주 오래 전 우리의 조상들은 산소로 숨을 쉬었다고 하는데, 지금은 우리 행성에는 산소가 거의 없소. 그래서 우리는 이산화탄소로 숨을 쉬지.

"아주 오래 전, 우리 조상들은 싸움을 했소. 로봇 가지고 싸움을 했는데, 두 편으로 나누어서 전쟁을 했소. 그러다가 어느 한 편이 다른 편의 로봇을 움직이지 못하게 만들었고, 로봇이 움직이지 못하게 된 편은 전쟁에서 졌소. 행성은 전쟁으로 인해 불바다가 되었고, 그래서 많은 화성인들은 이 행성을 떠났지만, 일부는 지하로 내려와서 화성 문명을 이어 가고 있었소. 전쟁 직후에만 사람들이 화성을 떠난 것이 아니라 전쟁이 끝나고 오랜 세월이 지난 후에도 다른 행성으로 이사하는 사람들이 많이 있었소.”

“우리 행성을 떠난 사람들이 가장 많이 간 행성은 지구였지. 나도 지구에 가기를 희망했으나, 유일하게 살아남은 의사라는 이유로 거절당했소. 남은 사람들 중에서 병이라도 나면 내가 고쳐줘야 하니까.”

그녀는 그린 박사의 얼굴을 뚫어져라 쳐다보다가 말을 이었다.

“당신이 여기 떨어졌을 때, 다른 화성인들은 모두 당신을 죽이고자 했소. 아니면 노예로 삼거나.”

그린 박사는 침을 꿀꺽 삼켰다.

‘No!’

“걱정 마시오. 당신은 안 죽어.”

“나에게는 예쁜 언니가 있었소. 우리 둘은 행성에서 유일하게 남은 가족이었지. 우리 둘은 함께 지구로 가서 풍요로운 삶을 살고 싶어 했소. 그런데 언니만 지구로 가는 것이 허용되고, 나는 거절당했지. 그게 벌써 꽤 된 일인 것 같은데, 32년 정도 되었소.

“그래서 약 12년이 흐른 후, 나는 언니가 너무 보고 싶어져서 행성 지도자에게 말해서 지구에 다녀올 수 있는 허가를 얻었소. 주어진 시간은 3년이었소. 그렇지만, 2년이 흐른 후 행성에 전염병이 돌았소. 그래서 어쩔 수 없이 다시 화성으로 돌아와야 했지.”

“지구에서 생활할 때, 나는 내 언니의 동생으로 다시 태어났는데, 우

리 언니는 신기하게도 내 화성에서의 이름을 잊어버리지 않고 지구에서
도 '클로이'라고 불러 주었지."

그 순간, 그린 박사의 눈이 빛났다.

"클로이? 혹시 그 클로이었다면……"

생각해보니까, 자신과 눈동자와 머리카락 색이 같았다.

그녀는 다시 말을 이었다.

"나는 지구에 아주 살러 간 것이 아니기 때문에 조금 비정상적인 모
습으로 태어났소. 다운증후군이라고…… 부모님은 별로 좋아하지 않는
눈치였소. 언니만이 나를 알아주었지. 언니의 이름이…… 아, 기억이 나
지 않아."

그린 박사는 몸을 일으켜서 화성인 앞에 섰다. 그러나 이내 곧 돌아섰
다. 자신 앞에 서 있는 화성인이 19년 전의 동생일 리가 없었다.

'이건 불가능해. 저 사람이 클로이일 리가 없잖아.'

그러나 화성인은 그린 박사에게서 눈을 떼지 않았다. 그린 박사는 한
동안 클로이 박사와 눈을 맞추고 있었다. 그러나 조금 무섭다는 생각이
들어 그린 박사는 눈을 피했다.

디킨슨 박사는 열심히 자동차를 몰아서 클로이 동굴 근처로 와서는
그린 박사의 자동차와 끈이 매어진 말뚝을 발견하였다. 디킨슨 박사는
말뚝에 매어진 끈을 타고 동굴 안으로 내려가기 시작했다.

두려움이 엄습하는 가운데 디킨슨 박사는 정신없이 줄을 타고 내려갔
다. 동굴의 끝에 내려가서는 역시 금속판 가운데 뚫려있는 문을 발견하
고는 헐레벌떡 문 안으로 들어갔다.

“침입자다! 침입자다! 침입자다!”

경보가 어김없이 울렸고, 그린 박사의 침입으로 바싹 긴장하고 있던 경찰들은 디킨슨 박사를 곧장 붙잡아 끌고 갔다. 디킨슨 박사가 내지르는 소리가 복도를 타고 울렸다.

“에일린! 에일린!”

그린 박사의 방에서 그린 박사를 뚫어져라 쳐다보던 클로이 박사는 복도를 타고 울리는 남자의 목소리를 들었다. 그러고는 소리가 나는 곳을 따라서 달려갔다. 잠시 넋을 놓고 있던 그린 박사도 클로이 박사를 따라서 열심히 뛰어갔다.

따라가 보니, 가장 깊숙이 위치한 어두컴컴한 방이 하나 나왔고, 그 방 안에 클로이 박사, 경찰복을 입은 화성인 남자, 그리고 놀랍게도, 디킨슨 박사가 있었다. 창 밖에 그린 박사가 있는 것을 본 디킨슨 박사는 그린 박사를 향해서 뭐라고 소리를 쳤지만, 그린 박사가 쓰러질 때 그린 박사의 무전기가 망가졌고 창은 두꺼운 방탄유리로 되어있었기 때문에 들을 수는 없었다.

같은 우주복을 입은 남자가 창밖의 여자에게 무언가 소통을 시도하는 것을 보고 클로이 박사는 조용히 방에서 나왔다.

“저 사람은 정체가 뭐요?”

“제가 지구에 미국이라는 나라의 항공우주국에서 프로젝트로 화성에 온 거요. 디킨슨 박사도 함께 프로젝트를 하는 사람이고 저 사람은 반드시 지구로 돌아가야 하는데, 우리 미 항공우주국이 살아남기 위해서는 이 프로젝트가 실패하면 안 된단 말입니다.”

그러자, 클로이 박사는 다시 들어가서 화성인 경찰에게 뭐라고 말하는 듯싶더니, 디킨슨 박사에게도 몇 가지 질문을 했다. 그러고는 디킨슨 박사를 데리고 방을 나왔다. 화성인 경찰은 아직도 못마땅한 표정이었다.

"따라오시오."

"뭐죠?"

클로이 박사는 디킨슨 박사와 그린 박사를 데리고 복도를 따라 걷기 시작했다. 한참을 걷다 보니, 커다란 철로 된 문이 하나 나왔다. 그 문을 여니까 끝도 없이 길어 보이는 복도가 하나 나왔고, 복도 양 옆으로 문들이 띄엄띄엄 많이 있었다. 클로이 박사는 디킨슨 박사와 그린 박사에게 복도 중간쯤에 나란히 있는 방 두 개를 지정해 주었다.

"당분간 여기가 당신들이 지내게 될 곳 입니다."

디킨슨 박사와 그린 박사는 각각 말없이 자기 방으로 들어갔다. 방 안은 따뜻했고, 천장은 매우 높고, 방은 매우 넓었다. 방의 오른쪽에는 매우 긴 침대가 있었고, 왼쪽에는 매우 높은 소파와 옷장이 있었다. 그 옆에는 물이 가득 차 있는 탱크가 있었다. 그린 박사는 그 탱크를 자세히 살펴보았다. 물의 전기분해가 이루어지고 있었다. 산소를 제공하기 위한 화성인들의 나름의 배려였다.

그린 박사는 후텁지근한 우주복을 벗었다. 폐 속으로 신선한 산소가 들어왔다. 그리고는 침대에 누웠다. 피곤했다. 그러나 잠이 오지 않았다. 지금쯤 우리와 연락이 되지 않아 미국에서는 난리가 났을 것이다.

NASA 통제센터는 발칵 뒤집혔다. 그린 박사와 디킨슨 박사의 위치 파악이 전혀 되지 않고 있었다. 모든 뉴스 프로그램의 헤드라인은 인류 최초 화성에 착륙한 사람들의 실종 소식이었다.

"인류 최초로 화성에 착륙한 에일린 그린 박사와 카를로스 디킨슨 박사의 행방이 모호한 채, 248시간이 흘렀습니다."

이에 따라 전 세계에는 음모론이 다시 성행했다. 특히, 일본과 러시아는 더 했다.

NASA는 음모론에 대응하랴, 사라진 두 우주인을 찾으랴, 정신이 없었다. 어느 날 갑자기 그린 박사와 디킨슨 박사가 우주선을 타고 귀환하기를 바랄 뿐이었다.

그린 박사와 디킨슨 박사는 매일 한 아저씨가 꼬박꼬박 가져다주는 죽 비슷한 음식을 먹고 지냈다. 그들 역시 초조하기는 마찬가지였다. 빨리 돌아가야 했다. 여기서 이러고 기다리기만 할 수는 없었다.

그린 박사가 방에 앉아 있다가 벌떡 일어섰다. 그리고 우주복을 입고는, 거대한 철문 밖으로 나갔다. 복도를 한참 걷다보니, 녹색 십자가의 병원 표시가 있었다. 문을 두드렸다. 안에서 인기척이 있더니, 클로이 박사가 문을 열었다. 그린 박사는 입을 열었다.

"우리는 이러고 있을 수 없어요. 돌아가야 합니다. 지구에 사람들이 기다리고 있어요."

클로이 박사는 말없이 서 있다가 고개를 한 번 흔들었다.

그린 박사는 다급해졌다. 잠시 서 있다가 품속에서 사진 한 장을 꺼냈다.

"제 가족입니다. 제 가족들이 저기서 기다리고 있어요. 당신에게 지구로 떠나버린 언니가 있었던 것처럼, 저도 비록 하늘나라에 있지만 그리운 동생이 있는 사람이고, 지구로 돌아가서 더 해야 하는 일이 있는 사람입니다. 여기서 죽을 때까지 맛없는 죽만 먹으면서 버틸 수도 없습니다."

순간, 클로이 박사의 눈이 빛났다. 그녀는 지구에서의 자신의 모습을 기억하고 있었다. 놀랍게도, 기억 속의 자신의 모습이 그 빛바랜 사진 속에 있었다. 자신의 눈앞에 서 있는 사람의 19년 전의 모습은 자신을 무릎에 앉혀 놓고 환히 웃고 있었다. 19년이라는 세월 속에 많이 변하기는 했지만, 틀림없었다.

화성인의 차가운 눈에서 뜨거운 눈물이 솟았다. 그리고 손을 뻗어서 그토록 보고 싶어 했던 언니를 살짝 쓰다듬어 주었다. 화성인의 눈에서 흐른 뜨거운 눈물이 그린 박사의 두터운 우주복 위에 떨어졌다.

"에일린……"

그린 박사는 이 광경을 우두커니 보고 있었다. 그녀는 믿을 수 없었다. 이는 일어날 수 없는 일이었다. 동생이 화성에 살아있다니…… 이는 그 어떠한 이론으로도 설명될 수 없는 것이었다. 그렇지만, 그녀는 그 기적을 눈앞에 두고 있었다. 믿기지 않아도 믿을 수밖에 없었다.

다음 날, 화성인 경찰이 디킨슨 박사와 그린 박사를 찾아와서는 둘을 데리고 그들이 화성인의 마을에 처음 떨어졌던, 조그만 문이 있던 곳으로 데리고 갔다. 그곳에는 많은 화성인들이 서 있었다. 클로이 박사도 물론 나와 있었다.

클로이 박사가 입을 열었다.

"언니를 지구로 보내줄게. 그런데 조건이 있어. 첫째, 더 이상 지구인들이 여기에 오지 말아야 해. 그리고……"

“뭐?”

“우리가 존재한다는 사실을 지구인에게는 알리면 안 돼.”

“뭐?”

“우리가 존재한다는 사실이 지구인에게 알려지면, 지구인들은 우리에 대해 연구를 하러 끝없이 찾아오겠지. 그렇게 되면 여기 있는 화성인들뿐만 아니라 지구에 가 있는 화성인들까지도 신변이 위험해져. 그러면 우리는 어쩔 수 없이 지구인과의 전쟁을 선포하게 될 거야. 화성에 지금 이만큼 남아있는 문명마저 없어질 것이고, 지구도 파멸의 길을 걷게 될 거야.”

“아, 위대한 발견이 될 수 있었는데……”

“그리고 나도 지구로 데려다 줘.”

“그렇지만, 지구에는 탄산가스가 많이 없어. 지구로 가면 죽게 될 거야.”

“지금 가겠다는 것이 아니야. 나중에 언니가 모르는 사이에 가 있겠다는 거야. 그때 나를 잊으면 안 돼.”

그린 박사와 디킨슨 박사는 화성인들의 배웅을 받으면서 귀환 우주선에 탑승했다.

“네가 얼른 지구에 오기를 기다릴게, 클로이”

클로이 박사는 말없이 그린 박사에게 그린 박사가 클로이 동굴을 내려오면서 봤던 둥근 하늘색 돌을 쥐어주었다. 하늘색 돌은 화성의 아름다운 일몰의 마지막 빛 한줄기를 받으면서 그린 박사의 손 위에서 말갛게 빛을 내고 있었다.

디킨슨 박사와 그린 박사는 우주선에 탑승하자마자 NASA 통제 센터에 연락을 취했다.

"여기는 Mission호, 우리 둘 다 무사하다. Mission호도 정상 작동한다."

NASA 통제 센터에서는 환호성이 터져 나왔다.

"드디어 찾았다!"

디킨슨 박사와 그린 박사가 태평양 한 가운데로 무사히 귀환했을 때는 NASA 사람들뿐만 아니라 모든 미국인들이 환영하고 있었다.

"카를, 이거 출발할 때의 모습과는 달라도 너무 다른데요?"

디킨슨 박사와 그린 박사는 순식간에 전 인류적 영웅이 되었다. 그렇지만, NASA 사람들에게는 단순히 '화성에 발을 디딘 첫 인류'라는 것 이상의 의미를 가지고 있었다. 다른 사람들은 아무도 몰랐지만, 그것은 아무도 상관하지 않았다. 승리 자체가 의미 있는 것이었다.

다음날, NASA에서는 기자 회견이 열렸다. 화성에서 직접 찍은 지하 동굴의 사진과 동굴에서 채취한 표본이 공개 되었다. 물론 가장 특별한 동굴 한 군데는 빠졌다.

여러 가지 질문들이 오가던 중에, 한 기자가 질문을 던졌다.

"화성에 생명체의 존재 여부 논란이 오래 전부터 있었는데, 사실입니까?"

그린 박사는 싱긋 웃고는 대답했다.

"그것은 여러분의 상상에 맡기도록 하죠. 그렇지만 저 광활한 우주에 생명체가 사는 행성이 지구 밖에 없다면 너무 큰 공간 낭비 아닐까요?"

그리고 3년 남짓한 시간이 흘렀다. 그린 박사는 NASA에서 실력을 인정받아서 정식 연구원이 되었다. 그리고 동료 연구원과 결혼을 하게 되었고, 첫 아이를 낳았다.

금발 머리에 깊은 헤이즐넛 색 눈동자를 가진 여자아이였다.

최무선, 고려 조정을 세 치 혀로 설득하다

한지수 / 경기북과학고등학교 1학년

한지수 _ 경기북과학고등학교 1학년

등장인물: 최무선, 조준, 창왕, 신하들(10명)

해설: 막이 오른다. 무대 중앙에 황금어좌가 있고, 그 앞으로 긴 책상과 의자 10개가 놓여있다. 먼저 신하들이 들어와 의자를 채워 앉는다. 조금 있다 대사헌 조준이 책상으로 나눠진 무대의 좌측에 선다. 최무선이 들어와 우측에 선다. 얼마 지나지 않아 창왕이 천천히 걸어 들어오고, 무대 위 모든 사람들 일어나 허리 숙여 임금을 맞는다.

신하들: (두 손을 앞에 모으고 허리를 굽히며) 오셨사옵니까, 전하.

창왕: (미소를 지으며) 과인이 조금 늦었소. 경들도 이제 그만 앉으시오.

신하들: 황공하옵니다, 전하.

신하들, 자리에 앉고 조준과 최무선은 처음 섰던 위치에, 창왕은 황금어좌에 앉는다. 사관은 붓을 들고 글을 쓸 준비를 한다.

창왕: 모두들 준비가 되었다면 화통도감 폐지에 대해 논해보도록 하겠소. 경들의 의견을 말해보시오.

최무선: (한 걸음 앞으로 나가며) 전하, 1389년 0월 0일 신 최무선 아뢰옵니다. 전하의 은총을 입어 천지가 평화롭고 곡식이 풍성하고 집집마다 웃음소리가 끊이지 않으며 그 어느 때보다도 일월이 청명하옵니다. 하늘을 우러러보면 그 맑음에 감탄하고, 땅을 굽어보면 고려의 백성들이 땀 흘려 일하는 모습에 흐뭇한 웃음이 신의 얼굴에서 떠나지 않습니다. 이 모두 전하께서 백성들을 굽어 살피시고 어좌에 계실 적이나 침상에 계실 적이나 언제나 고려의 앞날을 생각하시기에 천지가 감동하여 전하의 높은 뜻을 따랐기 때문이옵니다. 이제 왜구의 침략도 한풀 수그러들었으니 더욱이 평화로운 고려가 될 것이라 감개무량하여 몸 둘 바를 모르겠사옵니다.

조준: (역시 한걸음 앞으로 나아가며) 조정의 모든 대신뿐만 아니라 하늘 아래 있는 모든 사람들이 그러하옵니다, 전하. 모두 전하의 은덕이옵니다.

신하들: 황공하옵니다, 전하.

(창왕 흐뭇한 듯 미소 짓는다.)

최무선: 전하, 전하의 뜻을 만물이 따르는 이 평화로운 시기에 황공하오나 소신이 전하께 감히 아뢸 말씀이 있사옵니다. (조준을 쳐다보며) 신이 전해들은 바로는 얼마 전 대사헌 조준 대감께서 화통도감을 폐지하라는 상소를 올렸다고 하옵니다. 그 소식을 듣고 소신은 좌불안석하며 밤새 잠 못 이루고 가슴에 한이 되어 통곡하였사옵니다. 그리고 황공하오나 광명이 밝아오자 서둘러 관복을 갖춰 입고 전하의 귀하신 용안을 뵈옵고자 속히 입궐한 것이옵니다. 전하, 소신 최무선 간곡히 청하옵건데 부디 화통도감을 폐지하지 마시옵소서. 부디 소신이 올리는 말을 통

촉하여 주시옵소서.

조준: (분노에 찬 표정으로 주먹을 쥐며) 대감은 무슨 근거로 그런 터무니없는 소리를 하시오! 한 맺힐 것이 천지에 어디 있으며, 쓸데없이 국록을 낭비하는 화통도감을 폐지하는 것이 마땅한 일이 아니면 무엇이란 말이오. (창왕을 보며) 전하, 저 자의 말은 깊이 생각하지 마시옵소서. 소신이 전에 올렸던 상소는 절대 옳사옵니다. 첫째, 전쟁이 끝난 현 상황에서 화통도감은 쓸모가 없사옵니다. 이미 화통도감에서는 우수한 무기와 화약을 개발하였고, 이 기술만 계속 보유한다고만 해도 국방에 대한 걱정은 염려하지 않으셔도 될 것이옵니다. 둘째, 화통도감을 지원하면 전쟁 피해 복구 등 중요한 사안들을 추진할 예산이 없어지옵니다. 지금은 침략하지도 않은 왜구 때문에 또다시 백성들을 희생시킬 것이옵니까, 전하? 비단 백성뿐만 아니라 전쟁 때문에 국가의 위신과 기강 자체가 혼란한 상태이옵니다. 이러한 상황에 화약 무기개발에 투자를 해서는 아니 되옵니다. 셋째, 이웃 나라, 특히 떠오르는 명나라에게 고려가 전쟁을 원한다는 인상을 줄 수 있사옵니다. 아직 왜구들의 침략을 복구하는 것도 완벽히 해결하지 못하였는데, 이 상황에서 명과 우호 관계가 깨지면 고려의 앞날이 위태롭사옵니다. 지금 최 판서는 고려의 안전보다는 자신의 평생의 노력의 결과물인 화통도감을 지키기 위해 화통도감 폐지를 반대하는 것이옵니다. 통촉하여 주시옵소서, 전하.

창왕: (조준을 바라보며) 경의 말씀이 옳소. 그러나 최 판서의 말씀도 들어보아야지요. (최무선 쪽으로 손을 내밀며) 경의 말씀을 더 듣고 싶소.

최무선: (머리를 조아리며) 성은이 망극하옵니다, 전하. 신이 화통도감

을 폐지해서는 아니 된다고 아뢰는 데에는 네 가지 이유가 있사온데, 그 어느 것 한 가지도 소신 홀로의 부귀영화를 좇은 것이 없사옵니다. 부디 고려에 대한 충심이 담긴 신의 참뜻을 통촉하여 주시옵소서.

소신이 화통도감을 폐지해서는 아니 된다는 첫 번째 근거는 힘들게 물리친 왜구가 다시 극성을 부릴 수 있다는 것이옵니다. 어린 왜구들이 감히 지고한 고려의 문턱을 넘보며 풍요로운 삶을 부러워해 엄한 백성들을 노략질하던 것이 1223년, 고종께서 즉위하신 지 10년이 되던 해부터 시작해 최근 40여 년간 그 정도가 극을 달하였사옵니다. 이에 전하께서 미천한 신에게 친히 고려를 구할 화약을 만들라 명하사, 소신은 열과 성을 다하여 화포를 만들었사옵니다. 화포의 위력은 실로 대단하여, 소신이 개발한 화포, 화통, 질려포, 주화, 유화, 촉천화 등은 왜놈들에게 고려의 위상을 알려주는데 큰 역할을 하였사옵니다. 진포대첩에서 고려군은 왜놈의 배 500척을 모조리 격침시켰고, 고려의 위대한 장군인 이성계 장군의 운봉 황산대첩 이후로 왜놈들은 전하가 다스리시는 고려를 우러러보고 두려워하며 본국으로 돌아갔사옵니다. 허나 해적이란 것들은 본디 악한 일을 좋아해, 고려가 조금이라도 기강이 흐트러지면 다시 고려를 침략할 것이옵니다. 고려가 화통도감을 폐지한다면 어린 왜구들은 고려가 저들을 한시적으로나마 내몰아내는 것에 만족한 것이라고 판단하고 고려를 얕보아 재침을 계속할 것이옵니다. 물론, 만에 하나 침략이 실제로 일어난다 해도 고려의 용맹한 군사들은 금방 왜구를 숙청할 것이옵니다. 그러나 소신은 저들이 고려를 얕보고 재침했다는 사실과 가엾은 백성들이 다시금 전쟁에 고통 받을 사실에 마음이 괴롭사옵니다. 왜구들이 다시는 고려를 넘보지 못하도록 이번 전쟁을 그 끝으로 삼고 싶은 것이 신의 마음이옵니다.

　조준: (못마땅한 표정으로) 최 판서의 말씀대로 고려는 왜구를 완전히 무찔렀소. 한번 혼쭐이 난 왜구들이 고려가 잠시 화통도감에서 손을 뗀다고 해서 다시 쳐들어온다는 것은 억지라고 보이오. 우리는 침략 자체를 근절하기 위하여 왜구의 본거지를 초토화시켰소. 왜구들이 다시 세를 잡고 고려를 침략하기에는 시간이 걸릴 것이오. 그 동안 백성들을 돌보고 혼란한 기강을 다잡는 것이 지당하다고 보오. 무엇보다 건강한 국가의 뿌리는 백성 아니오. 최 판서는 너무 극단적인 상황만을 생각하는 것 같소.

　최무선: (답답한 심경을 애써 누르며) 그 점에 대해 설명드리겠습니다, 대감. (잠시 쉬었다가 다시 머리를 조아리며 고한다.) 신 최무선 두 번째 이유 아뢰옵니다. 만일 화통도감을 폐지한다면, 고려는 후손들에게 화포라는 훌륭한 유산을 물려줄 수 없게 되옵니다. 이번 전쟁에서의 승리에서 전하께서 친히 보셨다시피 화포와 로켓 무기들은 군사 전략과 군사력 증진에 참으로 귀중한 국가의 보배이옵니다. 성능이 좋은 화포가 없어 왜구들을 육지까지 불러낸 후 물리치는 육전(陸戰) 위주의 전술을 구사한 초반보다 확실히 수전으로 전략을 수정하였을 때 승전율이 높았사옵니다. 이는 왜구들의 전함과는 달리 고려의 함선들에는 안정적으로 화포를 설치할 수 있어 바다에서 직접 배를 침몰시킬 수 있기 때문이라 판단되옵니다. 또한 고려의 함선은 용골을 두 개 깔아, 용골이 하나밖에 없는 왜구의 전함보다 포 사격 시 반동에 덜 흔들리게 되는 안정적인 발포에 적합한 구조이옵니다. 이토록 고려의 군대와 잘 부합하는 화포를 더 이상 개발하지 않는다면 비록 지금 당장은 왜구가 침략하지 않더라

도, 훗날 왜구뿐만 아니라 다른 외적의 침입으로부터 고려의 후손들이 그들은 물리칠 훌륭한 전술의 맥을 끊는 격이 되옵니다. 비록 백성들을 돌보는 것처럼 중요한 일도 없을 것이고 화포 개발은 결과가 단시간에 즉시 나타나는 것은 아니옵니다. 허나 모름지기 온고지신을 통해 후손들은 선조들의 본받을 점을 계승하여 이어가야 하는데, 화약을 더 이상 개발하지 않으면 뛰어난 고려의 화포 제작술은 퇴보하여 종국에는 후손들이 더 이상 스스로를 지킬 수 없게 될 것입니다. 즉, 고려가 오래 건재하려면 백성들의 안정적인 생활만큼 지속적인 화포 개발이 필요하다는 것이 소신의 생각이옵니다. 전하께서는 먼 앞날을 내다보는 혜안을 지니신 군자시오니 소신이 어떤 의도로 전하께 아뢰는지 아실 것이라 신 굳게 믿사옵니다.

창왕: (놀라며) 오오, 최 판서, 그대는 참으로 백성을 사랑하는 고관이오. 화약의 대가답게 지식도 참으로 해박하오. 놀랍소. (미간을 찌푸리며) 하지만 걱정되는 사실이 있소. 원의 지배에서 벗어나니 이제 명이 새로운 강자로 떠오르고 있소. 고려가 화약을 연구한다는 소식이 들어가면 분명 좋지 않은 심기를 드러낼 것이오. 경은 그 점에 대해 어떻게 생각하시오?

조준: (표정이 밝아진다) 소신이 염려하는 것도 바로 그 점이옵니다. 전하. 떠오르는 샛별인 명을 건드려 또다시 국란을 일으킬 필요는 없사옵니다. 자고로 작은 나라는 자국의 실리를 중점으로 외교정책을 펴는 것이 국가의 운명에 이롭사옵니다. 한창 기세를 펴고 있는 명나라와 우호적인 관계를 유지해야 고려의 미래가 밝을 것이옵니다. 그 어느 나라가 자신의 뒤통수를 칠 화약을 개발하는 나라를 가만 두려고 하겠습니

까? 고려가 화통도감을 계속 지원한다면 명은 후환을 제거하고자 반드시 고려를 치려고 할 것입니다. 전하, 통촉하여 주시옵소서.

최무선: (여유롭게 미소 지으며) 전하, 그것이 바로 소신이 아뢰고자 하는 세 번째 이유이옵니다. 고려가 명으로부터 간섭 받지 않고 독립적인 국가로 발돋움하기 위해 화통도감은 반드시 필요하옵니다. 고려는 분명 자랑스러운 고구려를 계승한 자주적인 국가이옵니다. 그러나 예부터 중국은 고려를 속국으로 삼고자 하였고, 그들의 대우에서 고려를 존중해 주는 느낌은 받지 못하였사옵니다. 특히 원이 고려를 침략하여 고려인들이 일심으로 단결하여 기나긴 항쟁에 들어갔으나, 결국 반강제적으로 고려를 사돈국가로 삼으며 통제하고자 하는 모습을 통해 국력을 길러야 한다는 사실을 소신 뼈저리게 느꼈사옵니다.

조준: (당혹스러운 표정으로) 흠흠, 그것은 우리가 미처 준비를 하지 않았기 때문이오. 고려의 국력이 약한 것과는 상관이 없소. 지금도 고려의 군사력은 상당하오.

최무선: (조준을 뚫어지게 쳐다보며) 대감, 국방에 대한 경계를 느슨히 했다는 사실이 약한 국방력을 보여주는 것이옵니다. (창왕 쪽으로 몸을 돌리며) 전하, 국력은 곧 국방력이옵니다. 스스로를 지키지 못하는 나라는 멸시를 받고 망국의 길을 걷게 되기 마련이옵니다. 국방력의 근본은 좋은 무기이고, 여기에 이러한 무기를 자급자족해야 한다는 조건이 붙어야 진정으로 국방이 튼튼한 국가라고 말할 수 있사옵니다. 하지만 고려는 화약을 제조하는 법을 알고 있었으나 이를 중요히 생각하지 않다가 잊어버려 국경일에 벌이는 불꽃놀이를 수행할 정도의 화약은 제조할 수 있으나 군사용 화약은 원으로부터 수입하게 되었사옵니다. 원이 쇠하고

명이 들어선 지금은 명으로부터 화약을 수입하고 있사오나, 명이 고려를 견제하여 화약을 내주지 않으려 하고 있사옵니다. 이는 명이 무기 수출을 통제함으로써 고려를 명의 속국화하려는 것으로 판단되옵니다. 이러한 상황에서 고려가 계속 명에게 화약을 의존한다면 결국 고려의 군사력은 크게 약화될 것이옵니다. 이는 국가의 흥망에 지대한 영향을 주고, 고려의 위상이 걸린 중대한 문제이옵니다. 따라서 화약을 자급자족할 줄 알아야 중국의 속국이 아니라 자랑스러운 고려라는 이름으로 세계에 고려를 알릴 수 있습니다. 하지만 당장 왜구를 물리쳤다고 화약 개발이 필요 없다 판단하여 화통도감을 폐지한다면 초반에 고려가 한 실수를 다시 되풀이하는 격이 될 것이옵니다.

조준: (최무선을 바라보며 날카로운 어조로) 최 판서의 논리는 매우 뛰어나오. 하지만 지금은 이미 전쟁의 위협을 벗어난 상태이고, 이 평화는 한동안 유지될 것이오. (관객들을 돌아보며) 지금은 백성들이 전쟁의 후유증에 시달리고 있는 상황이오. 화약 개발은 조금 뒤로 미루고 지금은 복구 작업에 들어가는 것이 시급하다고 판단되오. 화약 개발은 차차 하면 되지, 지금 당장 개발해야 하는 것이 아니지 않소. 최 판서께서는 왜 화통도감이 현시점에 필요하다고 생각하시오? 필요 없는 잔가지는 빨리 쳐줘야 나무가 아름답고 건강하게 자란다는 사실을 모르시오. 화통도감은 고려의 부서 중 잔가지에 속할 뿐이라는 말씀이오.

최무선: (안타까운 표정이 스친 후, 진심을 담아 설득하는 어조로) 허나 대사헌 대감, 지금 화통도감을 폐지한다면 화통도감이 왕조의 비상 상황에 다시 활발히 활약할 수 있다는 보장을 할 수 없사옵니다. 연구란 모름지기 장기적이고 지속적인 노력이 투입되어야 좋은 성과가 나오는

법이옵니다. 또한 전시에 화통도감을 다시 연다고 해서 전쟁 중에 화약을 개발하고 무기를 제조할 수는 없는 일이옵니다. 이러한 준비는 미리 해두어야 하고, 국방에 대한 경각심이 한창 고조된 지금 대비하는 것이 가장 좋다고 판단되옵니다. 전하, 황공하오나 소신 아뢰옵나니 언제나 장기적인 안목을 가지고 정책을 결정하시옵소서. 당장의 상황에 맞춰 국사를 처리하기보다는 고려가 먼 미래에도 지금처럼 빛날 수 있는 결정을 내려 주시옵소서. 고려가 진정한 자주국이 될 수 있도록 화통도감을 지켜주시옵소서.

창왕: (끄덕이며) 경의 깊은 충고를 새기겠소. 마지막 한 가지는 무엇이오?

최무선: (머리를 조아리며) 황공하옵니다, 전하. 소신 네 번째 이유 아뢰옵니다. 부디 여지까지 더 좋은 화약과 화포를 개발하기 위해 행했던 전하의 천한 신하 최무선과 화통도감의 학자들의 노력이 헛되지 않도록 소신의 상소를 통촉하여 주시옵소서. 소신이 비록 어리고 천하지만 소신이 행할 수 있는 모든 노력을 화약 개발에 쏟았사옵니다. 전하의 명이 떨어지고 나서, 소신은 명에서도 극비에 부쳐졌던 화약 만드는 법을 어떻게든 알아내고자 노력하였사옵니다. 소신이 공부하면서 화약을 만들기 위해서는 초석, 반묘(유황), 분탄이 있어야 하는데 초석, 즉 염초를 어찌 만들어야 하는 지가 가장 큰 문제였사옵니다. 유황과 분탄은 고려에서도 쉽게 구할 수 있었으나, 초석 생산 비법은 고려인 그 누구도 알지 못했고 명에서도 철저히 보안에 부쳤던 극비였사옵니다. 소신은 부엌 아궁이의 재나 마루 밑의 흙을 물에 타서 끓이는 등 수많은 실험을 거듭해 초석을 만들 수 있었으나, 그 양이 너무 적고 질이 좋지 않아 결국은 중

국인의 도움을 받기로 결정하였사옵니다. 신은 이원(李元)이라는 사람을 극진히 대접하고 머리 조아리고 절하며 초석 만드는 비법을 간곡히 부탁하였사옵니다. 결국 그는 초석 제조 비법을 알려주었고, 신은 성공적으로 첫 번째 화약을 만들 수 있었사옵니다. 현재까지 신이 연구한 결과, 초석은 질산칼륨 또는 질산나트륨으로써 화약에서 산화제의 역할을 하옵니다. 화약에서 산화가 일어나지 않으면 폭발이 일어나지 않으므로 매우 중요한 물질이라 할 수 있사옵니다. 이 질산칼륨은 처음에는 암염광산에서 소금을 추출하다 얻은 부수물이었사오나, 후에 중국인들이 퇴비에서 초석을 얻을 수 있다는 사실을 알게 되었습니다.

신하들, 얼굴을 찌푸린다.

최무선 : (잠시 좌중을 둘러 본 후 말을 이어서) 황공하게도 전하께 소신이 원리를 말 씀드리자면 분뇨 중의 요산이나 요소가 분해되며 생성되는 질산기가 퇴비에 같이 섞어주 던 잿물 속의 탄산칼륨의 칼륨 이온과 결합하여 질산칼륨을 만들 수 있사옵니다. 화약을 만들고 이를 이용해 화통도감에서 17가지의 화약무기를 제조했사온데, 이것은 대장군, 이장군, 삼장군, 육화석포, 화포, 신포, 화통, 화전, 주화, 유화, 촉천화, 천산, 오룡전, 철령전, 피령전, 질려포, 철탄자이옵니다. 이것들을 이용해 진포대첩에서 왜구들을 격퇴시킨 것이옵니다. 이토록 힘들게 알아낸 초석 제작법과 훌륭한 무기 제조법을 다시는 망각 해서는 안 될 것이옵니다. 하지만 지금 화통도감을 폐지한다면 고려의 화포제조술을 초 기화시키는 것과 별반 다를 것이 없사옵니다. 진보 없는 방치는 궁극적으로 쇠퇴를 결과 로 낳사옵니다. 전하, 부디 화통도감에서 화포술 연구를 계속할 수 있도록 통촉하여 주시옵소서.

창왕: (천천히 고개를 끄덕이다가 조준을 바라보며) 과인은 최 판서의 주장이 참으로 옳다고 느끼는 바인데, 경의 생각은 어떠하오? 최 판서에게 하실 말씀이 있으신가?

조준: (고개를 숙이며 잠시 침묵하다 다시 고개를 들며) 최 판서께서는 화약 개발을 위해 참으로 많은 고생을 하시었소. 고려의 화약 기술은 모두 최 판서 홀로 이룩하신 것 같소이다.

최무선: 아니옵니다, 대감. 어찌 저 홀로 이 모든 것을 할 수 있었겠사옵니까. 모두 하늘이 고려를 보살피고자 하시는 뜻이옵니다. (머리를 조아리며) 전하, 소신 한 마디만 더 아뢰겠사옵니다. 한때 원이 일부를 지배했던 곳인데, 고려와 아주 멀리 떨어진 그곳에 우리와 다르게 키가 크고, 살결이 하얗고, 코가 큰 사람들이 살고 있사옵니다.

창왕: 아아, 알고 있소. 그자들에 대한 옛 기록을 읽어본 적이 있소. 인도를 지나 바다를 건너야 나오는 땅에서 산다고 들었소.

최무선: 예, 맞사옵니다. 그곳을 구라파라고 하는데, 그곳 사람들은 실학을 이용하여 금이 아닌 물질에서 금을 만들 수 있다고 믿고 많은 연구를 해왔습니다. 결국 그것은 불가능한 망상으로 판명이 났사오나, 무수히 많은 실험을 통해 구라파는 실학 중에서 특히 만물의 구성과 상호작용을 공부하는 '화학'이라는 분야에서 큰 발전을 이루었사옵니다. 고려는 연금술 같은 허황된 거짓이 아니라 실제로 높은 응용력과 실용성을 지닌 화약과 화포 개발에 투자하는데 그 결과가 어찌 무지한 구라파보다도 못하겠사옵니까. 지금 수준에서 만족하지 않고 화통도감에서 연구를 계속한다면 반드시 훌륭한 결과를 도출할 수 있을 것이라 소신 확신하옵니다. 또한 고려가 화학에서 독보적인 발전을 꾀할 수 있다고 믿사

옵니다. 화학이라는 학문은 만물의 구조에 대한 학문으로 철학적으로도 실생활에서도 의미가 있사옵니다. 화학을 깊이 연구하여 우주 만물의 구성 물질에 대한 탐구와 음양오행설을 어떻게 개선시킬 것인지에 대한 답을 얻어낸다면 고려의 학문 수준은 다른 나라와 비교도 할 수 없을 정도로 비약적인 성장을 할 것이라 보고 소신 전하께 아뢰옵니다.

최무선: (바닥에 엎드려 절하며) 전하, 감히 어린 소신이 전하께 상소를 올린 것에 대해 노여워 마시옵고 고려를 위해 화통도감을 지키고자 하는 소신의 참된 마음을 헤아려 주시옵소서. 전하, 화통도감을 폐지하시면 아니 되옵니다. 부디 소신의 말을 통촉하시어 고려가 발전할 수 있는 참된 길로 고려를 이끌어주시옵소서.

창왕: (어좌에서 일어나며) 훌륭하오, 최 판서! 과인의 생각이 짧았소 부디 섣불리 화통도감을 폐지하기로 한 과인의 불찰을 용서하시오. (최무선에게 다가가 허리를 숙이며 손을 잡고 일으킨다.)

신하들과 조준은 머리를 조아린다.

창왕: (믿음을 주는 눈길을 보내며) 그만 일어나시오. 경과 같은 충신은 전대미문일 것이오. 경의 생각을 잘 알았소 계속 화통도감을 맡아 고려의 앞날을 밝혀주시오.

최무선: (고개를 들지 못하며 목이 멘 목소리로) 성은이 망극하옵니다, 전하. 천한 소신을 믿어주시니 몸 둘 바를 모르겠사옵니다.

조준, 둘을 물끄러미 바라보다 최무선 앞으로 가서 무릎을 꿇고 절한다.

조준: (절하며) 대감, 대감의 훌륭한 뜻을 몰라보고 화통도감을 모욕해 정말 송구스럽소 부디 나를 용서해주시오. 앞으로 내가 화통도감의 지

지자가 되겠소

　최무선: (맞절하며) 대사헌 대감! 소인을 믿어주셔서 참으로 고맙습니다. 대감께서 화통대감을 도와주신다면 그 무엇이 두렵겠사옵니까. 소인도 총력을 기울여 고려의 화포술을 세게 최고로 끌어올리겠사옵니다.

　창왕: 이제 고려는 더 이상 두려울 것이 없겠소! 경들과 화통도감이 고려를 지켜주고 있지 않소, 허허허!

　창왕, 조준, 최무선이 크게 웃는다. 신하들도 따라 웃으며 박수치고, 막이 내린다.

하늘

허태인 / 세종과학고등학교 1학년

허태인 _ 세종과학고등학교 1학년

평소와도 너무나도 다를 바 없던 날이었다. 조금 다르다 할 수 있는 것은 눈이 왔었던 것 정도였다. 기숙사에서의 아침을 맞고 1학년이 모두 모인 점호에서부터 내린 눈은, 2교시가 진행되고 있을 때에도 창문을 통해 내리는 것이 확인 되고 있었다.

겨울을 만끽하며 아이들은 동복을 차려입고 몸을 잔뜩 움츠린 채 선생님 말씀에 집중 중이었다.

그저 수업을 듣다 지쳐 창문 밖을 잠깐 바라봤던 때, 창 밖 풍경에 초점이 맞춰지기도 전에 무언가가 시야에 들어왔던 것이 나를 비틀어 놓은 것의 시작이었다.

일순간이었다. 그저 이미지 하나만을 남긴 채 다시 내 시야에서 사라졌다. 그리고 충돌 소리. 쿵. 둔탁한 소리가 학교 건물 전체에 울려 퍼졌다.

나는, 시야에 들어온 것과 '눈이 마주' 쳤다. 정확히는 내가 눈 부분을 보았다,고 하는 것이 맞을 것이다.

하지만 나는 눈이 마주쳤다, 는 느낌을 지울 수 없었다.

내 기억에 남은 이미지에서 입가에 미소인지 찡그림인지 모를 비릿한 표정을 짓고 있던 그녀는, 마치 나를 비웃는 것 같이 느껴졌기 때문이다.

충돌 소리가 들린 지 1초. 창가자리의 아이들이 창문 밖에서 어떤 일이 일어났는지 보기 위해 엉거주춤하게 살짝 일어선 뒤 목을 길게 배 창밖을 보았다. 교실의 다른 아이들은 그들이 어떤 일이 일어났는지 전해주기를 바라는 눈빛으로 그들을 주시하고 있었다.

1.5초. 옆 교실에서 들려온 높은 비명소리를 시작으로 경악, 공포로 가득 찬 소리가 교내를 메웠다.

2초. 나를 제외한 모든 아이가 창가로 몰려가기 시작했다. 칠판 앞의 선생님마저 당황한 표정으로 창가로 발을 옮겼다. 웅성거림 속에 탄식이 섞여 있었다. 여자아이 중 하나는 울음을 터뜨렸다. 나에겐 아직, 그렇게 뚜렷한 이미지가 남아 있으면서도 내가 잘못 봤기를 바라는 마음이 있었던 것 같다.

현실에서 도망치고 싶어 그저 멍하니 책상을 보고 있었다. 그러고 있으면 왠지 지금 상황이 현실성이 없이 느껴졌다. 아무 소식도 받지 못하는 섬에 갇혀버리고 싶었다. "누구야?"라는 물음이 여기저기서 들려왔다. 나와 가깝게 지내던 아이들이 힐끔 힐끔 나를 쳐다보았다.
아아 그래, 내가 가고 싶던 섬은 사라져 버렸다.
사건 후 어수선해진 분위기로 더 이상 그날의 수업은 진행되지 않았다.

남은 수업의 선생님들은 모두 수업 종이 친 뒤 5분 후에나 올라와 "자습해라"라는 짧은 말만은 남겨놓고 서둘러

다시 교실을 떠났다. 평소 선생님이 안 계신 자습이라면 기차화통을 삶아 먹은 것 같이 떠들던 우리 반이지만, 오늘은 그저 소곤소곤하게 무거운 목소리로 작은 이야기만 오갈 뿐이었다.

이야기를 나눈 아이들의 시선이 이내 내게 향하는 것은 당연한 일이었다. 나와 눈이 마주친 사람은, 다름 아닌 내가 중학교 때서부터 대놓고 좋아한, 그래도 날 동생 대하듯 귀여워해준, 전교에 그 사실이 다 알려진 선배였으니까.

결국 수업은 4교시가 끝난 뒤 더 이상 진행될 수 없었고, 학생들은 모두 기숙사 안으로 들어가야 했다. 그날은

식사시간을 제외하고는 마치 취침시간이 것처럼 기숙사 밖으로 출입할 수 없었다. 다행히 방간의 이동을 허용되었다.

옥상에서 뛰어내린 사람은 2학년 3반의 이지은. 4교시가 끝난 후의 임시 종례에서 담임선생님은 평소의 활달하시던 모습은 사라지시고 갈라지는 목소리로 힘겹게 말해주셨다. "바닥과 충돌로 즉사했다고 한다. 고통은 없었을 거야. 모두 지은이를 위해 묵념하자." 그리고 잠시간 우리 반은 어두운 침묵을 가졌고 담임선생님의 이만 가렴, 이라는 말을 시작으로 하나 둘 의자 끄는 소리를 내며 나를 마지막으로 교실을 빠져나왔다.

모두 담임선생님의 말씀이 우리를 덜 충격에 빠트리기 위한 거짓말이라는 것을 알고 있었다. 창가로 몰려간 아이들이 본 그녀는, 하늘을 보

는 자세로 누워 있었다. 그녀의 머리에서 스멀스멀 흘러나온 피가 넓은 바닥을 적셔가는 것을 보지 않았다면, 그저-구름을 관찰하는 구나-정도로 생각할 수도 있을 정도였다. 피가 어느새 비온 뒤 웅덩이 면적만큼 넓어졌을 때, 하늘을 보던 그녀가 갑자기 팔을 위로 뻗었다. 그때 아이들 사이에선 힉, 소리가 세어 나왔다. 미약한 생명에게서 공포라도 느꼈던 것일까. 그녀는 뻗은 손을 하늘을 잡으려는 듯이 움켜쥐었다. 피 묻은 상태였던 손이 강하게 움켜쥐어지자 손바닥에서는 피가 세나와 방울방울 그녀의 옷자락에 떨어졌다. 그리고 천천히, 아주 느리게, 점차 손은 내려왔고, 그녀의 눈도 감겼다.

기숙사로 돌아오고, 내 방에는 아무도 들어오지 않았다. 룸메이트도 다른 방에 가있던 듯하다. 배려인진 확실치 않았지만, 그래도 반 아이들에게 고마워졌다. 침대에 누워 천천히 생각했다. 오랫동안 시도가 있었을 것이다. 한 달 전 선배와 영화를 보았던 것이 생각났다. 분명데이트와는 거리가 멀었던 만남이었지만, 그래도 난 선배와 함께 있을 수 있다는 사실 만으로도 행복했었다. 그때 선배 손목의 상처를 언뜻 보았다. 선배는 어디에 긁혔다며 멋쩍게 웃으며 황급히 소매를 당겨 상처를 감췄다. 분명 손목을 그었던 것이다. 왜 그때 알아차리지 못했을까, 그때 알았으면 막을 수 있었을 텐데. 그저 선배의 기분을 상하게 하고 싶지 않다는 마음으로 있던 내가 원망스러워 졌다.

다음 날 아침, 점호는 없었다. 그저 멍하니 씻고, 학교에 도착해 앉아 있던 나를, 담임선생님이 불러내셨다. 내가 직접 지은이의 유품을 모아 친인척께 보내달라는 부탁이었다. 수업을 빠져도 괜찮겠냐고 묻자, 어차피 당분간은 모두 자습일 테니 상관없다고 대답하셨다. 학과 선생님들께는 직접 말씀해주신다고도 하셨다. 지은 선배에 대해 이 학교에서 제일 잘 알기 때문인 거겠지. 선배에게 부모님은 없었다. 두 분 모두 일찍 돌아가셨고, 미국에 계신 친척이 보내주시는 돈으로 생활하는 말하자면 소녀 가장이었다. 그런 그녀에게 기숙사가 있는 과고에 온 것은 굉장한 행운이었을 것이다.

선배의 유품을 정리하면서. 선배의 자기소개서, 일기장까지 찾게 되었다. 그런 글들을 읽으면서 나는 엄청난 회의감이 들게 되었다. 선배의 일기장의 한 페이지에 이런 글귀가 적혀 있었다.

'오늘 조기 졸업 시험 결과 발표가 나왔다. 탈락이다. 점차 성적이 떨어지고 있어 걱정은 했지만 이렇게 될 줄은 몰랐다. 물론 주변에선 3학년을 올라가더라도 충분히 나의 꿈을 이룰 수 있을 것이라고 말한다. 그러나 나는 이미 뒤쳐졌다. 나는 과학자가 될 수 없다. 나의 모든 것을 잃은 것 같다. 하아……'

선배의 유일한 꿈은 과학자였다. 흔히들 어릴 적 막연히 꿈꾸는 과학자가 아니라, 정말 그녀의 모든 것을 건 그런 목표였다. 중학교 때부터 잘 알아온 사실이었지만 정말 이 정도일 줄은 몰랐던 것도 사실이다. 조기졸업 시험에 떨어지자, 그녀는 꿈을 이룰 수 없을 것이라고 비관하고 자살에 이른 것이다. 화도 났다. 멍청한 선배, 고작 그런 것 때문에! 꿈을 못 이루는 것도 아닌데!

그러나 곧 나를 생각하고는 다시 회의감에 빠지게 되었다. 나는 그런 꿈을 가져본 적이 있는가? 솔직히 말하자면 과고에 온 이유도 분명하게

말할 수 없었다. 그저 수학, 과학에 흥미와 소질이 있었고, 과고가 일반
고보다 훨씬 더 메리트가 있었고, 선배가 간 과고를 선택해서 온 것이었
다. 이렇게 가지 않을 것 같던 고등학교, 대학생 시절이 지나면, 마지막
에 난 무엇이 되어있을까? 성적 맞춰 간 대학에 스펙 맞춰 간 직장에서
하기 싫은 일을 지루해하며 하고 있을 것이다. 결국 난 이 모든 것을 잃
은 슬픔을 겪은 소녀 앞에서 위로의 말을 할 자격조차 없는 것이다.

　유품을 정리하는 며칠 동안, 그런 괴리감이 머리에서 떠나지 않았다.
일주일 정도 지난 후, 다시 수업은 시작되었다. 언론에 사건이 새어나가
수습기간이 길었던 모양이다. 마침내, 한 가지 생각이 뇌 깊숙이 박혔다.
내가, 이 소녀의 꿈을 대신 이루어주자. 세계 최고의 과학자가 되자.
　그때부터 세상이 다르게 느껴지기 시작했다. 목표가 분명해지자 방법
은 단순했다. 모든 수업 하나하나에 성실히 임하게 되었고, 평생 그럴
일 없을 것 같았던 도서관에서 과학서적을 읽는 내 모습을 발견했다. 대
학에 들어가서 친구들은 헤이해지는 것을 느낄 수 있었다. 그러나 나는
그럴 수 없었다. 내 머리에는 아직도 선배의 비릿한 표정이 남아있었기
때문이었다. 학부, 대학원…… 길고도 짧은 시간이었다. 그동안 애인도
생겼었고, 더 나아가기 힘든 때도 있었지만, 목표는 변하지 않았다. 그리
고 어느새 나는 그녀의 하늘에 근접해 있었다.

　'선배, 이게 선배의 하늘이었나요.'
　손에 쥔 금속상을 보았다. 앞에선 플래시가 사방에서 터지고 있었다.
　모두가 예상할 수 있던 한 질문.

"처음 과학자가 되고자 한 계기는 무엇인가요?"
잠시 생각하고 천천히 입을 열었다.
"약하고 작은 소녀의 꿈이 있었습니다."

김장호 / 하나고등학교 1학년

김　활 / 경기북과학고등학교 2학년

박주성 / 경기북과학고등학교 1학년

서문수인 / 고양예술고등학교 2학년

윤나영 / 잠실여자고등학교 1학년

강동원 / 광주과학고등학교 1학년

강랍비 / 동백고등학교 3학년

강혜원 / 숭덕고등학교 1학년

고태원 / 강원과학고등학교 2학년

김경민 / 대일고등학교 3학년

김기쁨 / 대전과학고등학교 1학년

김다운 / 울산과학고등학교 1학년

김민정 / 구미여자고등학교 1학년

김민지 / 경안고등학교 1학년

김상준 / 청구고등학교 1학년

김재성 / 창원과학고등학교 1학년

김준영 / 창원과학고등학교 1학년

김혁중 / 세종과학고등학교 1학년

나애슬 / 살레시오여자고등학교 3학년

문지완 / 오성고등학교 1학년

박유정 / 신현고등학교 2학년

박주현 / 창원과학고등학교 1학년

박준형 / 경기북과학고등학교 1학년

박현지 / 창원과학고등학교 1학년

범성희 / 설월여자고등학교 2학년

성덕룡 / 인천남동고등학교 1학년

심미소 / 풍암고등학교 3학년

윤　휘 / 서울국제고등학교 1학년

윤소혜 / 하나고등학교 1학년

이광훈 / 문화고등학교 2학년

이연지 / 제주과학고등학교 1학년

이현진 / 고양예술고등학교 2학년

임은영 / 오천고등학교 2학년

정수용 / 금호고등학교 1학년

정재영 / 현대청운고등학교 1학년

정준혁 / 전남과학고등학교 2학년

최예나 / 고양예술고등학교 2학년

최유진 / 청심국제고등학교 1학년

한지수 / 경기북과학고등학교 1학년

허태인 / 세종과학고등학교 1학년

제3회 KAIST 과학 글쓰기 대회 수상 작품집
과학과 우리들의 행복한 만남 2011 【고등부 수상 작품집】

초판 발행 2012년 6월 15일

지 은 이 김장호 외 39인
펴 낸 이 최종숙
펴 낸 곳 글누림출판사

책임편집 이태곤
편　　집 임애정 권분옥 이소희 박선주
디 자 인 안혜진 이홍주
마 케 팅 박태훈 안현진
관　　리 이덕성

주　 소 서울시 서초구 반포4동 577-25 문창빌딩 2층(137-807)
전　 화 02-3409-2055(대표), 2058(영업), 2060(편집)
팩　 스 02-3409-2059
전자메일 nurim3888@hanmail.net
홈페이지 www.geulnurim.co.kr
등록번호 제303-2005-000038호(2005.10.5)

정　 가 25,000원
ISBN 978-89-6327-198-9 04800
　　　 978-89-6327-196-5(전2권)

출력 · 안문화사 **인쇄** · 바른글인쇄 **제책** · 동신제책사 **용지** · 에스에이치페이퍼

* 잘못된 책은 교환해 드립니다.